Leaves of Grass

Walt Whitman
W. KURTZ.
3/4
1869
MADISON SQUARE.

Leaves of Grass

草叶集

沃尔特·惠特曼诗全集

（修订版）

Walt Whitman

[美] 沃尔特·惠特曼 著　邹仲之 译

上海译文出版社

目　录

铭言集

亚当的子孙

芦笛集

候鸟集

海流集

路边集

擂鼓集

林肯总统纪念集

秋溪集

神圣死亡的低语

从正午到星光之夜

别离的歌

七十光阴(附编一)

告别了，我的幻想(附编二)

老年的回声(身后附编)

未收入和被拒绝的诗

《草叶集》第一版前言(1855)

沃尔特·惠特曼

美国不排斥过去或过去在各种形式下，或在其他政治形态、等级观念、古老宗教中产生的东西……冷静地接受教益……当生活顺其所需转变为新形式下的新生活，而陈腐之物还死赖在人们的脑筋、做派和文学里时，美国并没有如所想象的那样急不可耐……她看出尸体得慢慢从住宅的饭厅和卧室里抬走……它在门里还得停一阵儿……它曾经最适合它的时代……可现在它的事业已传给了魁梧健美的后代，他来了……他会最适合他的时代。

在全世界古往今来的一切民族中，也许美国人最具有十足的诗人气质。其实合众国本身就是一首最了不起的诗。在至今的历史中，那些最宏大、最激动人心的东西在美国的博大和轰隆脉动面前，都显得沉闷和墨守成规。在这里，人类的某些行为终于和昼夜宣讲的行为相一致。这里不只是一个民族，而是由众多民族组成的庞大民族。这里巨大的人群浩浩荡荡，挣脱了束缚手脚的繁文缛节，绝不盲从清规戒律。这里有永远象征英雄人物的慷慨气度……这里有皮肤粗糙、蓄大胡子的人，豪爽、粗野又冷漠，灵魂爱这些[1]。这里的人群熙熙攘攘，胆大鲁莽，对琐碎之事不屑一顾，毫无羁绊地向前奋进，汹涌恢

① 在《草叶集》的前言和诗里，常出现没有定语的小写的“灵魂(soul)”，在不同的段落或诗篇有不同的所指，而以惠特曼本人的“灵魂”或惠特曼心中至高无上的精神归属居多。全书脚注除特殊说明外，均为译注。

弘，暴雨般地挥洒他们的繁盛丰饶。人人都看得出，这个国度一定会拥有四季的财富，这里的物资永不匮乏，因为地里会长出庄稼，果园会掉下苹果，海湾会有鱼，男人会让女人生出孩子。

别的国家靠选出议员来彰显自身……而最好最突出地体现合众国精神的，不在于它的行政人员和立法人员，不是它的大使、作家、大学、教堂、客厅，甚至也不在于它的报纸和发明家……而永远在于它的老百姓。他们的举止、谈吐、衣着、友谊——他们的面容清新率直——他们的步态引人注目地潇洒……他们对于自由的不息的执着——他们讨厌任何失礼、软弱和卑鄙——所有各州的公民都务实地彼此承认——他们被惹火时大发雷霆——他们好奇心重，贪图新鲜——他们很自重又充满同情心——他们容不得一点儿怠慢——他们的神气显出他们从来不觉得有谁高他们一等——他们口齿伶俐——他们爱好音乐，十足地流露了男子气的温柔和心灵里与生俱来的优雅……他们脾气好，出手大方——他们的选举意义极其重大——是总统脱帽向他们致意而非相反——这些也是不押韵的诗。它等着，它也值得给写个洋洋洒洒。

博大的自然与国家如果没有相对应的博大宽宏的公民精神，就会显得荒谬。无论是大自然还是云集的各州、街道、汽船、繁荣的商业、农场、资产、学问，都不可能满足人类的理想……诗人也满足不了。缅怀往事也满足不了。一个生机勃勃的民族总能留下深刻的印记，能以最低的代价获得最高的权威……也就是说发于它自己的灵魂。这就是对个人或国家、对当前的活动和壮观景象、对诗人们的题材的有益使用的总和。——难道非得要一代代地奔回东方的故纸堆里①！难道明白可鉴的美和神圣一定不如那些神话里的！难道不是每个时代

① 在《草叶集》（包括前言）里，常用“西方（West）”一词指美国，而欧洲则为东方；在本处主要指古希腊、古罗马的著作。

的人都留下他们的印记！自从西方大陆经发现而开放后，在南、北美洲发生的一切，难道还不如古代的小剧场里演的戏和中世纪漫无目的的梦游！合众国自豪地把城市的财富和技艺、商业和农业的全部收益、辽阔的国土、对外胜利的成果留下来，去欣赏、去培育一群或一个高大健壮的、不可征服的、纯粹的人。

美国诗人们要囊括新旧，因为美国是多民族的民族。作为其中的诗人要配得上人民。对于他，从别的大陆来的东西就像投稿……他为彼为己而接纳它们。他的心灵回应他国家的心灵……他是国家的平原山川、江河湖泊、自然生命的化身。密西西比河携带年年洪水和多变的激流，密苏里河、哥伦比亚河、俄亥俄河、多瀑布的圣劳伦斯河、雄美的哈得孙河，它们注入大海，同样也流入他的心里。在弗吉尼亚和马里兰的内海上，在曼哈顿湾、查普林湖、伊利湖、安大略湖、休伦湖、密执安湖和苏必利尔湖上，在得克萨斯、墨西哥、佛罗里达和古巴的海上，在加利福尼亚和俄勒冈的近海上，浩瀚的蓝天与其下浩渺的水域相得益彰，也与他上下相得益彰。当漫长的大西洋海岸伸展得更长时，当太平洋海岸伸展得更长时，他就和它们一起向北、向南伸展。他在它们之间横贯东西，彰显着它们之间的万般风物。他这里也实实在在地生长着万物，抵得上松树、雪松、铁杉、槲树、刺槐、栗树、柏树、山核桃、菩提树、白杨、百合树、仙人掌、野葡萄、罗望子和柿子树……像藤丛、沼泽一样纷乱错杂……森林披上了透明的冰，冰柱吊在树枝上，在风里噼啪响……山腰和山峰……牧场和热带的、丘陵的大草原同样美妙、自由自在……他这里也有什么在飞、在唱、在叫，回应着野鸽子、啄木鸟、黄鹂、黑鸭、海凫、红肩鹰、鱼鹰、白鹮、印度鸡、猫头鹰、水雉、牢狱鸟、杂色鸭、乌鸫、模仿鸟、巨鹰、兀鹰、苍鹭和秃鹰。留传给他的是母亲和父亲世袭的面容。扎入他心底的是古今真实事物的本质——是花样繁多的气候、农艺、矿产——红色土著人的部落——久经风雨的船进入陌生的港湾、在石头海岸登陆——在北方、南方的第一批定居点——快速的发展和干劲——1776年遇到的傲慢挑衅，战争，和平，制定宪法①……联邦政府一向被废话连篇的人包围，却一向稳稳当当、坚不可摧——移民源源不断地到来——码头林立的城市，上等的海船——未被考察的内地——木头屋子，林中空地，野兽，猎人，捕兽的陷阱……自由的商业——渔业、捕鲸、淘金——不断酝酿建立的新州——每年十二月召开的国会，从各地、从最边远的地方如期赶来的议员……年青的机械工和所有洒脱的美国男女工人的高贵品格……到处洋溢的热情、友善和事业心——男性和女性完全平等……很冲的情欲——涌动的人群——工厂、贸易、节省劳力的机器——互换礼物的欢乐游戏——纽约的消防员，有目的的短途旅行——南方种植园里的生活——东北部，西北部，西南部的特点——奴隶制，那胆小发抖的手伸出来保护它，而坚定的反对派绝不会停止斗争直到那辩护的口舌闭住嘴巴。对于上述这些，美国诗人的表达会超越前人而且新颖。它会是暗示性的，而非直接的、叙述性的或史诗式的。它的特性贯穿这些以至更大范围。让别的国家的历史和战争、他们的辉煌时代和特色由他们去歌唱、去描述吧，由此完成他们的诗歌。美国的伟大诗篇可不是这样。在这里，主题是创造性的，富有远景。在这里，从备受尊敬的石匠中，出现一个人物，他用决心和科学规划蓝图，他在今天还没有实物之处看到了未来的坚实而美丽的形象。

在所有国家中，合众国的血脉里充满了诗的素材，最需要诗人，无疑会拥有最伟大的诗人，会最大限度地重用他们。诗人们将成为他们的公共仲裁者，胜过总统。伟大的诗人是人类

---

① 1776年7月4日，北美13个英国殖民地的代表在其参加的大陆会议上宣告脱离英国，成为独立的国家，即美利坚合众国。英国不承认美国独立，8月派军登陆纽约长岛，七年后美国赢得独立战争的胜利。1789年11月，美国大陆会议通过了名为《邦联条例》的《美国宪法》。

中平静的人。凡不在其内、反在其外的事物都离奇、古怪或有悖理智。不在其所的事物不会好，凡在其所的事物不会差。他把适当的比重分与每一物体或品质，不多也不少。他是纷繁事物的仲裁者，他是关键人物。他是他的时代和国家的平衡者……凡有所需的，他提供，凡需检验的，他核查。如果在和平时期，他鼓吹和平的精神：壮大、富裕、节俭，建设庞大、人口众多的城市，鼓励农业、艺术、经商——启发对人类、灵魂、不朽的研究——联邦、州和市的政府，婚姻、健康、自由贸易、海陆交通……没有什么太近，也没有什么太远……星星也离得并不遥远。在战争时期，他是最致命的战斗力。谁征募了他就等于征募了骑兵和步兵……他带来的停炮场是工兵所知最棒的……如果时代变得慵懒沉闷，他知道怎么激发它……他能让自己说的每句话一针见血。在习俗、权威、法规的平庸环境里，有什么停滞不前了，他绝不停滞不前。权威主宰不了他，他支配权威。他站得高不可及，打开聚光灯……他用手指转动枢轴……他站着便难住了那些最快的奔跑者，轻易就赶上并围住他们。当时代迷失信仰，滑入贪图享乐、玩世不恭时，他坚守他的信念……他摆出他的菜肴……他提供美味筋道的肉食滋养男女成长。他的脑子是顶尖的脑子。他不是争论者……他是审判者。他不像法官那样审判，而是像阳光落在无依无靠者的周围。他看得最远，怀有最强的信念。他的思想是赞美万物的圣歌。在对灵魂、永恒和上帝的争论中他保持沉默。在他看来永恒不像一场戏有头有尾……他在男男女女中看到了永恒……他不把男女众人看得虚幻或渺小。信念是灵魂的防腐剂……它渗透于老百姓中，保护他们……他们从不放弃信仰、期待和信赖。不通文墨者的身上有那种无法言述的清新自然，足以让最高贵的艺术天才汗颜惭愧。诗人能确定地看出，一个并非伟大艺术家的人可以神圣、完美得就像最伟大的艺术家……他自由地运用毁灭和改造的能力，但从不运用攻击的才能。过去了的就过去了。假如他不展示优秀的典范，并以他采取的每一步骤来证明自己，他就不合乎需要了。最伟大的诗人的存在即征服……不是谈判、斗争或任何准备好的意图。现在他已走过了那条路，从背后看他吧！没有留下任何痕迹表明他曾绝望、厌世、狡猾、排他、有不体面的出身或肤色、对地狱怀有幻想或需求……此后不会有人因为无知、弱点或罪过而遭贬了。

最伟大的诗人不理会鸡毛蒜皮的事情。如果以往认为的小事他去理会了，这事物就具有了宇宙的庄严和生命并扩展起来。他是先知……他很独特……他是完人……别人同他一样好，但只有他看到这点，别人看不出。他不是合唱队里的一员……他不会为了任何规则而停顿……他是总管规则的人。视力对人起的作用，就是他对其他人起的作用。谁知道视力的奇特奥秘？其他感觉能证实它们自身，而视力除了它本身就无任何证据，而且它预示了心灵的个性。他扫视一下就胜过了人们所有的调查、地球上所有的仪器和书籍，以及所有的推理。什么是妙极了？什么是靠不住？什么是不可能、没根据、不清楚？你只要睁眼看看远近，看看日落，让一切像电一样迅速、轻柔、及时而又全无混乱、拥挤、堵塞地进入，就行了。

陆地海洋，走兽鱼鸟，天空星宿，林木河山，都不是小题……人们期待诗人揭示出比这些喑哑之物固有的美和高贵之外更多的东西……他们期待他揭示出连接现实与他们的灵魂之间的路径……男人和女人都能充分感受到美……可能跟他不相上下。猎人，伐木工人，早起干活的人，在花园、果园、田地里劳作的人，他们那种热烈的执着，健康女人对阳刚的体态、水手、马车夫的爱慕，对阳光和野外的热情，所有这些都是一种既古老又变化的迹象，表明了对美的一贯的感受，和一种在户外生活的人们中存在的诗意。他们从来不能靠诗人的帮助来感受美……某些人也许可以，但他们决不能。诗的特性不在于韵律、均衡和对事物抽象的述说，也不在于悲戚戚的诉苦或好心肠的告诫，而是在于这些以及更广泛的生活，在于灵魂。押韵的好处，是它撒下了一种更美更丰富的韵的种子；均衡的好处，是它将对自己的表达深入到看不见的土壤里的它的根。完美的诗的韵和均衡体现出格律的自如生发、长出蓓蕾，就像枝条上精确又显随意地开出丁香和玫瑰，它形态的紧凑有如栗子、橙子、甜瓜和梨，流露出难以琢磨的芬芳。最美的诗歌、音乐、演讲、朗诵所具有的流畅性和装饰感并非独立的，而是有所依赖。所有的美来自美的血液、美的头脑。如果这两种美结合在一个男人或女人身上，那就足够了……这种事将盛行于世界……开玩笑、镀镀金，一百万年也不会盛行。谁要是自寻烦恼地去梳妆打扮、妙语连珠，那他就错了。你要做的是：爱这大地、太阳和动物，轻视钱财，给每个有所要求的人以救济，替傻子和疯子说话，把你的收入和劳动奉献给他人，憎恨暴君，不去争论有关上帝的事情，对人们怀着耐心，喜欢和他们在一起，不对知道或不知道的事物、不对任何人脱帽致敬，和那些没受过教育却有能力的人、和年青人、和家庭主妇们自如地来往，在你的一生中，每年每季都去户外朗读这些诗歌，重新审视学校、教堂或书里告诉你的一切，抛开那些侮辱你灵魂的东西，你的肉体本身就将是一首伟大的诗，拥有最富丽的流畅：这不仅在于它的词句，更在于它嘴唇与脸庞的安静线条，在于眼睛的睫毛，在于身体的每个动作、每个关节……诗人不会在不必要的工作上消耗时间。他知道土地总是耕好了、施好了肥……别人可能不知道，可他懂。他直截了当去创造。他的信任将主宰他对接触到的每一事物的信任……将主宰相关联的一切。

已知的世界有一位彻底的情人，那就是最伟大的诗人。他燃烧永恒的激情，漠不关心会碰到什么机遇，和可能给他带来财富或不幸的意外之事，每日每时说服人相信他得到的有趣之物。那些妨碍或阻止别人的东西，却刺激他前往，非碰不可，还带来迷情的欢乐。别人接受乐趣的容量相比于他的简直微不足道。当他置身于黎明或冬天树林的风景时，或有孩子们在玩耍时，或当他的胳膊搂着一个男人或女人的脖子时，他就幸福地感悟到了来自天堂、来自上帝的一切。他的爱高于所有的爱，从容、宽广……他面前留有余地。他不是优柔寡断、猜惧多疑的爱人……他靠得住……他瞧不起忽冷忽热。他的经历和骤雨般的激情并非徒然。什么都不能震惊他……苦难和黑暗不能——死亡和恐惧也不能。对于他，牢骚、嫉妒、羡慕不过是已经埋葬、烂在地下的尸体……他眼见它们被埋。他确信他的爱还有所有的极致和美会有结果，如同海洋对于海岸、海岸对于海洋那样确信。

美的结果不是偶然碰上或错失的……它像生命一样必然出现……它像地心引力一样精确和绝对。从一个视野进入另一视野，从一个听闻到另一听闻，从一个声音到另一声音，事物与人类的和谐永远让人好奇。只有完美的人才能感应到这些，他们不仅存在于据认为是代表了众人的委员会，也同样存在于众人之中。这些人懂得潜藏在大千世界、滚滚潮水里完美的法则……美的完成对于每一事物来说，是为了它本身，并从它自己向前发展……它是慷慨公允的……白天黑夜的每一分钟、陆地海洋的每一处，它无所不在——天空的每一方向、人间的生意就业、世事的每一变迁，它无所不在。这就是美的适当表现具有精确性和均衡性的原因……一部分无需超越另一部分。最好的歌手不是具有最圆润、最洪亮的嗓子的人……带来愉悦的诗歌并不是那些采用了最漂亮的格律、比喻和声音的诗。

最伟大的诗人不用费力、不着丝毫痕迹，就把所写事件、感情、风景、人物的精神在你听着、读着时，或多或少地带到你的个性中。要做好这点就要努力掌握那些紧随时代前进的规律。目的必在那里，它的暗示必在那里……最不明显的迹象是最好的迹象，会成为最清楚的迹象。过去、现在、未来，不是彼此分离而是互相结合。最伟大的诗人把将要出现的事物同已经出现的和当前存在的事物联结为统一体。他把死者拖出棺材，让他们再次站立……他对过去说，站起来，在我跟前走走，叫我认识你们。他接受教训……他把自己置身于未来成为现实的地方。最伟大的诗人不仅以其光芒照耀在人物、情景、感情之上……最终他要提升和完成一切……他展示的高峰，无人能讲出是为了什么、其后还有什么……他在那终极的边缘短暂闪现。他最精彩之处就在他最后那半遮半掩的微笑和蹙眉……那临别的一刹那的表情，会使看到的人过后多年还为之鼓舞或害怕。最伟大的诗人不做道德说教或应用道德……他深谙灵魂。灵魂极度骄傲，只承认自己的教训而从不理会别人的。但它也怀有极度的同情心，一如它的骄傲，二者彼此平衡，相伴扩展，哪一个都不会走得太远。艺术的最深的秘密是与这二者同眠。最伟大的诗人躺在二者中间，紧紧依偎二者，它们在他的风格和思想里不可或缺。

艺术的艺术——表现手法的卓越和文字的光彩——在于质朴。没有比质朴更好的了……过于明确或不够明确都无法弥补。让冲动持续下去，洞悉智慧的深奥，把所有主题交代明白，这些本领既不平常，也非稀罕。然而在文学中，能以像动物活动时的完美准确而又漫不经心，和森林树木、路边野草的无可指摘的情感来说话，那会是艺术的没有瑕疵的成功。如果你曾见过一位取得如此成就的人，那么你就见到了属于所有国家和时代的艺术大师之一。你会细细思考他，由此带来的愉快会胜过你凝视在海湾上飞翔的海鸥、生气勃勃的纯种马、高高倾斜的向日葵、在天上运行的太阳及随后出现的月亮。最伟大的诗人与其说他具有鲜明的风格，不如说他是不增不减地表达思想和陈述事物的喉舌，是自由地抒发他自己的喉舌。他对自己的艺术发誓，我不会多事的，在我的写作中，我不会把任何典雅、效果、新奇的东西像帘子一样悬在我和别人之间。哪怕是最漂亮的帘子，我也不要它来挡路。我要说什么，就说个一清二楚。有人可能会吹捧、吃惊、入迷或平静以对，随便吧，我的目的如同健康、热度、冰雪，不管别人说什么。我体验和描绘的东西将从我的作品里走出来，不带一丁点写作痕迹。你会站在我身边，和我一起看镜子。

伟大诗人们古老的鲜红血脉和无瑕的高贵气度以他们的无拘无束为证明。英雄人物可以从容地摆脱那些不适合他的风俗、惯例和权威。在作家、学者、音乐家、发明家和艺术家这些同道中，最好的品质是以新的自由形式进行默默挑战。在有需要诗歌、哲学、政见、技术、科学、工艺、一部适合本国的大歌剧、造船或别的工艺时，他永远是最伟大的，永远能贡献出最伟大的原创而实际的范例。最纯粹的表达是它找不到与它相称的领域，于是它自创一个。

伟大诗人们给每个男女的信息是，以平等的身份来我们这里，只有来了你才懂得我们，我们不比你强，我们拥有的你也有，我们欣赏的你也可能欣赏。你以为只能有一个至高无上吗？我们认定可以有无数个至高无上，而且一个不会抵消另一个，如同一条视线不会抵消另一条……人们只有觉悟到自身的至高无上，他们才能至善、崇高。风暴、瓜分国土、最惨烈的战斗、沉船、自然力的肆虐、大海的威力、大自然的运动、人类由欲望、尊严、爱恨滋生的痛苦，你认为它们的伟大何在？就在于灵魂里的什么东西在说，发怒吧，奔驰吧，我在这里、在每个地方扮演大师，天空震怒、海洋碎裂的大师，自然、激情和死亡的大师，一切恐怖和痛苦的大师。

美国诗人们将以宽宏大度、富有人情味以及鼓励竞争者而著称……他们将包罗万象……没有垄断或保密……高兴把一切传给别人……整天期待着对手。他们不把财富和特权放在心上……他们就是财富和特权……他们会看出谁是最富裕的人。最富裕的人在看到一切炫富的行为后，会从自己更大的财富里拿出对等的东西与之对抗。美国诗人不会去描述一个阶级的人或一两个获利的阶层，也不会偏爱爱情、真理、灵魂或肉体……不会重视东部各州甚于西部，或北方各州甚于南方。

精密科学及其实际动向，对于最伟大的诗人不是妨碍而往往是激励和支持。那里有起始和回忆……最早地推举他、最好地支撑他的臂膀在那里……每次碰壁后他总是返回那里。水手和旅行者……解剖学家、化学家、天文学家、地理学家、骨相学家、通灵学者、数学家、历史学家和辞典编撰人，他们不是诗人，而是诗人的立法人，他们的工作为每一首完美的诗的构成打下了基础。不管诗里发生或说出什么，都是他们送来了构思的种子……可以看见的灵魂的证明来自他们，站在他们身边……从他们的精液里必然产生出一代代强健的诗人，永远如此。如果父子之间会有爱和满意，如果儿子的伟大源于父亲的伟大，那么在诗人和展示科学的科学家之间就会有爱。诗歌的美含有科学的成分和它决定性的赞许。

保证有源源涌出的知识和对于品质及事物的深度考察是重要的。诗人的灵魂在这里穿过、盘旋、壮大，但它永远主宰自我。深度因无法测量而平静。天真和赤裸的状态恢复了……它们既不谦虚也不失礼。那个关于特殊和超自然的理论以及一切与之缠结或从中引申出来的东西像一个梦消失了。曾经发生过的……正在发生和可能或将要发生的，都包含在了生命的法则里……这些法则能满足任何情况、所有情况……没有一个会被加快或拖延……在那个巨大清晰的蓝图里，任何事务或人物的奇迹是不受承认的，在这个蓝图里，每个动作、每片草叶、男男女女的肉体和精神，以及与之相关的一切，都是难以言说的完美奇迹，一切相互关联，又各自独特，各有其位。想承认在已知的世界有什么比男男女女们更神圣的东西，这种想法也与灵魂的实际情况不相符。

男人、女人、世界及其上的一切，只有按其实际来接受，对它们的过去、现在和未来的考察不应中止，而应完全公正地完成。在这个基础上，哲学的沉思永远面对诗人，永远认为，所有人向往幸福的永恒趋向和对于感官、灵魂十分清晰的那种东西从来不是不相符的。因为只有所有人向往幸福的永恒趋势能为合情合理的哲学作证。凡内涵单薄的东西……但凡它逊色于光与天文学运动的法则……或者逊色于掌管盗贼、骗子、吃货、酒鬼的此生来世的法则……或者逊色于时间的巨大伸展、物质的缓慢形成、地层的漫长隆起——都没有价值。凡要把上帝放入一首诗里或一个哲学体系里，以抗衡某种存在或力量的东西也没有价值。杰出的大师的特点在于明智和具有整体性……一条原则搞砸就全盘搞砸。杰出的大师和奇迹不沾边。他因自己作为群众的一份子而理解了健康……他在非凡的卓越中看出了漏洞。完美的形体来自共同的基础。服从普遍的法则是伟大的，那意味着与法则相符。大师知道他是难以言说的伟大，一切都是难以言说的伟大……例如没有什么比孕育孩子、把他们抚养成人更加伟大……生存就像感觉、说话一样伟大。

在杰出大师们的思想里，政治上的自由观念必不可少。只要有男女存在的地方，自由都为英雄们信奉……而诗人对自由的信奉与欢迎从来都超过了任何人。他们是自由的呼声和体现。无论哪个时代，他们都配得上这个庄严的思想……自由已委托于他们，他们必须维护它。没有什么比它更重要，没有什么能歪曲它、诋毁它。伟大诗人们的态度是为奴隶们喝彩，让暴君们震惊。他们的一回头、一挥手，他们的脚步声，对暴君们全是威慑，给奴隶们带来希望。仅仅是接近他们一会儿，虽然他们不讲话不劝告，你也会学到关于美国的可靠知识。有些人由于一两次或多次挫折，或由于人民偶尔的冷淡或忘恩负义，或由于权势者锋芒毕露的轻蔑、武力和刑法的威胁，他们良好的意图就消退了，这些人不可能为自由效劳。自由依靠自己，不求人，不许诺，冷静从容地潜伏着，情绪饱满泰然，不知道什么叫灰心丧气。战斗进行时，一次次警报鸣响，频繁的前进、撤退……敌人胜利了……监狱、手铐、铁枷、脚镣、绞架、绞索和子弹派上了用场……事业沉寂了……他们的大嗓门被自己的血堵住了……年青人擦肩而过时都低眼看地……那么，自由离开了那个位置吗？不，永不。如果自由要离开，它不会是第一个、第二个或第三个离开……它要等所有的都离开了……它是最末一个……当过去的殉难者已被彻底遗忘……当爱国者的英名被演说家在公共大厅嘲笑……当男孩们受洗时不再用圣者的名字，而用暴君、叛徒的名字……当人民不愿接受自由的法律，而偏袒告密者和血钱的法律倒满合他们的口味[①]……当我和你们出国到世界上行走，看到无数以平等的友谊回报我们，不叫任何人为主人的兄弟时却心生怜悯——当我们怀着崇高的喜悦，深受鼓舞地看到奴隶们时……当灵魂在夜间冷漠的圣餐时休退，省察它的经历，那将一个清白无助的人推入掌权者的手中、推入残酷的卑下境地的言行叫它欣喜若狂时[②]……当全国各地那些本可轻易认识美国的真实性格的人却闭上眼睛时——当大批马屁精，傻瓜，不反对奴隶制的北方人，政治小人，为了在市政府、州立法院、国会、总统府谋个肥缺而策划诡计的人，无论他们得逞与否，却都得到了人民的爱戴和惯常的尊敬时……当笨蛋、流氓在办公室里受着约束、拿着高薪，胜过了自由却最贫穷的机械工和不必脱帽，目光坚定，心地正直、慷慨的农夫时……当市、州、联邦政府或任何压迫者能够以或大或小的规模测试人民的奴性，而它在事后却不会及时受到完全应当且无法逃避的惩罚……或者更确切地说，当所有男男女女的生命和灵魂从整个地球被清除——只有在那时，自由的天性才会从地球被清除。

宇宙的诗人们的特征集中于真实的肉体和灵魂，集中于对各种事物产生的喜悦之情，因此它们具有的真实性超越了所有虚构和浪漫的文学。当它们尽情展示自己时，事实就沐浴在光雨之中……白天被更加快活的光所照亮……在日落与日出之间，海洋也加深了许多倍。乘法运算表——老人——木匠的生意——大歌剧，每一个明确的物体、状态、组合、过程都呈现出一种美……那艘庞大、漂亮的“纽约”号快船在海上喷着蒸

---

① “告密者和血钱”，指《圣经》中所述犹大出卖耶稣后得到的赏钱。参阅“未收入和被拒绝的诗”——《血钱》。

② 此句内容出自《圣经》。“灵魂”和“一个清白无助的人”均指耶稣，“圣餐”指耶稣被捕前的最后的晚餐，“言行”指犹大出卖耶稣的言行。

汽、张满风帆时，闪耀着无与伦比的美……美国各界与政府的巨大和谐、最普通而明确的意图和行动，这些都闪耀着各自的美。宇宙的诗人们闯过一切干扰、遮掩、混乱和计谋，向着最初的原则挺近。他们很有用……他们消解贫穷的匮乏，消解富有的自负。他们说，你这个大老板知道、感受的不会比任何人多。图书馆的拥有者不是那个付钱买了它就有了合法头衔的人。任何人、每一个人都是图书馆的拥有者，只要他同样能读遍各种语言、内容、风格的书，书从容进入他心里，生根发芽，很适应，变得强壮、丰富、博大……美国各州是强大、成熟的，不会以违背自然美为乐事，也绝不准许这样做。在绘画、造型或木石雕刻中，在书籍、报纸的插图中，在任何喜剧或悲剧的书籍中，在纺织品或美化房间、家具、服装或安在楣柱、纪念碑、船头船尾或摆在室内外人们眼前任何地方的饰物图案中，凡歪曲真实形象，捏造出世上没有的东西、地方或异事的，都叫人生厌、反感。尤其是人类的形体，太了不起了，一定不准搞得滑稽可笑。对于一件作品，任何荒诞的装饰都不能允许……但有些装饰可以被允许，它们与自然中的完美事物相一致，或出自作品的性质，不可遏制地迸发出来，并且为作品的完整性所必需。绝大多数作品无需装饰便尽善尽美了……夸张的东西在人类生理上会得到报复。只有在自然的形体天天公开出现的那些社会，干净强健的孩子才会受孕、出生……合众国伟大的天才和人民绝不能降低到传奇故事的水平。一旦历史被适当阐明，就不再有对传奇故事的需要了。

伟大的诗人们是心无诡计的，他们个人品质的完美、正直是有证为据的。于是人们从心里迸发出一种新的喜悦和崇高的赞赏：正直多好啊！完全正直的人，他的所有错误都可以被谅解。今后我们谁也不要撒谎，因为我们已经看到，光明正大赢得了内在和外部的世界，这无一例外，而自从我们的地球聚结成形，就从来没有过欺骗、狡猾、撒谎能吸引它的一颗微粒或半抹颜色——通过一个州或整个共和国的宏大的财富和繁荣，一个鬼祟、狡诈的人物会被揭发、遭到鄙视……灵魂从来不曾，也永远不会被愚弄……灵魂不喜欢、不认可的繁荣只是一股恶臭喷发……无论是在地球的几块陆地上，还是在任何别的行星、卫星、恒星、小行星上，或在哪一部分太空的空间里，在物质的内部，或在海水之下，或在婴儿出生前，或在生命变化过程中，或在我们称之为死亡的随后的状态里，或在生命力之后的任何延搁或活动中，或在任何地方的形成或改变的任何过程中，一个凭本能就憎恨真理的家伙从来没有冒出过。

极端的谨慎或智慧[1]，最健全的官能，对女人和儿童的巨大希望、鉴赏和喜爱，巨大的滋养性、破坏性和因果性，对自然的同一性的完美感觉，对人类事务中相同精神的适应性……这些都是从世界的智能的漂浮物中召唤出来的，构成了最伟大诗人的要素，来自生出他的母亲子宫以及她母亲的子宫。智慧极少会走过头。人们一直认为，一个聪明的公民就是那种致力于实际利益，善于为自己和家庭打算，既不欠债也没犯罪的终身守法的公民。最伟大诗人看到并承认这种经济上的精明和吃饭睡觉一样重要，但是他对精明有更高的见解，远不是只要稍微留心一下门闩就够了。生活智慧的前提不是它的殷勤好客或它的成熟、收获。为了维持生活，除去留下作为丧葬费的一小笔款项，除去在自己占有的一片美国土地上有些周围的护墙板和头上的木瓦，有供每年简单吃穿必花的钱就足够了，叫人沮丧的精明是为了挣钱，抛弃作为人这样一种伟大生命的尊严，去成年累月忍受颠簸和折磨，忍受灼热的白天和冰冷的夜晚，忍受憋气的欺骗和阴险的诡计，或起居室里鸡毛蒜皮的小事，或在别人饿肚子时无耻地大吃大喝……却失去了享受大地、鲜花、空气、海洋的美好和芬芳，错过了享受青年、中年时期遇

① 原文为“prudence”，含谨慎、精明、节俭、深谋远虑等意，由于没有一个中文词具有如此多的含义，所以在不同句子里，分别译为智慧、精明、聪明等词。

到或打过交道的女人、男人的真实滋味，而随之跟来的是在生命结束时丧失了崇高和天真，有的只是疾病和绝望的反抗，以及没有宁静和庄严的死亡那可怖的唠叨——这是对现代文明和远见卓识的极大亵渎，玷污着文明设计的那无可非议的外表和秩序，用泪水打湿着在灵魂给予的亲吻前快速展开的美好面貌……关于精明的正确解释还没有完。想到还有适于永存不朽的精明时，大大小小的人物都会静悄悄地退居一边，这时，单纯财富和体面意义上的精明——即使它们来自最体面的生活——也黯然失色，不值一瞥。那种在短短一年或七八十年里施展的聪明算得了什么呢？大智慧是隔了很久后在某个时辰又回来了，带着增强的力量、丰厚的礼物，满面春风的婚庆嘉宾们从你目光所及的各个方向朝你兴冲冲跑来。只有灵魂是它自己……其余的一切与其结果相关。一个人的所行所思都会产生后果。一个男人或女人的一举一动对他或她的影响，不仅存在于有生之年的一天、一月或任何时间以及死亡之时，还同样存在于他或她的整个来世。死亡之后永远和在世之时同样出色和真实。精神得自肉体的和它给予肉体的同样多。言论或行动的名称……得花柳病或玷污自己……隐秘的手淫……贪吃贪杯的人腐败的血脉……盗用公款、狡诈、背叛、谋杀……那些引诱妇女的人的阴邪歹毒……妇女们的愚蠢屈从……卖淫……年青人的堕落……不择手段的获取……龌龊的欲望……官员对民众、法官对犯人、父亲对儿子、儿子对父亲、丈夫对妻子、老板对学徒的苛刻……贪婪的表情、恶毒的愿望……人们自作自受的鬼把戏……所有这些从来没有、从来不能被印在节目单上，可到时候它就会上演，得到报应，得了报应还会再上演……它们又会得到报应。博爱的动力或个人的力量不可能是别的，永远只能是最深刻的理智，无论它是否招来争论。对它不必细说……增加、减少、划分，都没用。无论长幼、有无学问、白人或黑人、合法或非法、健康或有病，从吸入气管的第一口气到最后一次呼出它，每个男女的充满活力、仁慈、干净的行为，在世界的不可动摇的秩序中，以及它的整个范围里，对他或她都永远大有裨益。如果野蛮人、重罪犯聪明，那很好……如果最伟大的诗人、学者聪明，那完全一样……如果总统、首席法官聪明，那也一样……如果年青的机械工、农夫聪明，那也差不多……如果妓女聪明，那也差不多。好处会来……一切会来。战争与和平的一切最好的作用……所有给亲戚、陌生人、穷人、老人、不幸的人、小孩、寡妇、病人和所有受人回避的人们的帮助……所有给逃亡者和逃跑的奴隶的帮助……所有在遇难船上看着别人挤上救生艇、自己却在一旁坚定站立、自我克制的人……所有为了崇高事业或为朋友、为信念献出财产、生命的人……所有被邻居们嘲笑的热心人的痛苦……所有母亲们的博大温柔的爱和承受的艰辛……所有在史书中有记载或没记载的在斗争中受挫折的老实人……几个古代民族的所有崇高和美德，他们残缺的历史由我们继承……所有我们不知其名号、时期、地域的许多古代民族的美德……所有曾经勇敢开创的事业，无论成功与否……那无论何时出自人心的神圣思想、金口良言或妙手天工给予的一切启示……所有今天在地球的任一部分，或在任何行星、任何游走或固定的星球上，由那里的人正像由这里的我们，很好地想过、干过的事情……所有今后你(不管你是谁)或任何人很好地想过、干过的事情……这一切单独地和全部地在当时、现在和将来都永远适合那些从它们中已经产生或将会产生的个体……你是否猜想过它们都只是昙花一现？世界不是这样存在的……其摸得着、摸不着的部分都不是这样存在的……现存的结果无不来自于长久以前的结果，后者也是如此，这样追本溯源，就没法说哪个最远的点比任何别的点略为接近开端……凡能满足灵魂的都是真理。最伟大诗人的智慧最终呼应的是灵魂的渴望和贪求，它并不轻视那些小聪明，只要它们遵从它的方式，它不阻止什么，不允许为自己的或任何别的缘故而停顿，它没有特别的安息日或审判日，它不把活着的和死去的分开，不把正当的和不义的分开，它对现实感到满意，它让每一个思想或行动和与它关联的相配，它不知道可能的宽恕或替代性的补偿……它知道那从容冒死、捐躯的青年人此生无憾，而那从不冒生命危险、富裕安逸地活到老的人可能没有为自己做出值得一提的成就……它知道只有那学会了选择真正长久之物的人，那对肉体和灵魂同样喜爱的人，那领悟到来世必然跟随现世、他所行的善恶会跃到前面、等待再次和他面对的人——只有那样的人才没有伟大的智慧需要学习了，他会在任何紧急关头都情绪镇定、不避死亡。

对于要成为最伟大诗人的人，直接的考验就在今天。如果他不把当今的时代当作巨大的海潮来冲刷自己……如果他不把自己国家的机体和灵魂吸引住，以无与伦比的爱搂住它的脖子，把他闪米特人的力量投入它的精华和糟粕①，……如果他自己就不是那个理想化的时代……如果永恒没有向他敞开大门，那么，就让他消失在茫茫人海，等待他的成长。是永恒把相似性赋予了所有时代、地域、进程、有生命和无生命的形体，是永恒连接了时间，以今天的浮游形态从时间的不可思议的模糊和无限中升腾，并被柔韧的生命之锚抓住，让现在这个点成为从过去走向未来的通道，并代表了这一个钟头的时间之波，代表了这一波的六十个美丽儿女之一②……不过对于诗歌、任何作品或作品里的角色，还有最后的考验。有先见之明的诗人会为自己作出未来几个世纪的规划，判断在时间变迁后的执行人和执行情况。他的作品会挺过这些变迁吗？它们还会不倦地坚持下去吗？将来同样的风格、类似的才情会像现在这样叫人满意吗？难道不会出现新的科学发现，或是思想、鉴赏和行为达到更高的水平而使他和他的作品受到轻视吗？难道千

---

① 闪米特人(semitic)，主要指犹太人。惠特曼本人并无犹太血统，故在此意义不明。在1856年作的长诗《在蓝色的安大略湖畔》里，有几乎完全相同的句子，不同处是“semitic”改为“seminal”（生殖的、有潜力的之意）。

② 指一小时的六十分钟。

百年的进程愿意为了他的缘故而左右绕道？他在入土后很久很久是否还被人爱戴？小伙子们会常常想起他吗？姑娘们会常常想起他吗？中老年人会想起他吗？

一首伟大的诗将为世世代代所共有，为一切阶层、各种肤色的人们所共有，为一切部门和派别所共有，为一个女人就像为一个男人那样、为一个男人就像为一个女人那样所共有。对于一个男人或女人，一首伟大的诗不是结束而是开始。是否有人幻想过他终于能在某种适宜的权威之下坐下来，他能有理由满意地休息，他能大彻大悟了吗？最伟大的诗人不会带来这样的终点……他不会带来停止，不会助长肥胖和安逸。他在行动中表明他的风格。他抓住了谁，他就紧紧抓住那个人进入以往从未到达过的生活领域……此后不得休息……他们看到的空间和难以言喻的光辉，使他们以往生活的地方和光照成为死寂的真空。他的伙伴看到了群星的诞生和运行，懂得了其中的一个含义。现在从混乱与混沌中将有一个人升华而出……年长的鼓励年青的，教他……他们两人将一同出发，毫无畏惧，直到新世界适应了它的轨道，泰然观览那些群星的小轨道，疾速飞过没有终点的圆环，永远不再休闲。

很快就不会有更多牧师了。他们的使命完成了。他们可以等待一阵儿……也许一代或两代人……然后逐渐消失。一种优秀的人将取代他们的位置……各种思想体系和新思想的鼓吹者将整个地取代他们的位置。一种新的秩序将会出现，他们将是人类的牧师，每个人将是他自己的牧师。在他们的庇护下建造的教堂将是男男女女们的教堂。通过他们自己的神性，新的思想体系和新一代的诗人将成为男男女女和所有事物和事件的解释者。他们将从今天的实物中、从既往和未来的征兆中找到他们的灵感……他们将不屑去维护不朽、上帝、完美的事物、自由、精致的美和灵魂的真相。他们将在美国崛起，并从世界各地得到响应。

英语特别有助于庄严的美国式表达……它足够强健，有足够的弹性和丰满。它坚实的底子是一个历尽世事变迁而从不缺乏政治自由观念的民族，这种观念是一切自由精神的主导，它从一些更加讲究、更加鲜明、更加微妙、更加优雅的语言中吸收了词汇。它是一种有耐力的强大语言……它是常识的语言。它是那些既自豪又忧郁的民族、一切有追求的民族说的话。它是一种被挑出来的语言，去表达成长、信念、自尊、自由、公正、平等、友好、丰富、智慧、果敢和勇气。它是一种能最恰当地表达难以表达的东西的工具。

没有哪种伟大的文学，也没有哪种风格类似的行为、演说、社交、家政、公共机构、雇佣关系，或行政细则、陆海军的细则，或立法精神、法庭、治安、教育、建筑、歌曲、娱乐、年青人的服装，能够长期逃避美国标准那敏感而热情的直觉。这些东西要么就过去了，要么就立足、保留下来，不管人们嘴上是不是说，每个自由男女的心里都为之震动，产生质疑：它和我的国家相一致吗？受它控制带不带屈辱的性质？它有利于这些由兄弟们和相互爱着的人们组成的庞大、团结，比旧模式更豪迈，比所有的模式都丰富的不断成长的社团吗？它是新从地里长出来的，从海里取出来的，供我此时此地享用的吗？我知道凡适合我——一个美国人的，也必定适合每一个人和整个国家，他们都是我的一部分。它适合吗？或者它和普遍的需要无关？或者它出自处于特殊阶段的不发达社会的需要？或者出自被现代科学和社会形态压倒的老式乐趣的需要？它是否公开宣称完全承认自由、根除奴隶制是与国家生死攸关的？它有助于养育一个身材结实性感的男人，还有一个女人作他完美独立的伴侣吗？它会改进风俗习惯吗？它有利于培养共和国的年青人吗？它易于和众多孩子的母亲的乳房泌出的香甜乳汁相融合吗？它也具有那种老而常新的克制和公正无私吗？它是否怀着同样的爱看待末生子？看待正在长成的人？看待误入歧途的人？看待那些除了自己的力量、对一切外界的攻击力都蔑视的人？

从别的诗里提炼出来的诗或许将会过时。胆小鬼当然要被淘汰。活力和伟大的期望只能由富有活力和伟大的行为来满足。那大批磨光了棱角的批评、应景和斯文的作品都打了水漂，留不下什么记忆。美国满怀镇静和善意准备迎接那些捎过话的来访者。他们受欢迎的理由不是智力。有才能的人、艺术家、善创造的人、编辑、政治家、饱学之士……他们无不受到欣赏……他们各得其所、各行其职。国家的灵魂也履行它的使命。没有什么伪装能逃过它……没有什么伪装能瞒得住它。它什么都不拒绝，它允许一切。它只能迎合那同它一般优秀和与它同类的民族。当一个人具有构成第一流国家的品质时，他也就如同这个国家一样出色。最庞大、最富有、最自豪的国家的灵魂不妨去迎合它的诗人们的灵魂。征兆是灵验的。不必害怕它会出错。如果一方是真实的，另一方也真实。一个诗人的凭证在于他的祖国亲切吸纳了他，如同他也吸纳了祖国。

《像一只自由飞翔的大鸟》前言(1872)[1]

沃尔特·惠特曼

过去若干年推动我为新世界歌唱、写一部关于民主的史诗的冲动和理想，早就在已经出版的《草叶集》里如愿以偿了，现在和将来我的任何作品其实不过是《草叶集》之后的剩饭或余波。我在那部诗集中实现了一个固执的信念和我天性的指令，它是绝对而不可抗拒的，就像让海水奔流、地球旋转的指令。然而，对于这本补充性的诗集，我承认我不是那么确定。我成年后不久就放弃了在我这个时代和国家里人们通常的事业追求和努力，心甘情愿地沉湎在上述冲动里，在表达那些理想的作品里。当已经没有确实需要进一步说的东西时还在写作，这很可能表明，我不过是被习惯支配了。可是从长远的结果看，生活不就是一种实验吗？道德不就是一种实践吗？我的诗就是这样。如果这里不完整，那里多余，也没什么要紧——这诚心的实验和持久的探索至少是我的，别的成功的失败也将是足够的成功。反正我更加关心的是创作出歌唱奋发的生命和进取的男子气概的诗，为那帮热衷户外活动的身强力壮的人提供些什么，而不是造出完美的韵律，或在客厅里称王。我从一开始就冒险走自己的路，碰运气——我会一直走下去。

所以，对于对此事感兴趣的任何人，无论我认识与否，我

① 《像一只自由飞翔的大鸟》为惠特曼于1872年写的一首诗，收入在当年新版的以其为名的诗集（实为《草叶集》新版）中；在1892年《草叶集》临终版里，这首诗改标题为《母亲，你同你那一群平等的儿女》。

都不隐瞒，我还有雄心再写几年诗。当今的时代实在了不起！应该把它的一切都收入、表达在诗里——它的世界——美国——城市和各州——我们十九世纪的年代和事件——迅速的发展——光明与黑暗、希望与恐惧的强烈对照和波澜起伏——由科学引起的诗歌写作方法的全盘革命——这些伟大、新颖的基本事实和到处冲撞、传播的新鲜思想——实在是了不起的时代！就像在露天阳光下重新上演的某部古老的宏伟戏剧，我们时代的国家、文明的一切特征，似乎匆匆忙忙、高视阔步地走过舞台，从一侧走向一侧，向某个长久准备好的大结局聚拢、抵达。并非要结束人类的生活、劳苦、幸福和悲痛的无限场景，但可能要从舞台上清除那些最古老、最糟糕的障碍和积淀，人类要在更愉快、更自由的保护下再继续那永恒的演出。在我看来，合众国很重要，因为在这部宏伟的戏剧中，它毫无疑问地将在未来的许多世纪里受指派担当领导角色。历史与人类似乎试图在它身上达到登峰造极。即使今天，我们广阔的国土也是忙碌的剧场，上演着阴谋、爱情、争权夺利、悬案未决，与其相比，欧洲过去的诡计、历代的战争、国王和王国的活动范围，甚至人民至今的发展所呈现的规模，都相对的狭隘和平凡。在我们的国土上，如在舞台上，可能迟早会形成某种东西，类似于欧洲和亚洲过去的一切文明所演化出的启蒙。

领导角色，并非要由我们再去扮演、竭力效仿历史中至今最重要的角色——不是成为去征服的民族，或者仅仅得到军事、外交、贸易上至高的荣耀——而是成为产生更加高尚的男人和女人的广袤国度——产生愉快、健康、宽容、自由的人口旺盛的多种民族——成为最友好的国家，（合众国确实如此）——由全体人民组成、为人民提供发展空间、欢迎一切移民的现代的混合式国家——接受我们自己内部发展的成果，以适应、满足未来的年代；——是首要的和平的国家，但也非不懂或不能成为首要的战争的国家；——不仅是男人的国家，也是女人的国家——出色的母亲、女儿、姐妹、妻子们的国度。

我们今日的美国在我看来，很多方面确实就像一大堆材料，蕴含盎然的生机，比以往所知的更丰富、更好（也更坏，）——适合用于推向它的最高阶段，为了良好的目的造就未来的伟大、理想的民族，肉体与灵魂的民族①，——这里有无限的土地、便利条件、机会、矿藏、产品、需求、供应等等；——（我认为）有已建立的我们的国家的、各州的、城市的政治组织，其永久性远超出我们所能做的估计——但是至今还没有与我们的政治相一致，属于我们的社会、文学、宗教及美学的组织——这些组织的按时出现只能通过伟大的民主思想、宗教——通过科学，现今科学正如旭日升起，开始照亮一切——通过我们自己产生的诗人和文学家。（最近有一本写得很好的关于文明的书，意思大抵是，真实而全面的文明的墙角和地基——在以后也是必要的条件——只能是为每个人提供适宜、可靠、无限充足的衣食住行所需的产品——持续提供身体与居家的舒适，人际的交流，公民与宗教的自由——只有这样，美学和精神方面的事业才会自行发展。是的，合众国已经建立了这一基础，其规模、多样性、活跃性和持久性可与大自然相媲美；现在必须在其上建筑一座大厦。我以为这座大厦只有以新的文学，尤其是诗歌才能恰当地建成。我以为，必须有一种现代的制作形象的创造，以融合与表达现代政治与科学的创造——那时其三位一体就完成了。）

多年前，我着手制订我的诗歌写作计划，不断反复推敲，在心里修改了许多年，（从我 28 岁到 35 岁，）进行了大量实验，写了很多，扔了很多，那时一个根本的目的，也是从那以

---

① 惠特曼原注。 达到这一最高阶段要通过未来第一流的**民族歌唱家**、**演说家**、**艺术家**和其他人——在文学中要创造出一个富有想象力的新世界，它与目前**科学的**和**政治的**新世界相一致、相对应，——这个前景也许遥远，但仍令人愉快，（为了我们的孩子，即使不能在我们这一代实现，）即将美国和世界各地的基督教国家解脱出那些乏味没落却又令人厌恶地四处泛滥的传统诗歌，代之以真实、活泼、确有价值的东西——我在先前发表的《民主展望》一文中已经就此论述过了。

后一直坚持的目的——就是宗教的目的。我的诗歌经历了许多改变，采取了一种远不同于我最初设想的形式，但这一基本目的在我的写作中从来没有背离。这一目的当然不能以陈旧的方法来呈现，不能像写圣歌、赞美诗，或表达虔诚信徒的病态渴望，而要用崭新的方法，针对人类最广大的底层和深处，像海洋陆地的空气一般新鲜。（我对自己说，）我要看看，作为诗人的我的目的，一种宗教、一棵强健的宗教幼芽，是否存在于普通民众中，至少在合众国的现代的民众发展中，在普遍的坚强性格与天生的渴望和气质中，这一宗教比所有寻常的教派或教会更具有深度和广度，给予更有益的回报——它像自然一样无限、欢乐、生气勃勃——这棵幼芽已太久无人滋养、无人歌唱，几乎无人知道。有了科学以后，东方的古老神学在受过长期宠爱后，明显地开始衰亡、消失。但（就我看来，）科学——也许它的主要作用将被证明——显然是为一种难以描述的更加庄严的东西铺平道路——时代的年青而完美的结果——新的神学——西方的后代——精力充沛又多情可爱，并且惊人的美丽。对于美国，对于今天，就如同任何一天，最高最终的科学是关于上帝的科学——我们称之为科学的只是它的大臣——正如**民主**也是，或将是它的大臣。（我说过）一个美国诗人必须用这样的思想充实自己，由此唱出他最好的歌。这些思想无论好坏，曾经是《草叶集》的信念和目的，它们也同样是这本诗集的用意。在我看来，没有宗教这一根本因素浸染，所有其他因素的就不可能有健全完整的人格、庄严光辉的民族性，（就像化学中的热，本身无形，却是一切有形生命的生命，）所以缺少那隐藏于一切之后的因素，就不可能有名副其实的诗。现在时候已经的确来临，该开始在合众国让宗教观念摆脱寻常的教会主义，摆脱礼拜日、教堂和在教堂举行的活动，让它进入最主要、最必需、最振奋人心的普遍的位置，对于它，全部人类的特性、教育、各种事务都需要调整。美国人民，尤其是青年男女，必须开始懂得，宗教（就像诗歌，）与他们设想的东西远远不同。它对于新世界的力量和永久性实在太重要了，再不能把它交付给教会，无论新老、无论天主教或耶稣教——这个或那个圣徒。今后必须把它交付给民主、给文学。它必须进入民族的诗歌中。它必须造就民族。

四年战争已经结束[①]——在今天以及将来的和平、强劲、令人兴奋的新形势下，那场奇怪、悲惨的战争正迅速、甚至现在就被人遗忘。军营、操练、警戒线、俘虏营、战地医院，——(啊，战地医院！)——统统消失了——全然像一场梦。一个新的民族，年青而强壮的一代人，已如海潮般涌来，把战争和它的伤痕、坟墓、仇恨、冲突、死亡的记忆，统统冲刷干净。我说，现在和将来的生活向我们在南方、北方、东部、西部的每一个人，提出了不可拒绝的要求。去帮助合众国的各州(即使只在想象里)手牵手，在一个牢不可破的圆环里同唱一首歌——去唤起他们去承担他们将要扮演、甚至目前正在扮演的前无古人的光荣角色——去思考他们的伟大未来，以及面向未来的态度——尤其是他们伟大的美学、道德、科学方面的未来，(相对未来，他们在物质和政治方面的粗陋现状不过像一支由管弦乐队演奏的序曲，)直到今天，这些依然在我的希望与雄心之中。

已经出版的《草叶集》，就其意图来说，它是一首涵盖男女的民主的个人的伟大的混合式歌曲。在继续与弘扬这同一目标的过程中，我设想在我心里有一个弦音贯穿于这本诗集的诗里，(如能得以完成，)这个弦音或多或少可以听见，它发自一种集合的、不可分割的、史无前例的、博大的、混合式的、光辉的、民主的民族性。

那么，为了在将来的岁月里依旧不时地充实下面的诗集，(除非受到阻止，)我在此结束这篇为它的头一部分写的前言，我是在53岁生日这天在户外用铅笔写的，(从新鲜的青草香气

① 四年战争，指1861—1865年间的美国内战。

中、从午后微风愉快的凉爽中，从我周围静静摇曳、嬉戏着的树枝撒下的光影中，从猫头鹰低音伴奏的音符中，）亲爱的读者，无论你是谁，我向你送去我真诚良好的祝愿和友爱之情。

建国百周年版前言(1876)[1]

沃尔特 · 惠特曼

11 点钟，在重病里，我收集起不久前我的第一本主要的诗集《草叶集》出版后留下的散文和诗歌，有新作，也有旧作——大多是在过去完全健康的状态下写的(其中许多是阴沉忧郁的，使得这本书几乎像是临终之作)——在它们前面是最新的合集，小小的《双溪集》，现在把它们发表，收在这本杂集里，一方面作为我的献礼和发自内心地庆祝这一重要的时刻，我们的新世界建国的第一个百年——另一方面作为乳品和营养，献给信念坚定、平等地代表全体人民的联邦，和孕育未来许多个百年的母亲。

我也怀着同样，或者更大的自豪和喜悦，保留了我的有关死亡与不朽的特殊诗篇[2]，即使只是为了证明我们美国的兴旺、为了提醒未来的人们，也是给现在和过去的一切以一个富有特色的了结。它们原本是作为一切的终结和慰藉而写的；这也将是它们最终的作用。

---

① 建国百周年版包括《草叶集》和《双溪集》。

② 惠特曼原注。 指《向印度航行》。——像在某部古代传奇戏剧里，为了结束故事情节和英雄的生涯，在船甲板上、在海岸上举行告别聚会，解开绳索，迎风展帆——出发到陌生的海域，谁也不知道归宿何在——不再返回——于是大幕落下，戏到此终了——我因此保留了这首诗及其组诗，以结束和解释许多东西，——没有这些诗，也就得不到解释，——然后告别，永远离开它们之前的一切作品。(也许在《向印度航行》及其组诗中，更自由地宣泄、更充分地表达了那自始至终就或多或少地潜藏在我作品的每一页、每一行、无处不有的东西。)

由于某种原因——我心里也解释不清，却暗暗为之高兴还感到满意——在整个集子中，我不曾犹豫地埋入两条完全清晰的脉络——一条是政治，另一条是关于不朽的沉思。同样，这本书里也有两种形式，散文和诗歌。因此，这个集子在那些小插段之后，大致分为在主题和写作方式乍看都大相径庭的两部分。有三个观点我特别珍视，是我一直不断探索形成的，并以多种形式反复阐述过，读者将会看到：1. 新世界民主的真正的成长特征，今后将在卓越的文学、艺术和宗教的表达中大放光彩，远远超过它的共和形态、普选权和频繁的选举（不用说，这些当然重要）。2. 合众国最重要的政治使命是实际解决与调解两套权力的问题——即彻底地协调、连接、融合各州的特权，强调集中与统一的必要性，即全国认同的权威，一个包括所有州，又高于所有州的永久性的最高联邦，它铁面无情、寸步不让。3. 在今天普遍弥漫的乌烟瘴气中，难道我们没有明白地看到两个希望的支柱吗？它们带着最崇高的不可摧毁的暗示。——一个，在美国政治和社会中到处存在的病态现象，不过是过往云烟，是我们不受限制地生长过程中的副产品，是肥沃土地上一年一度长出的杂草——它们不占中心地位，不会持续多年。另一个，合众国迄今的经历，它的第一个百年，不过是一种准备，青春期——这个联邦只是从现在开始（即从内战以后，）才进入它全面的民主历程。

说到全书的诗和散文，（我完全不在乎时间顺序，只是把原来的日期和当时的印象、头脑发热时产生的联想胡乱搁进书里，没有改动，）我的前一部，即《草叶集》中的诗，仍然是必不可少的土壤或基础，从这里，只有从这里能够长出在后一部中更明确地彰显出来的根和干。（如果说前一部体现的只是健康的生理学，那么后一部虽然基本相仿，则更加明显无疑地表现了反常的病理学，它当然是及时地产生自前者。）

在前一部，也是最主要的集子里，作品写于我30到50岁、身强力壮、精力旺盛的时候，我思考着出生与生命，把我的想法包裹在我的时代的画面、岁月、事件里，给予它们明确的位置和特性，把它们浸透在热烈的自豪感和放肆的自由里，这自豪与自由对于把尚未成形的美国精神从层层束缚、迷信以及所有过去亚洲、欧洲长久遗留的固执、令人窒息的反民主权威的压抑下解放出来，是必需的——我的意图是要表达个人自我的永恒的肉体、自然的特性，要超越一切人为的控制和做作①。

考虑到美国联邦迄今以及在未来的一些时间里，仍处于形成过程中，我将我的诗文当作营养和影响留下，真正有助于吸收和强化，尤其是提供某些合众国最需要，而我看在文学中还远未提供的东西，即让它们或开始让它们清楚地看到自身，还有它们的使命。虽然一切时代和国家的主要方面非常相似，即使承认有进化，也基本如此，但是这个共和国，它的每个成员，或作为一个联合的国家，有某些重要的东西格外突出，达到了现代人性的顶点。它在道德和精神上还极少认识到的，正是这些东西。（非常奇怪，它却同时在忠实地实践着它们。）

我对合众国的伟大未来怀着如此绝对肯定的期望——这个未来奠基于过去，又不同于过去——当我歌唱之前、歌唱之时，我总是召唤这个未来，置身其中。（一如既往，一切都关注未来——美国也是一个预言。什么事物，哪怕是最好、最成

---

① 惠特曼原注。即一种主要由普通和正常的元素构成的性格，对于它的上层结构，不仅旧世界的学问和经验的宝贵积累，还有在建设中已解决的社会和市政的需要以及当前的要求，这些仍将可靠地发挥作用，它在自己的基础上并经过提高后，从民主的精神中得到动力，从民主的准则中接受它在所有方面的标准，而大自然的直接、经久的影响，大自然的古老的英雄般的精力，草原、山脉的雄伟气派，大海的冲击，都是原始的防腐剂——那些热到沸腾、张力十足的激情、勇气、情欲、强烈的自豪感，都将再次让它充满生机。因此，绝不能失去人为的进步与文明带来的好处，还要为了西方重新占有那些最古老而又永远鲜活的旷野，从那里收获原始而又健康的营养，这是一个强壮的民族所必不可少的，缺少了它，威胁就会越来越大，这正是今天我们的新世界的文学极其匮乏的东西。

功的，可以单凭自身、眼前或物质的炫耀来证明它正确呢？人或国家，很少知道他们在未来有多大分量。只有如高峰般耸立的人或国家，以其主要的精神蕴含影响了今天**你我**所做的一切。缺了它，大地、诗歌就没什么意思——人类的生活就丧失了目标。所有时代、所有民族和国家都曾是这样的预言。但是何曾有过哪个时代、哪片大地像我们的时代、像西方的大地，有着如此宽广、如此清晰的预言呢？）

我不是科学家，但我充分采用了我们时代及过去百年中伟大学者和实验家们的成果，就长远效果而言，它们为我所有的诗歌增添了内在的色彩。当今真正的诗歌是一直在追随现代的精神，巩固着、壮大着向未来挺入，它必须唱出科学精神赋予人类和宇宙的宏伟、辉煌和真实性，（这些都称为创造，）它必须在今后推动人性进入崭新的途程，符合那种宏伟、辉煌与真实性，（旧的诗歌是不知道这些的，）像新的星系那样，平衡它们自身，旋转于无限的空间，比恒星还巧妙。诗歌，自古以来以至当今还和儿童故事、平凡的爱情、装点门面、浅薄的韵律联姻，它将不得不接受过去，不拒绝过去和过去的主题，但它将因这惊人的创造和宇宙精神而焕发生机，我看，在今后所有第一流的诗歌中，这种创新和宇宙精神势必成为其背景和基本动力，这或多或少可以看到。

不过，（就我来说，至少在我的全部散文与诗歌中，）除了愉快地接受现代科学、毫不犹豫地忠实追随它，还有一个一直被承认的更高境界，更高的事实，即人类（以及其他一切的）永恒的灵魂，它是精神性的、宗教性的——我认为，它会成为科学精神与未来诗歌的最伟大的作用，它会摆脱那些无稽之谈、不成熟和迷信，猛进到新生的信念和百倍宽广的空间。对于我，宗教性的、神圣观念的和思想的领域，虽然是隐而不见的，但在人性和宇宙中恰如在化学领域，或在客观世界中的任何领域一样，它们绝对存在。对于我

先知和诗人，
将在更高的阶段保持自身，
将传递现代和民主的信息，为它们解释，
上帝和幻象。①

对于我，博学的王冠将会确凿无疑地为更灿烂的神学和更饱满、更神圣的诗歌开辟道路。这不是一年，甚至一个世纪将会解决的。现实中存在一种东西，潜藏于现实后面，一切为它而存在。在人类的理智中、在时间里、在遥远未来的幽深处，也存在着一个审判者，一个受理上诉法庭，它将会来解决。

这两部作品里，在某些部分中神思奔放，或企图描写或暗示它们，我从不怕被指责为晦涩——因为人们的思想、诗或歌曲，必定会留下一些模糊的泄漏和出口——必定具有某种流动、缥缈的特征，与空间本身相似，这对于那些很少或缺乏想象力的人显得晦涩，而对于品位最高的人则必不可少。当诗对灵魂说话时，它的风格是一种不很确定的形式、勾勒、塑造，变成风景、音乐、中间色调，甚至弱于中间色调。真的，它也许是建筑；但也可能是原始森林，它在黄昏时给人的印象最佳，风中摇曳的橡树和雪松，难以琢磨的气味。

最后，由于我生活在崭新而有待开发的国度和在一个为未来奠基的革命时代，我觉得要在我的诗里，完全以我自己的方式来确定这个时代、这片国土的特点。因此，我的诗的形式完全产生于我的意念和事实，和它们相似。在我的一生之内，合众国从模糊不清、摇摆不定的状态中出现，走到了圆满的定局（虽然仍有变数）——完成并取得了相当于十个世纪的功业和胜利——并且从今后跨入它真正的历史——（自内战以来，）现在的道路上已清除了以死亡相胁的障碍，我们周围和前方的自由领域已不同于以往，已经确定明朗——（过去的一个世纪不过

① 引自《幻象》。

是轮船启程驶入大海前的准备、试航和实验）。

要评价我的书，必须首先深刻评价世界当今的时代、事业及其精神。在刚刚结束的一百年里（1776—1876），发生了不可避免的任性的事件，新的实验和引进，有关战争与和平的许多史无前例的事情，（它们要再过一个世纪才能更好地被认识，也许仅仅是认识；）在这段时间里，尤其是在迅速过去的25年里（1850—1875），所有那些快速的变化、创新、大胆的运动，都带着它们自己不可避免的任性的胎记——而我的诗歌实验也找到了起源。

我唯一确定的是，人类或诗歌的最终的内在的升华是它对死亡的想法。在其他一切，即使是最庄严的东西已被了解、被述说之后——在那些为了最伟大的民族性、为了最美妙的歌、为了最好的男性和女性的人格至上观念而做出的贡献，已从实在的生活的丰富多彩的主题中找到，并被完全接受、被颂扬之后，在可见的生存中的普遍事实，及其移交的责任被显而易见地圆满完成之后，另一个普遍而不可见的事实仍有待通过充塞于整体和部分以真正完成，它是生活中如此重要的一部分，（难道不是最重要的部分吗？）它与其余部分相结合，为个人或国家赋予所有人，甚至最卑微的生命以唯一永恒的一元化的意义，并在时间中与宇宙的尊严相一致。适应了这一思想，愉快地获得这一事实，就闪现出第一个有关灵魂的独特的证据，所以对于我（我只是将它略作延伸），最终的民主的目的，那些微妙而精神上的东西都集中在这里，如不变的星辰，由此发散光芒。我以为，它不亚于不朽这一观念，重于所有其他观念，它要成为新世界的民主的组成部分，使之具有生气，打上至高无上的宗教印记。

在唱过《草叶集》里那些关于肉体与生存的歌后，我原本打算写一本更深入的同样必需的作品，它将基于那些有关永恒与不灭的信念，囊括所有先前的东西，最终让无形的灵魂获得绝对的统治。我的意思是，在继续我的最初歌唱的主题时，要变换载体，展示那同样热情并已充分指明的个性的问题和矛盾，而个性是进入了精神法则的不可抵抗的引力范围，以愉快的面孔估量着死亡，而死亡根本不像是生存的休止，而是如我所感觉的，它必是生存的最伟大部分的开始，是生命至少像为它自身那样为之存在的某种东西。但是创作并完成这样一部作品超出了我的能力，必须留给未来的某位诗人。肉体的和激发美感的东西，它们本身或它们直接的影响，仍在控制着我，我想，它们从来没有完全放过我；对于那种控制，我不仅没有拒绝，反而不愿消弱它。

同时，我用关于死亡、不朽、自由进入精神世界的思想，或思想之光来结束我的书，这完全不是要放弃我原先的计划，相对于圆满地完成它，避免书中出现明显的时间上的脱节更为重要。在那些思想中，在某种程度上我是从我以往的诗歌和现代科学所必需的观点出发，向那个宏大主题迈出我最初的步伐或做出最初的研究。我也试图在其中为我的长存的民主拱门放置顶石。现在我重新整理它们，为了出版，部分也是为了打发、消磨这些陌生的患病的日子，何况还有我生活中丧失亲人的最沉重的痛苦①；未来的素昧平生的读者，当我想到为你留下的那组诗，会比其他的诗都更特别地作为“我的念想”，我感到高兴、满意。当年在完全健康时写的这些东西，我可没有想过会在此时此景对我爆出这样的意义。

[我在1875年5月31日写这些的时候，又赶上初夏——又是我的生日——现在我56岁了。在户外的美景和清新里，在欢乐季节的阳光和翠绿草木中，我修改这本诗集，现在的心情和当年围绕着《草叶集》的问世和成长的快活气氛比起来，太不同了。我让自己专心安排这些篇什以供出版，但还是被两年来失去我至爱的母亲的哀思所笼罩，在我认识的所有人里，她

① 惠特曼于1873年1月因中风而身体部分瘫痪，此后多年里常间歇性发作；同年5月，他的母亲去世。

是最完美、最富有魅力的人，是行为、道德和精神的最珍贵的结合，最少自私之心——是我爱得最深的人——另外，叫人烦恼的瘫痪病的发作也折磨着我的身体，它顽固地缠住我，拖住我，使我的体力活动完全受限，很不舒服。]

因此，在这样的氛围里，我还是觉得要保留《向印度航行》作为即使是这部百年纪念的赞美诗集的结束语。不像在古埃及的最崇高的节日里，把可憎的死亡骷髅拿去给狂欢饮宴的人们观看，给那种欢乐轻松的场合增添一点风趣和阴影——而是像在厄利斯[①]的标准希腊人的大理石雕像，以漂亮、健美的年青男子的形态暗示死亡——他双目紧闭，倚靠倒置的火炬——象征行动后的休憩和渴望，一切生命和诗歌都必然把它当作最高的典范，即我们的本体在这一阶段的正当而高贵的终结，也是通往另一阶段的准备。

虽然最终看来《草叶集》的肌体处处都显得彻底的精神化了，但我希望就主题而言，它们给人的直接印象是血肉生命的质感，是肉体的冲动，是纵欲的，它应该如此。尽管诗集里有其他主题，大量抽象的思想和诗篇——尽管我在诗集里收入了对于那场国家与奴隶制政权之间的伟大斗争（1861—1865）的短暂、迅速但很实际的观察，像是那场斗争的残酷血腥的全貌的自我展开：整本书确实是围绕那四年的战争打转，它由于我置身其中而成为了《擂鼓集》的主轴——而且这里那里、或前或后，还有不少插段和思索——即为活着的、活跃的、现实中的健康的人性制作一幅标准的肖像，它既客观又主观，欢乐而有力，现代而自由，特别为合众国长远未来的男男女女所有用——我要说，这一直是我的总的目的。（也许所有这些不同的诗，我的全部作品，这两个集子，的确仅仅是听上去有某种程度变化的呐喊，无论多么洪亮、多么合宜、多么欢乐、多么

① 厄利斯，位于希腊伯罗奔尼撒半岛西部的一个地区，比邻著名的奥林匹亚。

真实，毕竟是一个人，发自他或她自己。）虽然当初并没有明确计划，但现在看来，我曾是不自觉地努力，间接或直接地去表现了合众国的混乱、急速的成长和紧张状态，十九世纪的普遍趋势和重大事件，尤其重要的是，表现了整个当代世界、我的时代的精神；因为我觉得我分享了那种精神，同时我对所有那些事件深感兴趣，包括延续长久的时代的终结，还有在合众国历史中极其辉煌的更伟大的时代的开启。（例如林肯总统的去世，适时地、历史性地终结了封建主义文明的许多旧的影响——就像一幅巨大、阴沉的分隔大幕，突然降临于它们。）

自从我生病以来，（1873－1874－1875，）在绝大多数时候病痛并不严重，这样就有很多时间，也常常有兴趣去审读我的诗，（我从来不眼盯着图书市场进行写作，也不为名誉或任何钱财利益，）我不止一次地感到暂时的沮丧，生怕在《草叶集》里有关道德的部分没有充分讲出来。但是在我头脑最清醒、最冷静的时候，我认识到那些“叶子”，无论整体还是个别，当然是为道德开辟道路，使道德成为必要，与道德相适应，恰好相同于大自然的所作所为，它们合乎我的计划，是它们必须成为和可能应当成为的东西。（在某种意义上，当道德成为整个大自然的目的和最后的理智时，在自然的造物、法则、表现中，就绝没有任何道德的东西了。那些东西仅仅是不可避免地导向道德——启动它，并使之成为必要。）

于是，我将已经出版的《草叶集》看作是一般的**个体**的**诗**，（正读着这些诗的人，不管你是谁，它属于你。）这个人并非特别了不起得像战争里的赢家，或者发明家、探险家，他连在科学领域、在才智或艺术才能上都很一般，也称不上做慈善的典范。从最高的民主观点看来，最受欢迎的人是日常生活过得好，又碰上好运气的普通农夫、水手、机械工、店员、工人或车夫——他把这个位置作为一个中心的基础或支撑点，干好活儿，尽他作公民、儿子、父亲和雇员的责任，同时，他爱护身体，上进，在别的领域发展、发挥自己的才能——尤其是那种地方、那种时候，（一切人中最了不起的，比任何领域里最骄傲的天才、权贵都高贵，）他完全懂得良心、精神、神圣的职责，教养很好，付诸他一生的言行之中，坚持到底——他的人生比荷马、莎士比亚笔下的所有人物都要崇高——比所有诗歌和圣典都要广阔——也就是说，那是自然本身，在自然之中，是**你自己**，你自己的**个体**，包括肉体和灵魂。（在法则之下，站立着**你自己**，一切男主人或女主人，一切为你服务，为你相助——然而你在一切的中心，吸纳着一切，为你的目的把唯一的意义和生机赋予一切。）一般的个体的法则，**你自己**的法则，是和神圣的宇宙的法则一致的，那些“**叶子**”的一个主要意图就是为它唱歌。

可以再谈一些——因为只要是我做的事，我就应当交代个一清二楚。我也发表过《草叶集》，去唤起男女老少们心里的激流，现在以至永远，那活跃的、冲动的爱和友情的无尽潮水，便直接地从他们那里奔我而来。对于这个强烈而不可抑制的渴望（它肯定或多或少地潜伏在绝大多数人的灵魂里）——这种普遍的民主的伙伴之情——这种古老、永恒而长新的爱的交流，这么恰当的美国的象征——我在那本书里不加掩饰地、公然地、最开放地说了出来。此外，《草叶集》中的组诗《芦笛集》，在我的宗旨里，它们作为了重要的关于人性的动情表达，而其特殊意义主要在于政治方面（它或多或少贯穿全书，并凸显在《擂鼓集》）。凭着一种强烈的公认的伙伴之情的发展，潜伏在北方与南方、东部与西部的所有年青人心里的男人对男人的美好而健康的情意——我说就凭这个，还有和它直接、间接相关的东西，未来的合众国（我不能太经常地重复这一点，）一定会最有效地连成一个整体，结合、锤炼为一个活跃的联盟。

总而言之，必须永远记住的是，《草叶集》不能被认为主要是一部理智的或学术性的创作或诗集，而更多的是出自情绪和肉体的激烈的叫喊——一种也许生来就适合于**民主**与**现代**的叫喊——在它的本性里无视旧的习俗，它只在伟大的法则下，追随自己的冲动。

卷首辞

来吧，我的灵魂说，
让我们为我的肉体写诗，（因为我们是一体，）
这样死后我会无形地回来，
或者今后很久很久，在别的星球，
在那里向别的伙伴们再度歌唱，
（合着大地的泥土、树木、风、奔腾的波浪，）
我会永远愉快地微笑着唱下去，
我会永远拥有这些诗篇——因为现在在这里，
我首先为了灵魂和肉体，签下我的名字，

铭言集

沃尔特·惠特曼
Walt Whitman
1819.5.31—1892.3.26
(George Cox 摄于 1887)

我歌唱个人

我歌唱个人，单一的独立的人，
发出**民主**的声音、**大众**的声音。

我歌唱从头到脚的身体，
不仅歌唱相貌和大脑，整个**身体**更值得歌唱，
我平等地歌唱**女性**和**男性**。

无限的生命充满激情、脉动和能力，
愉快地在神圣法律之下最自由地行动，
我歌唱这**现代的人**。

(1867；1871①)

当我在寂静中沉思

我在寂静中沉思，
重读我的诗篇，久久思考、流连，
一个幽灵矗立在我面前，面带不信，
它惊人地美貌、年迈、威严，
是旧世界诗才的化身，
它目光如炬直视我，

---

① 第一个年代为本诗创作或初次发表的年代；第二个年代为最后修定的年代。惠特曼习惯于在《草叶集》每次新版时，对前版中的作品进行修改。

手指着浩瀚的不朽诗篇，
用恐吓的声音说，你唱些什么？
你难道不知永世长存的诗人只有一个主题？
那就是**战争**的主题，战斗的命运，
完美战士的造就。

我回答，是这样，高傲的幽灵，
我也歌唱战争，一场史无前例的更长更伟大的战争，
它在我书里进行，有变幻莫测的命运，有追逐、前进和撤退，胜利遥遥无期，
（但是我对结局有把握，很有把握，）战场就是世界，
为了生命和死亡，为了**肉体**，为了永恒的**灵魂**，
瞧，我也来了，高唱战斗的歌，
我首先弘扬勇敢的战士。

(1871；1871)

在海上有舱房的船里

在海上有舱房的船里，
四周扩展着无边无际的蓝色，
风在呼啸，波涛的音乐，巨大蛮横的波涛，
孤零零的小船，漂浮在阴沉的海上，
快乐、满怀信心地张开白帆，
她划破天空，在白天的闪光和浪花中，在夜晚的繁星下航行，
偶尔会有老少水手读起我写的陆地回忆，
最终和我心神相通。

他们可能会说，这里有我们的想法，航海人的想法，
这里出现的不光是陆地，坚实的陆地，
这里有拱起的天空，我们感觉到脚下颠簸的甲板，
我们感觉到长久的脉搏，无穷尽的潮涨潮落；
从看不见的奥秘中传来的音调，流动的歌谣，海水世界含糊宏大的暗示，
咸香的气味，缆绳轻微地嘎嘎作响，忧郁的节奏，
无边无际的景象，遥远朦胧的地平线，都在这里，
这是大海的诗篇。

哦，我的书，不要犹豫，去完成你的使命，
你不只是一册陆地的回忆，
你也是一条孤零零的小船，划破天空，不知驶向何处，却满怀信心，
你航行吧，伴随每一条航行的船！
把书里珍藏的我的爱带给他们，（亲爱的水手，为了你们，我把爱藏在这里，在每一页里；）
加速前进，我的书！张开白帆，我的小船，越过蛮横的波涛，
歌唱吧，航行吧，从我这里驶向无边无际的蓝色，驶向每一片大海，
把这支歌带给所有的水手和船。

（1871；1881）

致 外 邦

我听说你们寻求过什么来验证**新世界**这个谜，
来为美国，为她强大的**民主**定义，

因此我送给你们我的诗篇，你们会从中看到你们需要的东西。

(1860；1871)

致一位历史学家

你颂扬往事，
你研究了各个民族的外形和表象，业已展示的生活，
你把人当作政治、社会、统治者和牧师的创造物，
而我，阿勒格尼山区的居民，把人当作他自己，有他自己的权利①，
紧按那很少展示自己的生命脉搏，（那是隐藏于他的作为人的伟大清高，）
个性的歌唱者，描画着即将来到的事物，
我凸现未来的历史。

(1860；1871)

致古老的事业！

你古老的事业！
你无可匹敌、热情、美好的事业，
你坚定、决不后悔的亲切的理想，
生生不息于所有年代、种族和陆地，

① 阿勒格尼山区，位于美国东部。

在为了你而进行的一场奇特、悲惨、伟大的战争之后①，
（我认为，凡已打的、将打的战争，确实都是为了你，）
这些歌是为了你，为了你永恒的前进。
（士兵们，一场战争正在这本书里进行，
不仅为它自身，还为了静待其后的更多更多的东西。）

你是万千星球的星球！
你是叫人热血沸腾的准则！你是精心保存的潜伏的萌芽！你是核心！
围绕你的理念，战争周而复始，
连同它全部愤怒而激烈展示的事业，
（连同将持续数千年的巨大成果，）
这些诗是为了你，——我的书和战争是一码事，
我和我的心灵融入了它的精神，就像斗争以你为转移，
就像轮子绕轴旋转，这本书无意于它自身，
而是围绕着你的理想。

（1871；1881）

幻　象

我遇见过一位先知，
他经历了世上形色万物，
涉足艺术和学问、享乐、感官的领域，
为了拾捡幻象。

他说在你的诗里，

① 指1861—1865年间的美国内战。

不要再写叫人纳闷的时辰和日子、鸡零狗碎的东西，
就像光先于一切，是一切的前奏，
　　首先要写幻象。

　　永远是混沌初开，
永远是成长，是周而复始的循环，
永远是顶点和最终的融合，（必然重新开始，）
　　幻象！幻象！

　　永远是变幻无常，
永远是物质，变化着，分裂着，重合着，
永远是神圣的画室、工厂，
　　生产着幻象。

　　看，我或你，
或者女人、男人，或者国家，有名或没名，
我们看上去营造了坚实的财富、力量、美，
　　其实是营造了幻象。

　　外表转瞬即逝，
艺术家的气质、学者的研究长存，
勇士、烈士、英雄的业绩，
　　筑就了他的幻象。

　　每一个人的生命，
（把点点滴滴收集、记录，不漏过一个所思所感所行，）
汇总叠加起来，无论大小，成其总体，
　　都在它的幻象里。

　　那古老、古老的冲动，

以古代的鼎盛为基础，看，更新更高的鼎盛，
发端于科学，依然把现代推向前去，
　　那古老、古老的冲动，幻象。

　　就在当今、这里，
美国的群体、个体，繁忙、兴旺，
叫人眼花缭乱，只有这样才演绎出，
　　今天的幻象。

　　由今及古，
那些消失的国度，大洋彼岸所有的王朝，
古代的征服者，古代的战役，古代的远航，
　　汇入了幻象。

　　密密麻麻，生生不息，精彩纷呈，
重叠的山峦，土地，岩石，巨树，
久远出生的，久远死去的，长寿的，将走的，
　　幻象无穷无尽。

　　得意，销魂，欣喜若狂，
看得见的只有它们的出生之地，
球体在形成、形成、形成，
　　巨大地球的幻象。

　　所有的空间，所有的时间，
（繁星，恒星骇人的摄动①，
膨胀，崩溃，完结，它们各有或长或短的用处，）

---

① 摄动（pertubation），为天文学中关于星球运动的理论，由牛顿等人创立。

不过是充斥了幻象。

万物无声无息，
江河注入浩瀚的海洋，
那分散的无数自由的个体，如同眼见，
真实的现实，幻象。

这并非世界，
这些并非宇宙，它们才是宇宙，
主旨和终结，永远是生命的永恒生命，
幻象，幻象。

超出博学教授的演讲，
超出你敏锐观察者用的望远镜和分光镜，超出一切数学，
超出医生的外科学和解剖学，超出化学家及其化学，
实体的实体，幻象。

没有定型却已经定型，
将来如此、过去如此、现在如此，
把现存的扫荡进无限的未来，
幻象，幻象，幻象。

先知和诗人，
将在更高的阶段保持自身，
将向**现代**，向**民主**传递，为它们解释，
上帝和幻象。

而你，我的灵魂，
欢乐，不停顿地锻炼，得意洋洋，
你的渴望终于得到满足，准备好去迎接，

　　你的伙伴，幻象。

　　你的肉体永恒，
那潜藏在你的肉体中的肉体，
是你之为你的唯一要义，是真正的我自己，
　　一个形象，一个幻象。

　　你真正的歌并不在你的歌里，
它没有特别的曲调可唱，不为它自己，
它出自全体的结果，最后上升，漂浮，
　　一个饱满浑圆的幻象。

(1876；1876)

我为他歌唱

我为他歌唱，
我把今天矗立在昨天之上，
(如同经年的大树发自它的根，现今扎根于既往，)
我用时间和空间扩充他，将不朽的法则融入他，
借此使他自己成为他本身的法则。

(1871；1871)

当我阅读这本书

当我阅读这本书，这本名人传记时，
这就是（我说道）作者称之为一个人的一生了？

那么等我死了，会有什么人来写我的一生？
（就好像有人真能对我这辈子有点滴了解似的，
我常想连我自己对我真正的生活都知之甚少或一无所知，
为了我自己使用，我在此搜肠刮肚，
只找出一些零散模糊的线索和暗示。）

(1867；1871)

开始我的探索

开始我的探索，第一步就叫我这么高兴，
仅仅是意识这一事实，这些形体，运动的力量，
最小的昆虫或动物，感觉，眼睛所见，爱情，
我说第一步就这么叫我惊讶、高兴，
我几乎没有走，不想走得更远，
而是停在那里一直徘徊，在狂喜的歌里唱它。

(1867；1871)

创始者们

他们怎样在大地上产生，（他们断续地出现，）
对于大地，他们是多么可亲又可畏，
他们怎样适应自己如同适应别的——他们的时代是怎样的悖论，
人们怎么能响应他们却不认识他们，
所有时代中，他们的命运里总有某种残酷的东西，
所有时代都错选了奉承和奖赏的对象，

还必须为了同样的大买卖付出同样无情的代价。

(1860；1860)

对合众国

对合众国，或它的任何一个州，任何一座城市，我要说多抵制，少服从，

一旦无条件服从了，就完全受奴役了，

一旦完全受奴役了，今后这个地球上就没有哪个民族、国家、城市能恢复它的自由。

(1860；1881)

在合众国旅行

我们开始在合众国旅行，

(是的，受这些歌的鼓动，走遍天下，

从今开始航行到每一块陆地、每一片海洋，)

我们乐意向所有人学习，给所有人教诲，爱所有人。

我们观察过四季怎样运行周转，

我们说过，为什么一个男人或女人不该像四季那样忙碌，那样慷慨付出呢?

我们在每座城镇都住上一会儿，

我们经过了加拿大、东北部、密西西比大河谷，还有南方各州，

我们跟合众国的每一个州平等地对话，
我们审问自己，邀请男男女女来听，
我们对自己说，记住，不要害怕，要坦率，敞开肉体和灵魂，
住上一会儿就接着走，要大方、节制、朴素、待人亲近，
你的付出会有回报，就像季节返回，
还可能像季节那样收获丰盛。

(1860；1871)

致一位女歌唱家[①]

来，收下这件礼物，
我保存它是为了赠给某位英雄、演说家或者将军，
他应当效力于正义古老的事业、伟大的理想、人类的进步和自由，
是勇敢反抗暴君的人，是大胆的叛逆者；
可是我发现，我保存的礼物像属于那些人一样属于你。

(1860；1871)

我沉着冷静

我沉着冷静，坦然站立在大自然中，
作万物的主人或主妇，在无理性的事物中泰然自若，

① 指女低音歌唱家玛丽埃塔·阿尔波妮，她在 1852—1853 年间在纽约演出歌剧，惠特曼逢场必到，并从此迷恋歌剧。

像它们一样丰富、随和，像它们一样默默接受，

我发现我的职业、贫困、恶名、自负、罪行，都没有我想过的那么重要，

我走向墨西哥海，或住在曼纳哈塔、田纳西，或更北边，或在内地①，

作一个河上的人，或者森林里的、合众国乡下的、海边的、湖边的、加拿大的人，

啊，我这条命不管在哪儿活着，不管遇到什么变故，都会保持自我平衡，

都会像大树和野兽那样应付黑夜、风暴、饥饿、愚弄、意外和挫折。

(1860；1881)

学　问

我朝那里望去，我看到每一桩成就和光荣总是尽责地退缩、聚集在一起，

在那里有光阴岁月——在那里有生意、合同、公司，甚至最微不足道的东西，

在那里有日常生活、演讲、器物、政治、人物、社会阶层；

我们也在那里，我和我的草叶、诗歌，备得信任和赞赏，

像一位父亲带着他的孩子，一起去见他的父亲。

(1860；1860)

① 墨西哥海，即墨西哥湾。曼纳哈塔，为纽约曼哈顿岛的印第安语称呼。

船在启航

看，无边无际的大海，

在它的胸膛上一艘船在启航，展开所有的风帆，甚至挂上了月帆①，

当她疾驶时，庄严疾驶时，长三角旗高高飘扬——下面是争强斗胜的浪涛蜂拥向前②，

它们簇拥着船，划出闪亮的弧形和浪花。

(1865；1881)

我听见美国在歌唱

我听见美国在歌唱，我听见变化万千的颂歌，

机械工人的歌，人人唱着强健快活的歌，

木匠边唱边测量木板、横梁，

泥瓦匠边唱边准备干活或歇工，

船夫唱他船上的家当，水手在汽船甲板上唱，

鞋匠坐在板凳上唱，帽匠站着唱，

伐木汉子的歌，犁田小子早晨上工、晌午休息或日落时唱的歌，

母亲、干活的年轻媳妇、缝缝洗洗的姑娘唱着甜甜的歌，

每个人唱着只属于自己的歌，

---

① 月帆，为悬挂最高的帆。

② 长三角旗，为挂在船主桅杆顶上的旗子，具有标识和传递信号的作用。

白天唱白天的歌——晚上剽悍友善的年青朋友聚会，
放开喉咙唱起雄浑悦耳的歌。

(1860；1867)

什么地方遭围困了？

什么地方遭围困了，拼命突围却枉费力气？
瞧，我派个司令去那地方，他敏捷、胆大、打不死，
给他骑兵、步兵，好多门大炮，
还有炮手，他们厉害极了，老是在开炮。

(1860；1867)

我还是要唱这一个

我还是要唱这一个，
(集矛盾之大成的这一个，) 我献给**民族**，
我在他心里留下叛逆的种子，(啊，潜在的造反的权利！扑不灭、少不了的烈火！)

(1871；1871)

不要向我关门

不要向我关门，骄傲的图书馆，
我带来了你们那堆满的书架上没有的、最需要的东西，

一本我写的书，一本在军队里、在战争中写的书，
书里的词句不怎么样，它的含义就是一切，
一本独立的书，和别的书没关系，也不靠人的智力来领会，
但是你们，你们没说出口的潜意识，会被每一页所震惊。

(1865；1881)

未来的诗人

未来的诗人！未来的演说家、歌唱家、音乐家！
今天不能公正地评价我，不能说出我存在的意义，
但是你们是新的一群，在大陆土生土长，体魄强健，空前伟大，
起来！你们必须公正地评价我。

我只为未来写了一两句预言，
我只前行了短暂的时光，就急忙转身退回黑暗。

我好比一个漫步的人，没有完全停止过，偶尔看了你们一眼，然后掉过脸，
把问题留给你们去证明和解释，
期望从你们那里得到答案。

(1860；1867)

给　你

陌生人，如果你路过时遇见我，想和我说话，你为什么不

该和我说话呢？

我为什么不该和你说话呢？

（1860；1860）

你，读者

你，读者，有着和我同样叫人心狂的生活、自豪和爱，
因此我献给你下面这些歌。

（1881；1881）

从巴门诺克开始

1

从鱼形的巴门诺克开始，我在那里出生①，
了不起的父亲和出色的母亲生养了我，
我漫游过好多地方——喜欢热闹的街道，
在我的曼纳哈塔城里住过，在南方的草原上住过，
当过兵，在营地驻扎，背着背包扛着枪，在加利福尼亚当过矿工，
在达科他的森林安过家，过原始生活，吃肉，喝泉水，
我躲到偏僻的地方苦思冥想，
远离了人群的嘈杂，时间节节过去，我沉迷而幸福，
见识过慷慨好施的密苏里河，见识过宏伟的尼亚加拉大瀑布，
见识过草原上吃草的大群野牛，公牛多毛、胸脯强壮，
见识过大地、岩石、五月的鲜花，星星、雨雪让我吃惊，
琢磨过知更鸟的叫声和山鹰的飞翔，
听到过鸫鸟在天亮时从沼泽地的杉树林里发出绝妙的叫声，
我在西部孤独地歌唱，我开始为一个**新世界**歌唱。

---

① 巴门诺克，为纽约长岛的印第安语称呼，意为“鱼形”，位于纽约东南部。

2

胜利、联合、信念、同一、时间，
不可分解的团结、财富、奥秘，
永恒的进步、宇宙和现代的通讯。

那么，这就是生活，
这就是经历了那么多剧痛和动乱之后浮出表面的东西。
多么新奇！多么真实！
脚下是神圣的土地，头上是太阳。

看，地球在旋转，
远方的祖先大陆聚在一起，
现在和未来的大陆在北方和南方，被地峡联结①。

看，没有人迹的广大空间，
如在梦中一样改变，被迅速充实，
无数人群涌现了，
现在这里布满了已知的最先进的人民、技艺和机构。

看，时间给我带来了
无穷无尽的听众。

他们迈着坚定整齐的步伐，永不停息，
连续不断的人，美国人，一万万民众，
一代人履行使命，然后退下，
另一代人履行使命，接着退下，

---

① 现在和未来的大陆指北美洲与南美洲，祖先大陆指欧亚大陆。因美洲被称为“新大陆”，故有此语。地峡指巴拿马地峡，巴拿马运河在此开凿（1904—1914）。

他们朝我扭过脸或回过头，倾听，
以回顾的目光望着我。

3

美国人！征服者！进军的人道主义者！
最先进的人！世纪的进军！自由！民众！
这是为你们写下的颂歌。
大草原的颂歌，
一泻千里直入墨西哥海的密西西比河的颂歌，
俄亥俄、印第安纳、伊利诺斯、衣阿华、威斯康星和明尼苏达的颂歌，
颂歌从中心、从堪萨斯发出，以同等的距离，
以火的脉搏放射，永不停息，使万象生气勃勃。

4

接受我的草叶吧，美国，接受它们吧，南方，接受它们吧，北方，
所有的地方欢迎它们吧，它们是你们自己长出的叶子，
拥抱它们，东方和西方，因为它们将会拥抱你们，
祖先们，亲密地跟它们结合吧，因为它们亲密地跟你们结合。

我研究过古老的时代，
我曾坐在大师们脚下学习，
现在那些大师们如果认可，何不回过头来研究我。

难道我会以合众国的名义蔑视古代吗？
不，合众国是古代的儿女，会为它辩护。

5

已故的诗人、哲学家、牧师，

以往的殉教者、艺术家、发明家、政治家，
在世界其他地方形成语言的人们，
一度强盛的民族，现在衰弱了、退步了，或者没落了，
直到我满怀敬意记下了你们的遗产，我才敢于前进，
我细读过它，承认它值得钦佩，（在其中我曾受感动，）
认为没有什么能比它更加伟大，更加值得称颂，
长久地全神贯注于它，然后撇开它，
我和我的时代站在这里，我的位置上。

这里是女性和男性的大陆，
这里是世界的男女继承者，这里是物质的火焰，
这里是精神那位女性的传达者，那被公开承认者，
那永远的守候者，那一切可见形体的终点，
那带来满足者——长久等待后她终于前进了，
是的，我的女主人——灵魂，向这里走来了。

6

灵魂，

永恒无尽——比褐色坚固的土地更长久，比时涨时落的潮水更长久。

我要写物质的诗，我认为它们就是最有灵性的诗，
我要写我的肉体和死亡的诗，
我认为那样我才能用我的灵魂和不朽的诗替代自己。

我要为合众国写一支歌，没有一个州在任何情况下可以屈从于另一个州，

我要写一支歌，使所有各州之间、任意两州之间日夜礼让团结，

我要写一支歌给总统听，歌里充满咄咄逼人的武器，

武器之后有无数忿忿不平的面孔；
我还要写一支歌，唱一个出类拔萃的人，
他牙齿锋利，目光炯亮，智慧超人，
一个果断、尚武的人，包容众人，高于众人，
(其他人的智慧无论多大，他的智慧凌驾一切。)

我要见识当今的世界，
我要走遍地球，向大大小小每一座城市亲切致敬，
劳动的人们！我要把你们在陆地海洋的英雄业迹写进诗篇，
我要用一个美国人的观点报道所有英雄业迹。

我要唱友谊之歌，
我要揭示单独的人最终必须紧密团结，
我的内心得到了启示，相信这些是奠定他们雄强之爱的理想基础，
因此我将让那威胁着要毁灭我的火焰熊熊燃烧，
我要掀去那长久压抑火焰的东西，
我要把它们完全抛弃，
我要写伙伴们和爱的福音诗篇，
因为除了我，谁还懂得爱，懂得它的全部忧伤和欢乐？
除了我，谁该是伙伴们的诗人？

7

我这个人乐于相信品质、时代和民族，
我从人民中出发，以他们的精神前进，
这里歌唱的是不受限制的信仰。

一切！一切！别人要是睁眼不见就随他们去吧，
但我也写罪恶的诗，我也纪念它，

我自己的罪恶就和善良一样多，我的国家也如此——
我要说，其实没有罪恶，
（如果有，我说它对你、对国家、对我，和其他事情同等重要。）

我也追随许多人，并被许多人追随，我创立了一种信仰，我走下竞技场，
（我可能注定要在那里高声呐喊，发出胜利者的呼啸，
谁知道呢？呐喊会发自我的胸膛，喧嚣于一切之上。）

每一件事物不是为了它自身，
我说整个地球、天上群星，都是为了信仰而存在。

我说没有一个人的虔诚之心达到了他应有的一半，
没有一个人的崇拜之情达到了他应有的一半，
没有一个人开始思索他自己是多么神圣，未来是多么确定。

我说合众国的真实永恒的伟大必须成为他们的信仰，
否则就没有真实永恒的伟大；
（缺少信仰，就没有名副其实的人格和生命，
缺少信仰，就没有国家，没有男人和女人。）

8

年青人，你在做什么？
你这样认真，这样致力于文学、科学、艺术和爱情吗？
致力于这些表面的现实、政治和观点吗？
无论什么都可以成为你的抱负或事业？

不错——我丝毫不反对，我也是它们的诗人，
但是且看！这一切迅速消逝，为了信仰而燃尽，

因为并非所有物质都是燃料，能发热，吐出无形的火焰，产生大地上本质的生命，

正如这些也不都是信仰的燃料。

9

你这样沉默沉思，想寻求什么？

伙伴，你需要什么？

孩子，你以为是爱情吗？

听着，孩子——听着，美国，姑娘或者小子！

过分地爱一个男人或女人令人痛苦，也令人满足，爱很伟大，

但是还有非常伟大的事情，它使得万众归一，

它宏伟，超越了物质，不断地支持一切，涤荡一切，供给一切。

10

你知道，只是为了在大地播撒更加伟大的信仰的种子，

我唱出下面各种各样的颂歌。

我的伙伴！

你和我分享两种伟大，而第三种正在升腾，它蕴含丰富、更加辉煌。

爱与**民主**的伟大，**信仰**的伟大。

我自己是不可见与可见事物的混合，

是河流汇聚的神秘海洋，

物质的先知的精神在我周围漂移闪光，

我们不知晓的生命，个性，现在无疑近在我们身边，在大气里，

每日每时的接触不会让我离去，

这些选择，这些暗示的选择需要我。

从童年时代就每天吻我的人，
没能紧抱住我，把我抓在他的身边，
而我却被天空、被精神世界紧紧抱住，
他们紧抱住我，然后暗示了主题。

啊，这样的主题——平等！啊，神圣的平凡！
在太阳下歌唱，就在此刻、在正午、在傍晚歌唱，
流传世代的音乐，现在传到这里，
我接过你们恣肆纷陈的音调，加入我的，高兴地将它们流传下去。

11

清晨我在亚拉巴马散步时，
看见雌性的知更鸟在荆棘丛中的巢里孵卵。
我也看见了雄鸟，
我停下脚，它近在咫尺，鼓着喉咙快乐歌唱。

我停步时想到，它歌唱的真实目的，
不仅是为了它的伴侣或它自己，不是为了听取回声，
而是为了给行将诞生的生命以隐秘的礼物，
承担一种微妙、秘密、行将来临的责任。

12

民主！在你旁边一副歌喉正鼓劲欢乐地歌唱。

我的女人！为了我们的子子孙孙[①]，

---

① 惠特曼常称民主制度为“我的女人”。

为了这里的人们和行将来到这里的人们，

我热血沸腾，准备好了，要唱出世界上迄今为止最雄壮最不可一世的欢乐颂歌。

我要激情的歌，为他们开路，

还有你们——被宣布非法的叛逆者的歌，我以同类者的眼光看着你们，记得你们如同记得其他人。

我要作财富的真实的诗篇，

为肉体和精神赢得它们向往追求的一切，并不为死亡所毁灭；

我要宣泄个人主义，表明它潜藏于一切，我要作歌唱个性的诗人，

我要表明男性和女性彼此间的平等，

性的器官和行为！你们用心听我吗，我决心用大胆清晰的声音告诉你们，证明你们光明正大，

我要表明现在没有不完美的事物，将来也不能有，

我要表明发生在任何一个人身上的事情，都可能产生美好的结果，

我要表明没有什么事情比死亡更美好，

我要用一条线贯穿我的诗歌，表明时间和事件密切相连，

表明宇宙万物都是完美的奇迹，件件深奥。

我不作只涉及部分的诗歌，

我创造涉及全体的诗歌和思想，

我不为一天歌唱，而为所有的日子歌唱，

我的每一首诗，每一首诗的每一个字，都涉及灵魂，

因为我纵观宇宙万物，发现没有哪一件不涉及灵魂。

13

有人要看灵魂吗？

就看吧！你自己的身体和相貌，人，物，野兽，树木，奔流的河，石头和沙子。

一切都怀着精神的快乐，然后把快乐释放：
真实的肉体怎么可能死掉、埋葬？

你真实的肉体，任何一个男女的真实的肉体，
都会逃脱洗尸者的手，带着从生到死得到的东西，
进入宜人的天国。

印刷工排出的铅字不能交还它们代表的意念、思想和主旨，
同样，肉体和灵魂不会交还一个男人或女人的物质和生命，
死前和死后没有不同。

看！肉体就是思想和主旨，它包含了灵魂，并且它就是灵魂，
不管你是谁，你的肉体或它的任何一部分，都是多么堂皇神圣！

14

不管你是谁，这是给你的无穷无尽的宣言！

大地的女儿，你在期待你的诗人吗？
你在期待一个口若悬河、手势飞扬的诗人吗？
他面向合众国的男男女女，
面向**民主**的大地，欢欣鼓舞地宣讲。

纵横相连、盛产食物的大地！

煤铁的大地！黄金的大地！棉花、蔗糖和稻谷的大地！

小麦、牛肉和猪肉的大地！羊毛和麻的大地！苹果和葡萄的大地！

大地上有世界的牧场和草原！空气甘甜、一望无际的高原！

大地上有牧群、花园、有益健康的土坯房！

大地上吹着哥伦比亚的西北风和科罗拉多的西南风！

东边切萨皮克的大地！特拉华的大地！

安大略、伊利、休伦、密歇根的大地！

老十三州的大地！马萨诸塞的大地！佛蒙特和康涅狄格的大地①！

海岸的大地！山脉和山峰的大地！

船夫和水手的大地！渔夫的大地！

拆不散的大地！牢牢绑在一起！热情洋溢！

肩并肩！老少兄弟们！粗胳膊粗腿的人！

伟大妇人的大地！老练的和不老练的姐妹们！

遥远的大地！被北极拥抱的、受墨西哥风吹着的、形形色色的大地！紧凑在一起！

宾夕法尼亚人！弗吉尼亚人！南北卡罗来纳人！

啊，我爱你们所有的人！我英勇无畏的人民！啊，我必须用最好的爱包容你们！

我不能和你们分离！不能和你们任何一个分离！

啊，死亡！啊，即使我死了，此刻你们看不见我，我还是怀着遏制不住的爱，

作为一个朋友、一个旅行者，走在新英格兰，

在巴门诺克的沙滩，夏天的波浪溅湿了我的光脚，

横穿草原，再次住在芝加哥，住在每一个小镇上，

---

① 老十三州，包括美国东部的纽约、新泽西、宾夕法尼亚等州，这些州最早联合建立了联邦。

观看演出、诞生、进步、建筑、艺术，

在公共大厅里倾听男女演说家，

我在合众国游荡，像活着时一样，每个男女都是我的邻居，

路易斯安那人、佐治亚人和我亲近，我和他们每个人也很亲近，

密西西比人和阿肯色人还和我在一起，我也还和他们每个人在一起，

还是在主干河西边的平原上，还是在我的土坯房里①，

还是向东返回，还是在海岸州或在马里兰，

还是加拿大人勇敢地冒着寒冬冰雪愉快地欢迎我，

还是缅因州、花岗岩州、纳拉甘西特海湾州、帝国之州的真正儿子②，

还是航行到别的海岸去占领它，还是欢迎每一个新的兄弟，

新老兄弟碰头在一起时，我的草叶也适合他们，

我来到新的兄弟们中间，作他们的伙伴和同辈——现在我来了，

和我一起演戏吧，有不同的角色和场景。

15

和我在一起，快，快紧紧抓住我。

因为你的生命和我紧密相连，

(在我同意真正把我给你之前，我也许需要多次说服，那又怎样？

---

① 主干河，指纵贯美国南北的密西西比河。

② 花岗岩州指新罕布尔州；纳拉甘西特海湾州指罗得岛州；帝国之州指纽约州。

人的本性不是必须多次说服吗？）

我不是文雅温柔细腻的人，

胡子拉茬，晒得黑黑的，发灰的脖子，叫人难以亲近，我来了，

我经过时，人们为了得到宇宙的坚实奖品而角斗，

我会把奖品给予能坚持到胜利的人。

16

我在路上稍做停留，

为了你！为了美国！

我仍然高高托举起现在——仍然愉快庄严地预言合众国的未来，

对于过去，我大声说出风中红色土著人的余音①。

红色的土著人，

留下了自然的气息、风雨的声音，如同森林里鸟兽般的呼声，这音节成了我们命名的依据，

奥柯尼、库萨、渥太华、莫农加希拉、索克、那捷兹、查塔胡奇、卡克塔、奥罗诺科，

瓦巴什、迈阿密、萨吉诺、奇佩瓦、奥什科什、瓦拉瓦拉，

给合众国留下了这些名字，他们消逝了，走了，给江河大地留下了名字。

17

啊，从今往后，飞快地扩展吧，

元素、品种、调整、骚动，迅速而大胆，

---

① 红色土著人，指美洲印第安人，因其皮肤涂有红色颜料，曾被误认为是红种人；现认为他们属于黄种人。

又是一个崭新的世界——荣光的景象，生生不息，枝繁叶茂，
一个后来居上的新的民族，更加显赫，展开新的竞争，
新的政治、新的文学和宗教，新的发明和艺术。

为了这些，我宣布——我不再睡大觉了，我要起身行动，
我心中一直平静的海洋！我感觉到了你，深不可测，攘攘躁动，酝酿着空前的波涛和风暴。

18

看，万千汽船喷着热汽航行过我的诗篇，
看，在我的诗里移民络绎不绝地来了，登陆了，
看，然后出现了帐篷、小路、猎人的茅舍、平底船、玉米叶子、新开垦的土地、简陋的篱笆和偏远的村庄，
看，西边的海洋，东边的海洋，它们怎样在我的诗里涨潮、退潮，如同在它们的海滩上，
看，我诗里的牧场和森林——看，野生和驯养的动物，看，在堪萨斯，无数群野牛吃着卷曲的矮草，
看，在我的诗里，城市坚固宏大，在内地，有铺筑的街道，有钢铁岩石的大厦，车水马龙，买卖兴旺，
看，那许多由蒸汽滚筒印刷机印出的报纸——看，从西海岸发到曼哈顿的电报横跨了大陆，
看，通过大西洋海底，美国的脉搏传到了欧洲，欧洲的脉搏也传了回来，
看，强大飞快的火车头开动了，气浪翻滚，汽笛长鸣，
看，农夫在耕田——看，矿工在采掘——看，数不尽的工厂，
看，机械工拿着工具在车床边忙碌——看，从他们中产生了杰出的法官、哲学家、总统，穿着工装，
看，我在合众国的工厂和田野里遛达，日夜有人喜爱我、

紧抱我，

请听我的歌唱从那里传来的隆隆回声——请读最后到来的暗示。

19

啊，亲密的伙伴！啊，终于只有你和我，我们俩。

啊，一句话扫清了前面无尽的道路！

啊，令人陶醉、不可名状之物！啊，野性的音乐！

啊，现在我胜利了——你也将胜利；

啊，手牵手——啊，健康的快乐——啊，又一个追求者和爱人！

啊，快紧紧抓住我——快，快和我在一起。

(1860；1881)

沃尔特 · 惠特曼，1854

（Gabriel Harrison 摄影；Samuel Hollyer 制作银版肖像，在《草叶集》第 1、2、7 版中印于《自己之歌》首页的对页；惠特曼认为这幅肖像是《自己之歌》的一部分。）

自己之歌[①]

1

我赞美自己，歌唱自己，
我拥有的一切你也会拥有，
因为属于我的每一个原子同样属于你。

我悠哉游哉邀请我的灵魂，
弯腰闲看一片夏天的草叶。

我的话，我血液中的每一个原子，成自这泥土、这空气，
我出生在这里，我的父母、父母的父母也出生在这里，
我，今年三十七岁，身强力壮，开始歌唱，
打算就这么唱下去直到死。

把教义和学校的教条撂在一边，
退一步讲我觉得它们已经足够了，我永不会忘记，
无论我心怀善意或恶意，我要求自己迎着风险，
以原始的活力毫无顾忌地大讲**自然**。

---

① 此诗于《草叶集》第1版中无标题；于第2版中题为《沃尔特·惠特曼，一个美国人的诗》(Poem of Walt Whitman, an American)；于第3—6版中题为《沃尔特·惠特曼》；于1881年的第7版中，标题改为《自己之歌》(Song of Myself)。

2

屋子里充满香气，架子上也放满香水，
我吸着自己的芳香，懂得它，喜欢它，
蒸馏的味道也会使我迷醉，可我不让它这样。

旷野的空气不是香水，它没有蒸馏的味道，它是没味儿的，
它永远对我的口味，我爱它，
我要到森林边的河岸上，脱掉伪装，赤身裸体，
我发疯似的想着它，要它接触我。

我自己呼出的热气，
回声，波浪，飒飒的低语，爱的根茎和丝须，分叉的枝干和藤蔓，
我的呼气和吸气，心脏的跳动，血液和空气穿过肺，
我嗅着绿叶和枯叶，海滩和黑色的礁石，仓房里的干草，
我嗓子里迸出的字眼飘进风的漩涡，
几次轻吻，几次拥抱，伸出的胳膊合成一圈，
柔软的枝条摇摆，光和影子在树上戏耍，
独处的快乐，走在闹市、走在田野和山坡的快乐，
健康的感觉，晌午的鸟鸣，我起床迎接太阳唱歌。

你以为一千英亩地就算多吗？你以为地球很大吗？
你用功了好久学习读书吗？
你为自己懂得了诗就特别骄傲吗？

今日今夜和我待在一起，你就会拥有一切诗歌的源泉，
你就会拥有地球和太阳的精华，（还有百万个太阳等着呢，）
你将不再接受二手、三手货，不再通过死人的眼睛观看，

不再用书里的幽灵填充自己，
你也不会通过我的眼睛观看，或从我这里接受事物，
你会耳听八方，用自己的心过滤它们。

3

我曾听过谈话者的谈话，关于起源和终结的谈话，
可我不谈论起源和终结。

从来没有像现在这样多的开始，
也没有过像现在这样多的青年和老年，
将来不会有像现在这样多的完美，
也不会有像现在这样多的天堂和地狱。

冲动，冲动，冲动，
世界上永远是生殖的冲动。

相反而相等的东西冲出朦胧，永远是物质和增长，永远是性，
永远是个体的结合，永远有不同，永远是生命的繁殖。

这用不着详细解释，有学问和没学问的人都心知肚明。

像最确定的东西一样确定，像铅锤一样笔直，牢系在横梁上，
像马一样强壮、热烈、骄傲、带电，
我和这种神秘，我们就站在这里。

我的灵魂清澈甘甜，不是我灵魂的一切也清澈甘甜[1]。

---

① 不是我灵魂的一切，指肉体。

缺少一样就两样都缺，看不见的由看得见的来证明，

等到它也变得看不见了，就轮到它被别的东西来证明。

人们代代自寻烦恼，要把优劣辨明划分，

我知道万物的完美和谐与宁静，他们争论时我一声不吭，我跑去沐浴，自我欣赏。

我喜欢我的每一种器官和气质，喜欢任何生气勃勃而清洁的人的每一种器官和气质，

没有一寸或一寸中的一分是低劣的，分分寸寸我都熟悉亲切。

我心满意足——我看呀，跳呀，笑呀，唱呀；

那个床伴儿搂着我爱着我，通宵睡在我旁边，天一亮就蹑手蹑脚走了，

留给我那么多盖着白毛巾的篮子，使屋子也变得敞亮，

我很快就接受了，领会了，

任凭眼睛凝望大路上的背影，

怎么能去斤斤计算，

一件值多少，两件值多少，哪一件最值钱？

4

旅行的人和询问的人包围了我，

我遇见的人，我早年的生活或者我住过的选区、城市、国家对我的影响，

最近的消息、发现、发明、社交、新老作者们，

我的饮食、衣着、朋友、外貌、祝贺、债务，

我爱的某个男人或女人的真实或假装的冷漠，

我的家人或我自己的病，钱财使用不当、损失或缺乏，郁闷或兴奋，

战争，自相残杀的恐怖，哄传的可疑新闻，突发事件，
这一切日日夜夜向我走来，又离我而去，
但是它们不是**我**自己。

任凭推推搡搡，我站立着，我是我自己，
我开心，得意，怜悯，悠闲，独立，
俯视，直立，或者弯起一条胳膊搭在无形而又确凿的架子上，
歪着脑袋好奇地看接下来会发生什么，
既在局中又在局外，观望着，猜想着。

回头看，我曾和语言学家和辩论家们费力地在雾中穿行，
现在我不嘲笑，不争辩，我只见证和等待。

5

我相信你，我的灵魂，但是另一个我不必屈从你①，
你也不必屈从另一个。

和我一起在草地上打发时光吧，放松你的喉咙吧，
我不要听说话、音乐和诗歌，不要俗套和慷慨陈词，最好的也不要，
我只喜欢你喃喃的声音，催人入睡。

我记得有一回我们躺在一个那么清纯的夏天早晨，
你把头枕在我的腿上，轻轻滚来滚去，
你解开我胸前的衬衣，将舌头伸向我裸露的心口，
直到你触到我的胡须，直到你握住我的双脚。

---

① 另一个我，指肉体。

安宁和感悟迅速在我周围升腾蔓延，超越了世上一切争论，

于是我知道上帝的手便是我自己的允诺，

于是我知道上帝的灵便是我自己的兄弟，

所有来到这世上的男人都是我的兄弟，女人都是我的姐妹和爱人，

造化的主心骨是爱，

无穷无尽的是田野里坚挺或蔫萎的叶子，

是叶子下洞穴中褐色的蚂蚁，

是虫蛀的栅栏上一片片的苔藓、石头堆、接骨木、毛蕊花和牛蒡草。

6

一个孩子递给我满捧的草，他问草是什么？

我怎样回答呢？我知道的并不比他多。

我想它必定是我的气质的旌旗，由象征希望的绿色材料织成。

我还想它是上帝的手帕，

一件故意丢下的芬芳的礼物和纪念，

在角上还留着所有者的名字，我们可以看见、议论、问这是谁的？

我还想，草是个孩子，是植物产下的婴儿。

我还想，它是一种统一的象形文字，

它意味着：无论在宽阔或狭窄的地方都同样发芽，

无论在黑人和白人中间都同样生长，

无论是加拿大人、弗吉尼亚人、国会议员、穷人，我都同

样给予他们，接待他们。

现在，在我看来它是坟墓上未经修剪的美丽头发。

卷曲的草呀，我会温柔对待你，
你可能是从年青人胸脯上滋长出来的，
如果我认识他们，我会爱他们，
你可能来自老人，或来自刚刚离开母亲怀抱的孩子，
在这里你就是母亲的怀抱。

这草很暗，来自年迈母亲们的白头，
比老头儿无色的胡子还暗，
是来自嘴巴里浅红上腭下方的黑暗。

啊，我终于觉察到这么多倾诉的舌头，
觉察到它们并非无缘无故从嘴巴里探出。

但愿我能解释那关于死去的青年男女的暗示，
那关于老头儿和年迈母亲的暗示，那刚离开母亲怀抱的孩子们的暗示。

你以为那些小伙子和老头儿现在怎样了？
你以为那些女人和孩子现在怎样了？

他们在什么地方好好活着呢，
最小的幼芽表明实际上没有死亡，
即使有过，它只是引导生命向前，而不是等候在终点上将生命阻止，
生命一旦出现，死亡便结束了。

一切都向前向外发展，没有什么会垮掉，
死亡不同于任何人的想象，它更加幸运。

7

有人想过出生是幸运的吗？
我要赶快告诉他或她，出生和死亡同样幸运，这点我知道。

我和垂死的人一起经历了死亡，和新生的婴儿一起经历了出生，我可不局限于我的鞋帽之间，
我细观世间万物，没有两件相似，而且件件美好，
大地美好，星星美好，存在于它们之上的一切都很美好。

我不是大地，也不附属于大地，
我是人们的朋友和伙伴，他们和我一样不朽而且深奥，
（他们不懂得怎样不朽，可我知道。）

事事为其自身和其所有者而存在，我的男性和女性为我而存在，
那些过去是男孩、现在爱恋女人的人为我而存在，
那骄傲的，并以受轻蔑为痛苦的男人为我而存在，
情人和老姑娘为我而存在，母亲和母亲的母亲为我而存在，
曾经微笑的唇、曾经流泪的眼为我而存在，
孩子们和孩子们的父母为我而存在。

去掉一切掩饰吧！对于我你们是无罪的，既不过时也没被抛弃，
我透过绒布和格子花布看到了你们的本质，
我在你们身边，顽强，怀着渴望，不知疲倦，不能被赶走。

8

小家伙睡在摇篮里，
我撩起纱盖看了很久，用手轻轻挥赶苍蝇。

小伙子和红脸蛋的姑娘转身走上长满灌木的小山，
我从山顶偷偷看他们。

自杀的人躺在卧室里，地板溅满血污，
我目击了尸体、浸血的头发，留意到手枪掉落的地方。

人行道上的唧唧喳喳，车子的轮胎，靴底的污泥，遛弯儿人的聊天，
沉重的马车，车夫跷起表示询问的大拇指，马蹄把花岗岩路面踏得嘚嘚响，
雪橇叮叮当当，高声的玩笑，扔雪球，
欢呼献给大众宠爱的家伙，骚动的暴徒怒气冲天，
遮着帘子的担架晃晃悠悠，把里面的病人送往医院，
仇人相遇，顿出恶言，几拳头把人揍趴下，
人群激动了，佩戴星徽的警察飞快插入他们中央，
无情的石头飞来飞去发出回音，
吃饱了撑的人和饥肠辘辘的人中暑了，抽风了，阵阵呻吟，
妇女们突然惊叫，匆匆回家分娩婴儿，
活人和死人的演讲一直在这里震响，还有因为礼貌而克制的嚎叫，
逮捕罪犯，轻蔑，淫亵的勾引，接受，噘嘴拒绝，
我留意到这一切，他们的表现和反响——我来了，又走了。

9

乡村仓库的大门打开了，准备就绪，

收获时节的干草装满了慢腾腾的马车，
清澈的阳光在棕绿斑驳的草上跳跃，
满抱满抱的干草被堆上了倾斜的草垛。

我在那里帮忙，我躺在马车上的干草堆顶，
我感觉到了轻轻的颠簸，把一条腿架在另一条腿上，
我跃过车上的横档，抓着苜蓿和稗子，
倒栽葱滚下来，头发沾满了草。

10

我独自在远山荒野打猎，
游荡着，为自己的轻松舒坦惊喜，
傍晚挑了个安全地方过夜，
点起一堆火，烤着刚猎到的野味，
和我的狗一起睡在集拢的树叶上，猎枪靠在身边。

美国式的快船张开三层白帆，乘风破浪，
我在船头弓着腰眼望陆地，在甲板欢呼。

船夫和挖蛤蜊的一早起来等我，
我把裤脚塞进靴子，去玩个痛快，
那天你真该和我们在一块儿，围着那锅海鲜杂烩。

我在西部见过猎人的露天婚礼，新娘是个红种姑娘，
她父亲和朋友们盘腿坐在附近，静静抽烟，他们脚登鹿皮靴，肩披又大又厚的毛毡，
猎人牵着新娘在河岸遛达，他穿兽皮，浓密的胡须和卷发遮住了脖子，
新娘长着长长的睫毛，没戴头巾，粗直的头发垂下圆滚滚的腿，直到脚面。

一个逃跑的奴隶来到我屋子外面，
我听见他碰着柴堆的声音，
透过厨房半开的门我看见他一瘸一拐的很衰弱，
我走到他坐着的木头边，领他进屋，叫他别慌，
然后打来水倒进盆里，叫他洗汗湿的身子和受伤的脚，
我把我房子的套间给他住，还给了他干净的粗布衣服，
我清楚记得他转动的眼珠和不安的神情，
记得把药膏涂在他脖子和脚腕的伤口上，
他在我这里待了一个星期，伤好了就去了北方①，
我曾让他挨着我坐在桌旁吃饭，我的火枪靠在墙角。

11

二十八个青年在海边洗澡，
二十八个青年个个都很友好；
二十八年的闺中生活这样孤单。

岸边高地上那幢漂亮房子是她的，
她躲在百叶窗后，隐藏着自己的美貌和华贵的衣裳。

哪个青年她最喜欢?
哦，那最寻常的一个在她眼里就挺帅。

你要去哪里，姑娘？我看见了你，
你在那里洗澡，可还是在你的房子里。

第二十九个洗澡的人来了，沿着海滩跳着，笑着，
别人没有看见她，可她看见了他们，爱上了他们。

---

① 在美国内战发生前，经常有黑人奴隶从实行奴隶制的南方州，逃往北方州，以获得人身自由。

青年湿漉漉的胡须闪着光，水珠顺着长发淌下来，

无数条小溪流过他们全身。

一只看不见的手抚过他们全身，

它颤抖着从额角向下移到胸口。

青年们仰面漂浮，雪白的肚皮鼓向太阳，他们不问是谁盯住了自己，

他们不知道谁正低头弓腰喘息，

他们没有想自己溅起的水花打湿了谁。

12

屠夫的小伙计摘下围裙，在市场的肉案上磨刀，

我停下来欣赏他的连珠妙语和跳舞似的脚步。

胸脯肮脏多毛的铁匠们围着铁砧，

炉火炽热，人人奋力挥着铁锤。

我从撒满煤渣的门口观看他们的一举一动，

他们柔韧的腰身和壮硕的胳膊动作协调，

铁锤挥起落下，这样从容自信，

他们不慌不忙，每一锤都砸在点上。

13

黑人牢牢抓住那四匹马的缰绳，拴在链子上的木块在下面晃荡，

这个驾着采石场马车的黑人稳健高大，一条腿踏在车的横梁上，

他腰带上边的蓝衬衣解开了，露出大片的脖子和胸脯，

他的眼神平静威严，他把耷拉在脑门的帽檐推到后边，

太阳照着他的卷发和胡须，照着他漆黑油亮的完美身体。

我看到了这位像是画里的巨人，爱他，不止于此，
我也跟车队一起行进。

无论走到哪里，无论前行还是退后，我都是抚爱生命的人，
无论犄角旮旯还是后生少年，我都注意观察，不漏过一人一物，
我把一切藏进心里，也写进这首诗里。

牛时而把轭和链子摇得嘎拉拉响，时而静立在树荫里，你们的眼神要传达什么？
似乎胜过我一辈子读过的书。

我整日远足，脚步惊动了林间的公鸭和母鸭，
它们一起飞上天，缓缓盘旋。

我相信那些长翅膀的生灵有其目标，
承认红、黄、白的颜色使我激动，
我以为绿色、紫色和球状的花冠各有深意，
不因为乌龟只是乌龟就说它没有价值，
林中的松鸦从没学过音乐，它的叫声我听起来却很美，
那栗色母马的一瞥让我为自己的笨拙羞愧。

14

野鹅领着鹅群飞过清冷的夜空，
他叫着呀—嗬，声音传到我耳边像是一种邀请①，
无心的人也许以为那毫无意义，我却仔细倾听，

① 惠特曼常将第三人称“他（he）”或“她（she）”用于动物。

向着冬夜的天空寻找它的目标和位置。

北方尖蹄子的麋鹿，门槛上的猫，山雀，草原犬鼠，
母猪哼哼着，一群猪仔嘬她的奶头，
火鸡半张开翅膀保护幼雏，
我在它们和我自己身上都看出了相同的古老法则。

我脚踩大地，涌出百种情感，
我尽力写他们，却遭到他们嘲笑。

我在户外成长，这叫我心醉，
我爱生活在牛群中、海洋与森林的气息中的人们，
爱造船和驾船的人们，爱挥动斧头和木槌的人们，爱赶马的人们，
我能一个又一个礼拜和他们吃在一起，睡在一起。

那最普通、最实惠、最亲切、最平易的，就是**我**，
我去寻找机会，为了丰厚的回报付出代价，
我打扮自己，把自己给予第一个愿意接受我的人，
不求上天成就我美好的愿望，
只把这愿望永远无偿抛洒。

15

纯正的女低音在管风琴厢房里歌唱，
木匠刨木板，刨子的铁舌头粗野地尖叫，
已婚和未婚的孩子们骑马回家，享用感恩节的晚餐①，

① 感恩节，为美国与加拿大的节日，纪念1620年英国清教徒为摆脱宗教迫害，乘“五月花”号船抵达北美大陆，建立新生活。在美国，感恩节为每年十一月的第四个星期四。

舵手抓住舵柄，用强壮的手臂把它拉下，
捕鲸船上，大副精神抖擞地站着，矛和鱼叉都已备好，
打野鸭子的人悄悄走着，小心伸着懒腰，
执事们在祭坛前两手交叉，领受圣职，
纺纱的姑娘随着轮子的嗡嗡响声一退一进，
农夫在礼拜天遛达，走到栅栏边看燕麦和裸麦，
怪人的病终于确诊，被送进了疯人院，
（他再也不能像过去那样睡在妈妈卧室的小床上了；）
头发花白、下巴尖尖的印刷工在排字，
他嚼着烟叶，眼睛模糊看着稿子；
畸形的病人绑在外科医生的手术台上，
被截掉的肢体可怕地扔进桶里；
混血姑娘在拍卖台上被出卖，醉鬼在酒吧炉子旁打盹，
机械工撸起袖子，警察巡逻，守门人打量着来往的人，
小伙子赶着快车，（我不认识他，却喜欢他，）
混血儿穿上跑鞋去参加赛跑，
西部的打火鸡比赛招来老老少少，有人拄着来复枪，有人坐在木头上，
神枪手走出人群，站好位置，端枪瞄准；
新到的移民一伙一伙挤满了码头，
鬈发的黑奴锄着甜菜地，监工坐在马鞍上，
舞厅里喇叭吹响了，绅士们跑着寻找舞伴，跳舞的人互相鞠躬，
年青人醒着躺在松木铺顶的阁楼里，听着悦耳的雨声，
密歇根人在流入休伦湖的小河湾布下捕猎的陷阱，
印第安妇女裹着有黄色花边的围裙，兜售鹿皮鞋和缀满珠子的手袋，
鉴赏家沿着展览会的长廊，乜斜着眼睛察看，
水手把汽船靠稳，为上岸的乘客搭好跳板，
妹妹手撑一绺线，姐姐把线缠成球，不时停下来解线

疙瘩，

结婚一年的媳妇正在复原，一礼拜前她生下了头个娃娃，喜滋滋的，

头发干干净净的美国姑娘在使缝纫机或在工厂干活，

筑路工人靠在双手持握的夯上，记者的铅笔在笔记本上飞跑，画招牌的人用蓝色和金色写着美术字，

运河上的纤夫卖力地一路小跑，账房先生趴在桌上算账，鞋匠给线绳打蜡，

乐队指挥打着拍子，全体乐手都跟从他，

孩子接受洗礼，皈依教门的人第一次发誓，

赛船布满海湾，比赛开始了，（白色的风帆好晃眼！）

赶牲口的人守望着，吆喝着要走散的畜牲，

小贩汗淋淋地背着包，（顾客为了一分钱侃价；）

新娘扯平白色的婚纱，时钟的分针慢悠悠走动，

吸鸦片的人歪倒在那里，脖子僵直，张着嘴巴，

妓女拖着披肩，帽子在歪歪扭扭、长着脓疱的脖子上晃荡，

她骂下流话，遭众人嘲笑，男人笑眯眯地互相挤眉弄眼，

（可怜啊！我就不嘲笑你的骂人话了，也不嘲笑你；）

总统主持内阁会议，部长大人们簇拥着他，

三位女士庄重友善地手挽手在广场散步，

渔夫们把比目鱼一层层摞在船舱里，

密苏里人跨过平原运送货物和牲口，

售票员走过车厢，把手里的硬币掂得叮当响惹人注意，

地板工铺地板，白铁匠架屋顶，泥水匠喊着要灰泥，

小工扛着灰泥桶排成一溜儿往前走，

年月过得飞快，到了七月四日，难以言状的大众集会，（礼炮和鸣枪好气派！）①

---

① 七月四日为美国国庆日。

年月过得飞快，犁田的犁田，割草的割草，冬天的种子落进土里；

在远处结冰的湖上，捕狗鱼的人守候在冰窟窿边，

空地上还留着密密麻麻的树桩，拓荒的人挥着斧头猛砍，

天快黑了，驾平底船的人在杨树或胡桃树附近把船拴牢，

猎浣熊的人走遍了红河流域、田纳西河和阿肯色河流域，

在查特胡奇河和阿尔塔马哈河上，黑暗中火把通明，

族长们和儿子、孙子、曾孙子们团团坐下吃晚餐，

在土坯房里、帆布帐篷里，猎人们奔走一天后休息了，

城市入睡了，乡村入睡了，

生者按时入睡了，死者按时长眠了，

年老的丈夫睡在他的老婆旁边，年青的丈夫睡在他的媳妇旁边，

这一切融入了我心里，我融入了这一切，

我或多或少地就是这一切，

我把这一切编织成自己的歌。

16

我既年老又年青，既愚蠢又聪明，

既不关心别人，又永远关心别人，

是母亲又是父亲，是孩子又是成人，

塞满了粗糙的东西，又塞满了精致的东西，

是许多民族中一个民族的一分子，最小的民族和最大的民族都一样，

是南方人又是北方人，一个住在奥柯尼河岸上的冷淡又好客的农夫，

一个准备按自己的方式做买卖的美国人，我的关节是世界上最柔软也是最坚强的，

一个缠着鹿皮绑腿在埃尔克霍恩河谷行走的肯塔基人，或路易斯安那人，或佐治亚人，

一个在湖上、在海湾或沿海航行的船夫，一个乡巴佬、獾子、七叶树[①]，

喜欢穿加拿大雪鞋或走进山林或和纽芬兰的渔民待在一块儿，

喜欢加入冰船队，和别人一道顺风航行，

喜欢待在佛蒙特的山上、缅因的森林里或得克萨斯的牧场上，

是加利福尼亚人的伙伴，是自由的西北部人的伙伴，（我喜欢他们的大块头，）

是放木排的人和煤矿工人的伙伴，是所有握手言欢、共享酒肉的人们的伙伴，

是最俭朴的人的学生，是最富有思想的人的老师，

一个刚刚涉世又饱经沧桑的人，

我有每一种肤色和地位，属于每一个阶层和宗教，

我是农夫、机械工、艺术家、绅士、水手、贵格会教徒[②]，

是囚犯、拉皮条的、无赖、律师、医生、牧师。

我不认为还有什么比我的多重性更优越，

我呼吸了空气，但把大量的留给别人，

我安守本分，不目空一切。

(蛾子和鱼子各有其位，

我看得见的明亮的星星和看不见的昏暗的星星各有其位，

可触及和不可触及的事物各有其位。）

---

① “乡巴佬”、“獾子”、“七叶树”，分别是印第安纳州人、威斯康星州人和俄亥俄州人的绰号。

② 贵格会，基督教的一个支派。

17

这些的确是所有年代和地域中所有人的思想，并非起始于我，

假如它们不是为我所有一样也为你们所有，它们就毫无意义或近乎毫无意义，

假如它们不是谜语和谜底，它们就毫无意义，

假如它们不是既近在咫尺又远在天边，它们就毫无意义。

这是凡有陆地和水流的地方便生长的青草，

这是地球沐浴其中的寻常空气。

18

带着雄壮的音乐，带着鼓和号，我来了，

我不仅为胜利者演奏进行曲，也为被征服被杀戮的人们演奏进行曲。

你听说过获得胜利很棒吧？

我要说失败也很棒，只要战败者与战胜者有同样的精神。

我为死者擂鼓，

我的号角为他们吹出最嘹亮最欢乐的乐曲。

失败的人们万岁！

那些战船沉海的人们万岁！

那些葬身大海的人们万岁！

所有失败的将领和被战胜的英雄万岁！

那与最伟大的英雄并驾齐驱的无数无名英雄万岁！

19

这是平等安排的筵席，这肉会满足自然的食欲，

我邀请了所有人，不论他们邪恶还是正直，
我不让任何人受到怠慢或被遗漏，
受包养的娘们儿、吃白食的、小偷，被邀请到这里，
厚嘴唇的奴隶被邀请了，花柳病人被邀请了；
他们和其他人会受到同等对待。

这是一只羞怯的手在抚摸，这是头发的飘拂和气味，
这是我的嘴唇和你的嘴唇的接触，这是渴望的喃喃絮语，
这是反映我自己面孔的遥远的深度和高度，
这是将自己体贴地融入，然后出来。

你猜我有什么复杂的目的吗？
当然有，四月的阵雨和岩石旁的云母也有它们的目的。

你以为我要让你吃惊吗？
难道阳光让人吃惊吗？早晨在林子里啼叫的红尾雀呢？
我比它们更让人吃惊吗？

现在我要说些心里话，
我不会跟所有人说，我只愿跟你说。

20

谁在那里？那饥渴、粗野、神秘、裸体的人是谁？
我是怎样从我吃的牛肉中汲取到了力量？

人究竟是什么？我是什么？你是什么？

凡我标明属于我的一切，你应当用你自己的来匹敌，
不然听我说话就是白费时间。

我不像有些人那样故作悲伤，
认为岁月空虚，大地是堕落污秽的泥塘。

把牢骚、屈从搀着药粉给有病的人吧，把清规戒律甩到天边去吧，
不论在屋里还是屋外，我只要高兴就戴上帽子①。

凭什么我该祈祷？凭什么我该彬彬有礼、假装客气？

经过深入研究、细微分析、请教博士、仔细计算，
我发现只有贴在自己骨头上的这身膘最亲。

在所有人身上我看到自己，他们和我一模一样，
我对自己的褒贬同样适合他们。

我知道自己结实强健，
宇宙万物向我滔滔奔涌而来，
一切为我写就，我必须知道它们的含义。

我知道我是不死的，
我知道我生命的轨迹不是木匠的圆规所能画出的，
我知道我不会像小孩晚上用火棒划出的火环那样顷刻消失。

我知道我是庄严的，
我无需费神为自己辩护或求得人们理解，
我知道根本的法则从不为自己辩护，
（我寻思我表现得其实并不比我盖房子时用的水平仪更骄傲。）

---

① 按西方人的礼节，男人进屋应当脱帽。

我按自己的方式生存，这足够了，
即使世上没人理解我，我安然而坐，
即使世上没人不理解我，我安然而坐。

有一个世界是理解我的，对于我它是最大的世界，那就是我自己，
无论我是在今天还是在千百万年之后来到我自己身边，
今天我能愉快地接受它，也能同样愉快地等待它。

我的立足点深扎在花岗岩里，
我嘲笑你们所谓的消亡，
我懂得时间的广阔。

21

我是**肉体**的诗人，我是**灵魂**的诗人，
天堂的欢乐和我在一起，地狱的痛苦和我在一起，
我把欢乐根植于我并发扬滋长，我把痛苦转化为一种新的语言。

我是女人的诗人如同是男人的诗人，
做个女人和做个男人同样伟大，
没有什么比人们的母亲更加伟大。

我歌唱**扩展**和**自豪**，
我们对此已经太多地逃避和抵制，
我显示只有发展才能壮大。

你超越了其他人吗？你是总统吗？
那不足为奇，他们每个人都会不止于此，还要继续向前。

我是那与温馨的、越加深沉的夜一同行走的人，
呼唤被夜半拥半抱的大地和海洋。

紧紧压住吧，袒露胸膛的夜——紧紧压住吧，魅力十足的滋润的夜！
南风浩荡的夜——疏星明朗的夜！
安静入睡的夜——疯狂的赤裸的夏天的夜！

啊，微笑吧，妖冶的气息平和的大地！
大地上清新的树木正在沉睡！
大地上夕阳已经西下，云雾缭绕山峰！
大地上淡蓝色圆月倾洒清辉！
大地上河水陡涨，闪动明明暗暗的光芒！
大地上灰色的云因我而更加明亮清澈！
大地无垠扩展，大地开满了苹果花！
微笑吧，你的爱人来了。

浪子呀，你给了我爱——所以我要给你我的爱！
啊，不可言说的炽热的爱。

22

你，大海呀！我把自己也交付给你——我猜透了你的心思，
我在海滩看到了你弯曲的手指在召唤我，
我相信你没有触摸到我就不肯退回，
我们必须亲热一场，我脱下衣服，匆匆离开陆地，
温柔地托住我吧，你的巨浪摇得我昏昏欲睡，
用你多情的液体冲刷我，我会回报你。

大海，你的浪涛向着陆地滚滚涌来，
大海，你的气息粗犷激烈，

大海，赐予生命的盐水和无需挖掘的现成墓地，
大海，你呼唤、聚敛着风暴，你任性无常又风度翩翩，
我跟你结为一体，我也是既单一又多样。

我享用潮涨和潮落，赞美仇恨与和解，
赞美友情和相拥入睡的人们。

我就是那证明感应之存在的人，
（难道我应该只列出房子里物品的清单，而忽略存放物品的房子吗？）

我不仅是**善**的诗人，也不拒绝作**恶**的诗人。

信口言说道德和邪恶有什么意思？
怂恿我邪恶，怂恿我改邪归正，我都无动于衷，
我不吹毛求疵或横加抵制，
我浇灌所有已经生根发芽的植物。

你害怕过长期怀孕会得老鼠疮吗①？
你想过神圣的律法还要重新制定修正吗？

我发现一边是一种平衡，相对的另一边也是一种平衡，
宽容的教义和严格的教义同样提供可靠的帮助，
现在的思想和行为促进我们觉醒并及早动身。

光临我的这一瞬间是过去千百万亿瞬间的延续，
没有比现在这一瞬间更好的了。

---

① 老鼠疮，即瘰疬，现代医学称淋巴结核，主要表现为生于颈部的数量和大小不等的肿块。此病由结核杆菌引起，与妊娠无关。

过去的德行和现在的德行算不上奇迹，
永远永远令人惊奇的是竟会出现一个不驯服不信教的家伙。

23

世世代代的语言无穷无尽地呈现！
而我的只是一个现代的词——**全体**。

这个词代表永不动摇的信仰，
现在或将来它对于我意义完全相同，我完全接受**时间**的考验。

唯独它没有瑕疵，唯独它使一切圆满完成，
唯独那神秘的令人迷惑的奇迹使一切完成。

我接受**现实**，不敢向它质问，
唯物主义始终渗透一切。

为实证科学欢呼吧！精确的证明万岁！
把红景天、杉树和丁香树枝一起取来吧，
这位是化学家，这位编纂辞典，这位编了一本古埃及装饰艺术入门，
这些水手驾船穿过未知的险恶海洋，
这位是地质学家，这位操解剖刀，这位是数学家。

先生们，最高荣誉永远属于你们！
你们提供的事实很有用，可我并不钻研它们，
我只是经由它们进入我关注的领域。

我很少啰嗦那些被人说过的东西，

而是畅谈无人说过的生命、自由和解放，

我瞧不起中性的和被阉割的家伙，喜欢体格健全的男男女女，

我敲响叛逆的大锣，和逃亡者、和图谋造反的人患难与共。

24

沃尔特·惠特曼，一个宇宙，曼哈顿的儿子，
躁动，肥壮，好色，吃着，喝着，生殖着，
和伤感不沾边，不凌驾于男人和女人之上或远离他们，
不谦虚也不狂妄。

把锁从门上卸下来！
把门从门框上拆下来！

谁贬低别人就是贬低我，
无论什么言行最终都归结于我。

通过我灵性波澜起伏，通过我潮流汹涌澎湃。

我说出最初的通行口令，我发出民主的信号，

上帝啊！如非所有人在同等条件下所能得到的东西，我决不接受。

通过我发出了许多长久喑哑的声音，
许多世代的囚徒和奴隶的声音，
病人和绝望的人、盗贼和侏儒的声音，
准备和生长的循环的声音，
命运的声音，子宫和精子的声音，
被践踏的人们要求权利的声音，

畸形的、卑贱的、愚蠢的、被轻视的人们的声音，
天空中的烟尘、滚动粪球的甲壳虫的声音。

通过我发出了被禁止的声音，
性和情欲的声音，被遮掩而现在被我公开的声音，
被我澄清和纯洁了的色情的声音。

我不用手指捂住嘴巴，
我保持下体的敏锐如同头颅和心胸，
交媾于我并不比死亡更恶俗。

我赞赏肉体和情欲，
视觉、听觉、触觉是神奇的，我身体的每一部分都是奇迹。

我的里里外外是神圣的，我抚摸过和被人抚摸的一切都变得神圣，
这腋下的芬芳比祈祷还美，
这脑袋含有比教堂、圣经和一切信条更多的东西。

如果我崇拜一物胜过另外一物，我最崇拜的就是我横陈的身体和它的每一部分，
你是我半透明的铸模！
你是我隐蔽的礁石和支柱！
你是我坚实的男性的犁头！
你是我进行一切耕耘的武器！
你是我丰沛的血液！你那乳状的激流是我生命的白色岩浆！
你是紧压在别人胸脯上的胸脯！
你隐秘的旋绕是我的头脑！

你是洗净的白菖蒲的根！胆怯的鹬鸟！受护卫的两颗卵的巢！

你是头上混杂纠缠的干草、胡须和肌肉！

你是枫树流淌的汁液，雄赳赳的小伙子的禀性！

你是慷慨的太阳！

你是照亮我、遮蔽我脸膛的蒸汽！

你是汗水的溪流和露珠！

你是风，用柔软的生殖器蹭痒着我！

你是宽广的肌肉的原野，槲树的枝条，我盘曲的小路上爱的游荡者！

你是我牵过的手，吻过的脸，抚摸过的平凡的人！

我溺爱自己，这一切都是我，一切这样甘美，
每一瞬间、发生的每一件事都叫我快活得发抖，
我说不出我的脚脖子怎样弯曲，我最微小的愿望来自何处，
也说不出我迸放友爱的原因，我再次接受友爱的原因。

我走上我门前的台阶，停下来想一想这是否真实，
我窗口的一朵牵牛花比书中的哲理更让我心旷神怡。

瞭望黎明吧！
那一线曙光褪去庞大朦胧的黑暗，
我吸入的空气多么清新。

世界天真地嬉戏着、转动着，静静地、鲜活地升腾漫溢，
歪歪斜斜、高高低低地快跑着。

我看不见的某种东西昂起淫荡的头，
汪洋恣肆的明亮的汁液弥漫天空。

庄严的大地和天空，每日紧密连接，
来自东方的挑战在那一刻光临我头上，
它嘲笑说，看你还能充当主宰！

25

如果我不能现在并永远地从我心里升起太阳，
猛烈耀眼的日出就会迅速杀死我。

我们也要像太阳节节上升猛烈耀眼，
哦，我的灵魂，我们在破晓的平静和凉爽中找到了自己。

我的声音达到了我目不能及的地方，
扯开嗓门我用声音拥抱大千世界。

语言是我视觉的孪生兄弟，这不等于它能衡量自己，
它永远刺激我，挖苦说，
沃尔特，你憋着那么多话，为什么不吐出来？

得了，我可不会受捉弄，你太注重发声了，
哦，语言，莫非你不知道你下面的嫩芽还被包裹着？
在阴暗里等待着，被霜雪掩盖着，
在我预言般的声声尖叫面前泥土退去，
最终是我内心的缘由摆平了它们，
我的知识是我生命的一部分，它和万物的意义和谐一致，
幸福——（谁听到我谈幸福，就让他或她今天出发去寻找。）

我的最终价值我不告诉你，我拒绝把真实的我展览出来，
包罗大千世界，可休想包罗我，
我睃你一眼就能挤开你最漂亮最精彩的东西。

写和说证明不了我，
我把证明和所有其他东西挂在脸上，
我紧闭嘴唇，便彻底驳倒了那怀疑的人。

26

现在我只听不做，
把我听见的一切注入这首歌，让各种声音丰富壮大它。

我听见鸟雀喧哗，麦子生长的喧嚷，火焰低声唠叨，木柴烧饭噼啪作响，
我听见我喜欢的声音，人的嗓音，
我听见所有声音一起涌动，交织着，融汇着或彼此追随着，
城市的声音和城郊的声音，白天和夜晚的声音，
健谈的年青人和喜欢他们的人的谈话声，劳动者吃饭时迸发的笑声，
友情破裂后的粗言粗语，病人的微弱呻吟，
法官双手按着桌子，苍白的嘴唇宣读死刑判决，
码头工人卸船时喊的号子，起锚的水手有节奏的呼吼，
警铃的响声，起火了的大叫，消防车水龙车呼啸奔行，铃声叮当，彩灯四射，
汽笛长鸣，进站的火车发出沉重的隆隆声，
行进的双人队列前头吹奏着缓慢的进行曲，
(他们是送葬的，旗杆顶上缀着黑纱。)

我听见了大提琴，(这是年青人内心的倾诉，)
我听见了小号，这声音飞快地滑进我耳朵，
在我心窝里激起阵阵疯狂甜蜜的剧痛。

我听见了合唱，这是一出庄严的歌剧，

啊，这是真正的音乐——它适合我。

一位男高音，高大光鲜如同造物主，他占据了我，
他嘴唇开合，用声音灌注我，注满了我。

我听见了训练有素的女高音（和她的相比，我这活计算得了什么？）
管弦乐队让我在比天王星的轨道还要广阔的空间里翩翩旋转，
它从我心里拽出了我从不知道自己还有的热情，
它驾驭我远航，我轻轻击水，慵懒的海浪舔着我的光脚，
我被猛烈狂怒的冰雹阻挡，透不过气，
我沉浸在甜蜜的吗啡中，喉管在虚假的死亡里被扼紧，
终于我解脱出来，重又感受这谜中之谜，
我们称之为**活着**。

27

以任何形式存在，那是什么？
（我们全都循环往复地走，总会回到原处，）
如果没有发展，作硬壳里的蛤蜊就足够了。

我没有硬壳，
无论我行走或停止，我浑身都有灵敏的神经，
它们抓住每一件事物，引导它无害地通过我。

我只要用手指拨一拨、按一按、摸一摸，便心生饥渴，
接触自己与接触别人，我能承受的同样多。

28

那么这是一次接触吗？颤抖着的我成了另一个人，

火和电冲进我的血管，
我那背叛的尖头凑过去挤过去帮助它们，
我的肉和血放射闪电去打击那和我自己无法区分的另一个，
四面八方的淫欲的挑逗者僵硬了我的四肢，
挤压着我心的乳房，索要它保留的乳汁，
朝我放肆地行动，不容反抗，
好像故意要夺取我的精髓，
解开我的衣扣，搂住我赤裸的腰，
用阳光和牧场的平静蛊惑着我的惶惑，
将其余的感官不客气地拨开，
它们趁我半醒半醉，引诱地替换着一触即发与轻轻摩擦，
毫不考虑不顾及我行将耗竭的体力和我的愤怒，
它们抓住了周围其余的畜群享受了一会儿，
然后联合起来站在岬角上撕咬我。

警卫们离弃了我的其余各部分，
它们把我无助地留给一位血腥的掠夺者，
它们都来到岬角观看还协助对付我。

我被叛徒们出卖了，
我说话粗野，丧失理智，最大的叛徒是我不是别人，
是我自己首先走到了岬角，我自己的手把我带到那里。

你这可恶的接触！你在做什么？我的喉咙喘不过气，
打开你的泄洪闸，你实在让我受不了了。

29

沉醉爱恋的格斗般的接触，刺入皮肉的强盗般的尖牙利齿的接触！

离开了我，就会使你这样痛苦吗?

分开，再来，永远偿付着永远的债，
丰沛的阵雨之后是更加丰厚的回报。

青年人大受欢迎，越来越多，站在路边生气勃勃，
展现雄壮饱满辉煌的风景。

30

一切真理潜藏于一切事物，
它们不急于也不抵制分娩出来，
它们不需要医生助产的钳子，
无足轻重的事情在我看来同样重要，
(有什么少于或多于一次接触呢?)

逻辑和说教从不叫人信服，
夜晚的潮湿更深地潜入我的灵魂。

(只有每个男女自明的东西才叫人信服，
只有无人否认的东西才叫人信服。)

我的一刹那、一点滴清醒了我的头脑，
我相信湿漉漉的肉体会成为爱人和智慧的源泉，
神圣之中的神圣是男人和女人的肉体，
那里的高峰和花朵是他们对彼此的感觉，
它们会从那一课里无限分枝滋长，直到创造出一切，
直到一切使我们愉快，我们也使它们愉快。

31

我相信一片草叶不亚于行天的星星，

一只蚂蚁、一粒沙子和一个鹪鹩蛋同样完美，
雨蛙是造物主的一件杰作，
匍匐蔓延的黑草莓能够装饰天国的宫殿，
我手的一个最小关节就可以蔑视所有机器，
低头吃草的母牛胜过任何雕像，
一只老鼠就是足以让千千万万不信神的家伙发傻的奇迹。

我发现我的身体混合了石头、煤、苔藓、水果、粮食、菜根，
浑身披挂着飞禽走兽，
我理由充足地把过去的东西抛开了，
可是当我想念时就任意把它们招回。

快跑或者羞怯是徒劳的，
火成岩用往昔的热力阻止我接近是徒劳的，
乳齿象退回到它已成齑粉的骨头下面是徒劳的[①]，
那远离我的形形色色的东西是徒劳的，
积蓄于洞穴中的海洋和潜伏于深渊的巨妖是徒劳的，
以天为屋的秃鹰是徒劳的，
滑行过藤蔓和木头的蛇是徒劳的，
走进密林深处的麋鹿是徒劳的，
向北远飞到拉布拉多的尖嘴鸟是徒劳的，
我迅速跟着你们，攀上峭壁缝隙里的鸟巢。

32

我想我能够转向和动物一起生活，它们是这样安详自足，
我站着观察了它们很久很久。

---

① 乳齿象（mastodon），也译作柱牙象，为曾生活于中、北美洲的长鼻目巨型哺乳动物，约于一万年前灭绝。

它们不为处境着急叫苦，
它们不会夜里睡不着觉为自己的罪过哭眼抹泪，
它们不谈论对上帝的职责而叫我头疼，
没有一个不知足，没有一个精神错乱的占有狂，
没有一个向另一个下跪，也不向千年的祖宗下跪，
整个地球上没有谁高高在上或郁郁寡欢。

它们就这样表明了它们和我的关系，我接受了，
它们带给我我自己的天性，它们用自己具有的天性明白地示意出来。

我纳闷它们从哪里得到那些天性，
难道老早以前我走过那条路，不经意丢了？

过去、现在和将来我一直在向前走，
一直在快速收集和显示更多的东西，
数量无穷，五花八门，其中也有和这些相似的，
也不排斥我记忆里贮存的，
这里挑出一个我爱的，现在我和他亲如兄弟一同前行。

一匹高大漂亮的雄马，精神抖擞，对我的抚爱反应灵敏，
他前额丰满，耳距宽阔，
四肢油亮灵巧，尾巴扫地，
眼睛闪着调皮的邪气，耳廓尖峭，随意抖动。

我的脚后跟一夹紧他，他的鼻孔就张开了，
我们跑了一圈回来，他矫健的四肢快活地颤抖。

马儿，我骑你一会儿就够了，
我自己跑得更快，何必要你代劳？

即使我站着坐着，也跑得比你快。

33

空间和时间！现在我发现我那些猜想是对的，
我信步草地时的猜想，
独自躺在床上的猜想，
以及在清晨苍白的星辰下踟蹰海滨时的猜想。

那些束缚我镇压我的东西撤去了，我的胳膊肘支在大海两侧，
我绕着参差起伏的大山走，我的手掌覆盖了陆地，
我周游世界看世界。

在城市的方形大厦旁边——在木屋子里，和伐木汉子一起住宿，
沿着公路上的车辙走，沿着干涸的峡谷和河床走，
在洋葱地里薅草，给胡萝卜和防风草锄土，走过草原，穿过树林，
勘探，淘金，给新买的树剥去一圈皮，
滚热的沙子直烫伤到了脚脖子，把我的船拖下浅水的河里，
那里豹子在头顶的树干上来回走动，羚羊转身暴躁地面对猎手，
那里响尾蛇在石头上晒他松弛的身体，水獭在吃鱼，
那里坚皮利甲的鳄鱼在水边睡觉，
那里黑熊在寻找草根和蜂蜜，河狸用他桨形的尾巴拍泥；
那生长着的甜菜，黄色的棉花，低湿地里的稻子，
那农舍的尖顶，瓦槽里积满了污垢长满了杂草，
那西部的柿子树，叶子修长的玉米，开着漂亮小蓝花的亚麻，

那白色和棕色的荞麦，一片嘤嘤嗡嗡的声响，
那墨绿的黑麦在微风里波浪起伏；
爬山，抓住又矮又细的树枝，小心地向上牵引自己，
走在草丛里荒芜的路上，抽打灌木的叶子，
那里鹌鹑在树林和麦田里吹口哨，
那里蝙蝠在七月的黄昏飞舞，大个儿的金龟子从黑暗里掉下来，
那里泉水从老树根中涌出，流进草地，
那里牛群站着，皮肉颤抖驱赶虻子，
那里奶酪布挂在厨房，柴架架在炉板上，蜘蛛网从房椽直结到花柱上，
那里大锤子在砸，印刷机的滚筒在转，
那里肋骨下心脏跳动，产生阵阵叫人恐怖的疼痛，
那里梨形的气球高高飘浮，（我也在里面飘着，自在地俯瞰，）
那里用滑索牵拉救生吊车，那里高温孵化着沙坑里青色的蛋，
那里雌鲸和她的小崽子一同游泳，从不分开，
那里汽船拖着的烟尾巴像面长三角旗，
那里鲨鱼鳍如同黑刀片割破水面，
那里烧剩一半的双桅船在陌生的海流上漂浮，
那里贝吸在黏糊糊的甲板上生长，死尸在船舱里腐烂；
那里队伍的前头高举星条旗，
走过那长长伸展的岛屿向曼哈顿挺进，
在尼亚加拉瀑布下面，水珠像面纱落在我脸上，
登上大门的台阶，登上门外硬木做的马踏台，
去赛马场，享用野餐，跳吉格舞或痛快地打场棒球，
单身汉的节庆，说荤话，冷嘲热讽，使劲跳呀、喝呀、笑呀，
在苹果酒厂品着棕黄的甜麦芽糊，用麦秆吸汁儿，

给苹果削皮时真想把每个红果子都亲一口，

列队等候检阅，海滩聚会，联谊会，剥玉米棒子，盖房子；

那里知更鸟发出动听的咯咯啼鸣，尖叫，呜咽，

那里禾场上耸立着干草垛，晒干的麦秸满地都是，牲口棚里母牛等着下犊，

那里公牛干着他雄性的活儿，种马干着母马，公鸡踩着母鸡，

那里小母牛吃草，鹅一撅一撅地嘬食，

那里日落时的阴影在无边空寂的牧场上拖长，

那里一群群野牛慢吞吞行走，散布到远近四方，

那里蜂鸟闪闪发光，长寿的天鹅扭动弯曲着脖子，

那里笑鸥在海岸急飞，她的笑声像人，

那里蜂箱摆在花园的灰架子上，半藏在高草丛里，

那里鹧鸪围成一圈栖息在地上，只露出脑袋，

那里送葬的马车走进墓地的拱门，

那里冬天的狼群在积雪的荒原和挂满冰柱的树林里嚎叫，

那里长着黄冠子的鹭鸶夜里来到沼泽边上寻食小螃蟹，

那里游泳、潜水的人溅起的浪花使炎热的晌午变得清凉，

那里井边的胡桃树上蝈蝈吹着响亮的芦笛，

走过一片片香橼地和长着银丝络叶子的黄瓜地，

走过盐碱地、柑橘林、圆锥形的枞树，

走过体育馆，走过遮着帘子的酒吧，走过事务所和公众大厅；

喜欢本地人和外地人，喜欢新交和旧友，

喜欢相貌平常的女人就像喜欢漂亮的，

喜欢贵格会女信徒，她摘下软帽，说起话来很好听，

喜欢听唱诗班在粉刷一新的教堂里诵唱，

喜欢听卫理公会的牧师汗流满面说的虔诚的话，野营布道

会给了我深刻印象；

整个上午在看百老汇大街的商店橱窗，我的鼻子在厚玻璃上压瘪了，

那天下午逛街时总仰脸看云彩，拐进一条巷子，沿海边遛达，

我一手搂着一个朋友，自己夹在当间；

跟那个不爱说话的黑脸乡下小子一块儿回家，（天黑时他骑马坐我身后，）

在远离人住的地方琢磨动物的足迹和鹿皮鞋印①，

在医院病床边把柠檬汁递给发烧的病人，

在一切寂静的时候在棺材旁点根蜡烛检查尸体，

航行到每个码头做生意，冒险，

和现代的人们一起忙碌，和他们一样热切浮躁，

朝我恨的人发火，疯狂中就要抄起刀子捅他，

半夜孤单地待在我的后院里，好久什么都不想，

在朱迪亚的古老山丘上行走，美丽温和的上帝在我身旁②，

飞快穿过空间，飞快穿过天空和群星，

飞快穿行于七颗卫星和直径八万英里的大圆环中③，

和带尾巴的流星飞快同行，像它们一样抛掷火球，

携带着新月，这个孩子孕怀着自己丰满的母亲，

掀起狂飚，享受着，筹划着，钟情着，警告着，

退却着，充盈着，出现着，消失着，

我日夜踏着这样的路程。

我参观天堂里的果园，

看到千百万亿颗成熟的和千百万亿颗青嫩的果子。

---

① 鹿皮鞋，为猎人常穿的鞋。

② 朱迪亚，为今以色列和巴勒斯坦南部地区，耶稣曾在那里活动。

③ 指土星的光环。

我飞翔，不安分的狼吞虎咽的灵魂飞翔，
我的行程用铅锤探测不到。

我不客气地享用物质和非物质的一切，
没有卫兵能阻止我，没有法律能禁止我。

我的航船只会停泊片刻，
我的信使们不断出去打探，把消息带回给我。

我去打北极熊和海豹，撑着根尖头拐杖跳过冰裂，靠在易断的蓝色冰柱上。

我登上前桅楼，
深夜里我在瞭望台就位，
我们的船开进北冰洋，那里阳光充足，
穿过清冽的空气，我在叫人惊叹的美中张开怀抱，
硕大的冰山和我擦身而过，四面八方都是纯粹的风景，
远处出现白头的山峰，我的幻想朝它们飞去，
我们接近某个伟大的战场，我们不久就要投入战斗，
我们经过宿营地的巨大岗哨，我们小心地放轻了脚步，
我们进入某座庞大墟废的城市郊区，
倒塌的建筑和街区比现今地球上所有的城市还要多。

我是一个自由的伙伴，我在入侵的营火旁露宿，
我把新郎从床上赶走，自己和新娘厮守，
我整夜让她贴紧我的大腿和嘴唇。

我的声音是妻子的声音，是楼梯扶手旁的尖叫，
他们把我的男人的湿淋淋淹死的尸体带上来了。

我懂得英雄们的雄心壮志，

当代和一切时代的勇气豪情，

我懂得船长怎样看着人群拥挤的没了舵的失事汽船，死神追着它在风暴里颠簸[①]，

他怎样攥紧拳头，寸步不退，日日夜夜忠守岗位，

在板子上用粉笔大字写着，鼓起勇气，我们不会离开你们！

在三天里他怎样跟随他们，和他们一起挣扎，没有放弃，

他怎样终于拯救了这漂流的人群，

那些蔫瘦的衣袍宽松的妇人从为她们预备的坟墓旁搭上救命船时是怎样的表情，

那些安静的面孔苍老的婴儿，被人抬着的病人，噘着嘴没刮胡子的男人；

我吞下这一切，它味道不错，我很喜欢，它成为我的经历，

我就是那个男人，我承受了磨难，我在那里。

烈士们的轻蔑和镇定，

一位古代的母亲，被控为女巫，被干柴烧死，她的孩子们盯着看，

被追捕的奴隶，跑得筋疲力尽，靠着篱笆，喘着气，浑身是汗，

他的腿和脖子针扎似的疼痛，杀人的子弹，

我感受到这一切，我就是他们。

我就是那个被追捕的奴隶，躲避狗咬，

死亡和绝望悬在我头上，射手们咔嗒咔嗒开着枪，

---

① 指旧金山号客轮于1853年12月下旬驶离纽约后在大西洋遇险，1854年1月21日发行的纽约报纸报道了此事。

我抓紧篱笆的栏杆，流出的血和汗混在一起，
我倒在草丛和石头堆里，
骑马的人踢着不情愿的马，他们走近了，
他们在我昏沉沉的耳边漫骂，用鞭杆猛揍我的脑袋。

濒死的疼痛是我的家常便饭，
我不问受伤的人有何感觉，我自己就受伤了，
我拄着棍子瞧着自己的伤口已经发青。

我是个被压伤的消防员，肋骨折断了，
是倒塌的墙壁把我埋进砖瓦里，
我吸入灼热的烟，听见伙伴们喊，
听见远处镐和锹的咔嚓声，
他们把房梁搬开，轻轻把我抬走。

我躺在夜空下，穿着红衬衣，为了我四周一片肃静，
我虚弱地躺着，终于没有了疼痛，也没有太多难过，
围绕我的脸苍白漂亮，他们都摘下了防火盔，
跪着的人群和火把的光渐渐消失了。

久远的故人和死者活起来了，
他们看上去像表盘，动起来像我的两手，我自己就是钟表。

我是个老炮手，讲一讲我在要塞上的战斗，
我又在那里了。

又是长久的隆隆鼓声，
又是进攻的加农炮和迫击炮，
又是加农炮使我双耳欲聋。

我参加了，我看见、听见了整场战斗，
叫喊，咒骂，咆哮，给打中目标的炮击喝彩，
救护车缓慢经过，留下一路血迹，
工兵搜寻着毁坏的地方，进行必需的修补，
手榴弹穿透裂开的屋顶，爆炸的形状像面扇子，
胳膊、腿、脑袋、石头、木头、铁，飞得老高。

我那垂死的将军嘴里又咯咯作响，他愤怒地挥着手，
他嘴里含着血块，上气不接下气地说，别管我——快——去守工事。

34

现在我要讲我小时候在得克萨斯听说的事情，
(我不讲阿拉莫失陷[①]，
没有一个人逃出来讲阿拉莫失陷的情形，
那一百五十个人还对阿拉莫的事保持沉默。)
这是四百一十二个青年惨遭屠杀的故事。

他们撤退时在一个空广场上用辎重筑起了胸墙，
他们首先从九倍于他们的围敌中取得了九百条性命作为代价，
他们的团长受伤了，弹药用光了，
他们经过交涉，做体面的投降，收到了签字画押的文件，放下了武器，作为战俘被押往后方。

他们是骑兵的光荣，

---

① 1836年3月6日，墨西哥军队攻入得克萨斯州的阿拉莫，约有三百名美国军人被俘，并于3月23日被处决。“一百五十个人”指参与行刑的墨西哥军人。

骑马、打枪、唱歌、吃饭、追妞儿，全没对手，

高大魁梧，生龙活虎，出手大方，英俊豪迈，还风流多情，

蓄着大胡子，晒得黑黑的，穿着潇洒的猎装，

没有一个超过三十。

在第二个礼拜天早晨，他们被分批带出去处死，那时正是美丽的初夏，

处决在大约五点钟开始，八点结束。

没有一个人服从命令跪下，

有人疯狂徒劳地往外冲，有人直挺挺地站着，

几个人立刻倒下，被射中了脑门或心脏，还活着的和死了的躺在一起，

残废的和缺胳膊短腿的在泥土里挣扎，新来的人看见了他们，

一些半死的人企图爬走，

这些人都被刺刀戳死或被枪托砸死，

一个不满十七岁的小子揪住杀他的人，直到另外两个人来帮忙解脱，

这三个人的衣服都给扯烂了，沾满了那小子的血。

十一点开始焚烧尸体，

这就是四百一十二个青年惨遭屠杀的故事。

35

你想听一个过去的海战故事吗？

你想知道谁凭借月光和星星赢得了胜利？

听吧，这是我奶奶的父亲、一个水手讲给我听的。

（他说，）我告诉你，我们的敌人可没有躲进船里，
他有着真正英国人的胆量，没人比他更顽强了，过去没有，将来也没有[①]；
傍晚时，他过来气势汹汹地搜索我们。

我们和他靠近了，帆桁缠着帆桁，炮口挨着炮口，
我的船长亲自动手把它们拴牢。
我们在水下遭到了几次十八磅重炮弹的猛击，
刚交火时我们的下层炮舱里就有两颗大炮弹爆炸，杀死了周围所有人，掀开了舱顶。

一直打到日落，打到天黑，
夜里十点，满月升起来，我们的船漏得越来越厉害，报告进水五英尺了，
纠察长把关在后舱里的俘虏放了，给他们活命的机会。

现在进出弹药库的通道被哨兵封锁了，
他们看到这么多陌生面孔，不知道相信谁。

我们的船起火了，
敌人问我们要不要投降？
要不要降旗结束战斗？

现在我笑得真开心，我听见我们小船长的声音，
他镇定高喊，我们没有降旗，我们这边才刚开始打仗。

我们只有三门炮管用了，
一门由船长亲自指挥对付敌人的主桅，

---

① 他，指英国海军的战船。

两门发射葡萄弹和霰弹，灭了他的步枪队，荡清了他的甲板。

只有桅楼在协助这个小炮台开火，特别是主桅楼，
在战斗中他们英勇坚持到底。

一刻都没停歇，
船漏水比抽水快，大火蹿向弹药库。

一台泵给打中了，大伙儿都以为我们快要沉了。

小船长冷静地站着，
他不慌不忙，声音不高不低，
对于我们他的眼睛比灯还亮。

快十二点时，在月光里他们向我们投降了。

36

深夜到处一片沉寂，
两艘大船一动不动躺在黑暗的胸膛上，
我们的船满是窟窿，慢慢下沉，我们准备转移到被我们攻下的船上去，
船长在后甲板上，脸跟纸一样煞白，冷冷地发布命令，
附近是在舱里值勤的那个小子的尸体，
一个死去的老水手脸上耷拉着长长的白头发，留着用心卷过的络腮胡子，
大火怎么也扑不灭，上下乱蹿，
两三个还能值班的军官发出沙哑的嗓音，
乱堆的尸体和散布的尸体，桅杆帆桁上血肉模糊，
砍断的缆绳晃荡着，海浪安慰人似的轻轻震动，

焦黑冷漠的大炮，散乱的火药包，刺鼻的味道，
头上几颗大星星沉默悲哀地闪耀，
海风爽人的气味，海滩边荒草和田地的气味，死亡的噩耗托付给了幸存者，
外科医生的刀子刺啦响，锯子齿咬人，
喘息声，嗷嗷的叫声，血哗哗淌到地上，短促的尖叫，长时间沉闷的越来越弱的呻吟，
事实就是这样，什么都没法挽回。

37

你们这些站岗的懒虫！留神你们的枪！
他们挤进了被攻下的大门！我被幽灵附体了！
把所有犯人和受苦人的魂儿都集于一身，
看见自己以另一个人形蹲在牢房里，
感受着乏味的无休止的痛苦。

监狱的看守端着卡宾枪监视我，
我早上出去放风，晚上给关起来。

每一个暴徒戴着手铐走进监狱，就有我戴着手铐走在他身边，
(我更不快活，更哑巴，我颤抖的嘴唇渗出汗珠。)

每一个年青人因为盗窃被捕时，我也走上法庭，被审讯，被判决。

每一个霍乱病人奄奄一息地躺着时，我也奄奄一息地躺在那里，
面如死灰，筋肉扭曲，人们躲我远远的。

乞丐们附身于我，我也附身于他们，
我把帽子放在地上，坐下乞讨，满脸羞耻。

38

够了！够了！够了！
我真不知所措了。退回去吧！
我晕头转向了，给我一点时间睡觉，做梦，打哈欠，
我发现自己的老毛病快要犯了。

我竟然能忘记那些嘲笑和侮辱[①]！
我竟然能忘记那些簌簌流下的眼泪和木棒铁锤的殴打！
我竟然能用别人的眼光观望自己被钉上十字架，戴上血污的荆冠。

我现在记起了，
我重拾那过于严肃的角色，
石头坟墓把托付给它和所有坟墓的事完成了，
死尸复活了，伤口愈合了，裹尸布从我身上掉落。

我重新充满了无上的力量，作为平常而无尽的队伍里的一员前进，
我们走向内陆和海边，跨越所有疆界，
我们的道义迅速在全世界传播，
我们帽子上别的花朵生长了几千年。

门徒们，我向你们致敬！过来吧！
继续做你们的注释，继续提你们的问题。

---

① 这一节的以下部分，诗人以耶稣的口吻回顾自己受难、复活的经历。

39

那个友善随和的野蛮人是谁?
他是在等待文明呢，还是超越了它，掌握了它?

他是在户外长大的西南部的人? 他是加拿大人?
他是从密西西比乡下来的? 从衣阿华、从俄勒冈、从加利福尼亚来的?
是山里人? 过草原生活、丛林生活的人? 是从海上来的水手?

无论他走到哪里，男男女女都接待他，喜欢亲近他，
他们渴望他会喜欢他们，接触他们，和他们说话，和他们住在一起。

行动像雪花一样随便，说话像草一样简单，不梳头，天真地笑着，
走路很慢，寻常的相貌，寻常的举止和表情，
然而举手投足间却有一种新鲜的气概，
从他肉体和呼吸的气味中，从他的眼神中都发散出这种气概。

40

自鸣得意的阳光，我不需要你的温暖——一边待着去吧!
你只照亮表面，而我力透表里。

大地! 你似乎想从我手里得到什么东西，
说吧，老酋长，你想要什么[1]?

---

① 老酋长，指印第安人。

男人或女人，我本可以说出我是怎样喜欢你，但我不能够，
我本可以说出我内心和你内心的秘密，但我不能够，
我本可以说出我的渴望，我日夜跳动的脉搏。

看吧，我不给人说教或小恩小惠，
要给就给出我自己。

你在那里，浑身无力，膝盖发软，
露出你那围巾裹着的脸，我要给你吹进勇气，
张开你的双手，打开你的口袋，
我不允许人推辞，我强迫你接受，我的贮存绰绰有余，
我要给你我拥有的一切。

我不问你是谁，那对我不重要，
除了我给你的，你什么都不能做，什么都不是。

我靠近棉花地里的苦工或厕所清洁工，
在他的右脸颊上留下家人的吻，
以我的灵魂起誓我永远不会拒绝他。

在适合怀孕的女人那里，我种下的种子将生出更大更聪明的婴儿，
（今天我射出的，将成为更加骄傲的共和国的栋梁。）

对于正在死去的人，不管是谁，我飞快跑去推开他的门，
把被子扔到床脚，
请医生和牧师回家。

我抓住垂死的人，以不可抗拒的意志举起他，

哦，绝望的人，这儿是我的脖子，
看在上帝分儿上，你不要走！把你的重量全压在我身上。

我用强大的呼吸充实你、支持你、挽救你，
在每一个房间里我驻扎了军队，
他们是我爱的人，战胜死亡的人。

睡吧——我和他们整夜站岗，
疑惑和死亡一根指头也不敢碰你，
我拥抱了你，从此我就拥有了你，
等你早晨醒来，会发现一切正如我所告诉你的。

41

当病人躺着喘气时，我就是带来帮助的人，
对于强壮、腰杆笔直的人，我带来更需要的帮助。

我听到过关于宇宙的议论，
反复听了几千年来关于它的传说，
总的说来还不错——但仅此而已吗？

我来把它扩展、应用，
一开始我就比那些计较的老年贩子出了更高的价钱，
自己测量了耶和华的精确尺寸①，
印刷了克罗诺斯、他的儿子宙斯和他的孙子赫拉克里斯的肖像②，

① 耶和华，为《圣经》中上帝的名字。

② 在希腊神话中，克罗诺斯为泰坦神的首领，是天神和地神的儿子；宙斯是克罗诺斯的儿子，推翻泰坦神的统治后成为奥林匹斯众神中的主神；赫拉克里斯为半人半神的英雄。

买下了奥西利斯、艾西斯、贝鲁斯、婆罗门和佛陀的手稿[1]，

我的皮包里散放着曼尼陀、印在纸页上的安拉、刻在图版上的十字架[2]，

还有欧丁、面目狰狞的麦西特里以及所有的偶像和肖像[3]，

我按其真正价值全部接受了他们，一分钱也不多出，

承认他们曾经活在世上，履行了他们的时代责任，

（他们给羽毛未丰的雏鸟喂食虫子，现在小鸟长大了，要自己飞、自己唱，）

接受了这些粗糙的神化了的画像以使我自己更加充实，无偿把它们赠送给我见到的每一个男女，

在一个盖房子的工人身上我发现同样多甚至更多的神性，

看他在那里挽起袖子挥动木槌和凿子，我给他更高的赞美，

我不反对特殊的启示，我以为一缕轻烟或我手背的一根汗毛和任何启示同样奇妙，

开消防车、爬绳梯的小伙子在我看来并不亚于古代的战神，

他们嗓音嘹亮，穿透了毁灭的轰隆声，

他们结实的腰腿安全跨过烧焦的木板，他们从火里钻出来，雪白的脑门上毫发无损；

机械工的媳妇给她的宝贝喂奶，我为每一个出生的人喝彩，

三个健壮的天使排成一溜，三把收割的镰刀嗖嗖作响，衬衣在他们腰间鼓起，

---

① 奥西利斯为埃及神话中的地府之神；艾西斯为其妻，主生殖；贝鲁斯为传说的阿西利亚的国王；婆罗门为印度教里的宇宙灵魂。

② 曼尼陀为印第安人崇拜的神；安拉为伊斯兰教徒对真主的称呼。

③ 欧丁为古代北欧人的神和创造者；麦西特里为墨西哥阿兹台克印第安人的战神。

龇牙的红头发马夫为了替犯伪造罪的兄弟赎过，

他变卖了一切，步行去付律师费，兄弟受审时坐在他身边；

播散得最广的东西只播散到了我周围一平方杆，还没有填满[1]，

公牛和虫子从没受到足够的崇拜[2]，

粪便和泥土是人梦想不到的奇异，

神灵没什么了不起，我自己就等着成为一方神圣，

那一天就要到来，我将和最出色的人一样立下令人瞩目的丰功伟绩，

我以我的睾丸起誓，我已经成为了造物主！

现在，在这里我把自己放进幽灵潜伏的子宫里。

42

我在人群中一声高呼，

声音镗镗鞳鞳，横扫一切，不可更改。

来吧，我的孩子们，

来吧，我的男孩和女孩们，我的女人、家人和好友们，

现在演奏者酝酿好了情绪，他已经用心里的芦笛奏完了序曲。

轻松谱写、随手弹出的和弦——我感觉到了你演奏的高潮和结尾。

我的头在我的脖子上转动，

乐声翻滚，可不是出自管风琴，

---

① 1杆约合5米。

② 古希腊人崇拜公牛和臭虫，古埃及人崇拜甲虫。

人群围绕着我，可他们不是我的家人。

永远是坚实不沉的大地，
永远是吃着喝着的人们，永远是升起落下的太阳，永远是风和不停顿的潮汐，
永远是我和我的邻居，爽快的、邪恶的、实在的，
永远是古老的不可解答的疑问，永远是心头的痛、令人苦思渴想的生命，
永远是恼人的叫声！直到我们找到了那个无赖躲藏的地方把他揪出来，
永远是爱，永远是为了生活哭泣的泪水，
永远是脖子上的绳索，永远是死者的尸床。

到处是眼里只有钱的行尸走肉，
绞尽脑汁满足贪婪的胃口，
买着、攥着、卖着股票，可从来不去宴席上吃一顿，
许多人流汗、种地、打谷，到头来只有糟糠作为回报，
少数占有土地的懒鬼却年年把粮食据为己有。

这里是城市，我是公民中的一员，
凡别人感兴趣的我都感兴趣，政治、战争、市场、报纸、学校，
市长和议会、银行、税率、汽船、工厂、股票、商店、不动产和动产。

那些穿燕尾服的侏儒到处活蹦乱跳，
我知道他们是谁，（他们肯定不是蛆虫或跳蚤，）
我承认他们和我完全相同，最脆弱最浅薄的人也和我一样不死，
我的所做所言将被他们重复，

每一个折磨我心灵的念头同样折磨他们的心。

我十分清楚我的自负，
知道我的诗包罗万象，少写一行都不行，
不管你是谁，我逮着就用我的一切浇灌你。

我这首诗不是陈词滥调，
而是直截了当的提问，跳得远，折回得更近；
这印刷装订好的书——可是印刷机和印刷厂的伙计呢？
这拍摄精良的照片——可是你紧搂在怀里的实实在在的老婆或朋友呢？
这黑色的铁甲船，炮塔里有威猛的大炮——可是船长和工程师的勇气呢？
这房子里的碗碟、食品和家具——可是主人、主妇和他们注视的眼光呢？
头上是天空——可是在这里、在隔壁、在马路对面呢？
历史上的圣徒和哲人——可是你自己呢？
布道、信条、神学——不过是出自深不可测的人的大脑，
什么是理性？什么是爱情？什么是生命？

43

古往今来、世界各地的僧侣们，我不轻视你们，
我的信仰是最伟大的信仰也是最渺小的信仰，
包括了古代和现代以及古代和现代之间的一切崇拜，
相信五千年后我将再次来到大地，
等待着神谕的回答，尊奉诸神，向太阳致礼，
膜拜第一块石头或树桩，在巫师划的圈子里执杖祈祷，
帮喇嘛或婆罗门装饰神像前的灯，
在崇拜男性生殖器的行列中沿街舞蹈，在树林里作一个狂热严格的印度苦行僧，

从头盖骨做的杯子里喝蜂蜜酒，崇敬《沙斯塔》和《吠陀经》，专注《可兰经》[①]，

敲着蛇皮鼓，走过阿兹台克神庙，那里斑斑驳驳的是用石头和刀子杀死的人的血迹[②]，

接受《福音书》，接受被钉死在十字架上的人，确信他的神圣，

做弥撒时跪下，做清教徒的祈祷时起立，耐心坐在教堂的长凳上，

我精神错乱时大喊大叫口吐白沫，或像个死人等着我的灵魂唤醒我[③]，

注视着马路和大地，或马路和大地之外的世界，

是一个卫理公会骑马巡回布道的牧师[④]。

我离去归来，循环往复，总像要出远门的人留下嘱咐。

垂头丧气的怀疑者们沉闷孤独，

无聊、阴沉、忧郁、愤怒、激动、失望、没有信仰，

我懂得你们每一个人，我懂得那巨大的苦恼、怀疑、失望和空虚。

鲸受伤的鳍怎样拍水呀！

它们扭动快得像闪电，痉挛着，喷着血！

怀疑者和忧郁者们，安定你们流血的鳍吧，

---

① 《吠陀经》和《可兰经》分别为印度教和伊斯兰教的圣典。《沙斯塔（Shastas）》，不详。

② 阿兹台克神庙，为墨西哥古代阿兹台克人（古印第安人的一支）的神庙，他们在此处决大批俘虏以祭祀神灵。

③ 大喊大叫口吐白沫，像个死人，这是某些宗教狂热者要达到的境界。

④ 卫理公会为基督教的一个支派，盛行于美国，其牧师骑马巡回于各行政区布道。

我来到你们中间就像来到别的人们中间一样，
过去的一切推动了你、我和所有人，完全一样，
未曾经历过的和其后的一切，对你、我和所有人完全一样。

我不知道未曾经历过的和其后的一切是什么，
可我知道到时候它自会证明它的宽宏大度，这不会有错。

它体谅每个经过的人，它体谅每个停留的人，一个也不遗漏。

它不会遗漏那已死去埋葬的青年，
那已死去埋葬在他旁边的姑娘，
那在门口溜了一眼就被拽回去、就再没看到的孩子，
那没有目的地活着、心比苦胆还苦的老人，
那住在贫民院里由于酗酒和生活潦倒而得了结核病的人，
那无数遭屠杀、遇海难的人，那被骂作臭大粪的粗野的科布人[①]，
那些张开袋子似的口等候食物滑人的浮游生物，
地球上的和地球深处最古老的坟墓里的任何东西，
那万千星球上无穷无尽、形形色色的万千事物，
它也不会遗忘现在，还有已知的细微末节。

44

是说明我自己的时候了——让我们起立吧。

我抛开已知的一切，
带领男男女女和我一起向前进入未知的世界。

---

① 科布人，居住在印度尼西亚的苏门答腊地区的巴邻旁。

时钟指示出瞬息片刻——但什么能指示出永恒?

我们已历尽了亿万个冬夏,
前面还有亿万个,它们的前面还有亿万个。

生命已经给我们带来丰富多彩,
未来的生命还将给我们带来丰富多彩。

我不认为事物有伟大和渺小之分,
占有时间和空间的事物全都平等。

人们对你凶狠嫉妒吗,我的兄弟姐妹?
我为你难过,他们对我并不凶狠嫉妒,
所有人对我温文有礼,我从来不会发愁,
(有什么事让我发愁呢?)

我是集大成就的完美体现,我是未来事物的包容者。

我的脚踏在了阶梯顶层的顶层,
每一步消耗了成捆的岁月,更多岁月消失在步伐之间,
我已从容迈过下面的阶梯,我仍在攀登,攀登。

上升,上升,幻象在我身后纷纷倒伏,
我遥看低处巨大初始的**虚无**,我知道我曾在那里,
我曾等着,等着,什么也看不见,在昏沉的迷雾中酣睡,
打发了我的时间,没有被恶臭的碳伤害。

我被久久地紧抱着——久久,久久地。

浩大的准备为我完成了,

忠实友好的臂膀扶助了我。

时光摆渡我的摇篮，它摇啊摇啊像快活的船夫，
星星给我腾出地方，旁待在各自的轨道上，
它们照看将要承载我的地方，施加影响。

我从母体出生之前已有多少世代指引了我，
我的胚胎从不缺乏活力，什么也不能阻止它。

为了它，星云凝聚成地球，
地层长久缓慢地堆积起来供它栖息，
繁多的植物供给它营养，
巨大的所罗用嘴运送它，小心地安放它[①]。

一切力量都已稳步地发挥，造就我，取悦我，
现在我和我强健的灵魂站立在这里。

45

啊，青年时代！永远张扬的活力！
啊，阳刚之气，和谐，鲜红，饱满。

我爱的人们使我窒息，
挤压着我的嘴唇，堵塞了我皮肤的毛孔，
簇拥我走过大街和公共大厅，夜里赤身来到我旁边，
白天在河里的礁石上高喊啊嗬！在我头上摇摇晃晃，嘁嘁喳喳[②]，

---

① 所罗，原文为sauroids，意译为蜥蜴样动物。为生活在三叠纪恐龙时代的一种爬行动物，已灭绝。由于它们以两条腿行走，故又被称为“双腿的鳄鱼”。据认为，它们创造了地球上最早的文明。

② “啊嗬”，为海员招呼船只或人的喊声。

从花坛、从藤架、从密密麻麻的矮树丛里叫唤我的名字，
照亮我生命的时时刻刻，
用柔软喷香的吻吻遍我全身，
他们悄悄从心窝里掏出东西一把一把给了我。

老年崇高地呈现了！欢迎啊，临终时光难以言说的优雅！

每一种境况呈现的不只是它自己，还宣告了它以后和自它会产生出什么，
那黑暗里的缄默意味深长。

夜里我打开天窗观看散布在远方的星系，
我看到的一切再乘以我能计算的最大数字，也只不过达到更远星系的边缘。

它们漫延得越来越远，扩展，永远扩展，
向外，向外，永远向外。

我的太阳有他自己的太阳，顺从地围绕他旋转，
他和他的伙伴加入了一群更高级的星系，
而后还有更大的，使得他们中最大的太阳成为弹丸。

没有停止，绝不会停止，
如果我、你、大千世界，以及它们上面和下面的一切，此刻回复为一片无生气的漂浮物[1]，那也终究是徒然，
我们肯定会再回到我们现在站立的地方，
肯定会走得同样远，然后更远、更远。

① 无生气的漂浮物，可能指宇宙形成之初的混沌物。

几千万亿个纪元，几千亿亿立方英里，都无伤大局，不会使它不可忍耐，

它们只是几个局部，任何事物都只是局部。

无论你看得多么遥远，在此之外有无限空间，
无论你算得多么长久，在此之外有无限时间。

我的约会已确凿指定，
上帝将在那里等待我在最佳的时候到来，
伟大的**伙伴**，我渴望的真正的爱人会在那里。

46

我知道我有最佳的时间和空间，从来没有测量过，也永远不会去测量。

我踏上了一次永恒的旅程，（都来听吧！）

我的标志是一件雨衣，一双耐穿的鞋子，和一根从树林里砍来的手杖，

没有朋友坐在我的椅子上休息，
我没有椅子，没有教堂，没有信条，
我不带人去餐厅、图书馆、交易所，
可是我领你们每个男女走上一座小山，
我左手搂着你的腰，
右手指点陆地上的风景和公路。

我不能，也没有谁能代替你走那条路，
你必须自己去走。

它不长，人人力所能及，
也许你一出生就走在上面了，只是你不知道，

也许在陆地和海洋上它无所不在。

好小子，背上你的破行囊，我背上我的，我们赶紧上路，
路上我们会遇见美妙的城市和自由的民族。

累了就把你的包袱给我，把你的手搁在我屁股上，
到时候你也得同样伺候我呀，
我们上路后就再不能休息。

今天天亮前我爬上小山，看着满天繁星，
我对我的灵魂说：等我们把这些星星都揽进怀里，拥有了它们的一切乐趣和知识，那时我们会觉得充实和满足吗？
我的灵魂说：不，我们只是达到了那个高度，然后要超越它继续前进。

你也向我提问，我听着，
我回答说我不能回答，你必须自己找出答案。

坐一会儿吧，好小子，
这儿有饼干吃，有牛奶喝，
可是等你睡过一觉穿上舒服的衣裳精神焕发，我就给你告别的吻，打开门让你从这儿出去。

你那些龌龊的梦做得够久了，
现在我给你洗去眼屎，
你必须使自己习惯耀眼的光和你生命的每一寸光阴。

你抱着木板胆怯地在海滩上游荡得够久了，
现在我要你去大胆地游泳，
跳进海里，再浮出来，冲我点头，叫喊，大笑着甩甩头发。

47

我是运动员的教练，

我教出的那小子挺起一副比我的还要宽阔的胸膛，这恰恰证明了我的宽阔，

最尊重我的风格的人要在我的教导下学习，然后击败我。

我喜欢的小子都是这样靠自己而不是靠别人成为堂堂男子汉，

他宁愿邪恶也不要在顺从和恐惧中训出的美德，

他宠着自己心上的姑娘，大啃大嚼着牛排，

单相思或遭人轻贱比钢刀剜割还叫他难受，

骑马、打架、射击、驾船、唱歌、弹琴，都是一流的好手，

宁愿脸上有疤，胡子拉茬的，长着麻子，也不要油头粉面，

喜欢那些晒得黑黑的人胜过躲避阳光的。

我教别人离开我，可谁能离得开我呢?

从现在起不管你是谁我都跟随你，

我的话会让你耳朵发痒直到你听懂了为止。

我说这些话不是为了挣一块钱或在等船时消磨时间，

(那是你在说话，和我说的一样多，我充当了你的舌头，

它在你嘴巴里受拘束，在我嘴巴里才开始放松自如。)

我发誓决不再在房间里谈论爱和死，

我发誓除了向在露天下和我亲密相处的男女，我决不解释自己。

如果你要理解我，就到山上或水边来吧，

近在身边的蚊子是一个解释，一滴水或一道波浪是理解的关键，

木槌、桨、锯子，支持我说的话。

紧闭的房间和学校不能跟我交流，

粗野的人和小孩都比他们强。

那个年青的机械工跟我最亲近，他很懂我，

那个扛着斧子拎着水壶的伐木汉子会整天带着我，

那个犁田的乡下小子喜欢听我说话的声音，

船扬帆起航时我的话匣子也打开了，我和渔夫水手在一块儿，我喜欢他们。

那安营扎寨或行军途中的士兵是我的，

在战役打响的前一天晚上许多士兵来找我，我没让他们失望，

在那个庄严的晚上（可能是他们最后的一个晚上）认识我的人都来找我。

猎人独自躺在毯子里，我的脸蹭着他的，

赶车的人念叨我，忘记了马车在颠簸，

年青的母亲和年老的母亲都理解我，

姑娘和媳妇一时走神，停住了手里的针线，

她们和大伙儿都会重复我对他们说过的话。

48

我说过灵魂并不优于肉体，

我也说过肉体并不优于灵魂，

对于一个人来说，没有什么，包括上帝，比一个人的自我更伟大，

凡是走了两百米还没有这种感觉的人就是在披着尸衣走向坟墓，

你我口袋里分文没有也能买地球上最好的东西，

用眼睛一瞄，或显示豆荚里的一粒豆子，就胜过古往今来的学问，

三百六十行，只要年青人肯干都可以成为英雄，

没有什么东西软弱得不能成为这个旋转宇宙的中心，

我对天下男女说，让你的灵魂冷静镇定地站在一百万个宇宙之前。

我对人类说，不要对上帝感觉好奇，

我这个对事事好奇的人对上帝并不觉得好奇，

(多少话也说不清我对于上帝对于死亡是多么坦然平静。)

在每一件事物中我听到看到了上帝，却丝毫不理解上帝，

我也不理解有谁能比我自己更加神奇。

为什么我还希望比今天更清楚地看见上帝呢?

我在二十四小时的每时，甚至每刻都看见了上帝的什么，

在男男女女的脸上，在镜子中我自己的脸上，我看见了上帝，

我在街上发现上帝丢下的信件，每一封都有上帝的签名，

我把它们留在原处，我知道无论我去哪里，

永远会有别的信如期到来。

49

至于你，**死亡**，你给人致命的痛苦的拥抱，却休想尝试吓唬我。

产科医生来了，从容做他的工作，

我看见那上了年纪的手挤压着、接着、托着，
我靠在精巧的活动门边，
注视婴儿娩出的地方，注意到产妇的痛苦减轻了，消失了。

至于你，**尸体**，我认为你是不错的肥料，这可不会叫我恶心，
我闻到白玫瑰的芳香，它们还在生长，
我伸手抚摸叶子的圆边，抚摸西瓜光溜的胸脯。

至于你，**生命**，我估摸你是多次死亡的遗物，
（无疑我自己以前就死过上万次了。）

啊，天上的星星，我听见你们在那里说悄悄话，
啊，太阳——啊，墓边的青草——啊，永恒的转化和进化，
如果你们沉默不语，我又岂能滔滔不绝？

浑浊的水塘横在秋天的树林里，
月亮沉落在萧瑟黄昏的悬崖，
摇曳吧，白天和黄昏的光芒——摇曳在黢黑的树干上，树干在污泥里腐烂，
摇曳在干枯的树枝上，树枝在叹息呻吟。

我从月亮那里上升，我自黑夜上升，
我感觉那惨淡的微光是正午阳光的反照，
我要离开这些伟大或渺小的结果，走向坚定，走向中心。

50

我心里有——我不知道那是什么——可我知道它在我

心里。

辗转反侧，大汗淋漓——然后我的身体平静了清凉了，
我睡着了——睡了很久。

我不知道它——它没有名字——它是一个没人说过的字，
它不在字典里、言谈中、符号里。

它赖以维系的超过我赖以生存的地球，
对于它，天地万物是朋友，它们的拥抱唤醒了我。

也许我还能多说几句。扼要点吧！我为我的兄弟姐妹申辩。

啊，我的兄弟姐妹，你们看见了吗？
它不是混沌或死亡——它是形体、联合、计划——它是永恒的生命——它是**幸福**。

51

过去和现在凋谢了——我充实过它们，倾空了它们，
我即将开始充实我的下一个未来。

那边的听众！你有什么能透露给我吗？
黄昏在我身边徘徊，我吸着鼻子的时候你看着我的脸，
（给我说实话，没别人听你，我只能再多待一小会儿。）

我自相矛盾吗？
很好，那我就自相矛盾吧，
（我心胸宽广，包罗万象。）

我全神贯注附近那些人，我在门口等着。

谁干完了一天的活儿？谁会最先吃完晚饭？

谁愿意跟我一起遛达？

我走之前你会说吗？还是说等你开口的时候已经太迟了？

52

老鹰俯冲过我身边，他训斥我，怪我饶舌、逗留拖延。

我也桀骜不逊，我也不可理喻，
我在世界的屋顶发出粗野的嚎叫。

白天最后的脚步为我停留，
它把我的影子随着其他影子，和所有影子一样投在黑蒙蒙的旷野，
把我慢慢化为雾汽和黑黯。

我像风一样离去了，对逃走的太阳甩甩白发，
我把我的肉体倾入漩涡里漂流。

我把自己交付给泥土，我将从我爱的青草里长出来，
假如你需要我，就在你鞋底下找吧。

你会不知道我是谁或我的意思，
但是我有益你的健康，
会清洁、充实你的血液。

第一次找不到我，继续保持勇气，
在一处错过了我，就去别处寻找，
我总会在某个地方等着你。

(1855；1881)

亚当的子孙

惠特曼的出生地

位于纽约长岛，No.246，Rd Old Whitman,Huntington；

现为惠特曼博物馆、美国国家历史遗址。

(George Mallis 摄)

向那花园

向那花园，世界再度升腾，
劲头十足的配偶们，女儿们，儿子们，走在前头，
爱，他们肉体的生活，意义和存在，
好奇地看我在这里大睡后醒来，
在他们宽广的眼界里，又带给我周而复始的轮转，
色情的，成熟的，全然美丽，妙不可言，
我的肢体由于最美妙的原因，颤抖的火永远穿行于其中，
我活着，平静地凝视，看穿一切，
对现在满意，对过去满意，
夏娃在我身边或跟在我身后，
或在前头，我就同样跟着她。

(1860；1867)

从被压抑的痛楚河流

从被压抑的痛楚河流，
从我自己的这生命攸关之物，
为着它，我即使孤立于人群也决心要使之光大，
用我振聋发聩的声音，歌唱男性生殖器，
唱一首生殖之歌，
唱我们需要的优秀孩子，从中产生优秀的成人，
唱肌肉的冲动与交合，
唱同床伙伴的歌，(啊，不可抗拒的向往！

向往所有人，每一个人，那眷眷撩人的肉体！

啊，向往你，不管你是谁，你那撩人的肉体！啊，它超越一切，你叫人愉悦！）

从这日日夜夜咬啮我的如饥似渴的折磨，

从本能的时刻，从羞涩的痛楚，唱着它们，

寻找着我艰辛寻找了多年还没找到的东西，

胡乱地时不时地唱着灵魂的真实的歌，

和最粗野的大自然在一起或者在动物们中间新生，

我的诗宣扬着它和它们以及跟它们随行的东西，

苹果和柠檬的气味，禽鸟交配，

树林湿润，波浪重叠，

波浪在陆地疯狂推进，我歌唱它们，

那轻轻响起的序曲，那预期的张力，

那可喜的接近，一睹那完美的肉体，

那游泳者在池子里裸泳或者一动不动地仰面朝天漂浮，

那女性的身影走近着，我沉思，爱的血肉颤抖、疼痛，

为我、为你、为所有人，一展神圣肉体的丰采，

面孔、四肢，从头到脚，以及它所唤醒的一切，

神秘的兴奋，色情的狂热，彻底的放纵，

（靠近些，静静听我对你悄悄说，

我爱你，啊，你完全拥有我，

啊，我希望你我摆脱所有人，从世上消失，享受无法无天的自由，

比空中的两头鹰、海里的两条鱼还要无拘无束；）

猛烈的风暴席卷我全身，我激动得战栗，

两个人永不分离的誓言，那个爱我、我也爱她胜过自己生命的女人的誓言，

（啊，我愿为你赌上一切，

啊，如果必须，就让我输！

啊，只要有你和我！别人做什么想什么跟我们有什么

相干？

世上的一切跟我们有什么相干？只要我们彼此享受，如果必须，我们还得使彼此精疲力竭；）

从那位船长，那位我把船交付给他的领航员，

那位向我、向所有人发号施令的将军，我们从他那里得到准许，

从那加速进程的时间，（我确实闲逛得太久了；）

从性，从经线和纬线，

从隐私之处，从频繁的独自抱怨，

从身边芸芸众人和偏偏不在身边的那一个人，

从那在我身上轻柔滑动的手和捋过我头发胡须的手指，

从那长时间贴在嘴和胸上的吻，

从那使我或任何男人陶醉销魂的紧紧挤压，

从神圣丈夫该懂的，从父亲该做的，

从狂喜、胜利和解脱，从夜里同床伙伴的拥抱，

从眼、手、臀和胸脯的如诗的动作，

从颤抖的胳膊的缠绕，

从弯曲的臂膀和搂抱，

从肩并肩掀掉的柔软被子，

从那个如此不愿我离开的人和同样不愿离开的我，

（啊，温柔的人，等一会儿我就会回来；）

从星星闪耀和露珠滴下的时辰，

从夜里我出现、我离开的那一瞬间，

赞美你，行为多么神圣，还有你们，准备出世的孩子们，

还有你们，强壮的生殖器。

（1860；1881）

我歌唱带电的肉体

1

我歌唱带电的肉体，
我喜爱的人围着我，我也绕着他们，
他们不让我离开，直到我跟他们一起走，回应了他们，
使他们不堕落，用灵魂的电荷充实了他们。

谁怀疑过，那些败坏自己肉体的人会掩藏自己？
那些亵渎生者的人和亵渎死者的人同样卑鄙？
肉体没有和灵魂一样功绩良多？
如果肉体不是灵魂，那什么才是灵魂？

2

对男人和女人肉体的爱难以说清，肉体本身就难以说清，
男人的肉体是完美的，女人的肉体是完美的。

脸上的表情难以说清，
但是一个健全男子的表情不仅呈现在脸上，
还呈现于他的四肢和关节，奇妙地呈现于臀部和手腕的关节，
呈现于他的步伐、脖子的姿态、腰膝的弯曲，衣裳不能遮掩，
他强健潇洒的英气穿透棉布和毛葛，
看他走过如读一首最棒的诗，甚至体会更多，
你流连地望着他的背影、他的脖子和肩膀。

爬行的胖乎乎的婴儿，女人的胸脯和头，她们的衣褶，我

们经过大街时看到的她们的风度，她们下身的轮廓，

游泳池里的裸泳者，看他游过透明闪烁的碧波，或仰面朝天，随浪涛静静地上下颠簸，

在划艇里前俯后仰的划手，马鞍上的骑手，

姑娘们、母亲们、家庭主妇们，各司其事，

中午一群工人坐着，端着打开的饭盒，他们的媳妇在侍候着，

女人在哄孩子，农夫的女儿在菜园或牛圈里，

年青的汉子在锄玉米，赶雪橇的驾着六匹马穿过人群，

摔跤手在摔跤，那是两个本地徒工，长大了，身强体壮，性情随和，日落时下工了，他们来到一片空地，

外衣和帽子扔在地上，做着亲热的搂抱和抵抗，

抓扭上身，抓扭下身，头发乱七八糟，遮住了眼睛；

身穿制服的消防员在行进，从整洁的裤子和腰带中显出男子肌肉的运动，

他们从火场懒散回来，突然又铃声大作，他们停止脚步，警觉地谛听，

那自然、完美、多样的姿势，低下的头，弯曲的脖子，盘算的样子；

我爱这样的人——我放松自己，自在地走过，我和婴儿一起伏在母亲胸口，

和游泳者一起游泳，和摔跤手一起摔跤，和消防员一起行进、止步、谛听、盘算。

3

我认识一个人，一个普通农夫，五个儿子的父亲，

这些儿子中有的当了父亲，儿子的儿子中也有的当了父亲。

这个人精力旺盛、沉着、漂亮，

他的头形，他浅黄色和白色的头发和胡子，他黑色的眼眸深邃难测，他的举止落落大方，

我常去探访他，好看到这些，他也很睿智，

他身高六英尺，八十多了，他的儿子们魁梧、干净、胡子重、脸膛黑黑的很英俊，

他们和他的女儿们爱戴他，所有看到他的人爱戴他，

他们不是由于得到恩惠才爱戴他，他们爱他是发自内心，

他只喝水，脸面光洁，褐色的皮肤透出鲜红的血色，

他经常打猎捕鱼，自己驾船，是船匠送给他的一条很帅的船，他有几支鸟枪，是爱戴他的人送的，

当他和五个儿子和许多孙子一块儿打猎捕鱼时，你会看出在这一群人里数他最漂亮最活跃，

你会希望跟他长久待在一起，你会希望在船里坐在他身边，互相接触。

4

我觉得和我喜欢的人们在一起就满足了，

晚上和他们一起作伴就满足了，

被漂亮、奇异、呼吸着、欢笑着的肉体围绕着就满足了，

在他们中间走过，或者碰到谁，或者我的手臂曾片刻轻轻搂着他或她的脖子，这意味什么？

我不要求更多快乐了，我在快乐中游泳如在大海。

和男人女人们密切待在一起，看着他们，接触他们，闻着他们的气味，会使灵魂愉快，

所有事情都使灵魂愉快，但这些更使灵魂愉快。

5

这是女人的形体，

从头到脚发出神圣的光辉，

它吸引着，它具有不可抵抗的吸引力，

我被它的芬芳牵引着，好像我不过是一团不由自主的蒸汽，一切消失了，只有我和它，

书籍、艺术、宗教、时间、看得见的坚实土地、对天堂的期待、对地狱的恐惧，现在都消失了，

疯狂的筋肉，控制不住的电流从中射出，回应同样控制不住，

电流充斥头发、胸脯、臀部、弯曲的腿、随意下垂的手，我也浑身通电，

爱的低潮被高潮刺激着，爱的高潮被低潮刺激着，爱的肉体膨胀着，微妙地痛楚着，

无限的清晰的爱的喷射，灼烫硕大，颤抖的爱的岩浆，白色狂热的汁液，

新郎的情爱之夜，坚定，温柔，进入疲惫的黎明，

波澜起伏，进入乐于顺从的白天，

消失于依偎相拥、肉体甘美的白天。

这是生命的核心——其后孩子从女人生出，男人从女人生出，

这是出生的沐浴，这是小与大的融合，生命的又一条出路。

女人，不要害羞，你们的特权是孕育人，作他人的出口，

你们是肉体之门，你们是灵魂之门。

女性包含所有品格并调和它们，

她在自己的位置上做着完美平衡的活动，

她是一切，被恰当地遮蔽，她既被动又主动，

她要孕育女儿和儿子、儿子和女儿。

当我看见我的灵魂反映在自然中，
当我透过迷雾看见**人**，具有难以形容的完善、心智和美，
看见垂下的头与在胸前合抱的双臂，我看见了**女性**。

6

男人的灵魂既不亚于也不超越女人，他也在自己的位置上，
他也包含所有品格，他是行动和力量，
那已知宇宙的蓬勃活力体现于他，
蔑视适合他，追求和挑战适合他，
最狂野最充沛的激情、最大的幸福、最深的悲哀适合他，自豪属于他，
男人全心洋溢的自豪是优秀的，使灵魂沉静，
知识适合他，他永远喜好知识，自己尝试一切事情，
无论勘测什么，不管是什么海洋和航程，他最终只在这里测量水深，
（除了这里，他还在哪里测量呢？）

男人的肉体是圣洁的，女人的肉体是圣洁的，
不管它是谁人，它是圣洁的——它是一个最卑微的劳工吗？
它是一个刚上码头、呆头呆脑的移民吗？
每个人都像有钱人一样，像你一样，属于这里或任何地方，
每个人在行列中都有他或她的位置。

（一切都是一个行列，
宇宙就是一个行列，整齐完美地运行。）

你懂得很多，你就把卑微的人称作无知吗？

你以为你有权观赏美景，他或她就无权观赏吗？

你以为混沌之物凝聚，土壤覆盖地表，江海奔流，草木发芽，

仅仅是为了你，而不为他或她吗？

7

一个男人的肉体在拍卖，

（在战前我常去奴隶市场观看，）

我帮助拍卖人，那个邋遢鬼对他的生意半点也不明白。

先生们，看看这个奇迹吧，

不管投标的人出多高的价钱，对于它都嫌太少，

为了它，地球在还没有动植物以前就准备了千百万亿年，

为了它，地球周而复始地稳定旋转。

在这头颅里有让人不可思议的大脑，

在它里面和下面蕴含英雄的品格。

检查这四肢，红的、黑的、白的，筋肉和神经都美妙灵巧，

他们会脱下衣服给你们看看。

敏锐的感觉，闪耀生命之光的眼睛，勇气，意志，

大块儿的胸肌，柔韧的脊梁和脖子，结实的肌肉，匀称丰满的胳膊和腿，

那身体里面还有奇迹。

那里面有血液奔流，

同样古老的血液！同样鲜红奔流的血液！

那里有颗心在膨胀、喷射，那里有一切激情、欲望、追

求、抱负，

（因为这些情感没有在客厅和讲演厅表达，你就以为它们不存在吗？）

这不仅是一个男人，这是孩子的父亲，孩子们将来还要成为父亲，

人口众多的各州和富庶的共和国，从他开始，

有着无数业绩和欢乐的无数不朽的生命，从他开始。

你怎么知道在今后几个世纪中，从他子孙的子孙里会产生出何等人物？

（如果你能追溯几个世纪，你会发现谁是你的先人？）

8

一个女人的肉体在拍卖，

她也不仅是她自己，她是母亲们的母亲，

她生育的男孩们长大了，将会成为母亲们的丈夫。

你爱过一个女人的肉体吗？

你爱过一个男人的肉体吗？

你没发现在地球上所有国家所有年代，这些都完全相同吗？

如果有什么东西是神圣的，那就是人的肉体，

一个男人的荣耀和甘美，在于他未被玷污的男性的标志，

对于男人或女人，清洁、强健、坚实的肉体比最美的面孔更加美丽。

你看见过败坏自己活生生肉体的傻男人吗？或者败坏自己活生生肉体的傻女人吗？

因为他们并不隐藏自己，也藏不住自己。

9

啊，我的肉体！我不敢舍弃别的男女和你相同的肉体，或和你的局部相同的部分，

我相信和你相同的肉体将与相同的灵魂（肉体就是灵魂）一起生活或死亡，

我相信和你相同的肉体将与我的诗篇一起生活或死亡，它们就是我的诗篇，

男人的、女人的、孩子的、青年的、妻子的、丈夫的、母亲的、父亲的、小伙子的、大姑娘的诗篇，

脑袋、脖子、头发、耳朵、耳垂和鼓膜，

眼睛、眼眶、眼睛的虹膜、眉毛，眼皮开合、醒来、睡去，

嘴巴、舌头、嘴唇、牙齿、上颚、上下颌跟颌关节，

鼻子、鼻孔和鼻梁，

脸颊、鬓角、前额、下巴、喉咙、脖子背部和它转动的姿态，

强健的肩膀、威严的胡须、肩胛骨、后肩、饱满浑圆的侧胸，

上臂、腋窝、肘窝、前臂、双臂的肌肉和骨头，

手腕和腕关节、手、掌、拇指、食指、指关节、指甲，

宽广的前胸、卷曲的胸毛、胸骨、胸的侧部，

肋骨、肚子、脊梁骨、脊柱的关节，

臀部、臀窝、臀部的力量、凹伏凸起的圆丘、睾丸、男根，

结实的大腿，很好地支撑了上面的躯干，

腿的肌肉、膝、膝盖、大腿、小腿，

脚脖子、脚背、脚指头、趾关节、脚后跟，

一切姿势、一切形状，我的或你的或任何一个男女的肉体所具有的一切，

肺的海绵、胃、甘美洁净的肠子，
头颅里的大脑和它的皱褶，
感应、心脏的开合、口的开合、性爱、母爱，
女性气质和一切属于女性的，男人来自女人，
子宫、乳房、乳头、乳汁、眼泪、欢笑、哭泣、爱的表情、爱的骚动和兴奋，
声音、吐字、语言、悄悄说、大声喊，
吃、喝、脉搏、消化、出汗、睡觉、走路、游泳，
用臀部保持平衡、跳跃、斜靠、拥抱、胳膊弯曲和伸展，
口和眼轮的连续变化，
皮肤、晒黑的肤色、雀斑、汗毛，
用手触摸裸露的肉体时产生的奇妙感觉，
呼吸的循环之河，吸进与呼出，
腰部的美、臀部的美，向下直至膝部的美，
在你我体内稀薄鲜红的浆液，骨头和骨头里的骨髓，
优美地体现着健康；
啊，我要说这些不仅是肉体的构成和诗篇，也是灵魂的构成和诗篇，
啊，我现在要说这些就是灵魂！

(1855；1881)

一个女人在等我

一个女人在等我，她拥有一切，什么都不缺，
可如果缺少性，缺少健壮男人的滋润，
她就缺少了一切。

性包含了一切，肉体、灵魂，

意义、证明、纯洁、体贴、结果、传递，
诗歌、命令、健康、骄傲、母性的神秘、生殖的汁液，
地球上所有的希望、善行、馈赠，所有的激情、爱情、美、欢乐，
地球上所有的政府、法官、神灵、受追捧的人们，
这些都包含于性，是性的组成和证明。

我喜欢的男人毫不害羞地懂得并宣称他的性的美妙，
我喜欢的女人毫不害羞地懂得并宣称她的。

现在我要离开那些冷漠的女人，
我要去和等着我的女人待在一块儿，和那些血热、够味儿的女人待在一块儿，
我知道她们理解我，不拒绝我，
我知道她们值得我爱，我要做那些女人的带劲的丈夫。

她们一点儿不比我逊色，
她们黝黑的脸饱经风吹日晒，
她们的肉体柔顺有力，体现古老的神圣，
她们会游泳、驾船、骑马、摔跤、射箭、奔跑、攻打、撤退、前进、坚持、保卫自己，
她们彻底掌握了自己的权利——她们镇静、明白、善于自制。

女人呀，我把你们拉近我，
我不能让你们走，我会好好对待你们，
我是为了你们，你们是为了我，不仅是为了我们自己，也是为了别人，
在你们体内沉睡着更加了不起的英雄和诗人，
他们只会在我的触及下醒来。

是我呀，女人，是我在干，

我厉害、味儿冲、大块头、我行我素，可我爱你们，

除非对你们有必要我不会给你们带来更多疼痛，

我推进我迟钝粗鲁的肌肉，大肆倾泻，启动制造国家需要的儿女，

我劲头十足地支撑自己，听不进恳求，

我不敢撤退，直到把身体里积攒了那么久的东西贮存在那里。

通过你们，我排干了身体里受压抑的河流，

在你们那里，我存放了今后的一千年岁月，

在你们身上，我嫁接了我和美国最心爱的枝条，

我在你们身上喷洒的点点滴滴，将会生长出勇猛强健的姑娘，新的艺术家、音乐家、歌唱家，

我通过你们生出的婴儿长大了也会生出婴儿，

我将要求从我爱的消耗中产生出完美的男人和女人，

我将期待他们和别的人水乳交融，正如现在我和你们水乳交融，

我将指望他们倾泻的雨露结出果实，正如我指望我现在倾泻的雨露结出果实，

现在我爱情洋溢地耕耘，我渴望从不朽的生生死死中获得爱的收成。

(1856；1871)

自然的我

自然的我，大自然，

亲热的日子，上升的太阳，我高兴在一块儿的朋友，

朋友的胳膊悠闲地搭在我肩上，

山梨花盛开，染白了山坡，

同样，晚秋时，到处是红、黄、棕、紫和明明暗暗的绿色，

茂盛的草地，动物和鸟儿，隐蔽的天然的河岸，野苹果，鹅卵石，

美丽的往事片断，我碰巧想起了，把它们从疏忽的记忆里召唤到我面前，

真正的诗，（那些我们称之为诗的不过是些画片，）

夜的隐私和像我这样的男人的诗，

这首羞怯、不被人看见的低垂的诗，我总是带着，所有男人都带着，

（干脆明说，只要有像我这样的男人，就暗藏着强壮的男人味儿的诗，）

爱的念头，爱的汁液，爱的气味，爱的顺从，做爱的人们，涌起的精液，

爱的胳膊和手，爱的嘴唇，爱的男性生殖的拇指，爱的胸脯，因为爱而互相挤压、黏着的肚皮，

纯洁的爱的大地，生命只有在爱过后才是生命，

我的爱的肉体，我爱的女人的肉体，男人的肉体，大地的肉体，

从西南吹来柔和的午前的风，

毛茸茸的野蜂嗡嗡叫着，上下寻觅，它抓住了丰满的雌蕊，以多情结实的腿弓身压在它上面，肆意摆布，震颤着牢牢地支撑自己，直到满足，

清早树林里的潮气，

夜里两个人紧紧睡在一起，一个的胳膊斜伸着横在另一个腰下，

苹果的气味，揉碎的苏叶、薄荷、桦树皮的香味，

男孩子的渴望，他向我透露他的梦时脸上的兴奋和紧张，

枯叶回旋着、回旋着，平静满意地落在地上，

那些景象、人、物，以无形的刺刺痛着我，

我自己的骄傲的刺，刺痛着我和它刺痛别人一样狠，

敏感的圆圆的被兜在下面的一对兄弟，只有特许的触手才能接近他们，

好奇的漫游者，手，在身体到处漫游，手指抚慰地停下、移动，肉体害羞地退缩，

年青男子体内的清亮液体，

烦恼的腐蚀，这样忧郁，这样疼痛，

急躁的折磨人的潮水不肯停息，

我感觉到的，别人也同样感觉到了，

年青男子越来越兴奋，年青女子越来越兴奋，

年青男子深夜醒来，火烫的手试图压抑那要主宰他的冲动，

神秘的色情的夜，奇异的半受欢迎的痛苦、幻象、汗水，

在手掌和颤抖的手指紧攥中怦怦跳动的脉搏，小伙子脸红了，浑身滚烫、羞愧、恼怒，

当我甘愿赤裸地躺着，我的爱人大海扑向我，

一对孪生婴儿欢喜地在阳光里、在草地上爬行，母亲警觉的眼睛一刻不离开他们，

胡桃树干，胡桃壳，渐渐成熟和已经成熟的椭圆形的胡桃仁，

植物、鸟和动物的自制，

鸟和动物从来不躲避或自认下流，如果我躲避或自认下流，那我就是卑鄙，

伟大父性的纯洁，配得上伟大母性的纯洁，

我立过要生儿育女的誓言，要有我亚当式的鲜活后代，

这欲望日夜饥渴地咬啮我，直到我使那里饱和，能生育出男孩来填补我死后的位置，

有益身心的解脱、休息、满足，

这一束我随便从自己这儿摘下的花朵，

它已经完成了使命——我随意把它抛出，不管它会落在哪里。

(1856；1867)

一个钟头的疯狂和欢乐

去疯狂、去欢乐一个钟头吧！去风风火火的，我不要受限制！

(那在风暴里解放我的是什么？

我在风狂电闪中的喊叫是什么意思？)

啊，让我比任何男人都更深地沉醉在那神秘的亢奋中吧！

啊，野蛮而温柔的疼痛！（我把它们留给你们，我的孩子们，

新郎和新娘啊，我有理由讲给你们听。）

啊，不管你是谁，我委身于你，你也在世界的蔑视中委身于我，

啊，回到天堂去！啊，害羞、娇柔的人！

啊，把你拉近我，给你头一次印上一个果敢男人的吻！

啊，那个谜，那个打了三道的结，那个幽深黑黯的水潭，一切都解开了，亮堂了！

啊，终于在那有足够空间足够风情之处快速挺进！

从以前的束缚和陈规里解放了，我解放了，你解放了！

发现了一种新的没想到过的对世上一切置之不理的态度！

把堵住嘴巴的塞子拔掉了！

今天和每一天都感觉到，我对自己心满意足！

啊，有的事情没得证实，有的东西恍如梦中！
彻底逃脱对别人的依赖和别人的掌握！
自由地驰骋！自由地爱！不顾一切，冒着危险猛冲！
以嘲弄和招引惹来毁灭！
向那昭示给我的爱的天国上升，跳跃！
带着我醉醺醺的灵魂向那里飞腾！
如果必须，就死吧！
让生命的余年享用这一个钟头的满足和自由！
短短一个钟头的疯狂和欢乐。

(1860；1881)

从滚滚的人海中

1

从滚滚的人海中，一滴水温存地向我走来，
悄悄说，我爱你，不久我就要死去，
我走了很长的路，仅仅为了看到你，触到你，
只有看到了你，我才能死去，
我怕我以后会失去你。

2

现在我们相会了，我们看见了，我们很平安，
放心地返回大海吧，我爱的人，
我也是海的一部分，我爱的人，我们分隔得并不遥远，
看那伟大的宇宙，万物结合在一起，多么完美！
但是对我，对你，不可抗拒的大海隔开了我们，

能隔开我们一个小时，却不能永久隔开我们，
别急——只消一会儿——你知道每天日落时，
我都向天空、大海和陆地致意，全是为了你，我爱的人。

(1865；1867)

世世代代，不时返回

世世代代，不时返回，
打不消的永世的流浪，
精力充沛，崇拜生殖器，有着强力原始的生殖器，完美可爱，
我，亚当歌曲的歌唱者，
呼唤着走过新的西部花园、伟大的城市，
狂热地为新生者拉开序幕，奉献这些，奉献我自己，
将我自己、我的歌沐浴在**性**中，
在我生殖器的产物中。

(1860；1867)

我们俩，被愚弄了这么久

我们俩，被愚弄了这么久，
现在变了，我们飞快地逃跑，像大自然一样逃跑，
我们就是大自然，我们离开了这么久，可现在我们回来了，
我们成为大树、树干、树叶、树根、树皮，
我们埋藏在地下，我们是岩石，

我们是橡树，在旷野里并排生长，
我们吃草，我们是两头野牛，自自然然地随着牛群，
我们是两条鱼，在海里一同游泳，
我们是槐树花，早晨和傍晚在巷子里散发芳香，
我们也是野兽、植物和矿石上的粗糙斑痕，
我们是两只食肉的鹰，我们蹿到天上，向下寻视，
我们是两颗辉煌的太阳，像星球那样自我平衡，我们是两颗彗星，
我们是森林里四只脚的潜行者，尖牙利齿，我们扑向猎物，
我们是两片云，午前午后在天上奔驰，
我们是交汇的海洋，我们是两道快活的波浪，互相扑打，拥抱翻滚，
我们是大气，透明，容纳一切，
我们是雨、雪、严寒、黑暗，我们是地球上形形色色的一切，
我们轮转，轮转，直到再次回到家里，我俩的家，
我们抛弃了一切，只要自由和我们自己的欢乐。

(1860；1881)

啊，处女膜！啊，有处女膜的人！

啊，处女膜！啊，有处女膜的人！你为什么这样挑逗我？
啊，为什么只给我一刹那的刺激？
你为什么不能持久？啊，你现在为什么停下了？
莫非是因为如果你拖延这一刹那，你准会立马杀死我？

(1860；1867)

我就是那个渴望爱的人

我就是那个渴望肉体之爱的人；
地球有吸引力吗？不是一切物质都互相渴望、吸引吗？
我的肉体也如此，渴望着、吸引着所有我遇见、我认识的人。

(1860；1867)

天真的时刻

天真的时刻——当你碰到我——啊，你就在这里，
现在只给我淫荡的快乐，
让我沉迷在色情里，让我过粗野下流的生活，
今天白天我去陪伴大自然的宠儿们，夜里也照样，
我赞成那些信奉纵情作乐的人，我分享年青人午夜的狂欢，
我和舞痴们一起蹦跳，和酒鬼们一起干杯，
我们放荡的呼叫四面回响，我挑了个俗家伙做我最亲的朋友，
他该是无法无天、粗鲁、没文化的，他该做过什么招骂的事，
我不再装模作样了，我干吗要让自己离开伙伴？
哦，你们受人回避，可至少我不回避你们，
我来到你们当中，我要作你们的诗人，
我对于你们会比对于其他人更有分量。

(1860；1881)

有一回我经过一个人多的城市

有一回我经过一个人多的城市，把它的市容、建筑、风俗和历史记在脑子里以便将来有用，

可现在关于那个城市，我只记得我偶遇的一个女人，她爱我，留住了我，

一天接一天，一夜又一夜，我们在一起，别的一切我早忘光了，

我说我记得的只有那个女人，她火辣辣地缠住我，

我们又散步又相爱，然后我们又分开，

她又手拉住我，不许我走！

我看着她近在身旁，沉默的嘴唇忧伤地颤抖。

(1860；1867)

我听见了你，庄严美妙的管风琴

上礼拜天早晨经过教堂，我听见了你，庄严美妙的管风琴，

黄昏在树林散步，我听见了你，秋天的风，浩长的叹息掠过高空，这样悲切，

我听见完美的意大利男高音在演唱歌剧，我听见四重唱里的女高音；

我心爱的！我也听见了你喃喃的低语，你的一只手腕拥着我的头，

当昨夜万籁俱寂，我听见你的脉搏在我耳边鸣响小小的闹钟。

(1861；1867)

从加利福尼亚海岸，面向西方

从加利福尼亚海岸，面向西方，
询问着、不倦地寻找着还没有发现的事物，
我，一个孩子，很老了，越过海浪，朝向祖先的故地、移民的陆地，远远眺望，
从我的西海岸望去，几乎绕了地球一圈；
从印度斯坦、从克什米尔山谷开始向西，
从亚洲、从北方、从上帝、圣人和英雄的故里向西，
从南方、从鲜花盛开的半岛和盛产香料的岛屿向西，
从此一直长久地漫游，围绕地球漫游，
现在我又面向家乡，愉快欣喜，
（但是我很久以前启程去寻找的东西在哪里？
为什么还没有发现？）

（1860；1867）

清晨的亚当

就像亚当，清晨走出树荫，
一夜酣睡使我神采焕发，
看着我，我走过来了，听着我，我走近了，
抚摸我，我走过时用你的手掌抚摸我的肉体，
别害怕我的肉体。

（1860；1867）

芦笛集

沃尔特 · 惠特曼，1860
（J.W. Black 摄）

在人迹罕至的小路上

在人迹罕至的小路上，
在池塘边的草木里，
逃离了那炫耀张扬的生活，
逃离了那些迄今公布的准则，逃离了寻欢作乐、挣钱和清规戒律，
太久了，我竟用那些东西喂养我的灵魂，
现在我明白了那些还没公布的准则，我明白了我的灵魂，
我是说男人的灵魂要在伙伴们中得到欢乐，
在这里我独自远离世上的喧闹，
在这里记取、说着芳香的言语，
不再难为情，（在这隐蔽的地方，我能做出在别处不敢做出的反应，）
那没有炫耀的生命、包含一切的生命强大地支配了我，
下定决心，今天只歌唱男子汉的情意，
把它们在丰盛生命中张扬，
用种种强健的爱馈赠后代，
在我四十一岁的这个甜美九月的下午，
为了那些现在或曾经年青的人们，
我开始讲述我黑夜和白天的秘密，
我赞美伙伴们的需求。

(1860；1867)

我胸脯上的香草

我胸脯上的香草，

你们的叶子我采集，我书写，为了以后好好细读，

在我之上、在死亡之上长出的坟墓之草，躯体之草，

不死的根，高挑的叶子，啊，冬天不会冻死你，柔弱的草，

一年一度，你从消失的地方再度滋生，花繁叶茂；

啊，我不知道那许多路人会不会发现你，吸入你淡淡的清香，可我相信有人会的；

啊，细长的叶子，我血液的花朵！我允许你用自己的方式讲述你的内心；

啊，我不明白你的意思，在你自己的心里，你不是幸福，

你往往苦涩得使我不能忍受，你灼伤我，刺痛我，

不过我觉得你很美，你淡红色的根使我想起死亡，

你带来的死亡很美，（除了死亡和爱情，最终还有什么是真的美呢？）

啊，我想我不是为了生命在这里歌唱恋人，我想一定是为了死亡，

升华到恋人的境界是多么平静，多么庄严，

（我确信恋人们崇高的灵魂最欢迎死亡，）

亲切的草叶，长高些吧，让我能够看见！从我的胸脯长出来吧！

从隐蔽的心窝里迸发出来吧！

不要把自己包裹在你粉红的根里，胆怯的草叶！

不要害羞地躲在那里，我胸脯上的香草！

来，我决心敞开我这宽阔的胸脯，我憋闷窒息得太久了；

象征的任性的叶片，我撇下你们，现在你们不能为我效力了，

我要借它自身说出我不得不说出的话，

我将只发出我自己和伙伴们的声音，我将只发出他们的召唤，

我要用它在合众国激起永远不息的回响，

我要在合众国给恋人们一个榜样，建树永远的形象和意志，

通过我把话说出来，让死亡令人兴奋，

所以把你的喉舌给我吧，死亡，这样我可与之一致，

把你自己给我吧，我现在看到了你首先属于我，而且爱情和死亡不可分地交织在一起，

我还将不准你用我过去称为生命的东西再来妨碍我，

因为我现在领悟了，你才是根本的旨意，

你用各种理由隐藏在这些变化的生命形体里，而它们主要是为了你，

你，超越他们，出来了，依然是真正的现实，

你在物质的面具之后耐心等待，不管多久，

总有一天你也许会控制一切，

你也许会驱除这全部的浮华作秀，

也许它全是为了你，可它不会长久持续，

而你却会持续长久。

(1860；1881)

无论现在紧握着我的手的你是谁

无论现在紧握着我的手的你是谁，

缺少一样东西便一切都是白费，

在你还要打我的主意之前我好言警告你，
我不是你想象的人，远远不是。

将成为我的追随者的人，他是谁？
谁会加入到这场争夺我感情的角逐？

方式叫人怀疑，结果难以确定，也许是毁灭性的，
你将不得不放弃其他一切，只有我会期望作你唯一的标尺，
你的见习期会又长又累，
你以往对于周遭生活的信条和习惯将不得不统统抛弃，
所以，现在放开我，别再自寻烦恼，把你的手从我肩上挪开，
放下我，去走你的路。

要不然就偷偷到树林里去试试，
或者到空旷处的岩石背后，
（因为在任何有屋顶的房子里或人群里，我都不会出现，
在图书馆里我只躺着，像个哑巴、白痴或者胎儿、死人，）
偏偏在高山上我有可能和你在一起，先瞭望周围几英里内以防有人悄悄走近，
可能和你在海上航行，或者在海滩上，在安静的岛上，
在这里我允许你把嘴唇贴上我的嘴唇，
接一个伙伴的或新郎的长吻，
因为我就是新郎，我就是伙伴。

或者如果你愿意，就把我塞进你的衣服下，
我可以感觉你的心跳或者伏在你的腿上，
你出门去陆地或海洋都带着我；

只要这么贴着你就足够了，就最好了，
这么贴着你，永远被你带着，我会睡得香。

不过这些草叶你读了有危险，
因为你不会懂这些草叶和我，
它们一开始就会躲着你，以后还会这样，我当然会躲着你，
甚至当你自以为已经毫无疑问地抓住了我时，你瞧！
你干瞪眼看见我从你那里溜掉了。

因为我写这本书不是为了我注入其中的东西，
你也不会读了它就得到了它，
那些赞美我、极力夸奖我的人也并非最了解我，
那些想赢得我的爱的候选人（除非极少）也未必能得胜，
我的诗不会只有益处，它们也会有同样多的害处，甚至更多，
因为缺少了那一样我暗示的东西，你多次猜测也没猜中的东西，便一切都是白费；
所以放开我，去走你的路。

(1860；1881)

为了你，啊，民主

来，我要创造不可分离的大陆，
我要创造太阳底下最伟大的民族，
我要创造神圣的人人向往的大地，
　　以伙伴之爱，
　　　　以伙伴的毕生之爱。

我要把亲密的友谊像树林植遍美国的河岸、大湖岸边和所有草原，

我要创造众多城市，它们互相搂着脖子不可分开，

以伙伴之爱，

以伙伴的男子汉之爱。

为了你我奉献这些，啊，**民主**，为你服务，我的女人！

为了你，为了你我用颤音唱出这些歌。

(1860；1881)

在春天我歌唱这些

在春天我歌唱这些，为恋人们采集这些，

(除了我，还有谁懂得恋人们，懂得他们的一切忧伤和欢乐？

除了我，还有谁该是伙伴们的诗人？)

我采集着，穿过花园、世界，但是很快走过大门，

一会儿沿着池边走，一会儿蹚着水，不怕湿脚，

一会儿来到篱笆旁，从地里挖出的石头被扔在那儿，堆了起来，

(野花、藤蔓和杂草从石缝中长出来，部分盖住了石头，我从旁走过，)

在远远的树林里，或者后来在夏天漫步，在我想好去哪儿以前，

孤独地闻着泥土的气味，不时在寂静中止步，

我原以为我是独自一人，可很快一帮人围过来，

有的走到我身边，有的在身后，有的搂着我的胳膊和脖子，

他们是我死去和在世的亲朋好友的灵魂，他们稠稠密密来

了一大帮，把我围在中央，

在春天里采集呀，赠送呀，唱呀，我和他们在一起逛悠，

摘下些什么作为表示，谁靠我近就抛给谁，

这是紫丁香和一根松枝，

这是从我口袋里掏出的苔藓，我从佛罗里达一棵槲树上扯下的，它挂在树上面，

这是石竹花、月桂叶子，还有一把苏叶，

这是我现在在池塘边蹚水，从水里拔出的，

（哦，在这里我上回见过他，他温柔地爱我，他现在又回来了，永远不再离开我，

从此这菖蒲根将成为伙伴们的信物，

年青人将相互交换它！谁也不要退还！）

还有些枫树枝、一串野橘子、栗子，

还有几枝黑醋栗、李子花和清香的雪杉，

这些和我，被灵魂的浓云包围着，

我游走着，指着它们，或经过时触摸它们，或随意地扔出去，

示意每一个人他会得到什么，然后把东西给他，

不过我在池塘边从水里拔出的东西我得保存，

我会把它给出去，不过只给那些像我一样能爱的人。

（1860；1867）

不仅从我这肋骨嶙峋的胸膛里发出

不仅从我这肋骨嶙峋的胸膛里发出，

不仅在夜里不满自己而发出的愤怒叹息里，

不仅在那些压抑不住的长长叹息里，

不仅在许多遭到违背的誓约和诺言里，

不仅在我固执、暴躁的灵魂的意志里，
不仅在空气的微妙的养分里，
不仅在我太阳穴和手腕上的血脉怦怦跳动里，
不仅在那总有一天会停止的体内奇妙的收缩和扩张里，
不仅在许多回向天诉说的迫切愿望里，
不仅在我独处遥远荒野发出的喊声、笑声和反抗声里，
不仅在牙关紧咬发出的强健的喘气声里，
不仅在喊过又喊的话里、唠叨里、回音里、没说出口的话里，
不仅在我睡梦的喃喃呓语里，
也不在每天这些不可思议的梦中呢喃里，
也不在我的双臂和身体的感觉里，它不断地抓住你又放下你——不在那里，
啊，依恋之情全然不在那里！啊，我生命的搏动！
我需要你本身的存在和出现，远胜于在这些诗里。

(1860；1867)

关于对外表的极端怀疑

关于对外表的极端怀疑，
关于那最终的不确定性——我们没准受骗了，
那没准的信赖和希望到头不过是推测而已，
坟墓那边的世界没准只是个美丽的传说，
没准我感觉到的东西、动物、植物、人、山、闪动的流水，
昼夜的天空、颜色、物质、形状，没准只是（它们确实只是）幻象，真实的东西还有待认识，
（太经常了，它们从自身蹦出来，似乎要迷惑我，嘲弄我！

我经常觉得我和别人对它们都一无所知，）

没准从我现在的眼光看它们是一副模样（真的它们看上去确实如此），而从完全改变的眼光看，会证明（肯定会的）它们压根不是那副模样，无论如何也不是；

对于我，这些形形色色的问题已经由我爱的人、我的好友们巧妙回答了，

当我爱的人和我一同旅行，或执手长坐，

当微妙的捉摸不透的气氛，言语和理智都抓不住的感觉围绕我们，渗入我们心中，

这时我充满了没有说过也不能说的智慧，我沉默，我别无所求，

我不能回答那有关外表或坟墓那边的问题，

我只是淡然地走着、坐着，我满足了，

他握着我的手，完全满足了我。

(1860；1867)

一切形而上学的基础

现在，先生们，
我要把一句话留在你们记忆里和心里，
作为一切形而上学的基础和终结。

（老教授在结束他那满当当的课程时，
这样对学生说。）

新的和古典的，希腊的和德意志的体系都学过了，
康德、费希特、谢林和黑格尔都学过了，
柏拉图的学问，比柏拉图还伟大的苏格拉底都讲过了，

比已经探索、讲解过的苏格拉底更伟大的圣人基督，也学了很长时间，

今天我回头看希腊和德意志体系，

看一切哲学，看基督教教会和教义，

在苏格拉底背后我清楚看到，在圣人基督背后我看到了，

男人对伙伴的挚爱，朋友对朋友的吸引，

美满夫妻之间、儿女和父母之间的爱，

城市对城市、国家对国家的爱。

(1871；1871)

今后年代的记录者们

今后年代的记录者们，

来吧，我要带你们穿透这冷淡外表，我要告诉你们怎样介绍我，

把我作为最温柔的爱人，说出我的名字，悬挂我的照片，

这是他的朋友和爱人深爱过的朋友和爱人的画像，

他自豪的不是他的歌，而是他内心浩瀚如海的爱，并让它自由喷涌，

他常独自漫步，思念他的好友，他爱的人们，

他常会由于离开了一个他爱的人而郁闷、沮丧，夜里睡不着觉，

他太熟悉那相思病了，害怕他爱的人会暗中对他冷淡，

他最幸福的日子是在田野、森林和山间，他和另一个人手牵手漫游，两人远离尘嚣，

他逛街时老喜欢用胳膊搂着朋友的肩，而朋友的胳膊也搭在他肩膀上。

(1860；1867)

在傍晚我听说

在傍晚我听说我的名字在国会受到了怎样的喝彩，可那一晚我依然不幸福，

当我举杯痛饮，当我完成了计划，我却依然不幸福，

可当有一天我清早起床，感觉身强力壮，精神焕发，唱着、吸着秋天的成熟气息，

当我看见满月在西天渐渐苍白，消失在晨光里，

当我独自在海边漫步，脱了衣服浸泡在清凉的水里，笑着，看见了太阳升起，

当我想到我的好友我爱的人怎样在路上走来，啊，那时我很幸福，

啊，那时每一次呼吸更觉清爽，整天饭菜更加滋养，美丽的一天惬意地过去了，

第二天过得同样开心，第二天晚上我的朋友来了，

夜里万物寂静，我听到海水慢悠悠地不停地滚上岸来，

我听到水和沙子嘶嘶飒飒，似乎在冲我小声说话，恭喜我，

因为在这凉夜里我最爱的人躺在我身边就着同一被子睡着了，

在寂静中在秋天的月光里他的脸朝着我，

他的胳膊轻轻绕着我的胸脯——那一夜我很幸福。

(1860；1867)

你是被吸引到我身边的新人吗？

你是被吸引到我身边的新人吗？
首先请接受警告，我和你想象中的人肯定大不相同；
你想象你会从我这儿找到你的理想吗？
你以为很容易就让我成为你的爱人吗？
你以为我的友谊会正合你的口味吗？
你以为我就那么可靠忠诚？
除了我这外表、这温文宽容的风度，你就看不到更深了？
你想象自己在脚踏实地走向一个真正的英雄人物？
啊，梦想者，你没考虑过这没准全是幻想、错觉？

(1860；1867)

它们只是些根和叶

它们本身只是些根和叶，
是从野树林子、从池塘边给男男女女们带来的芳香，
乳房的棕红和爱的桃红，手指交缠得比藤蔓还紧，
太阳升起了，树叶里隐藏的鸟儿放开嗓门，
陆地上的微风，从活跃的海岸吹来的爱的微风，吹向生气勃勃的海，吹向你们，啊，水手！
当冬天快要过去，把霜打熟透的莓子连同三月的嫩枝趁新鲜送给在田野游荡的年青人，
把爱的花骨朵放在你面前和你心里，不管你是谁，
它们到时候就会开放，

假如你把太阳的温暖带给它们，它们就会开放，会带给你好模样、色彩和芳香，

假如你变成养料和水分，它们会变成花儿、果实、高高的枝条和大树。

(1860；1867)

不是烈焰在燃烧在消耗

不是烈焰在燃烧在消耗，

不是海水急匆匆地涨潮落潮，

不是芬芳干爽的风，成熟的夏季的风，轻轻携裹着千千万万种子的白色绒球，

飘着，优雅地一帆风顺，随遇而安地落下；

不是这些，啊，这些都比不过我的烈焰，为了我爱着的人的爱在消耗在燃烧，

啊，都比不过我急匆匆地潮涨潮落；

那急匆匆的潮水，在寻找什么，永不放弃，对吗？啊，我也一样，

啊，那些绒球、芬芳，那在天上酝酿的积雨云，

都比不过在天上飞行的我的灵魂，

啊，爱飘向四面八方，为了友情，为了你。

(1860；1867)

点点滴滴

点点滴滴！离开我蓝色的血管！

啊，我的点点滴滴！慢慢滴下，
坦荡地从我身上跌落，滴下，点点血滴，
你给解放出来了，从禁锢你的伤口里，
从我的脸，从我的额头和嘴唇，
从我的胸口，从隐藏着我的内心挤出来，红色的血滴，坦白的血滴，
染红了每一页，染红了我唱的每一支歌，我吐出的每一个字，
叫它们知道你的赤热，叫它们发光，
叫它们痛快道出你所有羞于坦言的事，
在我已写和将写的一切之上焕发光芒，流淌的血滴，
让一切在你的光芒中毕现，红亮的血滴。

(1860；1867)

狂欢的城市

狂欢、阔步、喜气洋洋的城市，
我住过、唱过的城市，总有一天我会叫你名声大震，
不是你的庆典，不是你多变的风景、你的壮观回报我，
不是你一排排无尽的高楼大厦，也不是码头上的船，
也不是大街上的游行，也不是亮晶晶的商店橱窗，
也不是和饱学之士们的交谈，也不是出席聚会和宴席；
不是那些，而是我经过曼哈顿时，你频繁匆匆地抛给我的爱的眼色，
这是对我的眼色的回应——它们回报了我，
只有爱着的人们，频频相爱的人们回报了我。

(1860；1867)

瞧这张黝黑的脸

瞧这张黝黑的脸，这对灰眼睛，
这把胡子，没剪过的白羊毛盖在脖子上，
我棕色的手，还有我沉默的样子毫无魅力；
可还是来了个曼哈顿人，老是在分手时怀着一腔的爱轻吻我的嘴唇，
而我会在十字街头或船甲板上回报他一吻，
我们遵从陆地上海洋上美国伙伴的礼节，
我们两个是那种率真、不管不顾的人。
(1860；1867)

在路易斯安那我看见一棵槲树在生长

在路易斯安那我看见一棵槲树在生长，
它孤独站立，青苔在树枝垂挂，
它生长在那里，没有伙伴，迸发出深绿快乐的叶子，
它粗犷、刚直、雄壮的模样，使我想到自己，
可我惊奇，它没有朋友独自站在那里，怎能迸发出快乐的绿叶，这一点我做不到，
我折下一枝，带着许多叶子和一点儿青苔，
我把它带回房间，放在醒目的地方；
无需提醒，我有许多亲密朋友，
(因为近来除了他们我几乎不想别的，)
但是它对于我毕竟是一个奇异的象征，它使我想到男人

的爱；

尽管如此，那棵槲树在路易斯安那的坦荡原野上孤独地闪耀，

附近没有一个朋友一个爱人，它也终生迸发出快乐的叶子，

我太明白了：我不能。

(1860；1867)

给陌生人

路过的陌生人！你不知道我是怎样渴望地看着你，

你准是我寻求过的男人，或我寻求过的女人，（像个梦来到我身边，）

我肯定在什么地方和你一块儿度过一段快活日子，

当我们互相擦肩而过时，我全想起来了，汗水，贞洁的、成熟的爱，

你跟我一块儿长大，是个男孩或女孩跟我在一块儿，

我吃呀睡呀都跟你在一块儿，你的身体变得不光是你的，我的身体也不光是我的，

现在我们走过时，你的眼睛、脸和肌肉给了我愉快，你也领略了我的胡子、胸膛和手，

我不打算跟你说话，当我独自坐着，夜里独自醒来，我会想起你，

我会等着，我不怀疑我会再遇见你，

我会看好了，我不要失去你。

(1860；1867)

此刻沉思向往

此刻沉思、向往、独坐，
我觉得有些别的人在别的国度正在沉思、向往，
我似乎能看到他们就在德国、法国、意大利、西班牙，
或者更远，在中国，或在俄罗斯、日本，讲着别的方言，
我觉得要是我认识那些人，我会像和自己国家的人那样和他们亲近，
啊，我知道我们会成为兄弟和爱人，
我知道，和他们在一起我会幸福。

(1860；1867)

我听到有人指控我

我听到有人指控我图谋破坏法规，
其实我既不拥护也不反对法规，
(真的，我跟它们有什么共同点呢？破坏它们跟我有何相干呢？)
我只想在曼纳哈塔和合众国内陆及沿海的每座城市里，
在田野和树林里，在所有大大小小漂在水面的船上，
不要高楼大厦、清规戒律、监管和任何争吵，
建立起伙伴之爱的法规。

(1860；1867)

分开大草原上的草

分开大草原上的草，吸着它特有的香味，
我要求它做出精神的回应，
要求人之间最丰富最亲密的伙伴关系，
要求草叶升华出语言、行动和人，
那些开朗、粗犷、叫太阳晒黑了、鲜活、营养充足的人，
那些腰板挺直、自由、神气地走自己的路的人，他们总在领头而不是追随，
那些一贯狂放不屈的人，那些肉体美好强健、洁净无瑕的人，
那些见了总统和州长也满不在乎地问“你是谁？”的人，
那些怀着普通人的热情和简朴、从不受人驱使、不顺服的人，
那些美国内陆的人。

(1860；1867)

当我细读英雄们的伟名

当我细读英雄们的伟名，将军们的战功，我并不嫉妒那些将军，
也不嫉妒在位的总统、豪宅里的富翁，
可当我听说相爱者们的兄弟情谊，
他们怎样赖此厮守一生，渡过危难、羞辱，永不变心，
度过青年，度过中年和老年，怎样毫不动摇，怎样相爱忠诚，

那时我心神黯然——我急忙走开，怀着苦涩极了的嫉妒。

(1860；1871)

我们两个小伙子缠在一起

我们两个小伙子缠在一起，
相互从来不分离，
上上下下逛马路，走南闯北去旅行，
浑身是劲，甩开膀子，攥紧拳头，
有恃无恐地吃呀、喝呀、睡呀、爱呀，
我们的信条就是自己去拥有、驾船、当兵、偷窃、恫吓，
让那些小气鬼、奴才和牧师去大惊小怪，我们痛快呼吸，大口喝水，在草地、海滩跳舞，
抢劫城市，瞧不起安逸，嘲笑清规戒律，驱除软骨头，
完成我们的袭击。

(1860；1867)

给加利福尼亚一个诺言

给加利福尼亚一个诺言，
或者给内陆的牧区大平原，直到普吉特海湾和俄勒冈；
我在东部再逗留一阵，很快就走向你，留下来宣讲强大的美国的爱，
因为我深知我和强大的爱属于你，属于内陆和西海岸；
因为这些州地处内陆并朝向西海岸，我也要这样。

(1860；1867)

这里是我最脆弱的叶子

这里是我最脆弱的叶子，也是我最坚强、耐久的叶子，
我把我的思想遮掩、隐藏在这里，我自己不去暴露它们，
可它们暴露了我，远远胜过我所有其他的诗。

(1860；1871)

我没造出省力的机器

我没造出省力的机器，
也没有什么发现，
我也不能在身后留下大笔遗产来建立一座医院或图书馆，
或可供美国怀念的英勇事迹，
没有文学或知识上的成就，没有一本能摆上书架的书，
我只留下区区几支在风中振动的颂歌，
给伙伴们和相爱的人。

(1860；1881)

一　瞥

从门缝投去一瞥，
瞥见一伙工人和马车夫隆冬半夜围着酒馆的火炉，我坐在旮旯里没人注意，

瞥见一个爱我、我也爱他的年青人，悄悄靠近，坐在我身边，那样他能拉住我的手，

在一阵一阵的喝酒、咒骂和下流玩笑的嘈杂声里，很久很久，

我们俩幸福满足地在一起，说得很少，也许没说一句话。

(1860；1867)

歌唱手拉手

歌唱手拉手；

你们，老老少少的自然的人们！

你们，在密西西比河及其大小支流上的人们！

你们，友爱的船夫和机械工！大老粗们！

你们，成双结对的人！还有在大街上涌动的人流！

我希望把自己融入你们当中，直到我看见你们习以为常地手拉手走路。

(1860；1867)

大地，我的肖像

大地，我的肖像，

虽然你看上去这么冷漠、宽广、安守本分，

我还是怀疑那不是全部；

我还是怀疑你藏着什么凶猛的东西，时机一到就会爆发，

因为有个壮汉正热恋着我，我也恋着他，

我心里有种凶猛可怕的东西时机一到就会冲他爆发，

我不敢讲出来，在诗里也不行。

(1860；1867)

我在梦里梦见

我在梦里梦见一座城市挡得住全世界的进攻，
我梦见那是一座崭新的**朋友们**的城市，
在那里最伟大的莫过于强大的爱，它统帅一切，
这从每时每刻城市里人们的行为中，
从他们的表情和言谈中都看得出来。

(1860；1867)

你以为我拿着笔会记下什么？

你以为我拿着笔会记下什么？
是那只漂亮庄严的战船？我今天看见它满帆开走了，
是白天的光彩？是正包裹着我的夜的光彩？
是在我周围扩展生长的城市和它炫耀的光荣？——不；
仅仅是我今天在码头人群里看见的两个朴实的人，两个好朋友在分别，
留下的那个搂着另一个的脖子，热乎劲地吻他，
离开的那个紧紧地把留下的拥进怀里。

(1860；1867)

对东部，对西部

对东部，对西部，
对那个海滨州和宾夕法尼亚州的男人，
对北边的加拿大人，对我爱的南方人，
我完全相信，描写你们就如同描写我自己，因为男人都是有种的，
我相信这些州的主要目的是要建立一种从未有过的超等友谊，
因为我感觉它在等待，一直在等待，潜藏在所有人心里。

(1860；1867)

有时和我爱的人在一起

有时和我爱的人在一起，我心里充满愤懑，担心自己倾吐的爱没有回报，
但是现在我想，没有没有回报的爱，报偿有这样或那样的途径，
(我热烈地爱过一个人，我的爱没有得到回报，
不过我因此写就了这些歌。)

(1860；1867)

给一个西部少年

我教你许多可以领悟的东西，帮你成为我的门徒；
可是如果你的血管里流的不是像我的这种血液，
如果没人悄悄挑你作爱人，你也不悄悄挑选爱人，
你想当我的门徒有什么用？

(1860；1881)

牢牢停泊着的永恒的爱啊！

牢牢停泊着的永恒的爱啊！我爱的女人啊！
新娘啊！妻子啊！对你的思念难以言说，不可抗拒！
那么分开吧，像是脱离了肉体或是再次出生，
轻飘飘的，最后的强壮之物，我的慰藉，
我升腾，我飘浮在你的爱的境界里，男人啊，
分享我的流浪生活吧。

(1860；1867)

在众人里

在男女众人里，
我感觉一个人凭着隐秘神圣的信号选中了我，
不把任何别的人，包括父母、妻子、丈夫、兄弟、孩子，

看得比我更亲近，

有的人失败了，但那个人没有——那个人认识我。

啊，爱人，完全的平等，

我是说你应当这样模糊间接地发现我，

我遇见你时，我也会凭你身上相似的东西发现你。

(1860；1881)

你啊，我常常悄悄来到你在的地方

你啊，我常常悄悄来到你在的地方，为了能和你在一起，

当我走过你身边或就近坐下，或和你待在同一间屋子里，

你不知道那微妙的带电的火正在我身体里为你燃烧。

(1860；1867)

那个影子，我的肖像

那个影子，我的肖像，东奔西颠谋生计，喋喋不休，讨价还价，

我常常发现自己站着，看它在那里飞来飞去，

我常常寻问、怀疑那真的就是我，

可是在我爱的人们中间，当唱着这些歌时，

啊，我从不怀疑那的确就是我。

(1859；1881)

现在生命旺盛

现在生命旺盛，实实在在的看得见，
我，四十岁，活在合众国第八十三个年头，
给一个世纪或任意多的世纪后的人，
给还没出生的你留下这些诗，寻找你。

当你读到这些诗时，原先看得见的我已经看不见了，
那会儿该是你，实实在在的看得见，懂我的诗，寻找我，
想象着如果我能和你在一起，成为你的伙伴，你会多么幸福；
就当我和你在一起吧。（不要太肯定，但是现在我确实和你在一起。）

（1860；1871）

向世界致敬！

1

啊，拉住我的手，沃尔特·惠特曼！
这些正在过往的奇迹！这些景象和声音！
这些没完没了的链环，一环扣着一环！
每一个都回应着全体，每一个都和全体分享着大地。

是什么在你心里扩展，沃尔特·惠特曼？
是什么波浪和泥土在涌起？
这里是什么天气？有些什么人和城市？
那些婴儿是什么人？有的在玩，有的在睡？
那些姑娘是什么人？那些已婚的妇人是什么人？
那一群群老头儿慢悠悠走着，互相用胳膊搂着脖子，他们是什么人？
这是些什么河？这是些什么林子和果子？
那些云遮雾缭的高山叫什么？
那些住满了人的密密麻麻的宅子是什么地方？

2

在我心里纬线扩展了，经线延长了，
亚洲、非洲、欧洲在东方——美国给安排在了西方，
地球鼓起的腰身上缠绕着炎热的赤道，
贯通南北的地轴奇妙地旋转，
在我心里有最长的白天，太阳斜兜着圈子盘旋，几个月都

不落下，

在我心里按时地就会有午夜的太阳在地平线刚刚升起又马上沉没，

在我心里有气候带、海洋、瀑布、森林、火山和形形色色的景观，

有马来西亚、波利尼西亚和庞大的西印度群岛。

3

你听见了什么，沃尔特·惠特曼？

我听见工人在唱歌，农夫的老婆在唱歌，

我听见清早远处有孩子和鸟兽的声音，

我听见澳大利亚人追野马时争强斗胜的喊叫，

我听见有人在栗树荫里伴着雷别克和吉他、敲着响板跳西班牙舞①，

我听见来自泰晤士河不息的回音，

我听见激昂的呼唤自由的法兰西歌曲，

我听见意大利船夫美妙地吟诵古老的诗歌，

我听见叙利亚浓云骤雨般的蝗虫袭击庄稼和草场，

我听见科普特人在日落时唱的叠句

忧郁地落在尼罗河的胸脯上，那庄严博大的黑色母亲②，

我听见墨西哥赶骡子的人的吆喝和骡铃，

我听见阿拉伯的宣礼人在清真寺顶的召唤，

我听见基督教牧师在教堂祭坛前，我听见男低音和女高音的回应，

我听见哥萨克人的呼叫，还有从鄂霍次克出海的水手的

---

① 雷别克，一种古老的弓弦乐器。

② 科普特人，为埃及土著人，古埃及人的后裔。

声音[①]，

我听见一队奴隶走过时的喘息声，这些壮汉被手铐脚镣三三两两地拴在一起，

我听见希伯来人在诵读他的经典和诗篇，

我听见希腊人的韵文神话和罗马人的悲壮传奇，

我听见关于美丽的上帝——基督的故事，他神圣的一生和血腥的死亡，

我听见印度人在教导他宠爱的学生有关爱情和战争的格言，那是三千年前的诗人们写的，顺利流传至今。

4

你看见了什么，沃尔特·惠特曼？

你在向谁致敬，那一个接一个向你致敬的是什么人？

我看见一个巨大奇异的球体滚过天空，

我看见它表面有微型的农场、村庄、废墟、墓地、监狱、工厂、宫殿、牲口棚子、野蛮人的茅屋、游牧人的帐篷，

我看见它的一面阴暗，睡觉的人在睡觉，另一面阳光普照，

我看见光和阴影在奇妙无声地转换，

我看见遥远的陆地，它对于那里的居民就像我的陆地对于我一样真实而亲近。

我看见许多江河湖海，

我看见山峰，我看见犬牙参差的安第斯山，

我清楚地看见喜马拉雅山、天山、阿尔泰山、加茨山[②]，

我看见厄尔布鲁斯山、卡兹贝克山、巴札迪乌西山巨人般

---

① 鄂霍次克，俄罗斯东部的海港。

② 加茨山，位于印度。

的山峰[1]，

我看见在施蒂里亚和卡纳克的阿尔卑斯山[2]，

我看见比利牛斯山、巴尔克山、喀尔巴阡山和北部的多弗拉非尔兹山，还有海上的赫克拉火山[3]，

我看见维苏威和埃特纳火山，月亮山和马达加斯加的红山，

我看见利比亚、阿拉伯和亚洲的沙漠，

我看见大得吓人的北极和南极的冰山，

我看见超级大洋和小一些的海，大西洋和太平洋，墨西哥海、巴西海和秘鲁海，

印度的海域，中国海和几内亚湾，

日本海，美丽的长崎湾被周围的高山环绕，

辽阔的波罗的海，里海，波的尼亚湾，不列颠的海岸和比斯开湾[4]，

阳光明媚的地中海，岛屿一个接一个，

白海和格陵兰周围的海[5]。

我看见世界的水手们，

有的在风暴中，有的夜里在瞭望台警戒，

有的在无可奈何地漂泊，有的得了传染病。

我看见世界的帆船和汽船，有的聚集在港口，有的正在航行，

它们绕过暴风角，绕过佛得角，绕过瓜达富伊角、波翁角

---

① 厄尔布鲁斯山、卡兹贝克山、巴札迪乌西山，均位于中亚地区。

② 施蒂里亚、卡纳克，地名，分别在奥地利和意大利北部，阿尔卑斯山位于那里。

③ 赫克拉火山，位于冰岛西南部。

④ 波的尼亚湾，位于波罗的海北部；比斯开湾，为位于法国和西班牙西侧的大西洋湾。

⑤ 白海，为俄罗斯西北部的北冰洋海域。

或巴佳多利角①，

绕过栋德拉海岬，穿过巽他海峡，绕过洛帕特加角，穿过白令海峡②，

绕过合恩角，在墨西哥湾或沿着古巴、海地航行，或在哈得孙湾、巴芬湾航行③，

穿过多佛尔海峡，进入沃什湾、索尔威湾，绕过克利尔角、兰兹角④，

航行在须得海、施尔德河⑤，

在直布罗陀或达达尼尔海峡来来往往，

顽强地在北方冬天的浮冰之间闯过，

沿着鄂比河或勒拿河上下行驶⑥，

在尼日尔河、刚果河、印度河、布拉马普特河、柬埔寨河上航行⑦，

在澳大利亚的港口升火待发，就要启航，

停泊在利物浦、格拉斯哥、都柏林、马赛、里斯本、那不勒斯、汉堡、不来梅、波尔多、海牙、哥本哈根，

停泊在瓦尔帕莱索、里约热内卢、巴拿马。

---

① 暴风角即好望角；佛得角在非洲大陆最西端；瓜达富伊角在索马里东北端；波翁角在突尼斯东北；巴佳多利角位于西撒哈拉西侧。

② 栋德拉海岬在斯里兰卡南端；巽他海峡在印度尼西亚的苏门答腊和爪哇之间；洛帕特加角在俄罗斯东部的堪察加半岛南端；白令海峡在俄罗斯东部和美国的阿拉斯加半岛之间。

③ 合恩角在智利南端；哈得孙湾为加拿大西北地区的内陆海；巴芬湾为格陵兰东部与巴芬岛等岛屿之间的北极海湾。

④ 多佛尔海峡，为英国多佛尔港与法国加莱港之间的海峡；沃什湾和索尔威湾，分别位于英国英格兰的东海域和西北海域；克利尔角，位于爱尔兰东南端；兰兹角，位于英国的西南端。

⑤ 须得海，位于荷兰西北部，从20世纪20年代起，荷兰开始须德海工程建设，建成的拦海大坝使四千平方公里的海湾变成内湖，称艾瑟尔湖；施尔德河，发源于法国，流经比利时与荷兰后入海。

⑥ 鄂比河与勒拿河，为位于俄罗斯西伯利亚的两条大河，注入北冰洋。

⑦ 布拉马普特河，位于西藏的雅鲁藏布江流入印度后的名称。

5

我看见穿越大地的铁轨，
我在大不列颠、在欧洲看见它们，
我在亚洲和非洲看见它们。

我看见大地上的电报机，
我看见我的民族有关战争、死亡、损失、收获、群情激扬的消息。

我看见大地上长长的河道，
我看见亚马孙河和巴拉圭河，
我看见中国的四条大河——阿穆尔河、黄河、扬子江和珠江[①]，
我看见塞纳河在那里奔流，多瑙河、卢瓦尔河、罗讷河和瓜达尔基维尔河在那里奔流[②]，
我看见伏尔加河、第涅伯河、奥得河蜿蜒曲折，
我看见托斯卡纳人在阿诺河顺流而下，威尼斯人沿着波河行驶，
我看见希腊水手驶出了埃吉纳湾。

6

我看见亚述帝国的遗址，还有波斯和印度的，
我看见恒河在索卡拉高高的边缘跌落[③]。

我看见神的概念以人形现身的地方，
我看见那一处处旧址，它们的主人是大地上的历代僧侣

---

① 阿穆尔河，即黑龙江。

② 卢瓦尔河与罗讷河，均位于法国；瓜达尔基维尔河，位于西班牙。

③ 索卡拉（Saukara），意义不明；疑为“Sankara”的误拼写，后者亦名湿婆，为印度教的主神。

们——传神喻的人、献祭的人、婆罗门、萨比教徒、喇嘛、和尚、伊斯兰法典的解释人、劝世的人，

我看见巫师们在摩纳的树林行走，我看见槲寄生和马鞭草[①]，

我看见诸神死后存放遗体的庙宇，我看见古老的记号。

我看见基督在年青年老的人们中间再一次吃着他最后晚餐的面包，

我看见强壮非凡的青年赫拉克勒斯，在那里长期忠实地劳作，死去[②]，

我看见在那个地方，漂亮的夜游神、腰腿粗壮的巴克斯度过了天真充实的生活，然后遭遇不幸[③]，

我看见克乃夫，青春焕发，身穿蓝衣，头戴羽冠[④]，

我看见受人爱戴的赫耳墨斯出乎意料地死去，他对人们说：不要为我流泪[⑤]，

这里不是我真正的国度，我从我的故国被流放、生活在这里，现在我要回去了，

我要返回天国，人人都会去那里。

7

我看见大地上的战场，长满了花草和庄稼，

我看见古往今来远征者们的足迹。

我看见没有名字的砖石建筑，记录了无名的事件和英雄们的庄严信息——大地的记录，

---

① 摩纳，在非洲；槲寄生和马鞭草，和巫术有关。

② 赫拉克勒斯，希腊、罗马神话中的大力神。

③ 巴克斯，罗马神话中的酒神。

④ 克乃夫，埃及神话中的神。

⑤ 赫耳墨斯，希腊神话中的神。

我看见英雄传奇诞生的地方，

我看见来自北方的狂风撕扯松树和杉树，

我看见花岗岩巨石和峭壁，我看见翠绿的草地和湖泊，

我看见斯堪的纳维亚武士们的石冢，

我看见它们在永不平静的大海边，由石头高高垒起，当死者的阴魂厌倦了寂静的坟墓，他们就会站起身来，冒出坟头，注视汹涌的波涛，风暴、空旷、自由和行动使他们气爽神怡。

我看见亚洲的大草原，

我看见蒙古的古坟，我看见卡尔穆克人和巴斯基尔人的帐篷①，

我看见赶着群群公牛和母牛的游牧部落，

我看见高原和峡谷，丛林和沙漠，

我看见骆驼、野马、鸨、大尾巴羊、羚羊和藏在洞里的狼。

我看见阿比西尼亚的高地，

我看见成群的山羊在吃草，看见无花果树、罗望子树、枣树，

看见特芙麦田和金黄葱翠的地方②。

我看见巴西的牧民，

我看见玻利维亚人爬上索拉他山，

我看见瓦求人在穿越平原，我看见举世无双的骑马人胳膊上搭着套索③，

我看见人们在草原追杀野牛，要它的皮。

---

① 卡尔穆克人和巴斯基尔人，均为蒙古的游牧部落。

② 特芙麦，为产于埃塞俄比亚（即阿比西尼亚）的一种粮食。

③ 瓦求人，为得克萨斯的一个印第安人部落。

8

我看见冰雪覆盖的地方，

我看见眼光锐利的萨莫依人和芬兰人①，

我看见猎海豹的人在船里稳举标枪，

我看见西伯利亚人坐在狗拉的轻便雪橇里，

我看见捕海豚的人，我看见南太平洋和北大西洋上的捕鲸队，

我看见瑞士的悬崖、冰川、激流、山谷，我注意到了那漫长的冬天和孤独。

9

我看见地球上的城市，我随意就成为它们的一部分，

我是一个真正的巴黎人，

我是一个维也纳、圣彼得堡、柏林、君士坦丁堡的居民，

我是阿德莱德、悉尼、墨尔本的居民，

我是伦敦、曼彻斯特、布里斯托尔、爱丁堡、利默里克的居民，

我是马德里、加的斯、巴塞罗那、波尔多、里昂、布鲁塞尔、波恩、法兰克福、斯图加特、都灵、佛罗伦萨的居民，

我属于莫斯科、克拉科夫、华沙，或者北边的克里斯蒂安那和斯德哥尔摩，或者西伯利亚的伊尔库茨克，或者冰岛的某条大街，

我造访了所有那些城市，然后又离去。

10

我看见从没有开发的地区冒出瘴气，

我看见各种原始的东西，弓和箭，带毒的木片，偶像和巫术。

---

① 萨莫依人，为居住在俄罗斯的乌拉尔山一带的少数民族。

我看见非洲和亚洲的城镇，

我看见阿尔及尔、的黎波里、德尔纳、摩加多尔、廷巴克图、蒙罗维亚，

我看见北京、广州、贝拿勒斯、德里、加尔各答和东京的密密麻麻的人群，

我看见克鲁曼人在他的小屋子里，达荷美人和亚山蒂人在他们的小屋子里，

我看见土耳其人在阿勒颇吸着鸦片，

我在基瓦和赫拉特的集市看见漂亮如画的人们，

我看见德黑兰，我看见马斯科特和麦地那以及它们之间的沙漠，我看见商队在艰苦行进，

我看见埃及和埃及人，我看见金字塔和方尖碑，

我瞧着凿刻的历史，刻在沙石板和花岗岩上的国王的战功和朝代的兴衰，

我看见孟菲斯坑穴里保存的木乃伊，抹着香料，裹着亚麻布，在那里躺了许多世纪，

我瞧着死去的底比斯人，大大的眼珠，朝一边耷拉的脖子，双手交叉在胸前。

我看见大地上正在劳作的奴隶，
我看见监牢里的犯人，
我看见大地上残疾人的身体，
那些瞎子、聋子、哑巴、白痴、驼背、精神病人，
那些海盗、小偷、告密的人、杀人犯、奴隶贩子，
那些无助的孩子和无助的老头儿老太太。

我看见到处都有男男女女，
我看见哲学家们安详的兄弟情谊，
我看见我的民族在建设自己的国度，
我看见我的民族凭着坚毅和勤奋获得的成就，

我看见等级、肤色、野蛮、文明，我走到他们中间，毫无偏见地和他们混在一起，

我向大地上所有居民致敬。

11

你，不管你是谁！

你是英格兰的女儿或儿子！

你属于强大的斯拉夫民族和帝国！俄罗斯的俄罗斯人！

你是出身卑微、肤色黝黑、灵魂圣洁的非洲人，身材高大，头形漂亮，姿态尊贵，前程远大，是和我平等的人！

你是挪威人！瑞典人！丹麦人！冰岛人！你是普鲁士人！

你是西班牙的西班牙人！你是葡萄牙人！

你是法兰西的女人和男人！

你是比利时人！你是荷兰的爱好自由的人！（我就是这个种族的后裔[①]；）

你是强悍的奥地利人！你是伦巴第人！匈奴人！波希米亚人！施蒂里亚的农民！

你是多瑙河的邻居！

你是在莱茵河、易北河或威悉河上的工人！也有你这位女工！

你是撒丁岛人！你是巴伐利亚人！斯瓦比人！撒克逊人！瓦拉恰人！保加利亚人！

你是罗马人！那不勒斯人！希腊人！

你是塞维利亚竞技场上敏捷的斗牛士！

你是住在陶鲁斯或高加索的无法无天的山民！

你是波克的牧马人，看着你的母马和种马吃草！

你是体格健美的波斯人，策马疾驰，对靶射箭！

你是中国的男人和女人！你是鞑靼的鞑靼人！

---

① 惠特曼的母亲为荷兰人后裔。

你们是大地上恭顺尽责的妇女！

你是犹太人，老了还要冒险跋涉，踏上一回叙利亚的土地①！

你们其余的犹太人在世界各地恭候着你们的弥赛亚②！

你是深思熟虑的亚美尼亚人，在幼发拉底斯河的某条小溪旁默想！你出现在尼尼微的废墟中！你爬上阿拉拉特山！

你是两脚劳顿的朝圣者，迎接着远处麦加闪光的尖顶！

你们这些酋长，统治着从苏伊士到曼德海峡的家族和部落！

你是种植橄榄的人，照管着在拿撒勒、大马士革或太巴列湖的果实！

你是那广袤内陆的西藏商人，在拉萨的店铺里讨价还价！

你是日本的男人或女人！你住在马达加斯加、锡兰、苏门答腊、婆罗洲！

所有你们这些数不尽的海岛上的居民！

还有你们，在以后的世纪里听到我的人们！

还有你们，我没有特别提到，但也包括在内的所有地方的人，

我和美国祝你们健康！向你们全体发出良好的祝愿。

我们每个人都必然存在，

我们每个人都是无限的——我们每个人都有在大地上生存的权利，

我们每个人都被赋予了大地的永恒意义，

我们每个在这里的人都和任何一个在这里的人同样神圣。

---

① 在1948年犹太人重建以色列国以前，散居在世界各地的犹太人以回访祖先居住的地方为荣，包括现今的以色列、巴勒斯坦和叙利亚一带。

② 弥赛亚一词源于希伯来语，意为“受膏者”；古犹太人封立君王、祭祀时要举行为受封者头上敷膏油的仪式。而在犹太教信仰中，将有一个有大卫王血统的“弥赛亚”成为犹太人的国王，拯救犹太民族。此词后被基督教用以称呼救世主耶稣。

12

你们是霍屯督人，用上腭倒吸气说话！你们是卷毛的游牧部落！

你们是流血流汗、被人拥有的人们！

你们是不可思议、叫人难忘的人形兽面的家伙！

你们是可怜的库布人，即使还有语言和灵性，可是连最卑贱的人都瞧不起你们！

你们是堪察加、格陵兰、赖普的侏儒！

你们是澳大利亚黑人，光着身子，又红又黑，长着突嘴唇，趴在地上找吃的！

你们是皮包骨头、笨拙无知的贝都因人！

你们是卡菲尔人、柏柏尔人、苏丹人！

你们是马德拉斯、南京、喀布尔、开罗的蝗灾似的人群！

你是在亚马孙河流域愚昧的流浪人！你是巴塔哥尼亚人！你是斐济人！

我并不十分偏爱别人而忽略你们，

虽然你们远远地站在后面，我也不说你们一句坏话，

(你们到时候会来到我的身边。)

13

我的心怀着怜悯和决断绕过整个地球，

我寻找和我平等、和我相爱的人，我发现在所有的陆地上他们都在等我，

我想有某种神圣的感应使我和他们平等。

云雾啊！我想我曾随你一起上升，飘到远方的大陆，由于什么缘故落在那里，

风啊，我想我曾随你一起吹拂，

海水啊，我曾随你一起拍击过每一处海滩。

地球上每一条河流和海峡穿行过的地方，我都穿行过，

我曾站在半岛上、站在高耸的岩石上呼喊：
向世界致敬！
凡被光和热渗透的城市，我也渗透进去了，
凡鸟飞过的万千岛屿，我也飞过了。

我高高举起我的手，以美国的名义，
向你们所有人发出信号，
这信号将在我死后永世长存，
留在一切人们生息居住的地方。

(1856；1881)

大路之歌

1

我轻松愉快走上大路，
我健康自由，世界在我面前，
长长褐色的大路在我面前，指向我想去的任何地方。

从此我不再希求好运气，我自己就是好运气，
从此我不再抱怨，不再迟疑，什么也不需要，
消除了闷在屋里的晦气，放下了书本，摆脱了苛刻的责难，
我强壮满足，迈步走上大路。

大地，有它就足够了，
我不要星星离我更近，
我知道它们正好各居其所，
我知道它们满足了属于它们的人。

（我仍然肩负着我多年喜爱的责任，
我带着他们，男男女女，我无论去哪里都带着他们，
我发誓我不可能甩掉他们，
他们充实了我，我也要满足他们。）

2

我走上你这大路，环顾四周，我相信这不是你的全部，

我相信许多未曾看到的也存在于此。

这里是关于包容的深奥课堂，没有偏爱，没有拒绝，
卷发的黑人、罪犯、病人、文盲，没有被拒绝，
生孩子，在医生后面紧赶，乞丐流浪，醉汉晃晃悠悠，机械工聚会哄笑，
逃走的青年，富翁的马车，纨绔子弟，私奔的男女，
早市上的人，灵车，家具搬到镇上又搬回来，
他们走过，我也走过，一切都走过，不能被禁止，
一切都被接受，无不使我感到亲切。

3

空气，你给了我谈吐的气息！
万物，你召唤我迷茫的思想并赋予它们形象！
光，你包裹了我和一切，美妙宁静地沐浴我们！
大路旁的小路，你们被践踏得坑坑洼洼！
我相信你们潜藏了没有被看见的事物，你们于我如此亲切。

你们这些城市里悬挂旗子的人行道！这些路边结实的石头！
你们这些渡口！这些码头上的舢板和桅杆！这些木材堆积的河岸！遥远的船！

你们这些一排排的房子！这些镶嵌着窗户的门面！这些房顶！
你们这些走廊和入口！山墙和护铁！
你们这些透明的窗户，会让人瞧见里面很多东西！
你们这些大门、上升的台阶和拱门！
你们这些无尽道路上的灰色石头！这些踏平了的十字

路口！

我相信你们从接人待物中获取了什么，现在要把同样的秘密传授给我，

在你平静的路面上生者和死者曾熙来攘往，他们的灵魂于我清晰又亲切。

4

大地向左右扩展，

生机盎然的图景，每个部分都光彩夺目，

悦耳的声音在需要的地方响起，在不需要的地方沉寂，

公众的大路上声音愉快，大路上的情感鲜活欢乐。

啊，我行走的大路，你是不是对我说别离开我？

你是不是说别冒险——你离开我就会迷路？

你是不是说我准备好了，我饱经踩踏，从不被人拒绝，跟随我吧？

大路啊，我的回答是我并不怕离开你，可我爱你，

你表达我的意思胜过了我自己，

对于我，你比我的诗篇更有意义。

我想英雄业绩都发生在光天化日之下，自由的诗篇也是如此，

我想我可以在此停住脚步，干出奇迹，

我想在大路上不管遇见什么，我都会喜欢，遇见我的人也都会喜欢我，

我想我看见的人必定幸福。

5

从此刻起我规定自己摆脱羁绊和虚构的限制，

来往随心所欲，做自己完全绝对的主人，
倾听别人，仔细琢磨他们的话，
停顿，探索，接受，沉思，
我性情温和但意志不可抗拒，要摆脱那会束缚我的束缚。

我把广大的世界揽入胸怀，
东部和西部属于我，北方和南方属于我。

我比我过去想的更伟大更卓越，
我不曾知道自己具有这样多的美德。

我看一切都很漂亮，
我能对男男女女反复说，你们这样善待了我，我要同样回报你们，
大路上我要使自己和你们恢复体力，
大路上我要插入到男男女女之中，
我要在他们中注入新的快乐和豪爽，
不管谁拒绝了我，我都不会烦恼，
不管谁接受了我，他或她会得到祝福并祝福我。

6

现在假如有一千个完美的男人就要出现，那不会使我惊讶，
现在假如有一千个身材漂亮的女人出现了，那不会使我诧异。

现在我洞悉了造就完人的秘密，
那就是在阳光里成长，和大地同餐共宿。

这里有个人施展伟业的广阔天地，

(这样的伟业攫取了所有人的心，
它迸发的力量和意志压倒了法律，并嘲笑一切反对它的权威和争议。)

这里是对智慧的考验，
智慧的最终考验不在学校，
智慧不能从智者传给无智的人，
智慧属于灵魂，不容许证明，它是它自己的证明，
它适用于所有阶段、事物和品质而得圆满，
它是对事物的现实性和不朽性的肯定，是事物的精髓，
事物的表象中存在某种东西，将智慧从灵魂中唤出。

我现在重新检验哲学和宗教，
在课堂里它们可以得到很好的证明，可是在广阔的天地和奔腾的海洋，它们根本得不到证明。

认识在这里产生，
在这里人被检验——在这里人有了自知之明，
过去、未来、尊严、爱情——假如它们于你是虚无的，你于它们也是虚无的。

只有事物的精髓才有价值；
为你和我撕去外壳的人在哪里？
为你和我揭穿阴谋和蒙蔽的人在哪里？

这就是那紧密的相连，它不是预先安排的，是应时发生的；
你懂得当你路过时受到陌生人喜爱是怎么回事吗？
你懂得那些转动着的眼珠子说些什么吗？

7

这里是灵魂的流露，

流露的灵魂出自树荫隐蔽的大门，它永远在发问，

这些渴望为了什么？这些黑暗中的思想为了什么？

为什么当男人和女人走近我时，阳光就会使我血液沸腾？

为什么当他们离开我时，我快乐的心旌就会偃息？

为什么那些我从未走过的大树，却将宏大美好的思想的果实降落于我？

（我想无论冬夏它们挂在那些树上，当我走过时它们就会掉下；）

我和陌生人突然间心领神会的是什么？

当我和马车夫并坐齐驱时彼此心领神会的是什么？

当我在岸边行走、停留时，和拉网的渔夫彼此心领神会的是什么？

是什么让我随意接受一个女人和男人的祝福？是什么让他们随意接受我的祝福？

8

灵魂的流露是幸福，幸福就在这里，

我想它弥漫于空中，时刻等候着，

现在它流向我们，我们恰好接受。

它是不安分的、依恋的，

这不安分的、依恋的气质，就是男人和女人的新鲜和亲切，

（它不亚于清晨的香草根，频频散发出新鲜和亲切。）

年青人和老年人沁出的爱的汗水是不安分的、依恋的，

从它升华的魅力足以嘲笑美貌和学识，

起伏着、震颤着、渴望着接触的痛楚。

9

走呀！不管你是谁跟我同行吧！

跟我同行你将发现什么永不会疲倦。

大地永远不会疲倦，

起初大地是粗犷、沉默、深不可测的，起初大自然是粗犷、深不可测的，

别丧气，继续走，那里隐藏着圣洁的东西，

我向你发誓，那里的圣洁之物美得超越了语言所能描述的。

走呀！我们决不在此止步，

无论这些商店多么可心，这间住处多么便利，我们不能在此停留，

无论这个港口多么安全，这里水域多么平静，我们决不在此抛锚，

无论周围的人们多么殷勤好客，我们只能作短暂的享受。

10

走呀！前面还有更大的诱惑，

我们将扬帆在那没有航道的蛮荒大海，

我们将去那风狂浪猛的疆域，美国式的快船要满帆加速。

走呀！带着力量、自由、大地、风雨雷电，

带着健康、反抗、快乐、自尊、好奇；

走呀！抛开一切陈规俗套！

抛开你们的陈规俗套，啊，你们这些瞎了眼、丢了魂的牧师。

腐臭的尸体阻塞了道路——应该马上埋葬。

走呀！可是要当心！
跟我同行最需要热血、肌肉、坚韧，
没有勇气和健康的男女，不必来经受考验，
耗尽了生命精华的人，不要来这里，
来者必须身体矫健、意志坚强，
病秧子、酒鬼、染上花柳病的都不准来这里。

（我和我的同伴不会引经据典、巧言善辩，
我们以我们的存在来使人信服。）

11

听着！我将和你以诚相待，
我不会给你古老华丽的奖品，只有粗糙新鲜的东西，
这就是你必会遭遇的日子：
你将不会积累所谓财富，
你将以慷慨之手分散你挣到或成就的一切，
你抵达你要去的城市，还没满意安顿，就有不可抗拒的呼声召唤你离去，
你将被那些落在你后面的人讥笑嘲讽，
你接受了爱的召唤，却只能回报以离别的热吻，
你将不容许那些向你伸出手的人搂抱住你。

12

走呀！跟着了不起的伙伴，做他们的一员！
他们也走在大路上——他们是矫健伟岸的男人——她们是最伟大的女人，
他们是宁静之海和狂暴之海的欣赏者，
他们驾过千条船、行过万里路，
他们是许多遥远国度的常客、遥远住处的常客，
他们是众多男女的信托者，是城市的观察者、孤独的劳

动者，

他们停下脚，对着花草树木和岸边的贝壳沉思，

他们在婚礼上跳舞，亲吻新娘，热心帮助、抚育孩子们，

他们是叛乱的士兵、守墓人、抬棺人，

他们是旅行者，走过四季，走过岁月，走过年复一年的奇妙岁月，

同行的旅行者，处在各自不同的时代，

有从懵懵懂懂的婴儿时代向前举步的人，

有快活的年青人，有完全成熟的须眉男子，

有丰硕、满足、不可超越的成熟女子，

有进入庄严的老年时代的男人和女人，

老年时代，平和、豁达，具有和宇宙相同的豪迈和宽广，

老年时代，自在地流淌，具有玩味的临近死亡的自由。

13

走呀！走上那无始无终的旅途，

去饱经历练，白天跋涉，晚上休息，

把所有旅途上的经历、把日日夜夜的经历融汇在一起，

在更加崇高的旅行的开端，再次把它们融汇，

不要心怀旁顾，只盯准你能达到、能经过的东西，

不要遐想时间，只盯准你能达到、能经历的时光，无论多么久远，

不要上下张望，只盯准那为你伸展、为你等候的大路，无论多么漫长，它为你伸展、为你等候，

不要留意别人，不管他们信仰上帝或别的什么，只盯准你也要去的彼岸，

不要奢望财富，只看好你所有的，享受那无需劳累和破费的一切，享受整个宴席而非小菜一碟，

要享用农场里最好的东西，富翁优雅的别墅，老夫老妻的纯洁祝福，果园的水果和花园的鲜花，

要享用你途经的人烟稠密的城市，

以后无论你去到哪里，要记得那些建筑和街道，

你遇到了人们，要从他们头脑里获取智慧，从他们心里采集爱情，

带上你爱的人一起走上大路，尽管你将把他们落在后面，

要知道宇宙本身就是一条大路，是许多大路，是走上旅途的灵魂之路。

为了让灵魂前进，要甩开一切，

一切宗教，一切具体的事物，艺术，政府——所有过去和现在存在于这个星球或别的星球上的事物，在沿着宇宙的宏伟大路前进的灵魂面前，都退避到了阴暗的角落。

男人和女人的灵魂沿着宇宙的宏伟大路前进，对于它，所有别的进步只是必要的标志和支持。

永远生气勃勃，永远向前，

气派的、严肃的、悲伤的、孤僻的、困惑的、疯狂的、吵闹的、怯弱的、愤世嫉俗的，

绝望的、骄傲的、多情的、有病的、受人欢迎的、遭人拒绝的，

他们在走！他们在走！我知道他们在走，但不知他们走向何处，

但我知道他们走向最佳——走向伟大。

无论你是谁，出来吧！无论你是男是女，出来吧！

你决不能待在屋子里睡大觉，虚度光阴，尽管那屋子是你盖的或为你盖的。

从黑暗的禁锢中出来吧！从屏幕后出来吧！

抗议没有用，我知道一切，让它们曝光。

看得出你跟别人一样糟糕，
从人们的笑声、舞步、吃吃喝喝，
从衣着打扮，从洗净修饰的脸上，
看得出一种秘而不宣的厌倦和失望。

没有信得过的丈夫、妻子、朋友来听心里话，
另一个自我，每个人的副本，躲躲闪闪隐隐藏藏，
无形无息走过城市的街道，在客厅里彬彬有礼，
在火车车厢里，在汽船里，在公共集会，
在男男女女的家里，在餐桌上，在卧室里，在一切地方，
穿着体面，笑容可掬，形象端正，死亡藏在胸腔里，地狱藏在脑瓜里，
藏在呢绒和手套下面，藏在缎带和人造花下面，
办事循规蹈矩，开口言不及义，
说话东拉西扯，从不触及灵魂。

14

走呀！走过奋斗和战争！
既定的目标不能撤回。

过去的奋斗成功了吗？
是谁成功了？你自己？你的国家？大自然？
现在仔细听我讲——事物的本质要求，不管什么样的成功，都必将产生某种东西，呼唤更伟大的斗争。

我的号召是战斗的号召，我为积极的反抗鼓劲，
和我同行的人必须全副武装，
和我同行的人要忍受饥寒交迫，遭遇顽敌和背叛。

15

走呀！大路在我们面前！

路是安全的——我试过了——我的脚实实在在地试过了——不要拖延！

把空白的纸留在桌子上，把没打开的书留在书架上！

把工具留在车间里！把钱留给鬼去挣！

让那些说教中止吧！别理会学校里老先生的叫嚷！

让牧师在讲坛布道！让律师在法庭辩论，让法官去解释法律。

伙伴啊，我把我的手给你！

我把比金钱更珍贵的我的爱给你，

我先于说教和法律把我自己给你；

你会把你自己给我吗？你会来和我同行吗？

我们会彼此忠诚至生命的尽头吗？

(1856；1881)

过布鲁克林渡口[①]

1

脚下的潮水啊！我面对面看着你！

西边的云——太阳还有半个钟头就落了——我也面对面看着你。

衣着平常的男男女女，我感觉你们实在新奇！

成百上千人搭渡船过河回家，给我的感觉比你们想象的还要新奇，

而你们，将在今后岁月里从口岸渡到口岸的人，对于我比你们想象的更加新奇，更多地进入我的沉思。

2

每天从时时刻刻、从大小事物中我得到无形的食粮——

简单、紧凑、完美结合的蓝图，我完蛋了，人人都化为尘土了，也还是蓝图的一部分，

和过去相似，也和未来相似，

逛街，过河，我看到和听到的最细微的事物，闪闪发光如串串珠子，

河流这样湍急，同我一起游向远方，

① 布鲁克林渡口，在纽约的曼哈顿岛和布鲁克林区之间的东河入海口岸上，在 1883 年布鲁克林大桥建成通车前，是纽约重要的交通枢纽。在《草叶集》第二版中，这首诗的标题为《日落之诗》（Sun-Down Poem）。

那些将要跟随我的人，他们和我之间关联紧密，
他们和他们的生活、爱情、所见所闻，实实在在。

他们将走进渡口的大门，从口岸渡到口岸，
他们将看到潮水汹涌，
他们将看到曼哈顿北边和西边的航船，看到南边和东边的布鲁克林高地，
他们将看到大大小小的岛屿，
今后五十年，太阳还有半个钟头就要落下的时候，将有人看到他们过河，
今后一百年，或者几百年后，又将有别人看到他们，
欣赏这夕阳西下、潮涨潮落。

3

时间和地点不起作用——距离不起作用，
我和你们在一起，你们这一代或今后许多世代的男人和女人，
你们看着这河流和天空时的感觉，我曾这样感觉过，
正如你们每个人都是芸芸众生的一个，我曾是其中的一个，
正如你们为欢腾的河流和闪光的潮水而心情振奋，我曾经振奋过，
正如你们靠着栏杆站立，与湍急的河流一道匆匆前行，我曾在那里站立过、前行过，
正如你们眺望无数大船的桅杆和汽船的粗烟筒，我也曾眺望过。

我曾许多许多次横渡旧时的这条河，
看着十二月的海鸥，看它们在高空凝翅飘浮，晃悠着身体，

看它们的身体怎样一部分被辉耀的金光照亮，一部分留在浓重的阴影里，

看它们兜着圈子慢慢盘旋，渐渐朝南方飞去，

看夏季的天空在水中的映像，

一道道忽闪的光炫花了我的眼睛，

看在太阳照亮的水面上，美丽的光芒环绕我的头影向外扩散，

看山丘上的薄雾向南向西南飘去，

看那羊毛状的雾汽染成了紫色，

看渡口下游的海湾上驶来的船，

看着它们靠近，看着我近旁的人们上船，

看那些大船小船的白帆，看那些抛锚的船，

水手们两脚横跨桅杆，装帆搭索，

那圆滚滚的桅杆，晃动的船身，像蛇一样细长的三角旗，

大大小小的汽船在行驶，领航员站在驾驶舱里，

船驶过后留下的白色浪花，驾驶盘急速颤抖着旋转，

所有国家的旗子，在日落时降下，

暮色中扇形的波浪，嬉戏闪光的浪头①，

码头边花岗岩仓库的灰墙伸向远处，越来越黯淡，

河上影影幢幢、密密匝匝的是大汽船、汽艇、干草船，还有迟到的驳船，

邻近的河岸上火苗从铸造场的烟筒蹿得老高，在夜里格外抢眼，

把摇晃的黑影和狂野的红黄色火光投在屋顶和大街上。

4

这些还有其他一切，它们过去对于我就像今天对于你们

① 由于布鲁克林渡口位于东河入海口，傍晚涨潮时，海水倒灌入河，在海面形成弧形或扇形的波浪。

一样，

我真心喜爱过那些城市，喜爱过那庄严迅急的河，

我见过的男人和女人都跟我亲近，

其他人也一样——他们此时回顾看我，因为我瞻望过他们，

(虽然今日今夜我停留此地，但那个时辰会到来。)

5

那么，我们之间存在着什么？

我们之间的几十年、几百年算得了什么？

不管它是什么，它不起作用——距离不起作用，地点不起作用，

多山的布鲁克林是我的，我也在那里住过，

我也在曼哈顿岛的大街上逛过，在它周围的水里泡过，

我也曾感觉一些新奇的问题冷不丁地搅乱我的心，

有时白天扎在人堆里它们会忽上心头，

深夜走回家时或者躺在床上它们会忽上心头，

我也是由那液体中永远的漂浮物所萌发①，

我也是由于我的肉体而成为了我，

我知道过去的我成之于我的肉体，我知道将来的我也将成之于我的肉体。

6

黑暗的阴影不单落在你身上，

那黑暗也把阴影落在我身上，

① 这既可以指胎儿自父母的体液中诞生，又可以看做是对人诞生自生命之河的隐喻，正如曼哈顿岛诞生自哈得孙河。除此之外，对于此句还有其他各种解读。

我做过的最好的事情在我看起来苍白而且可疑，
我自以为伟大的思想，实际上不是很贫乏吗？
不单是你才知道什么是邪恶，
我这个人也知道什么是邪恶，
我也编织过那个古老的矛盾之结，
我曾经贫嘴、惭愧、怨恨、撒谎、窃取、妒忌，
我曾经奸诈、愤怒、好色，心怀不敢告人的情欲，
我曾经任性、虚荣、贪婪、浅薄、狡猾、懦弱、恶毒，
狼、蛇、猪的品行，我都不缺少，
骗子的嘴脸、挑逗的话、淫荡的欲望，我都不缺少，
推诿、仇恨、耍赖、卑鄙、偷懒，我都不缺少，
我也是一个老百姓，和别人一样打发日子碰运气，
当年青人看见我走来或走过，他们扯着嗓门叫我的昵名，
我站着时感觉他们的胳膊搭在我脖子上，我坐着时他们的身子不经意地靠着我，
在大街、渡船、公共集会上，我见过好多我喜欢的人，可我从不跟他们搭话，
和别人一样打发日子，说同样的老笑话，同样的烦恼，睡觉，
我扮演过的角色还让人回想起某个男、女演员，
同样的老角色，我们仍在扮演，和我们喜欢的一样伟大，
或者和我们喜欢的一样渺小，或者既伟大又渺小。

7

我更加接近你们了，
现在你们对我有的想法，正和我对你们有过的想法一样多——我预先把它们存进了我的仓库，
在你们出生之前我就长久严肃地思考过你们。

谁会知道我心里要想什么呢？

谁知道我正对此津津有味呢？

谁知道尽管距离很长，尽管你们不能看见我，现在我正仔细瞧着你们呢？

8

啊，对于我还有什么庄严、叫人赞叹的事物比得上桅樯围绕的曼哈顿呢？

比得上这河流、落日和潮水扇形的波浪？

比得上晃动身体的海鸥、暮色里的干草船和迟到的驳船？

还有什么神灵能胜过这些人？当我走近时他们握住我的手，用我喜欢的大嗓门急切地叫着我的昵名，

当女人或男人瞥着我的脸，还有什么比维系着我和他们的情感更敏锐的呢？

现在这情感把我融入你们，把我的意思倾注给你们。

那么我们彼此理解了，不是吗？

我秘而不宣的承诺，你们接受了不是吗？

那些可学而不可教、说教不管用的事情已经完成了，不是吗？

9

奔腾吧，大河！和涨潮一起汹涌，和落潮一起退下！

嬉戏吧，高潮迭起的扇形的波浪！

日落时灿烂的云霞！用你的光华沐浴我，沐浴我身后世世代代的男男女女！

从口岸渡到口岸，数不清的乘客的洪流！

站起来，曼哈顿的高大桅杆！站起来，布鲁克林的美丽山峦！

开动吧，困惑好奇的大脑！提出问题和答案！

液体中永远的漂浮物，停留在这里和每一个角落！

注视吧，那些在房间、街道或公共集会上充满爱和渴望的眼睛，

呼叫吧，年青的声音！用大嗓门悦耳地呼叫我的昵名！

生活吧，古老的生命！扮演那男女演员扮演过的角色！

扮演古老的角色，你可以使他伟大或者渺小！

想想吧，读者，我是不是在冥冥之中瞧着你；

河上的栏杆呀，坚定地支撑那些懒散地靠着你的人，他们在与湍急的河流一道匆匆前行；

继续飞吧，海鸟们！侧着身子飞，在高空兜着大圈子飞；

河水呀，接受这夏季的天空，忠实地拥抱它，让俯视的眼睛从水面看到天空！

太阳照亮的水面上，美丽的光芒，环绕我的头影或任何人的头影，向外扩散吧！

继续航行吧，从下游海湾来的船！来来往往、大大小小的白色帆船和驳船！

飘扬吧，所有国家的旗子！在日落时按时降下！

铸造场的烟筒呀，让你的火苗高高蹿起吧！在日暮时把黑色的影子、把红黄色火光投在屋顶上！

现在或今后的相貌，是你身份的标志，

你这必需的皮囊，继续包裹着灵魂，

我的肉体于我，你的肉体于你，溢出最神圣的芳香，

繁荣吧，城市——宽广浩荡的河流，携带你们的货物，携带你们的姿色，

扩张吧，没有什么比你们更加崇高，

各守其位吧，没有什么比你们更加恒久。

你们期待过，你们总是期待，你们这些沉默美丽的使者，

我们终于怀着自由的感觉接受了你们，并且从此不会满足，

你们将不再能阻拦我们，或拒绝我们接近，

我们善待你们，不把你们抛在一旁——我们永远把你们放在心上，

我们不揣测你们——我们爱你们——你们也至善至美，

你们为着永恒贡献出你们的一份力量，

伟大或者渺小，你们为着灵魂贡献出你们的一份力量。

(1856；1881)

回答者之歌

1

现在请听我早晨的歌，我述说**回答者**的信号，
我向城市和乡村歌唱，它们伸展在我面前，沐浴阳光。

一个青年向我走来，带着他兄弟的信息，
这个青年怎么知道他的兄弟是否会以及何时会
吩咐他把信号递给我？

我面对面站在青年跟前，左手握住他的右手，右手握住他的左手，
我为了他的兄弟、为了人们回答，我为了他——那个回答众人的人——回答，我发出这些信号。

众人等候他，众人服从他，他的话是最终的决定，
他们接受他，像沐浴阳光一样沐浴着他的精神，从中感悟他们自己，
他们为他施洗，他为他们施洗。

漂亮的女人，最傲慢的民族，法律，风景，人，动物，
气象万千的深厚大地，不平静的海洋，（我这样述说我的晨歌，）
一切享受，财产，金钱，还有金钱可买的一切，
一切不是为了别人而只是为了他，远近的一切、海上的船

是为了他，

在最好的农场，别人辛勤耕种，而他注定收获，

在最高贵奢华的城市，别人平整道路、建筑房屋，而他安居在那里，

陆地上永恒的表演和行进，如果是为了某人的话，那准是他。

他让事物保持原汁原味，

他以可塑性和爱从他自身创造出今天，

他把自己的时间、记忆、父母、兄弟姐妹、社交、职业、政治都投入其中，以后别人休想羞辱它们、支配它们。

他是**回答者**，

能回答的问题他回答了，不能回答的，他示意了不能回答的理由。

一个人就是一个召唤和挑战，

(逃避没有用——你听见嘲笑了吗？你听见讽刺的回声了吗？)

书籍、友谊、哲学家、牧师、行动、娱乐、自豪，竞相给人满足，

他指出了那种满足，也指出了那些竞相给人满足的东西。

不论性别，不论季节或地点，他都能神清气爽、温和安全地日夜前往，

他有开启心扉的钥匙，人们会开门迎接他。

他到处受欢迎，如云的美人也不比他更受欢迎，更声名远播，

那个白天受他喜爱、夜晚和他同睡的人是有福的。

每一个存在自有其特色，每一件事物自有特色和语言，

他把所有语言化为自己的，并把它给予人们，人人进行转化，人人也转化他自己，

一部分不抵触另一部分，他是结合者，他看着他们怎样结合。

在招待会上他对总统说话照样平淡无奇：你好吗，朋友？

在甘蔗地他对锄地的黑奴说：你好，我的兄弟，

这两人都理解他，知道他说得对。

在国会大厦他走路泰然自若，

他在议员们中间走着，一位议员对另一位说：这位新来的和我们不相上下。

于是机械工把他当成机械工，

士兵把他当成士兵，水手以为他曾漂洋过海，

作家把他当成作家，艺术家把他当成艺术家，

干粗活的以为他能跟他们一起卖力气，会喜欢他们，

不管是什么工作，他都能拿得起来或者干过，

不管在哪个国家，他都能找到兄弟姐妹。

英国人相信他出自英国血统，

犹太人看他像犹太人，俄国人当他是俄国人，他平易亲近，跟谁都没隔阂。

在旅行者的咖啡馆里，无论他看着谁，谁就想跟他交朋友，

这当然有意大利人、法国人、德国人、西班牙人，还有古

巴岛上的人，

在大湖、在密西西比河、圣劳伦斯河、萨克拉门托河、哈得孙河或巴门诺克海湾上的轮机工、水手都想跟他交朋友。

血统高贵的绅士承认他血统高贵，

没教养的人、妓女、发脾气的人、乞丐，都用他的眼光看他们自己，他奇妙地改变了他们，

他们不再恶劣，他们长进得连自己都不认识自己了。

2

时间的启示和记录，

彻底的明智彰显出哲学家中的大师，

时间，永不中断，渐次表明了它自己，

永远彰显诗人的是那成群兴高采烈的歌手，还有他们的歌词，

歌手们的歌词表现一时一刻的光明与黑暗，而诗人的诗句体现普遍的光明与黑暗，

诗人确定正义、现实、不朽，

他的目光和力量环绕万物与人类，

他是迄今万物与人类的荣耀和精华。

只有诗人才产生生命，歌手们不行，

歌手们受欢迎，被理解，出尽风头，但是只有那诗人、那**回答者**诞生的日子和地点才弥足珍贵，

（日子的名目繁多，可不是每个世纪、每五个世纪都有这样一天。）

世世代代的歌手们也许有显赫的名称，但是他们每个人的名称只是歌手中的一个，

诸如眼睛歌手、耳朵歌手、脑袋歌手、甜蜜歌手、夜歌

手、客厅歌手、爱情歌手、神秘歌手等等。

至今所有时代等候真正的诗句，
真正的诗句不只是取悦于人，
真正的诗人不是美的追随者，而是美的庄严大师，
儿子们的伟大来自父母们的伟大，
真正的诗句是科学的羽冠和最后的欢呼。

非凡的本能，宽阔的视野，理智的法则，健康野性的体魄，孤守隐居，
心境愉快，晒得黝黑，甜蜜的气息，这就是些诗句。

水手和旅行者拥护那诗人、那**回答者**，
建筑师、几何学家、化学家、解剖学家、颅相学家、艺术家统统拥护那诗人、那**回答者**。

真正的诗句给予你的不仅是诗，
它们让你形成自己的诗、宗教、政治、战争、和平、行为、历史、评论、日常生活和其他一切，
它们平衡了等级、肤色、种族、信条和性别，
它们不寻求美，它们被美寻求，
美永远涉及它们或紧随它们，渴望，向往，害相思病。

它们为死亡做准备，但它们不是结束，而是开始，
它们不把任何人带到他或她的终点，或使之满足和充实，
它们把所带的人带入太空，去看群星诞生，去学一分大义，
去信心百倍开始新生，去闯过无休止的竞赛，永远不再平静。

(1855；1881)

我们熟悉的叶子

永远是我们熟悉的叶子!

永远是佛罗里达的绿色半岛——永远是路易斯安那宝贵的三角洲——永远是亚拉巴马和得克萨斯的棉田,

永远是加利福尼亚的金色山丘山谷,新墨西哥的银色群山——永远是清风吹拂的古巴①,

永远是广阔的不可分开的国土,河流注入南边、东边和西边的海洋,

合众国第八十三个年头的领土,三百五十万平方英里,

一万八千英里的海岸,三万英里的河流航道,

七百万个独立的家庭和同样数目的住宅——永远有这些,还会更多,滋生出数不清的分支,

永远是自由的国土和多样性——永远是**民主**的大陆;

永远是草原,牧场,森林,庞大的城市,迁徙的人们,加拿大,冰天雪地②;

永远是紧凑的陆地,腰上系着巨大的卵圆形湖泊串成的带子;

永远是西部,那里住着强悍的土著人,那里人口密度在增长,居民们,友善的,危险的,说话带刺的,蔑视侵略者;

---

① 古巴当时受西班牙殖民统治,并非美国的一部分。

② "加拿大"可能仅指加拿大河(今称圣劳伦斯河,其上游部分流经美国)流域;"加拿大"一词作为国家的名字始于 1867 年 7 月 1 日,英国颁布了《英属北美法案》,规定各英属北美殖民地组成单一的加拿大联邦。而此诗作于 1860 年。

南方、北方、东部的各种景象——随时在杂乱发生的各种事件，

各种人物、行动、发展，少数受到关注，多数被人忽视，

我走在曼哈顿的大街上，收集着这些事情，

夜里在内河上，松木火光闪闪，汽船正添柴火，

白天阳光照着萨斯奎哈纳河、波托马克和拉帕哈诺克河、罗阿诺克和特拉华河流域，

在它们以北的荒野，食肉的猛兽出没在阿迪隆达克山地，或在萨吉诺湖边饮水，

在孤寂的水湾一只掉队的麻鸭凫在水面无声摇摆，

在农夫的牲口棚里，牛立着休息，秋收结束了，它们太累了，

远在北极的冰上，母海象昏沉沉趴着，她的幼崽们在旁玩耍，

鹰在人类未曾航行到的地方飞翔，在最远的北极的海上，在冰山那边，波浪泛起，亮晶晶，空旷旷，

白浪涛汹涌向前，船在暴风雨里飘摇，

坚实的陆地上当午夜钟声齐鸣，城市算是忙完了，

原始森林里吼声四起，狼嚎，豹啼，麋鹿沙哑地咆哮，

冬天在穆斯黑德湖的蓝色坚冰下，夏天在清澈见底的水里，大鲑鱼在游，

在低纬度的卡罗来纳，在更暖的风里，巨大的黑秃鹰在树梢那边慢慢地高高地浮着，

其下，红雪松上吊着寄生草，松树、柏树从一马平川的白沙地里长出来，

简陋的小船沿浩大的皮迪河顺流而下，岸上攀缘植物长着五颜六色的花和果子，包裹了参天大树，

槲树上布满了藤蔓，长长地弯弯曲曲地垂得很低，在风里静静飘舞，

天刚黑，在佐治亚的马车夫帐篷里，有白人和黑人围着炊

火做饭、吃饭，

有三四十架大车，骡子、牛、马在槽里吃料，

影子和光映上了老梧桐树，油松木上火苗、黑烟冉冉升起；

南方的渔夫在捕鱼，在北卡罗来纳海岸的海峡和海湾，捕鲱鱼，捕青鱼，巨大的拖网，岸上有用马拉的绞盘，有清洗、加工和包装的作坊；

在松林深处，松节油从树上的切口滴下，有松节油作坊，

有身强力壮的黑人在干活，地上到处盖满了松针；

在田纳西和肯塔基，奴隶们忙着加煤，在炉火旁铸造，或者剥玉米皮，

在弗吉尼亚，种植园主的儿子久出回来，上年纪的混血保姆高兴地迎他、吻他，

傍晚河上的船夫们把他们的船安全地停泊在高高的河岸的遮蔽下，

年青人里有的随着班卓琴、小提琴跳舞，别的坐在船帮上抽烟、聊天；

后半晌，模仿鸟，美国的学舌鹦鹉，在迪斯墨大沼泽啼唱[①]，

那里有青青的湖水，树脂的气味，大片的苔藓，柏树和桧树；

往北，曼纳哈塔的年青人在傍晚郊游回来，惹人注目，枪口上吊着女人送的花束；

孩子们游戏，一个小男孩在他父亲腿上睡着了，（他的嘴唇在动！他在梦中微笑！）

侦察员骑马走在密西西比河西边，他登上一座山丘瞭望四周；

加利福尼亚的生活，矿工们蓄着胡子，穿着粗布衣，忠实

---

① 模仿鸟，美国南方的一种善于模仿各种声音的鸟。

的加利福尼亚式的友谊，亲切的气氛，人在路上遇见的坟墓孤孤单单立在路边；

向南，得克萨斯的棉花地，黑人住的小屋，在大车前头吆喝骡、牛的车夫，棉花包堆在河岸和码头上；

美国的灵魂包绕一切，向高处和广处飙升，她有两个平等的部分，一个是**爱**，一个是**扩展**或**自豪**；

和土著易洛魁族人暗中举行和平谈判，印第安人的烟袋，象征善意、公断和认可的烟管，

酋长把烟先吹向太阳，然后吹向土地，

演头皮舞戏，演出的人画了脸谱，用喉音高呼①，

打仗的队伍出发了，秘密的长途行军，

单行的列队，挥舞的斧子，奇袭，杀戮敌人；

所有这些行为、景象、方式、人、合众国的态度、记忆、制度，

合众国上下紧密团结，她的每一平方英里毫无例外；

我高兴，漫步在小路、田野，巴门诺克的田野，

细瞧两只小黄蝶盘旋飞舞，互相兜圈子，在空中越飞越高，

飞镖似的燕子，吃虫子，这些秋天南去的旅行者，春天早早返回北方，

天黑时赶牛的乡下小子大声吆喝，不让它们停下来吃路边草，

在波士顿、费城、巴尔的摩、查尔斯顿、新奥尔良、旧金山，

城市的码头上，水手起锚，船开航了；

傍晚——我在我屋里——西沉的太阳，

西沉的夏天的太阳照进我敞开的窗口，映出成群的蝇子悬

---

① 印第安人习惯杀人后取其头皮，战争结束后，以所获头皮的数量表示战绩。

在屋子中央，保持着平衡，它们互相逆行疾飞，忽上忽下，在太阳照着的对面墙上快速投下斑斑阴影；

那位强壮的美国主妇对着拥挤的听众发表公开讲话，

男人，女人，移民，团体，兴盛发达，有个性的各州，各为自己——会挣钱的家伙，

工厂，机器，机械的力量，绞盘，杠杆，滑轮，所有实在的东西，

实在的空间、增长、自由、未来，

在空间，有星星，散开的岛屿，斑斑点点——在牢固的大陆，有土地，我的土地，

啊，土地！于我如此亲切——不管你是谁，（不管那是什么，）我都随手放进这些歌里，成为歌的一部分，不管那是什么，

朝着南方，我尖叫，慢慢拍着翅膀，和上万海鸥沿着佛罗里达海岸去过冬，

要不我就在阿肯色河、格兰德河、努埃西斯河、布拉索斯河、汤比格比河、红河、萨斯喀彻温河或者奥萨奇河的两岸之间，随着春天的水笑啊，跳啊，跑啊，

向北，在沙滩上，在巴门诺克的某个浅湾，我和群群雪白的苍鹭一起涉水，寻找虫子和水草，

寻开心的极乐鸟用尖嘴戳了乌鸦后撤回，得胜地嘁嘁喳喳——我也得胜地嘁嘁喳喳，

秋天迁徙的雁群落下休息，雁群觅食，放哨的在外围走来走去、昂头瞭望，不时地有别的雁子替换它们——我也在觅食，和它们轮流放哨，

在加拿大森林，硕大如牛的驼鹿被猎人逼到了死境，绝望地立起后腿，刨起刀样锐利的前蹄——我也刨向猎人，被逼到死境了，绝望了，

在曼纳哈塔，街道，码头，船舶，仓库，数不尽的工人在工场干活，

我也是曼纳哈塔人，把它歌唱——我的内心并不亚于整个曼纳哈塔，

我唱着**这些**——我永远联结在一起的国土，正如我的肉体，骨血筋肉，一千种不同的东西必然筑成一个整体，我的国土也是必然地联结，筑成**一个整体**；

所有的出生地、风土气候、大草原上的草，

所有的城市、劳动、死亡、动物、产品、战争、善良和邪恶——这些都是我，

这万千事物给我、给美国提供了熟悉的叶子，我怎能不把它们联结梳理，传递给你？

不管你是谁！你也和我资格同等，我怎能不把神圣的叶子呈献给你？

我怎能不在这里歌唱时，请你为你自己采集几束合众国的无与伦比的叶子？

(1860；1881)

欢乐之歌

啊，作一首最快活的歌吧！
充满了音乐——充满了男子气概、女人气质、婴儿气息！
充满了大众劳动的气氛——充满了庄稼和树林的气味。

啊，歌里有百兽嘶鸣——歌里有群鱼竞泳！
歌里有雨点淅淅沥沥！
歌里有阳光闪烁、波涛起伏。

啊，我心灵的欢乐——冲破了牢笼——像闪电飞射！
只拥有这个地球和一段时间是不够的，
我要拥有千万个地球、全部的时间。

啊，司机的欢乐！和火车头一道飞奔！
听蒸汽喷出，快乐的尖叫，汽笛长鸣，火车头欢笑！
毫无阻挡地前进，飞快地消失在远方。

啊，在田野和山坡上快活逍遥！
遍地是杂草叶子和小花，寂静的树林里潮湿清新，
天亮时土地发出清香，弥漫了整个上午。

啊，骑马的男人和女人的欢乐！
马鞍子，驰骋，在马背上颠腾，凉风在耳边和头发上飕飗。

啊，消防员的欢乐！
深夜我听见了警报，
我听见铃声、喊叫！我冲过人群，奔跑！
那烈火的景象让我欣喜欲狂。

啊，肌肉发达的角斗士的欢乐，矗立在竞技场，神采奕奕，自觉着威风，盼着和对手一决雌雄。

啊，博大的自发的怜悯之心的欢乐，只有人类的灵魂能够产生，像洪水源源不断涌出。

啊，母亲的欢乐！
守护着，坚持着，疼爱着，痛苦着，耐心奉献了自己的生命。

啊，繁殖、生长、康复的欢乐！
抚慰与和解的欢乐，和睦与和谐的欢乐。

啊，回到我出生的地方！
再一回听鸟儿歌唱！
再一回在爹妈的房子和谷仓周围遛达，在田野上漫步，
再一回穿过果园，踏上老路。

啊，在海湾、在环礁湖、在海岸上长大①，
我一辈子厮守在那里干活儿！
咸湿的气味，海滩，从浅水里冒出的海草，
渔民的活计，抓鳗鱼的，拾蛤蜊的，

① 环礁湖，也称潟湖，为在靠近海岸的海域里由大量礁石围成的浅水区。

我拎着蛤蜊耙子、铲子来了，我扛着鳗鱼叉子来了，

退潮了吗？我到平滩上跟大伙儿一起挖蛤蜊，

我像个劲头十足的小伙子，跟他们一边干活儿一边开玩笑；

冬天我拎着鳗鱼篮子和叉子走上冰面，我还揣了把凿冰窟窿的小斧子，

瞧我，穿得帅气，兴冲冲出去，下午回来时那帮鲁小子总伴着我，

那帮长大了和半大的小子只喜欢跟我待在一块儿，

白天跟我一块儿干活儿，晚上跟我一块儿睡觉。

天暖时有一回我划船去取虾篓子，它们是用重石块沉到水里的，（我认得那些浮标，）

啊，真美呀，海上五月的早晨，我朝浮标划去，太阳就要出来啦，

我歪歪斜斜地把柳条篓子拉上来，当我把绿色的龙虾抓出时，它们拼命挥舞钳子，我拿木钉插进它们的钳子，

一处接一处，我取了所有篓子，然后划回岸边，

一大锅水滚开了，龙虾就要给煮得彤红。

还有一回去钓马鲛鱼，

那些鱼馋疯了，急着上钩，它们游得很浅，似乎占满了好几英里海面；

还有一回，去切萨皮克湾的海礁钓石斑鱼，我和那些黑脸膛的汉子们一伙儿；

还有一回，在巴门诺克追捕青鱼，我站在帆索那儿，

左脚蹬在船帮上，右手抛出一圈圈的细绳子，

我看见周围有五十条小帆船都在麻利地掉转船头冲过来，他们是我的伙伴。

啊，在河上划船！

沿着圣劳伦斯河顺流而下，壮丽的风景，还有汽船，
船行驶着，看见了千岛，偶尔有木排，撑木排的人操着长桨，
木排上还有小棚子，傍晚时他们烧饭升起了炊烟。

(啊，某种危险可怕的东西！
某种和渺小虔诚的生活毫不相干的东西！
某种没被证实的东西！梦境里的东西！
某种逃脱了铁锚的拘束、自由驰骋的东西。)

啊，去矿山干活儿，去炼铁！
在铸造厂铸铁，简陋高耸的屋顶，宽大阴暗的厂房，
熔炉，滚烫的液体倾泻出来，流淌着。

啊，再说士兵的欢乐！
感受一位骁勇的将军近在身旁——感受他的感受！
瞻仰他的镇定——在他微笑的光辉里得到温暖！
奔赴战斗——听军号吹响，战鼓擂响！
听大炮轰鸣——看刺刀和枪膛在阳光里闪亮！
看人们倒下死去，毫无怨言！
尝到了野蛮的血腥滋味——变得穷凶极恶！
看着敌人伤亡幸灾乐祸。

啊，捕鲸人的欢乐！啊，我又重作旧日的巡游！
我感受到船在脚下颠簸，大西洋的风吹着我，
我又听见从桅顶传来的呼叫，“看那儿——鲸喷水了！”
我又飞快爬上绳索，和别人一起观望，我们蹿下来，兴奋得发狂，
我跳进放下水的小船，我们朝猎物划过去，
我们悄悄靠近了，我看见那山一样的庞然大物在晒太阳打

盹儿，

我看见标枪手站起来了，扬起健壮的胳膊投出武器，

啊，受伤的鲸，急忙游向远处，一会儿沉下，一会儿逆风游，拖着我们的船，

我又看见他浮上来换气，我们再次划近，

我看见一根长矛扎进他的肋部，扎得很深，在伤口里转动，

我们又给甩到后边了，他又沉下了，他活不了多久了，

当他浮上来时，喷着血，我看见他兜着圈子游，越来越窄，急促地搅着水——我看着他死，

他在圈子中央抽搐着跳了起来，然后落进血沫子里躺着，一动不动。

啊，我的老年时代，最崇高的欢乐！
我的儿女、孙儿们，我雪白的头发和胡须，
我历经沧桑后心地宽阔、沉静、庄严。

啊，女人的成熟的欢乐！啊，终于得到完美的幸福！
我八十多岁了，是最受尊敬的母亲，
我的头脑多么清楚！人们和我多么亲近！
这从没有过的魅力是什么？什么花朵胜过了青春的花朵？
这是什么美降临于我，又要离我而去？

啊，演说家的欢乐！
鼓起胸膛，从胸腔和喉咙发出如雷声响，
叫人们和你一同愤怒、哭泣、仇恨、渴望，
去引导美国——用了不起的舌头去征服美国。

啊，我的灵魂的欢乐，它泰然地依靠自己，它从物质得到确认，爱它们，观察它们的特征，吸取着它们，

我的灵魂通过看、听、触摸、推理、说话、比较、记忆等等，颤抖着回归于我，

我的感觉和肉体的真实生命，超越了我的感觉和肉体，

我的肉体由物质构成，我的视觉由我的物质的眼睛感受，

今天我无可挑剔地证明，最终使我能看的并不是我物质的眼睛，

也不是我物质的肉体最终使我爱、走路、笑、喊、拥抱、生殖。

啊，农夫的欢乐！

俄亥俄人、伊利诺伊人、威斯康星人、加拿大人、衣阿华人、堪萨斯人、密苏里人、俄勒冈人的欢乐！

天一亮就起来，轻快地出去干活儿，

秋天为了冬播的庄稼犁地，

春天犁地种玉米，

秋天修整果园，嫁接果树，摘苹果。

啊，在游泳池或在海边的一个好地方洗澡！

拍水！在海边蹚水，光着身子赛跑。

啊，认识空间吧！

一切是那样浩瀚，没有边际，

成为天空，成为太阳、月亮和飞翔的云，和它们融为一体。

啊，独立的男人的欢乐！

独立的人格，不对任何人、不对任何有名没名的暴君卑躬屈从，

挺起腰板走路，步伐轻捷有弹性，

目光闪亮地观看或沉稳地凝视，

讲话时从宽阔的胸膛发出饱满宏亮的嗓音，
以你的人格去面对大地上所有其他人的人格。

你懂得年青人最大的欢乐吗？
那欢乐来自亲爱的伙伴，愉快的谈话，笑嘻嘻的脸，
那欢乐来自快活的阳光灿烂的白天，来自开心的游戏，
那欢乐来自美妙的音乐，明晃晃的舞厅和舞伴，
那欢乐来自丰盛的筵席，和朋友们开怀畅饮。

但是，啊，我至高无上的灵魂！
你懂得沉思的欢乐吗？
那欢乐来自自由而寂寞的心，温柔而忧郁的心，
那欢乐来自孤独的散步，心灵低沉而骄傲，痛苦而奋争，
那欢乐来自对抗的煎熬，心醉神迷，不分昼夜的冥思苦想，
那欢乐来自对**死亡**的思考，对伟大的**时间**和**空间**的思考，
那预言般的欢乐，憧憬更好更崇高的爱，圣洁的妻子，甜蜜、永恒、完美的伙伴，
啊，**灵魂**，你所有的欢乐不会死去，欢乐适合你。

啊，我活着就是生活的主人而非奴隶，
作为强大的征服者面对生活，
不发怒，不厌倦，不抱怨，不冷嘲热讽。
向天空、海洋和大地的壮丽法律证明我内心的灵魂岿然坚定，
任何外来的事物休想支配我。

我不仅歌唱生命的欢乐，我也歌唱——**死亡**的欢乐！
死亡的美丽接触，合情合理地在片刻之间给人抚慰，让人麻木，

我，抛开那粪土般的肉体，任它烧掉、碾作粉尘、埋葬，
我真正的身体无疑留给我带往别的世界，
那废弃的肉体和我不相干了，经过净化、葬礼，永远为大地使用。

啊，用比吸引力更大的力量去吸引！
我不知其究竟——可是看呀！某个东西任是什么都不屈从，
它永远进攻，从不防守——可它的吸引力大得惊人。

向着强大的势力斗争，勇敢面对敌人！
单枪匹马面对他们，看一个人能承受多重！
面对面地迎接冲突、刑罚、监牢、众人的憎恨，
毫无畏惧地登上断头台，冲向枪林弹雨！
成为一个真正的**神**！

啊，张饱帆于大海吧！
离开这死气沉沉、不堪忍受的陆地！
离开这乏味的千篇一律的街道、人行道和房子，
离开这凝固不动的陆地，上船吧，
航行，航行，航行！

啊，让我今后的生活成为一首新的欢乐之歌！
跳舞、拍手、欢腾、喊叫、蹦呀、跳呀、打滚、摇摆，
做一个世界的水手，奔赴所有的码头，
就做一条船吧，（看我迎着太阳和天空扬起了帆，）
一条飞快的抖擞的船，装满了丰富的词句，装满了欢乐。

(1860；1881)

斧头之歌

1

漂亮、赤裸、暗色的武器，
从母腹中探出头来①，
木质的肉，金属的骨，胳膊只有一条，嘴唇只有一片，
灰蓝的刀片生成于赤热，柄产生于播下的一小粒种子，
栖息在草丛里、草丛上，
靠着，又被靠着。

坚强的形象，坚强形象的特性，男人的手艺、眼光和声响，
一个象征不停顿的变化，如同音乐敲击，
管风琴手在巨大键盘上跳荡的十指。

2

欢迎地球上形形色色的土地，
欢迎松树和橡树的土地，
欢迎柠檬和无花果的土地，
欢迎黄金的土地，
欢迎小麦和玉米的土地，欢迎葡萄的土地，
欢迎蔗糖和稻米的土地，
欢迎棉花的土地，欢迎土豆和红薯的土地，

---

① 母腹，指大地。

欢迎大山、平原、沙漠、森林、草原，
欢迎肥沃的大河流域、高原、旷野，
欢迎无边的牧场，欢迎水果、亚麻、蜂蜜、大麻的丰饶土壤，
同样欢迎那些其貌不扬的土地，
富庶的土地如同黄金的土地或小麦和水果的土地，
矿山的土地，像男人一样粗糙的矿石的土地，
煤、铜、铅、锡、锌的土地，
铁的土地——制造斧头的土地。

3

堆积如山的木材，支持了斧头，
森林里的小屋，门前的藤蔓，辟作花园的空地，
暴风雨过后还听得错错落落的雨打树叶，
不时有恸哭和哀叹，想到了大海，
想到了船受暴风雨捶击，船身倾翻，桅杆折断，
为旧式房屋和谷仓的巨大梁木而伤感，
记忆中的书籍和故事，携家带物、冒死远航的男人，
登陆上岸，建立一座簇新的城市，
人们从各地启程航行，寻找一个新的英格兰，他们找到了，
他们在阿肯色、科罗拉多、渥太华、威拉米特定居[①]，
缓慢前进，只有一点干粮、斧头、来复枪和马褡裢；
漂亮，所有胆大冒险的人们，
漂亮，那些伐木小子、伐木汉子，他们开朗的没有剃过的脸，
漂亮，独立行动，离经叛道，依靠自己，
美国人蔑视法规和繁文缛节，极其不堪忍受束缚，

① 威拉米特，河名，在美国俄勒冈州西部

散漫的性格，随时产生的念头，形成固执的思想；

屠宰场的屠夫，帆船上的帮手，撑木排的人，拓荒的人，

冬季帐篷里的伐木工，林中破晓，树上积雪，冷不丁树枝咔嚓断了，

自己愉快响亮的声音，美滋滋地唱歌，林中的自然生活，白天实实在在地干活，

夜里火光灿烂，美味的晚餐，神聊，用铁杉树枝和熊皮做的床；

在城里或别处盖房子的工人，

准备接头，检测平直，开锯，做榫，

把横梁升起，推进到位，放置整齐，

按预制的那样把榫头插入榫眼，

挥舞木槌和铁锤，人们干活的姿势，弯曲的肢体，

躬腰，站起，跨在横梁上，敲钉子，抓着柱子，

弯着一条胳膊压住木板，另一条挥着斧头，

地板工使劲把木条接严实，好钉钉子，

他们把工具放在下边托架上的姿势，

在空房子里响起的回声；

城里巨大的仓库正在建造，

六个框架工，中间两个，两头各两个，小心地用肩膀扛起沉重的横梁，

密密的一排泥瓦匠，右手握着泥刀，飞快地砌着边墙，从前到后有两百英尺长，

脊背柔韧地直起弯下，泥刀不断碰击砖头，

熟练地把砖头一块接一块砌上，各在各位，然后用刀把儿敲定，

一堆堆材料，灰泥在灰泥板上，灰泥工持续地补充；

木场里的木工，已经入门的学徒攒成一排，

他们的斧头在一条方原木上起落，要把它砍成一条桅杆，

钢刃斜劈进松木，发出短脆的爆裂声，

奶油色的木屑大片大片地到处飞舞，

肌肉结实的年青胳膊和臀部在便装里利索地运动，

建设者们建造码头、桥梁、桥墩、堤岸、浮坞、对抗海水的支柱；

城里的消防队员，在人口稠密区突发的大火，

救火车赶到，沙哑的呼喊，敏捷勇敢的脚步，

火警喇叭发出坚定的命令，消防员们列队，胳膊起伏压水，

一阵阵地喷射出细长的蓝白色水柱，带着钩子和梯子执行任务，

如果火在木头或地板下面燃烧，就把它们砸断、割开，

围观的人们的脸被照亮，他们注视着熊熊大火和浓黑的阴影；

锻炉前的锻工，他后面用铁器的人，

打造大大小小斧头的工人，焊工和淬火工，

挑选者在冰冷的钢上吹气，用拇指测试刀刃，

有人抛光了斧柄，把它牢牢揳入斧孔；

一幅幅往昔使用过斧头的人们的模糊画面，

最初有耐心的机械工、建筑师和工程师，

遥远的亚述人的建筑和米兹拉人的建筑①，

为执政官开路的古罗马扈从②，

古代的欧洲勇士持斧鏖战，

高扬的手臂，铁刃砍在头盔上发出叮当响，

临死的惨叫，衰弱踉跄的身躯，朋友和敌人都冲向那边；

一场围城战，城内是决心争取自由而反叛的封臣，

招降的命令，在城堡门前的战斗，休战和谈判；

---

① 米兹拉人，即埃及人。

② 古罗马扈从（lictor），特指古罗马时代侍从执政官、对人进行惩罚的官吏，手持中间插有斧头的法西斯束棒（Fasces）。

对当时一座老城的洗劫，
雇佣兵和狂徒喧嚣混乱地冲入，
咆哮，大火，流血，酗酒，疯狂，
从住宅和庙堂肆意掠夺的财物，被盗贼劫持的女人的尖叫，
随军人员的诡计和盗窃，男人奔跑，老人绝望，
战争的地狱，教条的残酷，
所有执政者的竞技场，他们的正义或非正义的功绩和言辞，
正义或非正义的人格的力量。

4

力量和勇气永存！
激励生命的也激励死亡，
死者如生者一样前进，
未来并不比现在更加渺茫，
大地和人类的粗野与大地和人类的精微有同样的内涵，
除了人的品格什么都不能持久。

你认为什么能够持久？
你认为伟大的城市能够持久吗？
或者一个物产丰富的国家？或者一部写好的宪法？或者最佳建造的汽船？
或者是用花岗岩和钢铁盖的大饭店？或者任何出色的工程、堡垒、武器？

算了吧！这些东西本身都不值得珍惜，
它们充斥一时，舞者为其扭动，乐者为其弹奏，
表演过去了，一切尽善尽美，
直到挑战者出现。

伟大的城市应该拥有最伟大的男人和女人，
即使它只有几间陋室，它仍然是全世界最伟大的城市。

5

伟大城市矗立之地要有的不是延绵的码头、船坞、工场、货栈，
不是不停顿的新来者或起锚离去者对它致敬，
不是最高最昂贵的建筑或出售来自世界各地的货物的商店，
不是最好的图书馆和学校，不是最多的钱财，
也不是最多的人口。

伟大城市矗立之地要有强有力的演说家和诗人，
那城市被这些人热爱，它也热爱他们，理解他们，
那里没有为伟人建造的纪念碑，只有平凡的语言和行为，
那里崇尚俭朴和谨慎，
那里的男女并不看重法律，
那里没有奴隶，没有奴隶主，
那里的人民会立刻起来反对当选者的厚颜无耻，
那里的男女会勇猛冲锋，响应赴死的号召，如同大海汹涌的波涛，
那里的外部权威总是跟随在内部权威之后，
那里的公民永远是首脑，有主意，总统、市长、州长是领薪的雇员，
那里的孩子们被教育要主宰自己、依靠自己，
那里的事务得到平静解决，
那里鼓励思考灵魂，
那里的女人和男人一样参加街上的公众游行，
和男人一样参加公众集会、得到席位，
那里有最忠实的朋友，

那里有清洁的性，
那里有最健康的父亲，
那里有最健美的母亲，
那里就矗立着伟大的城市。

6

在蔑视的目光之下，口舌之辩多么可怜！
在一个男人或女人的一瞥之下，城市的物质繁华多么委琐！

一切在期待一位强者出现；
一位强者是民族的证明，是宇宙能力的证明，
当他或她出现，物质便黯然失色，
关于灵魂的争辩停止，
陈旧的习俗和语言遭质疑、遭摒弃、遭埋葬。

现在你挣钱算得了什么？有什么用？
现在你的体面算得了什么？
现在你的宗教、教育、社交、传统、法典算得了什么？
现在你对人的嘲笑在哪里？
现在你对灵魂的吹毛求疵在哪里？

7

贫瘠的景象笼罩着矿区，令人却步，但那里有最棒的东西，
那里有矿，那里有矿工，
锻炉在那里，矿石熔化了，旁边锻工手握钳子和铁锤，
过去和现在一直为人效劳的家伙就在手里。

没有什么比这家伙效劳得更好，它一直在效劳人类，

效劳口舌流利、感觉敏锐的希腊人和先于他们很久的人，

效劳于建造世界上最为恒久的建筑，

效劳希伯来人、波斯人、最古老的印度斯坦人，

效劳在密西西比河上筑堤的人，效劳在中美洲留下遗迹的人，

效劳于森林和平原上的阿尔比安神庙，里面有未雕凿的柱子和巫师①，

效劳于白雪覆盖的斯堪的纳维亚群山上的人工沟壑，巨大、高耸、寂静②，

效劳于在未知年代里在花岗岩壁刻画日月星辰、船和海浪的人，

效劳于开辟哥特人入侵的道路，效劳农耕部落和游牧民族，

效劳久远的凯尔特人，效劳波罗的海强悍的海盗，

效劳善良可敬的埃塞俄比亚人，他们比上面那些人都要古老，

效劳于制造游船和战船上的舵，

效劳于陆地和海洋上一切伟大的工程，

效劳于中世纪和中世纪以前的世纪，

不仅像现在一样效劳生者，它也效劳死者。

8

我看见欧洲的刽子手，

他站着，戴着面具，穿着红衣，两腿粗壮，亮出结实的胳膊，

靠着一把笨重的斧头。

---

① 阿尔比安，为英格兰的古名。

② 人工沟壑（artificial clefts），所指不详，查无可寻。

(欧洲的刽子手，你最近砍了谁？
你身上又湿又黏的血是谁的？)

我看见死难者的清明的黄昏，
我看见从断头台走下的幽灵，
那些幽灵里有死去的王公、摘下冠冕的贵妇、受怀疑的大臣、遭废黜的国王，
有敌人、卖国贼、投毒者、受辱的首领，等等。

我看见那些在所有大地上为正义事业死去的人，
他们留下的种子稀少，然而收获永无穷尽，
(提醒你们，外国的国王、牧师们，收获永无穷尽。)

我看见血渍已从斧头上完全洗去，
钢刃和木柄都干干净净，
它们不再喷溅欧洲贵族的鲜血，不再砍断王后们的脖子。

我看见刽子手消失了，变得毫无用处，
我看见断头台废弃长霉了，上面也没有了斧头，
我看见自己的民族——最新最伟大的民族的力量象征，强大而友善的象征。

9

(美国！我不吹嘘我对你的爱，
有就是有。)

斧头跳跃！
坚实的树林滔滔不绝地发言，
它们倒下，它们站起，成型，
棚屋、帐篷，登陆、眺望，

连枷、犁、镐、铁锹、铲子，

木瓦、横木、支架、壁板、柱子、板条、嵌板、山墙，

大本营、天花板、酒吧、学校、风琴、展览馆、图书馆，

檐口、格子架、壁柱、阳台、窗户、百叶窗、塔楼、走廊，

锄头、耙子、干草叉、铅笔、马车、棍子、锯子、刨子、槌头、楔子、把手，

椅子、桶、箍、桌子、门、风向标、窗框、地板，

工具箱、柜子、弦乐器、船、镜框，等等，

各州的议会大厦和合众国的国会大厦，

林荫大道边长列气派的大厦，为孤儿、穷人和病人建的医院，

曼哈顿的汽船和帆船周游四海。

形象出现了！

是使用斧头的人们的形象，和与他们为邻者的形象，

砍倒大树的人们，把木材运输到皮诺布斯科特或肯纳贝克的人们①，

住在加利福尼亚山中或小湖边或哥伦比亚的简陋房屋里的人们，

在南方的吉拉或里奥格兰德河岸居住的人们友好地聚会，他们性格迷人又风趣②，

沿圣劳伦斯河，或在北方加拿大或在黄石河边居住的人们，在海岸和远离海岸居住的人们，

猎海豹的人，捕鲸的人，在极地破冰前进的海员们。

形象出现了！

---

① 皮诺布斯科特与肯纳贝克，为位于缅因州的两条河。

② 吉拉河与里奥格兰德河，分别位于新墨西哥州和科罗拉多州。

工厂、兵工厂、铸造场、市场的形象，

双轨铁路的形象，

桥梁的枕木、巨大的框架、桁梁、拱门的形象，

成队的驳船和拖船，湖、河、运河上的船的形象，

沿着东西海岸在许多海湾和偏僻地方的船厂和船坞，

槲木的龙骨，松木板，圆木，落叶松根做的肋材，

各奔东西的航船，一层层的脚手架，里里外外忙碌的工人，

到处摆满工具，大大小小的螺丝钻、手斧、螺钉、绳子、直角尺、圆凿和圆刨。

10

形象出现了！

形象被测量、被锯断、被抬起、被接合、被染色，

棺材的形象，死者裹着尸布躺在里面，

柱子的形象，床架的柱子，新娘之床的柱子，

小水槽的形象，摇椅的形象，婴儿摇篮的形象，

地板的形象，为了跳舞者的双脚而准备的地板，

家庭中地板的形象，友善的父母和孩子的家，

幸福的青年男女的家的屋顶、婚姻美满的青年男女的屋顶的形象，

屋顶下朴素的妻子快活地做好了晚饭，朴实的丈夫开心地吃着，一天劳作后心满意足。

形象出现了！

法庭里犯人的座位和男女犯人坐在那里的形象，

靠着酒吧柜台灌着朗姆酒的老少爷们儿的形象①，

遭鬼鬼祟祟的脚步践踏而羞辱而愤怒的楼梯的形象，

① 朗姆酒，一种用甘蔗酿制的酒，产于加勒比地区。

猥亵的睡椅和那对通奸的狗男女的形象，

赌博台子上狂赢穷输的形象，

为已经定罪判刑的杀人犯预备的梯凳的形象，那家伙面容枯槁、四肢被捆[①]，

警长和副手们就在旁边，群众鸦雀无声、嘴唇发白，绞索在晃荡。

形象出现了！

供人们出出进进的门的形象，

绝交的朋友红着脸匆匆走过的门，

传递好消息和坏消息的门，

自命不凡的浪子离家出走的门，

他在长久不体面的销声匿迹后，贫病潦倒，丧失了清白和生计，又返回了家门。

11

她的形象出现了，

她比以往戒备少了，却更安全了，

她走在粗俗和污秽中却一尘不染，

她经过时就知道人们的想法，什么都瞒不过她，

她并不因此就不体谅不友好，

她最得人喜爱，她从不畏惧，她没有理由畏惧，

她经过时，置之不理那些咒骂、争吵、打着嗝唱的歌、淫亵的表情，

她沉默镇静，他们冒犯不了她，

她接受他们，如同自然法则一样接受他们，她是坚强的，

她也是一条自然法则，没有比她更坚强的法则。

① 梯凳，犯人上绞刑架时踩的凳子。

12

主要的形象出现了！
民主的形象，若干世纪的总的结果，
繁衍出其他形象的形象，
骚动雄伟的众多城市的形象，
整个大地上的朋友们和好客者的形象，
拥抱大地和被大地拥抱的形象。

(1856；1881)

展览会之歌[1]

1

（啊，劳动者没有想到，
他的工作使他多么接近上帝，
那横贯空间和时间的受爱戴的**劳动者**。）

毕竟不能只是创造，只是建立，
还要从可能很远的地方把已经建立的东西引进来，
赋予它我们自己的特色，均等的、无限的、自由的特色，
用生机勃勃的虔诚的热情充实那个迟缓的庞然大物，
与其排斥摧毁它，不如接受容纳它，使它重焕生机，
服从它又支配它，引领它，更要追随它，
这些也是我们**新世界**要学的功课，
毕竟**新世界**太单薄，而**旧世界**多么古老丰厚[2]！

这草已长了很久很久，
这雨已下了很久很久，
这地球已旋转了很久。

---

① 1871年，第40届美国年度全国工业展览会在纽约举行，惠特曼受委托创作此诗，并在展览会上朗诵。

② 新世界，指美国；旧世界，指欧洲。

2

来吧，缪斯，从希腊和爱奥尼亚迁过来[1]，

请勾销那些大大超支的账目——

特洛伊的悲剧，阿喀琉斯的愤怒，伊尼亚斯和奥德修斯的远游，

在你那积雪的帕那萨斯山岩上张贴**已迁**和**出租**的告示[2]，

在耶路撒冷也照此办理，把告示高高贴在雅法门和摩里亚山头[3]，

在你的德国、法国、西班牙的城堡墙头，还有意大利的收藏品上面，也照此办理，

要知道，一个更好、更新、更忙碌的半球，一片广阔、有待开拓的领域等着你，需要你。

3

响应我们的召唤，

更是响应她长久怀抱的心意，

还有一种不可抗拒的自然的引力，

她来了！我听见她的长袍沙沙响，

我闻到她呼出的芬芳之气，

我看到她神圣的脚步，她好奇的眼睛四处顾盼，

打量这一片风景。

最高贵的女性！我能相信吗，

那些古代的神庙、古典的雕塑全留不住她？

---

① 爱奥尼亚，是古希腊时代对今天土耳其安那托利亚西南海岸地区的称呼，还包括爱琴海中的希奥岛和萨摩斯岛，当时为希腊爱奥尼亚人的定居地，是古希腊的工商业中心之一，也是其哲学和科学的发源地。

② 帕那萨斯山，位于希腊南部，相传是太阳神和文艺女神们的灵地。

③ 雅法门，是耶路撒冷老城城墙上的一道石门，是耶路撒冷的八座城门之一；摩里亚山，位于耶路撒冷城内，又称圣殿山。

维吉尔和但丁的光彩，浩如烟海的回忆、诗篇、古老的脉络，全不能吸引她、抓住她？

她离开了它们——来到了这里？

是的，如果你们允许我这么说，

我的朋友，如果你们看不见，我却能清清楚楚看到她，

那同一个由大地、活力、美和英雄气概表现出的不死的灵魂，

由于她的演进来到这里，她以前歌唱的地层已经终结，

被今天的地层、今天的地基掩藏了、覆盖了，

她在卡斯泰里泉边的歌声随着时间终结了，死去了①，

埃及豁嘴唇的斯芬克斯沉默了，那些叫人困惑了多少世纪的陵墓一片死寂，

亚洲和欧洲的披甲戴盔的武士们的史诗永远终结了，缪斯的原始召唤终结了，

卡利俄珀的召唤永远终结了，克莱奥、墨尔波墨、塔利亚死了②，

尤纳和奥丽埃纳庄严的诗歌尘封了，对圣杯的寻找结束了③，

耶路撒冷像一把灰尘被风刮走了，消失了，

一队队影子般的十字军战士，午夜里的大军，随日出匆匆远逝，

阿马蒂斯、坦克雷德彻底走了，查理曼、罗兰、奥利弗走了，

---

① 卡斯泰里泉水，位于古希腊文艺女神的灵地帕那萨斯山。

② 卡利俄珀、克莱奥、墨尔波墨、塔利亚分别为司史诗、历史、悲剧和喜剧的缪斯。

③ 尤纳和奥丽埃纳为16世纪英国诗人斯宾塞的长诗《仙后》中的女神。

吃人的妖怪帕墨林完蛋了，乌斯克湖倒映的塔楼消失了①，

亚瑟王和他所有的骑士消失了，墨林、朗斯洛、加拉哈德都走了，像股蒸汽彻底消散了②，

过去了！过去了！对于我们永远过去了！那个一度如此强大的世界，现在空空荡荡，死气沉沉，成了幽灵的世界，

那个锦绣夺目的外邦世界，连同它华美的传奇和神话，

它骄傲的君王们和城堡，它的僧侣们、好战的贵族们、端庄的贵妇们，

全都进了停放尸体的地窖，戴着王冠、披着盔甲躺在棺材里，

以莎士比亚的华丽词藻装饰着，

以丁尼生甜蜜忧伤的诗文唱着挽歌。

我的朋友，如果你们没有看见，我要说我看见了那卓越的移居者，（真的，她尽管还是她当年的老样子，可变了，风尘仆仆，）

径直奔赴这大众场所，有力地为自己廓清道路，阔步走过一片混乱，

不为机器轰鸣、汽笛尖叫而惊愕，

不为排水管、煤气表和人造肥料而恐惧，

她笑容可掬，决意留下，

她在这里，置身在厨具之中！

4

不过且慢——我是不是忘记了礼貌？

---

① 阿马蒂斯、坦克雷德、查理曼、罗兰、奥利弗和帕墨林是欧洲中世纪关于查理大帝及其传奇中的人物。乌斯克湖位于英国威尔士，传说亚瑟王曾在此活动。

② 亚瑟王为半带传奇色彩的、可能为6世纪时的不列颠国王；墨林、朗斯洛、加拉哈德是亚瑟王传奇中的人物。

我向你——美国——介绍这位客人，（还有什么别的是我生来必定要歌唱？）
以自由的名义欢迎不朽者！握手吧，
从今后彼此永远是亲姐妹。

别怕，缪斯！迎接你、包围你的是真正崭新的风气和时光，
我坦率承认，这个民族古怪又古怪，她的方式奇特，
可还是同样古老的人类种族，彻里彻外地相同，
相同的脸庞和心，相同的感情，相同的渴望，
相同的古老的爱，相同的美和价值。

5

我们不谴责你，年长的世界，也不把自己和你分开，
（儿子会把自己和父亲分开吗？）
回头看你，看见你在过去的岁月里鞠躬尽职，伟业恢宏，
今天我们要建立自己的事业。

比埃及的陵墓更高大，
比希腊、罗马的神殿更漂亮，
比米兰精雕细刻、尖塔耸立的大教堂更值得骄傲，
比莱茵河上的城堡要塞更美丽如画，
现在我们就计划把它们全超越，
建起和大教堂一样神圣的工业，而不是陵墓，
一座为了生活、为了实用发明之用的大厦[1]。

就在我歌唱时，我看见，
这多姿多彩的庞然大物，

---

① 大厦和下文里的宫殿，均指举办展览会所在的建筑。

它在苏醒的景象中升起，我里外扫视它、预想它。

一座宫殿，空前巍峨、壮美、宏大，
围绕它的是地球上的现代奇迹，超过了历史上的七大奇观，
玻璃和钢铁的立面，层层叠叠拔地而起，
太阳和天空为之开颜，绽放喜悦的光彩，
青铜色、紫丁香色、蛋青色、海蓝色、深红色，
在它的金顶上将高高飘扬你**自由**的大旗，
合众国的大旗，每个国家的大旗，
周围麇集着巍峨、壮美，但较小的宫殿。

在围墙里某处，开始了所有推进完美人类生活的努力，
尝试，传授，提高，公开展示。

在这里展示的不仅有全世界的工程、贸易、产品，
还有全世界的工人的代表。

在这里你将跟踪流动作业，
跟踪实用而繁忙的操作的每一种状态，文明的溪流，
在这里材料在你眼皮下转变形态，仿佛魔术，
棉花几乎就是从田里摘来，
在你面前烘干、净化、轧好、打包、纺成纱、织成布，
你会看到工人遵循所有旧的和新的工序，
你会看到各种粮食怎样给做成面粉，然后由面包师烤成面包，
你会看到加利福尼亚和内华达的矿石经过一道道工序，最后变成金条，
你会看到印刷工人怎样排版，见识一下排字盘，
你会惊奇地注意霍氏印刷机旋转滚筒，把印好的纸页又稳

又快挤落出来[①]，

照片、模型、表、别针、钉子都会在你面前制作出来。

在那些静穆的大厅里，一座庄严的博物馆会教给你许许多多矿物的知识，

在另一座，有图片说明森林、植物、草木——另一座则介绍动物，它们的生活和发育。

一座庄严的大厦将是音乐厅，

其他大厅展示别的艺术——学术、科学，将荟萃这里，

没有一门受到忽略，全都得到尊重、支持、展示。

6

凡此种种，美国，将是你的金字塔和方尖碑，

是你的亚历山大灯塔、巴比伦花园，

是你的奥林匹亚神殿。

许多不劳作的男人和女人，

将永远会在这里面对许多劳作的男女，

这对双方都极其有益，光荣属于所有人，

属于你美国，还有你，永恒的缪斯。

强有力的主妇们！你们将居住在这里，

居住在你们辽阔的国家，比以往所有国家都更加辽阔，

久远的世纪在这里发出回声，

唱响不同的更加豪迈的歌，更加雄壮的主旋律，

务实、和平的生活，人民的生活，**人民**自己，

在和平中地位提高，得到启发，受到洗涤——在和平中欢

① 霍氏滚筒印刷机，由理查·马·霍于1846年发明。

欣鼓舞，安全有依。

7

战争的主题，滚开！战争，滚开！

那叫我发抖的景象，那些变黑、残缺的尸体，今后永别再出现！

肆虐的地狱，血腥的袭击，只适合凶残的老虎、吐着舌头的狼，而不是理性的人，

代替它的是飞速发展的工业，

你勇敢的从事各项工程的大军，

你劳动的旗帜在风中展开，

你的号角嘹亮清晰。

别了，陈旧的浪漫传奇！

别了，那些外国宫廷的小说、故事和戏剧，

别了，那些韵律甜蜜的情诗，那些游手好闲者的私密和恋情，

它们只适合夜宴，那里跳舞的人随着深夜的音乐滑步，

少数人不健康的寻欢作乐，放荡奢侈，

伴着香水、情欲、美酒和头上炫目的枝形吊灯。

对你们，可敬而明智的姐妹们，

我呼吁诗人和艺术去表现更加壮丽的主题，

去赞颂当今和现实，

去教会普通人懂得，他的日常生活和工作皆是光荣，

去歌唱运动和活跃的生命永远一往无前，

人人都要从事体力劳动，犁田、锄草、掘地，

栽种和料理树木、水果、蔬菜、花卉，

每个男人要注意他确实身体力行，女人也是如此；

使用锤子和锯子，（劈开或是锯断，）

学会一种本事——木匠活，泥水活，油漆活，
当个裁缝、护士、马夫、门房，
发明一点有创造性的东西，帮助洗衣、做饭、扫地，
要亲手劳动，不以为耻。

我说，缪斯，今天在这里我给你带来了
各行各业、包揽巨细的岗位，
繁重的劳动，出大汗、无休止、有益健康的劳动，
古老又古老的人人都有的义务、趣味、欢乐，
家庭、父母、儿童、夫妻，
舒适的家，房子和里面的一切，
食物，还要应用化学原理贮存它，
凡此种种，会造就普通、强健、全面、愉快的男人或女人，完美、长久的人格，
有助现在的生活健康幸福，塑造灵魂，
以适应未来的永恒真实的生活。

我带来了最新的联系手段，工程，国际运输，
蒸汽动力，了不起的特快列车，煤气，石油，
我们时代的伟大成就，灵敏的大西洋电缆，
太平洋铁路，苏伊士运河，塞尼山、哥特哈和胡萨克隧道，布鲁克林大桥①，
大地上铁路交织，海洋里航线纵横，
这就是我们自己的星球，当今的地球。

8

而你美国，

---

① 塞尼山、哥特哈和胡萨克隧道，前两者分别为连接法国—意大利、瑞士—意大利的隧道，第三者为美国马萨诸塞州菲奇堡铁路线上的一个隧道。

你的子孙永远这么巍然矗立，矗立在一切群峰之上，
你的左手边是**胜利**，右手边是**法律**；
联邦支持一切，融合、吸收、宽容一切，
我歌唱你，永远是你。

你，还有你，**世界**，
你广袤的地域，丰富多彩，尽管不同，尽管疏远，
统统被你合拢为一体——一种共同的全球的信念，
所有人共享的不可分割的命运。

凭藉你郑重赐予你的使者们的魔力，
我在这里召唤我的主题，叫它们人格化，走过你的面前。

看，美国！（还有你，神圣的客人和姐妹！）
你的江河陆地向你列队而来；
看！你的田野农庄、你遥远的森林山岳，
列队而来。

看，大海，
和在大海波澜无际的胸膛上航行的船；
看，在绿色和蓝色之间，片片白帆在风中鼓荡，
看，汽船来来往往，在码头进进出出，
看，它们冒出的黑烟像面长三角旗在飘扬。

看，在俄勒冈，在遥远的西北部，
或在缅因，在遥远的东北部，你快乐的伐木工，
整天挥舞他们的斧头。

看，在湖面上，你掌舵的舵手，你的划桨手，
看，在肌肉发达的臂膊下木桨翻腾。

在那里，在熔炉旁、铁砧旁，
看你健壮的铁匠抡舞大锤，
稳当当地抡起过肩，上下挥舞，叮当快活，
像一阵欢腾的哗笑。

注意，到处洋溢着创造精神，专利快速推出，
你连绵的工厂、铸造厂，有的正拔地而起，
看，火焰怎样从它们的烟筒里高高蹿出。

注意，在北方南方，你一望无边的农场，
在东部西部，你富足的女儿州①，
万种产品出自俄亥俄、宾夕法尼亚、密苏里、佐治亚、得克萨斯等地，
无限量的收获，干草、麦子、糖、油料、玉米、大米、大麻、蛇麻子，
你的粮仓装满了，你的货车排长龙，你的仓库爆满了，
你的藤蔓上葡萄熟了，你的果园里苹果红了，
你无可计数的木材、牛肉、猪肉、土豆，你的煤炭，你的金银，
你的矿山里取之不尽的铁。

统统是你的，啊，神圣的联邦！
船、农场、商店、粮仓、工厂、矿山，
城市和州，北方和南方，林林总总，
我们把一切献给你，令人敬畏的母亲！

你是绝对的保护者！一切的壁垒！

---

① 女儿州（daughter-states）指美国联邦的各州，因后文中将联邦喻为“母亲”。

我们深知，是你赐予了每一个人和全体，(慷慨如上帝，)
没有你就没有全体和个人，就没有土地和家园，
没有船，没有矿山，今天这里不得安宁，
一无所有，没有一日可得安宁。

9

而你，**旗帜**，飘扬在一切之上!
雅致的美人，对你说一句话，(也许有益，)
记住，你并非总是如今天在这里，这般安逸地至高无上，
旗帜，在别的场合我注视过你，
你可全然不是这般整洁无损、抖擞展开的一面毫无瑕疵的丝绸，
我看到你被撕成碎片，挂在裂开的旗杆上，
或者被年青的旗手不顾一切抓在胸前，
残酷的斗争为你而起，拼死拼活，拼了很久，
在大炮的雷鸣声中，在一片咒骂、呻吟、喊叫声中，在尖厉的枪弹声中，
冲锋的团队像恶魔蜂拥，冒死的生命毫不足惜，
你残破的碎片，沾满泥土硝烟，浸饱了血，
都是为了你，为了我的美人能够像现在悠闲安逸地高高飘扬，
我看见多少好男儿倒在你下面。

啊，旗帜，此时此景、从今往后的和平都属于你!
从今往后的一切也属于你，普天下的缪斯! 你也属于它们!
从今往后的一切，所有的成就和工人都属于你，联邦!
什么都不能和你分离——从今往后我们和你完全是**一体**,
(因为儿女的血液不是母亲的血液，又是什么?
生活和工作不是通往信仰和死亡的道路，又是什么?)

我们展示我们无尽的财富，这是为了你，亲爱的母亲，

今天我们拥有的一切不可分割地与你在一起；

不要以为我们的歌唱、我们的展览不过是为了产品的总额或收益——而是为了你，你的灵魂，电力四射，神采飞扬！

我们拥有的农场、发明、庄稼与你在一起！城市和各州与你在一起！

我们全部的自由与你在一起！我们的生命与你在一起！

(1871；1881)

红杉树之歌[①]

1

一支加利福尼亚的歌!
一个预言和暗示—— 一种思想像空气不可捉摸却能呼吸到,
一首森林女神的合唱,音调在减弱、消逝,树神在离去,
大地和天空传扬一个低沉的预言般的巨人的声音,
这是茂密的红杉树林里一棵临死的巨树的声音。

别了,我的兄弟,
别了,大地和天空——别了,相邻的大海,
我的日子到头了,我的大限来临了。

沿着北方的海岸,
紧邻布满礁石和岩洞的海滩,
在门多西诺地区带有咸味的海风里[②],
伴着低沉嘶哑的涛声,
强壮的胳膊抡着斧头,发出咔嚓悦耳的爆裂声,
在那茂密的红杉树林里——锋利的斧头深深地砍着,
我听见了那巨树唱着临死的歌。

---

① 红杉树,为世界最高的一种针叶乔木。在加利福尼亚州北部的太平洋沿岸有范围广阔的红杉树林,曾遭大面积砍伐;现在该区域建立了红杉树国家公园,其中最高的树达百米,树龄约五千年。

② 门多西诺,为旧金山以北的海滨县。

那些伐木汉子没听见，营地的棚屋没回音，
那些耳朵尖的赶车人，管链条和起重机的人没听见，
森林的精灵们从它们千年出没的地方前来加入歌唱，
只有我的灵魂清楚地听见了。

低沉的声音发自它密密麻麻的叶子，
从高耸两百英尺的树顶降落，
从粗壮的躯干和枝条，从尺把厚的树皮里传出，
那是季节和时光的歌，不仅唱过去，也唱未来。

你，我的没有讲述过的一生，
那些庄严天真的欢乐，
年复一年的艰辛日子，有欢乐、雨露、无数夏天的太阳，
白雪、夜晚和狂暴的风，
啊，巨大的忍耐，粗犷的欢乐！我的灵魂的强健的欢乐，不为人们留意，
(要知道我有独特的灵魂，我也有意识、个性，
所有的岩石和大山都有，整个大地都有，)
我和我兄弟们的独特的生命的欢乐，
我们的日子到头了，大限来临了。

威武的兄弟们，我们并不是悲哀地屈服，
我们的时光过得充实壮丽，
怀着大自然平静的满足、默契和巨大的喜悦，
我们欣然承受了既往的一切，
现在把地盘让给他们。

他们是久久预期的来者，
他们是更加出色的民族，他们的时光也过得庄严充实，
我们让位给他们，在他们身上有我们，森林之王！

这天空、这些山峰、沙斯塔山、内华达山①，

这些巨大陡峭的悬崖、这辽阔的空间、这些峡谷、雄伟的约塞米蒂②，

都被他们占领了、驯服了。

然后语调更加高亢，

依旧豪迈，更加喜悦，放声歌唱，

似乎它们的继承者，西部的神圣，

以主人的口气加入了合唱。

不像迷信的亚洲那样苍白，

不像欧洲古老王朝的屠宰场那样血红，

（御座下的杀戮之地还到处散发战争和绞刑架的血腥，）

这里诞生于大自然漫长无害的阵痛，而后是和平的生长，

这些处女地，西海岸的土地，

我们发誓奉献给你——登峰造极的新的人类，

新的帝国，久已许诺的来者。

你，深深隐藏的意志，

你，平凡而崇高的男子气概，一切的目的，你泰然自信，制定而不是接受法律，

你，圣洁的女性气质，一切的主宰和源泉，生命和爱情的源泉，

你，美国一切有形之物蕴含的看不见的道德精髓，（代代延续，生死不变，）

你，有时为人知，更多时不为人知，实在地铸就塑造着**新**

---

① 沙斯塔山在加利福尼亚州内，内华达山脉位于加利福尼亚州东部。

② 约塞米蒂，为内华达山脉中最壮观的一部分，以花岗岩山峰和瀑布著名，现为美国国家公园。

大陆，使它顺应**时间**和**空间**，

你，隐藏至深的民族意志，不露声色却永远警惕，

你们过去和现在不屈不挠地向着目标挺进，可能你们自己都没意识到，

不为一切过去的错误和表面的混乱而动摇，

你们这些生机勃勃、到处生长的不死的萌芽，是一切教义、艺术、法律和文学的根，

在这里定居吧，建设你们永久的家园，在这整个区域，西海岸的土地，

我们发誓奉献给你们。

对于你们人类，你们独特的民族，

这里愿他长得强壮、亲切，成为巨人，在这里矗立起来和大自然为伍，

在这里攀登上辽阔纯净的天空，没有墙壁屋顶的限制和阻挡，

在这里和风暴和太阳一同欢笑，在这里享受欢乐，在这里耐心适应，

在这里要关注自己，发展自己（别理会别人的成见），充实自己的生命，

到时候就倒下去，最终了无牵挂，

消失了，成就别人。

就这样，在北海岸，

在赶车人的吆喝声、链条的刺拉声、伐木汉子抡斧头劈砍的音乐中，

树干倒下了，轰隆的响声，低声的尖叫，呻吟，

这就是红杉树发出的话，如同森林精灵们的声音，狂喜、古老、沙哑，

持续了上百年，看不见的树神，唱着，撤退着，

离开了它们所有的幽深的森林和山峦，
从喀斯喀德山到沃萨奇山，或者更远到爱达荷和犹他[1]，
从此让位给现代的神圣，
那些合唱和暗示，未来人类的远景，定居，一切特征，
我都在门多西诺的森林里听见了。

2

加利福尼亚闪光金色的盛会！
突兀华丽的场面，阳光灿烂的宽广土地，
从普吉特湾到科罗拉多南部漫长多变的地带[2]，
土地、峡谷和峭壁沐浴在更加甘淳、少有的健康的空气里，
大自然长久准备的没有开垦的田野，寂静的循环演变，
年代缓慢稳步地前行，蛮荒的土壤在成熟，丰富的矿藏在地下形成，
终于**人类**来到了，接管了，占有了，
一个蜂拥忙碌的民族成群结伙到处定居，
船从世界各地来了，又开往世界各地，
开往印度、中国、澳大利亚和太平洋上上千个天堂岛屿，
这里出现了人口稠密的城市，最新的发明，河上的汽船，铁路，许多兴旺的农场，机器，
还有羊毛，小麦，葡萄，挖掘出来的灿灿黄金。

3

但是西海岸的土地，你还有更多！
(这些只是手段、工具、立足点，)

---

① 喀斯喀德山脉，从加利福尼亚州北部向北延伸，经过俄勒冈州、华盛顿州，直至加拿大的不列颠哥伦比亚省；沃萨奇山脉在犹他州北部与爱达荷州东南部。

② 普吉特湾，在华盛顿州西北部。

在你身上我看到千年的许诺在今天确凿地实现，
这实现了的许诺就是我们共同的人类、种族。

崭新的社会终于出现，和大自然媲美，
你的男子，胜过你的山峰和威武强壮的森林，
你的女子，更胜过你所有的黄金、葡萄藤，甚至性命攸关的空气。

经过长久的酝酿，他们真的来到了新大陆，
我看见现代的天才，真实而理想的孩子，
真实的美国，历史的庄严继承者，在为广大人类开辟道路，
建设更加美好的未来。

(1874；1881)

各行各业的歌

1

为各行各业唱支歌!
在用机器干活和手工劳动中，在农活里，我看到了发展，
找到了永恒的意义。

男女工人们!
假如我很好地展现出所有的真才实学和翩翩风度，那算得了什么?
假如我是个主任教师、善心的业主、聪明的政客，那算得了什么?
假如我对你像个老板，雇你，付你工钱，那会让你满意吗?

有学问、德行、善心，都是些寻常字眼，
我这样的人和那些字眼从不沾边。

我既不是仆人也不是主人，
对于报酬高低我并不在乎，不管谁欣赏我，我都是我自己，
我会公平对待你，你也要公平对待我。

如果你在车间里站着干活，我会在那个车间里站得离你最近，

如果你给你的兄弟或最亲密的朋友送礼物，我要求你待我像你的兄弟或最亲密的朋友一样好，

如果你的情人、丈夫、妻子日夜都受欢迎，我这个人一定也受欢迎，

如果你堕落了、犯罪了、生病了，那么为了你我也会变成这样，

如果你还记得你干的那些蠢事和违法的事，你想我能忘记自己干的蠢事和违法的事吗？

如果你在桌子旁痛快喝酒，我就在桌子对面喝，

如果你在街上遇见个生人，爱上了他或她，可不，我也常在街上遇见生人还爱上了他们。

你对自己是怎么想的？

你是不是觉得自己寒伧？

你是不是认为总统比你了不起？

或者有钱人比你强？有文化的人比你聪明？

(就因为你脸上油腻腻的长了粉刺，或者曾经是个酒鬼，是个小偷，

或者你有病，得了风湿，或者是个娼妓，

或者轻浮，或得了阳痿，或者你不是个学者，名字从没见报，

你就服输，自认不会永垂不朽？)

2

男人和女人的灵魂！我所谓看不见、听不见、摸不着、觉不到的不是你们，

我不去争辩赞成还是反对你们，断定你们是不是还活着，

如果没有别人承认你们，那就由我来公开承认你们的身份。

这个国家和每一个国家的、室内和户外的成年人、少年和婴儿，我看人人都一样，
还有在他们后面或通过他们而来的所有人。

妻子，她一点不比丈夫差，
女儿，她和儿子同样好，
母亲，她像父亲一样重要。

没文化和没钱人家的孩子，学手艺的学徒，
在农场干活的老少爷们儿，
水手，商人，沿海航行的人，移民，
这些人我都看见了，不管隔得远近，我同样看见了，
谁也逃不出我的眼睛，也没人要躲着我。

我带给你们特别需要、还总是有的东西，
不是钱、爱情、衣裳、吃的、学问，可是它同样好，
我不派代理人或中介人，不提供价值的代用品而是提供价值本身。

有一样东西，它现在来到一个人身边，就永远守着他，
它不是能印出来、祈祷、议论的，它回避议论和印刷，
它不能放进书里，它不在这本书里，
不管你是谁，它是为了你的，它和你听见、看到的东西一样离你不远，
那些离你最近、最普通、最现成的东西暗示着它，它们总是激发起它。
你可以阅读多种语言，可读不到它，
你可以读总统的文告，可在里面读不到它，
它不在国务院和财政部的报告里，或日报和周报里，
不在人口统计、税收报表、价格趋势表或采购清单里。

3

浮游在广阔空中的太阳和星星，

苹果形的地球及地球上的我们，他们的主旨肯定庄严，

我不知道除了庄严和幸福，它还会是什么，

在这里包含的我们的主旨不是一种投机、警句或试探，

它不会因为侥幸就对我们有利，因为倒霉就让我们失败，

不会因为某种偶然的事情就退缩。

光和影子，肉体的奇异感觉和个性，顺顺当当便吞噬万物的贪婪，

人的无止境的傲气和扩张，不可言说的欢乐和悲伤，

他看到了人人在对方身上看到的奇迹，时时刻刻在永远发生的奇迹，

伙计，你看这些奇迹是为了什么？

你把它们看成是为了你的生意或农活？或为了你店铺的赢利？

或为了给你谋个职位？或为了给先生女士打发空闲？

你以为风景里的千姿百态是为了供人作画？

男人和女人是为了让人写他们、唱他们？

地心的引力、伟大的定律、和谐的结合、空气的流动，是为了供学者研究？

褐色的陆地、蓝色的大海是为了制成地图和海图？

星星是为了构成星座，取上奇怪的名字？

种子生长是为了农业报表或收成？

旧的制度，这些艺术、图书馆、传说、收藏，以及随着制造业传下的习惯，我们会把它们看得这样高吗？

我们会把钞票和生意看得很高吗？我不反对，

我把它们看得高到了顶点——然后，女人和男人生出了孩

子，我把他看得高于一切。

我们认为我们的联邦了不起，我们的宪法了不起，
我没有说它们没什么了不起和不好，它们确实伟大，
今天我和你们一样热爱它们，
可我也爱**你们**，爱地球上我所有的伙伴。

我们认为各种圣典和宗教是神圣的——我没有说它们不神圣，
我是说它们都萌生于你们，并且还会从你们那里萌生出来，
不是它们赐予了生命，是你们赐予了生命，
它们出自你们，正像叶子钻出树木，树木长出大地。

4

不管你们是什么人，我把世上的尊敬统统给你们，
总统为了你们待在白宫里，不是你们为了他待在这里，
部长们为了你们干他们的差事，不是你们在这里为他们，
国会为了你们每年开一次大会，
法律、法庭、合众国的建立、各城市的法规、商业和邮政往来，统统是为了你们。

听仔细了，我亲爱的学者们，
教义、政治和文明来自你们，
雕塑和纪念碑和任何地方铭刻的任何东西都是你们的功绩，
有记载以来的历史概要和统计资料此刻都在你们心中，神话和传说也是这样，
假如你们不在这里呼吸、行走，那该会在哪里？
最著名的诗篇会成灰烬，演说辞和戏剧会是一片空白。

建筑艺术全部是你们定睛凝视后赋予它的东西，

（你们以为建筑艺术存在于白色或灰色的石头里？或是在拱门和檐口的线条里？）

音乐全部是你们受那些乐器提示后在你们心里醒来的东西，

它不是小提琴和号，不是双簧管和敲着的鼓，不是为男中音歌手演唱美妙浪漫曲的乐谱，也不是男女合唱队演唱的乐谱，

它比这一切更近又更远。

5

那么，那个整体还会回来吗？

每个人瞧一眼镜子就能看出最好的迹象吗？没有更伟大更丰富的吗？

是否一切同你、同那神秘不可见的灵魂坐在那里？

我提出的悖论古怪艰深，

世俗之物和看不见的灵魂是同一回事。

盖房子，丈量，锯木板，

打铁，吹玻璃，造钉子，做桶，铺铁皮屋顶，铺木瓦，

造船，建码头，加工鱼，铺路工人为人行道铺石板，

抽水机，打桩机，高大的起重机，煤窑和砖窑，

煤矿和矿井里的一切，黑暗中的灯，回声，歌声，脏污的脸膛透出沉思，透出广阔朴素的思想，

在山里或河岸上的铁厂，工人围着锻炉用大挺子探试熔化的铁水，矿石和石灰石、煤适当地混合在一起，

鼓风炉和搅炼炉，最后在熔液底部凝结成块，轧钢机，短粗的生铁块，坚实、形状简洁的T形铁轨，

油厂，丝厂，白铅厂，糖厂，宏大的磨坊和工厂，

切割石头，凿得有模有样的去砌正墙、窗户或门楣，木槌子，锯齿凿，雕饰的护板，

焊铁，煮拱顶胶的锅，锅底下的火，

棉花打包机，装卸工的钩子，木工的锯子和架子，铸工的模子，屠夫的刀子，冰锯和所有冰上的活计，

船上装索具的、抓钩子的、做帆的、造滑轮的工人的活计和工具，

杜仲胶，纸型，颜料，刷子，制作刷子，安装玻璃用的工具，

胶合板和溶胶锅，糖果商用的漂亮包装纸，盛水的玻璃瓶子和杯子，剪子和熨斗，

鞋钻子和护膝，量酒器，柜台和凳子，鹅毛笔和钢笔，制作各种带刃的工具，

酿酒厂，酿酒，麦芽，木桶，酿啤酒、葡萄酒和醋的人干的那些活计，

制革，造马车，造锅，搓绳子，蒸白酒，画招牌，烧石灰，摘棉花，电镀，制作电版，浇铸铅版，

凿孔器，刨床，收割机，拖拉机，打谷机，蒸汽车，

人力货车，公共马车，笨重的运货马车，

在夜晚燃放五颜六色的焰火，奇幻的图形和喷射；

屠夫案板上的牛肉，他的屠宰场，穿着屠宰服的屠夫，

存放生猪的围栏，宰杀用的锤子、钩子、开水桶，开膛，割肉，包装猪肉用的槌子，冬天杀猪的活计特多，

面粉厂，碾磨小麦、黑麦、玉米、大米，大大小小的量桶，满载的驳船，码头和堤岸上高高堆起的垛子，

在渡口、铁路、沿海航行的货船、渔船、运河上干活儿的人，

你自己或别人每时每刻的平常生活，车间，货栈，店铺或工厂，

这些日日夜夜都在你身边——劳动的人！不管你是谁，这

是你每天的生活！

最重的分量存在其中——远比你估计的要重，（也远比你估计的要轻，）

其中有为你、我提供的现实，其中有为你、我提供的诗歌，

在其中而不在你自己——你和你的灵魂包容了一切，不管怎样评价，

在其中有良好的发展——在其中有全部主题、暗示和可能。

我不断言你瞭望到的东西毫无用处，我不奉劝你止步停顿，

我不说你认为伟大的引导者没什么了不起，

而是说没有别的引导者能引向更伟大的目标。

6

你要去远处寻找吗？肯定你最后还会回来，

在你熟悉的事物里你才能找到最好的或和它不相上下的，

在最接近你的人群里你才能找到最亲、最强、最爱你的，

幸福、知识，不在别处而在这里，不在明日而在今天，

你最先看见或接触的男人总是朋友、兄弟、近邻——你最先看见或接触的女人总是母亲、姐妹、妻子，

在诗里或随便什么地方，头等重要的是大众的口味和职业，

在合众国劳动的男男女女都有自己神圣强健的生命，

其他一切都让位给你们这样的男人和女人。

当诗篇代替歌手歌唱时，

当经文代替牧师布道时，

当布道台代替雕刻布道台的雕刻匠走下来、走出去时，

当我能日夜触摸到那实实在在的书，而它们又反过来触摸我的身体时，

当一门大学课程像个熟睡的女人和孩子一样令人信服时，

当地下室里铸币的黄金像守夜人的女儿一样微笑时，

当受担保人的契约在对面椅子里逍遥自在，成为我的好伙伴时，

我打算向它们伸出手，尊重它们就像我尊重你们这些男男女女。

(1855；1881)

转动的大地之歌

1

一支转动的大地之歌，用和它般配的语言歌唱，
你认为那些直线、曲线、角和点就是语言吗？
不，它们不是语言，有分量的语言藏在大地和海洋，
在天空，在你心里。

你认为出自朋友之口的动听的声音就是语言？
不，真正的语言比那更加动听。

人的肉体是语言，数不清的语言，
（在最美的诗里再现了男人和女人的肉体，有型，自然，快乐，
每个部分都能干、活跃、敏锐，没有羞耻感，也没必要害羞。）

空气、泥土、水、火——是语言，
和它们在一起我自己也是语言中的一个字——我的品格和它们水乳交融——我的名字对于它们毫无意义，
即使用三千种语言来说我的名字，空气、泥土、水和火会懂吗？

健康的仪表、友好或威严的姿势是语言、表达和含义，
有些男人和女人仅凭相貌就具有了魅力，这也是表达和

含义。

凭借大地无声的语言，灵魂展现了出来，
大师们懂得大地的语言，应用它们多于应用有声的语言。

改进就是大地的语言之一，
大地既不停滞也不匆促，
它具有一切品格、生长能力和效应，这些自始就潜藏于它自身，
不过它的美是不完全的，它表现出的缺点、累赘也和优点一样多。

大地慷慨大方，毫无保留，
大地的真理一直就在身边，它们也不隐蔽，
它们平静、微妙，非印刷品所能表达，
它们渗透万物，乐于传扬自己，
传扬一种情感与邀请，我一遍遍呼吁，
我不讲，如果你们不听我的，我对你们还有什么用？
要承担，要改进，缺少这些，我还有什么用？

(呈献出来吧！
你要让自己的果实留在体内腐烂吗？
你要蹲在那里闷死它吗？)

大地不争辩，
不悲哀，无安排，
不尖叫、不匆促、不劝说、不威胁、不承诺，
不歧视，没有想得到的失败，
什么都不封锁、不拒绝、不排斥，
它通告所有的势力、事物、情况，统统不排斥。

大地不自我展示，也不拒绝展示自己，它内涵丰富，
在这些听得到的声音之下——英雄的庄严合唱，奴隶的哀号，
情人的劝说，临死者的诅咒和喘息，年青人的欢笑，买卖人的口音，
在这些声音之下还有从不落空的语言。

雄辩而缄默的伟大母亲，她的话对于她的儿女从不落空，
真实的语言不会落空，因为运动不会落空，沉思不会落空，
白天和夜晚也不会落空，我们踏上的航程不会落空。

在多不胜数的姐妹们之中，
在姐妹们无休无止的舞蹈之中，
在那些向心和离心的姐妹们、年长和年青的姐妹们之中，
我们熟悉的美丽姐姐与众姐妹继续跳舞。

她丰硕的背朝向每个旁观的人，
她安详端坐，散发着年青的魅力和同等的老年的魅力，
我也像众人一样爱着她，
她手举具有镜子特征的东西，她的眼睛从里面回望，
她坐着回望，不邀请，不拒绝，
日夜不倦地把镜子举在自己面前。

在近处、在远处都被看见，
每天二十四小时按时公开出现，
同她们的伙伴们或一个伙伴按时走近、走过，
不以她们自己的表情，而是以与她们同行者的表情观看，
以孩子们、女人们的表情或男子汉的表情观看，
以动物直率的表情或以无生命的东西，

以山川海洋或以天空美景，
以我的、你的、我们的向她们诚意回眸的表情观看，
一天不误地公开出现，但是同样的伙伴从不两次相随。

拥抱着人，拥抱着一切，三百六十五天不可抗拒地环绕太阳行进；
拥抱、抚慰、支持着一切，紧跟第一天后的三百六十五天，像它们一样确凿、必然。

稳定地旋转着，毫无畏惧，
永远经受着、经历着、承载着日晒、风暴、寒冷、酷热，
仍然继承着灵魂的自知和决心，
仍然在进入和划分着周围和前方的流动的真空，
没有障碍、没有抛锚、没有触礁，
快速、高兴、满足、没有牺牲、没有损失，
完全能够而且随时准备发表严谨的报告，
神圣的船航行于神圣的海。

2

不管你是谁！运动和沉思是特别为了你，
神圣的船航行于神圣的海是为了你。

不管你是谁！你就是那个地球为之又固态又液态的男人或女人，
你就是那个日月为之高悬于天空的男人或女人，
现在和过去仅仅是为了你，
不朽的声名仅仅是为了你。

每个男人对于他自己，每个女人对于她自己，就是过去和现在的语言，就是不朽的真实的语言；

没人能替别人获取——没有，
没人能替别人成长——没有。

歌手得歌唱，最大的回馈属于他，
教师得授课，最大的回馈属于他，
杀手得杀人，最大的回馈属于他，
小偷得偷窃，最大的回馈属于他，
情人得去爱，最大的回馈属于他，
送礼的人得送礼，最大的回馈属于他——这不会落空，
演说家得演说，演戏的是男女演员而非观众，
无人懂得伟大或善良，除非他自己就是，或表明他是伟大或善良。

3

我敢说对于将是完整的男人或女人，大地当然将是完整的，
只有对于依旧支离破碎的男人或女人，大地才一直支离破碎。

我敢说伟人和强人无不效仿大地的伟大和强大，
任何理论如不能证实大地的理论，便无足轻重，
政治、诗歌、信仰、行为等等，如不能像大地一样广阔，便无足轻重，
如不能面对大地的精准、活力、公平、正直，便无足轻重。

我敢说我开始明白，悸动的爱比对爱作出的反应更加甜美，
它克制自己，从不邀请，从不拒绝。

我敢说我开始明白，可听见的语言里空洞无物，
一切融入了大地呈示的不曾言说的含义，
融入了他，那歌唱肉体和大地的真理的人，
融入了他，那编纂不可印刷的语言词典的人。

我敢说我明白了什么比说出的最好的东西还要好，
那就是永远留着最好的不说。
当我正要把最好的说出来，我发现我不能够，
我的舌头根转动不灵了，
我的气息不听使唤了，
我变成了哑巴。

大地的绝妙怎么都难以言说，一切都是最好的，
它不是你预期的那样，它更加易于得到，更加平易近人，
万物一如既往地植根原地，没有消散，
大地一如既往地明确坦荡，
事实、宗教、进步、政治、贸易，一如既往地实实在在，
灵魂也实实在在，它也明确坦荡，
不是推理和证据确立了它，
是不可否认的成长确立了它。

4

灵魂的语调和灵魂的语言激起了这些回声，
（如果它们不是灵魂语言的回声，它们又是什么？
如果它们与你无特别关联，它们又是什么？）

我发誓从今后再不必相信要把最好的说出来，
我只相信要留下最好的不说。

说下去，说话的人们！唱下去，歌手们！

探索！塑造！堆积大地的语言！
工作下去，一代接一代，一切都不会徒劳，
也许要长久等待，但肯定会派上用场，
当一切材料准备就绪，建筑师将会出现。

我向你们发誓，建筑师一定会出现，
我向你们发誓，他们会理解你们，为你们证明，
他们中最伟大的将是最理解你们的人，他包罗一切，忠于一切，
他和其余人将不会忘记你们，他们会发觉你们丝毫不比他们逊色，
他们会把你们大加赞颂。

(1856；1881)

青年，白天，老年和夜[1]

青年，健壮、朝气蓬勃、多情——青年，充满优雅、力量和魅力，

你知道在你以后到来的**老年**，也有着同样的优雅、力量和魅力吗？

白天热闹辉煌——大太阳照着，充满行动、野心和欢笑，

夜紧随其后，带来千万颗太阳、睡眠和恢复精力的黑暗。

(1881；1881)

① 此诗中的诗句均出自“未收入和被拒绝的诗”《伟大的神话》。

候鸟集

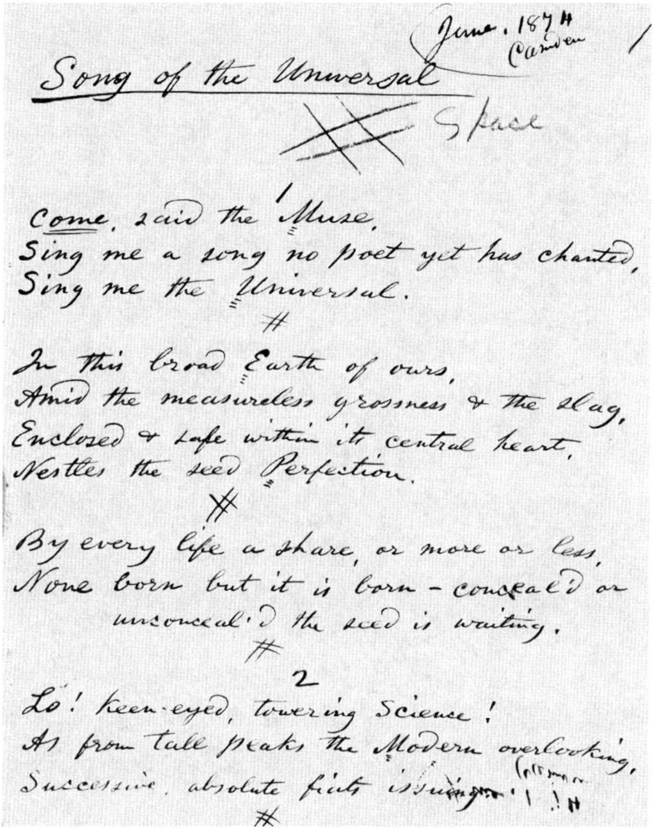
June, 1874
Camden

1

Song of the Universal

Space

1

Come, said the Muse,
Sing me a song no poet yet has chanted,
Sing me the Universal.

#

In this broad Earth of ours,
Amid the measureless grossness & the slag,
Enclosed & safe within its central heart,
Nestles the seed Perfection.

#

By every life a share, or more or less,
None born but it is born — conceal'd or
unconceal'd the seed is waiting.

#

2

Lo! keen-eyed, towering Science!
As from tall peaks the Modern overlooking,
Successive, absolute fiats issuing.

#

惠特曼手稿：《普遍性之歌》(1874)

普遍性之歌

1

缪斯说，来吧，
为我唱一首诗人不曾唱过的歌，
为我歌唱普遍性。

在我们广阔的地球里，
在不可估量的厚重和火山岩渣当中，
在它中央心脏里安全地包裹着，
伏卧着完美的种子。

每个生命都或多或少是它的一部分，
万物的诞生就是它的诞生，隐藏与否，种子都在等待。

2

看！科学，目光尖锐，高高耸立，
俨然从高峰俯视当今的时代，
连续发出绝对的命令。

可是再看！灵魂，凌驾于一切科学之上，
为了它，历史汇聚，像壳包绕了地球，
为了它，群星之海在天空转动。

道路漫长，迂回曲折，
(正如海上航船，频频抢风转舵，)
为了它，那部分的汇入永恒，

为了它，那现实的趋向理想。

为了它，有了神秘的进展，
不仅正义得到承认，我们称为邪恶的也得到承认。

从它们的面具下，不管是什么样，
从硕大、溃烂的躯干中，从奸诈诡计中，从眼泪中，
将出现健康和欢乐，普遍的欢乐。

出自普通、病态和浅薄，
出自恶劣的芸芸众生，出自人和国家的变化无穷的欺骗，
惟独善具有普遍性，
它像电光清洁无瑕，劈开一切，充盈一切。

3

在疾病和忧伤丛生的群山之上，
一只自由鸟永远高高翱翔，
翱翔在更加纯洁、更加快乐的风中。

从**缺陷**的最黑暗的阴云里，
总是射出一道**完美**的光，
一道天国的荣耀之光。

在时髦和习俗的嘈杂中，
在疯狂的喧闹和震耳欲聋的狂欢中，
在每次间歇时听到——刚好听到一首安抚的乐曲，
来自某处遥远的海岸，最后的合唱队的歌唱。

啊，幸福的眼睛，欢乐的心，
沿着巨大的迷宫

看到了、认识了那如此优美的指引之线。

4

而你，美国，
为了大展宏图，为了它的思想和现实，
为了这些（不是为了你自己），你出现了。
你也包裹一切，
拥抱、携带、迎接一切，你也踏着广阔崭新的道路，
向着理想前进。

别的大陆的信仰、过去的辉煌，
不属于你，可你有自己的辉煌，
有对神的信仰和博大胸怀，吸收、包容进一切，
一切适宜于一切。

一切，一切追求不朽，
爱如光，静静包裹万物，
大自然欣欣向荣，造福一切，
年年岁岁开花结果，果园神圣而实在，
形色物体，花草树木，人性美德，都在成熟为精神的果实。

啊，上帝，让我歌唱这思想，
把这不灭的信仰赐予我，赐予我所爱的人，
从你的宝库中，你什么都可以保留，但要赐予我们
那包含在**时间**和**空间**中对于你的蓝图的信念，
普遍的健康、和平、拯救灵魂。

这是一场梦吗？
不，没有它才是梦，

没有它，人生的学问和财富才是一场梦，
整个世界才是一场梦。

(1874；1881)

开拓者！啊，开拓者！

来吧，我的脸膛晒黑的孩子们，
排好队，备好武器，
手枪带上了吗？锋利的斧子带上了吗？
开拓者！啊，开拓者！

我们不能在这里耽搁，
我们必须前进，孩子们，我们必须首当其冲，承受危险，
我们是年轻强壮的民族，别的民族全依靠我们，
开拓者！啊，开拓者！

啊，年青人，西部的年青人，
这样性急，充满活力，充满男儿的骄傲和友善，
我清楚看见了你们，西部的年青人，看见你们大踏步走在最前面，
开拓者！啊，开拓者！

那些古老的民族停顿了吗？
他们在大海那边消沉了、厌倦了、歇课了吗？
让我们肩负起这不朽的使命、责任和重担，
开拓者！啊，开拓者！

我们把过去统统甩到身后，

我们进入一个更新、更强、变化万千的世界，
我们抓住这个鲜活雄伟的世界，劳动和进步的世界，
开拓者！啊，开拓者！
我们的分队源源不断地出发，
走下悬崖，穿过小路，攀上高峰，
我们走向未知的大道，征服，占领，拼命，冒险，
开拓者！啊，开拓者！

我们砍伐原始森林，
沿大河逆流而上，心潮激荡地钻探矿藏，
我们测量广阔的原野，开垦处女地，
开拓者！啊，开拓者！

我们是科罗拉多人，
来自崇山峻岭，来自峡谷高原，
来自矿山，来自野兽和猎人出没的地方，
开拓者！啊，开拓者！

我们来自内布拉斯加，来自阿肯色，
我们来自密苏里，是内陆中部的人，流着大陆的血，
所有南方人、北方人，所有的伙伴们手挽手，
开拓者！啊，开拓者！

啊，势不可挡、马不停蹄的民族！
啊，受人爱戴的民族！我的胸膛因怀着对你们温柔的爱而痛楚！
啊，我悲伤又欣喜，我发狂地爱着天地万物，
开拓者！啊，开拓者！

唤起那强有力的母亲主妇，

（低下你们的头，）向优雅的女主人致敬，她高于一切星光灿烂的主妇，

唤起那长着尖牙利齿的好战的主妇，严厉、泰然、武装的主妇，

开拓者！啊，开拓者！

看，我的孩子们，果敢的孩子们，
看我们后面蜂拥的人群，我们绝不能屈服动摇，
以往世代的千万幽灵在我们背后皱着眉头激励我们，
开拓者！啊，开拓者！

前进，前进，坚实的队伍，
候补的人员在等候，死者的位置被迅速填补，
经历战斗，经历失败，仍然前进永不停顿，
开拓者！啊，开拓者！

啊，在前进中死去！
我们中有人倒下死去吗？时候到了吗？
在前进中死去正得其所，空缺很快就会补上！
开拓者！啊，开拓者！

全世界的脉搏，
一致为我们跳动，和西部的运动一起跳动，
单独或全体，坚定地向前线进发，一切为了我们，
开拓者！啊，开拓者！

生命是复杂变幻的盛会，
所有的形式和表现，所有干活的工人，
所有海上的人和陆地上的人，所有主人和他们的奴隶，
开拓者！啊，开拓者！

所有不幸、沉默的情人，
所有监牢里的犯人，所有正直的人和邪恶的人，
所有欢乐的人和悲伤的人，所有活着的人和垂死的人，
开拓者！啊，开拓者！

我也和我的灵魂与肉体，
成为奇妙的三位一体，在我们的路上寻找、流浪，
在幽灵的紧逼下，在阴影中穿过这些海岸，
开拓者！啊，开拓者！

看！那飞驰滚动的星球！
看，周围兄弟般的星球，所有成群的恒星和行星，
所有耀眼的白天，所有神秘多梦的夜晚，
开拓者！啊，开拓者！

这些是我们的，它们和我们在一起，
一切是为了最初的必要的工作，后来人还在娘肚子里等待，
我们率领着今天的队伍，我们清理着前进的道路，
开拓者！啊，开拓者！

啊，你们西部的女儿！
啊，年青年长的女儿们！母亲们，妻子们！
你们千万不能分开，你们要在我们的队伍里团结向前，
开拓者！啊，开拓者！

潜伏在草原里的歌手！
（别的大陆上裹着尸衣的诗人！你们尽管睡吧，你们的活儿已经干完，）
很快我就会听见你们唱着歌来到，很快你们就会跟我们一

道前进，

开拓者！啊，开拓者！

不是为了甜蜜的娱乐，

不是为了靠垫和拖鞋，不是为了安宁和学究式的生活，

不是为了安全乏味的财富，不是为了顺从的享受，

开拓者！啊，开拓者！

那些吃客还在筵席上狼吞虎咽吗？

那些肥胖的瞌睡虫还在睡觉吗？他们锁上门了吗？

我们吃的依然是粗茶淡饭，毯子铺在地上，

开拓者！啊，开拓者！

夜晚降临了吗？

近来路上还那么辛苦吗？我们丧气地停下来在路上打盹吗？

我让你们在路上休息个把钟头，忘掉疲劳，

开拓者！啊，开拓者！

直到喇叭吹响，

黎明在远方召唤——听！我听它吹得清晰嘹亮，

快！走到队伍前面！——快！冲到你们的位置上，

开拓者！啊，开拓者！

(1865；1881)

给　你

不管你是谁，你走在梦想的路上就叫我敬畏，

我敬畏在你手脚下这些所谓的现实就要消融，

甚至现在你的容貌、欢乐、声音、房子、职业、风度、烦恼、愚蠢、衣着、罪行已化为乌有，

你真实的灵魂和肉体呈现在我面前，

它们摆脱了恋情，摆脱了商务、店铺、活计、农场、衣服、房屋、买卖、吃喝、苦难和死亡，

站在我面前。

不管你是谁，现在我把手放在你身上，你成为了我的诗，

我的嘴唇凑在你耳边悄悄告诉你，

我爱过许多女人和男人，可我最爱的是你。

唉，我总是迟钝犯傻，

我早该径直奔你走去，

我早该除了你之外不说别的，除了你之外不唱别的。

我要放下一切来为你歌唱，

没有人理解过你，可我理解你，

没有人公正对待过你，你也没有公正对待过自己，

没有人不挑你的毛病，只有我在你身上发现的都是完美，

没有人不贬低你，只有我决不赞成委屈你，

只有我除了你自身的价值外，不会把主人、奴隶主、上司、上帝加在你头上。

画家们画芸芸众生和他们的中心人物，

从中心人物的头上发散出一个金色的光环，

可我画了千万个脑袋，为每一个都画上了金色的光环，

从我的手里，从每一个男女的头脑中，金色的光永恒灿烂地发出。

啊，我能歌唱你的庄严和荣耀！

你还不认识自己，你一生都趴在自己身上睡大觉，

大部分时间你都闭着眼睛，

你做过的事情已经回过头来嘲笑你，

（你的俭朴、知识、祈祷，如果它们回过头来不嘲笑你还能干吗？）

那些笑柄不是你，

我看见你潜藏在它们之下，它们之中，

在没人追踪你的地方我追踪你，

沉默、书桌、轻浮的表情、黑夜、循规蹈矩，假如这些掩盖了你，使别人和你自己看不见你，对我却不管用，

刮净的脸、游移的眼神、不单纯的面容，假如这些蒙蔽得了别人却蒙蔽不了我，

时髦的穿着、丑陋的姿势、酗酒、贪财、早死，我把这些统统甩在一边。

凡男女皆有的天赋，你都有，

凡男女皆有的美德和美貌，你都有，

凡男女皆有的勇气和毅力，你都有，

等待别人的良辰美景，也同样在等待你。

至于我，有什么东西没有小心地送给你的话就不会送给别人，

我为众人的光荣、上帝的光荣歌唱，当然也为你的光荣歌唱。

不管你是谁！要不顾一切伸张你的权利！

和你相比这些东方和西方的景象平淡无奇，

广阔的草原，滔滔不息的江河，你就像它们一样广阔一样

滔滔不息，

暴风骤雨，天旋地转，死亡的痛苦，你就是掌管它们的男女主人，

你就是有权掌管天地万物、痛苦、激情和死亡的男女主人。

镣铐从你脚上掉落了，你找到了永恒的自信，

不管你是男是女、年老年少、粗鲁卑下、受人排斥，尽管亮出你的本色，

经历出生、活着、死去、埋葬，条条道路，应有尽有，

经历愤怒、失败、野心、愚昧、无聊，不管怎样你都要选择自己的路。

(1856；1881)

法兰西（合众国的第18个年头[①]）

一个伟大的年头和地点，

一声刺耳的不协调的新生儿的尖叫，比什么都更深地打动母亲的心。

我在我的东海岸行走，

听见了飘过海浪传来的微弱声音，

看见那个圣洁的婴儿，她醒了，在大炮的轰鸣、诅咒、叫喊、建筑的倒塌声中悲哀地啼哭，

对于壕沟里流淌的血，对于那一具具、一堆堆，还有粪车拉走的尸体，我并不感到那么痛苦，

---

① 即1794年，法国革命获得胜利。

对于死亡大屠杀并不感到那么绝望，对于射击的枪炮并不那么震惊。

我脸色苍白，沉默，坚定，对于那长久累积的复仇我能说什么？
我能指望有不同的人性吗？
我能指望人都是木头和石头做的吗？
或者指望没有命里注定的正义？

啊，自由！啊，我的伙伴！
这里也贮存着火焰、子弹和斧头，一旦需要就取出它们，
这里也一样，尽管久遭压抑，可永远不能被摧毁，
这里也最终会起来反抗，群情激昂，杀气腾腾，
这里也正在要求彻底的复仇①。

因此我隔海表示这份敬意，
我不否定那恐怖的红色诞生和洗礼，
而是记得那微弱的哭声，满怀信心地等待，无论要多久，
从今天起，我要为所有国家维护那个遗留的事业，尽管它悲惨却不容反驳，
我把这些话和我的爱送给巴黎，
我认为那里的歌手会理解它们，
因为我认为在法兰西还潜藏着音乐，滔滔的音乐，
啊，我已经听到乐器拨响，它们很快就会淹没一切干扰的声音，
啊，我想象东风传送凯旋和自由的进行曲，
它传到这里，激动得我欣喜欲狂，
我会立即用语言转述它，证明它，

① 此诗写作后的第二年，即1861年爆发了美国内战。

我会为你唱一支歌，我的女人①。

(1860；1871)

我和我的一切

我和我的一切永远磨炼自己，
承受严寒酷热，打枪百发百中，驾船骑马，生养最棒的孩子，
讲话从容清楚，在众人里感觉自在，
身处陆地和海洋的险恶环境时，能把握我们自己。

不要成个绣花女，
(总是有那么多绣花女，我倒也喜欢她们，)
要显现事物的本质，男人和女人固有的本质。

不要雕凿装饰品，
要自由地打凿出众多至高无上的神的头颅和四肢，让合众国知道他们在行走，在说话。

让我走自己的路，
让别人去颁布法律吧，我可不重视法律，
让别人去赞美名人、支持和平吧，我支持动乱和冲突，
我不赞美名人，我当面指责那个被认为是最尊贵的家伙。

(你是谁？你一辈子偷偷犯下了什么罪？
你要一辈子回避吗？你要一辈子辛辛苦苦、唠唠叨叨吗？

① 惠特曼常用“女人”一词代指民主。

而你又是谁，用死记硬背的东西磨破嘴皮，什么年份、页数、语言、回忆录，

到今天还不明白你连说好一个词都不会？）

让别人去完善事物吧，我从不完善它们，

我像大自然一样用无穷的法则开启它们，新鲜现代，永无止境。

我不把任何事当作责任，

别人当作责任的事，我当作生命的冲动，

（我能把心跳当作一项责任吗？）

让别人去处理问题吧，我什么都不处理，我提出无法回答的问题，

我看见、接触的人是谁，他们怎么样？

这些像我的人怎么样？他们直接间接地温柔地吸引我。

我向世界提出，不要相信我的朋友讲的话，而是像我一样听听我的敌人，

我也要求你们，永远拒绝那些企图解释我的人，因为连我都不能解释自己，

我要求不要因我而建立什么理论或学派，

我要求你们让一切都自由，正像我让一切都自由。

跟着我吧，未来！

啊，我知道生命并不短促，而是长无限量，

因此我脚踩在这个世界上，贞洁，自制，早起，踏实地过日子，

每个钟头都孕育着延绵世纪的种子。

我将跟上这天空、海洋、大地的不间断的教诲，
我知道我没有可以浪费的时间。

(1860；1881)

流星年（1859—1860）[①]

流星年！发人深省之年！
我要用文字回首圈定你的业绩和征兆，
我要歌唱你的第十九届总统竞选，
我要歌唱一位高大、白发的老人怎样在弗吉尼亚登上绞刑架，
(我就在旁边，默立观望，咬紧牙关，
我站得很近，冷静淡漠的老人，你上了年纪，身上有伤，颤抖着，你登上绞刑架；)
我要在这首诗里歌唱合众国的普查统计表，
人口和物产的表格，我要歌唱你的船只和货物，
曼哈顿的骄傲的船回来了，有的满载移民，有的装着金子从地峡回来[②]，
所以我要歌唱，我要欢迎来到这里的所有人，
我要歌唱你，英俊的年青人，我欢迎你，英格兰的年轻王子！
(你记得吗，你和你的贵族随从们经过曼哈顿时那潮涌的人群？
我就站在人群里，欢喜地辨认出了你；)

---

① 1859—1860年间，亚伯拉罕·林肯当选总统，主张废除奴隶制的约翰·布朗被执行绞刑，英国威尔士王子访问纽约。

② 指巴拿马地峡。

我也忘不了歌唱那个奇迹，那艘船驶入我的海湾，
漂亮庄严的“大东号”驶入我的海湾，她长六百英尺，
她急速行驶，簇拥她的那许多小船我也不忘歌唱；
忘不了那彗星，从北方天空闪耀来临的不速之客，
忘不了那奇妙浩大的流星雨，从我们头上划过，炫目而又清晰，
（一眨眼，就一眨眼，那些非凡的光球从我们头上划过，
然后离去，在夜里坠落，消失；）
我歌唱这些昙花一现之物——我用它们的光炫亮、装饰这些歌，
你的歌，啊，善恶杂陈的一年——预兆的一年！
短暂奇妙的彗星、流星年——瞧！连这里也有一个同样短暂奇妙的家伙！
当我匆促穿越你，马上坠落，消失，这支歌算什么，
我自己不也是你流星雨中的一颗？

(1860；1881)

缘于祖先们

1

缘于祖先们，
缘于我的父亲们、母亲们和世世代代的积累，
缘于既往的一切，如果没有它们我今天就不会在这里，
缘于埃及、印度、腓尼基、希腊和罗马，
缘于凯尔特人、斯堪的纳维亚人、阿尔伯人和撒克逊人①，

① 阿尔伯人（Alb）即阿尔比翁人（Albion），为不列颠人的最古老的称谓。

缘于古代的海上冒险、法律、手工艺、战争和旅行，
缘于诗人、吟唱者、英雄传奇、神话和预言，
缘于奴隶买卖，缘于宗教狂，缘于民谣歌手、十字军骑士和僧侣，
缘于那些旧大陆，从那里我们来到了新大陆，
缘于那里正在没落的王国和国王，
缘于正在没落的宗教和传教士，
缘于那些小小的海滩，我们从自己的阔大海滩回望它们，
缘于无数既往的年代滚滚向前，从而来到了现今的年代，
你和我来了——美国来了，今年来了，
今年！它也在扑向未来的无数年代。

2

啊，不是年代——而是**我**，是**你**，
我们谈论一切法律，历数所有祖先，
我们是吟唱者、预言家、僧侣和骑士，我们囊括了他们还绰绰有余，
我们站在无始无终的岁月里，置身于善恶中间，
一切围绕我们转动，光明与黑暗同样多，
太阳和它的行星系围绕我们转动，
它的太阳，它的太阳的太阳，统统围绕我们转动。

至于我，（烦恼，暴躁，在这些激烈的日子里，）
我对什么都有想法，我就是一切并且相信一切，
我相信实利主义是真理，精神至上主义是真理，我一概不拒绝。
（我忘记了什么？什么过去的事情？
到我这儿来，不管是谁，不管是什么，我会承认你。）

我尊敬亚述、中国、条顿尼亚和希伯来人，

我接纳每一种理论、神话、神和半神半人，

我认为那些古老的记载、经书、家谱是真实的，毫无例外，

我断言所有过去的日子必该如此，

它们绝不可能比它们的实际更好，

今天也必该如此，美国也必该如此，

今天和美国绝不可能比它们的现实更好。

3

历史，存在于合众国的名字里，于你我的名字里，

当代，存在于合众国的名字里，于你我的名字里，

我知道过去伟大，未来也将伟大，

我知道它们二者在当代奇妙地连接，

（为了我所代表的他，为了普通平凡的人，如果你就是他那么也为了你，）

今天你我所在之处，有着一切时代和一切民族的中心，

有着对于我们全体既往和开来的民族和时代的意义。

（1860；1881）

百老汇大街的盛大游行[①]

1

那些彬彬有礼、黑脸膛、佩带双剑的使节，
渡过西海，从日本来了[②]，
他们靠在敞篷四轮马车上，没戴帽子，没有表情，
今天乘车经过曼哈顿。

自由！我不知道别人是否看到了我所看到的，
在日本贵族的队列中还有跑腿听差的人，
他们在队里队外，跑前殿后，
但是，**自由**，我要将我的所见为你唱一支歌。

当上百万曼哈顿人一下子蜂拥到人行道上，
当礼炮雷鸣发出我喜欢的骄傲吼声，把我唤醒，
当浑圆的炮口喷出我喜欢的硝烟和气味，表示致敬，
当火光闪烁的礼炮把我彻底震惊，当天上美妙的薄雾笼罩了我的城市，
当数不清的华丽杆子，码头的树林，都挂满了彩旗，
当每一条船都盛装打扮，旗子飘扬在桅杆顶，
当长三角旗招展，从街上的窗口垂下花彩，
当百老汇被步行的人和站着的人挤得水泄不通，

---

① 此诗为纪念1860年6月一个日本政府代表团对美国的访问而作。
② 西海，指太平洋。

当大厦的门前人头攒动，当千万双眼睛同时注视，

当来自岛国的客人在行进，当盛大的游行队伍向前行进，

当召唤已经发出，当等待了千年的回答已经得到，

我也起身，回答，走进人行道，挤入人群，和他们一同注视。

2

仪表堂堂的曼哈顿！

美国伙伴们！东方人终于来到我们这里。

来到我们这里，来到我的城市，

我们的大理石和钢铁的高大美人排列在两侧，他们在中间行走，

今天居住在地球那一面的人来了。

那**女性的创始者**来了，

语言的巢穴，传下诗歌的人民，古老的种族，

气色红润，沉默哀伤，痴迷于冥想，热烈于激情，

浓香扑鼻，穿着宽大飘拂的衣裳，

晒黑的脸庞，激烈的灵魂，亮炯炯的眼睛，

婆罗门来了①。

看呀，我美妙的歌！游行队伍里的这些人，还有更多的，在我们眼前晃过，

队伍行进着，变化着，像个神奇的万花筒在我们面前行进着，变化着。

---

① 婆罗门，印度种姓制度中的第一姓，即社会地位最高的阶层，主要从事与宗教有关的活动。

不仅有使节，不仅有来自岛国黑脸膛的日本人，

灵巧沉默的印度人出现了，亚洲大陆本身，它的过去和亡者，出现了，

黑沉沉的夜，奇迹般的早晨，不可理解的寓言，

包藏着的秘密，古老而未知的像蜜蜂一样忙碌的人群，

北方，闷热的南方，东部的亚述，希伯来人，古人中的古人，

庞大荒废的城市，正在消逝的现在，所有这些及更多的，都在游行队伍中。

地理，世界，在它里面，

大海，群岛，波利尼西亚，遥远的海岸，

你今后面对的海岸——你，**自由**！从你西部的黄金海岸眺望，

那里的国家及人口，千百万的人奇特地聚集在那里，

熙熙攘攘的市场，寺庙的两旁摆放着崇拜的偶像，尽头是和尚、婆罗门和喇嘛，

满清的官吏，农夫，商人，机械工人，渔夫，

歌妓，舞伎，狂人，住在禁城里的皇帝，

孔夫子，伟大的诗人和英雄，武士，种姓，等等等等，

从四面八方，从阿尔泰山，从西藏，

从中国的四条曲折浩长的河，

从南方的半岛和次大陆的岛屿，从马来西亚，蜂拥而来，成群结队，

这些以及一切属于他们的看得到的东西，展现在我眼前，被我看见，

他们也看见了我，友善地对待我，

我在这里歌唱他们的一切，**自由**！为了他们，为了你。

我也提高了嗓门，参加游行的行列，

我是歌手，放声歌唱这盛大的游行，

我歌唱我的西海上的世界，

我歌唱像繁星密布的遥远的岛屿，

我歌唱空前显赫的崭新帝国，它像是在梦幻中向我走来，

我歌唱女主人——美国，我歌唱一个更加伟大的至高主宰，

我歌唱上千繁荣的城市，它们已经规划好了，会按时出现在大海的群岛上，

我的帆船和汽船在岛屿间穿行，

我的星条旗在风中猎猎飞舞，

贸易展开了，多少世纪的沉睡结束了，再生的民族蓬勃振兴，

重新开始生活和工作——我不知道他们的目标——但是在世界的环绕中，

古老的亚洲必然要复兴，就从今天开始。

3

而你，世界的**自由**！

你将千年万年稳坐当中，

如今天，亚洲的贵族从一方来到你面前，

明天，英国女王会送她的长子从另一方来到你面前。

标志正在颠倒，范围已被圈定，

圆环已经合拢，旅程已经结束，

盒盖才稍微启开，芳香已然喷涌四溢。

年青的**自由**！对可敬的亚洲，一切的母亲，

要永远对她体贴，热情的**自由**，因为你就是一切，

向远方的母亲低下你骄傲的头，她正越过海岛向你发送信息，

年青的**自由**，就这一次，低下你骄傲的头。

那些孩子们曾经向西漂泊得这样久吗？足迹这样宽广吗？

既往的朦胧年代从伊甸乐园曾经向西漂移得这样久吗？

那些个世纪为了你，为了某些理由，曾经不为人知却那样坚定地一路行进吗？

他们理由充分，他们大功告成，现在他们也要掉转方向，向你行进，

现在他们也要顺从地向东挺进，为了你，**自由**。

(1860；1881)

海流集

沃尔特·惠特曼，1863
（Alexander Gardner 摄）

从永远摇荡的摇篮里

从永远摇荡的摇篮里，
从知更鸟的嗓子里，发出阵阵歌声，
在九月的午夜，
那个孩子下了床，光头赤脚，在荒芜的沙滩和远处的田野孤零零游荡，
月晕洒下清光，
阴影交织扭摆，像有生命似的神秘戏耍，
一片片荆棘和黑草莓，
记忆里的那只鸟，曾对我歌唱，
记忆里悲哀的兄弟，我听见一阵阵抑扬起伏的歌声，
半个黄月亮迟迟升起，胀大，仿佛含满泪水，
在朦胧中唱出渴望和爱的最初音符，
我心里百感交集，从未停息，
千言万语涌上喉咙，
比任何语言都更强烈更动听，
现在它们从这些记忆开始，重访旧时的景象，
如同一群鸟，啁啾，腾飞，掠过头顶，
出生在这里，在一切使我困惑之前，
一个男人，由于这些泪水，即刻又成了小男孩，
将我自己抛在沙滩，面对海浪，
我，痛苦和欢乐的歌手，连接今天和未来的人，
领会一切暗示，利用它们，迅速越过它们，
唱起一支回忆的歌。

从前在巴门诺克，

当紫丁香的芬芳在空气里飘散，五月的草生长，
从亚拉巴马来了两只长羽毛的客人，
双双落到海滩的荆棘里，
在他们的巢里有四枚浅绿带棕色斑点的蛋，
每天，雄鸟在附近飞来飞去，
每天，雌鸟静静地在巢里孵卵，睁着亮眼睛，
每天，我，一个好奇的男孩，从不走得太近，从不惊动他们，
小心地窥视，关注，猜想。

照耀吧！照耀吧！照耀吧！
倾洒你的温暖，伟大的太阳！
我们在一起沐浴你的光。

我们在一起！
风吹向南方，风吹向北方，
白天来了，黑夜来了，
家乡，家乡的河流与山岗，
当我们在一起，
时时歌唱，忘记了时光。

突然，
一天上午，雌鸟没在巢里孵卵，
可能被杀死了，她的伴侣不知道，
下午她没有回来，第二天没有回来，
她再也没有出现。

此后整个夏天，在海浪声里，
在洒满月光的宁静夜晚，
在波涛喧嚣的海面，

或者白天在丛丛荆棘之上，
我时常看见那只遗留的雄鸟飞过，
听见那来自亚拉巴马的孤零零的客人。

吹吧！吹吧！吹吧！
海风沿着巴门诺克海岸吹吧，
我等待，等待，直到你把我的伴侣吹回来。

是的，当星星闪闪发光，
他彻夜立在长满青苔的木桩尖上，
波涛就在下面汹涌喷溅，
孤零零的歌手奇异地催人泪下。

他呼唤他的伴侣，
他倾吐的胸臆，人类中只有我知道。

是的，我明白我的兄弟，
别人也许不懂，可我珍藏了每一个音符，
我不止一次懵懵懂懂遛到海滩，
悄悄躲着月光，把自己藏在阴影里，
现在回忆起那些模糊的形状、回声、种种声音和景象，
海浪的白色手臂不倦地挥舞，
我，一个孩子，赤着脚，风吹着头发，
听了很久，很久。

听是为了记住，为了歌唱，现在我道出音符的含义，
追随你，我的兄弟。

抚爱！抚爱！抚爱！
后浪亲密地抚爱着前浪，

它又被另一个后浪亲密地拥抱、拍击，
可是我的爱人不抚爱我了，不抚爱我了。

低垂的月亮，迟迟升起，
它迟迟升起——哦，我想它是重负着爱情，爱情。

哦，海洋疯狂地扑向陆地，
怀着爱情，爱情。

哦，黑夜！我莫非看见我的爱人从海浪中飞出来了？
我在那白色浪涛里看到的小黑点儿是什么？

大声呼唤！呼唤！呼唤吧！
我大声呼唤你，我的爱人！

我向大海发出尖锐清晰的声音，
你一定知道这里是谁，是谁，
你一定知道我是谁，我的爱人。

低垂的月亮！
你的黄色中的小黑点儿是什么？
哦，那是我爱人的影子，是她的影子！
哦，月亮，快把她归还我。

陆地！陆地！哦，陆地！
无论我转向何方，哦，我想你会归还我的爱人，只要你愿意，
因为无论我看向何方，我都看到了她依稀的影子。

哦，升起的星星！

也许我渴望的人将会升起，和你们一同升起。

哦，嗓子！哦，颤抖的嗓子！
发出更清晰的声音穿过空气！
穿过树林，穿过大地，
我渴望的人一定会在什么地方倾听。

放声歌唱吧！
唱孤独的夜歌！
唱寂寞的爱之歌！死亡之歌！
在迟迟升起的昏黄残月下歌唱！
哦，那低垂的月亮几乎坠入海浪！
哦，不顾一切的绝望的歌！

轻一点！放低声音！
轻一点！让我悄悄地唱，
喧嚣吵闹的大海，停一下，
我相信我听见了我的爱人正在什么地方回应我，
声音这样微弱，我必须安静、安静地听，
但不能完全安静，那样她就不会立即来到我这里。

来吧，我的爱人！
我在这里！在这里！
我用这刚能听见的歌声呼唤你，
这温柔的呼唤是为了你，我的爱人，为了你。

不要受蒙骗到别的地方去，
那是海风在呼啸，不是我的声音，
那是海浪在喷涌，海浪在喷涌，
那是树叶的阴影。

哦，黑暗！哦，一切都是徒然！
哦，我是多么痛苦、悲哀。

哦，天上昏黄的月晕，低垂在海上！
哦，在海上投下烦乱的映像！
哦，嗓子！哦，跳动的心！
我徒然地歌唱，彻夜徒然地歌唱。

哦，过去了！哦，幸福的生活！哦，快乐的歌声！
在天空，在树林，在田野上，
曾经爱过！爱过！爱过！爱过！爱过！
可是我的爱人不再和我在一起！
我们不再在一起。

歌声沉寂了，
而一切依旧，星星在闪烁，
海风在吹，鸟的歌声还在激起回声，
凶猛的老母亲不停息地发出愤怒的咆哮[①]，
巴门诺克海岸的灰色沙滩瑟瑟作响，
半个黄月亮胀大了，下沉了，低垂了，几乎贴在海面上，
失神的孩子，海浪舔着他的赤脚，风戏耍他的头发，
长久禁锢在心中的爱，现在解放了，现在终于轰轰烈烈地爆发了，
那歌的含义，倾听，灵魂，迅速地沉淀，
陌生的泪水淌下脸颊，
那里的三者在对话，每一方都发出呼喊，
凶猛的老母亲用低沉的声音永不停息地咆哮，
阴沉地回应孩子灵魂的提问，用咝咝的声音吐露某个湮没

① 惠特曼习惯用“老母亲”代指大海。

的秘密，

回应正在启程的诗人。

你是鸟还是精灵！（孩子的灵魂问，）

你真的是向你的伴侣歌唱？或者其实是向着我？

因为我，只是个孩子，惯于沉默，现在我听到了你，

一瞬间，我懂得了我的使命，我觉醒了，

千名歌手，万支歌曲，不绝如缕的震颤的回声开始活跃在我心里，

比你的更清晰、更高亢、更悲哀，永远不死。

哦，你这孤零零的歌手，独自歌唱，向我歌唱，

哦，我孤零零地倾听，我将决不停止致力于让你永生，

我将决不逃避那震颤的回声，

那失望的爱的呼唤决不会从我心里消逝，

我再不会是那个夜晚之前的平静的孩子，

在海边，在下沉的黄月亮之下，

那使者激起了我内心的火焰，甜蜜的痛苦，

未知的欲望，我的命运。

哦，给我暗示吧！（它隐藏在这夜的什么地方，）

哦，既然我注定拥有，就让我拥有更多！

只是一个字眼，（我要拥有它，）

那个最后的字眼，超越了一切，

悄悄的，告诉我——它是什么？——我听着，

海浪呀，你在悄悄说它吗？一直在说它吗？

它是来自你动荡的水面和潮湿的沙滩吗？

大海回答了，

不紧，不慢，
彻夜悄悄地对我说，破晓前坦率地对我说，
它口齿含混地说出了那个低沉动听的字眼——**死亡**，
重复着死亡，死亡，死亡，死亡，
悦耳的咝咝声，不像鸟的歌唱，不像我激动的孩子的心跳，
而是亲密地贴近我，在我脚边沙沙作响，
从那里一步步爬到我耳边，温柔地洗涤我的全身，
死亡，死亡，死亡，死亡，死亡。

我不会忘记，
我那幽暗的精灵和兄弟，
他在巴门诺克灰色的海岸，在月光里向我歌唱，
我只是要把他的歌和千万支自由响应的歌融合在一起，
就在那时我自己的歌被唤醒了，
和着它们，从海浪里传来了那个关键字眼，
最甜蜜的歌和所有歌中的那个字眼，
那个强烈动听的字眼，爬上了我的脚，
(像个裹着漂亮长袍的老太婆，躬着腰，摇着摇篮，)
大海悄悄告诉了我。

(1859；1881)

当我和生命之海一起退潮

1

当我和生命之海一起退潮，
当我走在熟悉的海岸，
当我走在那里，细浪不断冲刷着你，巴门诺克，

他们发出粗哑、细碎的沙沙声，
凶猛的老母亲为遇难的人们不停地哭喊，
在这秋天的傍晚我沉思着，凝望南方，
被这内心的灵感抓住，我豪情勃发，涌出诗篇，
被那幽灵抓住，他跟踪着脚下一道道线条，
那一圈沉积物，象征了地球所有的江河湖海、所有的土地。

心醉神迷，我的目光从南方转回，落下，巡视那一道道狭长的沉积，
都是些潮水留下的谷糠、麦秸、木片、海草、海藻，
浮渣、从亮光岩掉下的介壳、海菜叶，
走了几英里，我的另一边响着碎裂的涛声，
我思索那物我类似的古老思想，就在那时、那里，
巴门诺克，你鱼形的岛，你把这些呈现给我，
当我走在熟悉的海岸，
当我走着，心生灵感，搜寻诗的字眼。

2

当我走向不熟悉的海岸，
当我倾听那哀歌，那遇难的男男女女的声音，
当我吸入那扑面而来的无形的微风，
当海洋如此神秘地朝我滚滚而来，越来越近，
我也最多不过像是一点冲上来的碎屑，
收集一把沙子，几片败叶，
收集，把我自己也当作沙子和碎屑糅合在一起。

啊，挫折，困顿，就要趴倒在地，
被自己所压抑，因为我竟敢开口，
现在才明白，所有那些胡扯引起的回声反作用于我，我丝

毫不清楚我是谁，我是什么，

只知道在我所有那些盛气凌人的诗面前，真正的我还没有触及，没有表白，根本没有露面，

他撇得远远的，用嘲讽似的祝贺的手势和鞠躬嘲讽我，

对我写下的每一个字远远地发出阵阵冷笑，

无言地指着这些诗，然后指着下面的沙子。

我发觉我还没真正懂得什么事，一件都不懂，也没人能懂，

在这大海面前，大自然捉弄我，朝我投枪，刺痛我，

因为我竟敢开口歌唱。

3

你们两大海洋，我和你们靠近，

我们同样轻声地嗔怪滚动的沙子和漂浮的碎屑，不知为什么，

这些小小的碎屑确实象征着你们、我和一切。

你这易碎的海岸，布满一道道碎屑，

你鱼形的岛，我抓起脚下的东西，

凡是你的都是我的，父亲[①]。

我也同样，巴门诺克，

我也曾浮出水面，无尽地漂流，被冲上你的海岸，

我也不过是一点漂浮的碎屑，

我也留给你小小的残骸，你鱼形的岛。

我把自己投入你的胸怀，父亲，

---

① 父亲，指巴门诺克。

我依附着你，好让你不能摆脱我，
我紧紧抱住你，直到你回答了我。

亲吻我，父亲，
用你的唇抚摸我，就像我抚摸我爱的人，
当我紧抱你时，把我嫉妒的那呢喃的秘密吐露给我。

4

退潮吧，生命的海洋，（潮水还会回来，）
凶猛的老母亲，不要停止你的哀号，
不停顿地为你遇难的人们哭喊吧，可不要怕我、拒绝我，
当我接触到你、从你那里收集什么时，不要那么粗暴愤怒地拍打我的脚。

我要你和所有人体贴待我，
我收集是为自己，为了这个幽灵，他俯瞰着我们生活的地方，跟随着我和我的一切。

我和我的一切，松散的碎屑，小小的尸体，
浮渣，雪白的，还有泡沫，
（看，从我僵死的嘴唇终于淌出了东西，
看，五颜六色在闪耀，在翻卷，）
一丛丛麦秆、沙子、碎片，
在这里浮出了，他们来自许多互相矛盾的心绪，
来自暴风雨、长久的平静、黑暗、大浪，
来自沉思、默想、一次呼吸、一滴咸咸的泪水、一点液体或土壤，
就像经过繁重的劳作、酝酿后抛出的结果，
就像一朵两朵蔫萎、撕碎的花，还在海上随波逐流，
就像大自然为我们呜咽的哀歌，

就像我们出生之地那云中的喇叭长鸣，

我们变幻无常，被带到这里却不知来自何方，我们横陈在你面前，

而你，在那里行走或静坐，

不管你是谁，我们也在你脚边的碎屑里。

(1860；1881)

泪　水

泪水！泪水！泪水！

黑夜里孤独中的泪水，

在白色海岸滴下，滴下，被沙滩吮吸，

泪水，没有一颗星星闪耀，到处是黑暗、荒凉，

伤心的泪水从蒙面者的眼里滴下，

啊，那鬼魂是谁？那在黑暗中流泪的影子是谁？

那在沙滩上躬身蜷伏的模糊一团，是什么？

涌流的泪水，呜咽的泪水，剧痛，放声哭泣，哽噎，

啊，暴风雨，聚集，升腾，沿海岸快步飞奔，

啊，狂野凄厉的黑夜的暴雨，挟着风——啊，猛烈，不顾一切！

啊，幽灵，白天里那么冷静优雅，面容安详，步伐沉稳，

而在无人看见的夜里，你飞腾——啊，于是只有恣肆的海洋，

海里只有泪水！泪水！泪水！

(1867；1871)

给军舰鸟[①]

你整夜睡在风暴之上，
伸展着巨大的翅膀你苏醒了，精神焕发，
（狂飚爆发了？你早已冲到狂飚之上，
休息在天空上，你的奴隶摇着摇篮催眠了你，）
现在是一个蓝点，在远远的、远远的天际飘浮，
曙光照上了甲板，我在这里望你，
（我自己也是个小点，在茫茫世界飘浮。）

在远远的、远远的海上，
夜的惊涛骇浪把失事的船骸散布海滩，
现在白天又光临了，如此幸福、宁静，
玫瑰色的轻盈的黎明，闪闪的太阳，
清澈的蔚蓝在天空扩展，
你也重新出现了。

你生来要和暴风对抗，（你浑身是翅膀，）
和天、和地、和海、和狂飚较量，
你这空中的船永不卷起风帆，
累日累月不倦地向前，飞过不同的空间和地点，
黄昏俯瞰塞内加尔，清晨就到了美国，
在电闪雷鸣中嬉戏，

---

① 军舰鸟，为生活在热带与亚热带地区的一种大型海鸟，背黑腹白，白天时常栖息在舰船的桅帆缆索上。其中最大一型生活于美洲，身长可达 1.15 米，展翅时宽达 2.3 米，极擅飞行。

我的灵魂就在其中，在你的经历中，在你心中，
博大的欢乐！博大的欢乐属于你！

(1876；1881)

在船舵旁

在船舵旁，
年青的舵手小心地把握航向。

穿过大雾，海洋之钟——啊，警戒之钟，
在海岸悲鸣，钟声随波涛震荡。

啊，你给予的警示实在好，在海礁旁鸣响的钟，
你悲鸣，悲鸣，警告船只远离灾难之地。

警惕的舵手啊，你留意到了洪亮的告诫，
掉转船头，满载的船扬着灰色的帆，转舵迅速驶开，
漂亮高贵、满载宝物的船，愉快安全地迅速驶开。

而那艘船，不朽的船！船上的船！
肉体的船，灵魂的船，航行，航行，航行。

(1867；1871)

黑夜，在海滩上

黑夜，在海滩上，

站着一个孩子和她的父亲，
望着东方，秋季的天空。

在那黑暗的高空，
贪婪的云，埋葬一切的云，黑压压地伸展，
阴森迅速地向下横扫过来，
只在东方还留着一片清亮，
在那里升起了巨大安详的君王之星朱庇特①，
离他不远，在稍高一点的地方，
七颗秀丽的姊妹星在漫游②。

在海滩上，孩子牵着父亲的手，
望着那埋葬一切的云得意地降临，顷刻吞噬了一切，
她悄悄哭泣。

别哭，孩子，
别哭，我的宝贝，
让我吻去你的泪水，
那贪婪的云不会长久得逞，
他们不会长久占据天空，他们不过是在幻象里吞噬了星星，
朱庇特还会出现，耐心点，明晚再来看，七颗姊妹星还会出现，
他们是不朽的，所有那些金星银星还会闪闪发光，
那些大大小小的星星还会闪闪发光，他们永远存在，
巨大不朽的太阳和永远沉思的月亮还会闪闪发光。

---

① 朱庇特，即木星。
② 七颗秀丽的姊妹星，指昴星团，位于金牛座。

亲爱的孩子，你只是为朱庇特难过吗？
你只是惦记被埋葬的星星吗？

有的事物，
（我用亲吻安慰你，悄悄给你说出
第一个暗示、问题和间接的意思，）
有的事物甚至比星星更为不朽，
（经历了许多次的埋葬和日日夜夜，）
有的事物甚至会比辉煌的朱庇特更加持续长久，
长过太阳或者所有旋转的卫星，
或者光芒四射的姊妹七星。

(1871；1871)

海里的世界

海里的世界，
海底的森林，枝枝叶叶，
海莴苣，硕大的苔藓，奇异的花和种子，茂密的缠结，空穴和粉红的草皮，
五彩斑斓，浅灰和碧绿，紫色，白色，金黄，光穿透海水的游戏，
无声的游泳者在岩石、珊瑚、海绵、海草和激流之间，它们得到滋养，
懒洋洋的家伙悬浮着吃食，或慢慢爬近海底，
抹香鲸在海面喷着气和水花，或用尾鳍玩耍，
眼睛愣愣的鲨鱼，海象，海龟，多毛的海豹，还有鯆鱼，
那里有恋爱、厮杀、追逐、部落，大洋深处的景象，如海

里众生那样呼吸着浓稠呼吸的空气①，

然后从那儿转换到这里的景象，进入行走在这个星球上的我们这种生物呼吸的微妙空气中，

再从我们这里转换到行走在别的星球上的生物们那里。

(1860；1871)

夜里独自在海滩

夜里独自在海滩，

当老母亲一边来回摇摆一边唱着沙哑的歌，

当我望着闪耀的星星，想起了宇宙和未来的乐谱上的记号。

一种巨大的相似，将万物联结，

一切星球，成熟的、年幼的、小的、大的，那些太阳、月亮和行星，

一切空间的距离，无论多么宽阔，

一切时间的距离，一切无生命的形态，

一切灵魂，一切活的躯体，虽然他们永不相同，或处在不同的世界，

一切气体的、液体的、植物的、矿物的演变过程，鱼类、兽类，

一切民族、肤色、野蛮、文明、语言，

一切在这个星球或别的星球上存在过或可能存在的个体，

一切生者和死者，一切过去、现在、将来，

---

① 浓稠呼吸（thick-breathing），为惠特曼认为的水生动物的呼吸方式，并非生物学术语。

这个巨大的相似联结了他们，一直联结着他们，
并将永远联结他们，把他们紧握包容在一起。
(1856；1881)

为所有的大海和所有的船歌唱

1

今天要唱一支粗犷简短的歌，
唱船航行在大海上，每一艘都有独特的旗帜和船徽，
唱船上的无名好汉，唱层层无尽涌向天边的波涛，
唱激扬的浪花，唱呼啸着抽打万物的风，
还要为所有民族的水手唱赞美的歌，
歌声阵阵，如海潮汹涌。

唱年青和年老的船长们、伙伴们、豪爽无畏的水手们，
唱那少数精干沉默的人，他们从不在命运和死亡面前惊惶低头，
你这古老的大海，悄悄地挑选，
终于把他们选拔出来，把所有民族的好汉联合起来，
你这古老强健的庇护者，养育了他们，
他们也像你一样，刚强不屈，桀骜不驯。

(永远是海上或陆地的英雄，单独或成双地出现，
永远保存着血统，从未丢失，尽管稀少，却足以传代。)

2

啊，大海，让所有国家的旗帜飘扬吧！
让各式各样的旗帜和船徽永远炫耀吧！

但是在所有旗帜之上你要保留一面你自己和人类灵魂的大旗，
一个所有民族的精神的徽号，象征人类凌驾于死亡之上，
象征所有勇敢的船长、所有豪爽无畏的水手，
象征所有在海上殉职的伙伴，
为了缅怀他们，所有年青年老豪爽无畏的船长们编织了
一面永恒的长三角旗，飘扬在全世界所有勇敢的水手之上，
飘扬在所有的大海之上、所有的船之上。

(1873；1881)

在巴尼加特海湾巡逻[1]

狂野、狂野的风暴，大海汹涌地奔腾着，
狂风不停地呼啸着，不停地低声呐喊着，
着了魔似的喊着、笑着，刺耳地轰鸣着，
大浪，狂风，深夜，最野蛮的三位一体抽打着，
在阴影里乳白的浪头猛冲着，
在海岸的烂泥和沙子上，雪浪狠狠扑溅着，
从东方来的死亡之风迎着黑黯吹刮着，
通过锐利的漩涡和水雾警惕坚定地挺进着，
(看远处！那是条失事的船？那是红色信号灯在闪？)
不知疲倦地踏着海岸的烂泥和沙子直到黎明，
坚定、缓慢地，通过永不休止的沙哑吼声，
沿着深夜的边缘，乳白的浪头猛冲着，
一群模糊古怪的形体迎着黑夜，苦斗着，

① 巴尼加特海湾，位于新泽西州海洋县东侧。

向着那野蛮的三位一体警觉地注视着。

(1880；1881)

在海船后面

在海船后面，在呼啸的风后面，
在桁索紧拉的灰白色的帆后面，
千万个、千万个海浪昂着头，前拥后簇，
向着大船行驶的航迹无休止地汹涌，
海浪喷着泡沫，发出喧嚣，快乐地东张西望，
海浪，起伏的海浪，明亮的不安分的野心勃勃的海浪，
开心地哗笑着，抖着弧线，奔向旋转的激流，
哪里有大船在海面航行或顺风转向，
那汪洋之中必会有大大小小的海浪渴慕地追随她，
在船行驶过的航迹中，海浪在阳光下闪耀、嬉戏，
像一支混杂的队伍，有无数的泡沫、无数闪光的碎片，
追随庄严疾驶的船，追随她的航迹。

(1874；1881)

路边集

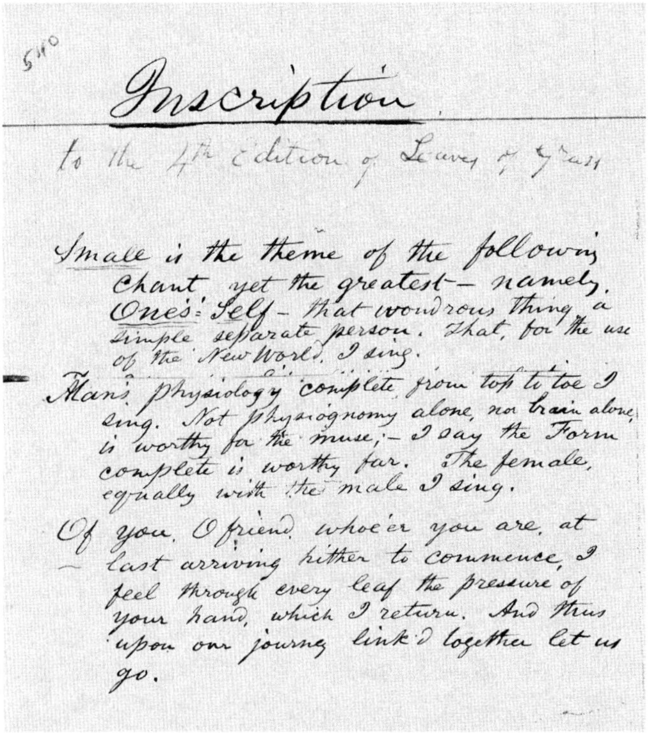
540

Inscription

to the 4th Edition of Leaves of Grass

Small is the theme of the following Chant, yet the greatest — namely, One's-Self — that wondrous thing, a simple separate person. That, for the use of the New World, I sing.

Man's physiology complete, from top to toe I sing. Not physiognomy alone, nor brain alone, is worthy for the muse; — I say the Form complete is worthy far. The female, equally with the male I sing.

Of you, O friend, whoe'er you are, at last arriving hither to commence, I feel through every leaf the pressure of your hand, which I return. And thus upon our journey link'd together let us go.

惠特曼手稿：《铭言》(1867)

[此诗原收于《草叶集》第 4 版；在 1892 年的临终版中以标题《我诗歌的主题是渺小的》，收于“七十光阴（附编一）”]

波士顿歌谣[1]

为了及时赶到波士顿，我今天早早起了床，
这拐角是个好地方，我得站在这里看热闹。

让路，乔纳森[2]！
让路给总统的司仪——让路给政府的大炮！
让路给联邦的步兵骑兵，（还有一帮跌跌撞撞的鬼魂。）

我爱看星条旗，我盼着笛子吹《扬基傻瓜》[3]。
前边的队伍佩的短剑明晃晃，
个个握着手枪，笔挺挺走过波士顿。

后面雾气滚滚，雾气变的老朽们一瘸一拐走过来，
有的装着木腿，有的面无血色，缠着绷带。

这热闹真好看——它把死人从地里叫出来！
从山里的老坟地赶来看热闹！
鬼魂！两边、后面都是数不清的鬼魂！
虫蛀烂的三角帽——雾气做的拐杖！
胳膊兜在吊带里——老头靠在小伙子肩膀上。

---

① 此诗作于1854年。这年逃跑的黑奴安东尼·伯恩斯（Anthony Burns）在波士顿被捕，政府按照1850年颁布的逃奴法，派军队将其押送回南方，交还奴隶主。此举遭到波士顿公众的强烈谴责和抗议。

② 乔纳森，是农村人的名字，常用以泛指普通美国人。

③ 《扬基傻瓜》，美国独立战争时期的一首流行歌曲，也译为《扬基歌》。扬基，主要指美国北方各州的人，也常泛指美国人。

美国佬的鬼魂，是什么打搅了你们？没牙的嘴在唠叨什么？

是疟疾让你们胳膊腿抽筋？你们是不是错把拐杖当火枪，还拿它瞄准？

要是泪水模糊了你们的眼睛，你们就看不见总统的司仪了，

要是你们这么一股劲叹息，可就会妨碍政府的大炮。

别丢脸，老疯子们——放下你们摇摆的胳膊，别卖弄你们的白头发，

你们的重孙们在这里目瞪口呆，他们的老婆从窗口望着他们，

瞧他们穿得多体面，举止多规矩。

越来越糟糕了——你们受得了吗？你们在撤退吗？

和活人待在一起的时辰对你们太没劲了吧？

那就撤退——乱糟糟撤退！

回到你们的坟里去——回去——回到山里去，老瘸子们！

反正我觉得你们不属于这儿。

可是有一件东西属于这儿——要我告诉你们吗，波士顿的老爷们？

我会悄悄告诉市长，他会派个委员会去英国，

他们会得到议会的授权，带一辆大车去皇家墓室，

挖出乔治国王的棺材，马上脱下他的尸衣，把尸骨装箱上路[1]，

---

① 指英国乔治三世国王（1738—1820），美国独立战争时期他正在位。

找一条美国快船——这是给你的货，黑肚子的快船，
拔起你的锚——扬起你的帆——径直开往波士顿湾。

这会儿再叫来总统的司仪，搬出政府的大炮，
从国会接来大吼大叫的人，再搞支队伍，有步兵骑兵作保卫。

这是为他们摆在中央的东西，
瞧吧，所有规矩的公民——从窗口瞧吧，妇人们！

委员会打开箱子，把国王的肋骨装配起来，装不上的就粘起来，
把颅骨安在肋骨上，把王冠戴在骷髅上。

你报仇了，老家伙——王冠回到老地方，比起过去更威风。

把你的手插进口袋，乔纳森——从今天起你是个有身份的人，
你真够机灵——这可是你的一桩好买卖。

(1854；1871)

欧　洲

(合众国的第72年和第73年)①

突然，从它腐败、昏睡的老窝里，从奴役的窝棚里，

① 合众国的第72年和第73年，即1848年和1849年，在欧洲爆发了一系列民主革命，以失败告终。

它像闪电一样跳起来，自己也大吃一惊，
它的脚踩着尸骨和王旗，手掐住国王们的喉咙。

啊，希望和信仰！
啊，在痛苦的流亡里终结的爱国者的生命！
啊，多少伤透了的心！
今天都回来吧，抖擞起你们的精神。

而你们，被雇来玷污**人民**的家伙！撒谎的家伙，听着！
尽管有数不尽的痛苦、杀戮、荒淫，
尽管有宫廷的种种卑劣的盗窃，骗取心地简单的贫穷百姓的血汗钱，
尽管国王们一会儿信誓旦旦，一会儿撕毁诺言还得意大笑，
人民权力在握时，没有为了这些掀起复仇的巨澜，也没叫贵族们的脑袋落地；
因为**人民**鄙视国王们的残暴。

但是善意的仁慈酿成了苦涩的毁灭，被吓跑的君主们回来了，
气焰嚣张地回来了，带着大帮刽子手、牧师、税吏、士兵、律师、大臣、狱卒和拍马屁的。

还有呢，在一切卑鄙偷盗行径的后面，看，一个幽灵，
像黑夜一样模糊，从头到脚裹在猩红的袍子里，
谁也看不见他的脸和眼睛，
只有一条胳膊撩开了袍子，露在外面，
一根弯曲的手指在上边高高指着，像个蛇头。

就在同时，尸体——年青人浸血的尸体躺进了新挖的

坟墓，

绞刑架的绳索沉重地悬挂，王公的子弹在飞，权势者们狂笑，

这一切结下的果实——太好了。

那些年青人的尸体，

那些吊在绞刑架上的烈士，那些被子弹射穿的心，

他们看似僵冷，没有被杀死的生机却在别处活着。

啊，国王！他们活在别的年青人心里，

他们活在兄弟们心里，准备再次反抗你们！

他们为死亡所净化，他们吸取了教训，变得更加卓越。

每一座为自由而被屠杀者的坟墓结出自由的种子，种子又结出种子，

风把它们带到远方播撒，雨雪滋润它们。

暴君的武器不能驱散脱离了肉体的灵魂，

它在全世界无形地昂首阔步，低喊着，劝诫着，警告着。

自由！让别人对你失望吧！我永远不会对你失望。

房门关好了吗？主人走了吗？

但是要做好准备，不要放松警戒，

他很快就会回来，他的使者马上就要来到。

(1850；1860)

手　镜

严肃地拿起它——看它照出了这个，（它是谁？是你吗？）
表面衣冠楚楚，内里腌臜尘土，
眼睛不再闪亮，声音不再洪亮，脚步不再轻快，
奴才的眼神、腔调、手势、脚步，
酒鬼的气息，吃货的脸，花柳病的身子骨，
肺一点点烂掉，胃里酸臭、溃疡，
关节闹风湿，肠子里塞满了恶心的东西，
全身流着乌黑有毒的血，
说话不利落，听不清，摸不准，
没头脑，没心肝，没性感，
你走之前在镜子里瞧见的就是这个，
真快——乍一开始就见结果！

（1860；1860）

众　神

圣洁的**爱人**和完美的**伙伴**，
甘心等着你，肯定会看见你，
你是我的神。

你，你，**理想的人**，
正直，能干，漂亮，知足，心怀着爱，
体魄健全，神采奕奕，

你是我的神。

啊，**死亡**，（**生命**走完了它的途程，）
天国殿堂的开启者和引导者，
你是我的神。

凡我看到、想到、知道的最强者、最佳者，
（打破死气沉沉的束缚——来解放你，灵魂，）
你是我的神。

所有伟大的理想、民族的抱负，
所有的英雄主义、执着热心者的业绩，
你们是我的神。

时间和**空间**，
地球神圣、奇妙的形象，
我看见、崇拜的某个美丽形象，
光辉的太阳，夜的星辰，
你们是我的神。

（1870；1881）

萌　芽

形态、品质、生命、人性、语言、思想，
已知的、未知的，星星上的东西，
那些星星本身，有些成形了，其余的还没成形，
那些国家、土地、树木、城市、居民，管它们是什么，统统是奇迹，

那些灿烂的太阳、月亮和光环，无数的结合和呈相，

诸如此类，美如此类，随处可见，处处存在，我一伸胳膊就能攥进手里，

它包含一切的初始、能量、万物的萌芽。

(1860；1871)

思　索

占有——一个适于占有的人似乎并不能愉快地占有一切，并把它们融入他或她自己；

展望——设想某个隐蔽的见解，经过成形的混乱，成长、健全、有了生命，现在在旅途上脱颖而出，

(不过，我知道路途漫长，旅途无尽；)

有些事物地球上本来没有，时机一到就出现了——有些事物会在将来出现，

鉴于我看到、知道的一切，我相信将来出现的事物深含大义。

(1860；1881)

当我聆听那位博学的天文学家

当我聆听那位博学的天文学家，

当那些证据、数据一列列排在我面前，

当我看见那些表格、示意图，还对它们进行加、除、测量，

当我坐在讲演厅里听那位天文学家备受喝彩的演讲，

不知怎的我一下子就觉得厌倦心烦，
我起身溜出去，一个人逛悠，
夜，神秘潮湿，万籁俱寂，
我时不时地抬头仰望星星。

(1865；1867)

完美主义者

只有他们理解他们自己以及他们那类人，
正如只有灵魂理解灵魂。

(1860；1860)

天啊！活着！

天啊！活着！这些反复出现的问题，

这些没完没了的背信弃义，这些挤满了蠢人的城市，

我自己永远在责怪自己，（因为还有谁比我更蠢，比我更没信用？）

这些徒然渴望光明的眼睛，这些卑劣的事物，这些永无尽头的挣扎，

所有这些可悲的结局，我看到乏味肮脏的人群围着我，

他们虚度岁月，而我又和他们鬼混在一起，

这问题，天啊！这么可悲，反复出现——身处其中有什么好处？天啊，活着！

回　答

你在这里——生活存在，个性存在，
强有力的戏在接着演，你不妨贡献一首诗。

(1865—1866；1867)

致一位总统[①]

你现在所做所说的一切对于美国只是诱人的海市蜃楼，
你没有学习大自然——你没有学习大自然的政治，它的博大、正直、公平，
你没有懂得只有像它们那样才为合众国所需，
凡逊色于它们的迟早都必须从合众国消失。

(1860；1860)

我坐而眺望

我坐而眺望世上的一切忧患、一切压迫和耻辱，
我听见年青人偷偷地抽泣，为自己做过的事感到悔恨和苦闷，
我看见贫穷的母亲受到自己孩子们的虐待正在死去，无人照料，凄凉绝望，
我看见受丈夫虐待的妻子，我看见玩弄姑娘的阴险骗子，
我注意到企图遮掩的嫉妒和单相思的痛苦，我看见了世上

---

① 指詹姆斯·布坎南（James Buchanan，1791—1868），美国第15任总统（1857—1861），他对于当时南方各州的奴隶制度采取姑息政策。惠特曼在此诗以及同年写的《致合众国》一诗（含于此集内）中表达了对他的批评。

的这些景象，

我看见战争、瘟疫、暴政的恶果，我看见殉难者和囚徒，

我看见海上的饥饿，水手们抓阄决定杀死谁来让其余的人活下去，

我看见傲慢的人对劳工、穷人、黑人的轻蔑和鄙视，

所有这些——所有这些没尽头的卑鄙和痛苦，我坐而眺望，

我看见，听见，沉默。

(1860；1860)

致富有的赠与者

我愉快接受你们的赠与，

一点生活用品，一间小屋和花园，一点钱，好让我写诗，

一间旅行者的住处和早餐，好让我在合众国旅行，——我凭什么该耻于接受这些礼物？干吗要对此大肆宣扬？

因为我不是一个对人们无所赠与的人，

因为我让所有人神往于宇宙的全部馈赠。

(1860；1867)

老鹰调情

沿着河边马路遛达，(这是我午前的散步休息，)

突然从天上传来低沉的声音，那是老鹰在调情，

高空中仓促的爱的接触，

爪子牢牢勾在一起，形成一个活跃热烈的轮子不停地

旋转，

四个扑扇的翅膀，两只尖嘴，一团紧凑的漩涡，
翻滚着，转着圈，笔直地朝下坠，
快到河面上它们才停住，仍然结为一体，短暂的平静，
在空中保持静止不动的平衡，然后爪子放松、分开，
凭借缓慢坚强的翅膀，又朝上斜冲，
她飞她的，他飞他的，各奔前程。

(1880；1881)

漫　想

(读黑格尔后)

漫想宇宙，我看见那小小的**善**健步匆匆，走向永恒，

我看见那称为**恶**的庞然大物，匆匆吞没自己，失败，死亡。

(1881；1881)

一幅田园画

安宁的乡村谷仓的大门敞开，通过门看见，
阳光照耀的牧场，牛群、马群在吃草，
还有雾气和远景，地平线消失在远处。

(1865；1871)

一个小孩的惊讶

沉默、惊讶，即使那时还是个小孩，
我记得我听见牧师在每个礼拜天的演讲里都提到上帝，
好像在拼命反对什么人或势力。

(1865；1867)

跑 步 者

在平坦的路上奔跑着训练有素的跑步者，
他精瘦、结实，腿上肌肉发达，
他穿得很薄，跑时身体前倾，
两拳轻握，胳膊稍微抬起。

(1867；1867)

漂亮的女人

女人们坐着，或走来走去，有的年老，有的年青，
年青的很漂亮——不过年老的比年青的更漂亮。

(1860；1860)

母亲和婴儿

我看见睡着的婴儿依偎着母亲的乳房，
熟睡的母亲和婴儿——我不出声，端详她们很久很久。

(1865；1867)

思　索

想到服从、信仰、执着；

当我冷眼旁观芸芸众生，叫我深受触动的是，他们追随的领袖并不相信他们。

(1860；1860)

戴面具的人

一个面具，一个她自己的永远而自然的伪装者，
遮掩着她的脸，遮掩着她的体态，
每时每刻都在变化、变形，
连她睡着时也照戴不误。

(1860；1867)

思　索

正义——似乎**正义**什么都可以是，除了不是由自然的法官和救世主陈述的同一博大的法律，

按照判决，它似乎可以是这个或那个。

(1860；1860)

滑过一切

滑过一切，穿过一切，
穿过大自然、**时间**和**空间**，
像条船在海上前行，
灵魂的航行——不仅有生，
还有死，我要歌唱众多的死亡。

(1871；1871)

你从没有过这种时候

你从没有过这种时候？

一道骤来的神圣的光，落下，把这些幻想、时髦、财富统统粉碎，

把这些热心经营的追求——书籍、权术、艺术、爱情，

化为乌有。

(1881；1881)

思　索

平等——表面上看，它似乎有害于我，它给了别人和我相同的机会和权利——表面上看，别人拥有和我相同的权利，对于我自己的权利似乎不是必需的。

(1860；1860)

给 老 年

在你身上，看见了那注入大海的河口，它庄严地扩大了，展开了。

(1860；1860)

地点与时间

地点与时间——在我身上有什么能随时随地都适合它们，还叫我感觉自在？

形状、颜色、质地、气味——在我身上有什么能和它们一致？

(1860；1871)

礼　物

一千个完美的男人和女人出现了，

每个人周围聚集了一群朋友，还有快活的孩子和青年，带着礼物。

(1860；1871)

致合众国

(审视第 16、17 或 18 届总统选举)

为什么斜躺着，询问着？为什么我和大家都昏昏打盹？

是什么使黄昏更加昏暗——沉渣泛出水面，

在国会大厦里乜斜眼睛的是些什么人，像群蝙蝠和夜狗？

多么龌龊的总统选举！（南方啊，你那热烘烘的太阳！北方啊，你那北极的严寒！）

那些人真的是议员吗？那些人是大法官吗？那人是总统吗？

那么我得睡一会儿，因为我看见合众国理所当然地睡着了；

（随着黑暗聚集，雷声滚滚，炮火燃烧，我们都会及时醒来，

南方、北方、东部、西部、内陆和沿海，我们一定会觉醒。）

(1860；1860)

擂鼓集[①]

沃尔特·惠特曼，1865
（Alexander Gardner 摄）

① 此集中的诗主要以美国内战（1861—1865）为主题。

首先唱一支序曲

首先唱一支序曲，
在绷紧的耳膜上轻轻奏响我的城市的自豪和欢乐，
她怎样带领众人拿起武器，她怎样给予暗示，
她怎样身手敏捷，毫不迟疑，一跃而起，
（多么至高无上！啊，曼哈顿，你是我的，无与伦比！
在危险时刻，在危机中，你是最强大的！比钢铁还真实！）
你怎样一跃而起——你怎样随手扔掉和平的装束，
你怎样把柔和的歌剧音乐更换为战鼓和军笛，
你怎样引领战争，（这将作为我们的序曲，士兵的战歌，）
曼哈顿怎样带头擂响战鼓。

四十年了，我在我的城市里观看士兵行进，
四十年如同一场壮丽游行，直到突然间这躁动城市的女主人，
在她的船舶、房屋、无数财富之中没有睡觉，
连同她周围的百万儿女，
在死寂的夜里，突然间被来自南方的消息激怒，
攥紧的拳头砸向街道。

如同一次电击，黑夜承受着，
直到破晓，千百万人蜂拥而出，发出可怕的喧嚣。

从住所，从车间，从所有大门，
他们喧嚷着跳出来，看！曼哈顿拿起了武器。

回应急促的鼓声，

年青人集合，拿起了武器，

机械工拿起了武器，（铲子、刨子、铁匠的锤子被匆匆撂在一边，）

律师离开事务所，拿起了武器，法官离开法庭，

车夫把马车丢在街上，蹦下来，把缰绳甩到马背上，

伙计离开店铺，老板、会计、搬运工统统离开了；

到处都有班队集合，同仇敌忾，拿起武器，

新兵，甚至还有孩子，由老兵示范怎样佩带刀枪，扣好腰带，

户外是武器，户内是武器，毛瑟枪筒锃亮，

白帐篷在营地里扎堆，周围是武装的哨兵，日出日落都要鸣炮，

天天都有武装的团队到达，穿过城市，在码头登船，

（他们真帅，看他们走到河边，淌着汗，扛着枪！

我好喜欢他们！好想拥抱他们，他们的棕脸膛和衣服背包上沾满了土！）

城市的血液沸腾——武装好了！武装好了！吼声四起，

从教堂的尖塔，从所有公共建筑和店铺里，旗子挂出来了，

挥泪离别，母亲吻着儿子，儿子吻着母亲，

（母亲不愿分开，却一句挽留的话也没说，）

喧嚷的护送队，一排排警察在前头开路，

群情鼎沸，人们为他们的宠儿狂热欢呼，

炮队，一路拖着的沉默的加农炮，亮得像金子，在石头路上辘辘轻响，

（沉默的加农炮，不久就会停止沉默，

不久就会开始执行火红的使命；）

全都叽叽喳喳进行准备，全都毅然决然拿起武器，

医院设施，软麻布、绷带和药品，

志愿当护士的妇女认真着手工作，眼下已不仅仅是游行；
战争！全副武装的民族在前进！迎接战斗，决不回避；
战争！管它几个礼拜、几个月、几年，全副武装的民族在前进，迎接它。

曼纳哈塔在前进——啊，好好歌唱它吧！
啊，奔赴那军营中男子汉的生活。

坚强的炮队，
大炮亮得像金子，大个子们，好生伺候这些大炮，
做好准备！（再不像过去四十年里只为了礼仪鸣炮致敬，
现在除了火药和填料，还得装进别的东西。）

而你，船的女主人，你曼纳哈塔，
这自豪、友好、躁动城市的女主人，
在和平与富庶中你时常沉思，在你的孩子们当中暗暗皱眉，
可是现在，你快乐地笑了，古老的曼纳哈塔在欢腾。

(1865；1867)

1861年[1]

武装的年头——斗争的年头！
可怕的年头！你没有优美的歌谣、伤感的情诗，
你不是个面无血色的小诗人，坐在书桌旁哼哼华丽的钢

① 1861年，美国内战爆发；当时北方军队（即联邦政府军队）的士兵都身穿蓝制服。

琴曲，

你可是条刚强汉子，腰板挺直，穿着蓝制服，扛着来复枪，前进，

身子骨特结实，脸手晒黑了，腰带上别着刀，

我听见你高嗓门呼喊，宏亮的声音震响整个大陆，

啊，1861年，你男子汉的声音在伟大的城市升腾，

在曼哈顿的男人中我看到了你，是一个工人，曼哈顿的公民，

你来自伊利诺伊和印第安纳，大踏步跨过草原，

以矫健的步伐跨过西部，走下阿勒格尼山脉，

你来自大湖区，或者就在宾夕法尼亚，或者站在俄亥俄河面的船板上，

或者沿着田纳西河或卡伯兰河南下，或者在查塔努加的山岗上，

带劲的年头，我看见你的步伐，你强壮的身躯穿着蓝制服，带着武器，

我听见你一次又一次发出坚定的声音，

1861年，你突然用浑圆的炮口歌唱，

现在我回顾你，匆忙、毁灭、悲惨、叫人发狂的年头。

(1861；1867)

敲呀！敲呀！战鼓！

敲呀！敲呀！战鼓！——吹呀！军号！吹呀！

穿过窗户——穿过大门——如一股无情的力量爆炸，

冲进庄严的教堂，驱散聚会的信徒，

冲进学校，打断学究的苦思冥想；

让新郎不得安静——现在他和新娘还不得享受幸福，

让安宁的农夫不得安宁，让他们停止耕种、收割，
鼓啊，你就这样凶暴地擂响——号啊，你就这样尖厉地呼啸。

敲呀！敲呀！战鼓！——吹呀！军号！吹呀！
声音越过车水马龙的城市，盖过了车轮的辘辘轰鸣，
房间里铺好了过夜的床吗？没人能享用了，
生意人休想在白天做生意——没有了掮客和投机商——他们还想接着做吗？
演讲的人还要讲吗？唱歌的人还想唱吗？
法庭里的律师还要向法官慷慨陈词吗？
那么鼓啊，你更快更重地敲吧——号啊，你更猛更野地吹吧！

敲呀！敲呀！战鼓！——吹呀！军号！吹呀！
不要去商量——不要停下来劝告，
别理那些胆小鬼——别管那些哭啼祷告的家伙，
别理那个向年青人乞求的老头，
别听小孩吵吵，也别听孩子妈恳求，
你要把灵床上等着入土的死人也震醒，
啊，可怕的战鼓，你就这样重重地敲吧——军号，你就这样高声地吹吧！

(1861；1867)

我像只鸟从巴门诺克开始飞

我像只鸟从巴门诺克开始飞，
一圈一圈高飞，高唱合众国的意志，

我飞向北方，唱北极的歌，

飞向加拿大，把它摄入我心里，然后飞向密歇根，

飞向威斯康星、衣阿华、明尼苏达，唱它们的歌，（它们是不可模仿的；）

然后飞向俄亥俄和印第安纳，唱它们的歌，飞向密苏里、堪萨斯和阿肯色，唱它们的歌，

飞向田纳西和肯塔基，飞向卡罗来纳和佐治亚，唱它们的歌，

飞向得克萨斯，这样一直飞向加利福尼亚，在接受我的一切地方漫游；

我首先高唱合众国的意志，（如果需要就和着擂响的战鼓，）

西方世界统一不可分割，

然后我才唱合众国每个成员的歌。

(1865；1867)

黎明时的旗帜之歌

诗　人

啊，一支崭新的歌，一支自由的歌，

飘扬，飘扬，飘扬，飘扬，和着声音，和着更加清晰的声音，

和着风声、鼓声，

和着旗帜的声音、孩子的声音、大海的声音、父亲的声音，

下至大地，上至天空，

大地上父亲和儿子伫立，

他们仰望高空，

黎明时的旗帜在那里飘扬。

语言！书本语言！你们算什么？
语言不顶用，听呀，看呀，
我的歌在辽阔的天空里，
和旗帜和长三角旗一起飘扬，我必须唱。

我要编织和弦，要编进——
男人的心愿和孩子的心愿，我要把它们编进，我要注入生命，
我要放进明晃晃的刀锋，我要叫子弹嗖嗖呼啸，
（像一个带着象征和警示的人冲入未来，
用号声呐喊，醒来，警惕！警惕，醒来！）
我要将诗歌和热血一同倾洒，充满刚毅，充满欢乐，
然后放松，出发，去斗争，
带着飘扬的旗帜和长三角旗。

长三角旗

上来，诗人，诗人，
上来，灵魂，灵魂，
上来，可爱的孩子，
和我一起在云里在风里飞，和无限量的光游戏。

孩　子

父亲，是什么在天上用长长的手指招呼我？
它一直在跟我说什么？

父　亲

我的宝贝，你看天上什么都没有，
它压根没跟你说什么——不过你瞧，我的宝贝，

瞧大楼里这些耀眼的东西，你瞧银行开门了，
你瞧车子装满了货就要上路；
这些，这些，真值钱，够人拼命去挣的！
叫全世界都羡慕死啦！

诗　人

鲜红的太阳正高高升起，
远处蔚蓝的海水荡漾，飞奔穿过航道，
大海的胸膛上海风荡漾，扑向陆地，
强健的风从西边或西南边刮来，
挟着乳白的浪花在海面轻快荡漾。

然而我既不是海也不是红太阳，
我不是笑声如姑娘的风，
不是越刮越猛的巨风，不是抽打一切的狂风，
不是那永远抽打自己的身体至恐怖与死亡的精灵，
我是看不见的，来了，并且歌唱，歌唱，歌唱，
我是陆地上溪水的潺潺声，雷阵雨匆急的脚步声，
早晨和黄昏林中的鸟儿熟悉我，
海岸的沙子和嗞嗞作响的波浪熟悉我，还有那旗帜和长三角旗，
在那里高高飘扬，飘扬。

孩　子

啊，父亲，它是活的——它那里全是人——有很多孩子，
啊，现在我好像听见它正在对它的孩子讲话，
我听见了——它对我讲——啊，它太好了！
啊，它在展开——它展开得真快——啊，父亲，
它多么宽广，罩住了整个天空。

父　亲

别说，别说了，傻小子，
你说的话叫我难过，叫我很不高兴；
我说你再看看别处，别老看着高处的旗帜和长三角旗，
去看看修得整齐的马路，那些坚固的高楼大厦。

旗帜和长三角旗

来自曼哈顿的诗人，对孩子说吧，
对我们所有的孩子、来自曼哈顿北边和南边的孩子说吧，
今天要抛开别的一切，只注意我们——尽管我们不知道原因，
我们算什么？不过是些不值钱的布条，
只会在风里飘扬。

诗　人

我听见看见的不仅是布条，
我听见军队的步伐，我听见哨兵对口令，
我听见千百万人欢呼，我听见**自由**！
我听见战鼓擂响，军号长鸣，
我本人走出大门，迅即腾空飞翔，
我展开陆地鸟的翅膀，展开海鸟的翅膀，从高处俯瞰，
我不否定和平的宝贵成果，我看见了人丁兴旺、财富无尽的城市，
我看见了数不尽的农场，我看见农夫在田里或谷仓里干活，
我看见机械工在干活，我看见到处有高楼大厦正在拔地而起或已竣工，
我看见火车头牵引车厢在铁轨奔驰，
我看见波士顿、巴尔的摩、查尔斯顿、新奥尔良的商店和货栈，

我看见西部一望无际的产粮区，我逗留了一阵，

我经过北方盛产木材的森林，又飞往南方的种植园，再去加利福尼亚；

飞掠全国，我看见了滚滚的利润，忙碌的集会，挣到的薪水，

看见了由三十八个辽阔自豪的州形成的**统一体**，（还有更多的要加入，）

看见了港口海岸上的堡垒，看见了驶进驶出的船；

而后在这一切之上，（是的！是的！）我的小小的长三角旗像把剑，

急速升起，昭示了战争和蔑视——现在它高挂在旗绳上，

在我宽大的蓝色旗帜旁，在我的星条旗旁，

抛弃了整个海洋和陆地上的和平。

旗帜和长三角旗

诗人，你的声音要更大、更高亢、更有劲！传得更远、更广！

让我们的孩子不再以为我们只要财富与和平，

我们也可以残暴、杀戮，现在就是这样，

现在我们不是这些辽阔自豪的州中的任何一个，（也不是五个、十个，）

我们不是市场和货栈，也不是城里的银行，

不过这些以及所有东西，这绵延不绝的褐色大地和地下的矿藏是我们的，

海岸和大大小小的河流是我们的，

河流滋润的土地、庄稼和水果是我们的，

海湾、海峡和驶进驶出的船是我们的——而我们在这一切之上，

下面是三四百万平方英里的绵延不绝的大地，各州的首府，

四千万人民，——啊，诗人！于生于死都至高无上，
我们，连我们也从今往后神气地招展，高高飘扬，
不仅为现在，通过你也向未来的千年歌唱，
这支歌要渗进一个可怜孩子的心灵。

孩　子

父亲，我不喜欢那些大楼，
它们对我永远什么都不是，我也不喜欢钱，
不过我喜欢那旗帜，我会喜欢攀到那上面去，亲爱的父亲，
我会成为——一定要成为那长三角旗。

父　亲

我的孩子，你真叫我烦，
成为那长三角旗会非常可怕，
你不懂它今天、以后、永远会怎么样，
它会一无所获，却要冒险，和一切作对，
冲在战争的前线——哦，这种战争！——魔鬼的冲动，屠杀，早早死掉，
你和这些有什么相干？

旗　帜

那么我就歌唱魔鬼和死亡，
我要把一切都投进那昭示战争的剑形的长三角旗，
投进一种新的如狂的喜悦，连同孩子们呢喃的向往，
混合着和平大地上的声响，海水柔和的冲洗，
还有海上交战的黑色战船，包裹在硝烟里，
还有遥远北方的冰冷，飒飒作响的雪杉和松树，
还有隆隆的鼓声，战士行进的脚步声，以及南方闪耀的毒太阳，

还有在东海岸和西海岸冲刷沙滩的波涛，

还有在东西海岸之间的一切，以及我永远蜿蜒奔流的密西西比河，

还有我的伊利诺斯田野，我的堪萨斯田野，我的密苏里田野，

整个大陆奉献出全部来，毫无保留，

倾注进去！把询问的、唱歌的、连同一切以及一切的产物淹没，

融合着并据守着、索要着、吞噬着整个世界，

不再用柔软的嘴唇，也不用好听的声音，

而是永远走出黑夜，我们不再好言规劝，

而用乌鸦似的嗓门在风里呱呱鼓噪。

诗　人

我的手脚放开了，血脉贲张了，我的主题终于明确了，

旗帜，如此宽大，冲出黑夜，我自豪而坚定地歌唱你，

我从我久久等待的地方破门而出，我又聋又瞎地等得太久，

我的听力和语言恢复了，（一个小孩教我的，）

我听见战争的长三角旗在上方斩钉截铁的命令和召唤，

冷酷无情！冷酷无情，（可我无论如何要歌唱你，）旗帜！

你的确不是和平的大厦，全然不是他们的财富，（如有需要，你会再次拥有那全部大厦，并摧毁它们，

你想不摧毁那些牢固矗立、内部舒适、用金钱筑造的宝贵大厦，

它们就牢固矗立了吗？一个钟头也不行，除非你牢固矗立在它们和一切之上；）

啊，旗帜，你不是宝贵的金钱，不是粮食，也不是营养品，

也不是上等商店，不是从船上卸到码头的货品，

也不是配备有风帆动力和蒸汽动力、装载货物的华丽大船，

也不是机器、车辆、生意或税收——而是你，是我从今往后看到的你，

冲出黑夜，带着你的星群，（永远在增大的星群，）

你分开昼夜，切割大气，披着阳光，丈量天空，

（一个可怜的孩子激动地看见了你，渴望着你，

而芸芸众生还在忙碌，争辩，没完没了说教着要节俭、节俭；）

啊，长三角旗！你高高飘扬在那里！像条奇妙的咝咝作响的蛇起伏动荡，

你只是一种伸手莫及的思想，而为我所热爱，不惜疯狂作战，流血冒死，

如此热爱——啊，旗帜，你带着来自黑夜的星辰引领白昼来临！

你不实用，却万众瞩目，高于一切，召唤一切——（一切的绝对拥有者）——啊，旗帜和长三角旗！

我也要抛开它们——它们再伟大也算不了什么——高楼大厦、机器算不了什么——我视若无睹，

我只看着你，好战的长三角旗！啊，旗帜如此宽大，带着条纹，我只歌唱你，

你在风中高高飘扬。

（1861—1862；1881）

时代，从你那深不可测的海洋崛起吧

1

时代，从你那深不可测的海洋崛起吧，直到你更加高傲凶

猛地横扫一切!

为了我那渴望施展拳脚的灵魂，我长久地狼吞虎咽大地给我的一切，

我长久游荡于北方森林，长久守望尼亚加拉大瀑布，

我走遍了每一片草原，在它们胸口睡觉，我穿越了内华达，跨过了高原，

我攀上了太平洋沿岸高耸的岩石，我扬帆出海，

我在风暴里航行，那风暴使我神清气爽，

我快活地瞧着凶巴巴的贪吃的浪头，

瞧着雪白的波涛涌得老高，卷成狂澜，

我听见风在呼啸，看见黑压压的云，

从下看那升腾的一切，（好壮观啊！就像我的心，狂野，带劲！）

听那滚滚的雷声紧跟在闪电之后，

注视那细长的锯齿形闪电，它们在喧嚣中互相追逐，迅猛划过天空，

如此这般，我都欣喜地看见了——怀着惊奇，还有沉思和自负，

地球上所有的威慑之力涌现在我周围，

我的灵魂享用了，很满足，洋洋得意。

2

好啊，灵魂——你为我做的准备很充实，

现在我们进一步去满足我们暗藏的更大的胃口，

现在我们去领受大地和海洋从没给予过我们的东西，

我们不是去穿越强大的森林，而是穿越更加强大的城市，

有些比尼亚加拉大瀑布更加了不得的事物在为我们倾泻，

人的激流，（西北部的源头和溪流，你们真的不会枯竭吗？）

对于这里的街道和住宅，那些高山大海的风暴算得了

什么？

对于今天我目击到的洋溢在我周围的热情，那海洋的浪潮算得了什么？

那乌云下吹奏死亡的风算得了什么？

看！从那更加深不可测的地方涌出更加致命野蛮的东西，

曼哈顿在崛起，以咄咄逼人的架势前进——辛辛那提、芝加哥，都挣脱了锁链，

我在海上看过的洪涛算得了什么？看在这里出现的吧！

看它怎样放开手脚奋勇攀登——怎样冲刺！

真正的雷霆怎样在闪电之后咆哮——那闪电的光芒多么雪亮！

民主怎样迈开拼死复仇的步伐，以闪电的光芒现身黑暗！

(不过当震耳欲聋的混乱暂停，

我似乎听见黑暗里传来悲哀叹息和低声哭泣。)

3

雷声，继续滚动吧！**民主**，阔步向前吧！加紧复仇的打击！

啊，时代，啊，城市，更加高昂地崛起吧！

啊，风暴，更加有力地摧枯拉朽吧！你曾让我感觉很爽，

我的灵魂在山里做好了准备，汲取了你永生的充足的营养，

我曾长久地走过我的城市、我的乡村农场，只有一半的满足，

一个令人恶心的怀疑，像条扭曲的蛇，在我面前的地上爬行，

它频繁地走在我前面，常常回头对我发出讽刺的嗞嗞声，

我抛离了我那么喜爱的城市，奔向肯定会合我口味的地方，

渴望着，渴望着，渴望着原始的活力和大自然的胆魄，

我只能靠它振奋自己，我只喜欢它的滋味，
我等候那郁积的火喷发——我在海上在风中长久等候，
而现在我不再等了，我完全满足了，太满足了，
我见证了真正的闪电，见证了我的发出电光的城市，
我活着看见人类冲出牢笼，武装的美国崛起，
今后我不再到北方孤寂的荒野里寻找食粮，
不再到山里游荡，不再去风暴之海航行。

(1865；1867)

弗吉尼亚——西部[①]

在罪恶的日子里，高贵的父亲堕落了[②]，
我看见了高举的手，威胁着，挥舞着，
(忘记了过去的事情，全不顾交情和诚信，)
把疯狂的刀指向**全体的母亲**。

高贵的儿子迈着强健的步伐前进，
我看见了，他们来自草原、俄亥俄的大湖和印第安纳，
刚毅的巨人催促他众多的儿女奔往营救，
他们身穿蓝制服，肩扛忠实的来复枪。

而后**全体的母亲**用镇静的声调讲话，
你这个反叛者，(我似乎听到她说，) 在你向我献出自己，要作我永远的保护者后，

---

① 此诗抨击当时的弗吉尼亚州要脱离美国联邦（“全体的母亲”）。
② 弗吉尼亚是最早主张美国独立的州，也是首任总统乔治·华盛顿的出生地，故称“高贵的父亲”。

为何拼命反对我，为何图谋我的生命？
过去你把华盛顿给了我——现在却给了我这些。
(1872；1881)

船的城市①

船的城市！
（啊，黑色的船！凶猛的船！
啊，漂亮的尖头的汽船和帆船！）
世界的城市！（所有的民族都在这里，
地球上所有国家都在这里做贡献；）
大海的城市！湍急闪光的潮汐的城市！
快乐的潮汐不断冲来退去，带着漩涡和浪花涌进涌出，
码头和货仓的城市——以大理石和钢铁为高大门面的城市！
豪迈、热烈的城市！勇敢、疯狂、奢侈的城市！
奋起吧，城市——不仅要和平，作为真正的你自己，也要战争！
不要害怕——不要屈尊模仿，要作你自己，啊，城市！
看着我！你要体现我，就像我体现了你！
我从没拒绝你给予我的——你采用的人我都接受，
是好是坏，我从没质疑过你——我爱一切——我什么都不责备，
我歌唱、赞美你的一切——可是再也没有和平了，
在和平时我歌唱过和平，可现在我有的是战鼓，
啊，城市，我沿着你的大街高唱战争，血红的战争！
(1865；1867)

① 船的城市，指曼哈顿。

百岁老人的故事[①]

1861—1862 年的一个志愿兵（在布鲁克林的华盛顿公园里，搀扶着百岁老人。）

把手伸给我，老革命，
山顶不远了，只有几步路，（借光，先生们，）
你一百多岁了，可一路上跟着我走得挺好，
老人家，尽管你的眼睛不中用了，可你还能走，
你的身子骨还硬朗，今天我还要沾你的光。

歇会儿吧，我告诉你周围是些什么人，
在下边平地上，是新兵在操练，
那儿有个军营，明天有个团要开拔，
你听得见军官发号施令吗?
你听得见枪咔嚓响吗?

哦，老人家，你现在怎么了?
为什么发抖，为什么这么牢牢抓着我的手?
军队只是在操练，他们被人围着，还笑呢，
围着他们的都是穿戴体面的朋友和女人，
下午的太阳照得多亮多暖，
盛夏里到处一片绿，小风吹着，又清爽又调皮，

---

① 这个故事讲述的是 1776 年 8 月 27—29 日的纽约长岛战役，是美国独立战争期间英国与美国之间第一场陆上会战，也是整场独立战争规模最大的一场战事。惠特曼祖父的一个兄弟曾经参战并阵亡。

吹过那些自豪、和平的城市，和它们之间的海湾。

操练和检阅结束了，他们列队走回营房，
听听喝彩的掌声吧！听见鼓掌很起劲吧！

现在人们离去了——老人家，只剩下我们了，
我不是无缘无故带你来这儿——我们必须留下，
轮到你讲了，我听着。

百岁老人

刚才我抓着你的手，不是由于害怕，
是突然间有那么多回忆从四面八方涌向我，
就在下面小伙子们操练的地方，在他们跑上的山坡，
在支帐篷的地方，还有你看见的南边，不管是东南、西南，
在山上，跨过低地，在树林边上，
沿着岸边，在泥地里（现在已经填平了），它们回来了，突然爆发了，
像八十五年前一样，那可不是检阅，接受朋友们鼓掌，
而是一场战斗，我亲身参加了——是啊，过去很久了，我参加了，
走在这个山顶上，同样是这片地方。

是的，是在这片地方，
我说话的时候，我的瞎眼睛看见人们从坟墓来到了这里，
年头倒退，马路和大楼消失了，
又出现了简陋的工事，带箍的老式枪炮架好了，
我看见一道道垒起的防线从河边伸展到海湾，
我看见了海、高地和山坡，
我们在这里扎营，也是在夏天的这个时候。

我说着就想起了一切，我记得那个《宣言》①，
是在这儿宣读的，全军接受检阅，在这里给我们宣读，
将军站在中间，参谋们站在周围，他举起拔出鞘的剑②，
整个军队都看见了，剑在太阳下锃亮。

当时那是个大胆的举动——英国军舰刚刚抵达，
我们能瞧见他们在下面的海湾里抛了锚，
运输船上挤满了士兵。

几天后，他们登陆了，接着战斗打响了。

有两万人来对付我们，
那是支经验丰富的部队，大炮很好。

现在我不说整个战役，
只说一个旅，一大清早就接到命令去揍那些穿红军服的家伙，
我就说那个旅，怎样顽强地挺进，
他们面对死亡坚持了多久多么出色。

你以为那个旅是些什么人？那么顽强地挺进，严峻地面对死亡，
都是最年青的人，两千条好汉，
他们在弗吉尼亚和马里兰长大，许多还认识将军本人。

他们轻松地朝加瓦纳斯海湾快步前进，

---

① 指美国《独立宣言》，于1776年7月4日由大陆会议通过，8月2日由国会签署，三个星期后，英国军队前来进攻，发生了长岛战役。

② 将军，指斯特灵勋爵威廉·亚历山大（William Alexander，1726—1783），参战的美国将军之一。

在夜里他们走进树林里的小路，突然，没有料到，
英国人来了，从东边楔进来了，猛烈开火，
那个最年青的旅被截断了去路，落入敌人的手心。

将军就从这座山上望着他们，
他们一次又一次拼死突围，
然后他们紧紧地集中在一起，军旗飘在中央，
可是啊，从山上射来的炮火使他们一批批倒下！

那场屠杀，还叫我寒心呢！
我看见将军脸上凝出了汗珠，
我看见他痛苦地绞着两手。

同时英国人设计引我们出去打一场阵地仗，
但是我们没有打赢阵地仗的把握。

我们分散开去打，
我们在几个点上出击，可都没有碰到好运气，
我们的敌人在推进，一步步取得优势，逼得我们退进这座山上的工事里，
直到我们在这里掉转身来威胁他们，然后他们离开了我们。

那个最年青的旅就那么完了，两千条好汉，
没有几个回来，都留在了布鲁克林。

那就是我的将军在这里打的第一仗，
没有女人来瞧，没有太阳晒，结束时没有喝彩，
那时这里没有人鼓掌。

只有黑暗、迷雾，下着冷雨，
那个夜晚我们精疲力尽躺在地上，沮丧，憋气，
而驻扎在我们对面不远，许多傲慢的老爷嘲笑我们，
能听见他们摆宴碰杯，欢庆胜利。

这样沉闷、潮湿，又过了一天，
那天夜里，雾散了，雨停了，
敌人以为肯定能消灭他，我的将军却像鬼魂似的悄悄撤退了。

我在河边看见他，
由火把照着走下渡口，催促大家上船，
我的将军直等着所有士兵和伤员都过了河，
那时候，（太阳就要出来了，）我这双眼睛最后一次落在他身上。

每个人似乎都很忧郁，
许多人无疑想到了投降。

但是当我的将军经过我的时候，
他站在他的船上，看着升起的太阳，
我看见的不是投降。

尾声

足够了，百岁老人的故事讲完了，
过去和现在，互相交换了，
我，作为中间人，伟大未来的歌手，现在要发话了。

这就是华盛顿踏过的土地吗？
我天天不经意地渡过的河，就是他曾经渡过的吗？

他面对失败时，跟别的将军面对最骄傲的胜利时一样坚定吗?

我必须记录这个故事，让它四处传诵，
我必须保存那道目光，它曾经照亮布鲁克林的河。

看——一年一度的日子到了，幽灵们回来了，
这是八月二十七日，英国人登陆了，
战斗打响了，于我们不利，透过硝烟，看华盛顿的脸，
弗吉尼亚和马里兰的旅已经开拔去阻击敌人，
他们被截断了，屠杀的大炮从山上向他们狂轰，
一排接一排的人倒下了，军旗在他们头上静静低垂，
那一天在年青人流血的伤口中，
在死亡、失败和姐妹母亲的泪水中洗礼。

啊，布鲁克林的山！你比人们想象的更加珍贵，
在山中间矗立着一个古老的军营，
永远矗立着那个牺牲的旅的军营。

(1861—1862；1881)

骑兵过河

一支长长的队伍在绿岛间迂回行进，

像蛇一样，他们的武器在太阳下闪亮——听那铿锵悦耳的声音，

看那银色的河，马踢出浪花，磨蹭着，停下来饮水，

看那些棕脸膛汉子，大大咧咧歪在马鞍上，每一伙，每一个，都是一幅画，

有的上了河对岸，有的刚刚踏进河里——此时，
深红的、蓝的、雪白的
队旗在风里欢快地飘。

(1865；1871)

山腰宿营

现在我眼前一支行军的部队停下了，
下面肥沃的山谷伸展，有谷仓和夏季的果园，
背后的山腰上有台地，有的地方猛地就耸起来，
暗中看得见错错落落的石头、扎堆的雪松、一些高高的东西，
许许多多营火散布得远远近近，有的在山高处，
人和马的巨大影子，朦朦胧胧，摇晃着，
整个天上——天上！远远的，远不可及，散布着闪闪烁烁的永恒的星星。

(1865；1871)

行进中的军团

一帮侦察兵打头阵，
一声枪响像鞭子劈啪，接着乱枪争鸣，
蜂拥的队伍紧赶向前向前，密集的团队紧赶向前，
兵器无光，一身尘土的男人——在太阳下苦苦行进，
排成纵队顺着地势起伏登上迈下，
大炮夹杂其间——车轮滚滚，马匹浸汗，

军团在行进。

(1865—1866；1871)

在宿营地忽明忽暗的火焰旁

在宿营地忽明忽暗的火焰旁，
我旁边的队伍围成圈，泰然，亲切，安闲——不过首先我注意到，
军队睡觉的帐篷、田野和森林的昏暗轮廓，
星罗棋布的篝火照亮了黑暗，寂静，
远处或近处偶尔有人走动，像幽灵，
灌木丛和树林，(当我抬眼时它们似乎在偷偷望我，)
种种思绪排成队围着我，啊，温柔奇妙的思绪，
有关生死，有关家园、往事和爱过的人，以及那些遥远的事情；
当我坐在地上，一支泰然安闲的队伍也在那里，
在宿营地忽明忽暗的火焰旁。

(1865；1867)

父亲，从田里回来

父亲，从田里回来，我们的皮特来信了，
母亲，到大门口来，你的好儿子来信了。

瞧，现在是秋天，
瞧，树更绿、更黄、更红了，

树叶在小风里飘，使俄亥俄的村子凉爽可人，
苹果熟了挂在园子里，葡萄吊在藤架上，
(你闻到藤蔓上的葡萄了吗？
你闻到荞麦了吗？蜜蜂近来在那儿嗡嗡叫。)

瞧，雨后的天空多么宁静、清亮，还有奇妙的云彩，
天底下也是一派宁静，一派生气和美丽，农场欣欣向荣。

田地里也是一派欣欣向荣，
可现在父亲从田里来了，他听到了女儿的呼喊，
母亲也赶紧来到大门口。

她尽可能的快，有不祥的事，她的脚步颤巍巍，
她来不及梳好头发，戴好帽子。

赶紧打开信封，
哦，这不是我们儿子写的，虽然署的是他的名字，
哦，是只陌生的手替我们的好儿子写的，啊，母亲的心懵了！
一切在她眼前晃，黑影闪现，她只看到了主要的字，
破碎的句子，胸口有枪伤，骑兵战斗，送往医院，
目前体弱，很快会好转。

啊，此刻在兴旺富裕的俄亥俄的城市和乡村，
只有一个人出现在我眼前，
她脸色惨白，头脑麻木，非常虚弱，
靠在门柱上。

别这么难过，亲爱的母亲，(刚成人的女儿呜咽着说，
小妹妹们挤在周围，心慌得不说话，)

你看，亲爱的母亲，信里说皮特很快会好转。

啊，可怜的孩子，他永远不会好转，（可能也不需要好转，那个勇敢简单的灵魂，）

当他们在家门口站着时，他已经死了，

唯一的儿子死了。

但是母亲需要好起来，

她现在身子骨消瘦，穿着黑衣，

白天她不吃不喝，夜里睡不好觉老是醒来，

她半夜醒来，流泪，深深渴望，

哦，但愿她能悄悄离去，悄悄离开人世，

去追随，去寻找，去和她死了的好儿子在一起。

(1865；1867)

一天夜里我奇异地守卫在战场上

一天夜里我奇异地守卫在战场上；

那一天，你，我的孩子我的同伴，倒在我身旁，

我只看了你一眼，你那亲切的一瞥回眸叫我永生难忘，

你的手碰了一下我的，啊孩子，你躺在地上抬起的手，

我立刻又继续战斗，那不分胜负的战斗，

直到深夜撤回原地，我才终于能去寻找，

我发现你死了，身体冰凉，亲爱的同伴，曾用亲吻给我回报的孩子，（天下不会再有那样的回报，）

你的脸呈现在星光下，奇异的感觉，清凉的夜风轻轻吹过，

我长久站在那里守卫，周围是模模糊糊的广阔战场，

守卫在芬芳寂静的夜里，奇异而亲切，

我长久注视着，没有一滴泪水落下，甚至没有一声长叹，
然后我在你身边斜躺在地上，手托着腮，
和你，最亲爱的同伴度过亲切的时辰，不朽而神秘的时辰——没有一滴泪水，没有一句话，
寂静的守卫，爱和死，为你守卫，我的孩子我的战士，
高空的星星寂静前行，东方的新星悄悄上升，
最后一次为你守卫，勇敢的孩子，（我没能救你，你死得仓促，
你活着时我诚心疼过你，照顾你，我想我们肯定还会相见，）
我逗留到夜晚将尽，曙光出现，
我把我的同伴裹在他的毯子里，包严他的遗体，
把毯子合拢，从头到脚小心扎紧，
就在那里那时，沐浴着升起的太阳，我把我的孩子放进他的坟墓，简单挖掘的坟墓，
结束了我奇异的守卫，在夜里在模糊的战场上的守卫，
守卫那曾用亲吻回报我的孩子，（天下不会再有那样的回报，）
守卫一个被突然杀死的同伴，我永不会忘记的守卫，
天亮时，我从寒冷的地上站起，把我的战士包进毯子，
埋在他倒下的地方。

（1865；1867）

急行军

一次急行军，队伍走在不熟悉的路上，
在黑黯里我们放轻脚步，通过一片茂密的森林，
我们的部队损失惨重，残余的人郁闷地撤退，

直到午夜我们才看到微弱的灯光，是从一座建筑里发出的，

我们来到森林里的一片空地，在建筑旁休息，

这是座很大的老教堂，在十字路口，现在当作了临时医院，

我只进去了一会儿，看到了在所有绘画和诗歌里从没见过的情景，

黑影重重，只有移动的蜡烛和灯发出光亮，

还有一支很大的沥青火把，固定在那里，狂喷赤焰和浓烟，

就这样，我影影绰绰看见一排排的人，被放在地板或长凳上，

能看清楚我脚边的一个士兵，还是个孩子，淌着血快要死了，（他的肚子中了弹，）

我临时给他止血，（这小子的脸白得像朵百合，）

离开前我扫视了一下，想把整个情景记住，

各种各样的脸和姿势，难以描述，大多在阴暗里，有的已经死去，

医生在做手术，护士举着灯，乙醚的气味，血的气味，

到处是人，啊，都是流血的士兵，外面院子里也挤满了，

有的就放在地上，有的在木板或担架上，有的快死了，抽搐着，冒冷汗，

时不时听见尖叫和哭声，医生大嗓门发着命令、叫喊，

在火把的映照下小小的金属器械闪着亮，

我写这首诗时回想着这些，又看见那些人影，闻到那股气味，

接着听见外面传来命令，集合，我的人集合；

可我首先向那个正在死去的孩子弯下腰，他睁着眼睛，给了我一丝微笑，

然后眼睛闭上了，平静地闭上了，于是我冲入黑黯，

继续行军，永远在黑黯里在队伍里行军，
在不熟悉的路上行军。

(1865；1867)

灰暗黎明中的军营一景

灰暗黎明中的军营，
我睡不着觉，早早走出帐篷，
在凉风里慢慢散步，小路附近是医院的帐篷，
我看见三个人躺在担架上，放在露天里没人管，
每一个上面都盖着毯子，宽大的棕色羊毛毯子，
暗淡厚重的毯子折了边，把他们捂严。

我好奇地停下来，静静站着，
然后用手指轻轻地把最近的一个脸上的毯子稍微掀起来，
你是谁？上了年纪的人，瘦得这么可怕，头发全白了，眼窝塌陷了，
你是谁？我亲爱的伙伴。

然后我走向第二个——你是谁？我的孩子和亲人，
你是谁？多好的小子，脸蛋还像一朵盛开的花。

接着是第三个——一张既不是孩子又不是老人的脸，非常平静，美得像浅黄的象牙，
年青人，我想我认识你——我想这张脸就是基督的脸，
死而神圣，是所有人的兄弟，他又躺在了这里。

(1865；1867)

当我劳累地走在弗吉尼亚的树林里

当我劳累地走在弗吉尼亚的树林里，
脚踢起树叶沙沙响，像是音乐，（那时正是秋天，）
我留意到一棵树下有个士兵的坟；
他受了致命的伤，撤退时给埋了，（这对我来说太好懂了，）
午休时，就要开拔了！没时间耽搁——却还是留下了这行字，
草草写在一块牌子上，钉在坟边的树上，
勇敢，谨慎，真诚，我亲爱的战友。

我看了很久很久，然后接着走我的路，
经历了多少变幻的季节，多少人生的场景，
在那变幻的季节和场景中，有时是我一个人，有时在闹市街头，
猛然间那弗吉尼亚树林里无名士兵的坟和潦草的字出现在我眼前，
勇敢，谨慎，真诚，我亲爱的战友。

（1865；1867）

不逊于领航员

领航员赋予自己领船入港的使命，尽管他屡遭挫折和失败；
探路人长期疲劳地深入内陆，

尽管沙漠烘烤，冰雪严寒，河水湿溅，他不屈不挠直到抵达目的地，

我赋予自己的使命不逊于他们，不管是否受人瞩目，我要为合众国写一支进行曲，

为了在今后多年、多个世纪里作为战斗的召唤，必要时叫人拿起武器。

(1860；1881)

在我脚下战栗晃动的一年

在我脚下战栗晃动的一年！
你夏天的风够暖和的了，我呼吸的空气却把我冻僵，
厚重的阴霾从阳光里降落，叫我身心黯然，
我对自己说，我非得改写我胜利的歌吗？
我真的非得学唱战败者的凄凉挽歌吗？
那落魄的悲伤调子？

(1865；1867)

裹 伤 者[①]

1

一个驼背的老头，我来了，来到新面孔中间，
回首往日岁月，回答孩子们，

---

① 内战期间，惠特曼作为裹伤员和探视员先后在纽约和华盛顿的战地医院义务工作。

少男少女们喜欢我，他们说，老人家，来给我们讲讲吧，
（我曾被激怒过，想敲起警钟，推动无情的战争，
可很快我的手指就不听使唤，低下头来，听从自己，
坐在伤兵旁边，安抚他们，或者就悄悄守着死去的人；）
多少年过去了，这些景象，这些暴烈的激情，这些遭遇，
还有举世无双的英雄，（只有一方勇敢吗？另一方同样勇敢；）
现在再次作证吧，描绘世界上最强大的军队，
关于那些迅猛、奇迹般的军队，告诉我们你看到了什么？
你记得最牢最深的是什么？古怪吓人的事情，
凶狠的战斗，浩大的围攻，你记得最深的是什么？

2

啊，喜欢我的少男少女们，我也喜欢你们，
你们寻问我的那些日子，那些最离奇的突发的事情，我想起来了，
我作为值勤的士兵走了好长一段路，满身是汗和土，赶到了阵地，
我来得正是时候，马上投入战斗，呐喊，冲锋，夺取胜利，
进入了攻克的工事——可是瞧！敌人像一条急流的河全跑掉了，
他们走了，跑掉了——我不提当兵的危险和快乐，
（两样我都记得清楚——苦多乐少，可我还是满足。）

当世界在照旧追逐利润、浮华、欢笑，
一切这样快就被遗忘，像浪头冲刷掉沙滩上的痕迹，
但是在寂静中，在梦中，
我却膝盖僵直地回来了，我进门了，（你就在那里，
不管你是谁，壮起胆，悄悄跟着我。）

拿着绷带、水和药棉，
我径直飞快地走向我的伤兵，
他们躺在地上，是战斗过后送来的，
他们宝贵的血染红了草地，
我走向医院里一排排帐篷或病房，
我来来回回地走，两旁都是长列的简陋病床，
我走近每一个伤兵，一个接一个，一个也不漏掉，
护理员跟着我，拿着托盘，提着污物桶，
桶里很快装满了沾血的布条，倒了以后又装满了。

我走走停停，
膝盖僵直，两手沉稳，包扎伤口，
坚定地对待每一个人，疼痛剧烈，但不可避免，
一个伤兵用哀求的眼神看着我——可怜的孩子！我从不认识你，
可我想假如我能救你的命，我乐意马上为你去死。

3

接着往前走，（打开时间的门！打开医院的门！）
我包扎裂开的头，（可怜的疯狂的手，不要把绷带扯掉，）
我检查骑兵的脖子，被子弹射穿了，
呼吸艰难急促，眼神已经呆滞，生命还在艰难挣扎，
（来呀，甜蜜的死亡！听话，美丽的死亡！
发发慈悲，快点来呀。）

那条胳膊上手给截掉了，
我解开凝血的绷带，除掉烂肉，洗去脓血，
士兵躬着身子，背靠枕头，弯着脖子，脑袋耷拉在一边，
他闭着眼，脸色苍白，他不敢瞧那血肉模糊的断臂，
还不曾瞧过一眼。

我包扎肋部的伤口，很深，很深，
只有一两天，那身子骨就塌下了，不行了，
脸黄里透青。

我包扎打穿了的肩膀、子弹射伤的脚，
清洗一个人生了坏疽的伤口，那里发出恶臭，这么恶心、难闻，
护理员站在我旁边，拿着托盘和桶。

我坚守岗位，不知疲倦，
断了的大腿，膝盖，肚子上的、各处的伤口，
我的手平静地为它们包扎，（可在我胸膛深处却有一团火，一团燃烧的火。）

4

就这样在寂静中，在梦中，
我重返过去，走行在那些医院里，
我用抚慰的手安抚那些受伤的人，
我整夜坐在那些不得安宁的伤兵旁边，有的人那样年青，
有的人饱受折磨，我回想起那些亲切而又悲哀的经历，
（好多士兵的胳膊搂着、搭在这脖子上，充满了爱，
好多士兵吻过这胡子拉茬的嘴唇。）

（1865；1881）

久了，太久了，美国

久了，太久了，美国，
你行进在完全平坦平静的道路上，你只从欢乐和繁荣中

学习，

可是现在，现在啊，要从磨难和危机中学习，前进，和最悲惨的命运格斗，不能倒退，

现在想一想，向世界显示一下你的儿女们到底怎么样，

（除了我，谁想过你的儿女们到底怎么样？）

(1865；1881)

给我辉煌宁静的太阳

1

给我辉煌宁静的太阳，连同它耀眼的光芒，

给我秋天多汁的水果，从果园采来，成熟红润，

给我一片草地，没割过的草还在生长，

给我一棵大树，给我一架葡萄，

给我新鲜的玉米和麦子，给我安详行走的动物，它们教我学会满足，

给我密西西比西部高原上完美宁静的夜，我在那里仰望星星，

给我日出时美丽花园的芬芳，我在那里能自在地散步，

给我一个气息甜爽的妻子，我永远不会厌倦她，

给我一个完美的孩子，让我过乡村的家居生活，远离世界的吵闹，

让我轻轻地随便唱首歌，独自一人，只有我的耳朵能听到，

给我孤独，给我大自然，啊，大自然，再次给我你原始健全的精神！

我要求得到这些，（我已厌倦了没完没了的激动和战争的折磨，）

为了得到这些，我不停地要求，内心发出呼喊，

我在不停地要求，却依然依附着我的城市，

啊，城市，日复一日，年复一年，我走在你的大街上，

有一个时期你抓住我拴住我，不放我走，

你给予我，填充我，丰富我的灵魂，你永远提供那些脸孔；

(啊，我看见了我企图逃避的东西，对抗着翻转着我的呼喊，

我看见自己的灵魂践踏着它的要求。)

2

留着你的辉煌宁静的太阳吧，

大自然，留着你的树林和周围宁静的地方，

留着你的苜蓿草地、梯牧草地，你的玉米地和果园，

留着那开花的荞麦地，九月的蜜蜂在那里嗡嗡飞舞，

给我人们的面孔和大街——给我这些人行道上无止无休无穷无尽的幽灵！

给我数不清的眼睛——给我女人——给我成千的伙伴和爱人！

让我每天都看到新面孔——让我每天都握住新人的手！

给我这样的场景——给我曼哈顿的大街！

给我百老汇，那里有士兵在行进——军号在吹，军鼓在敲！

(整连整团的士兵——有的正在开拔，红红的脸上满不在乎，

有的服役期满了，跟着稀稀拉拉的队伍回来了，年青又苍老，筋疲力尽，心不在焉地行进着；)

给我停满黑色轮船的海岸和码头！

啊，给我这些吧！啊，一种紧张的生活！啊，充实多彩的生活！

给我戏院的、酒吧的、大饭店的生活！
给我汽船上的大客厅！游览的涌涌人潮！火炬游行！
奔赴战争的大队军旅，后面跟着堆得高高的军车；
像流水一样没尽头的人们，强烈的喧哗、激情、炫耀，
曼哈顿的大街，脉搏有力地跳动，军鼓就像此刻正在敲响，
没尽头的吵闹的合唱，步枪咔咔嚓嚓铿铿锵锵，（甚至还看到了伤兵，）
曼哈顿的人群，狂暴的悦耳的合唱！
永远给我曼哈顿的脸孔和眼睛。

（1865；1867）

为两个老兵而作的挽歌

最后一线阳光
在安息日结束时轻轻落下，
落在这里的马路上，而在那边，
它俯瞰着一座新挖的双穴坟墓。

看，月亮升起来了，
从东方升起来，银色的圆圆的月亮，
美丽地照在屋顶上，幽灵似的月亮，
巨大沉默的月亮。

我看见一支悲哀的队伍，
我听见号角的厉声长鸣，
他们拥进了城市的大街小巷，
人声鼎沸，泪水如雨。

我听见大鼓重重捶击，
小鼓连连敲响，
每一下震天撼地的鼓声，
捶得我痛彻肺腑。

儿子和父亲一起抬来了，
（他们在猛烈进攻的最前列倒下了，
两个老兵，儿子和父亲，一起倒下了，
等候他们的是那双穴坟墓。）

此刻号角声更近了，
鼓敲得更猛了，
白昼的光在马路上完全消失了，
雄壮的送葬进行曲包裹了我。

悲哀的巨大的幽灵，
在东方天空升起，光辉地移行，
（像一位母亲宽广坦然的面庞，
在空中越来越明亮。）

啊，雄壮的送葬进行曲，你让我欣慰！
啊，巨大的月亮，你银色的脸抚慰着我！
啊，我的两个士兵！啊，我的老兵，送去埋葬！
我也要把我所有的献给你们。

月亮献给你们光明，
鼓号献给你们音乐，
而我的心，啊，我的士兵，我的老兵，
我的心献给你们爱。

(1865—1866；1881)

在尸横遍野的战场上升起预言家的声音

在尸横遍野的战场上升起预言家的声音，
不要沮丧，爱将会解决有关自由的问题，
相互爱着的人们将战无不胜，
他们将使美国赢得胜利。

众人之母的儿子们，你们将赢得胜利，
你们将笑着藐视来自世界各地的攻击。
危险阻挡不了热爱美国的人，
必要时，成千人会为了一个人豁出性命。

一个马萨诸塞人会成为密苏里人的伙伴，
从缅因来的，从炎热的卡罗来纳来的，还有一个俄勒冈人，会成为三位一体的朋友，
相互的友爱比世上全部财富更加珍贵。

佛罗里达的芬芳会轻柔地来到密歇根，
它不是花香，却更甜美，它超越了死亡。

在房子里和街头上看到男子汉的友爱将是平常事，
最大胆最粗鲁的人会满不在乎地脸贴着脸，
自由要依靠相爱的人实现，
平等要由伙伴们维系。

这将比铁箍更牢靠地维系你们，联结你们，
我，欣喜若狂，伙伴们呀！大地呀，用相爱者的爱把你们

联在一起。

（你们指望靠律师来维系，
或者靠一纸协议？或者靠武力？
不，这个世界、任何活着的生命都不会这样联结。）

（1860；1867）

我看见老将军陷于困境

我看见老将军陷于困境，
（尽管他老了，在战场上他的灰眼睛却像星光闪耀，）
此时他不多的兵力全困在了工事里，
他号召志愿者冲破敌人的阵线，做一次拼死的紧急行动，
我看见一百多人走出队列，只有两三个被选中，
我看见他们在一旁接受命令，仔细聆听，副官一脸沉重，
我看见他们愉快地出发了，满不在乎拿性命冒险。

（1865；1867）

炮兵的幻象

妻子躺在我身边睡着，战争结束很久了，
我的头枕在枕头上，午夜在空荡荡地过去，
在寂静中，在黑黯中，在家里，我听到，仅仅听到我小孩的呼吸，
就在这房间里，当我睡醒，幻象逼近眼前；
战斗就在彼时彼处，在幻觉的不真实中打起来了，

开始是侦察兵，他们小心向前爬行，我听见乱枪响了！响了！

我听见各种枪子和炮弹，来复枪子发出短促的嗒—嗒！嗒—嗒！

我看见炮弹炸开时冒出一小团白烟，我听见重型炮弹飞过时尖啸，

流霰弹发出风扫林子的呼呼声，（眼下战斗白热化了，）

战场的万般景象在我眼前重现，

爆炸声声，硝烟滚滚，男人们全副武装，豪情万丈，

主炮手测距，瞄准目标，选择最佳时机发射，

我看见他点火之后靠在一边，急切注视效果；

我听见别处一个团在冲锋呐喊，（年青的上校挥舞军刀，身先士卒，）

我看见被敌炮轰开的缺口，（迅速填补，毫不拖延，）

我吸着呛死人的硝烟，后来这烟雾展平低垂，笼罩一切；

现在沉寂持续了几秒，叫人纳闷，双方都不发一枪，

然后乱声重起，甚于之前，夹着军官们焦急的喊叫和命令，

从阵地远处，风把一阵欢呼灌进我耳朵，（准是打赢了，）

老是听见或远或近的炮声，（连梦里也在我灵魂深处激起着魔似的狂喜和全部往日疯狂的欢乐，）

老是看见步兵在忙着变换位置，炮兵骑兵忽东忽西，

（倒下的，死掉的，我没注意，受伤的，流血的，我没注意，有人一瘸一拐往回走，）

尘土，热浪，冲锋，副官们骑马蹿过或全速奔驰，

轻武器的嗒嗒声，来复枪报警的嗖嗖声，（在幻象里我都听见看见了，）

炮弹在空中爆炸，夜里火箭五颜六色。

（1865；1881）

埃塞俄比亚人欢迎军旗

你是谁，黢黑的妇人？老得不成人样，
卷曲的白发，包着头巾，光着枯瘦的脚①，
干吗站在路边，你迎接军旗吗？

（那时我们的军队行进在卡罗来纳的沙地和松林，
你这埃塞俄比亚人走出茅屋，向我走过来，
而我正在英勇的谢尔曼指挥下朝海边行进②。）

我离开父母已经一百年了，
那时他们抓我，一个小孩，就像抓野兽，
后来凶狠的奴隶贩子带我漂洋过海来到这里。

她没再说什么，但是整天徘徊，
晃着高高的缠着头巾的头，转动着黑眼睛，
向走过的军团和旗帜表示友好。

这是什么意思，不幸的妇人？眼睛都烂了，不成人样，
干吗晃着你那包着黄红绿三色头巾的头？
你看到、见过的事情就这么奇怪，这么了不起？

(1871；1871)

---

① 埃塞俄比亚人多信仰伊斯兰教，故妇女要包头巾。
② 威廉·谢尔曼（William Sherman，1820—1891），内战时的联邦军队将军。

青春不属于我

青春不属于我，
风雅也不属于我，我不能靠闲聊消磨时间，
在客厅里发窘，不会跳舞也不风度翩翩，
在学者沙龙里哑口坐着，全不自在，做学问不适合我，
美、知识，不适合我——不过有两三件事合我口味，
我照料了伤员，安慰了许多临死的士兵，
在照料的间隙，在军营里，
我写了这些诗。

(1865；1871)

老兵那种人

老兵那种人——是胜利的人！
是跟泥土打交道的人，随时准备打仗——进发，征服敌人！
(他们不再轻信，他们坚忍不拔，)
所以他们无法无天，只信自己的法则，
是满腔热血、搅起狂飚的那种人。

(1865—1866；1871)

全世界好好注意

全世界好好注意，银色的星星在退去，

乳白的色彩撕去了，白色的纬纱脱落了，
三十八块煤，不吉祥地燃烧①，
猩红，意义重大，发出不许干涉的警告，
从今以后，它在这海岸上飘扬。

(1865；1867)

啊，脸膛晒黑的草原少年

啊，脸膛晒黑的草原少年，
你来之前很多叫人喜欢的礼物抵达营中，
赞扬和礼物，还有滋养的食品，直到最后，和新兵们一道，
你来了，一言不发，没什么可给的——我们只是相互看着，
那会儿，你给我的胜过了世上所有的礼物。

(1865；1867)

俯瞰吧，美丽的月亮

俯瞰吧，美丽的月亮，笼罩这一场面，
将潮水般的夜光轻轻洒到这些脸上——幽灵似的，又青又肿，
洒到死者身上，他们的胳膊展得好宽，

---

① 三十八块煤，喻指美国国旗上的三十八颗星，象征当时的三十八个州。

倾洒你无限量的光，神圣的月亮。

(1865；1867)

和　解

这字眼高于一切，美如天空，

美，是因为战争和杀戮务必及时地完全消失，

死神与**黑夜**这对姐妹的手轻轻洗刷了肮脏的世界，洗了又洗，永无止歇；

因为我的敌人死了，一个神圣如我的人走了①，

我看着他躺在棺木里，脸色灰白，一动不动——我走过去，

弯下腰，用我的唇碰了碰这棺木里灰白的脸。

(1865—1866；1881)

一个接一个多么庄严

(华盛顿城，1865)

一个接一个多么庄严，

队伍回来了，疲劳，满头是汗，他们纵列走过我跟前，

那些脸俨然是面具，我瞥着那些脸，琢磨着那些面具，

(正像我从这页纸上抬眼望你，琢磨你，朋友，不管你是谁，)

---

① 我，指美利坚合众国。我的敌人，指引发内战的南方叛军。神圣如我的人，指亚伯拉罕·林肯总统，他于 1865 年 4 月 14 日在华盛顿的福特剧院遭暗杀。

我嘀嘀咕咕的灵魂想，队伍里的每一个，还有你，是多么庄严！

在每一个面具后我看到一个奇妙的和我血缘相亲的灵魂，
啊，子弹永远打不死真正的你，朋友，
刺刀也刺不死真正的你，
灵魂！我看到了你，和所有的灵魂同等伟大、优秀，
安然自得地待命吧，子弹打不死你，
刺刀刺不死你，朋友。

(1865；1871)

伙伴，当我的头枕在你的怀里

伙伴，当我的头枕在你的怀里，
我重申我作过的表白，我重申我向你、向天空说过的话，
我明白我不安分，也搞得别人这样，
我明白我的话是武器，充满危险，充满死亡，
当我面对和平、安全和一切既定的法则，我就去打乱它们，
我在人人都拒绝我时比他们或许都接受我时更加坚定，
我不在乎、从来不在乎经验、告诫、多数人或者嘲笑，
所谓地狱的威胁对于我太小了，算不了什么，
所谓天堂的诱惑对于我太小了，算不了什么；
亲爱的伙伴！我承认我曾怂恿你和我一起前行，现在也依旧怂恿你，尽管不知道我们的目标是什么，
我们也许会赢得胜利，也许会彻底毁灭、失败。

(1865—1866；1881)

优美的星群

优美的星群！洋溢生命的旗帜[①]！
覆盖了我整个的大地——所有的海岸线！
死亡的旗帜！（我曾透过战场的硝烟急切望着你！
我听到你哗啦啦飘扬，挑战的大旗！）
天蓝的旗帜——灿烂的旗帜，缀满了夜的星辰！
啊，我银光闪闪的美人——啊，我的羊毛白和猩红！
啊，为你高唱颂歌，我威力无边的女主人！
我的圣者，我的母亲！

（1871；1871）

给某位市民

你向我要过动听的诗吗？
你寻求过市民的和平与伤感的诗吗？
你发现我以前唱的歌难以听懂吗？
我以前并不是为了让你听懂才歌唱——现在也不是；
（我来到世上和战争来到世上目标相同，
军鼓的嗒嗒声于我永远亲切，我爱听勇武的哀乐，
缓缓的哀声和骤然的悸动引导军官的葬礼；）
对于像你那样的人，我这样的诗人有什么意义？所以放下我的诗集，

① 指美国国旗。

去用你能理解的诗、用钢琴曲安慰你自己，
我不安慰任何人，你永远不会懂我。

(1865；1871)

看，山顶上的胜利女神

看，山顶上的胜利女神，
你眉宇轩昂，在那里瞩目世界，
(啊，**自由**，那个徒劳地合谋反对过你的世界，)
你冲破了它无数次的围攻、圈套，把他们统统挫败，
你屹立着，太阳照耀着你，
现在你豪情万丈，毫发无损，永远坚固，永葆青春——看，在这崇高的时刻，
我唱给你的歌里没有骄傲，没有狂喜，
首首满含夜的黑暗和滴血的伤痛，
还有死亡的诗篇。

(1865—1866；1881)

完成使命的灵魂

(华盛顿城，1865)

完成使命的灵魂——可怕时光的灵魂！
离别前，你们如林的刺刀从我眼前渐渐消逝；
心怀过最阴暗的恐惧和疑虑的灵魂，(却永不迟疑地向前挺进，)
经历过许多严峻岁月和残酷场面的灵魂——带电的灵魂，

低声抱怨着穿过现已结束的战争，像个不倦的鬼影飞来飞去，
喷着火，擂着战鼓，把大地唤醒，
现在那鼓声，至终都沉重粗厉的鼓声，又在我周围振动，
你们的队伍，你们不朽的队伍，回来了，从战场回来了，
年青人的步枪还扛在肩上，
我看见刺刀在他们肩头林立，
那刺刀的森林在远处出现了，走近了，走过了，返回故乡，
姿态从容地走着，前后左右地晃着，
步伐整齐、均匀，轻起轻落；
那些时光的灵魂，我熟悉你们，头一天还都兴奋得脸红，第二天却面容灰白如死人，
在你们离去前吻吻我，贴紧我的嘴唇，
把你们狂跳的脉搏留给我——遗赠给我——用喷薄的血充实我，
在你们走后让它们在我的歌里宣泄痛骂，
让未来在这些歌里经由它们认出你们。

(1865—1866；1881)

和一位士兵告别

再见，士兵，
你参加过残暴的战斗，（我们分享的战斗，）
急行军，安营扎寨，
在敌对前线激烈争夺，长途调动，
浴血搏斗，厮杀，刺激，惨烈恐怖的游戏，
英勇的男子汉雄心的魅力，由你和你这样的人，

充实了那个战争年代。

再见，亲爱的伙伴，
你的使命已经完成——而我，更加好战，
我自己和我这好斗的灵魂，
仍然恋着我们自己的战斗，
通过没有侦察过的、有敌兵埋伏的道路，
通过许多惨败和危机，屡遭挫折，
在这里挺进，永远挺进，仗打响了——就在这里，
投身到更猛烈更重大的战斗中。

(1871；1871)

转过身来吧，自由

转过身来吧，**自由**，战争已经结束，
从它那里转过身来，从今后昂首阔步，抛开疑虑，扫视世界，
转过身来，从那些叫人怀旧的写满了往事的大地，
从那些歌唱往日荣耀的歌手们，
从封建世界的颂歌、帝王的胜利、奴隶制、等级制，
转向一个胜利行将来到的世界——抛弃那个落后的世界，
把它留给旧时代的歌手，把冗长的历史留给他们，
而把保存的东西交给为你歌唱的歌手——未来的战争是为了你，
(看，你已对过去的战争司空见惯，你也会习惯当前的战争；)
转过身来，不要惊慌，**自由**——转过你不朽的脸，
转向空前伟大的未来，

它正迅速、确定地为你做好准备。

(1865；1871)

朝着他们踏过的发酵的土地

朝着他们踏过的发酵的土地，我呼喊，最后一次歌唱，
(我最后一次走出帐篷，解开篷索，)
在上午的新鲜空气里，在周围恢复了和平的一马平川中，
朝着火焰流动的田野和无垠的远方，朝着南方和北方，
朝着大西部的发酵的土地，以证明我的歌，
朝着阿勒格尼群山和不倦的密西西比河，
朝着岩石和森林中的树木，我呼喊、歌唱，
朝着诞生了英雄诗篇的平原，朝着辽阔伸展的草原，
朝着远方的海和看不见的风，还有清新的摸不着的空气，
它们全都回应着，(但不是用语言，)
平凡的土地，战争与和平的见证者，默默地认可，
草原把我拉近，像父亲把儿子搂进宽阔的胸怀，
我生来啜饮的北方的冰雪雨水将滋润我至死，
而南方的毒太阳将熟透我的歌。

(1865—1866；1881)

林肯总统纪念集[1]

沃尔特·惠特曼，1869—1872
（Frank Pearsall 摄）

---

① 此集中的四首诗均为悼念美国第16任总统亚伯拉罕·林肯（Abraham Lincoln，1809—1865）而作。林肯于1865年4月14日在华盛顿的福特剧院被在内战中失败的南方敌人暗杀。

当紫丁香最近在庭院开放时

1

当紫丁香最近在庭院开放时，
当夜晚巨大的星辰在西天早早坠落时，
我哀悼，我将在年年岁岁的春天哀悼。

年年岁岁的春天，你一定会带给我三件东西——
年年开放的紫丁香和在西天坠落的星辰，
以及我对我所爱戴的人的怀念。

2

啊，在西天坠落的巨大星辰！
啊，夜的阴影——啊，忧郁的泪光闪烁的夜！
啊，巨星消逝了——啊，那遮蔽星辰的黑黯！
啊，那把我抓住的残酷的手——啊，我微弱无助的灵魂！
啊，那笼罩四野的残暴阴霾，不让我的灵魂得到解放。

3

在古老农舍的前庭院中，在靠近白色栅栏的地方，
有一丛高大的紫丁香，长满心形翠绿的叶子，
开满美丽的花朵，散发我喜爱的强烈芬芳，
每片叶子都是奇迹——庭院的这丛紫丁香，
开满颜色优雅的花朵，长满心形翠绿的叶子，
我从树上折下一枝，枝头开满了鲜花。

4

在沼泽地隐秘的深处，
一只害羞躲藏的鸟儿在唱歌。

这只孤独的鸫鸟，
隐藏在远离人居的地方，
独自唱着一支歌。

唱着嗓子溅血的歌，
唱着驱逐死亡的生命之歌，（亲爱的兄弟，我深知，
如果不让你歌唱，你一定会死去。）

5

在春天的怀抱里，在大地上，在城市中，
在小路上，穿过古老的森林，在那里紫罗兰刚刚钻出土地，点缀了灰色的废墟，
小路两旁田野中长满了草，经过这无边的荒草，
经过深褐色的田地，每一粒麦子破壳抽出黄色的芽，
经过果园，苹果树开满了雪白粉红的花，
一具灵柩被运载着日夜兼行，
要把遗体运到它将休憩的墓中。①

6

灵柩穿过大街小巷，
穿过白天黑夜，巨大的阴霾笼罩着大地，
到处是卷起的旗帜，城市蒙上了黑纱，

① 林肯总统的遗体于1865年4月19日由专列运出华盛顿，途经费城、纽约等地供人瞻仰，于5月4日抵达林肯任总统前久居的伊利诺伊州首府斯普林菲尔德，下葬于橡树岭公墓。

每个州都像蒙着黑纱的女人站立，
长长的蜿蜒行进的人们，举着无数支点燃的火把，
无数脸孔和头颅如同沉默的大海，
殡仪馆在等待，灵柩抵达，一张张面容阴郁肃穆，
穿过黑夜的挽歌，无数人的歌声坚强而庄严，
哀悼的歌声在灵柩周围倾泻，
烛光黯淡的教堂和颤抖的管风琴——你在此间行进，
丧钟反复敲响，
灵柩在这里缓缓行进，
我给你献上一支紫丁香。

7

（并不是仅仅献给你，
我为所有灵柩带来了花朵和绿枝，
清晨一般新鲜，我要为理智而神圣的死亡唱一支歌。

到处是玫瑰花束，
啊，死亡，我用玫瑰和早开的百合覆盖你，
但是现在最多的是最先开放的紫丁香。
我采折了许多，我从树丛折下花枝，
我满捧抱来，为你倾撒，
献给你和所有的灵柩，啊，死亡。）

8

啊，在天空行驶的西方的星辰，
现在我明白了一个月前我散步时你必会有的用意，
当我沉默地走过清明幽暗的夜，
当我夜复一夜看见你俯瞰着我有话要说，
当你从天空低低下垂，仿佛就要落在我身旁，（别的星星都在观看，）

当我们一起在庄严的夜里漫步，（我不知是什么让我没有入睡，）
当黑夜渐深，我看见你在西方天际满怀悲哀，
当我站在高处，站在微风中，站在凉爽清明的夜里，
当我注视着你在夜的黑黯中经过、消逝的地方，
当我的灵魂骚动不安，在你这悲哀星辰坠落的地方下沉，
终结了，在黑夜里坠落了，消逝了。

9

啊，羞涩温柔的歌手，
在那沼泽地里歌唱，我听到了你的歌声，我听到了你的呼唤，
我听着，现在我过来了，我懂你，
但是我要延迟一会儿，因为那光辉的星辰留住了我，
那星辰是我正在分别的伙伴，他抓住了我，留住了我。

10

啊，我该怎样为我爱戴的死者歌唱？
为了那逝去的博大亲切的灵魂，我该怎样修饰我的歌？
为了我爱戴者的坟墓，我该献上哪种芬芳？

从东方和西方吹来的海风，
从东海和西海吹来的风，在大草原汇合，
我就以这风和我歌唱的气息，
使我爱戴者的墓地充满芳香。

11

啊，我该在灵堂的墙上悬挂什么？
我该在墙上悬挂什么图画，
来装饰我爱戴者的灵堂？

画里要有万物生长的春天，农场和房舍，

有四月的黄昏，有清澄明亮的灰色烟霞，

有缓缓落日灿烂燃烧，喷射潮涌般的金光，使天空壮丽辉煌，

画的底部有新鲜甘美的青草和茂盛嫩绿的树叶，

远景中有流光溢彩的河，风吹起阵阵波浪，

河岸上有起伏的山峦，背靠天空形成许多线条和阴影，

近处有房屋密集、烟囱林立的城市，

还有一切人间的景象、工厂和正在回家的工人。

12

看，这块土地——她的肉体和灵魂，

我自己的尖塔如林的曼哈顿，闪光而湍急的潮汐，航船，

丰富多姿而广袤的陆地，阳光下的南方和北方，俄亥俄的湖岸和灿烂的密苏里，

无垠的草原长满了青草和玉米。

看，最辉煌的太阳如此安详而崇高，

刚可感觉到的微风吹过紫罗兰和紫色的清晨，

轻盈温柔的无限光芒，

奇妙地扩展，沐浴万物，达到圆满的正午，

可人的黄昏来临，受欢迎的夜晚和群星，

这一切照耀在我的城市上空，包裹了人和大地。

13

唱下去，唱下去，你这灰褐色的鸟儿，

从沼泽地、从隐秘之地、从丛林里尽情发出你的歌声，

让歌声无尽止地飞出暮色，飞出杉树和松树林。

唱下去，最亲爱的兄弟，唱出你如笛的歌声，

用最悲切的声音，高唱人类之歌。

啊，流畅，自如，温柔！
啊，奇妙的歌手！——对我的灵魂狂野不羁地歌唱，
只有我听到了你——还有那星辰抓住了我，（可很快就要分别，）
那紫丁香迷人的芬芳抓住了我。

14

此刻我坐在白天眺望，
在黄昏的霞光里，在春天的田野里，农人们在准备耕作，
在我巨大沉睡的陆地上，湖泊成群，森林绵延，
在天空的绝美之中，（在狂风暴雨过后，）
在匆匆过往的午后的苍穹之下，传来妇女和儿童的声音，
在汹涌的海潮中，我看船舶怎样航行，
丰裕的夏天来临，田地里到处是繁忙劳作，
无数分散的房舍，家家在忙着做饭和日常琐事，
大街的脉搏跳动，城市窒息了——看，就在那时那里，
阴霾出现了，拖着长长的黑色尾巴，
降临在他们所有人之上，弥漫于所有人之中，包裹了我和他们，
我认识了死亡，它的思想，和关于死亡的神圣知识。
于是关于死亡的知识好像就在我的一边行走，
死亡的思想紧靠在我的另一边行走，
而我仿佛夹在伙伴们中间，握着伙伴们的手，
我逃往那隐蔽一切、接受一切的无言黑夜，
走到水边，走过昏暗中沼泽旁的小路，
来到庄严浓荫的杉树林和朦胧寂静的松树林。

那位对旁人显得羞怯的歌手接待了我，

那只我认识的灰褐色鸟儿接待了我们三个伙伴，
他唱起死亡的颂歌，和献给我所爱戴者的诗篇。

从隐秘的深处，
从芬芳的杉树林和朦胧寂静的松树林，
传来鸟儿的颂歌。

歌声的魅力让我狂喜，
在黑夜中我仿佛被伙伴们的手抓住，
我心灵的声音和鸟儿的歌声呼应。

来吧，美好的给人慰藉的死亡，
像波浪般环绕世界，安详地来了，来了，
在白天，在黑夜，微妙的死亡
或早或迟走向所有人，走向每一个人。

赞美这深不可测的宇宙吧，
为了生命和欢乐，为了奇妙的事物和知识，
为了爱情，甜蜜的爱情——赞美！赞美！赞美！
为了死亡那冰冷牢固地拥抱着的双臂。

黑黯的母亲总是迈着轻柔的步子滑近，
难道没有人为你唱过一首热烈欢迎的歌？
那么我为你唱吧，我赞颂你超过一切，
当你确实来到，毫不迟疑地来到，我会献给你一首歌。

来吧，强大的解放者，
当你带走了他们，我会欢欣地歌唱死者，
他们陶醉于你那荡漾着慈爱的海洋之中，
沐浴在你的幸福波涛之中，啊，死亡。

我为你唱起快乐的小夜曲，
我向你致敬，为你翩翩起舞，张灯结彩，举行盛宴，
旷野的风景和高朗的天空正好相宜，
还有生命和田野，以及巨大、沉思的黑夜。

星空下的夜寂静，
我熟悉那海岸和海浪的沙哑絮语，
灵魂正在转向你，啊，庞大而隐蔽的死亡，
肉体也感激地向你靠近。

我唱给你的歌在树林上飘过，
飘过起伏的波涛，飘过无数田地和辽阔草原，
飘过房屋密集的城市、拥挤的码头和道路，
我满怀欢乐唱这支颂歌，欢乐地献给你，啊，死亡。

15

和着我心灵的节拍，
灰褐色鸟儿继续高声有力地歌唱，
清纯的音符在黑夜里传扬，充实了黑夜。

在昏暗的松树和杉树林里大声歌唱，
在清新的雾霭和芬芳的沼泽地里清晰地歌唱，
夜晚我和我的伙伴们正在那里。

当我眼里被蒙蔽的视野打开，
便展现出浩长的景象。

我侧目看见许多军队，
我好像在无声的梦中看见千百面战旗，
我看见它们被举着穿过硝烟，被流弹射穿，

它们在硝烟中来往飘扬，被撕扯，被血染，
最后旗杆上只剩下几条破布，（一切归于沉寂，）
旗杆也裂开、折断。

我看见战场上尸横遍野，
我看见小伙子们惨白的骨头，
我看见阵亡战士们的残肢断臂，
但是我看见他们并非如我的想象，
他们自己彻底安息了，他们没有痛苦，
是还活着的人痛苦，是母亲痛苦，
是妻子、孩子和思念他们的伙伴痛苦，
是残余的军队痛苦。

16

经历了那些场景，经历了黑夜，
经历了伙伴们的手，紧紧相握，不曾松开，
经历了鸫鸟的歌和我心灵节拍的歌，
胜利的歌，抒放死亡的歌，永远丰富、变化的歌，
它低沉悲怆，曲调清晰，抑扬起伏，在黑夜里激荡，
然后音调滑落，惨淡微弱，像在不断警告，接着再次欢乐地爆发，
覆盖大地，充溢天空，
如同夜晚我听到的从隐秘之处传来的雄壮圣歌，
经历了这些，我留给你长满心形叶子的紫丁香，
我把它给你留在庭院里，年年春天紫丁香开放。

我要停止为你歌唱，
不再面向西方眺望你，与你交谈，
啊，夜晚的光辉的伙伴，有着银色的脸庞。

但是我要从夜里找回那一切，全部保留，
那歌声，灰褐色鸟儿奇妙的歌唱，
那合拍的歌声，我心灵发出的回音，
那光辉坠落的满面悲伤的星辰，
那紧握我的手、向鸟儿的呼唤走近的伙伴们，
我在他们中间，他们的记忆我要永远保留，为了那些我挚爱的死者，
为了我的时代和国家最美好、最睿智的灵魂——正是为了亲爱的他的缘故，
在暮色里，在芬芳的杉树和松树林里，
紫丁香、星辰和鸟儿，与我灵魂的歌唱缠结在一起。

(1865—1866；1881)

啊，船长！我的船长！

啊，船长！我的船长！我们可怕的航程已经终了，
航船闯过了每一道难关，我们追求的目标已经达到，
港口就在前面，钟声响在耳边，我听见人们狂热的呼喊，
千万双眼望着坚定的船，它威严勇敢；
　　但是，心啊！心啊！心啊！
　　　鲜红的血在流淌，
　　　　就在这甲板上，躺着我的船长，
　　　　　他倒下了，身体冰凉。

啊，船长！我的船长！起来听这钟声；
起来——旗帜为你飘扬——号角为你长鸣，
花束和花环为你备下——人群挤满海岸，
晃动的民众向你呼唤，向你转过热切的脸；

这里，船长！亲爱的父亲！
　你的头枕着我的臂膀！
　　就在这甲板上，如同梦一场，
　　　你倒下了，身体冰凉。

我的船长没有回应，他的嘴唇苍白僵硬，
我的父亲感觉不到我的臂膀，他没有了脉搏和生命，
船安全地靠岸抛锚，它的航程已经终了，
胜利的航船从可怕的旅途归来，它的目标已经达到；
　欢呼啊，海岸，巨钟啊，敲响！
　　但是我满怀悲怆，
　　　走在甲板上，这里躺着我的船长，
　　　　他倒下了，身体冰凉。

(1865；1871)

兵营今天静悄悄
(1865 年 5 月 4 日)

兵营今天静悄悄，
士兵们，让我们给饱经战火的武器披上黑纱，
每个人带着沉思的心回来，
悼念那死去的亲爱的统帅。

对于他，生活中不再有风云变幻的战斗了，
不再有胜利和失败——不再有黑暗的事件，
像漫天滚滚不绝的阴霾。

诗人，以我们的名义歌唱吧，

歌唱我们对他的爱——因为你，住在兵营，真的懂这份爱。

当他们下葬棺木时，
唱吧——当他们为他关闭大地之门时——唱一句吧，
为了士兵们沉重的心。

(1865；1871)

这遗体曾是那个人

这遗体曾是那个人，
文雅，平易，公正，果断，他慎重的手，
对抗了历史上任何大陆和年代不曾发生过的最肮脏的罪恶，
合众国获得了拯救。

(1871；1871)

在蓝色的安大略湖畔[①]

1

在蓝色的安大略湖畔，
当我沉思这些战争年月，和平回来了，而死者不再回来，
一个**幽灵**，巨大，庄严，面容严厉，对我讲话，
它说，给我唱诗，要出自美国的灵魂，给我唱胜利的颂歌，
高奏**自由**的进行曲，更强有力的进行曲，
在你离开以前给我歌唱**民主**诞生的剧痛。

（**民主**，注定的胜利者，然而到处有奸诈的假笑，
每一步都有死亡和背叛。）

2

一个**国家**为自己发出宣告，
我只让自己生长壮大就能获得赞扬，
我什么都不拒绝，接受一切，然后以我自己的方式再现一切。

一个种族要由时间和业绩为它作证，

---

① 安大略湖，为北美洲的五大湖之一，其南为美国的纽约州，其北为加拿大的安大略省。在1812—1815年，美国和英国爆发了“第二次独立战争”，安大略湖一带是主战场之一（当时加拿大仍在英国统治下；1867年，加拿大联邦宣布成立）。此诗部分内容和语句出自《〈草叶集〉第1版前言》。

我们保持本色，我们的诞生足以回答那些异议，
我们掌控自己就像掌控一件武器，
我们自己强盛博大，
我们自己身体力行，我们自己足够丰富多彩，
我们认为自己最美丽，
我们泰然自若，矗立在世界当中，从这里向世界扩展，
从密苏里、内布拉斯加、堪萨斯，大笑着对蔑视发出抨击。

在我们自身之外，没有什么对我们是有罪的，
事情发生与否都无所谓，只有我们自己才美丽或有罪。

（啊，母亲！啊，亲爱的姐妹①！
假如我们失败了，那不是胜利者摧毁了我们，
而是我们自己向永恒的黑夜沉沦。）

3

你是否想过只能有一个至高无上？
其实能有无数个至高无上——一个不会抵消另一个，如同一条视线不会抵消另一条，一个生命不会抵消另一个。

一切适合于一切，
一切为了个体，一切为了你，
没有什么情形受到禁止，不管是上帝的还是别的。

一切由肉体而来，只有健康才使你跟万物和谐相处。

伟人出现，众人追随。

---

① “母亲”指合众国；“姐妹”指各州。

4

虔诚和顺从，属于喜好这样的人，
安宁、肥胖和效忠，属于喜好这样的人，
我就是那个对众人、对国家笑骂逼迫的家伙，
高喊着，要你们从座位里跳出来，为你们的生命去斗争！

我就是那个走遍合众国的家伙，用带刺的话逢人便问，
你是谁，只想别人对你说你以前就知道的事？
你是谁，只想要一本跟你一起胡说八道的书？

（众多儿女的母亲啊，我怀着与你相同的剧痛喊叫，
我把粗声大嚷献给一个骄傲的民族。）

哦，合众国，你是否会比以往任何国家都更加自由？
如果你会比以往任何国家都更加自由，就来听我说。

要避免优美、典雅、文明、脆弱，
避免醇香甘甜、吸吮蜂蜜，
提防天性日渐致命的成熟，
提防朴实的各州和人民走向腐朽的先兆。

5

时代，先行者，一直在积累自发产生的东西，
美国产生建设者，产生它自己的风格。

亚洲和欧洲的不朽诗人完成了他们的伟业，转向了别的领域，
一项工作尚待完成，它会超越他们的所有成就。

美国，对外国的形形色色感到好奇，也冒死坚守自己的

特色，

独自矗立，辽阔，丰富，健全，引进真实的先行者们的做法，

不排斥他们或过去的东西，或他们以自己的形式产生的东西，

冷静地汲取教益，感悟从那房间里缓慢抬出的遗体，

感悟它在门口片刻的停顿，它曾经最适合它的时代，

它的生命已经传给了那魁梧健美的后代，他走来了，

他将最适合他的时代。

任何时期，必须有一个民族担当领导，

必须有一片大陆成为未来的希望和依靠。

合众国就是一首最博大的诗，

这里不只是一个民族，而是由众多民族组成的庞大民族，

这里人们的行为和昼夜宣讲的行为一致，

这里宏大的人流浩浩荡荡、不拘小节，

这里的人粗犷、留大胡子、友善、好斗，灵魂爱这些，

这里火车像流水，这里有大批的人，各色各样又相互平等，灵魂爱这些。

6

大陆中的大陆，诗人们，来证实吧！

他们中站着一个诗人，向着阳光仰起西部人的脸，

母亲和父亲把世袭的面容遗留给了他，

构成他的首要成分是泥土、水、野兽、树木，

用普通材料造就，远近都有活动空间，

惯于无视别的大陆，是这片陆地的化身，

把它的肉体和灵魂吸向他自己，用无与伦比的爱搂住它的脖子，

把他潜力十足的肌肉投入它的精华和糟粕，

让它的城市、开端、事件、多样性、战争在他这里发出轰鸣，

让它的江河、湖泊、海湾从他这里喷涌出去，

让密西西比河携带年年洪水和多变的激流，让哥伦比亚河、尼亚加拉瀑布、哈得孙河在他这里肆意、可爱地奔腾，

假如大西洋海岸伸展，太平洋海岸伸展，他就和它们一起向北、向南伸展，

在它们之间横贯东西，抚摸它们之间的万般风物，

从他这里万物生长，抵得上松树、雪松、铁杉、槲树、刺槐、栗树、山核桃、白杨、柑橘和木兰，

他这里也像藤蔓、沼泽一样混乱纠缠，

他好比山腰和山峰，被透明的冰包裹的北方森林，

他脚下的牧场和热带的、丘陵的大草原同样美妙、自在，

他飞翔、盘旋、尖叫，回应那些鱼鹰、模仿鸟、夜里的苍鹭和老鹰，

萦绕他心头的，是他的国家善恶皆有的灵魂，

是古今真实事物的本质，

是刚发现的海岸、岛屿、红色土著人的部落，

久经风雨的船，登陆点，定居地，早期的发展和干劲，

是建国第一年遭遇的傲慢挑衅，战争，和平，制定宪法①，

分立的各州，简单灵活的方案，移民，

联邦，一向充满废话连篇的人，一向稳稳当当、坚不可摧，

---

① 建国第一年即1776年。7月4日，北美13个英国殖民地的代表在其参加的大陆会议上通过了托马斯·杰斐逊起草的《独立宣言》，宣告脱离英国，成为独立的国家，即美利坚合众国。但英国不承认美国独立，8月派军登陆纽约长岛，七年后美国赢得独立战争的胜利。1789年美国大陆会议通过了《美国宪法》。

没有探察过的内地，木头屋子，林中空地，野兽，猎人，捕兽的陷阱，

是花样繁多的农艺、矿产、气候，酝酿建立的新州，

每年十二月召开的国会，从最边远的地方如期赶来的议员，

是机械工和庄稼汉，尤其是青年人高贵的气质，

他感应着他们的举止、谈吐、衣着、友谊，他们走路的样子显出他们从来不觉得有谁高他们一等，

他们的面容清新率直，他们的天庭饱满果断，

他们的仪表堂堂潇洒，他们被冤枉时变得凶猛，

他们口齿伶俐，喜欢音乐，他们好奇心重，脾气好，出手大方，他们的性情浑然天成，

那扑面撩人的热情和事业心，很冲的情欲，

男性和女性完全平等，人群流动，

出色的船队，自由的商业，捕鱼，捕鲸，淘金，

码头林立的城市，汽船成列，铁路如织，纵横各地，

工厂，贸易，节省劳力的机器，东北部，西北部，西南部，

曼哈顿的消防员，互换礼物的欢乐游戏，南方种植园里的日子，

奴隶制——企图在其余一切的废墟上搞它凶恶、叛逆的阴谋，

坚持不懈地打击它——暗杀者！以你的生命或我们的生命作赌注，别再拖延。

7

（看！**自由**，向天高高昂首，

今天从女胜利者的战场回来了①，

---

① “女胜利者”指美国；下文中“威胁者”当指英国。

我看到新的光环围绕你的头颅，
不再如星光柔和，而是耀眼、强烈，
燃烧战争的火焰，跳跃闪电的光芒，
你屹立在那里，岿然不动，
目光照旧不屈不挠，拳头紧握高举，
你一只脚踏着威胁者的脖子，这蔑视你的人完全被你踩碎，
这傲慢的威胁者曾经攥着刀子、一脸愚蠢的轻狂，横行霸道，
这自吹自擂的家伙，昨天还不可一世，
今天已成一堆死肉，遭人咒骂，全世界都看不起，
是垃圾，给扔到生蛆的臭大粪里。)

8

别的国家都穷途末路了，只有共和国永远要建设，永远前程远大，
别人都美化过去，而我美化你，只有你，当今的时代，
未来的时代，我相信你——为了你我抛开我自己，
啊，美国，你为人类而建设，我为你而建设，
啊，深受爱戴的石匠们，用决心和科学规划蓝图，
我以友爱之手领着他们、领着今天走向未来。

(为所有那些向下一个时代输送健康儿女的冲动，发出欢呼！
对那些随便把污垢、痛苦、沮丧、虚弱传给后代的混世虫，发出诅咒。)

9

我在安大略湖畔听到了那个**幽灵**，
我听到那声音扬起，吁求诗人，

凭靠他们，所有土生土长的大诗人，只有凭靠他们，合众国才能融合为一个坚实的有机体。

凭公文印章或命令把人们拧在一起，是靠不住的，

只有凭那在生活的法则里聚集一切的力量，才能把人们团结起来，就像身体的四肢或植物的根茎那样结合。

在所有的国家和时代中，合众国的血脉里充满了诗的素材，最需要诗人，会拥有最伟大的诗人，会重用他们，

诗人们将成为他们公共的仲裁者，胜过总统。

(爱的灵魂，火的语言！

目光穿透深渊，扫视天地！

母亲啊，你儿女众多，丰富充实，为什么在这方面却长久地贫乏，贫乏？)

10

合众国的诗人是平静的人，

凡不在其内、反在其外的事物都离奇古怪，得不到充分回报，

不在其所的事物不会好，凡在其所的事物不会差，

他把适当的均衡赋予每一物体或才能，不多也不少，

他是纷繁事物的仲裁者，他是关键人物，

他是他的时代和国家的平衡者，

凡有所需的，他提供，凡需检验的，他核查，

在和平时期，他鼓吹和平、壮大、富裕、节俭的精神，建设人口众多的城镇，鼓励农业、艺术、经商，启发对人类、灵魂、健康、不朽、政体的研究，

在战争时期，他是战争的最带劲的支持者，他提供的大炮和工程师的一样出色，他能让自己说的每句话激发斗志，

在信仰动摇的年代，他凭着坚定的信念力挽狂澜，
他不是争论者，他是审判者，(大自然绝对接受他，)
他不像法官那样审判，而是像阳光落在无依无靠者的周围，
他看得最远，他怀有最强的信念，
他的思想是赞美万物的圣歌，
在对上帝和永恒的争论中他保持沉默，
他认为永恒不像一场戏有头有尾，
他在男男女女中看到了永恒，他不把男女众人看得虚幻或渺小。

为了那个伟大**思想**，那个完美而自由的个人的思想，
为了它，诗人走在前头，成为领袖们的领袖，
他的态度使奴隶们振奋，使外国君主们丧胆。

不会灭亡的是**自由**，不会衰退的是**平等**，
它们活在年青男人和最棒的女人的情感里，
(世上不屈的头颅不会白白地随时准备为**自由**而落地。)

11

为了那个伟大**思想**，
我的兄弟们，那就是诗人们的使命。

随时准备好，唱起坚决反抗的歌，
唱起快快拿枪上前线的歌，
马上卷起和平的旗帜，代之以我们熟悉的旗帜，
伟大**思想**的战斗的旗帜。

(我曾看见愤怒的旗帜在那里跳跃！
现在我又站在弹雨中，满怀敬意看你飘扬漫卷，

我首先要歌唱你在整个战斗中飘扬、呐喊——啊，艰苦争夺的战斗！

啊，加农炮张开它们红光闪闪的炮口——炮弹呼啸飞出，
战线在硝烟里形成——子弹从阵地连连倾泻而出，
听，震天的喊声，冲啊！——格斗，狂暴的吼叫，
尸体仆倒，蜷伏在地，
冷却了，死亡、冷却了，为了你的宝贵生命，
我曾看见愤怒的旗帜在那里跳跃。）

12

你想在合众国这里谋个位置教书或做个诗人？
这位置叫人尊敬，但条件苛刻。

想在这里教书的人得全身心地准备好，

他得好好考察、考虑，把自己装备好，变得坚强、结实、灵活，

他当然得事先由我考问许多严峻的问题。

你到底是谁，你想对美国讲话、唱歌？

你研究过这片土地、它的方言和人民吗？

你学习过这个国家的生理学、颅相学、政治、地理、自豪感、自由、友谊吗？学习过它的基础和目标吗？

你思考过它**独立**的第一年、第一天，由代表们签署、由各州批准、由军队首领华盛顿宣读的协议吗？

你自己拥有联邦宪法吗？

你知道是什么人把所有封建制度和诗歌抛在身后，而采用了**民主**的诗歌和制度吗？

你忠于事实吗？陆地和海洋、男人的肉体、女人的气质、爱情和英雄义愤所教给人的东西，你也教吗？

你超越了那些昙花一现的风气和时髦吗？

你能袖手抵制所有诱惑、愚蠢、忙乱、激烈的争论吗？你很强壮吗？你真的属于全体**人民**吗？

你不属于什么小圈子、什么学派或宗教吧？

你不再对生活挑剔指责了？现在活得有滋有味了？

由于合众国的养育，你变得生气勃勃了吗？

你也具有自制忍耐、公正公平这些古老而常新的品质？

对那些正在变得坚强成熟的人、刚出生的人、矮子和巨人、迷途犯错的人，你是否怀着同样的爱？

你给我的美国带来的东西是什么？

它和我的祖国一致吗？

它不是以前更好地说过或做过的东西吧？

你没有用什么船把它，或它的幽灵运进来？

它不会只是个故事、一篇韵文、一件漂亮货吧？在它里面有高尚古老的事业吗？

它没有在敌国的诗人、政客、文人的脚跟后面晃荡了很久？

它不会以为那声名狼藉消失了的东西还在这里吧？

它符合普遍的需要吗？它会移风易俗吗？

它为战争中联邦的光荣胜利发出号角般的欢呼吗？

你能够面对广阔的田野和海滨施展才华吗？

它会被我吸收如同我吸收的食物、空气，然后再现于我的气力、步伐和面容？

它有真才实干吗？是原创者而不是抄写员？

它能面对面地适应现代的发明、规模和实际吗？

它对美国的人民、进步、城市意味着什么？对芝加哥、加拿大、阿肯色呢？

它看到了表面上的管理人员后面的那些真正的管理人员了吗？他们站着、威慑着、沉默着，机械工、曼哈顿人、西部人、南方人，他们的冷漠和他们的一见钟情同样意味深长。

它看到了那一个个向美国讨过油水的见风使舵、帮闲掩饰、冷眼旁观、偏袒不公、危言耸听、没有信仰的家伙最终落得了，并且一向落得了怎样的下场吗？

多么叫人嘲笑、藐视的过失？

道路上白骨累累，

其余的被轻蔑地抛在路边。

13

韵文和写韵文的人过时了，从诗里提炼的诗过时了，

大批应景和斯文的作品过时了，留下灰烬，

赞美的人、引进的人、盲从的人，只不过成为文学的土壤，

美国会证明它自己，走着瞧吧，没有什么伪装能欺骗它、瞒过它，它非常冷静，

它只走向自己的同类，迎接它们，

如果它的诗人出现了，它会及时前往迎接他们，不怕搞错，

（一个诗人休想得到证明，除非他的祖国亲切地吸纳了他，如同他吸纳了他的祖国。）

谁是精神上的主宰，谁才能成为主宰，谁最终得到了最美好的果实，谁才能品尝最美好的滋味，

充满活力的血肉自由自在，为时代所宠爱，

当需要诗歌、哲学、一部和本国相称的大歌剧、造船术和所有技艺的时候，

谁贡献了最伟大的真格的创造，他或她就是最了不起的人。

一种潇洒自如的人悄悄产生了，出现在大街上，

人民只向实干的人、爱别人的人、叫人满足的人、有真知

灼见的人欢呼致敬，

很快就不会有牧师了，我说他们的使命已经完成，

在这里死亡没什么大不了的，在这里生命永远是了不得的，

你的身体、生活、风度都棒极了吗？死后你也会棒极了，

公正、健康、自尊，以不可抗拒的力量扫清道路，

你岂敢在一个人面前放置障碍？

14

排在我后面，合众国！

一个人领先一切——我自己就是典型，领先一切。

我效力了，给我报酬，

让我为伟大的**思想**歌唱，别的都拿走，

我爱这大地、太阳、动物，我轻视财富，

我救助每一个求助的人，为蠢人和疯子挺身而出，把我的收入和劳动奉献他人，

憎恨暴君，不去争论上帝的事情，对人们怀着耐心和宽容，不向知名或无名的人脱帽致敬，

和力气大没文化的人、和年青人、和家庭主妇们自在地交往，

在野外给自己读这些草叶，靠树木、星星、河流验证它们，

凡侮辱我灵魂、亵渎我肉体的东西，一概甩开，

凡我不曾以同样条件为别人认真索要的东西，我也不为自己索要，

我快跑到营地，寻找、欢迎从每个州来的伙伴，

(这胸脯上曾有多少濒死的士兵倚靠过，呼出了他最后一口气，

这胳膊、这手、这声音曾照顾过、扶起过、复原过多少衰

竭的人，把他们召回生活；）

我乐意提高自己的趣味，等待被人理解，
我什么都不拒绝，我接受一切。

（说呀，母亲，难道我对你的思想不忠实？
难道我没有毕生把你和你的思想置于首位？）

15

我发誓我开始看清了这些事物的意义，
不是大地、不是美国有多么了不起，
了不起的，或将会了不起的是**我**，是那里的**你**或任何人，
是迅速经由文明、政治、理论，
经由诗歌、游行、表演形成的个人。

一切的根基是个人，
我发誓对我来说，轻视个人便一无足取，
美国的契约完全和个人相连，
唯一的政治是制作所有个人的备忘录，
宇宙的全部理论准确地指向了单独的个人——也就是**你**。

（母亲！你的感觉敏锐、朴素，你手持出鞘的剑，
我看到你最终选择只和个人直接打交道。）

16

一切的根基是祖国，
我发誓我将站在祖国一边，虔诚与否就这样了；
我发誓除了祖国我不会迷恋别的，
只有祖国的男男女女、城市、民族才叫漂亮。

一切的根基是对男人和女人的爱的表达，

（我发誓我看够了那些对男人和女人表达爱的低劣疲软的方式，
从今以后我采取我自己的对男人和女人表达爱的方式。）

我发誓我自身将保有我民族的每一种品格，
（随你说去吧，一个人只有喜好合众国的肆无忌惮和好勇斗狠，他才配得上合众国。）

我发誓在种种事物、精神、大自然、政治、所有权的下面，我领悟到了别的教益，
一切的根基，于我是我自己，于你是你自己，（老调重弹。）

17

啊，我骤然明白这美国就仅仅是你和我，
它的权力、武器、证明，就是你和我，
它的罪行、谎言、盗窃、缺点，就是你和我，
它的国会就是你和我，那些官员、议会大厦、军队、船只，就是你和我，
它不断酝酿的新州，就是你和我，
那场战争，（那场如此血腥残酷的战争，那场我今后要忘掉的战争，）就是你和我，
那些自然和人工的事物，就是你和我，
自由、语言、诗歌、职业，就是你和我，
过去、现在、未来，就是你和我。

我不敢避开我自己的任何一部分，
不敢避开美国的任何一部分，别管好坏，
不敢逃避为那些为人类建设的人们而建设，
不敢逃避为不同等级、肤色、信仰、性别的人们保持

平衡，

不敢逃避为科学、为争取平等作证，
不敢逃避为时代所宠爱的充满活力的高傲血肉提供营养。

我赞赏那些从没被征服过的人，
赞赏那些性情从没被驯服过的男女，
赞赏那些不能被法律、理论、习俗所支配的人。

我赞赏那些和整个世界并肩前进的人，
他们开创出一片天地，就开创了万千世界。

我不会被荒谬的事情搅得忐忑不安，
我要洞察那些讥讽我的人肚子里有什么货色，
我会叫城市和文明社会遵从我，
这就是我从美国学到的——就是这意思，我再教给别人。

（**民主**，当到处有武器对准你的胸膛，
我看见你沉着地养育出不朽的儿女，梦见你洋洋膨胀的躯体，
看见你用扩展的披风覆盖世界。）

18

我要面对这日夜的万般景象，
我要知道我是否会比它们渺小，
我要看看我是否不如它们威严，
我要看看我是否不如它们敏锐、真实，
我要看看我是否不如它们慷慨，
我要看看我是否毫无价值，而房子和船都有价值，
我要看看鱼和鸟是否自足，而我不自足。

我以我的心灵和你们较量，你们这些星球、植物、大山、野兽，

你们尽管洋洋洒洒，我把你们全吸纳到我这里，我成为主宰，

美国孤立，却包含一切，最终它除了是我，还是什么？

合众国除了是我，还是什么？

现在我知道了为什么大地那么粗野、捉弄人、恶劣，那是为了我，

我攫取你可怕粗糙的形体，成为我的。

（母亲，弯下腰来，把你的脸贴近我，

我不知道这些阴谋、战争和拖延是为了什么，

我不知道要成就什么大业，我只知道通过战争与罪行，你的使命在继续，它一定要继续。）

19

就这样，在蓝色的安大略湖畔，

风吹着我，波浪向我层层涌来，

我颤抖，怀着力的脉动，我的主题的魅力笼罩了我，

最终那束缚我的绳索分崩离析。

我看到了诗人自由的灵魂，

既往年代最崇高的诗人们在我面前阔步走过，

奇异高大的人，长久沉睡、隐没，向我显现峥嵘。

20

啊，灌注了我心血的诗篇，我的呼唤，别嘲弄我！

我把你投掷出来，不是为了既往的诗人，不是乞灵于他们，

甚至不是呼唤在安大略湖畔这里的那些崇高的诗人，
我才这么任性、高声地唱我这粗野的歌。

我只召唤那些拥戴我的祖国的诗人，
(因为战争，战争已经结束，战场已经扫清，)
直到他们从今后高奏凯旋向前的进行曲，
让母亲、让你无限期待的灵魂感到愉悦。

伟大**思想**的诗人们，和平创造的诗人们！（因为战争，战争已经结束！）
潜伏大军的诗人们，百万士兵在待命出征，
歌像发自燃烧的煤、挥鞭的闪电的诗人们！
辽阔的俄亥俄、加拿大的诗人们——加利福尼亚的诗人们，内地的诗人们——战争的诗人们！
我以我的魅力召唤你们！

(1856；1881)

颠　倒[①]

让站在前列的退到后边，
让后边的进到前列，
让死脑筋、傻瓜、下流坯提出新建议，
把老掉牙的计划统统推后，
让男人到处寻找乐趣，可别在他自己身上找，
让女人到处寻找幸福，也别在她自己身上找。

(1856；1881)

① 此诗为“未收入和被拒绝的诗”《回答》中的几句。

秋溪集

《草叶集》建国百周年版（1876）中的惠特曼版画肖像
(William Linton 根据 1871 年的照片制作；
惠特曼为此写诗《从这个面具后面》。)

结　果

好像是贮存了夏季的雨水，
或者是秋天任性的溪流，
或者是纵横交织、满岸牧草的小河，
或者是隐秘的海流奔向大海，
结果，我唱出了这连绵岁月的歌。

生命的永新的急流打头阵，（很快、很快混入，
古老的死亡之河。）

有的穿过俄亥俄的农田、森林，
有的来自千年的积雪，在科罗拉多大峡谷泻下，
有的半隐在俄勒冈，或在得克萨斯往南流，
有的在北方向伊利湖、尼亚加拉大瀑布、渥太华寻找出路，
有的奔向大西洋的海湾，这样就进入了海洋。

在你身上，只要你在读着我的书，
在我自己身上，在全世界，这水在流淌，
全部、全部流向神秘的海洋。

水流，去创造一片新大陆，
序曲，从液体中奏响，向固体发送，
融合海洋与陆地，温柔、沉思的波浪，
（波浪不仅安全平静，也会汹涌吓人，
谁知道为什么，风暴把地狱的波涛从深处

发狂地拉上海面，裹挟着许多断裂的桅杆和撕碎的船帆。）

或者从收罗万象的**时间**的海洋，我带来，
一行堆积、漂流的海草和贝壳。

啊，小小的贝壳，这么奇妙的旋纹，这么清冷无声，
小贝壳，难道你们不愿吸附在神庙的门楣中央，
继续召唤絮语和回音？那缥缈、遥远的永恒音乐，
那从大西洋岸边飘向内陆、送给大草原之魂的乐曲，
那萧萧飒飒的回荡，给西部的耳朵倾听的和弦，
你们古老却永新、不可言说的消息，
那出自我的生命和许多生命的无穷渺小，
（我不仅给出我的生命和岁月——全部，我给出全部，）
你们这些来自深处的漂流物，被高高、冷峻地抛起，
冲上美国的海滩。

（1881；1881）

英雄们归来

1

为了这土地，为了这些热情洋溢的日子，为了我自己，
我要离开这里去看你，啊，秋天的田野，
我要趴在你的胸膛，把自己交付给你，
回应你健康平静的心跳，
为你捧出一首诗。

啊，无言的土地，向我吐露心声吧，

啊，我的大地上的收成——啊，无边的夏天的庄稼，

啊，慷慨的等待收割的棕色土地——啊，无限繁殖的子宫，

我献给你一首歌。

2

在这个舞台上，
一年一度演出上帝的庄严戏剧，
壮观的阵势，鸟雀的歌声，
太阳升起，带给灵魂充足的食粮和莫大的振奋，
汹涌的海，惊涛扑岸，悦耳、强大的波浪，
森林，粗壮的树，高挑尖顶的树，
一片片矮小绵密的草，
酷热，豪雨，牧场无边，
雪景，风像潇洒的管弦乐队，
云在天空轻飘飘铺展，清澈的蔚蓝和银色的流苏，
高悬浩瀚的星星，宁静致意的星星，
移动的羊群、牛群，平原和碧绿的草场，
大地尽展不同的风貌、生长的万物和果实。

3

丰饶的美国——今天，
你沉浸在生产和欢乐中！
你为富有而慨叹，你身穿财富的华丽外衣，
你高声大笑，带着对巨大财产的渴望，
千缠万绕的生活像盘根错节的藤蔓扎根在你广袤的领土，
你像满载货物的巨轮驶向岸边，驶进港口，

像雨自天而降，蒸汽从地而升，宝贵的财富降临于你，又自你滚滚涌出，

世界羡慕你！你是奇迹！

你在富足中游泳，浸泡，激动得透不过气，

你是那些宁静谷仓的幸运**主妇**，

你是**草原皇后**，端坐中央俯瞰你的世界，遥望东方，遥望西方，

你是**女施者**，一开口就给出上千英里土地、百万农场，你却一无所失，

你是接受所有来者的女主人——你殷勤好客，（世上只有你像上帝一般殷勤好客。）

4

直到最近我的歌声还充满悲伤，

悲伤是由于震耳欲聋的仇恨的喧嚣和战争的硝烟包围了我，

我站在战斗的英雄们中间，

或者沉重地经过伤残和垂死的人。

但是现在我不用再唱战争了，

不再唱士兵们齐步行进，兵营帐篷，

急速赶来的兵团部署到阵地，

不再唱悲惨的人为的战争场面了。

那些满面通红的不死的士兵，最先走来的部队，要求过让路吗？

啊，那些幽灵般的士兵，叫人生畏的尾随的部队要求让路。

（走过去，走过去，一个个骄傲的兵团，你们肌肉发达的腿大踏步走，

你们年青强壮的肩膀背着背包和步枪；

我站在你们出发行军的地方看着，心怀壮烈。

走过去——再擂一通战鼓，
一支部队出现在眼前，啊，另一支正在聚集，
成群尾随在后面，啊，你这叫人生畏的源源不断的大军，
啊，你们这些如此可怜的兵团，患着致命的腹泻和发烧，
啊，为国伤残的亲人们，裹着带血的绷带，支着拐杖，
瞧，你这病怏怏的队伍跟在后面。）

5

但是在这些光明的日子，
在这辽阔美丽的原野，在大道小巷，在堆得高高的农家大车，在果园和谷仓，
该会有死者光临吗？

我认为死者不会滋事，他们在自然中处之泰然，
他们泰然处于原野里、草木下，
处于远在天边的地平线上。

我也没有忘记你们这些**逝去的人**，
无论冬夏，当我的灵魂像现在这般专注而宁静，
我失去的人们，我记忆中的你们，
像令人愉快的幻影在原野升起，悄悄滑过我身边。

6

那天我看见英雄们归来，
（但是那些无可超越的英雄永远回不来，
那天我没有看见他们。）

我看见走不完的军团，我看见流水般的队伍，
我看着他们走近，一队一队纵列行进，
他们任务已经完成，向北方涌去，在一片片庞大的兵营里

暂时驻扎。

士兵们没有假日——他们年青又老练，
疲倦，黢黑，英俊，健壮，是庄稼汉和工人的血脉，
多少回持久鏖战和艰苦行军使他们百炼成钢，
多少场血腥硬仗对他们如同家常便饭。

休整——部队在等待，
百万激动的待命的胜利者在等待，
世界也在等待，于是像破晓一样轻快，像黎明一样坚定，
他们解散了，他们消失了。

欢呼吧，大地！胜利的大地！
你的胜利不在那血红发抖的战场，
你的胜利在这里、在今后。

消失吧，你们这些兵团——解散吧，穿蓝制服的士兵，
永远放下杀人的武器，回你们的老家，
无论南方北方，今后田地将是你们的战场，
从事更理智的战争，美好的战争，生儿育女的战争。

7

放声歌唱吧，我的喉咙，清醒吧，我的灵魂！
这是感恩的季节，到处是丰产的声音，
欢乐的颂歌，获取丰收的干劲。

耕种和未耕种的田地全部伸展在我面前，
我看见了我的民族真正的竞技场，或是最初的，或是最后的，
人类争强斗胜而又没有罪孽的竞技场。

我看见英雄们从事别的劳动，
我看见他们手里熟练挥动更好的武器。

我看见**万物之母**在那里，
向前注视，纵观一切，守望良久，
计算着收获的各种果实。

在远处，阳光照耀下一派繁忙，
草原，果园，北方金黄的玉米，
南方的棉花和稻谷，路易斯安那的甘蔗，
广阔的没有播种的休耕地，长满苜蓿和梯牧草的肥沃土地，
牛马遍野，猪羊成群，
多少条大河庄严奔流，多少道小溪欢快流淌，
微风带着草香吹过宜人的山地，
那漂亮碧绿的草，生生不息的草——微妙的奇迹。

8

继续苦干吧，英雄们！把果实收回来！
万物之母不仅在战场上
以博大的形体和闪动的眼睛注视你们。

继续苦干吧，英雄们！好好苦干！好好使用武器！
在这里**万物之母**也一如既往地注视你们。

心满意足的美国，你看，
在西部的田野上那些爬行的怪物，
是人类神圣的发明，节省劳力的工具；
看那些旋转的干草耙子能朝每个方向移动，仿佛充满了生命，

那些蒸汽收割机和使用马力的机器，
发动机、打谷机和扬场机，专利生产的干草叉操作灵活，把麦秸捋得齐刷刷的，
看更新式的锯木厂，南方的轧棉机和舂米机。
啊，**母亲**，在你的注视下，
英雄们用他们强壮的手使用这些工具进行收获。

全采回来，全收回来，
可要是没有你这**强者**，就不会有一把镰刀像现在这样安稳地挥动，
也没有一棵玉米像现在这样平静地摆动它丝绸般的缨穗。

只有在你的守护下他们才能收获，哪怕是一捆干草也得到你的青睐，
在你的守护下收获俄亥俄、伊利诺伊和威斯康星的小麦，每个有芒刺的麦穗，
收获密苏里、肯塔基和田纳西的玉米，每个带绿皮的棒子，
采集成千上万捆干草，垒在喷香安静的大棚，
燕麦、土豆、密歇根的荞麦各入其仓；
采集密西西比和亚拉巴马的棉花，挖掘、储藏佐治亚和卡罗来纳金黄的红薯，
在加利福尼亚和宾夕法尼亚剪羊毛，
在中部各州割亚麻，在边境各州割大麻和烟草，
摘豌豆和大豆，从树上摘苹果，从藤上采葡萄，
在灿烂的太阳下，在你的守护下，
把合众国从南到北凡是成熟的果实都收回来。

(1867；1881)

有个孩子天天向前走

有个孩子天天向前走，
他第一眼看到哪样东西，他就成了那样东西，
那天，或那天的某个时辰，或在许多年里，
或年复一年，那样东西成了他的一部分。

早开的紫丁香成了这孩子的一部分，
还有草，白的红的牵牛花，白的红的苜蓿，鹟鸟的歌声，
还有三月里下的羊羔，母猪的一窝粉红的猪仔，母马的驹子，母牛的犊子，
还有谷仓院子里或池塘泥泞边一巢叽叽喳喳的雏鸟，
还有那美丽奇妙的池水，还有那么奇妙地在水下悬浮的鱼，
还有长着优雅、扁平的头的水草，都成了他的一部分。

四月和五月的田间幼苗成了他的一部分，
越冬庄稼的苗、浅黄的玉米苗、园子里的胡萝卜，
还有开满花的苹果树，以后会结出果子，还有木浆果和路边最普通的野草，
还有从酒馆厕所里迟迟出来、踉踉跄跄向家走的老醉鬼，
还有走向学校的女教师，
还有走过去了的要好的男孩和吵架的男孩，
还有穿戴整洁、脸蛋红扑扑的小姑娘，还有光脚的黑人男孩女孩，
还有凡是他走过的城市和乡村的一切变化。

他的亲生父母，那个给他做父亲的男人和在子宫里孕育他、生了他的女人，
他们还把比这更多的心血给了这个孩子，
在后来的每一天他们都在给，他们成了他的一部分。

母亲在家不声不响把盘子摆上餐桌，
母亲说话温和，衣帽洁净，走过时从她身上和衣服上发出健康的气味，
父亲强壮，自负，男子气十足，老练，好发脾气，不公正，
爱揍人，说话又急又响，吝啬，爱讨价还价，狡猾却有魅力，
家里的习惯、言谈、客人、家具，渴望和兴奋的心情，
无法否认的慈爱，真实的感觉，到头来可能会落空的想法，
那些白天的疑惑和夜晚的疑惑，奇妙的猜想和设想，
眼前的东西是不是真就这样，还就是些闪烁的光点？
大街上的男女熙熙攘攘，他们不是些闪烁的光点又是些什么？
那些大街，那些高楼大厦的外表，橱窗里的货色，
车水马龙，铺了厚木板的码头，渡口上人流浩荡，
日落时从远处看到的高地村庄，当中的河流，
阴影、光晕和雾气，光落在两英里外的白色棕色的屋顶和山墙上，
近处的帆船困恹恹顺流而下，后面懒洋洋地拖着小船，
匆急翻滚的波涛，浪头宏大，转瞬碎裂，
层层彩云，一抹长长的紫酱色孑然静卧，横在广阔的清明里，
地平线的边缘，飞翔的海鸥，盐碱滩和海滨泥巴的香味，
这些成了那孩子的一部分，他天天向前走，现在，将来，他永远天天向前走。

(1855；1871)

老爱尔兰

在一个遥远的美丽神奇的小岛，
一位老迈的悲哀的母亲伏在坟上，
过去的王后，现在憔悴、破衣烂衫，坐在地上，
她老年的白发乱蓬蓬垂盖肩头，
一把没用过的王室的竖琴倒在她脚旁，
她长久的沉默，太久的沉默，哀悼她裹着尸布的希望和儿子，
她的心充满了世上最大的悲哀，因为也充满了最大的爱。

听我说一句，老迈的母亲，
你不必再伏在那里，在冰凉的地上，用膝盖夹着额头，
哦，你不必坐在那里，蒙在你老年的乱蓬蓬的白发里，
你要知道，你哀悼的人并不在那坟墓里，
那是个幻象，你爱的儿子并没有真的死去，
主没有死，他在另一片国土复活了，年青而强壮，
甚至当你在墓旁、在你倒下的竖琴旁哭泣时，
你为之哭泣的人已变形，离开了坟墓，
一帆风顺，漂洋过海，
现在他的血色红润新鲜，
在新的国土上他今天大显身手[①]。

(1861；1867)

---

① 1851—1860年，约有一百五十万爱尔兰人因国内发生大饥荒，移民来到美国，留在本土的爱尔兰人不足六百万。

城市停尸所

我懒散闲逛，走出喧嚣闹市，
经过城市停尸所，在它门口，
我好奇地站住，瞧，一具弃尸，一个可怜的死去的妓女，
他们把她没人认领的尸体扔下了，它躺在潮湿的砖头人行道上，
神圣的女人，她的肉体，我看那肉体，我一个人注视着，
这曾经洋溢着激情和美的房舍，别的我一概没注意，
没注意那冷清寂静，水龙头哗哗淌水，会叫人生病的臭味，
只有这房舍——这妙不可言的房舍——这精致美丽的房舍——这废墟！
这不朽的房舍胜过了世间排排宅邸！
胜过了装饰有雕像的白色穹顶的国会大厦，胜过了所有尖塔高耸的古老大教堂，
这所小小的房舍把它们统统超越——可怜的绝望的房舍！
美丽的可怕的遇难者——一个灵魂的房舍——它本身就是一个灵魂，
没人认领、众人躲避的房舍——请接受从我抖动的双唇发出的一声叹息，
请接受我为你沉思时落下的眼泪，
爱的死去的房舍——疯狂与罪孽的房舍，垮了，毁了，
生命的房舍，不久前还说呀、笑呀——但是，可怜的房舍，即便那时也已经死了，
一月月，一年年，一所响声回荡、打扮漂亮的房舍——却是死的，死的，死的。

(1867；1867)

这堆肥料

1

在我以为最安全的地方，什么东西吓我一跳，
我从我喜爱的寂静森林走出，
现在我不会去牧场散步了，
我不会脱光衣裳去会我的情人——大海，
我不会用我的肉体像接触别的肉体那样去接触土地，以使自己焕然一新。

哦，土地自己怎么能够不生病？
春天生长的万物，你们怎能活下去？
长叶的、生根的、果树、庄稼，你们的血液怎能带来健康？
难道他们不是在不停地塞给你们得病的尸体？
难道每块陆地不是靠酸臭的死尸才繁衍生息？

你把他们的尸体在哪儿处理？
那一批批酒鬼和贪吃的人呢？
那恶臭的血肉被你吸到哪儿去了？
今天在你身上我看不到他们的一点痕迹，也许我受骗了，
我要用犁开一条沟，我要把铁锹插进草地，把它翻个底朝天，
我肯定会挖出一些臭肉。

2

瞧这堆肥料！瞧仔细了！

每一条蛆大概曾经是病人身上的一部分——可是瞧！
春天的草覆盖了草原，
豆子悄悄从园子的土里拱出了芽，
洋葱的嫩叶向上猛长，
苹果枝萌出一簇簇花骨朵，
小麦脱离了死寂，露出生气盎然的青色，
柳树和桑树枝头染上了色彩，
雄鸟早晚歌唱，雌鸟伏在巢里，
家禽的幼雏钻出了孵化的蛋壳，
幼畜诞生了，母牛生下了牛犊，母马生下了马驹，
从它的小山包里确实就长出了土豆暗绿的叶子，
从它的山包里长出了黄色的玉米秆，紫丁香在庭院开放，
在那一层层酸臭的死尸上，夏季里生长的万物纯洁、高傲。

多么神奇的变化！
风真的没有传染性，
不骗你，这透明碧绿的海水，它如此钟爱我，
我赤身裸体，让它用舌头舔遍，这很安全，
它不会用那曾经沉积其中的热病危害我，
一切永远干干净净，
从井里打上来的凉水味道真好，
黑莓子汁多，特别好吃，
苹果、橘子、瓜、葡萄、桃子、李子，没有一种对我有毒，
我躺在草地上，什么病也不会得，
尽管每片草叶都可能是从以前得病的东西上长出来的。

现在我被**地球**吓了一跳，它那么平和、耐心，
它从腐朽之中长出这么可人的东西，

它无害、无瑕地顺轴旋转，携带着源源不断的病尸，
它把弥天恶臭净化为干爽的风，
它表情淡然地更新它一年一度丰盛奢侈的收成，
它把圣洁的东西给予人类，最终却从他们那里接受如此不堪的遗物。

(1856；1881)

给一个遭到挫败的欧洲革命者[1]

勇敢些，我的兄弟，我的姐妹！
坚持下去！无论发生什么，**自由**的事业必须推进，
没有什么事业由于一两次失败或更多次失败，
或者由于人们的漠不关心、忘恩负义或任何背叛，
或者受到权力、军队、大炮、刑罚的威胁就能平息。

我们的信仰永远在一切大陆上潜伏着，等待着，
不求人，不许诺，积极、泰然、平静、轻松地潜伏着，不知道什么叫挫折，
耐心等待着，等待它的时机。

(这些不只是忠诚的歌曲，
也是叛乱的歌曲，
因为我是和全世界每一个大胆的造反者结盟的诗人，
跟我在一起的人都抛开了宁静和日常的生活，
准备随时丢掉性命。)

---

① 革命者为泛指，并非某个人。此诗部分内容出自《〈草叶集〉第1版前言》。

战斗打响了，多少回警报大作，频繁的前进后退，
背叛自由的人胜利了，或者自以为胜利了，
于是监狱、绞架、手铐、脚镣、子弹派上了用场，
有名和无名的英雄们去了另一个世界，
伟大的演说家和作家被流放，他们病倒在遥远的土地，
事业沉寂了，最坚强的喉咙被自己的血堵塞了，
年青人相遇时低头看地，
尽管这样，自由并没有被消灭，背叛者并没有掌握一切。

如果**自由**会被消灭，它不是第一个，也不是第二个或第三个被消灭的，
只有其他一切都被消灭了，它才最后一个被消灭。

只有当英雄和烈士完全被人遗忘，
只有当所有生命、所有男男女女的灵魂在整个地球灭绝，
自由，或自由的观念才会在整个地球灭绝，
背叛者才能掌握一切。

勇敢些，欧洲的男女造反者！
当一切都终止时，你们也一定不要终止。

我不知道你们的目的，（我也不知道我的目的和世间万物的目的，）
但我会仔细寻找，即使在遭到挫败时，
在失败、贫穷、误解、囚禁中——这些也是伟大的。

我们曾以为胜利是伟大的吗？
对的——但是现在我以为，在不可避免时，失败也伟大，
死亡和沮丧也伟大。

（1856；1881）

没有名字的国家

在合众国出现以前一万年、多少万年存在的国家，

沉淀了的万千时代，那些男男女女像我们一样长大、走完生命的路程，

多少庞大的城市，多少秩序井然的共和国，多少田园部落和游牧民族，

多少鼎盛的历史，出类拔萃的统治者和英雄，

多少法律、习俗、财富、艺术、传统，

多少婚姻习惯，多少医学和骨相学，

他们中有怎样的自由和奴役，他们怎样思考死亡和灵魂，

多少聪明智慧的人，多少美丽如诗的人，多少野蛮不开化的人，

没有痕迹和记载留下——而一切又都留下了。

啊，我知道那些男男女女没有白活，正像我们没有白活，

我知道他们属于世界的进程，正像现在我们属于它，今后所有人也属于它。

他们站得老远，可他们离我很近，

有些长着椭圆形的脸，很有学问，很安详，

有些光着身子，粗野，有些像大群的虫子，

有些住帐篷，是牧人、部落、族长、骑手，

有些在森林里游猎，有些宁静地住在农场里，干活儿，收割，把粮食入仓，

有些走在铺好的大街上，出入寺庙、宫殿、工厂、图书馆、展览会、法庭、戏院和雄伟的纪念堂。

那亿万的男人真的消失了吗?
那些历尽沧桑的女人消失了吗?
难道他们的生命力、城市、艺术仅靠我们承传?
难道他们没有为正义为自己有所成就?

我相信那住满了没有名字的国家的亿万男男女女，他们每一个人此刻都活在这里或别处，只是我们看不见，

至于活得怎么样，就和他或她以往活着时生长的环境，他或她的成就、感受、爱和罪密切相关。

我相信这不是那些国家或其中任何一个人的终点，正像这也不是我的国家和我的终点；

至于他们的语言、政府、婚姻、文学、产品、游戏、战争、风度、罪行、监狱、奴隶、英雄、诗人，

我猜它们的结果奇妙地等候在还看不见的世界里，在看得见的世界，和它们类似的东西在增加，

我猜在那里我会遇见他们，

我猜在那里我会发现那些没有名字的国家的古老特色。

(1860；1881)

智慧之歌[①]

我在曼哈顿大街闲逛时，思考着

时间、空间、现实——诸如此类，还有和它们同等重要的**智慧**。

---

① “智慧”，原文为“prudence”，还有谨慎、精明、节俭、深谋远虑等意。此诗内容出自《〈草叶集〉第1版前言》。

关于智慧，其最终解释总是有待做出，

言轻了，言重了，都和那百世崇尚的智慧不沾边。

灵魂就是它自己，

一切和它靠拢，一切与其结果相关，

一个人所做、所说、所思的一切都影响深远，

男人或女人的一举一动，不仅影响着他或她有生之年的一天、一月及所有时光和临死的时辰，

而且还同样地继续影响着他或她的整个来世。

来世和现世同等重要，

精神得自肉体的，和它给予肉体的，即使不更多，也恰好相等。

一言一行，得花柳病，玷污自己，隐秘的手淫，

堕落的饕餮者和酗酒者，挪用公款，狡诈，背叛，谋杀，诱奸，卖淫，

无不在其死后也像生前那样得到凿凿报应。

唯有慈善之举和个人的能力值得投入一切。

不必细说，在世界不可动摇的秩序中，以及它的整个范围里，

男人或女人的一切行为，只要健康、慈善、干净，对他或她就永远大有裨益。

谁聪明，谁受益，

野蛮人、重罪犯、总统、法官、农夫、水手、机械工、文化人、年青的、年老的，一概如此，

益处会来——一切都会来。

单独地、整体地，影响现在，影响过他们的时代，

也将永远影响过去的一切、现在的一切和未来的一切，

所有的战争与和平的勇敢行动，

所有给予亲属、陌生人、穷人、老人、不幸的人、孩子、寡妇、病人和受人回避的人的帮助，

所有在遇难船上看着别人挤上救生艇，自己却在一旁坚定站立的自我克制的人，

所有为了崇高事业或为了朋友、为了信念而献出财产或生命的人，

所有被邻居们嘲笑的热心人的痛苦，

所有母亲们的无限温柔的爱和承受的艰辛，

所有在史书中有记载或没记载的在斗争中受挫折的老实人，

所有古代民族的崇高和美德，他们残缺的历史由我们继承，

所有我们不知其名号、时期、地域的许多古代民族的美德，

所有曾经勇敢开创的事业，无论成功与否，

所有人类的神圣思想、金口良言或妙手天工给予的启示，

所有今天在地球的任一部分，或在任何游走的、固定的星球上，由那里的人正像由这里的我们很好地想过、说过的东西，

所有今后你（不管你是谁）或任何人的思想、行为，

这些都适合、已经适合或将会适合那些从它们中已经产生或将会产生的个体。

你是否猜想过任何事物都只是昙花一现?

世界不是这样存在的，其摸得着、摸不着的部分都不是这样存在的，

尽善尽美之物无不是来自长久以前的尽善尽美，后者也是

如此，

可以想象到的最遥远之物，并不比任何事物更接近开端。

凡满足灵魂的都是真实的；

而**智慧**完全满足灵魂的渴望和贪求，

只有它本身最终满足灵魂，

灵魂极其自尊，除了它自己，讨厌一切教训。

现在我小声念着智慧这个词，它和时间、空间、真实并驾齐驱，

它适合那除了自己、拒绝一切教训的自尊。

智慧是不可分的，

它拒绝把生命的一部分与其每一部分脱离，

它不把正当的和不义的、活着的和死去的分开，

它让每一个思想或行动和跟它关联的相配，

它不知道可能的宽恕或替代性的补偿，

它知道那从容冒死、捐躯的青年此生无憾，

而那从不冒生命危险、富裕安逸地活到老的人可能没有为自己做出值得一提的成就，

它知道只有那学会了重视结果的人，

那对肉体和灵魂同样喜爱的人，

那领悟到来世必然跟随现世的人，

那在任何紧急关头都情绪镇定、不避死亡的人，才真正懂得生命。

(1856；1881)

狱中的歌手[①]

1

啊，可怜、可耻、可悲的情景，
啊，可怕的思想——囚犯的灵魂。

这副歌响彻了监狱的大厅，
上扬至屋顶，至天国的苍穹，
歌声的潮水汹涌，音调忧郁、优美、雄壮，仿佛闻所未闻，
远处的哨兵和卫兵听见了，停止了脚步，
倾听的人会神迷、敬畏得停止心跳。

2

一个冬日，夕阳西下，
在当地的盗贼歹徒们中间的一条窄道上，
(那儿坐着几百个冷面的杀人犯、狡猾的制假币犯，
聚集在监狱围墙里做礼拜，周围是看守，
人员众多，全副武装，目光警觉，)
一位妇人从容走来，一手抱一个天真的小孩，
孩子们被放在讲台上她旁边的凳子上坐着，
她，先用乐器弹了段低沉悦耳的前奏，
然后用超越一切的声音，唱起一首古雅的圣歌。

灵魂，在监狱里囚禁，
高呼，救命！哦，救命！她的双目失明，

---

① 指歌星帕丽卜-罗莎，她于1869年在一所监狱举行了音乐会。

她的双手绞扭，她的胸脯流血，
却寻不到宽恕，得不到安慰。

她走来走去，无止无休，
哦，白天里心痛，黑夜里忧愁！
握不到朋友的手，看不见友爱的脸，
听不见关爱的话，寻不到支援。

不是我犯下了罪孽，
是无情的肉体拉我下水；
虽然我长期勇敢奋争，
但肉体于我太沉太重。

囚禁的灵魂，忍耐一会儿，
或迟或早定有恩惠降下；
天国的赦免者——死亡将会来临，
给你自由，带你回家。

不再是囚犯，不再可耻，不再悲愤！
告别了——上帝释放的灵魂！

3

歌手唱完了，
她清亮从容的眼光扫过那些仰起的脸，
一千张各种各样的囚犯的脸，狡猾的、残忍的、有伤疤的、漂亮的，构成一片古怪的海洋，
她然后起身，沿着他们中间的窄道往回走，
她的长袍碰到了他们，在寂静里沙沙响，
她和她的孩子消失在黄昏。

此时此刻，囚犯和看守们凝然不动，
(囚犯忘记了监狱，看守忘记了荷弹的枪，)

秘而不宣的静默奇妙降临，
低沉的半窒息的啜泣，坏人低头感动得哭泣，
年青人透不过气来，想起了家，
母亲唱的摇篮曲，姐姐的爱护，幸福的童年，
长期禁锢的心撩起了怀念；
那奇妙的片刻——但是以后在孤寂的夜晚，对于那里许许多多的人，
多年以后，甚至在临死时，那凄凉的副歌，那曲调，那声音，那词句，
又响起来，那高大从容的妇人走过窄道，
歌手在狱中再次唱起悲恸的歌，

啊，可怜、可耻、可悲的情景，
啊，可怕的思想——囚犯的灵魂。

(1869；1881)

为紫丁香开放的时节歌唱

现在为我歌唱，为了紫丁香开放时节的欢乐，（回到了记忆中，）
啊，舌头和嘴唇，请为我为大自然挑选初夏的纪念品，
收集可心的符号，（就像小孩收集石头子或成串的贝壳，）
在四月和五月，有池塘青蛙呱呱叫，有轻快的风，
蜜蜂，蝴蝶，麻雀简单的叫声，
蓝鸟，疾飞的燕子，也别忘了闪动金翅膀的啄木鸟，
宁静的灿烂云霞，蒙蒙的青烟水雾，
波光粼粼，鱼游水中，天空一片蔚蓝，
万物欢快，焕发容光，小溪奔流，

在清新的二月，枫树林子制造糖浆①，
知更鸟在那里跳跃，明亮的眼睛，棕色的胸脯，
日出、日落时听得见他清脆的歌声，
或者在苹果园里飞来飞去，给伴侣筑窝，
三月的雪化了，柳树抽出黄绿的芽，
春天到了！夏天到了！它带来了什么？滋生了什么？
你，解放了的灵魂——我不明白你还急切地追求什么；
来吧！我们别在这里久留，让我们起身离开！
啊，假如人能像鸟儿一样飞翔！
啊，逃走，乘船出航！
和你一同遛走，啊，灵魂，像一条船，航遍大海！
收集这些暗示，这些预兆，这蓝天，青草，早晨的露珠，
这紫丁香的芬芳、枝条、心形翠绿的叶子，
森林中的紫罗兰，它小巧浅色的花天真无邪，
收集挑选不仅为了它们本身，也是为了它们的气质，
为了给我爱的枝条增光添彩——为了和鸟儿一同歌唱，
一支紫丁香开放时节的欢乐之歌，回到了记忆中。

(1870；1881)

墓 记

(G. P.,1870 年安葬②)

1

为你这墓中人，我们该歌颂些什么？

---

① 在加拿大东南部和美国东北部地区，逢冬春交替时节，人们在枫树树干上凿洞取汁，浓缩加工后即成枫糖浆。

② G. P. 即乔治·皮波迪（George Peabody，1795—1869），为慈善家，曾负责建立多所著名的图书馆和博物馆，为发展黑人教育、改善伦敦贫民的生活条件慷慨捐资。死于伦敦，1870 年 2 月安葬于美国马萨诸塞州。

为你这百万富翁，该撰写什么碑文？
我们不知道你过的生活，
只知道你常年行走在货物中，在经纪人当中，
没有英雄业绩，没有打过仗，没有光荣。

2

安静，我的灵魂，
低下眼睛，等候，沉思，
别再想那些英雄的丰碑伟绩。

而内心的追忆，
在脑海中无声地升起，（犹如晚上北方的曙光女神，）
闪光的画面，预兆式的无形景象，
精神的投影。

画面之一，城市街巷里劳动者的家出现了，
他干完了一天的活，干干净净，高高兴兴，煤气灯亮着，
地毯扫过了，炉火旺旺的。

画面之一，神圣的分娩的情景，
幸福的毫无痛苦的母亲生了一个胖娃娃。

画面之一，是丰盛的早餐，
安详的父母和满足的儿子们坐在一起。

画面之一，年青人三三两两地、
成百地汇合，走过大街小巷，
走向有高高穹顶的学校。

画面之一，漂亮的三代人，

祖母，心爱的女儿，心爱的女儿的女儿，
坐在一块谈天、缝衣裳。

画面之一，一组高雅的阅览室，
在丰富的书籍报刊、墙上的绘画和精美的小雕像的围绕中，
成群友善的工人，年青年老的机械工，
在阅读、交谈。

所有、所有那些劳动生活的景象，
在城市和乡村，男人、女人和孩子们，
他们的需要得到满足，在阳光里喜笑颜开，
婚礼，街道，工厂，农场，住宅，宿舍，
劳作和辛苦，浴室，健身房，操场，图书馆，学校，
男女学生被领去学文化，
病人得到照顾，光脚的穿上了鞋，孤儿有了父母疼爱，
饥饿的人有饭吃了，流浪的人有房住了；
（意图完美神圣，
做得也还体贴入微。）

3

你这墓中人啊，
这景象源自于你，你这毫不吝惜的慷慨馈赠人，
和大地的馈赠媲美，如大地一样厚重，
你的名字就是一片大地，有高山、田野、大河。

不仅有你们道道溪水、条条河流，
你——康涅狄格河和你的两岸，
你——老泰晤士河以及你繁茂的生命，
你——波托马克河冲刷着华盛顿踏足过的土地，你——帕塔普斯柯河，

你——哈得孙河，你——无尽的密西西比河——不仅有你们，
奔腾流入大海，还有我的思想和对他的记忆。

(1870；1881)

从这个面具后面

(面对一幅肖像①)

1

从这个皱着眉头、刻得粗糙的面具后面，
这些光和影子，这整出的戏剧，
这脸上人人都有的帘幕，我的是为了我，你的是为了你，每个人的是为了他自己，
(悲惨，哀伤，欢笑，眼泪——哦，天哪！
这帘幕掩藏了多少充满激情的戏剧！)
这层釉是上帝最宁静最纯洁的天空，
这层膜是撒旦的灼热地狱，
这是心的地图，是无边界的小小大陆，是无声的海，
出自这个星球的曲曲折折，
这是比太阳、月亮，比木星、金星、火星更奥妙的天体，
这是宇宙的缩影，(不，这里是唯一的宇宙，
这里是思想，全在这巴掌大的神秘中；)
这双刻刀似的眼睛，向你炯炯闪亮，穿过未来的时间，
穿过旋转倾斜的空间，这目光射向了你，
不管你是谁——向你投去一瞥。

---

① 指版画家威廉·林敦（William Linton，1812—1897）根据惠特曼 1871 年的照片制作的版画肖像，印于 1876 年《草叶集》建国百周年版。

2

一个在思想和岁月、在和平与战争中闯荡的人，
在年青时长期奋进，到中年时走向衰退，
(好比故事的第一卷，读过了，撂在一边，这是第二卷，
写诗，冒险，思索，就快结束了，)
现在歇会儿脚，我转身面对你，
像在大路上，偶尔看到打开的门缝或窗户，
我停下来，低头摘帽，特别向你致意，
想吸引、抓住你的灵魂，和我的密不可分，只此一次，
然后继续向前走。

(1876；1881)

说话的技巧

1

说话的技巧，掌握分寸，全神贯注，明确清晰，以及遣词造句的非凡能力；

你声音洪亮，口唇灵巧，得自长期试验？顽强练习？或天生如此？

你是否在广阔的大地上广泛漫游？

水到渠成地就有了说话的非凡能力？

因为只有熬过了许多年头，经历了贞洁、友谊、生儿育女、谨慎精明、心怀坦荡，

经历了在大地上跋涉，在江湖中游泳，

经历了放开的嗓门，领略了那些引人入胜的时代、气质和民族，品尝了知识、自由和犯罪，

经历了完全的信念，经历了澄清是非、提高眼界、排除障碍，

经历了这千锤百炼，男人和女人才可能有了说话的非凡能力；

于是，一切都急匆匆朝那个男人或女人赶去——毫无拒绝，悉数听便，

军队、船、古董、图书馆、绘画、机器、城市、憎恨、绝望、和睦、痛苦、偷窃、谋杀、雄心，这队伍浩浩荡荡，

它们从那个男人或女人嘴里随其所欲地滔滔而出。

2

啊，在我心里是什么让我为嗓音颤抖？

不管谁用恰到好处的嗓音跟我说话，我准会听从他，

就像这地球上不管哪里的水，都会用流动的脚步悄悄服从月亮。

一切都等候那恰到好处的嗓音；

那熟练完美的嗓子在哪里？那成熟的灵魂在哪里？

我知道从那里发出的每个字的声音都更加深沉、甜美、簇新，非百练而不得。

我看见大脑和嘴巴关闭着，鼓膜和太阳穴没有敲响，

直到那品位之声光临，来敲响、来开启，

直到那品位之声光临，让沉睡待发的字眼开花结果。

(1860；1881)

献给钉在十字架上的人

我的心面向你的心，亲爱的兄弟，

别在意，许多人宣扬你的名字却不懂你，

我不宣扬你的名字，可我懂你，

啊，我的伙伴，我怀着欢乐提起你，向你致敬，也向那些过去和未来跟你在一起的人致敬，

我们共同努力，传递同样的使命和继承，

我们人少，平等，不分国家，不分时代，

我们是所有大陆和所有阶层的包容者、一切神学的承认者，

人类的同情者、理解者、和睦相处者，

我们在各种争论和主张中沉默行走，不去驳斥那些争论的人和任何主张，

我们听到叫骂和喧嚣，分歧、嫉妒、叱责从四面八方涌来，

他们蛮横地逼近我们、包围我们，我的伙伴，

但是我们不受拘束地行走，自由地走遍世界，直到在各个时代留下我们磨灭不掉的标记，

直到我们渗透了所有时代，各个民族、各种年龄的男男女女来了，像我们一样成为兄弟和爱人。

(1860；1881)

你们，在法庭受审的重罪犯

你们，在法庭受审的重罪犯，

你们，单人牢房里的犯人，你们，给判刑、囚禁、戴铐的刺客，

我又是谁？我没有受审，没进牢房，

我和任何人一样残忍邪恶，可我的手没有戴铐，脚没有上镣。

你们，在街上招摇、在窑子里卖淫的娼妓，
我是谁，凭什么说你们比我更加淫秽？

有罪啊！我承认——我坦白！
（捧我的人，别夸我——别奉承我——你们叫我害怕，
我看到你们没看到的——我知道你们不知道的。）

在这胸腔里，我赖着，又脏又憋闷，
在这冷漠的脸孔后，放荡的潮水不停奔涌，
情欲和邪恶很合我意，
我一腔恋情，跟违法分子同行，
我觉得我跟他们一伙——我自己就属于那些犯人和娼妓，
往后我不会瞧不起他们——因为我怎能瞧不起自己？
(1860；1867)

创造的法则

创造的法则，
强有力的艺术家和领袖，新一代的教师和卓越的美国文化人，
高贵的学者和未来音乐家，都得遵循。

所有人和这大千世界、和世界上的简洁真理定然息息相连，
将不会有更加显赫的主题——所有作品将间接说明这一神圣法则。

你以为创造是什么？

你以为除了自由行走、无拘无束，还有什么能满足灵魂？

你以为我变一百种法子告诉你的还有什么，除了男人女人都不亚于上帝？

除了上帝并不比**你自己**更加神圣？

除了最古老和最新神话的最终意义？

除了你和任何人都必须遵循这些法则走向创造？

(1860；1871)

给一个普通妓女

镇静些——和我在一起尽管放松——我是沃尔特·惠特曼，自由强壮得像大自然，

只要太阳不排斥你，我也不排斥你，

只要海洋不拒绝为你闪光、树叶为你沙沙响，我的诗也不拒绝为你闪光、为你沙沙响。

我的姑娘，我和你约定，我要你作好准备，值得和我相会，

我要你在我来以前变得有耐心而完美。

到那时我会用意味深长的一瞥向你致敬，为着你没有忘记我。

(1860；1860)

我一直在寻找

我一直在寻找**目的**，

为我自己和这些诗寻找通向过去历史的线索——现在我找到了，

它不在图书馆那些书页上的寓言里，（对于它们我既不接受也不拒绝，）

它也不在传说或别的林林总总里面，

它存在于今天——它就是今天的这个世界，

它存在于**民主**当中——（这是全部历史的涵义和目标，）

它是今天的男人或女人——今天的普通人的生活，

它存在于语言、社会习俗、文学和艺术中，

它存在于洋洋大观的人工制品、船舶、机器、政治、信条、现代进步和各国的交流中，

一切为了现代——一切为了今天的普通人。

（1860；1881）

思　索

想到那些抵达高位的人、仪式、财富、学位，诸如此类；

（依我看，那些人获得的东西都从他们那儿消失了，除非对他们的肉体和灵魂产生了效果，

所以我常觉得他们憔悴贫乏，

我常觉得他们每个人既在嘲弄别人又在嘲弄自己，

他们每个人生活的中心，即幸福，充满了蛆虫的粪便，

我常觉得那些男女无意中错过了真实的生活，走向了虚假，

我常觉得他们是循规蹈矩地活着，不过如此，

我常觉得他们一脸愁容，行色匆匆，像没睡醒的梦游人走在昏天黑地。）

（1860；1871）

奇　迹

怎么，有人看重奇迹？
至于我，除了奇迹我一无所知，
无论我是在曼哈顿逛街，
或者看罢屋顶看天上，
或者光脚沿着海滩蹚水，
或者站在森林的树底下，
或者白天和我喜欢的人聊天，晚上和我喜欢的人睡觉，
或者坐在桌旁和别人一起吃饭，
或者乘马车时看着我对面的陌生人，
或者看蜜蜂在夏天的上午围着蜂房忙碌，
或者看牲畜在田野吃草，
或者看空中的鸟和有趣的昆虫，
或者看美妙的日落，看星星平静明亮地闪耀，
或者看春天里新月那优雅柔和的细细弧形；
这些还有其他，万千世界对于我统统是奇迹，
全都息息相关，每一个却又独特，各居其位。

对于我，白天黑夜的每一个钟头都是一个奇迹，
每一立方英寸的空间都是一个奇迹，
每一平方码的地面散布着同样的东西，
每一英尺之内聚集着同样的东西。
对于我，海洋是一个连续的奇迹，
游泳的鱼——礁石——波涛滚动——人驾驶的船，
还有比这更奇特的奇迹吗？

（1856；1881）

轮子上火花四溅

在那儿，城里人整天川流不息，
我停下来加入一帮看热闹的孩子，跟他们待在一边。

在石板铺的马路牙子上，
磨刀师傅正在石轮上磨一把大刀，
他弓着腰，小心拿刀抵着石轮，
脚和膝盖均匀地踩踏，让轮子飞快旋转，
他压刀的手又轻又稳，
于是轮子上火花四溅，
金光闪闪。

这情景及周遭的一切深深吸引、感动了我，
这个愁苦、尖下巴的老头，破衣烂衫，系着宽宽的皮肩带，
我，一个古怪飘浮的幽灵，情绪奔放飘忽，此刻给吸牢在这里，
这一群人，（偌大世界里一个不起眼的小点，）
这帮聚精会神的安静孩子，马路上闹闹嚷嚷、得意放肆的人流，
这转轮低沉粗哑的颤音，这轻轻压住的刀片，
这轮子上的火花迸溅、落下、四射，
像一阵阵小小的金雨。

（1871；1871）

给一个学生

要改头换面吗？是要通过你完成吗？
改变越大，为了实现它，你需要的**人格**就越强大。

你！不明白吗，有清洁新鲜的眼神、气质、面容会起多大作用？
你不明白吗，有了这样的肉体和灵魂，当你走进人群时会起多大作用？一种欲望和权威的氛围会伴随你走进，你的**人格**会给每个人留下印象。

啊，有磁力的人！血肉饱满的人！
去吧，朋友！要想这样，就甩开别的一切，从今天开始让自己习惯于勇敢、踏实、自尊，目标明确，气派高贵，
不要停顿，直到你坚定地展现出自己的**人格**。

(1860；1860)

从围栏里放出来

从女人的围栏里，男人给放出来，源源不断放出来，
只有从地球上最棒的女人那里，才能放出地球上最棒的男人，
从最友善的女人那里放出最友善的男人，
只有从一个女人完美的身体里给放出来，男人才能造就完美的身体，

只有从女人的无与伦比的诗中才能放出男人的诗，（我的诗只来自那里；）

只有从我喜欢的强壮、威风凛凛的女人那里给放出来，我喜欢的强壮、威风凛凛的男人才能诞生，

只有从我喜欢的肌肉丰满的女人有力的拥抱中给放出来，男人的有力拥抱才会产生，

从女人大脑的皱褶中，放出男人大脑的全部皱褶，恰到好处，

从女人的公正中被放出来，所有的公正就产生了，

从女人的同情心放出全部的同情；

男人是地球上、永恒中的伟大之物，但是男人点点滴滴的伟大都来自女人；

男人首先要在女人那里形成，然后他才能形成于自己。

(1856；1871)

我究竟是什么

我究竟是什么？不过是个孩子，喜欢自己名字的发音，一遍又一遍念着它；

我站在一边听——从不腻烦。

你的名字对于你也是这样；

你想过吗？在你名字的发音里除了两三个声音，什么也没有。

(1860；1867)

宇　宙[1]

他包罗万象，他就是大自然，

他是大地的广阔，大地的粗俗和性，大地的宽宏博爱，还有平衡，

他没有白白地从眼睛的窗户往外看，他的脑子没有白白地听到那些信息，

他包罗了有信仰和无信仰的人们，他是最庄严的爱人，

他恰当地掌握了他或她的现实主义、精神至上和美学或智力这三位一体的比例，

他思考过肉体，发现它所有的器官和每个局部都很不错，

他基于大地的理论以及他或她的肉体，触类旁通，懂得了所有别的理论，

城市、诗歌、合众国的大政治的理论，

他相信不仅我们的星球有自己的太阳和月亮，还相信其他星球也有它们自己的太阳和月亮，

他建造自己的房屋，不是为了一天，而是为了永久，他看到了种族、时代、日期、世世代代，

过去、未来像空间一样待在那里，不可分开地在一起。

(1860；1867)

---

① 在《自己之歌》中，惠特曼自称为“一个宇宙”；故此诗对宇宙以“他”相称。

别人可以赞美他们喜欢的

别人可以赞美他们喜欢的；

可我，来自奔腾的密苏里岸边，决不赞美艺术或别的东西，

除非它吸收了这大河的气息，连同西部草原的香味，

再纵情挥霍它。

(1865；1881)

谁学我的功课？

谁学我的功课？

老板、工人、学徒，传教士和无神论者，

愚蠢和聪明的思想者，父母和孩子，商人、店员、搬运工和顾客，

编辑、作者、画家和学生——走近我，开始吧；

这不是功课——它只是取消对一门好课的限制，

然后一门接一门的好课就这样开始了。

伟大的法则毫无争辩就贯彻天下，

我的风格相同，因为我是它们的朋友，

我热爱它们，我们相互平等，我不会停下来行礼。

我入神地躺着，听一个个美妙故事，还有那些故事的缘由，

它们太美了，我怂恿自己去听。

我对谁都不能讲出我所听到的——对自己都讲不出来——太奇妙了。

这可不是小事：这个浑圆有趣的地球永远永远如此精确地运行在轨道上，没有一次晃动，没有一秒钟失误，

我不认为它是在六天里创造的，也不是一万年或百亿年①，

也不是像建筑师设计建造一座房子，部分接部分地设计和建造出来。

我不认为七十年是一个男女的寿命，

七千万年也不是一个男女的寿命，

岁月将永远阻止不了我或任何他人的存在。

这很奇妙吧？我将不朽，正如人人都会不朽；

我知道这很奇妙，而同样奇妙的是我能看见大千世界，同样奇妙的是我在母亲子宫里给孕育成熟，

同样奇妙的是我从一个婴儿，懵懵懂懂爬行，经过两个冬夏就会说话走路。

此刻我的灵魂拥抱你，我们彼此不曾相见、也许永远不会相见，却互相感动，这太奇妙了。

太奇妙了，我能心生这些想法，

太奇妙了，我能提醒你，你也想到这些，知道它们真实。

---

① 根据《圣经 · 旧约 · 创世记》，上帝在六天里创造了世界。

同样奇妙的是月亮绕着地球转，还和地球一同向前转，
同样奇妙的是它们和太阳星辰保持平衡。

(1855；1867)

检　验

一切服从他们，他们坐在那里，内心坦然，灵魂不可接近，不可测析，
传统、外界的权威都不是审判，
他们才是外界权威和一切传统的审判，
他们只去证实那些能证实他们自己、感动他们自己的事物；
虽然如此，他们自己永远有权去证实远近的一切，毫无例外。

(1860；1860)

火　把

在我西北边的岸上，深夜一伙渔夫站着守望，
就在他们跟前伸展的湖上，别的渔夫在用矛叉鲑鱼，
一条独木船，一个黑影，划过漆黑水面，
船头支着燃烧的火把。

(1865；1867)

啊，法兰西之星！

(1870—1871①)

啊，法兰西之星！
你的希望、力量和名声的光辉，
曾像一艘骄傲的船，长期率领舰队，
如今却被飓风吹袭，沦为遇难船，没有桅杆的废船，
人群拥挤、疯狂、淹得半死，
没有了舵，也没有了舵手。

暗淡的备受摧残的星辰，
你不单是法兰西之星，也是我的灵魂及其最宝贵的希望的惨淡象征，
是为自由而斗争、而勇进、而义愤填膺的象征，
是对远大理想的向往，是对兄弟情谊的热切梦想的象征，
是暴君和僧侣的恐惧的象征。

法兰西之星，在十字架上受难，被叛徒们出卖，
挣扎在死亡的国度、英雄的国度之上，
在奇异、热情、讥讽、轻佻的国度之上。

可悲！但是我不会由于你的错误、虚荣和罪过而指责你，
你空前的悲哀和痛苦已把它们全部抵销，
使你变得神圣。

① 1870—1871年，法国在普法战争中失败；1871年5月爆发巴黎公社起义，被残酷镇压。

就因为你虽然过失良多，但目标永远崇高，
就因为你无论代价多大，也决不出卖自己，
就因为你从被催眠的昏睡中流泪决然醒悟，
就因为在你的姐妹中只有你这个女巨人，粉碎了那羞辱你的仇敌，
就因为你不能，也不愿戴上常人的锁链，
因此你在这十字架上，满脸青紫，手足被钉，
矛刺进你的两肋。

啊，星辰！啊，法兰西之船，久遭击退与挫折！
忍住，备受摧残的星辰！船啊，坚守下去！

就像地球，它是万物之船，
产生于致死的烈火和狂暴的混沌，
出自于阵阵激烈的发作和种种毒物，
最后它诞生了，威力壮美，
在太阳下沿着它的航道前进，
啊，法兰西之船，你也会这样！

当艰难的日子结束，乌云驱散，
剧痛过去，迎来久盼的解放，
那时瞧吧！你将再生，高悬于欧洲世界之上，
（从此怀着喜悦，远远地面对面，回应着、思考着我们的哥伦比亚[①]，）
依然是你，法兰西之星，美丽璀璨的星辰，
在神圣的和平中，比以往更加清澈明亮，
发出不朽的光芒。

（1871；1881）

---

① 哥伦比亚，指美国；意为哥伦布发现的地方。

驯 牛 人

在很远的北方的一个县里，在平静的牧区，

住着我的农夫朋友，我这首诗的主人公，一个大名鼎鼎的驯牛人，

在那里人们把三四岁大的公牛交给他调教，

他接受世界上最野的小公牛，调教它，驯服它，

他不带鞭子，毫无畏惧地走进牛栏，那头年青的牛正暴躁得来回折腾，

它瞪着眼珠，高高地扬起脑袋没完没了地摇晃，

可是你瞧！这么快它的火气就消了——这么快驯牛人就制服它了；

你瞧！这一带农场里的上百头公牛，年青的、老的，都是叫这爷们儿驯服的，

它们都认得他，跟他亲近；

你瞧！有些牛真叫漂亮，这么高傲的模样；

有的浅黄，有的杂色，有的有斑纹，一头的脊梁上长了一条白道，

有些长着外开很宽的犄角（吉相）——你瞧！那亮闪闪的皮，

瞧，那两头牛的额上长着星儿——瞧，圆溜溜的肚子，宽展展的脊背，

它们四条腿站得多直多正——眼睛多美多机灵！

它们是怎么盯着驯牛人呀——它们盼着他就在它们跟前——它们是怎么回头看着他离开呀！

那么热切的神情！那么依依不舍！

我纳闷他在它们眼里会是什么，（书本、政治、诗歌消失

了——什么都没影了，）

我承认我只是羡慕他的魅力——我那寡言寡语、大字不识的朋友，

他一辈子都在乡下，在很远的北方，在平静的牧区，

有上百头牛恋着他。

（1874；1882）

一个老头关于学校的想法

（1874年为新泽西州卡姆登的公立学校落成而作）

一个老头关于学校的想法，
一个老头搜集青春的记忆和花朵，年青时却做不到。

直到现在我才懂你，
啊，美好的玫瑰色天空——啊，草叶上的晨露！

我看到了这些，这些亮闪闪的眼睛，
这些贮存了神秘含义的宝库，这些年青的生命，
像一支船队，正在建造、装备，不朽的船，
很快就要出航行驶在无边的海上，
在灵魂的航程中。

仅仅是许多男孩和女孩吗？
仅仅是叫人厌倦的拼读、写作和算术课吗？
仅仅是一所公立学校吗？

啊，更多，多得没有止境；
（正像乔治·福克斯曾大声警告，“这堆砖头瓦块，这死气

沉沉的地板门窗，就是你们所谓的教堂吗[1]？

这根本不是教堂——教堂是活的，是永远活着的灵魂。”）

而你，美国，

你真要为你的今天好好筹划吗？

为了你明天的凶吉善恶认真打算吗？

就指望教师和学校、男孩和女孩们吧。

（1874；1881）

早晨漫步

早晨漫步，

走出黑夜，走出阴郁的思绪，你就在我的思绪里，

向往着你，和谐的联邦！你，神圣的歌唱的鸟！

你，我危难时世中的祖国，到处是强加给你的阴谋、忧伤、卑鄙和叛逆，

我看到了这个寻常的奇迹——一只鸫鸟在我的注视下哺喂它的雏鸟，

这歌唱的鸫鸟，它的曲调充满欢乐和信心，

证明、愉悦着我的灵魂。

我在那里沉思、感受，

假如讨厌的虫豸、毒蛇可以变成优美神圣的歌曲，

假如歹徒可以变成有用的好人，

---

① 乔治·福克斯（George Fox，1624—1691），英国的基督教新教公谊会创始人。

那么，我的祖国，我可以相信你，你的命运和未来，
谁知道呢，这些也许就是适合你的教益？
你未来的歌也许就带着快乐的鸟鸣从中升起，
注定响彻世界。

(1873；1881)

意大利音乐在达科他

（第十七团——我听过的最好的军团乐队）

在柔和的晚风中萦绕一切，
萦绕岩石、森林、堡垒、加农炮、巡逻的哨兵、没边的荒野，
在悦耳的溪流声中，在长笛和短号的音调里，
亢奋、沉思、澎湃、发自人心，
(但却奇怪地适合这里，它的含义我此前未曾洞悉，
从没有过的微妙、和谐，好像它在这里诞生，和这里丝丝相连，
而不是和城里有壁画的厅堂，不是和歌剧院里的听众，
声响、回音、飘荡的旋律，好像这里真是它的故乡，
《梦游女》天真的爱情，表达《诺尔玛》的痛苦的三重奏，
还有你《殉道者》狂欢的大合唱①；)
音乐，达科他的意大利音乐，
在清澄黄色的落日斜阳里闪闪发光。

而大自然，这个乖僻地区的主宰，

---

① 《梦游女》和《诺尔玛》为意大利作曲家贝里尼的歌剧；《殉道者》为意大利作曲家多尼采蒂的歌剧。

潜伏在隐蔽的野蛮邪恶的暗处，
认可了这来自远方的亲密关系，
（就像老根旧土认可它最后萌生的花和果，）
愉悦地聆听。

(1881；1881)

你得天独厚

你得天独厚，美国，
你安然矗立，快速崛起，俯瞰世界，
权力、财富、辽阔的国土，赐予了你——这些以及诸如此类的东西都赐予了你，
可如果你缺少一种天赐会怎样呢？（这终极的人类问题永远没得解决，）
这天赐是适合于你的完美女性——如果你缺少这天赐中的天赐会怎样呢？
那是你崇高的女性，是适合于你的美丽、健康、完满，
是适合于你的众多母亲。

(1876；1881)

我的画廊

我在小屋里悬满了画，这不是一间固定的屋子，
它是圆的，从一侧到另一侧只有几英寸；
可是瞧，它容下了世界的万千景象，全部的记忆！
这里是生活的熙攘画面，这里聚集了死亡；

这里，你认识这位吗？这是导游人自己，
他抬手指向洋洋大观的图画。

(1880；1881)

草原各州

造物主的一个更新的花园，一点也不原始荒凉，
稠密、快活、摩登的几百万人，好多城市和农场，
由交织的铁路混合连接成为一体，
得助于全世界——形成了自由、法制、节俭的社会，
岁月沉淀，今天成为了登峰造极的富庶天堂，
证明了历史的正当。

(1880；1881)

暴风雨的豪迈乐曲

1

暴风雨的豪迈乐曲，
风放肆奔腾，呼啸着越过大草原，
森林轰响——这是大山的管号齐鸣，
人一般的昏暗影子——你们这些隐藏的管弦乐队，
你们这些灵敏的乐器，奏出幽灵的小夜曲，
和大自然的节奏、一切民族的语言混响在一起；
你们这些大批作曲家留下的和声——你们这些合唱队，
你们这些无拘无束的、自由的、宗教的舞蹈——你们来自东方，
你们这些河流的低语、瀑布的咆哮，
你们这些远方的枪声，铁骑奔驰，
军营回响，不同的号角发出召唤，
乱哄哄地蜂拥而来，充斥了午夜，搅得我筋疲力尽，
进入我孤寂的卧室，你们为什么偏偏抓住了我？

2

过来呀，我的灵魂，让别的都去休息，
听着，不要错过，它们是朝你来的，
分开了午夜，进入了我的卧室，
啊，灵魂，它们是为你唱歌跳舞。

一支节庆的歌，

新郎新娘的二重唱，一支婚礼进行曲，
伴随着爱的嘴唇，爱人们洋溢着爱情的心，
涨红的脸蛋儿，鲜花的香味，跟随的人群里满是老老少少亲切的脸，
和着长笛的清新曲调，还有竖琴的流畅声音。

现在高亢的鼓声近了，
维多利亚！你看见了吗？撕碎的军旗仍在硝烟里飘扬，被打败的军队在溃逃①，
你听见了吗？征服者的队伍在呐喊。

（啊，灵魂，那些女人的啜泣，伤兵在痛苦中呻吟，
火焰噼啪响，焦黑的废墟，城市的灰烬，
人类的挽歌和凄凉。）

现在古代和中世纪的歌曲灌满我的耳朵，
我看见、听见老竖琴师们在威尔士的节日里弹奏，
我听见爱情诗人唱着情歌，
我听见封建时代日耳曼的、意大利的、法兰西的游吟诗人们。

现在伟大的管风琴奏响了，
震颤了，在底下，（像大地隐蔽的支点，
依靠它，产生着、休憩着、迸发出
一切美、优雅和有力的东西，一切我们知道的色彩，
绿色的草叶、啼叫的鸟儿、戏耍的孩子、天上的云彩，）
强大低音的脉搏从不中断，

① 维多利亚（Victoria），指古罗马神话中的胜利女神。此段和下一段描写1861—1865年间发生的美国内战。

沐浴着、支撑着、融汇着所有其他声音，它是一切声音的母音，
它发自每一种乐器、众多的乐器，
全世界的演奏者们、音乐家们在演奏，
庄严的赞美诗和弥撒曲，激起人们的崇拜之情，
所有热情的心声，悲伤的恳求，
世世代代数不清的美妙的歌手，
还有溶融他们的地球自身的和音，
来自风、森林、强大的海涛，
一支新组成的管弦乐队，年代和地域的组合者，十倍的革新者，
自诗人们讲过的遥远过去，自天堂，
从那里开始的迷途、长久的分离，而现在流浪结束了，
旅程结束了，浪子回家了，
人类和艺术与大自然再度融合。

合奏！为了大地和天堂；
(现在全能的指挥用指挥棒发出了信号。)

全世界的丈夫又唱又跳雄壮的希腊歌舞，
所有的妻子同声应和。

小提琴的嗓子，
(我想，你诉说了这颗心所不能诉说的，
这颗沉思、渴望的心，不能诉说自己。)

3

啊，灵魂，当我还是个孩子，
你就知道所有声音怎样变成了音乐，
我母亲的声音，她唱摇篮曲、赞美诗，

(那声音，啊，温柔的声音，记忆里爱的声音，
最后的奇迹，啊，最亲爱的母亲和姐姐的声音；)
雨，生长的玉米，在玉米的长叶子中穿行的微风，
海浪有节奏地拍打沙滩，
鸟儿啁啾，鹰尖叫，
夜里野鸭子的叫声，它们低低飞行，向南方或北方迁徙，
在乡村教堂或树丛里，在露天的野营布道会上唱的圣诗，
酒馆的提琴手，水手的歌兴高采烈、声音拖得老长，
哞哞叫的牛，咩咩叫的羊，黎明时高叫的雄鸡。

当今各国的歌曲都在我周围唱起来了，
日耳曼的歌曲，歌颂友谊、美酒和爱情，
爱尔兰的民谣，快乐的吉格舞，英国的颂歌，
法兰西的小调，苏格兰的山歌，而在一切之上，
是意大利的无可匹敌的歌剧。

诺尔玛脸色苍白，怀着可怕的激情，
高视阔步，走过舞台，手里挥舞短剑①。

我看见可怜的发疯的露契亚，眼里闪着奇异的光，
她的头发乱蓬蓬披在背上②。

我看见埃尔纳尼正容光焕发，手挽他的新娘，
走在婚礼的花园里，夜玫瑰的芳香中，
突然他听到了地狱的召唤、死亡的号角③。

---

① 诺尔玛，贝里尼的歌剧《诺尔玛》的女主人公。
② 露契亚，多尼采蒂的歌剧《拉美摩尔的露契亚》的女主人公。
③ 埃尔纳尼，威尔第的歌剧《埃尔纳尼》的主人公。

长剑交锋，白发迎着天空，
世间清晰、扣人心弦的男低音和男中音，
长号的二重奏，永远的**自由**[①]！

从西班牙栗树的浓荫里，
在修道院厚重的老墙边，响起一支凄凉的歌，
失恋的歌，青春和生命的火炬在绝望中熄灭，
垂死的天鹅之歌，费尔南多的心快要碎了[②]。

阿米娜终于从悲痛里醒来，歌唱，
激情像星星一样丰富，像晨光一样喜悦[③]。

（那位丰盈的女士来了，
灿烂的星辰，美如维纳斯的女低音，如花朵盛开的母亲，
至高神祇的姐妹，我亲耳听到阿尔波妮的歌声[④]。）

4

我听见那些颂歌、交响曲、歌剧，
我听见《威廉·退尔》中觉醒愤怒的人民的歌声[⑤]，
我听见梅耶贝尔的《新教徒》、《先知》、《恶魔罗勃》[⑥]，
古诺的《浮士德》、莫扎特的《唐璜》[⑦]。

我听见所有民族的舞蹈音乐，

---

① 指贝里尼的歌剧《清教徒》中的著名长号二重奏。
② 费尔南多，多尼采蒂的歌剧《宠姬》的男主人公。
③ 阿米娜，贝里尼的歌剧《梦游女》的女主人公。
④ 指女低音歌唱家玛丽埃塔·阿尔波妮，她在1852—1853年间在纽约演出歌剧，惠特曼逢场必到，并从此迷恋歌剧。
⑤ 《威廉·退尔》，罗西尼的歌剧。
⑥ 梅耶贝尔，德国作曲家。
⑦ 古诺，德国作曲家。

华尔兹，美妙的节奏使我沉浸于幸福，
波莱罗，听那清脆的吉他和咔嗒的响板①。

我看见古老和新颖的宗教舞蹈，
我听见希伯来七弦琴的演奏，
我看见十字军在远征，高举十字架，铙钹铿锵，
我听见托钵僧单调的吟唱，不时发出疯狂的喊叫，他们转圈，总是朝向麦加，
我看见波斯人和阿拉伯人入迷的宗教舞蹈，
我又在刻瑞斯的家乡厄琉西斯，看见了现代希腊人在跳舞②，
我听见他们一边拍手一边弯腰，
我听见他们的脚踩着节拍移动。

我又看见柯里班人的野蛮的古老舞蹈，跳舞的人互相伤害，
我看见罗马青年，随着刺耳的笛声互相抛接武器，
跪下又站起。

我听见从穆斯林的清真寺传来宣礼人的召唤，
我看见里面膜拜的人，没有仪式，没有布道，不说话，
只是沉默、奇特、虔诚，仰起狂喜闪光的脸。

我听见埃及的竖琴，有很多的弦，
尼罗河船夫唱的原始的歌，
中国的神圣帝王的颂歌，
我听见磬发出的精美的声音，（那是敲击的木头和石头，）

---

① 波莱罗，一种西班牙舞蹈。
② 刻瑞斯，古罗马人的谷物女神。

听见印度的笛子和拨得人心烦的七弦琴，
还有一队印度舞姬。

5

现在亚洲、非洲离我而去，欧洲抓住了我，使我心神激荡，
我听着巨大的管风琴和乐队，好像声音的宏大汇合，
路德的雄浑赞歌《上帝坚如城堡》①，
罗西尼的《悲痛的圣母悼歌》②，
声音飘浮在高高幽暗的大教堂，那里有灿烂的彩色窗户，
充满激情的《上帝的羔羊》或《荣耀属于上帝》。

作曲家们！杰出的大师们！
还有你们，旧大陆的出色歌手们，女高音、男高音、男低音！
一个新诗人在西方向你们自由歌唱，
恭敬地送上他的爱。

(啊，灵魂，这些都指向你，
所有的感觉、行为、目标都指向你，
而现在我觉得声音超越了一切，指向你。)

我听见孩子们在圣保罗大教堂进行一年一度的歌唱③，
在某个大厅的高高的屋顶下演出贝多芬、亨德尔或海顿的交响曲和清唱剧，
《创世纪》，那神性的波涛涤荡了我④。

---

① 指马丁·路德（1483—1546），德国宗教改革的创始人。
② 罗西尼，意大利作曲家。
③ 圣保罗大教堂，伦敦的最大的教堂。
④ 《创世纪》，奥地利作曲家海顿的清唱剧。

让我拥抱所有的声音吧，（我疯狂地挣扎、呼喊，）
用宇宙的全部声音注满我吧，
赋予我它们的脉搏，大自然的脉搏，
暴风雨，江湖海，歌剧和颂歌，进行曲和舞蹈，
放声歌唱吧，倾泻吧，我将接受一切。

6

然后我静静醒来，
愣着，思量梦中的音乐，
思量所有那些记忆、那狂怒的风暴，
那些女高音和男高音唱的所有歌曲，
那些狂迷的、飞扬宗教热情的东方舞蹈，
那些美妙的乐器、和谐的管风琴，
和所有那些淳朴的爱情、忧伤和死亡的倾诉，
我起床，对我沉默好奇的灵魂说，
来吧，我找到了我寻求已久的线索，
让我们在白天焕发精神向前去，
快乐地生活，在真实的世界里行走，
神圣的梦将滋润我们今后的生活。

我还说，
啊，灵魂，你听见的也许不是风的声音，
不是震怒的暴风雨的梦，不是海鹰扇动翅膀或厉声尖叫，
不是阳光灿烂的意大利式发声，
不是德意志宏伟的管风琴，不是宏大的声音汇合，不是层层叠叠的声音的交响，
不是夫唱妇随的希腊歌舞，不是出征战士的声音，
不是笛子，不是竖琴，不是军营的号角吹响，
而是一种适合于你的新的节奏，

是诗，是生命和死亡之间架起的桥梁，在夜空里模糊飘荡，抓不住，难以记录，

让我们在清醒的白天把它写出来。

(1868；1881)

向印度航行

1

歌唱我的时代，
歌唱今天的伟大成就，
歌唱工程师们坚固、轻灵的杰作，
我们现代的奇迹，（已经超过了古代笨重的七大奇迹，）
在旧世界有东方的苏伊士运河，
在新世界雄伟的铁路贯通了，
在海里铺设了能通话的秀气的电缆，
但是，首先和你——灵魂一同发出呼喊、永远呼喊的，
是历史！历史！历史！

历史——黑暗、深不可测的回眸！
丰富的深渊——睡眠的人们和阴影！
历史——历史的无限伟大！
今天的一切，难道不是历史的发扬滋长？
（像一颗子弹，造成了，发射了，走过一段射程，仍在前进，
所以今天，完全是由于历史的形成与推进。）

2

灵魂啊，向印度航行！
去阐明亚洲的神话，远古的寓言。

不仅有你们，世界上骄傲的真理，
不仅有你们，现代科学的事实，
还有古老的神话和寓言，亚洲和非洲的寓言，
投向远方的精神光芒，无拘无束的梦幻，
潜入心灵的经文和传说，
诗人们大胆的构思，更加古老的宗教，
啊，你们这些庙宇，比百合花还美，沐浴着升起的太阳！
啊，你们这些寓言，弃绝俗事，躲避俗事的控制，向天国飞升！
你们这些高耸耀眼的尖顶的塔，金光闪闪，赤如玫瑰，
从凡人梦幻里塑造出来的不朽的寓言之塔，
我也欢迎你们，完全和欢迎别的一样！
我也怀着欢乐歌唱你们。

向印度航行！
瞧，灵魂，你没有从一开始就看出上帝的意图？
地球要被网络横贯连接，
人民要成为兄弟姐妹，
种族、邻居要通婚，在婚姻中被赐予后代，
海洋要被跨过，远邦变为近邻，
国家要融合在一起。

我歌唱一种崭新的崇拜，
船长们、航海者们、探索者们，以及你们的一切，
工程师们、建筑师们、机械师们，以及你们的一切，
你们不仅是为了贸易或运输，
而是以上帝的名义，为了你，啊，灵魂。

3

向印度航行！

瞧，灵魂，你面前展开两个生动的场景，

在其一，我看见苏伊士运河凿开了，

我看见一列汽船，领头的是欧也妮皇后的船[①]，

我从甲板上看见陌生的风景、纯净的天空、远处平坦的沙漠，

我迅速穿过五颜六色的人群，

聚集的工人，巨大的挖泥机。

在其二，是另一番景象，（可同样属于你，全属于你，灵魂，）

我看见在我自己的大陆上，太平洋铁路穿越每一个障碍[②]，

我看见成列的车厢载着货物和旅客，频繁地沿着普拉特河蜿蜒行驶，

我听见火车头飞奔、轰鸣，汽笛尖叫，

我听见天下最壮观的风景发出的回声，

我跨过拉腊米平原，我留意那些奇形怪状的岩石，一个个小山包，

我看见好多飞燕草和野葱，荒凉单调的长着鼠尾草的沙漠，

我一抬眼看远处，或恰在我头顶上，就有雄伟的大山，我看见温德河和瓦萨山，

我看见石碑山和鹰巢山，我经过普罗蒙特里，攀上内华达，

---

① 苏伊士运河长190公里，于1858年12月动工，1869年11月通航。欧也妮皇后（1826—1920）为法国皇帝拿破仑三世的妻子，在苏伊士运河开航仪式上乘坐“雄鹰号”先导通过。

② 太平洋铁路全长3 000多公里，为第一条东西向横贯北美大陆的铁路，于1863年1月动工，1869年5月贯通，为美国的经济发展做出了巨大贡献。

我扫视巍峨的埃尔克山，绕过山脚，
我看见亨博尔特山脉，我穿过山谷，渡过河流，
我看见清澈的塔霍湖水，我看见庄严的松树林，
或者跨过大沙漠和盐碱土的平原，我看见迷人的海市蜃楼里水草丰茂，
看过了这些，最后有一对相同的细线，
行进、跨越三四千英里的陆地，
把东边的海和西边的海连接起来，
成为欧洲和亚洲之间的大道。

（啊，热那亚人，你的梦！你的梦[①]！
你躺进坟墓后多少个世纪，
你发现的海岸才证实了你的梦。）

4

向印度航行！
多少船长拼搏，多少水手丧命，
他们悄悄来到我心头，又散去，
像不可企及的天空里大块、小朵的云。

顺着全部历史，顺坡而下，
像一条溪流，时而沉落，时而又腾起，
一个不停顿的思想，一根变化多端的链条——看，灵魂，它们向着你，升腾在你的面前，
一次次策划、航行、远征；
瓦斯哥·达·伽马再度启航了[②]，

---

① 热那亚人，指克里斯托弗·哥伦布（1451—1506），美洲新大陆的发现者。热那亚为意大利北部港口城市，哥伦布的出生地。

② 瓦斯哥·达·伽马（约1469—1525），葡萄牙航海家，曾率探险队发现了绕好望角到达印度的海路。

再度获取知识，航海者的指南针，
一片片陆地被发现，一个个国家诞生，你，美国，诞生了，
为了宏伟的目标，人类经受住了漫长考验，
你，球形的世界，终于完满。

5

啊，巨大的球体，在宇宙中浮游，
身披着可以看见的力和美，
光、白昼和思想丰富的黑夜交替更迭，
日月星辰高高在上，难以言状地运行，
其下，山河纵横，草木繁茂，野兽无数，
隐藏着深不可测的目的，预言似的动机，
现在第一次我的思想开始揣测你。

当亚当和夏娃光华万丈，步下亚洲的花园，
出现在这片土地，他们之后有亿万子孙，
漫游，渴望，好奇，无休止的探索，
询问，困惑，迷茫，兴奋，怀着永不幸福的心，
悲哀地反复发问，为什么灵魂得不到满足？戏弄人的生活为了什么？

啊，谁来抚慰这些狂躁的孩子？
谁来为这无休止的探索提供答案？
谁来说出这冷漠大地的奥秘？
谁把它和我们连在一起？这游离的不合人情的大自然是什么？
这个地球对于我们的情感有什么意义？（毫无爱心的地球，没有迹象要回答我们的问题，
冰冷的地球，到处是坟墓。）

可是灵魂肯定会保留最初的意图，并将它实现，

也许此刻时机已经来临。

在所有的大海被跨过之后，（它们似乎已被跨过，）
在伟大的船长们和工程师们完成了伟业之后，
在杰出的发明家、科学家、化学家、地质学家、人种学家之后，
无愧其名的诗人将会最后来到，
上帝忠诚的儿子将会来到，唱着他的歌。

那时，不仅是你们航海者、科学家和发明家的功绩将会得到证实，
所有这些焦灼的孩子们的心将会得到抚慰，
所有的情感将会充分地得到响应，奥秘将被说出，
所有这些间隔和裂隙将被填平，勾连起来，
整个地球，这个冰冷、无情、沉默的地球将完全得到解释，
神圣的三位一体将被上帝忠实的儿子——诗人光荣地实现、紧密地结合，
（他当然会跨过海峡、征服高山，
他会心怀宏图绕过好望角，）
大自然和人类将不再分散离开，
上帝忠实的儿子将把他们完全融合在一起。

6

我在豁然敞开的年代的大门前歌唱！
这是夙愿实现之年！
陆地、区域和海洋联姻之年！
（现在不只是威尼斯总督迎娶亚德里亚海①，）

---

① 按威尼斯旧俗，总督每年举行该城与其面临的亚德里亚海的结婚仪式，把一个戒指投入海里。

啊，在你这一年里，我看见浩瀚的水陆星球获得一切、给出一切，

欧洲同亚洲，还有非洲结合，它们又同新世界结合，

一片片大地，山河平原，握着节日的花环，在你面前舞蹈，

就像新郎新娘们手牵手。

向印度航行!

来自遥远高加索的凉爽的风，安抚着人类的摇篮，

幼发拉底河奔腾，历史再度大放光明。

瞧，灵魂，那联翩的回想，

地球上那些人口最稠密、最富庶的古老国度，

印度河与恒河及其许多支流，

(我今天走在我的美国海岸，看着、回味着一切，)

亚历山大的故事，他猝死在好战的征途上，

一边是中国，另一边是波斯和阿拉伯，

向南是大海和孟加拉湾，

滔滔不绝的文学，宏伟的史诗，宗教、种姓制度，

历史悠久的玄妙的梵天，温柔年少的佛陀，

中央和南方的帝国及其全部的财产和财主，

帖木儿的战争，奥朗则布的统治①，

商人、统治者、探险家、穆斯林、威尼斯人、拜占庭、阿拉伯人、葡萄牙人，

第一批旅行家，至今还闻名的马可·波罗、摩尔人巴图塔②，

---

① 帖木儿（1336—1405），帖木儿帝国的开国皇帝；奥朗则布（1618—1707），印度莫卧儿帝国时代的第六任皇帝。

② 摩尔人巴图塔，摩尔人指中世纪伊比利亚半岛（今西班牙和葡萄牙）、西西里岛、马耳他和西非等地的穆斯林居民。巴图塔（Ibn Batouta，1304—1369），出生于摩洛哥，曾旅行过北非、西非、东非、东欧、中东、中亚、印度、东南亚和中国，著有《旅行》一书。他和马可·波罗都被列为是历史上最伟大的旅行家。

有待解答的疑问，匿名者的地图，有待填补的空白，
人类的脚步没有停止，双手永不休息，
还有你自己啊，容不得挑战的灵魂。

中世纪的航海家在我面前浮起，
1492 年的世界，被唤醒的万丈雄心①，
人性中某种东西膨胀，像春天里大地的活力，
衰落的骑士精神的壮丽黄昏。

你是谁，惨淡的影子②？
巨人，梦想家，你自己就是一个梦想家，
身强力壮，目光虔诚闪亮，
你的目光所及是一个个黄金世界，
你用灿烂的颜色将它们涂染。

作为首席演员，
他登上了舞台，在雄伟的场景中，
向其余人发号施令，我看见了船队首领本人，
（勇气、行动、信心都是历史的典范，）
看他率领小小的船队从帕洛斯启航，
看他远航、归来，声名卓著，
他的种种不幸，遭受诽谤，看他成为囚徒，戴着镣铐，
看他失意，贫穷，死去。

（彼时彼刻，我伫立，好奇地注意着英雄们的业绩，
还要拖延很久吗？诽谤、贫穷、死亡，这些痛苦吗？
被遗忘的种子埋在地里几个世纪了吗？

---

① 1492 年，航海家哥伦布率西班牙船队西行，发现了美洲大陆。
② 你，指哥伦布。

瞧，它遵从上帝预定的时机，在夜里苏醒，抽芽，开花，
将实用和美充满世界。）

7

啊，灵魂，理所当然地航向最初的思想，
不仅是陆地和海洋，还有你自己的鲜活清澈，
出生和青春的早期成熟，
航向诞生经书的国土①。

啊，灵魂，无拘无束，我和你，你和我，
开始你的世界周游，
对于人，这是他精神回归的航行，
回到早期的理性天国，
回去，回到初生的智慧、天真的直觉，
再度美好的创世。

8

啊，我们不能再等待，
啊，灵魂，我们也要驾驶大船，
我们也要在没有航道的海上航行，
在狂喜的波涛上毫无畏惧地航向未知的海岸，
在飘荡的风中，（啊，灵魂，你逼着我走向你，我逼着你走向我，）
歌唱自由，歌唱我们的上帝，
高唱我们愉快探索的颂歌。

欢笑，多少个接吻，
（让别人去说三道四，让别人为罪过、懊悔、羞辱去痛哭

① 经书（bibles），指包括《圣经》在内的宗教典籍。

流涕，）

啊，灵魂，你愉悦了我，我愉悦了你。

啊，灵魂，我们比所有牧师都更加相信上帝，
但是我们不敢轻言上帝的神秘。

啊，灵魂，你愉悦了我，我愉悦了你，
在海上航行，或在山上，或在夜里醒着，
思索时间、空间和死亡，静静的思索如同流水，
带我到无限无垠的地方，
我呼吸它的空气，倾听它的波涛，任它把我彻底洗涤，
啊，上帝，沐浴我，让我向你攀登，
让我和我的灵魂进入你的领地。

啊，你这出类拔萃者，
无名者，力量和生命，
光中之光，光芒四射寰宇，你是宇宙的中心，
你是真、善、爱的更加强大的中心，
你是道德、精神的源泉——友爱的源泉——你蓄积待发，
（啊，我沉思的灵魂——未曾满足的渴望——不在那里等待吗？
那在什么地方的完美的伙伴，不也可能在等待我们吗？）
你这脉搏——你这日月星辰的运动，
环行着，有序、安稳、和谐地运动，
横越无形广袤的空间，
如果我不能冲出自己，飞向那些星星、那高高在上的宇宙，
我该怎么想，怎么呼出一口气，怎么吐露我的心声？

想到上帝，想到大自然和它的奇迹，

想到时间、空间和死亡，我即刻自觉渺小，
但是我转而呼唤你，啊，灵魂，你是真实的我，
看，你轻盈地驾驭着星球，
你与时间做伴，对死亡露出满意的微笑，
你膨胀着，充盈着浩瀚的空间。

比星辰或太阳更加伟大，
啊，灵魂，跳起来，你要勇往直前；
还有什么爱，能比你的和我们的更加充沛博大？
啊，灵魂，还有什么抱负、愿望胜过你的和我们的？
还有什么理想之梦？什么纯洁、完美、力的宏图？
还有什么意愿欣然去为众人献出一切？
为众人忍受一切痛苦？

啊，灵魂，朝前想想吧，当时候到了，
所有的海都跨过了，所有的海角都经历了，航程结束了，
被包围着，应付着，面对上帝，顺从着，目标达到了，
找到了**大哥**，满腔的友情和爱，
小弟融化在欢喜中，在他的怀抱中。

9

向远于印度的地方航行！
你的翅膀丰满得足以飞行这么远吗？
啊，灵魂，你真的要做这样的航行吗？
你要在这样的水域上嬉戏吗？
探测梵文和《吠陀经》的底蕴吗①？
那么就任随你的喜好吧。

---

① 《吠陀经》为印度的婆罗门教和印度教的篇幅浩大的圣典，其初始部分出现于公元前1000年，以古印度文即梵文写成。

向你们航行，向你们的海岸，你们古老而撩人的谜！
向你们航行，向你们的王国，你们叫人窒息的难题！
你们那里布满遇难船的残骸，他们活着时从没到达你们那里。

向远于印度的地方航行！
啊，大地和天空的秘密！
啊，你们滔滔的海水！曲折的溪流、江河！
啊，你们森林、田野！你们，我的国土上的雄伟高山！
啊，你们大草原！你们灰岩石！
啊，早晨的红霞！云彩！雨雪！
啊，白天和夜晚，向你们航行！
啊，太阳和月亮，万千星辰！天狼星和木星！
向你们航行！

航行，赶快航行！热血在我血管中燃烧！
啊，灵魂，立即起锚出发！
砍断缆绳，——升起、抖开每一片风帆！
难道我们像大树一样站在这地上还不够久吗？
难道我们像畜生一样趴在这里吃啊喝啊还不够久吗？
难道我们让书本把自己弄得头昏眼花还不够久吗？

向前航行——驶向纵深的水域，
啊，灵魂，不顾一切地探索吧，我和你在一起，你和我在一起，
我们开往那水手未曾敢去的地方，
我们用船、用我们自己和一切去冒险。

啊，我勇敢的灵魂！
啊，再向前、向前航行！

啊，胆大包天的快乐，但却平安！难道它们不都是上帝的海洋？

啊，再向前、向前、向前航行！

(1871；1881)

哥伦布的祈祷[1]

我——一个在海上遇难的老人，受尽了折磨，
被抛在这荒凉的海滩，远离家乡，
十二个月了，就困在这大海和黝黯峥嵘的山岩里，
历尽辛劳后身体疼痛、僵硬，病得差点儿死去，
我沿着岛边走，
散散这颗郁闷的心[2]。

我心里有太多悲伤！
也许我活不到明天；
啊，上帝，我要再一次把我、把我的祈祷献给你，
再一次在你的怀里呼吸、沐浴，和你谈心，
再一次向你述说我自己，
不然我不能休息，不能吃喝，不能睡。

你知道我的全部经历，我这一辈子，
我一辈子操劳，勤奋工作，不只是做崇拜；
你知道我年少时做的祈祷和守夜，

① 克里斯托弗·哥伦布（Christopher Columbus，1451—1506），美洲新大陆的发现者。惠特曼于1873年因病瘫痪，此诗在很大程度上是诗人自己生活感情状态的写照。

② 此段指哥伦布于1502年5月开始的第四次航行。他率领的四艘船中，有一艘在同印第安人冲突中被毁，另外三艘也先后损坏，哥伦布于1503年6月在牙买加弃船登岸，1504年11月才返回西班牙。

你知道我成年时严肃、充满梦幻的沉思，
你知道在我开始远航之前我怎样把未来的一切献给你，
你知道我在年老时认同了所有那些誓约，严格遵守，
你知道我从没有丧失对你的信念和热情，
戴镣铐，坐监牢，受凌辱，我都没抱怨①，
接受来自你的一切，适时来自你的一切。

你引领、伴随着我的全部冒险生涯，
我的谋虑和计划是按照你的旨意开始和执行，
扬帆大海，跋涉陆地是为了你，
意图和抱负是我的，把结果留给你。

啊，我相信它们确实来自你，
那冲动、热情、不可战胜的意志，
那强大自知的内心的命令，比语言更有力，
连睡梦里都在向我悄声传递来自上天的启示，
催促我加速向前。

由于我，那功业总算告成了，
由于我，地球上被享乐窒息的旧大陆振奋起来，
由于我，两个半球联结成为整圆，未知成为已知。

我不知道结果会怎样，那全依赖你，
或者渺小，或者伟大，我不知道——也许吧，多么广阔的原野、陆地，
也许我熟悉的那些粗野下贱的芸芸众生②，

① 哥伦布在第三次航行过程中，曾被捕入狱。

② 粗野下贱的芸芸众生，指西班牙的下层民众和罪犯，他们被移民至新发现的美洲大陆。

移植到那里会长大成材，获得知识，无愧于你，
也许在那里我熟悉的刀剑真的会转变为收割的工具，
也许我熟悉的毫无生气的十字架，欧洲的死去的十字架，会在那里发芽开花。

再一次努力，我的祭坛就是这荒凉的沙滩，
啊，上帝，是你点燃了我的生命，
是你赐予了那恒定的神圣光芒，
不可言说的珍稀的光，照亮光的光，
超越了一切符号、描写和语言；
啊，上帝，我为此在这里向你下跪，说出我最后的话，
我老了，穷了，瘫痪了，我谢谢你。

我的终点近了，
我头上的云彩正在闭合，
航行遭到挫折，航线存在争议，管不了了，
我把船队交给你。

我的两手、腿脚越来越没力气，
脑子里一阵阵痛苦和糊涂，
让这朽船崩裂吧，可我不离开，
啊，上帝，浪涛在抽打我，我要紧紧靠住你，
你，你，至少我认得你。

我说的是先知的思想，还是胡言乱语？
我懂生活吗？懂我自己吗？
我连自己过去和现在干的事都不清楚，
模糊、不断变化的猜想在我眼前打转，
更新更好的世界强有力地诞生，
嘲笑着我，困惑着我。

我突然看见的这些事情，有什么意义？
好像一个奇迹，一只神圣的手拨开了我的眼睛，
朦胧巨大的形体透过天空微笑，
在遥远的波浪上航行着数不清的船，
我听见陌生的嗓音唱着圣歌向我致意。

(1874；1881)

睡眠的人们

1

整夜我在幻觉里遛达，
蹑手蹑脚地走，飞快无声地走走停停，
弯腰睁眼看那些睡着的人的闭着的眼睛，
遛达着，迷糊了，失神了，乱套了，矛盾了，
歇一会儿，看一会儿，弯一会儿腰，又停一会儿。

那些四仰八叉一动不动的家伙看上去倒挺庄严，
那些摇篮里的小娃娃呼吸多么平静。

倦怠的人一脸倒霉相，死尸白蜡蜡的脸，酒鬼们紫青的脸，手淫的人阴沉有病的样子，
战场上的伤兵，坚门锁住的精神病人，圣洁的白痴，新生儿在门口出现，垂死的人在门口出现，
夜笼罩了他们，拥抱了他们。

一对夫妻安睡在床上，他的手搭在媳妇屁股上，她的手搭在丈夫屁股上，
姐妹们亲热地并排睡在她们的床上，
男人们亲热地并排睡在他们的床上，
母亲和她小心包裹的宝贝儿睡在一起。

瞎子睡了，聋子和哑巴睡了，

囚犯在监狱里睡得很香，离家出走的小子睡了，
杀人犯明天就要被吊死，他睡得怎样？
被杀的人，他睡得怎样？

单相思的女人睡了，
单相思的男人睡了，
那颗整天琢磨赚钱的脑袋睡了，
性情暴烈和性格奸诈的人、所有的人，都睡了。

在黑暗里，我垂着眼皮站在那些最痛苦、最不安宁的人身边，
我的手在离他们几英寸的地方来回抚爱地漂移，
他们不安宁地倒在床上，时睡时醒。

现在我望穿黑暗，新的人物出现了，
大地从我眼前隐退，沉入黑夜，
我见过的大地很美，我现在看见的并非大地的一切也很美。

我从一张床走向另一张床，我轮着和一个个睡着的人紧挨着睡，
我在我的梦里梦见别的做梦的人做的所有的梦，
我成了别的做梦的人。

我是一阵舞蹈——加把劲啊！那股兴致让我旋转得飞快！

我是永远的欢笑——借着新月和暮光，
我看见有人在藏赏钱，不管朝哪个方向我都看见伶俐的鬼魂，
在大地和海洋的深处，在既非大地又非海洋的地方，到处

是隐藏的秘密。

那些了不起的工匠活儿干得出色，
只是对于我他们什么也藏不住，即使能他们也不会那么做，
我揣摩我是他们的老板，而且他们把我当成宠物，
围住我，引导我，我行走时他们跑在我前头，
揭掉他们狡猾的面具，伸展胳膊向我示意，然后接着走，
我们接着走，一帮快活的无赖！高高兴兴大喊大叫地唱，拼命挥舞快乐的三角旗！

我是男演员、女戏子、选民、政客，
移民、流亡者、站在被告席上的罪犯，
他曾经有名过，他今后会出名，
口吃的人、体格健美的人、消瘦虚弱的人。

我是女人，满怀期待地打扮自己，盘起头发，
我那个懒鬼情人来了，天黑了。

黑暗，请以加倍的黑暗接受我，
接受我也接受我爱的人，他不肯让我走，他要跟着我。

我在你身上打滚就像在床上一样，我把自己交给了黄昏。

我呼叫的人回答我，他取代了我爱的人，
他和我静静地从床上爬起来。

黑暗，你比我爱的人还要温柔，他浑身汗津津，喘着粗气，
我还能感觉他留给我的灼热的潮湿。

我的手伸向前，朝各个方向摸去，
我要试探你正迈向的昏沉的河岸。

留神呀，黑暗！那已经碰到我的是什么？
我以为我爱的人早就走了，不然黑暗和他就是同一个家伙，
我听见了心跳，我跟随着，我消失了。

2

我走下通往黄泉的路，我这一身松塌塌的肉，
我已走过芳菲青春之年，如今只剩落花流水。

又黄又皱的脸是我的，不是那老太婆的，
我深深地坐进铺了草垫的椅子里，小心缝补孙子的袜子。

睡不着觉的寡妇也是我，瞧着窗外冬天的午夜，
我看见星光闪耀在冰冷暗淡的地上。

我看见一块尸布，我就是那尸布，我裹住一具尸体，躺在棺材里，
在地下的黑暗里，这儿没有罪恶和痛苦，这儿一片空白。

(我觉得在阳光和空气里的一切都应该是幸福的，
要让所有还没进棺材和坟墓的人懂得，他该知足。)

3

我看见一个裸泳的人，大块头，漂亮，游过海上一个个漩涡，
他棕色的头发均匀地贴着脑门，甩开大胆的膀子击水，蹬腿向前，

我看见他雪白的身体，天不怕地不怕的眼睛，
我恨那急速奔涌的漩涡，那会把他冲到前边的礁石上。

你们在干什么，你们这些残暴嗜血的浪涛？
你们要杀死那位勇敢的巨人吗？你们要杀死那条壮年的汉子吗？

他顽强持久地搏斗，
他困惑了，被冲撞着，受伤了，他拼命坚持着，
那拍溅的漩涡染上了他的血，它们带走了他，把他翻滚着、晃荡着、颠倒着，
他漂亮的身体裹在旋转的涡流里，不断撞在礁石上，
很快就不见了。

4

我掉过脸，可还不得解脱，
脑子很乱，一次次回首往事，依然伴随黑暗。

海滩上刮着刀子似的寒风，遇难船的枪响了，
暴风雨停了，月亮挣扎着从云彩里出来了。

我向沉船的地方望去，船无可奈何地走向她的末日，我听见撞击的爆裂声、惊恐的嚎叫，声音越来越弱。

我绞扭手指，爱莫能助，
我只能冲进海浪，让它浸透我，把我冻僵。

我和众人一起搜寻，冲上岸的人里没有一个活着的，
早晨我帮助收拾尸体，把他们一排排放进谷仓。

5

现在回到了更早的战争年月，在布鲁克林吃的败仗[1]，

华盛顿站在战线内侧，在工事围绕的山头，在一群军官中间，

他的脸又冷又湿，忍不住流泪，

他不断举起望远镜，脸色惨白，

他看到勇敢的士兵们惨遭杀戮，是南方的父母们把儿子托付给他的。

最后也是这样，当宣布了和平，

他站在一家老酒馆里，他心爱的士兵一一走过他身边，

然后轮到军官们一言不发地慢慢走近，

头儿用胳膊搂住他们的脖子，吻他们的脸，

他一个接一个轻轻吻他们泪湿的脸，跟他们握手，和军队告别。

6

现在要讲的故事是今天我和母亲一起吃饭时她告诉我的，

发生在她快长成姑娘的时候，她和父母还住在老家。

一天早饭时，来了个印第安女人，

她背着一捆做椅垫的蒲草，

她的头发又直又亮又粗又黑又密，遮住了半张脸，

她走路自在轻快，说话声音好听。

我母亲惊喜地打量这个陌生人，

看着她那高颧骨的脸上神情鲜活，胳膊腿儿都丰满灵巧，

母亲越看越喜欢她，

① 指 1776 年 8 月 27 日的长岛战役，详见《百岁老人的故事》。

她以前从没见过这么让人称奇的美和纯洁，
她叫她坐在壁炉旁的条凳上，给她烧饭吃，
母亲没有活儿给她做，而她却给母亲留下了记忆和欢喜。

那个印第安女人待了一上午，下午过了一半时走了，
啊，我的母亲真舍不得她离开，
她想了她整整一个礼拜，好几个月都盼她再来，
一个个秋去冬来，母亲都还记得她，
可那个印第安女人再也没来，也没听人说起她。

7

一种夏天的温柔——一种看不见的接触——一种对光和风的爱恋，
我淹没在一种亲密中，唯恐失去，
我要自己去和光和风一同闲游。

啊，爱和夏天，你们在梦里，在我的身体里，
秋天和冬天在梦里，农夫忙着收获，
牲口多了，庄稼熟了，谷仓堆得满满的。

万物在夜里交融了，船在梦里抢风航行，
水手扬帆，流放的人回家，
亡命徒回来了安然无恙，移民回来已有些年月了，
可怜的爱尔兰人住在他童年时的简陋房子里，周围是熟悉的邻居和脸孔，
他们热情欢迎他，他又光起脚，忘记自己发了财，
荷兰人搭船回家，苏格兰人和威尔士人搭船回家，地中海人搭船回家，
英格兰、法兰西和西班牙的每一座港口都挤满了船，
瑞士人朝山里迈开双脚，普鲁士人上路了，匈牙利人上路

了，波兰人上路了，

瑞典人回家了，丹麦人和挪威人回家了。

走上回家的路，走上外出的路，

那漂亮的淹死的游泳的人，倦怠的人，手淫的人，单相思的女人，一心赚钱的人，

那些男演员和女戏子，演完了角色或等着上场，

多情的小伙子，丈夫和媳妇，选民，当选的和落败的政客，

已经出名的大人物，今后随时会出名的大人物，

口吃的人，病人，体格健美的人，俭朴的人，

站在被告席的罪犯，坐着宣判他的法官，口舌如簧的律师，陪审团，听众，

笑的人和哭的人，跳舞的人，深夜的寡妇，印第安女人，

肺痨病人，丹毒病人，白痴，受委屈的人，

每一个在地球的黑暗阴影里的人，

我敢说他们现在平等了——谁也不比别人更强，

夜和睡眠使他们彼此相像，恢复了他们的本来面目。

我敢说他们都很漂亮，

每一个睡眠的人是漂亮的，黑暗里的一切都很美，

野蛮和血腥结束了，一切处在和平中。

和平永远是美的，

天国的神话指示了和平和黑夜。

天国的神话指示了灵魂，

灵魂永远是美的，无论它呈现得多或少，来得早或迟，

它来自树荫遮蔽的花园，它愉快地看着自己，包容了世界，

那先前在喷射的生殖器完美洁净，那先前黏合在一起的子宫完美洁净，

长得完好的头匀称端正，腹部和关节也匀称端正。

灵魂永远是美的，

宇宙井井有条，一切各处其所，

已经来到的各处其所，等待的也各处其所，

扭曲的头在等待，变暗的变质的血在等待，

饕餮的人和花柳病人的孩子在长久等待，酒鬼的孩子在长久等待，酒鬼自己也在长久等待，

活着和死去的睡眠的人们在等待，遥遥领先的人会继续他们的行程，远远落后的人会来赶他们的行程，

多样性不会改变，但是他们将奔流不息，结合在一起——他们现在就结合了。

8

睡眠的人脱了衣服躺下，他们很美，

他们脱了衣服躺下，手牵手在整个地球上奔流，从东方到西方，

亚洲人和非洲人手牵手，欧洲人和美洲人手牵手，

有学问和没学问的人手牵手，男人和女人手牵手，

姑娘赤裸的胳膊搂着她爱人的赤裸的胸脯，他们纯洁地紧紧依偎，他的唇压着她的颈，

父亲怀着无限的爱，把他长成或没长成的儿子搂在怀里，儿子怀着无限的爱，把父亲搂在怀里，

母亲的白发在女儿雪白的手腕上闪光，

男孩的呼吸紧跟着男人的呼吸，朋友搂着朋友，

门徒吻着老师，老师吻着门徒，误解得到纠正，

奴隶的呼声和主人的呼声一致，主人向奴隶致敬，

囚犯走出监狱，神志错乱的变得理智，受疾病折磨的人得

到康复，

发烧出汗停止了，哑了的嗓子能说话了，肺痨病人痊愈了，脑子里的悲痛化解了，

得风湿病的关节像以前一样活动自如了，甚至比以前更加灵便，

腹胀和便秘消失了，瘫痪的人能走路了，

臃肿、抽搐、充血的，恢复了原状，

他们经过夜的滋润、夜的调理，苏醒了。

我也走过了夜，

啊，夜，我要离开一会儿，可我会再回来，爱你。

我为什么要怕把自己交付给你呢？

我不怕，你一直带领我向前走，

我喜欢那丰盛的匆忙的白天，可我不能遗弃她，我在她那里躺过那么久，

我不知道我是怎样从你而来，我不知道我将跟你去哪里，可我知道来得好，也将去得好。

我将和夜只停留一会儿，然后早早起来，

我将按时走过白天，啊，我的母亲，我将按时回到你身边。

(1855；1881)

换　位[1]

让改革者从他们没完没了、大喊大叫的台子上下来——让白痴和疯子走上每个讲台，

让法官和罪犯换换位置——把管监狱的投入牢房——让过去的囚犯掌管钥匙；

让那些不信生死的人领导大众。

(1856；1881)

① 此诗为“未收入和被拒绝的诗”《回答》中的三句。

想想时间

1

想想时间——回顾过去的一切!
想想今天和今后未来的时代!

你想过自己活不下去了吗?
你害怕过这些土甲虫吗?
你担心过未来会对你毫无意义吗?

今天没有意义吗?没有开端的过去毫无意义吗?
如果未来毫无意义,它们就肯定毫无意义。

想想过去太阳在东方升起——男男女女灵活,真实,生机勃勃——一切都生机勃勃,

想想你和我不曾观看、感觉、思想,也没有承担我们的职责,

想想我们现在在这里,承担起我们的职责。

2

每过一天,一分,一秒,都有人出生,
每过一天,一分,一秒,都有人死亡。

沉闷的夜都过去了,沉闷的白天也一样,
躺在床上太久的痛苦过去了,

医生拖延了很久，用沉默可怕的目光作为回答，
孩子们匆匆赶来哭眼抹泪，派人去叫兄弟姐妹，
架子上还有没使用的药品，（樟脑味早就弥漫房间，）
忠实的生者的手放不下死者的手，
颤抖的嘴唇紧贴死者的额头，
呼吸停止了，心跳停止了，
遗体挺在床上，生者瞻望，
遗体触手可及一如生者触手可及。

生者以他们的目光看着遗体，
而一个没有目光的不同的生者逗留，奇异地看着遗体。

3

想想有关死亡的想法融合在了有关物质的想法里，
想想城市乡村的所有这些奇迹，别人对它们感兴趣极了，可我们不感兴趣。

想想我们是多么热心于建造我们的家，
想想别人也会同样热心，可我们漠不关心。

（我看见一个人建了房子，他会住上几年，最多七八十年，
我看见一个人建了房子，他住的年头比那还长。）

缓慢移动的黑色行列在整个地球上爬行——他们从不停止——他们是出殡的行列，
过去当总统的被埋葬了，现在当总统的肯定将被埋葬。

4

回想一个平民百姓的命运吧，
这是劳动者生生死死的寻常例子，

每个人都追随他的同类。

寒冷的浪头撞击渡口，河里有豪华的船和冰，街上是还没冻硬的泥，

头上灰沉沉的天，十二月里短促的最后的日光，

一辆灵车，几辆马车，为一个百老汇的老马车夫出殡，送葬的多半是马车夫。

向着墓地又稳又快地行进，丧钟按时敲响，

经过大门，停在新挖的坟，生者下来，打开灵车，

取出棺木，入穴，摆平，把鞭子放在棺木上，把泥土快快铲进，

墓穴被铲子填平了——默不作声，

哀悼一分钟——没人走动、言语——结束了，

他被体面地埋葬了——还有什么别的事？

他是个好伙伴，说话直，性子急，长相不丑，

为朋友情愿豁出性命，喜欢女人，赌博，爱吃爱喝，

知道有钱的滋味，末了情绪低落，得了病，靠接济过日子，

四十一岁就死了——刚才是他的葬礼。

伸出拇指，竖起手指，围裙，斗篷，手套，皮带，雨衣，精挑的鞭子，

老板，监工，调度，马夫，有人靠你吃饭，你靠别人吃饭，两班车的间隔，你前头的人，你后头的人，

好日子的活儿，歹日子的活儿，得宠的牲口，糟糕的牲口，头个出活，末个出活，夜里交份子钱，

想想这些对别的马车夫有多重要有多切身，可他没兴趣了。

5

市场、政府、工人的薪水，想想它们在我们日夜的生活里占多大分量，

想想别的工人会非常在意它们，可我们觉得无关紧要。

粗俗和文雅，你所谓的罪行和你所谓的善行，想想差别有多大，

想想这差别对别人还将持续，可我们将其置之度外。

想想有多少赏心乐事，

你在城里自得其乐吗？做生意？谋划一次提名或选举？同你的太太和家人在一起？

或者同你的母亲、姐妹们在一起？干些女人的家务？操着幸福的母亲该操的心？

这些事也会漂到别人跟前，漂向你和我，

但到了某个时候，你和我对它们将不那么感兴趣。

你的农场、庄稼、收益——想想你是多么热心其中，

想想将来还会有农场、庄稼、收益，可对你还有用吗？

6

将来的将会很好，因为现在的已经很好，

感兴趣很好，不感兴趣也会很好。

在家的欢乐、每天的家务或公务、盖房子，都不是幻觉，它们有分量、模样、位置，

农场、庄稼、收益、市场、薪水、政府，都不是幻觉，

罪行和善行的差别不是错觉，

地球不是一个回音，人和他的生活，他生活中的一切事情，都经过周密思考。

你没有被抛进风里，你理所当然地而且安全地从周围收集一切丰富你自己，

你自己！你自己！永远永远是你自己！

7

父母生你，不是要你浑浑噩噩，而是要你个性鲜明，
不是要你犹豫不决，而是要你坚决果断，
那酝酿长久且无形的东西到了你身上便有模有样，
你今后高枕无忧，管它风来雨去。

纺好的线已经收集，经线交织纬线，图案自有规则。

每个人都做好了准备，
乐队给乐器调好了音，指挥棒发出了信号。

那个要来的客人等了很久，现在他住好了，

他是那种漂亮快乐的人，他是那种让人看着并和他在一起就满足的人。

过去的规则不能躲避，
现在和未来的规则不能躲避，
生者的规则不能躲避，它是永恒的，
进步和变化的规则不能躲避，
英雄和行善的人的规则不能躲避，
酒鬼、告密者、卑鄙的人的规则，丝毫不能躲避。

8

缓慢移动的黑色行列不停顿地在地球上走，

北方人被运走了，南方人被运走了，还有在大西洋岸边和太平洋岸边的人，

还有在两岸之间的人，遍布密西西比河流域的人和整个地球上的人。

了不起的大师们和博学的人走得很好，英雄们和行善的人们走得很好，

著名的领袖和发明家、富翁、虔诚的人和出色的人可以走得很好，

但是还有比这更多的人，有全体人类的精确统计。

那大批的无知的人和邪恶的人并非无足轻重，

非洲和亚洲的野蛮人并非无足轻重，

浅薄的人们的无穷后代走着，并非无足轻重。

关于所有这些事情，

我梦想过我们没有多大改变，我们的规则也没改变，

我梦想过英雄和行善的人将在现今和过去的规则下生活，

杀人犯、酒鬼、骗子将在现今和过去的规则下生活，

因为我梦想过，他们处于的现今的规则已经足够。

我梦想过，这已知的短暂的生命的目的和本质，

是为了那未知的永久的生命构筑和确定一个身份。

如果一切只能成为粪土，

如果我们将由蛆虫和老鼠终结，那么警惕吧！我们被出卖了！

那么确实有对死亡存在的怀疑。

你怀疑存在死亡吗？如果我怀疑存在死亡，我现在就死好了，

你认为我能够舒心惬意地走向毁灭吗？

我舒心惬意地走着，
我不能确定走向哪里，但我知道那里很好，
整个宇宙表明了，那里很好，
过去和现在表明了，那里很好。

动物多么漂亮、完美！
地球和地球上最微小的东西全那么完美！
所谓好的事物完美，所谓坏的事物同样完美，
植物和矿物完美，不尽的江海洪流完美，
它们缓慢坚定来到这里，它们还会缓慢坚定继续前行。

9

我发誓我现在认为，每一事物毫无例外地具有永恒的灵魂！
扎根大地的树木有！海草有！动物有！

我发誓我认为天地间只有永生！
那优美的蓝图是为了它，无形的漂浮物是为了它，相互依恋是为了它！
所有的酝酿是为了它——个性是为了它——生命和物质统统是为了它！

(1855；1881)

神圣死亡的低语

沃尔特·惠特曼，1880
（Frederick Gutekunst 摄）

现在你敢吗，灵魂

现在你敢吗，灵魂，
跟我走出来，去那没人去过的地方，
那里没有落脚之地，没有可走之路。

那里没有地图，没有向导，
在那个地方听不见声音，触不到手，
没有红润的脸庞，没有嘴唇，没有眼睛。

我不知道那地方，灵魂，
你也不知道，我们面前一片空白，
都等待着那个没有梦见过的地方，不可接近的地方。

直到当一切束缚解开，
只留下永恒，**时间**和**空间**，
没有黑暗、重力、感觉，没有任何限制来限制我们。

于是我们喷薄而出，我们飘游，
在**时间**和**空间**里，啊，灵魂，为它们做好准备吧，
终于平等了，装备好，（啊，欢乐！啊，一切的果实！）去实现它们，啊，灵魂。

（1868；1881）

神圣死亡的低语

我听见神圣死亡的喃喃低语，
黑夜里口唇鼓噪，嘁嘁喳喳的合唱，
脚步轻轻上升，神秘的微风低低轻柔地吹，
看不见的河涌起的细浪，一股潮水在流，永远在流，
(或许是滔滔的泪水？流不完的人们眼泪的河？)

我看见，恰巧仰天看见大块大块的云，
悲哀、缓缓地翻滚，静静地膨胀、混合，
不时地有颗星星，半明半暗，凄凄惨惨，
远远地出现，消失。

(但愿是一次分娩，一次庄严不朽的诞生；
在眼睛看不到的边境，
某个灵魂正在经过。)

(1868；1871)

歌唱神圣的正方形

1

歌唱神圣的正方形，歌声出自前行的圣者，出自各条边，
出自旧与新，出自全然神圣的正方形，
坚固的四条边，(所有的边都必需，) 在这一边，我是耶和华，

我是古老的梵天，我是农神[1]，

时间不能影响我——我就是时间，贯穿古今，

我不可说服，铁面无情，执行正义的审判，

像大地、圣父、皮肤黝黑的老克罗诺斯，手握法律[2]，

老得无法掐算，却又永远年青，永远随着强大的法律运转，

我铁面无情，决不饶人——谁犯罪都得死——我会要那人的命；

所以谁都别指望怜悯——季节、重力、指定的日期会怜悯吗？我也不会，

我只会像季节、重力以及所有指定的日期那样，不会宽恕，

我在这一边，执行无情的审判，没有丝毫怜悯。

2

最温和的抚慰者，受许诺的圣者在前行，

伸出温柔的手，我是更全能的上帝，

先知们和诗人们在他们最热烈的预言和诗篇里预告过，

看！在这一边，主基督注视着——看！我是赫尔墨斯——看！我这海格力斯的脸[3]，

一切悲伤、劳作、苦难，我记在心里，它们属于我，

多少回我被排斥、受辱骂、投进监牢、钉死在十字架——还会有很多回，

为了我亲爱的兄弟姐妹，为了灵魂，我舍弃了整个世界，

我走遍人们的家，无论贫富，带去友爱的吻，

因为我就是友爱，我是传布欢乐的上帝，带着希望和包含

---

① 梵天，印度教中的创造之神；农神，古罗马时代信奉的司农耕的神。

② 克罗诺斯，希腊神话中最高的神王，后被其子宙斯推翻、取代。

③ 赫尔墨斯，希腊神话中诸神的使节，来世灵魂的指引者；海格力斯，希腊神话中的大力神。

一切的慈爱，

带着如对孩子般宽容的话语，带着只有我想到的新鲜、理智的话语，

我走过年青力壮的人，深知自己注定会早死；

但是我的慈爱不会死，——我的智慧不会死，永远都不会，

我传布在这里和别处的亲切的爱，永远不会死。

3

孤僻冷淡，心怀不满，图谋反叛，

罪犯的伙伴，奴隶的兄弟，

诡计多端，受人轻视，一个苦力，愚昧无知，

长着首陀罗的脸，黑黑的，疲劳不堪，但是我内心和别人一样骄傲①，

总是要起来反抗那嘲笑我、打算控制我的人，

窝火时一肚子坏心眼，满脑子宿怨，一门心思要去骗人，

（尽管有人以为我给打垮了、赶跑了，我的诡计玩完了，可是休想，）

我，目中无人的撒旦还活着，还在发话，到时会在新地方出现，（老地方也去，）

永远在我这一边，好勇斗狠，和谁都平起平坐，和别人一样现实，

时间、变迁，都永远改变不了我和我说的话。

4

圣灵，吐露气息者，生命，

超越光，比光还明亮，

超越地狱的烈火，欢乐，在地狱之上从容跳跃，

---

① 首陀罗，印度种姓四个等级中最低而人口最多的一等，主要从事工匠、仆人等职业。

超越天堂，只散发我自己的芳香，

包含地球上的一切生命，包含上帝，包含救世主和撒旦，接触他们，

轻盈地，渗透一切，（如果没有我，一切会是什么？上帝会是什么？）

有形之物的精华，实在个体的生命，永恒，绝对，（即看不见的，）

我，弥漫天地的灵魂，是这伟大的圆形世界、太阳和星辰、人类的生命，

坚固的正方形在此完成了，而我最坚固，

我也在这些歌里吐露我的气息。

（1865—1866；1881）

我日夜爱着他

我日夜爱着他，在梦里我听说他死了，

我梦见我去了他们埋他的地方，可是他不在那里，

我梦见自己在墓地漫游寻找他，

我发现每一个地方都是坟场，

那些生机勃勃的房子也同样死气沉沉，（现在这间房子就是，）

街道、船、娱乐场所，芝加哥、波士顿、费城、曼纳哈塔，充斥着死人就像挤满了活人，

甚至死人比活人多得多，

今后我要把我这个梦告诉每个人、每个时代，

今后我会受到这个梦的深深影响，

现在我心安理得地不去理会那些坟场，对它们满不在乎，

如果死者的纪念物随便到处摆放，甚至就在我吃饭睡觉的

屋里，我会满意，

如果我爱的人的遗体，或者我自己的尸体被及时烧成灰烬、投入海洋，我会满意，

如果把它抛进风里，我会满意。

(1871；1871)

还有，还有，你们这些叫人沮丧的时辰

还有，还有，你们这些叫人沮丧的时辰，我也知道你们，
你们挡着，拽着我的脚踝，重得像铅，
大地变成哀悼的灵堂——我听见咄咄逼人的嘲笑声，
物质是征服者——物质，唯一的胜利者，往后还是这样。

绝望的叫喊没完没了朝我飘来，
我最亲近的爱人的呼唤，正在发出来，惊慌，犹疑，
我马上就要去航行的大海，来告诉我，
来告诉我在哪里我要加速，告诉我我的目的地。

我懂你的苦恼，可我不能帮你，
我走近，听，看，那忧伤的嘴，眼神，你无声的询问，
来告诉我，从我躺着的床上我该去哪里；

老了，惊慌，犹疑——一个年青女人的声音向我请求安慰；

一个年青男子的声音，我不该逃避吗？

(1860；1871)

好像有个幽灵爱抚过我

好像有个幽灵爱抚过我，

我还以为我不是孤孤单单走在这海岸上，

我还以为有个人和我在一起，就像现在我走在海岸上，我爱那个爱抚了我的人，

我侧过身，望穿迷蒙的光，那个人却已无影无踪，

出现的倒是那些恨我、嘲笑我的人。

(1860；1867)

证　明

我不需要证明，我是个贯注于他自己灵魂的人；

我不怀疑从我认识的人的脚下、手和脸旁，有一张张我不认识的平静而真实的脸正在张望，

我不怀疑世界的庄严和美潜藏于世界的每一方寸，

我不怀疑我是无限的，宇宙是无限的，无限得超出我的想象，

我不怀疑星球、星系是有目的地急速运动穿过天空，有朝一日我会有资格像它们那样运动，还会超过它们，

我不怀疑短命的风流韵事会在千百万年间持续上演，

我不怀疑洞中有洞，天外有天，视野之外有视野，听觉之外有听觉，声音之外有声音，

我不怀疑叫人伤心痛哭的那些年青男人的死是有安排的，那些年青女人的死、小孩的死是有安排的，（你以为**生命**是精心

安排好的，而**死亡**，一切生命的目标，就不是精心安排好的吗？）

我不怀疑海上的遇难船都是仔细安排的，不管多么可怕，不管是谁的妻子、孩子、丈夫、父亲、情人葬身海底，

我不怀疑在任何地点、任何时间可能发生的任何事情都是在其内部有安排的，

我不认为是**生命**安排了一切，安排了**时间**和**空间**，我倒相信是**神圣的死亡**安排了一切。

（1856；1871）

动荡的年头

动荡的年头打着转，不知将我卷往何处，

你们的图谋、政治失败了，战线垮掉了，事物的实质嘲笑我，躲避我，

只有我歌唱的主题，牢牢据守的伟大灵魂不躲避，

自己必须永不垮掉——这是最后的实质——超越一切地可靠，

在政治、胜利、战争、生活之外，最后还剩下什么？

当外在的一切崩溃，除了**自己**，还有什么可靠？

（1861—1862；1867）

那音乐总是围绕我

那音乐总是围绕我，不停止，也没有开始，可我一直懵懵懂懂没有听见，

现在我可是听到大合唱了，心花怒放，

我听见一位男高音用欢乐的调子歌唱黎明，他健康有力，声音结实地上扬，

一位女高音不时轻快地浮游在巨大声浪的顶端，

一位清晰的男低音，甘厚的嗓音在宇宙之下震动，并穿越它，

凯旋的合奏，送葬的痛哭，伴随着亲切的长笛和小提琴，我用这一切填满我的心，

我不只听见响亮的声音，我被那精微的含义感动了，

我听见不同的声音高低起伏，激热奋争，在情绪上互相拼比，

我不认为演出的人懂得他们自己——可现在我以为我开始懂得他们了。

(1860；1867)

船在海上迷航

船在海上迷航了，想要做出正确的计算？

或者要进港了，为了避过沙洲、走对航线，需要高明的领航员？

瞧这里，水手！瞧这里，船！叫最棒的领航员上船，

他正在一条小船里划着，离开了岸，我招呼着向你们献上他。

(1860；1881)

一只无声坚忍的蜘蛛

一只无声、坚忍的蜘蛛，

我看到它孤立栖息在小小的海岬上，
看着它怎样在空旷的四周探索，
从体内抛出一根根蛛丝，
不断抛出，不知疲倦地忙碌。

而你，啊，我的灵魂，你的栖息之地，
被茫茫无际的空间的海洋包围、隔绝，
不断沉思、冒险、探索，寻求把海洋连接起来，
直到你需要的桥梁落成，直到坚韧的锚抛下，
直到你抛出的蛛丝有所系挂，啊，我的灵魂。

(1862—1863；1881)

啊，永远在活着，永远在死亡

啊，永远在活着，永远在死亡！

啊，过去和现在多少次把我埋葬，

我，我阔步向前时，有血有肉，光彩照人，一贯的不可一世；

我，多少年的那个我，现在死了，(我不悲伤，我很满足；)

啊，我从我的那些尸体中脱离出来，我转身看着它们，我把它们抛弃在那里，

为了走下去，(啊，活着！永远在活着！)把尸体留在后面。

(1860；1867)

给一个即将死去的人

我从众人里挑出了你，有个信息给你，
你快死了——让别人跟你说他们爱说的去，我不能搪塞你，
我严肃无情，但我爱你——你没有逃路。

我把右手轻轻放在你身上，你刚能感到，
我不争论，我低下头靠近，半遮住了它，
我静静坐在一旁，我照旧可以信赖，
我不止是护士，不止是父辈或邻居，
我帮你解脱精神和肉体上的一切，除了你自己，那是永恒的，你自己肯定将会逃脱，
你将留下的尸体不过是粪土。

太阳在料想不到的方向钻出来，
你充满了强有力的思想和信心，你笑了，
你忘记了你有病，就像我忘记了你有病，
你不看药，不在乎那些流泪的朋友，我和你在一起，
我让他们从你这里走开，没什么要怜悯的，
我不怜悯，我祝贺你。

(1860；1871)

黑夜在草原上

黑夜在草原上，

晚饭吃完了，篝火快烧尽了，
疲倦的移民裹着毯子睡了；
我独自走着——我站着看星星，我想我以前从没了解过它们。

现在我吮吸着永生和安宁，
我赞美死亡，检验种种主张。

多么丰富！多么崇高！多么概括！
同一个老人与灵魂——同样的古老向往，同样的满足。

我一直认为白天最辉煌，直到我看见非白天展示的一切，
我一直认为这个星球足够了，直到无数别的星球跳出来如此静默地围绕我。

现在，我满脑子是那些关于空间和永恒的伟大思想，我要用它们衡量我自己，
现在，我触及到了其他星球上的生命，他们与地球上的生命一同到达，
或者等待来临，或者超越了地球上的生命，
今后我不会忽视他们甚于忽视我自己的生命，
或者那些和我同时到达的地球上的生命，或等待来临的生命。

啊，现在我懂了，生命就像白天，不能把全部展示给我，
我懂了，我要等待死亡将给予的展示。

(1860；1871)

思　索

当我和别人坐在盛大的宴会上，当音乐奏响时，

突然间我想起，（不知它从哪儿来的，）海上迷雾中鬼影似的遇难船，

想起好多船，它们从港口启航，彩旗飘扬，飞吻传递，那是它们最后的景象，

想起“总统号”的命运，肃穆、黑暗的神秘①，

想起五十代人的造船科学的结晶，在东北海岸沉没——想起“北极号”的沉没②，

想起那朦胧的场面——女人齐聚甲板，苍白，勇敢，等着那逼近的时刻——啊，那个时刻！

一声大哭——几个水泡——白色泡沫涌上来——然后女人消失了，

在那里沉没了，而无情的海水继续流——现在我寻思，那些女人真的消失了吗？

灵魂就那样淹没、毁灭了？

只有物质胜利了？

（1860；1871）

最后的祈祷

在最后的时刻，让我轻轻飘去，

---

① “总统号”轮船，1841年3月11日从纽约驶往英国利物浦，载有136人，出海后失踪。

② “北极号”轮船，从利物浦驶往纽约，于1854年9月27日与法国“维斯太号”轮船相撞沉没，死亡350人，多为妇女儿童。

飘出这强大堡垒的墙壁，
飘出这道道紧扣的铁锁，
飘出这深门紧闭的牢狱。

让我无声地滑翔出去，啊，灵魂，
用温柔的钥匙打开道道铁锁，
用一声低语开启重重大门。

轻轻地——不要着急，
（啊，血肉之躯，你的威力无边，
啊，爱，你的威力无边。）

（1868；1871）

当我看着犁田的人犁田

当我看着犁田的人犁田，
看着播种的人在地里播种，或者收割的人在收割，
啊，生命和死亡，在那里我也看见了你：
（生命，生命就是耕耘，死亡等于收割。）

（1871；1871）

沉思，犹豫

沉思，犹豫，
我写下**死者**两个字，
因为活着的是**死者**，

(我是幽灵，我是鬼魂，
也许是唯一活着的，唯一真实的。)

(1868；1871)

母亲，你同你那一群平等的儿女

1

母亲，你同你那一群平等的儿女，
你不同的州组成五彩斑斓的链条，却只有同一个身份，
在我离去之前我要唱支高于一切的特别的歌，
为了你，未来。

我要为你播下一颗**民族**的种子，它将绵延无尽，
我要塑造你的全身，包括血肉和灵魂，
我要提前展示你真正的合众国，它将如何筑就。

我探索开辟通往大厦的道路，
而把大厦留给后来人。

我歌唱信仰和酝酿；
只关乎当今的**生命**和**大自然**并不令人振奋，
未来的一切才更叫人壮怀激烈，
出于这个原则，我为你歌唱。

2

像一只雄健的鸟展开自由的翅膀，
欢乐地冲向浩瀚长空，
这就是我想到你——美国时的联想，
这就是我要带给你的诗篇。

我不会带给你外国诗人的缥缈幻想，

也没有他们历来惯用的阿谀奉承，

也没有韵律、经典、外国宫廷和图书馆的香气；

但是我会带给你来自缅因松林的气味，伊利诺伊大草原的气息，

来自弗吉尼亚、佐治亚、田纳西的田野、得克萨斯的高地、佛罗里达沼泽的气息，

萨格内河的黑色狂流，休伦湖的一碧万顷，

黄石和约塞米蒂的无限风光，

我会带给你来自地下、原野和海洋的呢喃之声和萧瑟之声，

来自世界两大洋无穷尽的涛声。

敬畏的**母亲**，为了你更敏锐的感觉，自有更微妙的诗句，

智力的序曲符合这些州和你，精神的规则适合你，像这些州和你一样真实、健全、宏大，

你！出类拔萃的合众国！攀登之高，潜游之深，超越了我们的所知！

事实的正当性由你来判明，与思想结合，

人类思想的正确性由你来判明，与上帝结合，

通过你的思想，看，出现了不朽的现实！

通过你的现实，看，出现了不朽的思想！

3

新世界的头脑，你任重道远，

你要阐明什么是**现代**——从现代的无与伦比的宏伟出发，

从你自己出发，涵盖科学，重建诗歌、宗教、艺术，

（重建，可能是抛弃它们，了结它们——可能它们的使命已完成，谁知道呢？）

在先人建立的强大的历史基础上，凭着远见卓识和双手，

以坚定的信念描绘出强大、活跃的当代。

然而你这活跃的当代头脑，先人与**旧世界**头脑的继承者，
你像一个没有出生的婴儿久久蜷伏在它的怀抱里，
它久久地细心地孕育你——也许倒是你展现了它，只有你使它成熟，
它在你身上开花结果——既往时代的精华包含于你，
它的诗歌、宗教、艺术不自觉地注定和你息息相关；
你只是苹果，久久、久久地在生长，
所有**旧日**的果实今天在你身上成熟。

4

民主的大船，扬帆做最出色的航行，
你的货物珍贵无比，它不仅含有**当代**，
历史也存放在里面，
你掌握的不仅是你自己的事业，不仅是西方大陆的事业，
你还承载着大地的全部历史，你的桅杆使之稳固，
时间信心百倍地与你同行，古老的民族随你沉浮，
你承载着其他的大陆，连同他们古代的全部奋斗、殉道者、英雄、史诗、战争，
那抵达目的港口的胜利，是你的，也同样属于他们；
舵手啊，用你强健的手、警觉的眼掌舵，你携带着伟大的伴侣，
古老的僧侣般的亚洲今天与你一同航行，
封建王室的欧洲与你一同航行。

5

新的、更优越地诞生的美丽世界升起在我眼前，
像无垠的金色云霞充满西边的天空，
矗立其上的是普天下母性的象征，

是生儿育女的母亲的神圣形象，

从你丰饶的子宫源源不断地娩出巨人般的婴儿，

通过这样的孕育，接受和给予连续的力量和生命，

现实的世界——寓二于一的世界，

灵魂的世界，只能诞生于现实的世界，只能由它赋予个性和肉体，

只在开始时，不可计数的合成的物质、珍贵的材料，

被历史的车轮转运至此，被每一个民族、每一种语言送到这里，

迅速收集在这里，一个更自由、庞大、生机勃勃的世界建设在这里，

（真正的新世界，有完整的科学、道德、文学的世界来临了，）

你这奇妙的世界还不明确，没成形，我也不能为你下定义，

我怎能看穿未来那不可穿透的空白？

我感觉到你善恶皆有的不祥的伟大，

我望着你前进，吸收着当代，超越着既往，

我看见你的光明照耀着，你的阴影遮蔽着，正像整个地球，

但是我不给你下定义，难以理解你，

我只是像现在这样提起你，预想你，

我不过突然说到你！

你在你的未来中，

你在你唯一永久的生命、事业中，在你开放的思想、腾飞的心灵中，

你就像另一个同样必需的太阳，光芒四射、火光冲天、行动迅速、成就一切，

你升起在强有力的振奋和快乐中，在无尽头的伟大狂

欢中，

永远驱散了长久积压在人们心头的阴云，

驱散了对于人类必然逐渐堕落的怀疑、猜忌和恐惧；

你在你的一代更高大健康的男女中——在你的南方、北方、西部、东部的道德高尚、心灵健全、身强力壮的人们中，

（**一切的母亲**，你不朽的胸怀同样地钟爱你每一个儿女，永远平等，）

你在你的音乐家、歌手、艺术家们之中，他们虽未出生，但必然来到，

你在你道德的财富和文明中（没有它，你最骄傲的物质文明必定白费，）

你在你提供一切、包容一切的崇拜中——你不只有一部圣经、一位救世主，

你有无数救世主隐居在你内心，多部圣经不停吟诵在你内心，和别的同等神圣，

（你正在述说的你的腾飞历程，不在你的两次大战中，不在你百年的有目共睹的成长里，

而更多地在这些草叶和诗歌里，你的诗歌里，伟大的**母亲**！）

你在你培植的教育里，在你养育的教师、学生们之中，

你在你民主的万众欢庆里，在你高度创造性的节日、歌剧、讲演者、布道者之中，

你在你的根基上，（准备工作才刚刚完成，大厦奠立在牢靠的基础上，）

你在你智力和思想的顶峰上，在你最高的理性的欢乐中，在你的爱和神圣的抱负中，

在你正在到来的光辉的文人之中，在你声音洪亮的演说家们之中，在你神性的诗人们、博学的学者们之中，

这一切！今天我预言，这一切都属于你，（一定会来到。）

6

宽容一切、接受一切的国度，不仅是为了善，一切善也都是为了你，

上帝领域中的国度，成为了你自己的领域，

上帝统治下的国度，成为了你自己的统治。

(看，那里升起三颗无与伦比的星辰，

是你，我的祖国，诞生的星辰——**全民**、**发展**、**自由**，

升起在**法律**的天空中。)

怀着空前信仰的国度，信仰上帝的国度，

你的土壤，你深层的土壤，全都翻起来了，

那长久被小心遮蔽的大地内部，从今往后坦然敞露了，

是福是祸，都被你向着光天化日打开了。

不仅是为了成功，

不会永远一帆风顺，

风暴将迎面袭来，战争和比战争更险恶的黑暗将把你笼罩，

(承受住战争的磨难和考验了吗？承受和平的考验吧，

因为民族的磨难和致命的考验最终会在繁荣的和平中到来，而不是战争；)

死亡将戴着各种微笑的面具，前来欺骗你，你会在病中热得发昏，

青紫色的癌症会伸出可怕的魔爪，抓住你的胸膛，打入你的内脏，

最严重的结核病，精神的结核病，将使你的脸发热变红，

但是你将面对你的命运，你的疾病，全部战胜它们，

不管它们今天怎么样，不管它们今后怎么样，

它们将统统在你面前走过、消失，

而你，围绕着**时间**的螺旋，走出你自己，你仍然在摆脱过去，融入未来，

你平静、自然、神秘的合众国，（混合了平凡和不朽，）

将向着完满的未来腾飞，向着肉体和头脑的精灵腾飞，

向着灵魂，它的命运腾飞。

灵魂，它的命运，真实的真实，

（所有这些真实的幻影的实质；）

灵魂，它的命运，寄托于你，美国，

你是星球中的星球！你非凡的星云！

历经多少回高热、寒冷的灾难、剧痛，（这使你坚强牢固，）

你是智慧、道德的天体——你是**崭新**的、确实崭新的**精神的世界**！

当代容纳不下你——因为你的发展如此壮大，

因为你腾飞得无可匹敌，因为你那群众多的儿女，

只有**未来**会容纳你，而且能够容纳你。

(1872；1881)

巴门诺克一景

离海滩不远静静漂着两条带网的船，

十个渔民在等着——他们发现了一大群鲱鱼——他们把连接的围网抛进水里，

船分头划了出去，各自绕了一圈回到海滩，把鲱鱼兜进网里，

留在岸上的人用卷扬机把网收拢，

有的渔民闲待在船上，其他的站在没踝的水里，结实的腿站得稳稳当当，

船被拉上来半截，海水拍打着它们，

那些出水的绿背斑点鲱鱼，给一堆堆、一行行扔在沙子上。

(1881；1881)

从正午到星光之夜

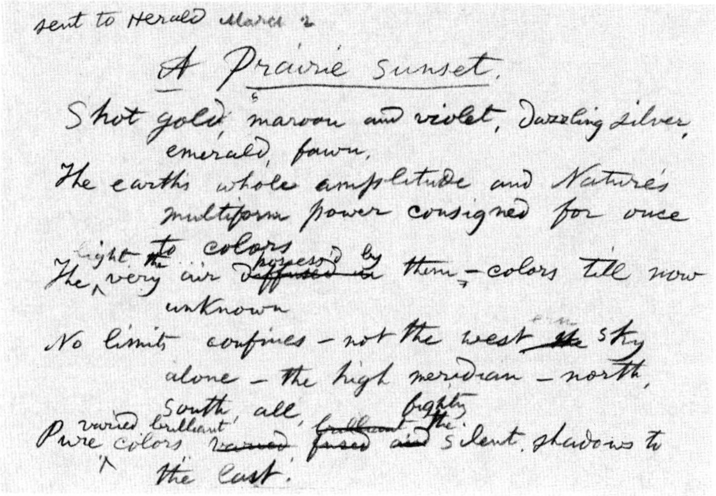
sent to Herald March 2

A Prairie sunset.

Shot golds, maroon and violet, dazzling silver, emerald, fawn,
The earth's whole amplitude and Nature's multiform power consigned for once to colors;
The light, the very air possess'd by them—colors till now unknown,
No limit, confines—not the west sky alone—the high meridian—north, south, all,
Pure colors varied brilliant fighting the silent shadows to the last.

惠特曼手稿：《草原落日》(1888)

你高高闪耀的天体

你高高闪耀的天体！你火热的十月的正午！
灰色的海滨沙滩上泛着炫目的光，
嗞嗞作响的近海闪现着浪花和遥远的景象，
还有茶色的条纹、阴影和广阔的蔚蓝；
啊，灿烂的正午的太阳！我有特别的话要对你说。

听我说，辉煌的太阳！
你是我的爱人，我一直爱着你，
即使作为一个晒太阳的婴儿，一个在树林边的快活孩子，有你远道而来的光线的抚摸就足够了，
或者作为一个成熟的男人，无论年青年老，就像现在的我向你恳求。

（你不能用沉默欺骗我，
我知道在合适的人面前整个大自然都会服从，
虽然没有用话回答，天空和树木都听见了他的声音——而你，啊，太阳，
至于你的痛苦、不安，巨大火焰的突然勃发喷射，
我懂它们，我很懂那些火焰、那些不安。）

你用催生果实的光和热，
普照万千农场，普照南北的陆地和海洋，
普照密西西比无尽的河流、得克萨斯的草原、加拿大的森林，
你在太空闪耀，普照地球转向你的那一面，

你公平地拥抱一切，不仅是陆地和海洋，
你对葡萄、野草和小小的野花同样挥洒大方，
倾泻吧，将你自己倾泻给我和我的一切，哪怕只是从你的亿兆光芒中拨出一束；
点燃这些诗篇吧。

不只为这些诗篇射出你微妙的光和力，
也准备着我自己的傍晚——准备着我拉长的影子，
准备着我星光灿烂的夜。

(1881；1881)

脸

1

在街上闲逛，在乡村路上骑马，瞧见了这么多张脸！
友好的、精致的、谨慎的、温和的、理想的脸，
有灵性、会预感的脸，总是受欢迎的平凡慈祥的脸，
唱着歌的脸，天生是律师、法官的前额宽宽的脸，
眉弓隆起的猎人、渔夫的脸，老派市民的刮得铁青的脸，
纯洁的、放纵的、向往的、质问的艺术家的脸，
灵魂优美而相貌丑陋的脸，相貌英俊却叫人厌恶、瞧不起的脸，
婴儿圣洁的脸，儿女众多的母亲光华的脸，
充满爱恋的脸，充满崇敬的脸，
沉于梦幻的脸，岩石般坚毅的脸，
隐匿了善恶的脸，一张阉人的脸，
一只野雕，他的翅膀被剪断了，
一匹雄马，最终屈从了阉割者的皮带和刀子。

就这样在街上闲逛，渡过不停息的渡口，瞧见数不清的脸，
我看着他们，不发感叹，对一切满意。

2

如果我把这些脸看做他们的归宿的话，你以为我还能对一切满意吗？

对于一个男人这张脸是太可悲了：
可怜的虱子为乞求寄人篱下而阿谀奉承，
鼻涕似的蛆为获准扭进洞里而感恩戴德。

这张长了狗鼻子的脸，嗅着找垃圾，
蛇在那嘴里做窝，我听见嗞嗞的恐吓。

这张脸阴霾重重，比北冰洋还要冷，
懒散晃悠的冰山一边走一边嘎吱嘎吱响。

这是张苦草药似的脸，这张是催吐剂，它们不需要标签，
那边还有更多药架子上的货色：鸦片酊，生橡胶，肥猪油。

这是癫痫病人的脸，他的嘴说不出话，发出怪叫，
脖子上的静脉鼓起来了，眼珠转动，只露眼白，
牙咬得咯咯响，攥紧的拳头指甲扎进手心，
这个男人倒在地上挣扎，吐着白沫，头脑却还清醒。

这张脸被虫子咬了，
这是哪个凶手的刀子半出了鞘。

这张脸欠了看墓人一笔小钱，
一口丧钟在那里不停地敲。

3

我的同类的脸孔，你们想用满脸皱纹和行尸走肉来骗我吗？
来吧，你们骗不了我。

我看见你们没完没了地哭眼抹泪，
我看见你们憔悴又卑劣的伪装下的真相。

你们尽管张牙舞爪，像鱼和老鼠似的嘴巴乱戳乱刺，
你们的假面会被揭开，一定会的。

我看见过疯人院里的白痴脏兮兮、淌口水的脸，
让我安慰的是我知道一件他们不知道的事，
我知道那些管理人掏空了我的兄弟，让他破产①，
那些人等待从倒塌的屋子里清除废品，
二三十年后我会再来看看，
我会遇到毫未受到伤害的真正的房东，他和我一样完好。

4

上帝在前行，还在前行，
庇护永远在前面，到达者的手永远牵拉着落后的人。

这张脸上出现了旗帜和马——啊，好极了！我看见将要发生的事情，
我看见先驱者高高的帽子，看见扫清道路的前锋们的棍杖，
我听见胜利的鼓声。

这是张救世主般的脸，
这是张须眉男子的脸，擅于发号施令，不屑要别人照顾，

① 惠特曼最小的弟弟艾迪是个智障人，曾在一所精神病院住过四年。

这张脸像喷香的水果，秀色可餐，
这是张健康诚实的少年的脸，展现一切优点。

这些脸无论睡眠还是清醒都能证明，
他们的血统确实来自**主人**。

我说的话毫无例外——红种人、白种人、黑种人，都有神性，
每一间房里都有卵子，一千年后它会出世。

我不在乎窗子上的污点和裂缝，
站在窗后的人又高又够味，向我示意，
我懂了那许诺，耐心等着。

这是张盛开的百合花的脸，
她对花园篱笆旁屁股翘翘的男人说，
过来，她红着脸喊，到我这儿来，屁股翘翘的男人，
站在我旁边，我要凑得高高的靠上你，
朝我弯下身来，用白色的蜜填满我，
用你的胡子蹭我，蹭我的胸脯和肩膀。

5

那张衰老的多个孩子的母亲的脸，
嘘！我全心全意地喜欢。

礼拜天早晨的炊烟平静地迟迟升起，
它低低地垂挂在栅栏边一排排的树上，
薄薄地垂挂在樟树、野樱桃和蒺藜上。

我看见过那些在晚会上盛装的有钱的女士，

我听见歌手们久久唱着的歌，

听出是谁正当绯红的青春，从白色浪花和蓝色海洋里跳出[1]。

看，一位妇人！

她从贵格帽里向外张望，她的脸比天空还明朗美丽[2]。

她坐在农舍门廊荫凉下的扶手椅中，

太阳恰好照着她年老花白的头。

她宽大的长袍是奶白亚麻的，

她的孙子们种亚麻，她的孙女们用线棒和纺车织亚麻。

大地的品格像音乐般优美，

那完美是哲学不能超越、也不愿超越的，

那是人类堂堂正正的母亲。

(1855；1881)

神秘的号手

1

听，一个狂热的号手，一个怪僻的音乐家，

今夜吹奏着变幻莫测的乐曲，无形地盘旋于空中。

我听见了你，号手，我警觉地听着，抓住你的音符，

---

① 隐喻古希腊神话中的爱神阿芙洛狄忒，从海洋浪花里诞生。

② 贵格帽，指贵格会教徒戴的帽子。

时而一泻万里，像暴风骤雨围绕我旋动，
时而低沉、柔和，而现在消失在远方。

2

走近些，无形的精灵，也许在你身上回响着
某位逝去的作曲家，也许你沉思的生活
充满了高昂的抱负，萌动的理想，
波浪，悦耳的海洋，混沌地汹涌，
此刻狂喜的幽灵俯身靠近我，你的小号阵阵吹响，
率直地吹向我的耳朵，别人一概听不见，
好让我传达你的心声。

3

吹吧，自由、清纯的号手，我跟随你，

你流畅的前奏愉快而平静，
于是烦躁的世界、街道、白日的喧闹消退，
一股神圣的安宁如露水降临于我，
我行走在凉爽清新的夜里，行走在天堂，
我闻着青草、湿润的空气和玫瑰花；
你的歌舒展了我麻木郁结的心灵，你让我自由奔放，
漂浮在天国的湖水上，沐浴阳光。

4

继续吹吧，号手！为了我渴望的眼睛，
引来旧日的盛会，展现封建时代的光彩。

你的乐曲多么迷人！你让我眼前浮过
久已死去的淑女和绅士，贵族在他们的古堡大厅里，游吟诗人在吟唱，

全副武装的骑士出发去打抱不平，有的去寻找圣杯[1]；

我看见赛场，身披盔甲的竞技者骑在威武焦躁的马上，
我听见呐喊、喘气和钢铁的碰撞；
我看见十字军喧嚷的队伍——听，铙钹铿锵，
看，僧侣们走在前面，高举十字架。

5

继续吹吧，号手！为了你的主题，
现在吹响那包罗一切的主题，富有溶解力和凝聚力的主题，
爱，是一切的脉搏，是命根，是痛苦，
男男女女的心都是为了爱，
没有别的主题，只有爱——那交织纠缠、包罗一切、弥漫天地的爱。

啊，不死的幽灵在我周围熙熙攘攘！
我看见庞大的净化器永远运转，我看见也懂得那加热世界的火焰，
情人们闪闪的目光，羞红的脸，跳动的心，
有人幸福极乐，有人沉默黯然、悲痛欲绝；
爱，是情人们全部的世界——爱，嘲笑时间和空间，
爱，就是白天黑夜——爱，就是日月星辰，
爱，是深红的，是奢侈的，是带着芳香的病态，
除了爱，别无可说，除了爱，别无可想。

---

① 圣杯，最传统的解释是耶稣受难时用来盛放耶稣鲜血的杯子；罗马教廷的解释是耶稣在最后的晚餐中使用的杯子。在亚瑟王的传说中，圆桌骑士们出发去寻找圣杯。

6

继续吹吧，号手——唤起战争的恐慌。

你的咒语立即招来嘈杂震动如同远方的雷声滚滚，
看，武装的人们步履匆匆——看，尘土飞扬，刺刀闪亮，
我看见满脸脏污的炮手，我留意硝烟里红光闪闪，我听见枪弹噼啪；
疯狂的号手，你可怕的音乐带来的不单是战争，还有各种可怕的场面，
冷酷的强盗行径，掠夺，屠杀——我听见呼救的叫喊！
我看见船在海上沉没，我看见甲板上下一片恐怖。

7

啊，号手，我想我自己就是你吹奏的乐器，
你融化了我的心、我的头脑——你随意运动、牵拉、改变它们；
现在你忧郁的曲调用黑暗渗透了我，
你夺走了所有的欢乐、光明和希望，
我看见全世界受奴役、被打倒、受伤害、受压迫的人们，
我感受到我的同类无穷的羞耻和屈辱，这都成了我的，
人类的复仇，世代的冤屈，执迷的仇恨，也成了我的，
彻底的失败重压着我——一切都完了——敌人胜利了，
（但是在废墟中，巨人般的骄傲屹立，岿然不动直到最后，
毅然决然直到最后。）

8

现在，号手，你该结束了，
吹响空前高亢的曲调吧，
向我的灵魂歌唱，恢复它日渐凋零的信仰和希望，
振奋我迟钝的信心，给予我对未来的憧憬，

只此一次，给予我它的预言和欢乐。

啊，最后的歌欢欣鼓舞！
你的乐曲里有一股比大地更强劲的生气，
胜利的进行曲——解放了的人类——最后的征服者，
所有人把颂歌献给所有人的上帝——充满欢乐！
再生的人类出现了——一个完美的世界，充满欢乐！
男女大众都聪颖、纯洁、健康——充满欢乐！
人们狂欢、大笑、痛饮，充满欢乐！
战争、忧伤、苦难过去了——恶臭的大地净化了——只留下欢乐！
海洋充满了欢乐——天空充满了欢乐！
欢乐！欢乐！在自由、崇敬和爱中！欢乐在生命的喜悦中！
只要活着就够了！只要呼吸就够了！
欢乐！欢乐！天地充满欢乐！

(1872；1881)

致冬天的火车头

你是我朗诵的诗篇！
就在此刻，在暴风雪里，在冬天的暮色里，
你披盔戴甲，节奏铿锵地震动，摇天撼地地搏跳，
你黑色圆柱的躯体，金黄的铜、银白的钢，
你笨重的侧杆、平行的连杆，在你两肋旋转、穿梭，
你有韵律地喘息、呼吼，一会儿陡然高涨，一会儿消失在远方，
你巨大突出的头灯，固定在前面，

你飘扬的灰白浅紫的蒸汽像面长三角旗，
你的烟囱吐出阴沉浓黑的云，
你紧凑的体形，你的弹簧和活门，你的轮子闪闪烁烁，
后面的车厢顺从而乐颠颠地跟着你，
你穿过狂风或宁静，时快时慢，总是坚定地挺进；
现代的典范——运动和力量的象征——大陆的脉搏，
来侍奉一回诗人吧，融入诗行，就像我在这里看到的你，
携着阵阵狂风和洋洋洒洒的雪，
白天，你警钟长鸣，发出告示，
夜晚，你晃动寂静的信号灯。

嗓门凶猛的美人！
带着你无法无天的歌声和在黑夜晃动的灯光，滚滚穿越我的诗篇，
你用疯狂鸣笛的笑声刺穿一切，用地震般的隆隆轰鸣唤醒一切，
你自己就是全部法律，你牢牢抓住自己的铁轨，
（流泪的竖琴，饶舌的钢琴，它们的亲切轻松你都没有，）
你尖叫的颤音在岩石和群山撞出回声，
飘向辽阔的草原，越过湖泊，
冲上自由的天空，无拘无束，快活强壮。

(1876；1881)

磁性的南方

啊，磁性的南方！啊，闪光喷香的南方！我的南方！
啊，急躁的脾气、旺盛的血、冲动和爱情！善良和邪恶！啊，我可亲的这一切！

啊，我可亲的出生之地——那里的一切鸟兽、森林、庄稼、花草、河流[1]，

我可亲的缓慢懒散的河，它们在远处流动，在银色的沙滩上流，经过沼泽地，

我可亲的罗阿诺克河、萨凡纳河、奥尔塔马霍河、皮迪河、汤比格比河、桑蒂河、库萨河和萨宾河，

啊，我在远方游荡、沉思，现在带着我的灵魂又回到它们的岸边遛达，

我又漂浮在佛罗里达那些清澈的湖上，在奥基乔比湖上，我跨过沼泽中的高地，叫人愉快的空地或稠密的树林，

我看见林中的鹦鹉，我看见木瓜树和开着花的常青树；

我又站在甲板上，驾船沿海岸航行，我向南开往佐治亚，向北去卡罗来纳，

我看见那里的槲树在生长，我看见那里的黄松、芳香的月桂、柠檬和柑橘、柏树、漂亮的矮棕榈，

我驶过荒凉的海岬，通过一个小水湾进入帕姆利科湾，我向内陆眺望；

啊，棉花地！长着稻子、甘蔗和大麻的田地！

仙人掌长着护身的刺，月桂开着大白花，

更远的地方，富足或是贫瘠，老林子里树上披满了槲寄生，爬满了苔藓，

松树的清香和暗影，自然界可怕的静寂，（在这些稠密的沼泽里强盗带着枪，逃犯有他隐蔽的窝棚；）

啊，这些少为人知、难以通过的沼泽，自有古怪的魅力，到处是爬行动物，回响着鳄鱼的吼声、猫头鹰和野猫的凄厉叫声、响尾蛇的嗖嗖声，

知更鸟整个上午在唱，月夜里通宵在唱，

---

① 惠特曼出生于美国北方的纽约长岛，曾于1848年春季到南方的新奥尔良工作。

蜂鸟、野火鸡、浣熊、负鼠；

一片肯塔基的玉米地，高挑、优雅、叶子长长的玉米，苗条、碧绿，摆晃着，长着须子、紧巴巴的壳里藏着漂亮的玉米穗；

啊，我的心！温柔剧烈的疼痛，啊，我忍受不了了，我要离开；

啊，作一个弗吉尼亚人，我在那里长大！啊，作一个卡罗来纳人！

啊，无法抑制的渴望！啊，我要回老田纳西去，永远不再游荡。

(1860；1881)

曼纳哈塔

我正为我的城市找个独特完美的东西，

瞧那儿！就冒出了个土著的名字。

现在我明白了一个名字的含义，这个词顺口、明智、好听、完满、无拘无束，

我知道了我的城市的名字是个来源古老的词，

因为我瞧见这个词栖息在壮阔的海湾里，

一个十六英里长的岛，根底扎实，富裕，周围到处是帆船和汽船，

数不清的拥挤的大街，铁的、细长的、威武的、轻盈的高楼大厦辉煌耸入晴空，

快日落时潮水又急又大，最叫我喜欢，

涌动的海流，很多小岛，附近有更大的岛子、高地、别墅，

数不清的桅杆，白色的近海汽船、驳船、渡船、漂亮的黑色远洋轮船，

商业区的大街，批发商、船商、金融商的营业大楼，河边的街道，

移民来了，一礼拜有一万五千到两万人，

拉货的马车，神气的马夫，棕色脸膛的水手，

夏天的风，太阳明晃晃地照着，云彩在天上飘，

冬天的雪，雪橇的铃声，河上裂开的冰随潮涨潮落涌向上游下游，

城市的机械工人、师傅们，体格刚健，相貌英俊，率直地望着你的眼睛，

摩肩接踵的人行道，车水马龙，百老汇，娘们儿，商店和橱窗，

一百万人——风度潇洒高雅——声音爽朗——殷勤好客——年青人最是勇敢友善，

忙忙碌碌、波光闪闪的城市！高楼和桅杆的城市！

栖息在海湾的城市！我的城市！

(1860；1881)

全是真理

我这个人素来懒得相信什么，

素来冷眼孑立，拒绝接受，

只在今天才意识到严密的真理处处存在，

今天才发现所有的谎言或像似谎言的东西，都只能是、也必然是在它自身的基础上成长起来的，正如真理，

或者正如大地上所有的法则、大地上所有自然的产物。

(这很奇怪，不可能立即明白，但又必须明白，
我在自己身上感到我同别人一样表现出虚假，
世界也是这样。)

不论谎言还是真理，在哪里没有充分的回应呢?
在土地上，在水里火里? 在人的精神里? 在血肉里?

在撒谎的人们中间思考，然后严格思忖我自己，我发觉其实没有撒谎的人和谎言，
一切都有充分的回应，所谓谎言都是充分的回应，
每一件事精确地表现了它本身以及它之前的事，
真理包含一切，严密得恰像空间，
在真理的总和里没有瑕疵或真空——一切毫无例外都是真理；
今后我将赞美我看见的所有事物和我自己，
歌唱，欢笑，来者不拒。

(1860；1871)

谜语之歌

它躲避着这一首诗和所有的诗，
最尖的耳朵没有听到过它，最亮的眼睛和最机灵的脑瓜里没有它的影子，
它不是学问或名声，不是幸福或钱财，
可全世界每一条性命每一颗心都不停地为它跳动，
你、我、所有追求它的人都不曾得手，
它开放却又是个秘密，是现实里的现实，却又是个幻影，
它毫无代价地赐给了每一个人，可从来不被人拥有，

诗人和历史学家们企图把它写入诗歌和散文，都是枉然，
雕塑家从没雕塑过它，画家从没画过它，
歌唱家从没唱过它，演说家和演员从没张口谈它，
现在我在这里说出它，为我的诗提出挑战。

它超然地处在公众和私人的地点，在孤独中，
在高山和森林后面，
作为闹市里的伙伴，穿过集会，
它总是悄悄走过，发出光和热。

它出现在漂亮天真的婴儿脸上，
或奇怪地出现在棺材里的死者身上，
或出现于黎明的风景、夜晚的星星，
像梦中融化的精美影像，
它隐藏着却又徘徊逗留。

它包含在两个轻轻吐出的词里，
两个词，就自始至终包含了它的全部。

多么热烈地追求它啊！
多少条船为它航行、沉没！
多少旅行者离家启程却永不归还！
多少天才为它斗胆下注、输得精光！
数不尽的美和爱为它冒险！
自时光开始，一切崇高的事业都起源于它——并将永远如此！
一切英雄赴死都是为了它！
世间的恐怖、罪恶和战争以它的名义发生！
它明亮、迷人、柔和的火焰，在每个时代、每块陆地吸引了人们的目光，

它像挪威海岸的日落、天空、岛屿和峭壁一样丰富多彩，
或像午夜里辉耀的北极光一样不可企及。

或许它是上帝的谜语，如此迷离又如此确定，
灵魂是为了它，宇宙间可见的一切是为了它，
最终天国也是为了它。

(1881；1881)

更　棒

谁走得最远？我要走得更远，

谁品行正派？我要作天下最正派的人，

谁最慎重？我要更加慎重，

谁最幸福？啊，我想那就是我——没人比我更幸福，

谁挥霍了一切？是我一直在挥霍我最好的东西，

谁最自豪？我想我有理由作为当今最自豪的人——因为我是这个坚强高大的城市的儿子，

谁勇敢忠实？我要成为世界上最勇敢忠实的人，

谁善良？我要比所有人奉献更多的善心，

谁得到了绝大多数朋友的爱？我懂得接受许多朋友的燃烧的爱的滋味，

谁有一副完美的叫人爱慕的身体？我不相信有谁的身体比我的更加完美、叫人爱慕，

谁的思想最宽广？我会囊括那些思想，

谁写下了适合大地的赞歌？是我如痴如狂为整个大地写下欢乐的诗篇。

(1856；1881)

啊，贫穷，畏缩，还有愤懑的退却

啊，贫穷，畏缩，还有愤懑的退却！

啊，你们这些敌人在斗争中战胜了我！

（我的生活，所有人的生活，除了和敌人斗争，这古老的不停息的战争，还能是什么？）

你们——堕落，你们——和激情与欲望的搏斗，

你们——因为友情不得满足的烦恼，（啊，最尖锐的创伤！）

你们——用痛苦的泣不成声编织的陷阱，你们——卑鄙，

你们——餐桌上浅薄的饶舌，（我的舌头最浅薄；）

你们——破碎的决心，你们——伤神的愤怒，你们——叫人窒息的厌倦！

啊，别以为你们终于胜利了，真正的我还没有上场，

他将阔步前进，势不可当，直到全部敌人趴在我脚下，

他将作为最后获胜的士兵昂首站立。

（1865—1866；1881）

思　索

想到民意，

想到迟早会有的稳健而冷酷的法令，（多么无情！多么确凿、不可更改！）

想到总统脸色苍白，扪心自问，人民最后会说什么？

想到轻率的法官——腐败的议员、州长、市长——这些人无助地站着，被揭露无遗，

想到嘟嘟囔囔、尖声叫喊的牧师，（很快就没人搭理，）

想到权威，想到官员、法令、教堂、学校的堂皇之语一年年变得没有分量，

想到男女大众的直觉、**自尊**和**人格**越来越提高、强大、宽广，

想到真正的新世界——想到**民主国家**的辉煌全体，

想到和它们一致的政治、陆军、海军，

想到它们如同灿烂的太阳——它们具有超越一切的光芒，

想到它们包容一切，它们吐放一切。

（1860；1881）

媒　体

他们将在合众国兴起，

他们将报道大自然、法律、健康和幸福，

他们将阐明**民主**和宇宙，

他们将提供精神食粮，有爱心，有洞察力，

他们将是健全的女人和男人，他们体态强壮柔韧，他们喝水，血液干净清纯，

他们将享受唯物主义，观赏琳琅满目的产品，观赏牛肉、木材、做面包的原料、伟大的城市芝加哥，

他们将训练自己走入大众，成为男女演说家，

他们的语言将有力亲切，他们的生活将产生诗歌和诗歌的素材，他们将成为创造者和发现者，

从他们以及他们的作品里将出现非凡的传达者，传达福音，

那福音将传达人物、事件、反省，将传达树木、动物、江河，

将传达死亡、未来、无形的信仰。

（1860；1871）

编织进去，我耐劳的生命

编织进去，把我耐劳的生命编织进去，

编织成一名强壮完美的战士迎接来临的伟大战役，

编织进鲜红的血液，编织进绳索般的筋肉，编织进感觉、视野，

当然要持久地编织，不知疲倦地编织，日夜不停编织经纬，

（啊，生命，我们不知其用途，不知其目的、归宿，我们确实一无所知，

但是我们知道工作和需要在延续，还将延续，被死亡笼罩的和平与战争的进程在延续，）

为了和平的伟大战役，要用同样的坚韧的线编织，

我们不知缘由根底，只是编织，永远编织。

（1865；1881）

西班牙，1873—1874[①]

抛开黑沉沉的阴霾，

抛开封建的残骸和国王们堆积的骷髅，

抛开整个古老欧洲的废墟、破碎的礼仪，

毁坏的教堂、坍塌的宫殿、僧侣的坟墓，

看，**自由之神**的面目容光不减，向前展望——同一张不朽

---

① 1873年，西班牙发生社会变革，宣布建立共和国；次年，封建王朝复辟，阿方索十二世国王登基。

的脸向前展望；

（如同你美国母亲的脸上投出的一瞥，

一道闪光意味深长如同利剑，

光芒照射你。）

也不要以为我们忘记了你，母亲；

你曾经长久地步履迟缓，是吗？那阴霾还会在你头上会合吗？

啊，但是你今天出现在我们面前——我们认识你，

你给予了我们可靠的证据——你的一瞥，

你在那里等待你的时机，如同你在所有的国度。

(1873；1881)

在宽阔的波托马克河边

在宽阔的波托马克河边，还是旧时的语言，

(还在鼓噪，还在叫喊，这样的喋喋不休永远不能停下来？)

还是旧时的心情这样欢快，红红火火的春天又回到了你心里，

还是那种清爽、那种气味，还是弗吉尼亚夏日的天空，清澈的蓝色和银白，

还是上午的山坡泛着紫色，

还是那不死的草，这样悄无声息、柔软、翠绿，

还是血红的玫瑰在绽开。

薰香我这本书吧，血红的玫瑰！

用你的波浪细心地冲洗每一行诗吧，波托马克河！

啊，春天，把你给我，在我合上书前要把你夹到里面！

啊，还有你，上午山坡的紫色！

啊，还有你，不死的草！

(1876；1881)

在遥远的达科他峡谷

(1876年6月25日)

在遥远的达科他峡谷，
荒山野谷的大地，黝黑的苏人，一派荒凉寂静①，
今天猛然间一声哀号，猛然间喇叭为英雄们吹响。

战报，
印第安人的伏击，计谋，不幸的险境，
骑兵连战斗到最后一息，勇气冲天，
在他们的小圈子里，他们杀马垒筑工事，
卡斯特和他所有的官兵倒下了②。

我们民族的古老、古老的传奇还在延续，
最崇高的生命因死亡而弘扬光大，
古老的旗帜还在美好地飘扬，
啊，及时的教训，我多么欢迎你！

就像坐在黑暗的日子里，
孤单，郁闷，透过时间的厚重阴霾徒然探寻光明和希望，
而从未意料的地方迸发一道闪电，

① 苏人，达科他一带的印第安部族。

② 乔治·卡斯特（George Custer），美国联邦军队的中校，1876年6月25日在著名的小大角战役中率部队与苏人交战，包括他在内的260多名官兵全部阵亡。

一个斩钉截铁的突兀证据，
（在中心的太阳虽被隐蔽，
生机勃勃的生命永在中心。）

不久前我还看见你，在战斗中，
昂着头，棕发飘扬，手握亮剑，永远打头阵，
如今在死亡中你渴望的辉煌战绩大功告成，
（为此我没有带来挽歌送给你，我带来一首快乐的胜利之诗，）
绝望又光荣，是的，战败最绝望又最光荣，
你曾身经百战，从未放弃过一条枪、一面旗，
现在你放弃了生命，
给身后的士兵留下了珍贵回忆。

（1876；1881）

梦见过去的战争

深夜睡觉时我梦见许多张痛苦的脸，
我最初梦见濒死的伤员的脸，（难以形容的表情，）
我梦见死去的人躺着，胳膊摊开，
　　我梦见，我梦见，我梦见。

我梦见大自然的风光、田野和高山，
我梦见暴雨后的天这么美，夜月格外明，
亲切地照着，照着我们挖战壕、堆土墩，
　　我梦见，我梦见，我梦见。

他们早已过去了，那些脸、战壕、田野，

在那里我镇定无情走过遍野的尸体，离开倒下的人，
那时我冲锋向前——倒是现在在夜里我梦见了他们，
　　我梦见，我梦见，我梦见。

(1865—1866；1881)

繁星密布的旗帜

繁星密布的旗帜！星条旗！

你的道路还长，命运攸关的旗——你的道路还长，布满血腥的死亡，

因为我看到最终争夺的奖赏是世界，

我看到世界所有的船和海岸都与你的线交织，渴望的旗；

难道国王的旗帜又梦想高高飘扬，天下无敌？

啊，人类的旗，赶快——迈开自信坚定的步伐，超越最高的王旗，

成为至高无上的强大象征——凌驾于它们全体，

星条旗！繁星密布的旗帜！

(1865；1871)

我最看重你的

(致环游世界后归来的尤利西斯·格兰特①)

我最看重你的，

① 尤利西斯·格兰特（Ulysses Grant，1822—1885），美国将军，在内战后期发挥重要作用，1869—1877 年任美国第 18、19 届总统。此诗作于格兰特在卸任后周游世界归来的 1879 年。

不是你沿着历史的伟大道路前进，
那战争的胜利光芒四射，永不为时间所暗淡，
不是你曾坐在华盛顿坐过的地方，和平地统治国家，
不是封建的欧洲款待了你，古老的亚洲簇拥了你，
你沉稳地和国王们散步，漫游了圆形的世界，
而是当你在外国和国王们散步时，
那些西部的、堪萨斯的、密苏里的、伊利诺伊的草原上的主人，
俄亥俄的、印第安纳的百万大众，伙伴们、农民们、士兵们，统统上阵，
无形地和你在一起，沉稳地和那些国王们散步，漫游了圆形的世界，
他们得到了世界的承认。

(1879；1881)

构成这片风景的精灵
（作于科罗拉多的普拉特峡谷）

构成这片风景的精灵，
这些东倒西歪狰狞赤红的石堆，
这些鲁莽的野心冲天的山峰，
这些峡谷，汹涌清澈的激流，裸暴的新鲜，
这些不成形的粗野队列，它们有自己的理由，
我知道你们，野性的精灵——我们曾一起交流，
我所有的也是这般粗野的队列，它们有自己的理由，
不是责难我的歌忘记了艺术吗？
忘记了把准确精致的规则融于自身吗？
忘记了诗人整齐的节拍、精心打造的圣殿的优雅——圆柱

和抛光的拱门？

但是你们在这里狂欢作乐——构成这片风景的精灵，

它们记住了你们。

(1881；1881)

当我漫步在这些明朗壮丽的日子里

当我漫步在这些明朗壮丽的和平日子里，

(战争、血腥的斗争结束了，在斗争之中，伟大的**理想**，

顶着千难万险，不久前赢得了光荣，

现在你阔步向前，也许终将走向更密集的战争，

也许终将要卷入更可怕的争斗和危险，

更漫长的战役和危机，艰苦卓绝，)

我听见周围传来世界的喝彩，政治的喧嚣，生产的轰鸣，

为受到承认的事物和科学发出的宣告，

为城市的成长、发明的传播发出的赞扬。

我看见了船，(它们还能用几年，)

巨大的工厂，它们的工头和工人，

听见了一片赞同，我也不反对。

但是我也要宣布确凿的事情，

科学、船、政治、城市、工厂都很重要，

它们像一支庄严的队伍随远方的号角凯旋行进，更加庄严地出现在地平线上，

它们代表了现实——一切理应如此。

然后是我的现实；

还有什么像我的这么真实呢？

自由和神圣的均等，把自由给予地球上每一个奴隶，

预言者们令人向往的许诺和光明，精神的世界，这些流传千古的诗篇，

还有我们的梦想，诗人们的梦想，是最确凿的宣言。

(1860；1881)

晴朗的午夜

这是你的时辰，灵魂，你自由地飞入无言之境，

离开书籍，离开艺术，白天逝去了，功课做完了，

你完全呈现出来，静静凝视着，沉思着你最喜爱的主题，

夜，睡眠，死亡和星辰。

(1881；1881)

别离的歌

惠特曼故居（1884—1892）

位于新泽西州卡姆登镇，No.330, Dr. Martin Luther King Boulevard；现为惠特曼博物馆。

（摄影者不详）

时候快到了

时候快到了，渐渐阴沉，一块云，
远远的一种我不知的恐惧，使我黯然。

我要走出去，
我要在美国各地走一阵，但我说不出去哪儿，去多久，
也许过不久，哪天哪夜当我歌唱时，我的声音戛然停止。

书啊，歌啊！一切非得这样了结吗？
非得在我们刚刚抵达的这起始处？——不过这就够了，啊，灵魂；
啊，灵魂，在这世界上我们肯定出现过——这就够了。

(1860；1871)

现代的岁月

现代的岁月！未露峥嵘的岁月！
你的地平线升起来了，我看见它走去演出更威武的戏剧，
我看见不仅是美国，不仅是**自由**的国家，还有别的国家正在准备，
我看见盛大的进场和退场，新的联合，种族的团结，
我看见在世界舞台上势不可挡向前进的力量，
(旧的势力、过去的战争扮演过它们的角色吗？适合它们的场景落幕了吗？)

我看见全副武装的**自由**，胜利的豪情万丈，一边协同**法律**，一边协同**和平**，

惊人的三位一体联合反对等级观念；

我们正快速走近的历史结局是什么？

我看见千百万人大步地前进和倒退，

我看见古老贵族统治的疆界崩溃了，

我看见欧洲帝王的纪念碑拔除了，

我看见今天人民开始树立他们的丰碑，（所有别的都要让位；）

从没有哪个时代像今天这样提出如此尖锐的问题，

从没有普通人的灵魂这样充满力量，像一个神，

瞧，他怎样鼓舞、鞭策，不让大众停顿！

他勇敢地踏遍陆地海洋，他占领了太平洋及其群岛，

他用汽船、电报、报纸、大批的武器，

他用这些以及遍布世界的工厂，把五洲四海联结；

啊，这些国家通过海底电缆在你前头密谈些什么？

所有的国家都在交谈吗？世界将只有一个心脏吗？

人类正在形成一个整体吗？看，暴君们发抖，王冠黯淡，

不安分的大地面临一个崭新的纪元，也许是一场全面的圣战，

没人知道接下来会发生什么，这样的征兆充斥昼夜；

征兆的岁月！我行走时试图看透我前方的空间，可是徒然，里面充满幻影，

还没出现的功绩、即将发生的事情，在我周围投下影子，

啊，岁月，这难以置信的奔突与激昂，这梦想的奇异与狂热！

啊，岁月的梦想，怎样渗透我的身心！（我不知我是睡是醒；）

美国演完了，欧洲黯淡了，退入我身后的阴影，

那尚未演出的，史无前例的宏大，向我阔步走来，走来。

（1865；1881）

士兵的遗骨

南方和北方的士兵的遗骨，
当我沉思，回首，脑子里悄悄唱出一支歌，
战争的场面重现眼前，
军队又在向前冲。

他们像烟雾无声无息，
从战壕的坟墓里爬出来，
从遍布弗吉尼亚和田纳西的墓地里爬出来，
从四面八方数不清的无名墓地里爬出来，
他们排山倒海、成千成万、三三两两、单枪匹马地来了，
悄悄聚集在我周围。

号手啊，现在不要吹！
我的骑兵团正跨着骏马威风走过，
拔出的军刀闪闪发亮，腿上横着卡宾枪，（啊，我的骑兵多么勇敢！
我的英俊的黑脸膛骑兵！过着多棒的日子，
快活，骄傲，敢冒一切艰险。）

鼓手，你不要敲，也不要在黎明时敲响起床鼓，
不要用隆隆的鼓声惊动营地，也不要用低沉的鼓声送葬，
啊，携带军鼓的鼓手，此刻你们没有用武之地。

但是除了这些，除了富足的市场和拥挤的大街，
我周围是亲密的伙伴，别人看不见也听不见，

牺牲的人复活了，遗体复活了，兴高采烈，
我沉默的灵魂以全体死去士兵的名义，唱出这支歌。

苍白的脸，动人的眼，非常亲热地向我靠拢，
一言不发，越来越近。

数不清的死者的幽灵，
别人看不见，从今后作我的伙伴，
永远跟着我——只要我活着，就别离开我。

活着的人——绽开的笑脸很美，悦耳的嗓音很美，
啊，死去的人，沉默的眼睛也很美，很美。

亲爱的伙伴，一切都过去了，早已消失了，
可是爱没有过去——何等的爱呀，伙伴们！
芳香正从战场上升起，从尸臭中升起。

也让我的歌散发芳香吧，啊，爱，不朽的爱，
让我沉浸在对所有死去士兵的记忆中，
给他们穿上尸衣，抹上香料，用温存的豪情覆盖他们。

让一切变得芳香——让一切富有生气，
让这些遗骨滋养花朵，
啊，爱，付出一切，以最后的神秘让一切开花结果。

让我永不枯竭，让我变成一眼泉水，
无论我去到哪里都吐出爱，像一滴永远湿润的露珠，
献给南方和北方所有死去士兵的遗骨。

(1865；1881)

思　索

1

想到我歌唱的这些年头，

他们怎样熬过了，并且还在经受着剧变动荡的痛苦，如同分娩，

美国怎样展示了诞生、强健的青春、希望、稳扎苦干、绝对的成功，且不提人民——展示了邪恶和善良，

为了自身统一的斗争如此激烈，

太多的人还绝望地坚持过时的模式、等级、荒谬、顺从、强迫和没有信仰，

太少的人看到了新来的模式、强壮的人、西部各州，或者看到了自由与灵性，或者把信念坚持到底，

（但是我看到了强壮的人，我看到了光荣而必然的战争的结果，它们又会导致别的结果。）

伟大的城市怎样出现——民主大众怎样躁动而执着，我喜欢他们，

怎样持续不断的混乱、争论、恶与善的角斗、号召与响应，

社会怎样混沌无形地等待，有一阵处于死亡的事物与新生的事物之间，

美国怎样是光荣的大陆，是自由和民主的胜利，是社会的成果，包含一切新生的事物，

合众国本身怎样自足完满——所有胜利和光荣本身怎样自足完满，并向前推进，

我的与合众国的这一切将怎样轮流动荡，导致别的诞生和

转变，

所有的人们、眼界、联合体、民主大众又是怎样发挥作用——每个事实、战争连同它的恐怖，怎样发挥作用，

现在或任何时候，每一种力量怎样促进向死亡的剧烈转变。

2

想到种子落地，生根发芽，

想到美国内陆向北方、向坚不可摧的人口稠密的区域稳定地汇集，

想到印第安纳、肯塔基、阿肯色和其他州会变成什么样，

想到再过几年，内布拉斯加、科罗拉多、内华达和其他州会呈现什么样，

（或者远赴北太平洋，去锡特卡或阿利亚斯卡[①]，）

想到美国的叶子都在为什么做准备——想到东西南北都有什么景象，

想到这个联邦是在鲜血中结合的，付出了庄严的代价，那些无名死者永远活在我心里，

想到为了同一的身份物资被临时使用，

想到现在的、正在过去的、正在消失的——前所未有的更加完善的人们正在成长，

想到那里的一切都顺坡而下，在那里，年青的慷慨施与的母亲——密西西比河流淌[②]，

想到内陆的宏大城市未被考察、不为人知，

想到又新又好的名字，现代的发展，不可剥夺的家园，

想到那里有自由原始的生活，简单的食物，清洁新鲜的

---

① 锡特卡（Sitka），又译努特卡，位于阿拉斯加东南部；但直到 1867 年美国才购买到这块当时属于俄国的殖民地。阿利亚斯卡（Aliaska），地点不详。

② 密西西比河流域从北到南地势逐渐降低，呈斜坡状。

血液，

想到那里有庄严的面孔，明亮的眼睛，灵活完美的体格，

想到在遥远的西部，在阿纳瓦克两侧，未来的年月里将产生巨大的精神成果①，

想到这些歌（是为那个地方作的，）在那里备得人心，

想到那里的人们天生就瞧不起肠肥脑满、家财万贯，

（啊，这些想法日夜藏在我心里——对于野性和自由的生活，挣钱算得了什么？）

(1860；1881)

日落时的歌

白日消逝时的光辉使我心绪饱满，浮想联翩，

这是预示未来的时刻，回到过去的时刻，

多少话涌上喉头，你，神圣的平凡，

你，大地和生命，我要歌唱，直到落日收敛最后一线光芒。

我的灵魂开口倾吐欢乐，

我灵魂的眼睛注视着完美，

我自然的生命真诚地赞颂万物，

永远为万物的胜利作证。

一切是辉煌的！

我们称之为空间、承载无数灵性的天体是辉煌的，

所有的存在，甚至最小的昆虫，它们运动的奥秘是辉

① 阿纳瓦克，位于得克萨斯州休斯敦市的东部。

煌的，

语言、感觉、肉体是辉煌的，

正在消逝的光是辉煌的，——西天新月反射的淡淡的光是辉煌的，

凡我看见、听见、触及的事物永远辉煌。

善存在于一切事物之中，
存在于动物的满足和泰然，
存在于年年回返的季节，
存在于年青人的欢闹，
存在于成年人旺盛的力量，
存在于老年的庄重和优雅，
存在于死亡的壮丽前景。

离别是美妙的！
留在这里是美妙的！
心喷出同样纯洁的血！
呼吸空气，多么甘爽！
说话——走路——用手抓东西！
准备睡觉，上床，瞧着自己玫瑰色的肉体！
感觉到自己的肉体，这样满足，这样硕大，
我就是这个不可思议的上帝，
曾置身在其他上帝们中间，我爱的男男女女们中间。

我热切地赞美你们和我自己是美妙的！
我的思想多么敏锐地思考着周围的景象，
云怎样悄悄在头顶飘过！
地球怎样向前奔突！日月星辰怎样向前奔突！
水怎样嬉戏、歌唱！（它当然是活的！）
树怎样长起来、站起来，长成结实的树干，长出树枝和

树叶！

（当然，每棵树还有更多东西，活的灵魂。）

啊，事事令人惊奇——甚至最小的颗粒！

啊，事物的灵性！

啊，诗的音乐，流传了多少时代和大陆，现在来到美国和我这里！

我接过你强大的和弦，到处传播，兴高采烈把它们推向前去。

我也歌唱初升和正午的太阳，而现在，它在落下，
我也为大地的头脑和美、为大地上生长的一切感到震撼，
我也感受到我自己的不可抵抗的召唤。

当我开船沿密西西比河顺流而下，
当我在大草原漫游，
当我活着，我通过我的窗口，眼睛向外张望，
当早晨我走出去，看见东方破晓的光，
当我在东海岸沐浴，又在西海岸沐浴，
当我在内陆的芝加哥大街上行走，无论我在哪里的大街上行走，
或者在城里，在寂静的树林里，在和平或战争的场合，
无论我在哪里，我都让自己感到满足和惬意。

我歌唱现代和古代的平等，
我歌唱事物没有终结的终结，
我说大自然长存，光荣长存，
我用带电的声音赞美，
因为我在世界上没有看到一件事物不完美，
我在世界上没有看到一项事业和结果让人悲伤。

啊，落日！尽管时候到了，
我依然在你的下面唱出我对你满怀的崇敬。

(1860；1881)

当死亡也来到你的门口[①]

当死亡也来到你的门口，
进入你的王国，昏暗无边的领地，
为了纪念我的母亲，那神圣的包容一切的母性，
为了她，尽管她已经埋葬、消失，但对于我，她没有埋葬、没有消失，
(我又看到那安详慈爱的脸庞，依然鲜活美丽，
我坐在她的灵柩旁，
吻着、颤抖地吻着那亲切衰老的嘴唇、脸颊和闭上的眼睛；)
为了她，理想的女人，现实，崇高，在世上的一切生命和爱里，她于我最珍贵，
在我走之前，在这些歌里，我立一块墓碑，
刻下纪念的诗行。

(1881；1881)

我的遗产

商人赚了大把的钱，

---

① 惠特曼的母亲于1873年5月23日去世，享年78岁。

在他准备离开时，清点多年辛苦的结果，
把房屋地产留给孩子们，把股票、动产、基金捐给学校或医院，
把钱留给伙伴们买黄金珠宝作纪念。

至于我，这辈子快到头了，也该清点，
平生懒散，没有东西看上去能作为遗赠，
没有房屋地产，没有黄金珠宝留给朋友作纪念，
倒是有些战争的回忆留给你们和你们的后代，
还有军营和士兵的小纪念品，还有我的爱，
我把它们集结起来，留在这些歌里。

(1872；1881)

沉痛地凝望着她的死者

沉痛地凝望着她的死者，**万物之母**绝望了，
她望着布满战场的尸体，残肢断臂，
(最后的枪声停止了，硝烟的气味还在飘散，)
她阔步行走，我听见她向大地呼喊的悲怆之声，
好好收留他们，我的大地，她喊道，我命令你们不得丢弃我的儿子，一星半点不得丢掉，
溪水，好好收留他们，接纳他们宝贵的血液，
还有你们，他们倒下的地方，你们，上面飘着的淡淡轻风，
你们，土地和植物的全部精华，你们，我的河流深处，
山坡和树林，你们被我亲爱的孩子的血染红了，
深深扎根的树木，传给未来所有的树木吧，
收留我南方和北方的死者，收留我年青人的遗体和他们无

比宝贵的鲜血，

你们为我忠实保管，多年后再归还给我，

多少世纪后，在地面和青草的看不见的精华和气味里，

在从田野吹来的微风里，有归还给我的亲爱的人，我的不朽英雄们，

多少世纪后他们向我呼气，我呼吸他们的呼吸，一星半点没有丢失，

啊，岁月和坟墓！啊，微风和泥土！啊，我的死者，一种亲切的芳香！

多少年代、世纪后，永恒的亲切的死亡散发芳香。

(1865；1881)

绿色营地

不单有那些白色营地，战时的老伙伴们，
长途行军后又受命出征，
脚又疼又累，不久天黑了，我们停下来过夜，
有些累极了的人抱着枪和背包，倒地就睡，
别的人支起小小的帐篷，点起的篝火开始冒火星，
整夜在周围布置了警戒的哨兵，
为安全起见规定了口令，
直到天亮时鼓手大声敲鼓，发出号令，
我们精神焕发地起来，夜过去了，觉睡完了，
我们重新上路，向战斗进发。

看，绿色帐篷的营地，
在和平的日子里住满了，在战争的日子里住满了，
住着一支神秘的部队，（它也奉命出征吗？它也只是短暂

留驻，
睡觉过夜吗？）

现在在那些绿色营地里，在它们散布于世界的帐篷里，
父母、孩子、丈夫、妻子，老人和年青人，
他们终于在那里满足安静地睡在阳光下，睡在月光下，
看，庞大的露营地和待命的营地，
属于所有的兵团和将军，以及在所有兵团和将军之上的总统，
属于我们每一个士兵，我们每一个参加过战斗的人，
（在那里我们全无敌意，相逢在一起。）

啊，士兵们，现在我们也各就各位在绿色露营地里宿营，
但是我们不需要布置哨兵，不需要口令，
也不需要鼓手敲响晨鼓。

（1881；1881）

钟声呜咽

（1881年9月19—20日的午夜[①]）

钟声呜咽，霎时间死讯到处传播，
惊醒了睡眠的人们，万众同心，
（在黑黯里他们完全清楚那个消息，
那悲哀的钟声在他们心胸里、头脑里激起深沉的回应，）
激动的丧钟长鸣——从城市到城市，连成一片，响成一

① 1881年9月19日美国第20任总统詹姆斯·加菲尔德（James Garfield，1831—1881）因遇刺（7月2日）伤重不治逝世。

片，传播开来，
这是一个国家午夜里的心声。

(1881；1881)

它们就要结束了

它们就要结束了，
它们蕴含了我先前的歌的土壤，我的目标，
我在里面播下的种子，
里面有我多年的欢乐，甜蜜的欢乐，
(为了它们，为了它们我活着，我的活儿干完了，)
里面有多少欣喜的热望，多少梦想和宏图；
在一首歌里**空间**和**时间**融合，永恒的灵魂奔流，
向着围绕时空和上帝的**大自然**——向着欢乐、灵动的一切，
向着**死亡**的感觉，接受死亡的快乐如同生命的快乐，
歌唱人类的大门；
让你们——已经逝去的、丰富多彩的生命结为一体，
让高山、岩石、河流、北方的风，
让长满橡树和松树的森林，
与你和谐亲近，啊，灵魂。

(1871；1881)

快活，船友，真快活！

快活，船友，真快活！
(我要死去的灵魂高兴地喊起来，)

我们的生活结束了，我们的生活开始了，
我们离开抛锚很久的地方，
船终于卸完了货，她跳起来！
她飞快地离岸启航，
快活，船友，真快活！

(1871；1871)

没有说出口的需要

生命没有说出口的需要，大地永远不会赐予，
航海者，你现在扬帆启航去寻找吧。

(1870；1871)

大　门

那些已知的东西不就是要上升、进入**未知的世界**吗？
那些活着的生命不就是要走向**死亡**吗？

(1871；1871)

这些颂歌

我曾唱着这些颂歌向我经过的、我看见的世界欢呼，
结束时我把它们献给**看不见的世界**。

(1871；1871)

现在向海岸最后告别

现在向海岸最后告别，
现在向陆地和生活最后告别，说声再见，
现在航海者出发了，(许许多多在等着你，)
你在海上的冒险已经够多了，
谨慎航行，研究海图，
又按时返回港口、系好船索，
可这一回你服从自己珍藏的隐秘的希望，
拥抱你的朋友，安顿好一切，
再不返回港口、抛锚系索，
老水手，开始你无止境的航行。

(1871；1871)

再　见！

作为结束，我宣布我的后事。

我记得在我的草叶长出以前我说过，
我会提高嗓门，快乐起劲地为最后的成就歌唱。

当美国实践了她的诺言，
当一亿卓越的人走过合众国，
当其他人为卓越的人让路并为他们效劳，
当最完美的母亲们养育的后代成为美国的象征，

那时我和我的草叶就得到了预期的果实。

我是凭自己的本事闯过来的，
我歌唱过肉体与灵魂，歌唱过战争与和平、生命与死亡，
还有诞生的歌，并且指出了有许多的诞生。

我曾把我的风格提供给每一个人，我曾满怀信心走完了旅程，
现在趁我的高兴劲十足，我悄悄说，**再见**！
最后一次拉住姑娘的手和小伙子的手。

我宣布自然的人的崛起，
我宣布正义的胜利，
我宣布不妥协的自由和平等，
我宣布坦率是正当的，骄傲是正当的。

我宣布合众国是一个单一的实体，
我宣布联邦越来越紧密、不可分解，
我宣布合众国的光辉和庄严使得地球上既往的一切政治黯然失色。

我宣布黏合性，我说它将是无限的，不会松开①，
我说你终将会找到你一直在寻找的朋友。

我宣布一个男人或女人来了，也许你就是那个人，(**再见**！)
我宣布伟大的个人，像自然一样活跃、贞洁、友善、仁慈、全副武装。

---

① 黏合性，为颇相学术语，指男性之间的伙伴感。

我宣布一种生活，丰富、热烈、崇高、勇敢，
我宣布一种死亡，从容、欢乐，走向它的转归。

我宣布无数的青年，漂亮、高大、血气方刚，
我宣布一代老人，庄严、野性。

啊，越来越多，越来越快——（**再见！**）
啊，太近地朝我拥过来，
我预见得太多，超出了想象，
看来我正在死去。

放开喉咙发出你最后的声音，
向我致敬——再一次向这些日子致敬。再一次吼出古老的呼声。

我向大气发出带电的尖叫，
我随便一瞥，注意到每个人都在倾听接受，
鼓起劲继续向前，但要停顿一会儿，
传递奇妙的包裹着的信息，
炽热的火花，轻盈的种子，落进土里，
我自己不知道，服从着我的使命，从不敢质问，
把种子的生长留给以后的年代，
对从战争里涌现的大军，我已向他们宣布了任务，
对女人，我留下了某些悄悄话，她们的爱慕更清楚地说明着我，
对年青人我提出了问题——我不是浪费时间——我在考验他们的脑力，
我就这样过去，暂时还有点儿声息、形迹、矛盾，
然后，一个悦耳的回音，我热烈追求它，（死亡真的使我不死，）

于是人们看不见我了，我的精华去向我一直不停地准备去的地方。

还有什么叫我拖延逗留，蹲着赖着，闭不上嘴巴？
还有一次最后的告别吗？

我的歌停止了，我抛开了它们，
我从躲藏的帘幕后走出来，独自走向你。

伙伴，这不是一本书，
谁接触到它，就是接触到一个人，
（现在是夜里吗？我们是单独在这里吗？）
你拥抱的是我，我拥抱着你，
我从书页跳进你怀里——死亡召唤我出来。

啊，你的手指催我入睡，
你的气息像露水降落在我周围，你的脉搏安抚着我的耳朵，
我从头到脚都酥了，
这么可人，够了。

啊，够了，随兴发生的秘密举动，
啊，够了，时光正在漂逝——够了，过去已经了断。

亲爱的朋友，不管你是谁，接受这个吻吧，
我是特意给你的，不要忘记我，
我感觉像个干完了一天活儿的人，暂时离开一会儿，
现在我从我的化身中上升，再次接受我那许多转归，而其他的肯定在等我，
一个未知的境界，比我梦想的更加真实更加清晰，向我投

射叫人苏醒的光芒，**再见**！

记住我的话，我还会回来，
我爱你，我离开了物质，
我像个没有躯体的家伙，胜利了，死了。

(1860；1881)

七十光阴(附编一)

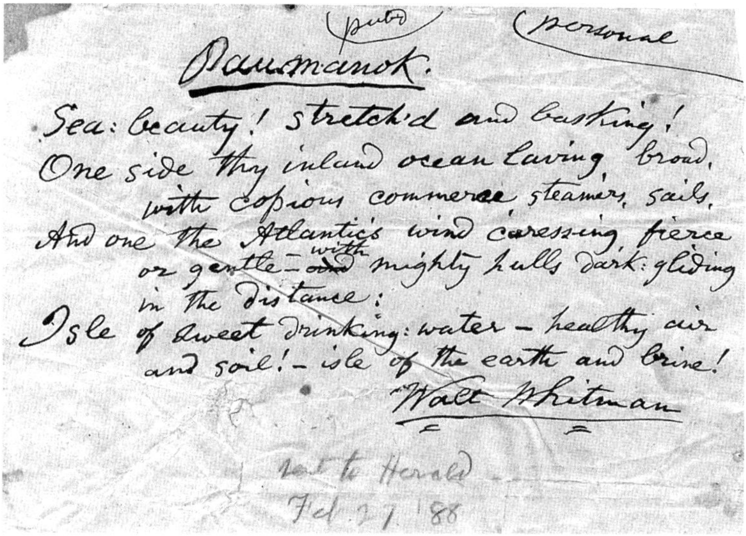
(personal

Paumanok.

Sea-beauty! stretch'd and basking!
One side thy inland ocean laving, broad,
with copious commerce, steamers, sails,
And one the Atlantic's wind caressing, fierce
or gentle—~~and~~ with mighty hulls dark-gliding
in the distance;
Isle of sweet drinking-water—healthy air
and soil!—isle of the earth and brine!

Walt Whitman

sent to Herald
Feb 27 '88

惠特曼手稿:《巴门诺克》(1888)

曼纳哈塔

我的城市恢复了和她相称又高贵的名字，
一个讲究的土著的名字，惊人的美丽，有意义，
由岩石天成的岛——岸上永远有愉快的海浪匆匆来回拍打。
(1888；1888—1889)

巴门诺克

海上的美人！伸展着，晒着太阳！
一边是你的内海，冲刷着宽广的海岸，有繁荣的商业，汽船和帆船，
一边是大西洋的风在吹，或猛烈或温柔——远处大船隐隐滑行，
岛上有甘甜可饮的小溪——有益健康的空气和泥土！
岛上有咸味的海滩、微风和海水！
(1880；1888—1889)

从蒙托克地角[①]

我好像站在一头巨鹰嘴上，

① 蒙托克地角位于纽约长岛东端。

向东凝神眺望海，(只有海和天，)
澎湃的波涛，浪花，远处的船。
野性的骚动，雪白弧形的浪头——放肆奔腾的波涛，
永远追求着海岸。

(1860；1888—1889)

给失败的人

给那些抱负宏伟而奋斗失败了的人，
给在前线率先冲锋而倒下的无名士兵，
给安详的献身的工程师——给执着的旅行者——给船上的领航员，
给许多不受承认的崇高诗歌和图画——我要立一座顶着桂冠的丰碑，
高高地、高高地耸立在其他碑石之上——给所有英年早逝的人们，
他们被某种奇异的精神之火占据，
被过早的死扑灭。

(1868；1888—1889)

一首过完六十九岁的歌

一首过完六十九岁的歌——一段履历——一次重复，
我的诗在欢乐和希望里照样接着写，
歌唱你们，**上帝，生命，自然，自由，诗歌**；
歌唱你，我的祖国——你的河流，草原，各州——你，我

爱的星条旗，

合众国保持完整——北方，南方，东部和西部，你的一切；

歌唱我自己——快活的心还在胸膛里跳，

身子骨却垮了，老了，可怜巴巴地瘫痪了——古怪的迟钝像尸布罩住了我，

烈火在我缓慢的血流里还没熄灭，

信念没有消减——一群群爱着的朋友。

(1888；1888—1889)

最勇敢的士兵

勇敢，勇敢，那些闯过枪林弹雨的士兵（今天声名显赫）；

可是最勇敢的是那些冲打头阵、倒下了的人，他们默默无闻。

(1888；1888—1889)

一副铅字

这潜伏的矿藏——这些没有发出的声音——激热的能量，

愤怒，争吵，赞美，或滑稽的眼神，或虔诚的祈祷，

(它们不仅仅是六点、八点、九点、十点的铅字①，)

① 点，为铅字大小的单位。

这些海涛能激起狂怒，置人死地，
或者风平浪静，阳光明媚，催人入睡，
都潜伏在这了无生气的碎块里。

(1888；1888—1889)

当我坐在这里写作

当我坐在这里写作，又病又老，
我的重负是那种老年的迟钝、多疑，
讨厌的忧郁、疼痛、嗜睡、便秘、抱怨、厌倦，
也许渗进了我每天的诗里。

(1888；1888—1889)

我的金丝雀

灵魂，我们不是把洞察伟大著作的主题，
把从那些思想、戏剧和思辨中吸取深刻完整的东西当作了不起的事吗？
可是现在，笼中的鸟儿，我从你那里感受到快乐的啼鸣，
洋溢在风里，在孤寂的屋子里，在漫长的上午，
这不同样了不起吗，灵魂？

(1888；1888—1889)

对我七十岁的质问

来了，近了，怪怪的，
你这模糊不定的幽灵——你带来了生还是死？
是力量、虚弱、失明、更多更重的瘫痪？
或者是宁静的天空和太阳？还是要把海水搅动？
或者让我痛痛快快一死了之？或者像现在这样苟延残喘，
迟钝、衰老，像只鹦鹉，用粗哑的嗓子唠叨、尖叫？

(1888；1888—1889)

瓦拉包特的烈士们

（在布鲁克林，在一座没有特殊标记的旧墓穴里，现在还杂乱横陈着的遗骸，确凿无疑地属于那些最忠实最早的革命爱国者，他们是来自英国囚犯船和1776—1787年间纽约及其附近以及整个长岛的囚犯；有成千上万人，原本被葬在瓦拉包特沙洲的壕沟里。）

你比阿喀琉斯或尤里西斯的名声还要伟大[①]，
比亚历山大的陵墓还要伟大得多[②]，
那些大车载满了旧时的遗骸，发霉碎裂的骨殖，

---

① 阿喀琉斯和尤里西斯，分别为荷马史诗《伊利亚特》里的英雄人物和《奥德赛》里的主人公。

② 亚历山大，指马其顿国王亚历山大大帝（前356—前323）。

曾经活着的人——曾经有坚定的勇气、抱负和力量，
美国的阶石，今天就在这里。

(1888；1888—1889)

第一朵蒲公英

简单、清新、美丽，冬天结束，它出现了，
好像这世界从没有过上流社会、生意、政治的伎俩，
从草丛中阳光照到的角落里钻出来——天真、灿烂、恬静得像黎明，
春天的第一朵蒲公英亮出了它轻信的脸。

(1888；1888—1889)

美　国

这是平等的儿女们的中心，
成年、未成年的，年青、年老的，所有人得到同样的爱，
坚强，宽宏，公正，忍耐，能干，富裕，
永远和**大地**，和**自由**、**法律**、**爱**在一起，
一位庄严、明智、崇高的母亲，
端坐在**时间**的磐石上。

(1888；1888—1889)

记　忆

多么亲切，静静地追寻往事！

如梦里漫游——沉思中回到过去——那些爱情、欢乐、人、航海。

(1888；1888—1889)

今天和你

一场拖得长长的竞赛中指定的胜利者们；
时间和国家的历程——埃及、印度、希腊和罗马；
整个过去，连同它全部的英雄、历史、艺术、实验，
它贮藏的诗歌、发明、航行、导师、书籍，
为了今天和你而贮藏——想一想吧！
你汇集了全部继承权！

(1888；1888—1889)

在白天的炫耀过去之后

在白天的炫耀过去之后，
只有漆黑、漆黑的夜把星星映入我的眼睛，
在庄严的管风琴，或合唱队，或出色的乐队铿锵之后，
真正的交响曲在寂静中闯过我的灵魂。

(1888；1888—1889)

亚伯拉罕·林肯，生于1809年2月12日

（发表于1888年2月12日）

今天每一个人，所有人，都发出一声祈祷——都心潮激动，

为了纪念**他**——纪念**他**的诞生。

（1888；1888—1889）

选自五月的风光

苹果园，花朵压满千树万树，
远远近近的麦田，像翠绿的地毯，生机勃勃；
每个早晨都带来永恒的不会耗尽的清爽；
午后温暖的太阳，黄色金色透明的雾霭；
挺拔的丁香开满紫色白色的花。

（1888；1888—1889）

宁静的日子

不仅是由于成功的爱情，
也不是由于财富、中年的荣誉、政坛或战场的胜利，
而是当生命的潮水退落，当所有躁动的激情平息，
当美丽、朦胧、寂静的色彩布满黄昏的天空，

当温馨、丰满、闲适如同更加清新芬芳的空气洋溢于心胸，

当白天的光柔和起来，当苹果终于熟了，懒懒地挂在树上，

这才是最平和、最愉快的日子！

沉思而有福的宁静的日子！

(1888；1888—1889)

纳韦辛克遐想[①]

雾中的领航员

北方的急流雾气腾腾——（我在这山上凝望，

等候日出，不知为什么，记忆突然闪现，

把我带回旧日的圣劳伦斯湾；）[②]

也正好是在早晨——浓雾和曙光搏斗，

也有一条颤抖、挣扎着的船朝我驶来——我擦身穿过那些被浪花喷溅的礁石，

又一次看见船尾瘦小的印第安舵手

隐现在雾中，他神采飞扬的脸和掌控的手。

假如我有权选择

假如我有权选择那些最伟大的诗人，

勾画他们庄严优美的肖像，并随意仿效，

荷马与他所有的战争和勇士——赫克托、阿喀琉斯、埃杰克斯，

或莎士比亚的愁肠百结的哈姆雷特、李尔、奥赛罗——丁

① 纳韦辛克，山名，位于纽约湾出口的南岸。

② 圣劳伦斯湾，位于加拿大东部海岸、圣劳伦斯河入海口处。

尼生的漂亮女士，

最佳的格律或风趣，完美的韵脚有的花俏、有的流畅，歌手们的赏心乐事；

这些，啊，大海，所有这些我都乐于和你交换，

只要你愿给我一个起伏的浪涛和它的诀窍，

或在我的诗里喷上你的气息，

留下你的味道。

你不断高涨的潮汐

你不断高涨的潮汐！你这履行使命的威力！

你这看不见的力量，向心的，离心的，通过空间扩展，

和太阳、月亮、地球，和所有星星紧密相连，

你从遥远的星星为我们取来什么信息？天狼星的？御夫座的？

是什么中央的心脏——还有你，脉搏——使万物生机勃勃？那没有边际的万物的集合体又是什么？

你蕴含的微妙的谜语和意味是什么？解释一切的线索是什么？什么是那变幻的巨大实体，

它合万物为一，抓牢了宇宙——就像驾着一条船航行？

最后的落潮，白日在消逝

最后的落潮，白日在消逝，

海上的凉爽向陆地飘来，裹着莎草和盐的气味，

带来漩涡里的许多听不清楚的声音，

许多低声的忏悔——许多啜泣和悄悄话，

像是出自远处或躲藏的人。

他们是怎样跌落又腾出！怎样怨声怨气！

无名的诗人——最伟大的艺术家，怀着落空的抱负，

没有回应的爱情——老人的诉苦——希望的遗言，

自杀的人绝望呼喊：到无边的荒野里去，再别回来。

那么就继续走向遗忘吧！
继续干你的差事，你这埋葬一切的落潮！
继续履行你的使命，你这喧闹的出口！

不只是你们

不只是你们，黄昏和埋葬一切的落潮，
也不只是你们，落空的抱负，失败和希望；
我认得，神圣的骗子们，你们迷人的外表；
你们会按时再度送来潮水和光——转折会按时启动，
这必需的不协调的部分会按时抵消，调和，
从你们，从**睡眠**、**黑夜**和**死亡**之中，
升腾出永恒的**生**的韵律。

潮水骄傲地来了

潮水骄傲地来了，呐喊着，喷着泡沫，挺进着，
它长久地高耸着，鼓着宽阔的胸脯，
一切在搏动、扩张——农场、森林、城市的街道——干活的人们，
主帆、中桅帆、三角帆出现在海面上——汽船在正午的太阳下——冒出的烟像面长三角旗，
载满了人，快活地驶出、驶进，
我喜爱的旗子在许多桅杆上飘。

长时间望着波浪

长时间望着波浪，唤醒了我自己，回到了我自己，
每个浪头含着某种起伏的光或影——某种回望，
欢乐，旅行，思索，无声的画卷——短暂的场景，
很久以前的战争、战斗、医院里的情景、受伤和死去

的人，

我自己经历的每一个阶段——懒散的青年时代——眼下的老年时期，

我六十年的生活已经总结，还有更多的和过去的，

用任何伟大的理想来衡量，它漫无目标，全等于零，

但是在上帝的通盘计划中，这或许是某一滴水——某一个波浪或波浪的一部分，

就如同你的一个波浪，你这浩浩荡荡的海洋。

最后一首歌

最后一首歌，取自这海滩和这座山，

啊，潮汐，你蕴含了神秘的人类的意义：

你的上涨下落，同样包含了我，只有按你的法则，

大脑才能创造这首歌，嗓子才能唱出这首歌。

(1885；1888—1889)

1884 年 11 月的选举日[①]

如果我需要指出，啊，西方的世界，你最气势磅礴的景象和场面，

不是尼亚加拉大瀑布——不是无边的大草原——不是巨大的科罗拉多峡谷，

不是约塞米蒂——不是黄石，它阵阵喷上天空的泉水时隐时现，

不是俄勒冈白色的火山——不是休伦连串的大湖，也不是

---

① 指总统选举。格罗弗·克利夫兰(Grover Cleveland，1837—1908)于1884 年当选为美国第 22 任总统。

密西西比河，

——这个半球上的人类在沸腾，正如我现在指出——这平静的微弱的声音在振动——美国的选举日，

（它的核心不在于被选的人——它的力量来自四年一度的选举，在于行动本身，）

从北到南都摆开阵势——沿海和内陆——从得克萨斯到缅因——草原各州——佛蒙特、弗吉尼亚、加利福尼亚，

从东到西，最后的选票如雨——矛盾和冲突，

无数雪片狂落——（一场不动刀子的争斗，

胜过了一切古罗马或现代拿破仑的战争：）全体人民和平地选择，

或好或坏的人性——欢迎更加激烈的竞争，淘去渣滓：

——让酒冒泡、发酵？它的作用是净化——当心脏跳动，生命就蓬勃：

这阵阵狂风推送着宝贵的船，

鼓起华盛顿、杰斐逊和林肯的帆。

(1884；1888—1889)

海啊！你沙哑傲慢的声音

海啊！你沙哑傲慢的声音，
我日夜走在你波浪拍击的岸边，
心里想象你各种奇异的暗示，
（我悟出了，在这里明白记下你的话和与你的交谈，）
你白鬃飞扬的骏马，竞相朝目标奔驰，
你坦荡的脸在微笑，洒满阳光的酒窝，
你阴沉愤怒，迷雾蒙蒙——你放纵的飓风，
你不屈不挠，反复无常，任性固执；

你的伟大凌驾于一切，你滚滚的泪珠——在你永恒的满足中有一种缺憾，

(只有最伟大的斗争、过错、失败，才能造就你的伟大，非此不行，)

你处境孤独——你曾反复追求的某种东西却从没得到，

某种权利肯定遭到了拒绝——在巨大单调的狂热中某种爱好自由的声音遭到禁锢，

某颗巨大的心，如同一颗行星的，在那些碎浪里被锁住而愤怒，

时间漫长的汹涌、激荡、喘息，

你的波涛和沙滩有节奏地摩擦，

发出蛇一样的咝咝声、轰隆粗野的大笑，

远处狮子低沉的吼叫，

(向上天聋了的耳朵大声呼叫——而现在的这一次，共鸣响起，

一个夜间的幽灵这一次成了你的知己，)

地球的第一次和最后一次倾诉，

从你灵魂的深处滔滔涌出、喃喃絮语，

你把宇宙的原始激情

传达给一个同气相求的灵魂。

(1883；1888—1889)

格兰特将军之死[①]

骄傲的演员们一个接一个下场了，

---

① 格兰特将军（Ulysses Simpson Grant，1822—1885），美国第18、19任总统（1869—1877），曾在内战期间率领联邦军队在几个重大战役中获胜。

从永恒的历史舞台上伟大的戏剧中下场了，

惊人的招人偏爱的一幕，战争与和平——旧与新的斗争，

经历了愤怒、恐惧、阴沉的沮丧和多少漫长的僵持，打出了胜负；

都过去了——从那以后，退入了无数坟墓，果实成熟了，

胜者的和败者的——林肯的和李的——现在你和他们在一起①，

伟大时代的人物——和时代同样伟大！

你来自大草原！——你的角色错综复杂而又艰难，

被你演得叫人佩服！

(1885；1888—1889)

红外套（从高处）②

（即兴诗；1884年10月9日，布法罗城为过去的易洛魁演说家立碑并重葬。）

今天这场面，这仪式，

产生于风气、理解、财富，

（也不仅是出于奇想——有一些最深的含义，）

或许在高处，（谁知道呢？）从远处天空云彩堆砌的形象里，

有老树、岩石或者峭壁，随着它的灵魂颤抖，

大自然中太阳、星星、地球的直接产物——一个矗立的人形，

---

① 李，指罗伯特·爱德华·李（Robert Edward Lee，1807—1870），美国内战时期的南方军统帅。

② 红外套（Red Jacket，1758—1830）是印第安易洛魁部族的首领，曾代表印第安人和当时的美国政府及英国殖民地统治者谈判，维护本民族的利益。

穿着薄猎衫，挎着来复枪，它幽灵般的嘴唇翘起半是嘲讽的微笑，

像一个莪相诗里的幽灵往下看①。

(1884；1888—1889)

华盛顿纪念碑，1885 年 2 月

啊，这不是僵死、冰冷的大理石：

从它的基座和柱身在向远处扩展——圆形的区域在扩展、包容，

你，华盛顿，属于整个世界，属于所有大陆——不仅仅属于你，美国，

属于欧洲的每一个地方，贵族的城堡和劳动者的茅舍，

属于冰封的北方和闷热的南方——属于非洲人——属于帐篷里的阿拉伯人，属于古老的亚洲，她面带可敬的微笑坐在废墟里；

(古老的民族会欢迎新的英雄吗？这可是相同的——合法的后裔永远延续，

那不屈的心和力——是一脉相承的证明，

相同的勇气、机警、耐心和忠诚——打了败仗也不服输：)

无论在哪里，无论昼夜，只要有船在航行，有房屋在建造，

在拥挤的城市街道，在户内和户外，在工厂和农场，

现在，将来，过去——在爱国者的意志存在过或还存在的地方，

---

① 莪相，传说中 3 世纪左右爱尔兰高地的英雄和诗人。

在有**自由**和**宽容**、在有**法律**统治的地方，
你真实的纪念碑都矗立着，或正在拔地而起。

(1885；1888—1889)

你那欢乐的歌喉

（在北纬83度多——那里到北极的距离够一条快船在风平浪静的日子走上一天——探险家格里利听见一只孤单的雪鸟在荒野里欢乐地歌唱。）

从荒凉空旷的极地传来你那欢乐的歌喉，
我会记取这一课，孤单的鸟——我也要欢迎寒流，
哪怕像现在这样极度寒冷——迟缓的脉搏，昏沉的头脑，
老了，给围困在它冬天的海湾里——（冷啊，冷啊，冷啊！）
这雪白的头发，没劲的胳膊，冻坏的脚，
为了它们我要记取你的信念、你的规则，直到最后；
我不仅要歌唱夏天的地盘——青年、南方温暖的潮汐，
我还要用欢乐的心歌唱
给北方的冰裹住的年年岁岁。

(1884；1888—1889)

百老汇

日日夜夜，湍急的人潮！
多少欲望、功名、困惑、热情，在你的潮水里浮涌！

多少罪恶、幸福、悲伤的漩涡充斥了你！

多少新奇、疑问的目光——爱情的窥视！

媚眼、嫉妒、嘲笑、轻蔑、希望、抱负！

你是大门——是竞技场——是无数拉得长长的队列和团伙！

（只有你的石板路和路边的门面能说出它们奇特的故事；

你富丽的橱窗，庞大的饭店——宽阔的人行道；）

你有的是无穷无尽遛遛达达、斯斯文文、磨磨蹭蹭的脚！

你，就像这五彩缤纷的世界——就像这没完没了、繁杂戏谑的生活！

你这戴着假面的盛大表演，不可言说的人生的学校！

（1888；1888—1889）

要得到诗歌最终的旋律

要得到诗歌最终的旋律，

要参透诗人们最深的学问——要认识大师们，

约伯、荷马、埃斯库罗斯、但丁、莎士比亚、丁尼生、爱默生①；

要判断爱情、豪情和疑惑的微妙变幻的色彩——要真正理解，

要囊括这些，最后的敏捷才思和入门的代价，

要等到老年，有了它从全部既往经验带来的东西。

（1888；1888—1889）

---

① 约伯为《圣经》人物；埃斯库罗斯（前525—前456）为古希腊悲剧作家。

老水手柯萨朋

很久以前，我母亲那边的一个亲戚，

老水手柯萨朋，我告诉你他是怎么死的：

（他当了一辈子船员——快九十了——和他嫁了人的孙女詹妮住在一起；

房子在小山上，看得见附近的海湾、远处的海岬，一直到大海；）

最后一个下午，黄昏时候，按他多年的习惯，

在窗边的大圈椅里坐着，

（真的，有时一坐就是半天，）

望着船来来往往，自己嘟嘟囔囔——现在一切就要结束了：

那天，一艘开出的双桅船折腾了好久——被横向的海流挡住了，航向总不对，

终于，在天黑时风向顺了，她时来运转，

他望见船快速绕过海岬，骄傲地驶入黑暗，

“她自由了——她正开往目的地。”——这是他最后的话——等詹妮进来时，他坐在那儿死了，

荷兰人柯萨朋，老水手，很久以前我母亲那边的亲戚。

（1888；1888—1889）

死去的男高音①

好像又走下舞台，

① 此诗为纪念意大利歌唱家帕斯夸莱·布瑞诺里（Pasquale Brignoli），他于1884年在纽约去世。

戴着西班牙帽子和羽毛，步伐无人可比，

从过去褪色的课程里返回，我要喊，我要说，我要承认，

我从你那里得到的真多！从你那里得到了歌声的启示！

(这样坚实——这样透明柔和——还有那震颤的、男子汉的音色！

完美的歌声——对于我是最深刻的一课——对一切的考验和考试：)

那一首首歌曲怎样凝聚了——我狂喜的耳朵、灵魂怎样吸收了

费尔南多的心灵，曼利科、埃尔纳尼和甜蜜的吉纳罗的激情呼唤①，

从那以后我的诗变了，我掺进或探索掺进

自由、**爱**和**信念**的解放了的歌声，

(就像芬芳、色彩、阳光彼此关联：)

来自这些，为了这些，和这些一起，死去的男高音，一首急就的诗，

一片飘落的秋叶，落入正在关闭的墓穴里、铲起的泥土里，

用来纪念你。

(1884；1888—1889)

持续性

(根据我最近和一位德国唯灵论者的谈话而作。)

什么都不会真正消失或能够消失，

① 费尔南多和吉纳罗，分别为意大利作曲家多尼采蒂的歌剧《宠姬》和《卢克蕾莎 · 波吉亚》的男主角；曼利科和埃尔纳尼，分别为威尔第的歌剧《游吟诗人》和《埃尔纳尼》的男主角。

诞生、个性、形体不会——世界上的物体不会。
生命、力量、任何可见之物也都不会；
不必为外表贴金，移动的星球不会使你头脑糊涂，
时间和空间是宽广的——大自然的领域是宽广的。
肉体迟钝了、衰老了、变冷了——早年的烈焰留下了余火，
眼里的光芒黯淡了，到时候还会重新点燃；
现在西沉的太阳，还会不断地为了早晨和正午升起；
春天的看不见的法则总会返回冰冻的泥土，
带来青草、花儿、夏天的水果和庄稼。

(1888；1888—1889)

约侬迪俄

(这个词的意思是“土著人的哀歌”。
这是个易洛魁人的词；曾用于人名。)

它本身就是一首歌、一首诗——这个词本身就是一首哀歌，
回荡在旷野、岩石、风暴和冬夜里，
对于我，这几个字音唤出了迷茫奇异的画面；
约侬迪俄——我看见，在遥远的西部或北方、无边的昏暗的山谷、平原和峻岭，我看见成群健壮的酋长、巫医和勇士，
像飘忽的鬼魂，消失在暮色，
(一个属于森林、旷野和瀑布的种族！
没有图画、诗歌和文字记载下他们，告诉未来；)
约侬迪俄！约侬迪俄！——他们毫无痕迹地消失了；
今天腾出了地方，隐退了——城市、农庄、工厂隐退了；
一个受压抑的响亮的声音——一个凄厉的词，划过空中，

然后一片苍凉、寂静，彻底消失了。

(1887；1888—1889)

生　活

永远有不会气馁的、坚决的、搏斗的男子汉的灵魂；

(以前的军队吃败仗了？那我们就派新的队伍——再派新的；)

永远有地球上一切新旧年代的抓住不放的秘密；

永远有热切的眼睛、欢呼、欢迎的鼓掌、高声喝彩；

永远有不满足的、好奇的、最终也不被说服的灵魂；

今天还在同样地搏斗——同样地战斗。

(1888；1888—1889)

“走向某处”

我富于科学精神的朋友，我高贵的女友[①]，

(现在埋葬于一座英国的坟墓里——这首诗正是为了纪念亲爱的她，)

我们的谈话是这样结束的——“总结我们所有的知识，古代和现代的学问，深刻的直觉，

“所有的地质学——历史学——所有的天文学——进化

---

① 高贵的女友，指英国人安妮 · 吉尔克利斯特（Anne Gilchrist，1828—1885），一位学者的遗孀，作家，惠特曼的崇拜者，她于 1870 年发表了一篇热情支持惠特曼的随笔，并给惠特曼写了很多热情的信件，还在 1876 年赴美国拜访了惠特曼。

论，所有的玄学，

“结论是我们都在进步，进步，慢慢地加速，肯定越来越好，

“生活，生活是一次没有终点的行军、一支没有终点的军队，（没有停顿，但它到时会结束，）

“世界、人类、灵魂——在空间与时间的森罗万象，

“都注定会适得其所——都肯定在走向某处。”

（1887；1888—1889）

我诗歌的主题是渺小的

（摘自1867年版《草叶集》）

我诗歌的主题是渺小的，却是最伟大的——即**自己**——一个简单、独立的人。为了**新世界**的需要，我歌唱这样的人。

我歌唱人的完整的体格，从头到脚。不仅相貌、不仅头脑值得歌唱；——我说完整的**身体**更值得歌唱。我同等地歌唱**女性**和**男性**。

我不会停留在**自己**这个主题。我用现代的词汇——**全体**——讲话。

我歌唱我的**时代**、**国家**——还有间或里我知道的不幸的**战争**。

（啊，朋友，不管你是谁，你终于来到这里开始了，在每一页里我感受到来自你手的压力，我回应了你，

就这样我们开始旅程，脚登大路，不止一次了，我们结伴同行。）

（1867；1888—1889）

真正的胜利者

年老的农夫、旅行的人、工人（不管怎样瘸腿、驼背，）
年老的水手，闯过了多少危险的航行、风暴和海难，
身经百战的老兵带着创伤、失败和疤痕；
他们毕竟活下来了，这就足够了——漫长生活中决不后退的人们！
他们通过挣扎、考验、战斗，闯出来了——单凭这一点，
就是超过所有其他人的真正的胜利者。

(1888；1888—1889)

合众国回答旧世界的批评者

在这里第一位的是今天的任务，实实在在的课程，
是财产、秩序、旅行、住房、产品、富足；
正像建造多种多样、宏伟、永久的大厦，
必定要按时拔地而起，高高的屋顶，灯，
地基坚固的尖塔高耸入云。

(1888；1888—1889)

静思一切

不管人们做什么揣测，

当各种学派、神学、哲学变化纷纭，
当新和旧的思想高声宣讲，
地球宁静而又生机勃勃的法则、事实和模式在继续运行。

(1888；1888—1889)

老年的感谢

老年的感谢——我走前的感谢，

感谢健康、中午的太阳、摸不着的空气——感谢生命、纯粹的生命，

感谢珍贵的永远流连的记忆，(我亲爱的母亲、父亲、兄弟姐妹、朋友们，)

感谢我的全部岁月——不单感谢和平的岁月——同样感谢战争的岁月，

感谢来自国外的温情的言语、爱抚和礼物，

感谢住所、酒和肉——感谢亲切的赏识，

(你们，远方默默无闻的——年青年老的——无数亲爱的普通读者，

我们从未见面，也将永远见不到——但是我们的灵魂久久拥抱，紧紧地、久久地拥抱；)

感谢人们、爱情、事业、文字、书籍——感谢色彩、形状，

感谢所有勇敢强壮的人——忠实坚强的人——他们在所有年代、所有国度挺身保卫自由，

感谢更加勇敢、更加强壮、更加忠实的人——(我走前将一顶特殊的桂冠献给生活和战争中的获选者，

诗歌和思想的炮手——伟大的炮手——前线的领军人，灵魂的船长：)

作为战争结束归来的士兵——作为浩荡旅行大军的一员，回首漫长的队列，

感谢——欢欣的感谢！——一个士兵、一个旅行者的感谢。

(1888；1888—1889)

生和死

两个古老简单的问题永远纠缠在一起，
近在咫尺，还想逃避，现在，心里困惑。
每个时代都解决不了，就传下去，
今天轮到我们了——我们照样传下去。

(1888；1888—1889)

雨声

你是谁？我问轻轻落下的雨，

它，说来奇怪，给了我一个回答，转达在这里：

我是**大地的诗**，雨声说，

我永恒地从陆地和无底的海洋悄悄升起，

升上天空，在那里糊里糊涂就有了形状，全变了，却还是老样，

我落下来冲洗地球上的干旱、空气、泥土，

还有土里的种子，没有我，它们只能潜伏着，不能发芽；

我昼夜永恒地把生命归还给我的起源之地，让它纯洁美丽；

（因为诗歌从它的诞生之地涌出，完善之后，四处漫游，
不管是否受到注意，它会怀着爱，按时归返故地。）

（1885；1888—1889）

冬天将很快从这里败退

冬天将很快从这里败退；
这些冰的绷带将很快崩解融化——只消一会儿，
空气、泥土、水，将充满柔情，开花、生长——
千姿百态将从这坟墓般死寂的泥土和严寒中冒出。
你的眼睛、耳朵——所有你最好的本能——都认得出大自然的美，
将苏醒、充实。你将感受大地简单的表演、精妙的奇迹，
蒲公英、三叶草、翠绿的草，早春的清香和花儿，
脚下的梅子，柳叶绿里透黄，开花的李子树和樱桃树，
知更鸟、百灵鸟和画眉啼唱——蓝雀飞来飞去；
一年一度的表演带来这样的景象。

（1888；1888—1889）

在没有忘记过去的同时

（发表于 1888 年 5 月 30 日）

在没有忘记过去的同时，
至少在今天，斗争偃旗息鼓——和平与兄弟情谊高涨；
为了表示和好，我们北方和南方的手，
在北方和南方所有死去士兵的墓上，

（不单为了过去——也着意于未来，）
放上玫瑰花环和棕榈树枝。

(1888；1888—1889)

临死的老兵

（十九世纪早期发生在长岛的一件事）

在这些安定、悠闲、繁荣的日子里，
在当下漂亮、平静、得体的诗歌中，
我抛出一首往事回忆——（或许它会冒犯你，
我是在小时候听说的；）——不止一代人以前，
有一位古怪粗鲁的老人，一位华盛顿麾下的士兵，
（大块头，勇敢，整洁，爱激动，寡言寡语，倒像个精神至上的人，
在队伍里打过仗——打得很棒——经历了整个革命战争，）
躺着快死了——儿女们、教堂执事们，怀着爱守护他，
全神贯注听他低声嘟囔，只能听懂一半：
"我要再回到打仗的日子，
回到那场面、那阵势——排成打仗的队列，
回到侦察兵当中在前头搜索，
回到加农炮、吓人的大炮，
回到援军里面，骑马飞跑，带着命令，
回到伤兵当中，倒下的人当中，枪林弹雨，胜负不定，
呛人的气味，硝烟，叫人耳聋的噪声；
滚，和平的生活！——和平的欢乐！
还给我过去野性的打仗的日子！"

(1887；1888—1889)

更强有力的教益

你仅仅从那些佩服你、和你亲热、给你让道的人那里学到教益吗？

你没有从那些抵制你、合伙使劲反对你的人或瞧不起你、和你争道的人那里学到更多的教益吗？

(1888；1888—1889)

草原落日

四射的金黄，栗色和紫色，耀眼的银色，翠绿，浅褐，

大地的全部宽广和大自然的种种力量，一时间都托付给了色彩；

光，占领了整个天空——色彩，至此才得一见，

汪洋恣肆——不仅在西方的天空——也布满北方和南方，

纯净明亮的颜色和静悄悄的黑影争斗，直到最后。

(1888；1888—1889)

二十年

走下老旧的码头，我在沙滩坐下，和一个新来的人聊天：

他上船时还是个嫩手的小子，出海去了，（怀着什么突然冒出的奇想；）

从那以后，二十多个春秋一圈一圈过去了，
他也绕着地球转了一圈又一圈，——现在回来了：
这地方真的变了——老的界标全没了——父母都过世了；
（是呀，他回来了，打定主意安顿下来——腰包挺鼓的——可除了这儿别处他都不想去；）
我看见把他从帆船摇上岸的那条小船，正用皮带拴着，
我听见海浪拍击着，那条小船在沙子里没完没了地晃荡，
我看见水手的工具包、帆布袋、箍着黄铜的大箱子，
我端详起他胡子拉茬、棕色的脸——结实健壮的身板儿，
穿一套黄褐色衣服，是用上好的苏格兰呢缝的：
（那么，那才说出口的二十年的故事呢？将来会怎样？）

(1887；1888—1889)

从佛罗里达寄来的柑橘花蕾

（伏尔泰在结束一次著名的辩论时声称，一艘战船和一场宏大的歌剧便足以作为他那个时代文明和法兰西进步的证据①。）

比老伏尔泰的证据要小，不过更伟大，
这是当今时代以及美国幅员辽阔的证据，
一束从佛罗里达寄来的柑橘花蕾，
经过上千英里的陆路水路给平安带来，
来到了我这北方的简陋小屋，屋外阴天下雪，
也许三天前它们还在自家土生土长的枝条上，

① 伏尔泰（Voltaire，1694—1778），法国启蒙思想家、文学家、哲学家和史学家。

现在蓓蕾开放，清香弥漫我的小屋。

(1888；1888—1889)

暮　色

柔和、妖冶、催人入睡的暮色，

太阳刚刚走了，热烈的光辉消失——（我不久也要走了，消失，）

一派朦胧——解脱——安息和夜——忘却。

(1887；1888—1889)

你们，我残留的稀疏叶子

你们，我稀疏的叶子，残留在临近冬天的树枝上，

而我，是田野上或果园里修剪罢的树；

你们是衰落、荒凉的记号——（现在没有五月的茂盛，或七月里三叶草开的花——现在没有八月的庄稼；）

你们是了无生气的旗杆——你们是没有价值的长三角旗——你们是逗留太久的时间，

可是我最宝贵的灵魂的叶子正证明其他的一切，

那最忠实——最艰难——最后的东西。

(1887；1888—1889)

不单有枯瘦休眠的树枝

不单有枯瘦休眠的树枝，诗歌啊！（像鹰爪披满鳞片、光秃秃的，）

也许为了某个阳光灿烂的日子，（谁知道？）某个未来的春天、夏天——迸发出来，

嫩绿的叶子，如盖的浓荫——营养丰富的果实，

苹果和葡萄——树木伸出强健的胳膊——新鲜、自由、爽朗的空气，

还有爱和信念，像芬芳的玫瑰怒放。

（1887；1888—1889）

去世的皇帝[①]

（发表于1888年3月10日）

今天，你，哥伦比亚，也低垂下头颅和眼睛[②]，

你真诚的悼念跨越远洋送出，

不单为显赫的皇冠在悲戚中摘下——不单为皇帝，

更是哀悼一位善良的老人——一位忠诚的牧羊人、爱国者。

（1888；1888—1889）

---

① 指德国皇帝威廉一世（1797—1888），他于1888年3月9日在柏林去世。

② 指哥伦比亚特区，即美国首都华盛顿。

就像希腊人的报信烽火

(1887年12月17日为惠蒂埃八十寿辰而作①)

就像希腊人的报信烽火，古代记载上说，
升起在山顶上，如同欢呼和荣耀，
迎接某位德高望重的老战士、英雄，
光明的色彩映红了他为之服务的大地，
所以我从曼纳哈塔船舶林立的海岸高处，
为了你，**老诗人**，高举一支熊熊的火炬。

(1887；1888—1889)

废　船

在某个无用的环礁湖、某个没名的海湾，
在呆滞、荒凉的水面，一条灰暗破旧的老船，
停靠近岸边，桅杆卸了，不能用了，完蛋了，
在自由航行过地球上所有的大海之后，终于停下来，被绳子绑牢了，
躺着生锈、腐烂。

(1888；1888—1889)

① 约翰·惠蒂埃（John Whittier，1807—1892），美国著名诗人和废奴主义者，从1840年起即致力于解放美国黑奴的事业。

别了，先前的歌

别了，先前的歌——以每一种名义告别了，

(在多少陌生行列中晃晃悠悠行进的火车、马车，

来自北方、南方——时有中断——来自老年、中年或青年时代，)

《在有舱房的船里》，或《你古老的事业》，或《未来的诗人》，

或《巴门诺克》、《自己之歌》、《芦笛集》，或《亚当》，

或《敲呀！敲呀！战鼓！》，或《朝着他们踏过的发酵的土地》，

或《船长！我的船长！》、《宇宙》、《动荡的年月》，或《思索》，

《母亲，你同你那一群平等的儿女》，以及许多、许多没提到的歌，

来自我心里——来自喉咙和舌头——（我生命的热扑扑的血，

个人的冲动为我形成了歌——不单是纸、无意识的铅字和油墨，）

我的每一支歌——过去的每一次倾吐——都有它长长的历史，

有关生死、士兵的战伤、国家的得失安危，

(天呐！全都是一出发就没有终点的火车！确实像那样！

连最好的也是糟糕的碎片！)

(1888；1888—1889)

晚间的安宁

经过了一个星期身体的极度痛苦，
不得休息、疼痛和高烧，
到了行将结束的日子，镇静和安宁来了，
头脑得到了三个钟头的平静，令人抚慰的休息[①]。

(1888；1888—1889)

老年的闪闪群峰

火焰的色调——启示的火——最终最崇高的面貌，
凌驾于城市、欲望、海洋——凌驾于草原、山岳、森林——乃至地球本身；
在降临的暮色中一切飘渺、异样、变幻的色彩，
一个个、一群群，种种姿态、脸孔、回忆；
更宁静的景象——金色的背景，清晰而广阔：
在大气中，我们扫视到万千纷纭的事物，
全由它们带出——这么多（也许最佳），以前未曾留意；
光辉确实来自它们——老年的闪闪群峰。

(1888；1888—1889)

---

① 惠特曼原注。这两首诗——《别了，先前的歌》和《晚间的安宁》，是在1888年、我七十岁那年六月的一个下午，在一次大病发作中勉强写下的。当然，没有读者，可能也没有人在任何时候会像我经历这种情绪激动和庄严的时刻。那时，我感觉到了尽头，一切就要结束。

晚饭闲谈后

晚饭闲谈后，白天结束后，
作为一个朋友，他拖延着与朋友们的最后离别，
再见，再见，他激动的嘴唇重复着，
(他的手太难放开那些手——它们不会再相逢，
不会再交谈痛苦和欢乐、老年和青年时的事情，
长途的旅程等着他，不会再回来，)
回避着，推迟着分离——想法不说的那最后的话永远这么短，
甚至到了门口又转过身——多余地叫人回来——甚至当他走下了台阶，
做点什么多拖延一分钟——夜越来越深了，
再见，口气越来越弱——离去的身影越来越模糊，
不久将永远消失在黑黯里——讨厌，啊，离别多么讨厌！
唠唠叨叨到最后。

(1887；1888—1889)

告别了，我的幻想（附编二）

沃尔特·惠特曼，1891
（Thomas Eakins 摄）

永远开出去，幻象的快艇！[①]

快起锚！
升起主帆和三角帆——向前航行，
啊，白色的小帆船，现在在真正的深海上乘风破浪，
(我不愿说这是我们最后的航行，
而是一开始就进入最真实、最成熟的最佳海域，)
离开，离开坚实的大地——不再返回海岸，
从现在起开始我们永远的无限自由的冒险，
抛开一切已经领略过的港口、海洋、绳索、城市和诱惑，
永远开出去，我的幻象的快艇！

(1891；1891—1892)

拖延的最后的雨点

你们从哪里来？为什么来？

我们不知道从哪里来，(这是回答，)
我们只知道我们和别的雨点一同飘到这里，
我们拖延了，落后了——不过终于飘来了，现在到了这里，
充当了这场阵雨最后的雨点。

(1891；1891—1892)

① 参阅“铭言集”中《幻象》。

告别了，我的幻想

告别了①，我的幻想——（我有句话要说，
但现在不是恰当的时候——任何人说得最好的话，
是在适当的场合来到——为了它的意义，
我把我的话保留到那最后。）

（1891；1891—1892）

向前，照样向前，你们快活的一对！

向前，照样向前，你们快活的一对！
我的生命和歌唱，包括出生、青年、中年的岁月，
像五颜六色的火舌摇曳不定，不可分离地纠缠、融合为一——吸纳万物，
我独一的灵魂——那么多目标、实践、失败、欢乐——也不只是独一的灵魂，
我歌唱我的国家的危难时期，（是美国的，或许是人类的）——伟大的考验，伟大的胜利，
是过去的、东方世界的、古代的、中世纪的所有民众的一

---

① 惠特曼原注。对我来说，在告别这个词的背后丰富地蕴含着向另一次开始的迎接——发展、连续、不朽、转变，是自然和人类最主要的生活意义，是所有事物及每一事物必不可少的。

为什么人们这样喜欢琢磨行将死去的人的遗言、忠告和遗容呢？那些遗言未必是最好的，最好的话应当涉及生命的活力，它的饱满、平衡、完美的控制和见识。但是遗言还是有不可估量的价值，证实、认可了以往全部生活里的各种交往、事实、理论和信念。

次奇特的阐释，

在这里，经历了漫游、迷途、教训、战争、挫折——在这里，在西方，一个凯旋的声音——证明一切，

一声心花怒放的呼喊——一支豪情万丈的独一无二的歌，

我歌唱平民百姓、芸芸众生，（最好的、最差的，一视同仁）——而现在我歌唱老年，

（我的歌首先为上午的生命、为丰盛的夏天、秋天而写，

同样我也歌唱苍苍白发和冬天冷却的脉搏；）

就像在这里，在不经意的颤抖的声音中，我和我的诗歌，怀着信念和爱，

飘向其他作品，飘向未知的歌和境地，

向前，向前，你们快活的一对！照样继续向前！

(1891；1891—1892)

我的七十一岁

越过了六十年又十载，

还有它们所有的机会、变迁、损失、悲哀，

我父母去世，我生活里的变故，我许多揪心的感情，六三、六四年的战争，

像个年老残废的士兵，经过了一次漫长、炎热、疲惫的行军，或者侥幸闯过了一场战斗，

今天傍晚，瘸着腿，高声回答连队点名，“在”，

还要报告，还要处处向长官行礼。

(1889；1891—1892)

幻　影

一片模模糊糊的雾蒙住了半本书：
(有时这真叫灵魂诧异又清楚，
所有这些确凿的东西，却原来不过是些幻影、想法、非真实。)

(1891；1891—1892)

苍白的花环

不知怎的我还不能把它扔掉，尽管它是哀悼用的，
还让它留在那儿，挂在钉子上，
粉红、蓝、黄，都发白了，而白的变得灰蒙蒙，
一支枯萎的玫瑰，是多年前为你摆的，好朋友；
不过我没有忘记你。你凋谢了吗？
芳香散尽了？色彩、生机泯灭了？
不，记忆楚楚动人——往事栩栩如生；
就在昨夜我醒来，在那个幽灵般的花环里看见了你，
你的微笑、眼睛、脸，永远镇静、沉默、充满爱；
所以，就让这花环在我能看见的地方再挂一阵，
对于我，它还没死，甚至也没有变得苍白。

(1891；1891—1892)

结束了的一天

结束了，气定神闲，心情愉快，
浮夸匆忙，争强斗胜，都已过去；
现在胜利了！变了！庆祝吧[①]！

(1891；1891—1892)

老年之船和狡猾的死亡之船

两艘强大专横的船，
从东方和西方穿过地平线，偷袭我们：
但是我们会在海上做一回竞赛——一次战役、搏斗！在那里大显身手！

---

① 惠特曼原注。注——夏天的乡间生活——好几年——在我闲逛瞎闯时，找到了一片靠近小河的林地，那里不知为什么，鸟儿特别欢，多得不得了。尤其在天亮天黑时，我肯定要到那里听最热闹的鸟儿音乐会。我通常在日出时去——也在日落时去……有一回我想到一个问题：唱得最好的是头一个还是最末一个？头一个总是很活跃，也许还特别快乐、强壮；可我觉得日落或黄昏时唱的声音更有穿透力、更甜——好像触到了灵魂——鸫鸟往往在晚上三三两两地在一起，互相唱和。尽管我错过了几个早晨，但晚上去听鸟儿唱歌，我很准时。

又注："他和潮水和日落一起走了"，这是我听一位外科医生说的话，讲一个老水手死得出奇的从容。

在内战的1863到1864年，我探访华盛顿周围的军队医院时，养成了一个习惯，并且坚持到战争结束，即只要在下午落潮或涨潮时，就准时去探访满是伤兵的病房。不知怎的（我是这样想的），时间的效果非常明显。重伤的人会轻松一些，会喜欢说点话，或喜欢别人跟他说。伤兵的理智和情绪会处于最佳状态：死得总是比较从容；那时给的药似乎效力更好，整个病房里气氛安宁。

在重大战役结束后，即使充满恐惧，在黄昏时也会产生类似的影响、类似的状况。在尸横遍野的战场上，我不止一次有过相同的经历。

（我们会打得开心，一拼到底！）
今天把老船全部有威力的家伙都亮出来，
把中桅帆、上桅帆和顶桅帆都挂满，
加上旗帜和飘扬的长三角旗——反击挑战和蔑视，
我们开往辽阔的水域——开往最深、最自由的水域。

(1890；1891—1892)

致即将到来之年

难道我没有了充当武器的言词给你——几个简短犀利的口信？
（我真的打完了仗？）没有留下一颗子弹，
来对付你的装模作样、吞吞吐吐、轻蔑和百般愚蠢？
或者对付我自己——那活在你中的反叛的我自己？

吞下去，吞下去，骄傲的胃口！——尽管叫你窒息；
你那长满胡须的脖子和高贵的前额越来越低贱；
向着施舍的礼物低下你的头。

(1889；1891—1892)

莎士比亚-培根的密码[①]

我不怀疑——而且相信，坚定地相信；

---

① 莎士比亚（William Shakespeare，1564—1616），英国戏剧家；培根（Francise Bacon，1561—1626），英国哲学家。自18世纪中叶，有人认为莎士比亚的戏剧中某些隐语是一种密码，暗指这些剧本的真实作者是培根。

在每一首传世的旧诗里——在每一页高贵的篇章里，

（不同的是——以前有的内容没被注意——有的作者没被怀疑，）

在每一事物、高山、树木和星辰里——在每一次诞生和每一个生命里，

都有一个神秘的密码等待解开，

它作为其一部分——从其演化而来——是其表象之后的内涵。

（1891；1891—1892）

很久以后

经过漫长的历程，遭受数百年的排斥，
积累起激发的爱、欢乐和思想，
激发的希望、心愿、渴望、思考、胜利、无数读者，
加上封套，被领会，被接受——经过世世代代的珍藏，
然后只有这些诗歌能够结出果实。

（1891；1891—1892）

好啊，巴黎博览会[①]！

法兰西，在你的博览会闭幕之前，

请在所有确凿可见的展品连同殿堂、高塔、货物、机器和

① 巴黎博览会于1889年5月6日至11月6日举行，并专为其建造了埃菲尔铁塔。

矿物之上，

加上我们亲切而坚实的情感，它发自千万颗搏跳的心，

(我们这些孙儿和重孙们没有忘记你们这些祖父，)

今天五十个民族紧密团结，跨海送去，

美国的喝彩、爱戴、回忆和良好祝愿。

(1889；1891—1892)

插入的声音

(1888 年 8 月，菲利普·谢立丹将军葬于华盛顿特区大教堂，葬礼采用罗马天主教的盛大仪式和音乐①。)

伴随着神圣的葬歌，

伴随着管风琴和庄严的仪式、布道、垂首的牧师，

我听到局外插入的声音——来自窗口，在走廊里鼎沸，我听得清楚，

是突然战斗打响的匆忙和刺耳的噪声——战争的残酷游戏看得、听得真切；

侦察员被叫上前来——将军上了马，副官跟在左右——新的口令带来了——即刻发出命令；

步枪噼啪响——加农炮轰鸣——人们冲出帐篷；

骑兵叮铃哐啷——列队快捷神速——军号声声凄厉；

---

① 菲利普·谢立丹（Philip Henry Sheridan，1831—1888），美国职业军人，内战时任联邦军队师长，参加过多次重要战役，从未打过败仗。

马蹄声——鞍子、武器、装备，都在远去①。

(1888；1891—1892)

致傍晚的风

啊，细声细语的，又是什么看不见的东西，

在这个炎热的傍晚进入我的门窗，

你，沐浴着、舒缓着一切，凉爽得让我清醒，温存地给我活力，

我老了，孤单，又病又弱，好像要在汗水里溶化耗尽；

你，依偎着、坚定温柔地紧拥着我，是比聊天、书本和艺术更好的伙伴，

(啊，大自然！天地万物！你对我的心说的话超越了一切，)

吸进你淳朴的味道真叫甜美——你的手指在我的脸和手上抚动，

你给我的肉体和灵魂带来魔法般的信息，

(距离不管用了——玄妙的药从头到脚渗透了我，)

---

① 惠特曼原注。注：1888年8月7日，在新泽西州卡姆登——沃尔特·惠特曼要求《纽约先驱报》“加登他为谢立丹写的颂词”：

在林肯总统执政时的五六位巨星般的英名中，谢立丹闪亮其中，他们将在历史的天空中世世代代大放光芒，他们终结了脱离主义的最后挣扎和苟延残喘[1]。当这位刚刚去世的战士的典范闪过我的脑海时，我想到一件值得注意的事情。我认为，如果战争持续得更长，合众国会涌现出、会证明她具有世界上有史以来最无可争辩的军事天才。易于获得承认的是，他们拥有的士兵在质量和数量都超过别的国家。但是，我们也具有媲美别国的组织、管理和指挥才能。有了这两项，再加上现代的武器、运输和美国人的发明天赋，坦诚地说，美国不仅顶得住整个世界，还能战胜为了反对我们而联合起来的世界。

[1] 脱离主义，指1861年时美国南方11个州由于在废除奴隶制问题上和联邦政府的分歧，而宣布脱离联邦，这导致了美国的南北战争。

我感到了天空、辽阔的草原——我感到了浩荡的北方的湖，

我感到了海洋和森林——不知怎的我感到了地球在空间急速泳动；

从你唇间吹出的气息这样亲切，现在消失了——也许是上帝送的，来自那无尽的珍藏，

(你是灵性的、神性的，在我心里至高无上，)

此时此地，告诉我吧，那从没讲过、不能讲出的话，

你不是宇宙万物的升华吗？是**律法**的、全部**天文学**的最终结晶吗？

难道你没有灵魂？我不能认识你、辨认你吗？

(1890；1891—1892)

古老的诗歌

一首古老的诗歌，正在朗诵，正在结束，
它曾凝视你，**万物之母**，
沉思着，寻找适合你的主题，
你说，接受我，古老的歌谣，
在你走前告诉我每个古代诗人的名字。

(在数不尽的债务中，
也许我们新世界最主要的是欠了古老诗歌的债。)
回首遥望，在你美国之前，
有古老的诗歌，埃及和埃塞俄比亚的祭祀文，
印度、希腊、中国和波斯的史诗，
各种圣典和先知，拿撒勒人的深奥的牧歌，

《伊利亚特》，《奥德赛》，埃涅阿斯的密谋、作为和漫游[1]，
赫西奥德、埃斯库罗斯、索福克勒斯、墨林、亚瑟[2]，
《熙德》、朗瑟瓦尔的《罗兰》、《尼伯龙根之歌》[3]，
各种各样的民谣歌手、游吟诗人，德国的、斯堪的纳维亚的，
乔叟、但丁，成群的歌手，
《边境歌谣》，怀旧的情歌，封建时代的故事、散文、戏剧[4]，
莎士比亚、席勒、沃尔特·司各特、丁尼生，
伟人们的影子在周围聚集，
好像梦中不可思议的宏伟奇观，
他们向你投来威严专横的目光，
你！就像现在，低头俯首，谨言慎行，向上攀登，
你！稍许停顿，俯视他们，融入他们的音乐，
心情愉快，接受一切，他们奇妙地为你准备好了一切，
你在你的门廊走了进去。

(1891；1891—1892)

---

① 埃涅阿斯为古罗马诗人维吉尔的长诗《埃涅阿斯》的主人公，作品叙述了这位古希腊英雄建立罗马城的传说。

② 赫西奥德，公元前8世纪的希腊诗人；埃斯库罗斯与索福克勒斯，均为古希腊的戏剧家；亚瑟为公元6世纪带有传奇色彩的不列颠国王，墨林为亚瑟王的巫师。

③ 《熙德》为西班牙最古老的英雄史诗；朗瑟瓦尔的《罗兰》，指法国中世纪的英雄史诗《罗兰之歌》；《尼伯龙根之歌》为德国中世纪的英雄史诗。

④ 《边境歌谣》为西班牙的一种民谣，以15世纪西班牙人和摩尔人的战争为主题。

圣诞问候

(一个北方星群致一个南方星群，1889—1890[①])

欢迎，巴西兄弟——你现成就有辽阔的国土；

请接受来自北方的一只友爱的手——一个微笑——一声快活即时的招呼！

(让未来去关照它自己吧，它会发现它的麻烦、它的绊脚石，

我们有我们面临的艰难，民主的目标，认可和信念；)

今天我们向你伸出手臂，向你转过头——我们投去期待的目光，

你是自由的星群！你是光华灿烂的星群！你，学得好，

一个民族的真正功课是在天上的光，

(比十字架和皇冠更加闪耀，)

其顶点是至高的人类。

(1889；1891—1892)

冬天的声音

冬天也发出它的声音，

阳光照耀群山——从远处铁路上的火车，

传来阵阵欢快的歌声——从近处的田野、谷仓、房屋，

传来风的、甚至哑巴似的庄稼、贮存的苹果、玉米的悄

① 1889年11月15日，巴西的共和派成功发动政变，宣布废除封建帝制，建立共和国。

悄话，

孩子和女人们的腔调——好多农夫甩连枷的节奏①，

其中有个老头絮絮叨叨，别以为我们没力气了，

头发白了，可干起活来照旧灵巧。

(1891；1891—1892)

黄昏的歌

黄昏我独坐在忽闪的橡木柴火旁，

默想着那早已过去的战争情景——数不清的被埋葬的无名士兵，

没有留下的姓名，就像没有留下痕迹的风和海水——一去不复返，

战斗过后的短暂空隙，阴沉的掩埋队，填满的深沟，

集中起来的死者，他们来自东西南北，整个美国，

来自长满森林的缅因，新英格兰的农场，来自肥沃的宾夕法尼亚、伊利诺伊、俄亥俄，

来自辽阔的西部，弗吉尼亚，南方，南北卡罗来纳，得克萨斯，

(即使在我这房子的阴影里，在无声忽闪的火焰的半明半暗里，

我又看见强壮的士兵列队行进出发——我听见队伍有节奏的踏步；)

你们所有没有写下的百万姓名——你们所有战争留下的隐秘遗产，

---

① 连枷，一种用藤条或荆条编的农具，连在长杆上，用于击打已收割、干燥的玉米、小麦等，使其脱粒。

为了你们我写这首特别的诗——长久疏忽的责任发出一道闪光——你们神秘的名字奇特地在这里汇集，

我从黑暗里、从死亡的灰烬里唤出每一个姓名，

从今后深深地记在我心里，未来许多年，

你们所有无名士兵的神秘的名字，无论南北，

与爱一起，铭记在这首黄昏的歌里。

(1890；1891—1892)

当成熟的诗人来到

当成熟的诗人来到，

大自然（浑圆冷漠、昼夜变化面目的地球），高兴地发话说，他属于我；

但是人类的灵魂，骄傲、嫉妒、毫不妥协，也发话说，不，他只属于我；

——于是成熟的诗人站在二者之间，拉住每个的手；

今天、永远，都这么站着，作为和事人、联合者，紧拉着它们的手，

他永远不会松开，直到他调解了二者，

完全、愉快地融和了它们。

(1891；1891—1892)

奥 西 拉

(我在纽约布鲁克林快长大成人时[在 1838 年夏天]，遇到了一位美国海军陆战队士兵，他从南卡罗来纳州的墨尔特里

要塞回来，我跟他聊了很久——知道了下边要写的故事——奥西拉的死。奥西拉是那个时候参加了佛罗里达战争的一个领头的塞米洛尔年青人①，很勇敢——他向我们的军队投降后被囚禁在墨尔特里要塞，他死在了那里，真的是因为“心碎了”。他忍受不了被人限制——医生和军官们尽可能宽待他、照顾他；而结局是：）

当死亡的时辰来了，
他慢慢从地铺上起来，
穿上衬衣和军服，系好绑腿，扎上腰带，
要来朱砂（手里拿着镜子，）
涂在半边脸上、脖子上、手腕和手背上，
把头皮刀小心地别进腰带——然后躺下，休息一会儿，
又起来，半坐着，含笑，静静地向每个人伸出手，
然后虚弱地倒在地板上（紧握住他打仗用的斧子把儿，）
目光停在妻儿们身上——最后一回注视：
（这首短诗是为了纪念他的名字和死亡。）

(1890；1891—1892)

死神的声音

（1889年5月31日，宾夕法尼亚的约翰斯敦发生洪灾）

一个来自死神的声音，庄严、奇特，含着横扫千军的威力，

① 塞米洛尔人，美国印第安人的一支，在1830年代进行了反对白人统治的战争。奥西拉（Osceola）死于1838年1月30日。

以不可描述的骤然一击——城镇淹没了——成千人死掉了①，

那些自吹自擂的工程、货物、住宅、锻炉、街道、铁桥，

被冲得乱七八糟——但是新生的生命继续活着，

(在一切之中，在激流、漩涡、乱漂的杂物里，

一位落难的妇人获救了——一个婴儿平安出生了！)

虽然我不宣而至，来到恐怖和苦难中，

来到倾泻的洪水、烈火、自然的大毁灭中，(这声音如此庄严、奇特，)

我也是神的一位使者。

是的，死神，在你面前我们低下头，垂下眼，

我们哀悼老人，哀悼过早被你带走的年青人，

英俊、强壮、善良、能干的年青人，

哀悼遇难的家庭、夫妻，在锻炉车间被淹死的锻工，

淹没在大水和泥沙中的尸体，

成千的集中到了掩埋他们的墓地，还有成千的永远找不到。

然后，掩埋、哀悼了死者之后，

(对找到和没找到的同样忠诚不忘，承受着过去，在此开始新的思考，)

这一天——短暂的一刻或一个小时——美国低下了头，

安静，顺从，谦恭。

战争、死亡、像这次的洪灾，

都深深击痛了你骄傲自满的心，美国。

---

① 在约翰斯敦的洪灾里死亡了 2 209 人。

就在我歌唱时，看！摆脱了死亡，摆脱了泥泞，
花朵很快开放，同情、帮助和爱，
来自西部和东部，来自南方和北方以及海外，
火热的心，援助的手，人帮人，持续不断，
并从中得到一个想法和教训。

你永远奔突的地球！穿过空间和大气！
你的江河湖海包围我们！
你存在于我们所有的生命和死亡中、行动和睡眠中！
你的法则看不见却渗透了它们和万物，
你在一切之中、一切之上、贯穿一切、支撑一切，永不停顿！
你！你！活跃的充满宇宙的伟力，不可抗拒，从不睡眠、平静，
你把**人类**掌握在手中，如同转瞬即逝的玩物，
忘记你真是有病！

我也曾忘记了你，
（被这些小小的发展、政治、文化、财富、发明、文明蒙住了眼睛，）
忘记了承认你的沉默的统治权，你巨大的自然力会造成的痛苦，
你浮载着我们，我们每个人漂浮在其中、其上。

（1889；1891—1892）

波斯人的功课

在早晨户外的清香里，

在繁茂的波斯玫瑰园的山坡上，
在一棵枝条宽展的老栗子树下，
胡须花白的苏非教长老对年青教士和学生①，
讲他最高也是最后的一课。

“最后，我的孩子们，千言万语汇成一句话，
真主便是一切，一切，一切——无所不在于每个生命和事物，
也许相隔很远很远——但是真主，真主，真主在那里。

“迷途的人走远了吗？动机奇异地隐藏了吗？
你想在全世界动荡的海洋下进行测量吗？
你想知道什么是不满足吗？那是鞭策每个生命的动力；
你想知道有的事物永远不会平静——永远不会完全消失？每粒种子隐秘的需要？

“不管多远都要回到它神圣的源头和初始，
这是每个原子内的核心动力，
（它们常常没有意识到，常常是罪恶、堕落的，）
同样潜藏于主体和客体，毫无例外。”

（1891；1891—1892）

平　凡

我歌唱平凡；
健康多么易得！高尚多么廉价！

① 苏非教派是伊斯兰教的一个神秘主义派别。

节制欲望，不撒谎，不贪吃，精力充沛；
我歌唱田野、自由、宽容，
（最主要的功课要在这里上——少从书本里——少从学校里，）
平常的白天和夜晚——平常的泥土和水，
你的农场——你的工作、生意、职业，
要以民主的智慧作基础，就像坚实的大地是万物的基础。

(1891；1891—1892)

"包罗一切的神圣完整的目录"

（星期日——今天上午去了教堂。一位大学教授、牧师、博士——给我们作了很好的布道，其中我记住了上面的话；但是牧师在他的"完美目录"的字面和精神里，只有美的东西，完全忽视了我下面提名的内容：）

凶恶和黑黯，垂死和疾病，
无数的（二十分之十九的）下贱和邪恶，粗鲁和野蛮，
疯狂，狱中的囚犯，恐怖，恶臭，毒瘤，
蛇毒和污秽，阴险，贪婪的鲨鱼，骗子，淫棍；
（在大地的圆满蓝图中，邪恶和叫人憎恶的东西扮演什么角色？）
蝾螈，在泥泞里爬行的东西，毒药，
不毛之地，坏蛋，渣滓和丑陋的腐败。

(1891；1891—1892)

海市蜃楼

(在内华达和两个老矿工在晚饭后户外聊天的逐字记述)

陌生人，有好多经历和情景，你想也想不到；
有好多回了，多半是在太阳刚出来，要不就是太阳快落了，
有时在春天，更多在秋天，天气晴极了，看得特清楚，
远远近近的帐篷，城里拥挤的大街和店铺，
(能不能说清楚——信不信——都是真的，
我在那儿的伙伴能照样告诉你——我们常常聊起它，)
人啊、景啊，畜生、树、有颜色有线条，一清二楚，
农场，人家的庭院，栽着黄杨的路，角落里的紫丁香，
教堂里的婚礼，感恩节的晚餐，离家很久的儿子回来了，
阴沉的葬礼，披黑纱的母女，
法庭上的审判，陪审团和法官，围栏里的被告，
争抢，打仗，大帮的人，桥，码头，
时不时出现些脸，有的忧愁，有的高兴，
(要是这会儿我再看见他们，我能认出来，)
就出现在我右边的天边上，
要不干脆就在山顶的左边。

(1891；1891—1892)

《草叶集》的主旨

不排除，不区分，也不在那多得吓人的罪恶中挑挑拣拣
(即使是为了揭露它们，)

而是添加、融合、完成、延伸——赞美不朽和德行。

这首歌的词和内容都很狂，
跨越了广阔的空间和时间，
进化——积累——成长，代代相传。

开始于成熟的青年时代，然后坚持下来，
游历、观察、把玩着一切——饱尝了战争、和平、白天和夜晚，
从不敢有一刻松懈，
现在我老了，又病又穷，该结束它了。

我歌唱生命，可也清楚地懂得死亡：
今天我走着、坐着，阴郁的死神像条狗跟着我，这已经有些年头了——
有时他挨着我，近得脸对着脸。

(1891；1891—1892)

没有表达的

谁敢这么说？
有了那些小说、诗篇、歌手、戏剧，
受吹捧的爱奥尼亚、印度——荷马、莎士比亚——被密密点缀的漫长的时间的大路、区域，
闪耀的星群，星星的银河——收获的大自然的脉动，
所有回望的激情、英雄、战争、爱情、崇拜，
所有年代的铅锤降到了最深处，
所有人类的生命、死亡、希望、智慧——所有阅历的

表述；

有了无数或长或短的诗歌，所有语言、所有陆地，在这一切之后，

仍然有什么东西还没以诗性的声音或文字表达——还欠缺什么，

（最好的东西还没有表达、还欠缺着。谁知道？）

(1891；1891—1892)

看见的是庄严

我看见的一切、那光，是庄严的——天空和星星庄严，

大地庄严，持久的时间和空间庄严，

它们的法则庄严，如此多样、高深费解、高度进化，

但是我的看不见的灵魂更加庄严，既包含又赋予着那一切，

点亮了光、天空和星星，钻探大地，航行大海，

（确实，如果没有你，看不见的灵魂，那一切会是什么？没有你它们算什么？）

啊，我的灵魂，你比它们更加进化、博大、高深！

更加多样——更加持久。

(1891；1891—1892)

看不见的蓓蕾

看不见的蓓蕾，

在冰雪之下，在黑暗之下，在每一平方、立方英寸之中，

稚嫩、优美，在精致的叶子里，微小，还没出生，
像子宫里的胎儿，潜伏着，缩成一团，睡着；
它们成千万亿、成亿万兆，等待着，
（在大地上，在海洋中——在宇宙里——在天上的星星里，）
缓慢地推进着，坚定地向前，无止境地形成着，
永远有更多的在等待，永远有更多的在后面。

(1891；1891—1892)

告别了，我爱恋的人！①

告别了，我爱恋的人！
告别了，亲爱的伙伴，亲爱的人！
我要走了，我不知去哪里，
会有什么命运，我会不会再见到你，
就这样，告别了，我爱恋的人。

现在让我回头看一会儿——我最后的一次；
我心里的时钟摆得慢了，弱了，
要走了，黑夜降临了，心跳快停了。

我们久久在一起生活、欢乐、抚爱，
多么快活！——现在分开了——告别了，我爱恋的人。

① “我爱恋的人（my fancy）”，译为“我的幻想”较合乎一般的词义，译为前者更符合诗意，读起来更通顺。也许老年孤独的惠特曼是将自己的幻想幻想为自己的恋人。

不过别让我太仓促，

我们确实久久生活、睡觉、水乳交融，真的融为一体了；

那么要死我们就死在一起，（这样我们还是一个人，）

要去哪里我们就一起去，迎接将要发生的事情，

也许我们的情况会更好、更快活，学点东西，

也许是你这会儿真的在引导我写出真实的诗歌，（谁知道？）

也许是你真的在转动把手，打开死亡的门——所以，现在最后一次呼喊，

告别了——我爱恋的人。

(1891；1891—1892)

老年的回声（身后附编）[①]

沃尔特·惠特曼墓

惠特曼本人设计；位于新泽西州卡姆登县哈雷公墓

（摄影者不详）

① 此附编标题为惠特曼所定，内容由贺拉克·特罗贝尔（horace Traubel，1858—1919）在作者去世后编辑，收入1897年版《草叶集》。

自由飞翔，充满力量

我没太效仿那些悦耳歌唱的鸟儿，
我醉心于在长天里飞翔、盘旋，
雄鹰和海鸥远比金丝雀、模仿鸟占有我的心，
我不想婉转地歌唱，无论多么甜蜜，
我要自由飞翔，充满力量、欢乐和意志。

(1897；1897)

那时将会感悟

在温柔中，在懒散中，在青春里，在成长时，
你的眼睛、耳朵，你所有的感觉——你最崇高的品质——那有关审美的一切，
将会醒来、充实——那时将会感悟！

(1897；1897)

已知的几滴水

英雄、历史、重大事件、建筑、神话、诗篇，
这已知的几滴水必须代表未知的海洋，
在这个美丽的地球上人烟稠密，这里那里记载了几个范例，
几个希腊、罗马的，几首希伯来赞歌，一点从坟墓里、从

埃及飘来的死亡气味——
　　回顾漫长浩繁的古代，它们算得了什么？
(1897；1897)

一个永远领先的思想

　　一个永远领先的思想——
　　在**世界**这艘**神圣**的**大船**，面对**时间**与**空间**，
　　地球上所有**人民**一同航行，航行在相同的航线，向着相同的目的地。
(1897；1897)

坚定挺立在一切的后面

　　坚定挺立在一切的后面，永远如此，
　　在急流中——在不可抗拒的生死关头，不恐慌不气馁，
　　一位舵手挺立，气宇轩昂，掌控有力。
(1897；1897)

给新娘的吻

(1874 年 5 月 21 日，奈丽·格兰特的婚礼[①])

　　来自东部和西部的祝福，

① 奈丽·格兰特为当时在任的格兰特总统的女儿。

来自北方和南方的致意，
圣洁、愉快、不可拒绝，
今天确有百万颗心、百万双手，
通过我送去无限的爱和百万声衷心的祈祷；
——那保护你的臂膀依然温柔、忠实！
你乘坐的航船永远一帆风顺！
白天的艳阳、夜晚的明星照耀着你！
亲爱的姑娘——通过我的还有传统的殊荣，
通过我的有对于新世界是古老又古老的婚礼贺词，
啊，青春与健康！啊，可爱的密苏里玫瑰！啊，美丽的新娘！
今天你红润的脸颊和嘴唇，
要接受全国钟爱的吻。

(1874；1897)

不，不要把今天公开的耻辱告诉我

(1873年冬，国会开会期①)

不，不要把今天公开的耻辱告诉我，
不要读今天丑闻充斥的报纸，
无情的报道还在抹黑一个个脑门，
犯罪专栏一篇接一篇。

今天我不要听那件事，
转过头去——离开白色的国会大厦，

① 在这次国会会议期间，提出了有关为总统和政府公职人员大幅度加薪的法案；在遭到舆论猛烈抨击后，法案被修改。

远离装饰雕像的隆起的穹顶，
没有公布、报道的景象出现在眼前，
欢乐、生气勃勃，说不完，道不尽。

你们平等的各州，北方、南方，你们诚实的农场，
你们在东部、西部、城市、乡村的百万默默无闻、充满男子气概的健康生命，
你们不声不响的母亲、姐妹、妻子，她们天生的善良，
你们许许多多不贫也不富的家，（甚至你们了不起的贫穷，）——统统平静地出现在我眼前，
你们的自我修养，永无止境的美德，自我克制，风度，
你们内心的深厚的正直的根基，羞怯但是坚定，
你们稳定受赐的福祉，如光一样可靠而平静，
（我投入其中，像果敢的潜水员沉入深海，）
这些，我今天思考这些——别的一概拒绝，我要品味这些，
今天把这些献给读者。

(1873；1897)

附加的时光

清醒、随意、漫不经心的时光，
清醒、从容、慢慢终结的时光，
我生命中像印度夏天一样的繁盛过后，
离开了书本——离开了艺术——功课学完了，过去了，
现在沐浴着、融合着一切——使我清醒，吸引我，让我宽慰的，
是白天和夜晚——是户外，
是田野、四季、昆虫、树木——雨水和冰雪，
在那里野蜂嗡嗡飞舞，

八月里毛蕊花生长，冬天的雪片落下，
星星在天空旋转——安静的太阳和星星。

(1897；1897)

只要存在着

(参看《自己之歌》第27节)

只要存在着——有比这更好的吗？
我想在沙子里要是没有更发达的东西，那硬壳里的蛤蜊就够神气。
我不在任何硬壳里；
我浑身被灵敏的神经包裹，
它们用手抓住每样东西，引进我的体内；
它们成千上万，每一个都有自己的入口；
它们总是用它们的小眼睛从头到脚守护着我；
一个小不丁点就主宰了我的幸福和人生大义，
我想我能扛走房屋的大梁，如果它横亘在我和我的需要之间。

(1897；1897)

死亡谷

(应邀为乔治·英尼斯的画《死亡阴影之谷》而作①)

不，黑暗的设计师，不要梦想，

① 乔治·英尼斯（George Inness, 1825—1894），美国浪漫主义画家。

你完全画出了、命中了你的主题；

我，近来徘徊在这黑暗的山谷旁，在死亡的领域边，向它窥视，

在此我和你挑战，声明我也有制作一个象征的权利。

因为我见过许多伤兵死亡，

在痛苦折磨之后——我见到他们的生命含笑离去；

我守护过临终的老人；见过婴儿死去；

有钱人身边医生护士成群；

可穷人，瘦弱不堪，一贫如洗；

啊，死亡，我自己好久以来就是在你的近旁，

默想着你，呼吸我的每一口气。

为了这些和你，

我制作一个场景、一首歌（没有对你的恐惧，

也没有阴沉的山谷、凄凉和黑暗——因为我不怕你，

也没有对挣扎、扭曲的身体或勒紧的结子的赞颂），

有的是广阔神圣的光明和清新的空气，有草地、波浪起伏的潮水、花草树木，

有宜人的习习微风——当中是上帝美丽而永恒的右手①，

你，天国最神圣的使者——你，特使、引路者、所有人最终的向导，

华美，气色红润，被称为死结的生命的松解者，

甜蜜、安详、受欢迎的死亡。

(1892；1897)

① 根据《圣经》，上帝的右手边为上帝善待者的位置，耶稣复活升天后即居于上帝右侧。

在同一幅画上

（原拟作为《死亡谷》的第一节）

啊，我深知走下那个山谷很可怕：
牧师、音乐家、诗人、画家总是描绘它，
哲学家研究它——战场、海船、千万张灵床、所有国家，
一切，过去的一切都进去了，包括我们所知的最古老的人类，
叙利亚的、印度的、埃及的、希腊的、罗马的；
今天，同样的场景就展现在我们眼下，
残酷、现成的，今天，同样的场景，你我的入口，
在这里，在这里它画好了。

（1892；1897）

哥伦布的一个思想

神秘中的神秘，原始的、匆匆不息的火焰，自然的，只关乎它自己。
那气泡，那巨大、浑圆、坚实的星球！
神的一口气，由此膨胀的宇宙扩展开来！
多少循环从它们先前的瞬间涌现出来！
在一个钟头里便开始了灵魂的纪元，
这也许是世界和人类最广阔、最深远的演变。

距这里千万英里，离现在四个世纪以前，

一个凡人的冲动震撼了它的脑细胞[1]，

无论如何，诞生不能再拖延：

刹那间一个神秘的幽灵，突然昂首走来，

仅仅是一个静思默想，它推倒的远胜过铜墙铁壁。

(在黑暗边缘的一次震颤，**时间**与**空间**的古老秘密便近于揭开。)

一个思想！一个明确的思想成形了。

四百年滚滚向前。

贸易、航海、战争、和平、民主——如风起云涌，迅猛向前；

时间的不停顿的大军和舰队，跟随着它们的领袖——各个年代的老式营寨在更新更大的地盘上驻扎，

人类生活与希望的明朗思想，开始大胆地甩开困惑和长久拖延，

就像今天在这里蒸蒸日上的西方世界。

(遥远的发现者，大地之子，我的歌还要加上一句以前从没献给你的话——

如果你还在倾听，请听着我，

现在，所有的国家、民族、艺术，向你喝彩，

回溯漫长的道路飞向你——发自东西南北的宏伟合奏，

发自灵魂的欢呼！叫好！虔敬的回声！

发自海洋和陆地！现代世界对于你和你的思想，

作一次全面、盛大的纪念！)

(1891；1897)

---

① “一个凡人”指哥伦布，他于1492年从西班牙开始向西方的探险远航。

未收入和被拒绝的诗[1]

沃尔特·惠特曼
（摄影年代与摄影者不详）

---

① 此分集由惠特曼的遗嘱执行人整理、编辑。

抱　负

一天，一个不起眼的年青人，一个彷徨的人，
很少为人所知，他独自躺着，
思考未来生活的出路。
年青人心里有炽热的**抱负**，
在燃烧，在发光；他自问，
“将来我会不会成为了不起的名人？”
马上就有一个狂暴、神秘的回答，
似乎从天空深处迸发出来；
他凝视的眼里出现
一团云状的形象——它说：

“啊，多少急切、高贵的心
　在它隐蔽的深处怀着渴望，
要从天国赐予的抚爱中
　赢得传遍世界的名望。

“有的会达到那可羡的目标，
　他们的业绩四海传扬；
而绝大多数将会沉沦
　在时间的潮水中被人遗忘。

“而你，从想象的库房中
　采集到光明的幻影，
做着年青人的美梦，
　梦着荣耀、权力和爱情。

“你是否梦见将建立美名，
让世界各国都知道
你的头脑装着怎样的思想
在你的额头后面跳跃？

“你是否看到一排排数不清的人
以尊敬的目光注视你——
你是否听见一阵阵响亮的掌声
向你千万次地鼓起？

“软弱幼稚的灵魂！
正是愚蠢休憩的地方；
满脑子全是虚荣，
骄傲填塞了你起伏的胸膛！

“晚上，去看看那庄严的星辰，
它们自古以来永恒旋转——
让人世间最高的权威、
最自豪的姓名都显得可怜！

“也想想，所有人无论贫富，
无论愚钝或聪颖，
同样要进入无尽的长眠，
度过今后千百万的岁月。

“所以，即使你活着默默无闻，
死后也许无人问津，
甚至你的墓碑没有标志，
但是，永远别发牢骚，脆弱的人。”

这些话音落入青年的耳朵，
刺痛了他，他感觉心头难受；
数月来他的梦想与崇高的抱负，
美好的远景与他可能的名望，
多么有趣，多么迷人，
而现在，他的空中楼阁瞬间垮塌。

(1842)

血　钱

（出卖基督之罪）

1

古时候，当美丽的神耶稣
即将完成他在人世的大任，
这时犹大出现了，出卖神圣的青年，
以耶稣的肉体换取报酬。

罪恶之手汗渍未干，这行径就受到诅咒；
黑黯对出卖神的人蹙紧眉头，
大地似乎挺胸把他抛掉，天堂也拒绝他，
他悬空，自杀了。

历史，拖着长长的阴影，无声行进，
自从那古老的日子以来——多少钱包收进了
像出卖圣母马利亚之子所得的那种酬金。
有一桩还在进行，说，
“你会给我多少，我愿把这个人交给你？”
然后他们订立契约，付了银币。

2

看前面，拯救人类的人，
看前面，死者的头生子，
越过了天堂的树顶；
看你自己还继续戴着镣铐，
劳累、贫困、你又披上了人形，
你被辱骂、鞭打、投进牢房，
被剥夺了众人皆有的骄傲的平等；
那群当权者的顺从仆人带着棍棒、刀剑，
穷凶极恶，再次疯狂围住你，
无数的手像兀鹰的爪子伸向你，
打你，最卑贱的人也往你脸上啐唾沫，
你被捆住，伤痕累累，血迹斑斑，
你的灵魂哀恸甚于死去。

苦难的见证者，奴隶们的兄弟，
你的殉难并没有终结与你相似者的牺牲：
犹大还在经营他的生意。

(1850)

复　活[①]

突然，从它腐败、昏睡的气氛中，从奴役的气氛中，
欧洲像闪电一样跳起来，
阴沉、壮观、可怕，

① 此诗为《草叶集》中《欧洲》的初次发表稿，后改动较大。1848 和 1849 年，在欧洲多个国家爆发了一系列民主革命，以失败告终。

像阿希墨斯，死神的兄弟[①]，
上帝，这太棒了！
快速、紧紧、荣耀地扼住
国王们的喉咙。

你们这些被雇来玷污**人民**的撒谎的家伙，
现在你们听着：
不是为了数不尽的痛苦、杀戮、荒淫，
不是为了宫廷的种种卑劣的盗窃，
骗取心地简单的贫穷百姓的血汗钱；
不是为了国王们一会儿信誓旦旦，
一会儿撕毁诺言还得意大笑；
人民权力在握时，不是为了这些
进行人身报复的打击，
头发在血泊里拖脏：
而是因为**人民**鄙视国王们的暴政。

但是善意的仁慈酿成了苦涩的毁灭，
被吓跑的君主们回来了：
气焰嚣张地回来了，
带着大帮刽子手、牧师和税吏，
士兵、律师和拍马屁的；
像一群吓人的蝗虫，
国王又趾高气扬走起来。

还有呢，在一切后面，看，一个幽灵，
像黑夜一样模糊，
从头到脚裹在猩红的袍子里，

① 阿希墨斯（Ahimoth），《圣经》中的名字，为死神的兄弟。

谁也看不见他的脸和眼睛，
只有一条胳膊撩开了袍子，
露在外面，
一根弯曲的手指在上边高高指着，
像个蛇头。

就在同时，尸体躺进了新挖的坟墓，
年青人浸血的尸体；
绞刑架的绳索沉重地悬挂，
暴君们的子弹在飞，
权势者们狂笑，
这一切结下的果实太好了。

那些年青人的尸体，
那些吊在绞刑架上的烈士，
那些被子弹射穿的心，
他们看似僵冷，
不死的生机却在别处活着；
啊，国王！他们活在别的年青人心里，
他们活在兄弟们心里，准备再次反抗你们；
他们为死亡所净化，
他们吸取了教训，变得更加卓越。
每一座为自由而被屠杀者的坟墓
结出自由的种子，
种子又结出种子，
风把它们带到远方播撒，
雨水滋润它们。
脱离了肉体的灵魂
暴君的武器不能驱散，
它在全世界无形地昂首阔步，

低喊着，劝诫着，警告着。

自由！让别人对你失望吧！
可我永远不会对你失望：
房门关好了吗？主人走了吗？
但是要做好准备，不要放松警戒，
他很快就会回来；他的使者马上就要来到。

(1850)

伟大的神话

1

神话是伟大的——我也喜欢它们；

亚当和夏娃伟大——我也回顾并接受他们；

那些崛起又衰落的国家伟大，包括它们的诗人、妇女、圣贤、发明家、统治者、战士和牧师。

自由伟大！**平等**伟大！我是它们的追随者；

国家的舵手，挑选你们的航船！你们向哪里航行，我就航行到那里，

我和你们同闯风浪，或者一起下沉。

青年是伟大的——**老年**同样伟大——**白天黑夜**都伟大；

财富是伟大的——**贫穷**也伟大——**说出来**是伟大的——**沉默**也伟大。

青年，健壮、朝气蓬勃、多情——**青年**，充满优雅、力量和魅力，

你知道在你以后到来的**老年**，也有着同样的优雅、力量和

魅力吗?

白天热闹辉煌——大太阳照着，充满行动、野心和欢笑，
夜紧随其后，带来千万颗太阳、睡眠和恢复精力的黑暗。

财富，有红润的手、漂亮的衣裳、殷勤的招待；
而**灵魂**的财富，是正直、知识、自豪、满怀着爱；
(谁去替男女众人显摆，**贫穷**比财富更加富有呢？)

语言的表达！见诸文字和口述，但别忘了**沉默**也是一种表达，
伤到极致的痛苦，冷到极致的轻蔑，都可以不用语言。

2

地球和它形成的轨迹，是伟大的；
你以为它现在停顿了吗？放弃发展了吗?
要懂得它还会巨变沧桑，就像现在的它是从人类还没出现、到处一片汪洋和雾气的时代发展而来的。

在人类，**真理**的品质是伟大的；
人类真理的品质支持了它历经种种变革，
在人类，真理是注定的——他与真理相爱，永不分离。
人类的真理不是格言，它重要得有如视觉；
只要有**灵魂**，就有真理！只要有男女，就有真理——只要有肉体和精神，就有真理；
只要有平静的心灵和意志，就有真理！只要大地上万物存在，就有真理。
啊，大地上的真理！我决计要向你奋进前行；喊出你的声音！我登山蹈海追随你。

3

语言伟大——它是最强大的一门科学，

它的完满、色彩、形态和多样性属于大地、男女众人、一切品质和过程；

它比财富伟大——比建筑、船舶、宗教、绘画、音乐伟大。

英语伟大——哪种语言像英语这样伟大？

英格兰种族伟大——哪个种族像英格兰人有如此宏伟的命运？

她是种族之母，必须以新的秩序统治世界；

新的秩序将如**灵魂**一般进行统治，**灵魂**的秩序中有爱、正义、平等。

法律伟大——法律的几个古老的里程碑是伟大的，

它们在所有时代都相同，永远颠扑不破。

4

正义伟大！

正义不由立法者和法律制定——它存在于**灵魂**；

它不能为法令更改，正如爱、自尊和地心引力不能改变；

它永远不变——它不取决于多数——多数或少数，最终都会来到同一个无情、严正的法庭面前①。

庄严的天生的律师和最好的法官维护正义——正义存在于他们的**灵魂**；

它与他们极其相称——他们的学习不是徒然——伟大包含

① 指《圣经》里所说的末日审判。

平凡；

他们在最高之地进行统治——他们监视所有时代、国家和政府。

最好的法官什么都不怕——他能去和上帝面对面；

在最好的法官面前，一切都要后退——生与死要后退——天堂和地狱要后退。

5

生命伟大，实在而神秘，无论在何处，无论为何人；

死亡伟大——正像生命集万物于一身，死亡也集万物于一体。

生命很有意义吗？——啊，**死亡**的意义最伟大。

(1855)

让合众国的少男少女记住的诗

你，正在成熟的年青人！你，少男或少女！

记住合众国的组织契约①，

记住老十三州之后对于人的权利、生活、自由和平等的保证②，

记住由缔造者们公布、由合众国批准、由代表们以白纸黑字签署、由军队统帅华盛顿宣读的雄文，

记住缔造者们的目的，——记住华盛顿；

---

① 指美国《独立宣言》。

② 老十三州包括美国东部的纽约、新泽西、宾夕法尼亚等州，这些州最早联合建立了联邦。

记住从四面八方涌向美国的慷慨的人道支持；

记住那些国家和人们的善意；（让不善的国家和人受到诅咒！）

记住，政府应当服务每一个人，

任何人，乃至总统，都不能比你我多占有一分，

任何一个美国居民，都不能比你我少享有一寸。

预想未来，三千万或五千万人变成一亿或两亿人，友爱团结、自由平等的男女。

回顾历史——一个时代只是它的一部分——许多时代也只是它的一部分；

回顾等级观念引起的愤怒、争吵、欺骗、迷信，

回顾血腥的残暴和罪行。

预想最出色的女人；

我说，不计其数的新一代强壮、有个性的女人将在全美国出现，

我说，和美国相称的姑娘一定自由、能干、无所畏惧，完全像小伙子。

预想你自己的生活——用无情的力量去改变，

什么都别逃避——及时改变——你看到那些过错、疾病、弱点、谎言、偷盗了吗？

你看到那迷失的个性吗？——你看到衰弱、消瘦、酗酒、浮肿、发烧、致命的癌症和炎症了吗？

你看到死亡、迫近的死亡了吗？

(1856)

想想灵魂

想想灵魂；

我向你保证，你的肉体以什么方式把什么给了你的灵魂，好让它活在别的星球；

我不知道怎么给的，可我知道事实如此。

想想爱和被爱；

我向你保证，不管你是谁，你能把爱融入自己，使每个看到你的人都怀着渴望。

想想过去；

我警告你，别人在一瞬间就会在你身上、在你的时代发现他们的过去。

人类从来不分离——没有哪个男女可以逃脱；

什么都剪不断——事物、精神、自然、国家，你也一样——你来自祖先。

回想那些一直受欢迎的挑战者，（母亲们走在他们前面；）

回想世界上的圣贤、诗人、救世者、发明家、法律制定者；

回想基督，被抛弃的人们的兄弟——奴隶们、罪犯、白痴、疯子和病人的兄弟。

想想你还没出生的时候；

想想你站在垂死的人身边的时候；

想想你自己的肉体行将死去的时候。

想想精神的果实，
像地球漫游天空一样确凿，它的每一个物体定会转化为精神的果实。

想想男子气概，想想你将做个男人；
你把男子气概、做男人的快乐不当回事吗？

想想女人气质，想想你将做个女人；
女人就意味着创造；
我没有说过，女人包含一切吗？
我没有告诉过你，宇宙中没有什么胜过最棒的女人吗？
(1856)

回　答

回答！回答！
（战争已经结束——代价已经付出——标题已经定下，不能收回；）
叫每个人回答！叫睡着的人醒来！不让一个人逃避！
我们还非得继续掖着感情、偷偷摸摸吗？
让我把这作个了结——我公开宣称要重新分配角色；
让站在前列的退到后边！让后边的进到前列发言；
让杀人犯、死脑筋、傻瓜、下流坯提出新建议！
把老掉牙的计划统统推后！
把表象和理论给翻个里朝外！让动机和结果一样随意地犯罪！

把做苦工的建议置于所有建议之上！

谁也不要由人指出他的归宿！（说！你知道你的归宿吗？）

让男男女女们因肉体而被嘲笑，因**灵魂**而被嘲笑吧！

让他们心中的爱等待，等待！让它去死，或一出生就死而去到别的星球！

让每个人心中的同情等待，等待！或者让它变作侏儒也去到别的星球！

让处处充满矛盾！让一件事和另一件矛盾！让我诗里的一行和另一行矛盾！

让人民爬着、伸着向往却又茫然的手！让他们的舌头断掉！让他们的眼睛无神！不让爱的鲜美诱惑进入他们的心！

（啊，时代！国家！在每一种公共和私人的腐败中窒息！

在堆积如山的盗窃、无能、伤风败俗里透不过气；

厚颜无耻、阴谋诡计，像海浪翻滚，围住你，淹没你，啊，我的时代！我的国家！

纵使战争的雷暴、猛烈的闪电也净化不了空气；）

——让美国的理论还是那套管理、等级制、比较！（说！你还有什么别的理论？）

让那些不信生死的人接着领导大众！（说！为什么他们不该领导你？）

让人们走近地狱，踩进去！让白天比夜晚还黑暗！让睡眠带来的睡眠比醒着还少！

让那个为他或她创造的世界永远别出现在他们面前！

让年青人的心仍然自己离开老年人的心！让老年人的心离开年青人的心！

让太阳和月亮走开！让舞台布景接受观众喝彩！让群星之下一片冷漠！

让自由证明人没有不可剥夺的权利！任何能够实行专制的人，就让他专制个痛快！

只让不信教的得到支持！

让明目张胆的卑鄙、奸诈、嘲笑、仇恨、贪婪、猥亵、无能、淫欲，被看得高于一切！让作家、法官、政府、管家、宗教、哲学，把这些东西看得高于一切！

让最坏的男人让最差的女人生出孩子！

让牧师接着玩弄不朽！

为死亡举行就职典礼！

除了教师、艺术家、伦理学家、律师，以及有学问、讲礼貌的人的骨灰，别的概不保留！

把没有我的诗的人给暗杀掉！

把牛、马、骆驼、蜜蜂——把泥鳅、龙虾、贻贝、鳗鱼、鲔鱼、哼哼唧唧的猪鱼——把这些，还有像这类的，摆在和男人女人完全平等的地位！

让教堂接纳蛇、毒虫和死于最肮脏的疾病的人的尸体！

让婚姻降格给傻子们，只在他们中进行！

让男人在一伙儿，老是想着、说着女人的荤话！让女人在一伙儿，老是想着、说着男人的荤话！

让我们所有人，一个不落地冒着生命危险，每个月一次在大庭广众里赤身裸体！谁选中了我们的身体，就随他怎么摆弄、细看！

除了二手的复制品，什么都不允许存在于世！

让世界抛弃上帝，从今往后也永远不准提起上帝的名字！

让上帝消失吧！

要有的是金钱、买卖、进口、出口、风俗、权威、惯例、脸色苍白、消化不良、煤灰、愚昧、没有信仰！

让法官和罪犯换换位置！把管监狱的投入牢房！让过去的囚犯掌管钥匙！（说！为什么他们不该也换换位置？）

让奴隶们做主人！让奴隶主当奴隶！

让改革者从他们没完没了、大喊大叫的台子上下来！让白痴和疯子走上每个讲台！

让亚洲人、非洲人、欧洲人、美洲人和澳洲人去武装对抗相互的秘密谋杀吧！叫他们抱着枪睡觉！谁也不要相信什么善意！

不要有不合时宜的智慧了！让它给瞧不起、被嘲笑，从世界消失！

拿天上的一片浮云——拿海里的一个波浪——拿生长的薄荷、菠菜、洋葱、西红柿——拿这些去展览，收高价门票！

叫合众国所有人为几个油头滑脑的家伙靠边站！让这几个人抢夺他们选中的东西！让其余人发呆、傻笑、挨饿、听使唤！

给幽灵装上生殖器！把真人的生殖器割下来！

让富裕、庞大的城市出现——可没有一座有位诗人、救世者、文化人、情人！

让合众国里不信教的人笑着赶走所有信仰！

如果发现一个有信仰的人，就让其余人猛烈攻击他！

让他们去恐吓有信仰的人！让他们摧毁产生信仰的力量！

叫男女娼妓们放聪明点！当还在逢场作戏，就让他们献媚取宠吧！（啊，逢场作戏！逢场作戏！逢场作戏！）

让传道士们去背诵教义！让他们还只教着他们过去被教的那点玩意儿！

让精神错乱的人还看管精神正常的人！

让书本取代树木、动物、河流、云彩！

让瞎画的英雄肖像取代英雄本人！

让男人永远不要听随他的男子气概行事！

让他跟在阉人、肺痨病人和斯文人士们后面亦步亦趋！

让白人继续把黑人踩在脚下！（说！到底是谁被踩在脚下？）

通过镜子里的映像来研究世上的事物吧！让事物本身继续被忽视！

让男人到处寻找乐趣，可别在他自己身上找！

让女人到处寻找幸福，可别在她自己身上找！（在你一生中，你享受过一个钟头的真正幸福吗？）

让有限的活着的年代不要为死后的无穷岁月做任何事情！（你以为死后会做什么呢？）

(1856)

呼　语

啊，母亲！啊，儿子！

啊，大陆的家族！

啊，大草原的花！

啊，无际的空间！啊，大生产的轰鸣！

啊，你们富裕的城市！这么无可匹敌，自豪躁动！

啊，未来的人们！啊，女人们！

啊，父亲们！你们这些激情狂飙的男人！

啊，只有与生俱来的力量！啊，美！

啊，你自己！啊，上帝！啊，神圣的平凡的人们！

啊，你们留着胡子的粗汉！啊，诗人！啊，所有那些睡眠的人！

啊，醒来吧！黎明的鸟叫震耳！你们没听见公鸡打鸣？

啊，当我漫步海滩，我听见预示风暴的悲哀鸣叫——长命的潜水鸟低沉、反复的尖叫；

啊，我听见，还听见了愤怒的雷声；——啊，水手们！船！快做好准备！

啊，鹰娴熟地翱翔，发出警告的呼号！

（都撤退吧！没用啦！放弃你们的猎物吧！）

啊，讽刺！建议！（要是能证明整个世界确实是一个假冒、一个骗局，该多好！）

啊，我相信除了美国的自由，其他一概不真实！

啊，除了民主，其他一切要坚决抛弃！

啊，皇帝！谁敢对抗你和我？

啊，要宣扬我们自己！要为那些为人类工作的人们工作！

啊，树叶！啊，北方！啊，斜坡的水流汇入墨西哥海①！

啊，一切，一切不可分开的——世世代代相传的人们！

啊，诅咒他，不管以什么理由想要分裂这个联邦的人！

啊，天气，干活！啊，善良，邪恶！啊，死亡！

啊，你强壮得有如铁石！啊，个性！

啊，有最了不起的男人和女人的村庄、住地，哪怕只有几间破屋；

啊，女人同男人一样在大街人流里走动的城市；

啊，一个苍白、可怕的象征被我选定！

啊，形象正在升起！未来世纪的形象！

啊，肌肉和勇气永远属于我！

啊，干活的男男女女永远属于我！

啊，农夫们、水手们、马车夫们，永远属于我！

啊，我要编造新的有关职业和工具的诗一样的目录！

啊，你们粗野、任性！我爱你们！

啊，南方！啊，渴望我亲爱的家！柔和晴朗的天空！

啊，沉思！我一定要回到长着棕榈树、有模仿鸟歌唱的地方，不然我会死去！

啊，平等！组织契约！我生来就是你的诗人！

啊，混乱、争夺、喧嚣、回声！我是你们的诗人，因为我是你们的一部分；

啊，过去的日子！热心的人们！先行的人们！

啊，为缔造合众国的巨大准备！啊，岁月！

啊，现在送给未来千年的一切！

---

① 墨西哥海（Mexican Sea），即墨西哥湾，是美国密西西比河水系的汇入之处。该水系覆盖了29个州，流域从北向南地势逐渐降低，呈斜坡状。

啊，媒体！去传播看不见的信念！教育人们！

去公布真实的事物！去走遍整个合众国！

啊，创造！啊，今天！啊，法律！啊，纯粹的崇拜！

啊，为了更强有力的一代演说家、艺术家和歌唱家！

啊，为了美国的歌曲！木匠的、船夫的、犁田汉子的、鞋匠的歌！

啊，时代最骄傲的成长！自由而狂喜！

啊，我在这里准备歌唱的一切！

啊，你急匆匆的光芒！啊，世界的太阳将要升起，光辉灿烂，登上他的顶点——你也如此，定将升腾；

啊，如此叫人惊叹，如此广袤！辉煌、闪耀、燃烧在高天之上；

啊，预言者！啊，前景在倾泻如注的光芒里摇摇晃晃！

啊，多么富饶，史无前例！

啊，自由！契约！不可分割的联邦！

啊，我的灵魂！啊，嘴唇发抖，丧失了力量！

啊，多少个世纪，前面还有多少个世纪！

啊，更伟大的演说家的声音！我停下来——我为你倾听！

啊，合众国！城市！反抗所有的外界权威！我马上跳进你们的怀抱！我最爱你们！

啊，你们伟大的总统！我等待你们！

新的历史！新的英雄！我想象着你们！

诗人的目光！只有你真正持久！啊，向前冲！向前冲！

啊，死神！你在那里大步行走！可我还不能！

啊，顶点！啊，来得太急促、太叫人晕眩！

啊，净化的光明！你的威慑超乎我所能承受！

啊，现在！趁还来得及，我回到你这里。

啊，未来的诗人，我指望你们！

(1856)

啊，真正和平的太阳

啊，真正和平的太阳！啊，急匆匆的光芒！

啊，自由而狂喜！啊，我在这里准备歌唱！

啊，世界的太阳将要升起，光辉灿烂，登上他的顶点——啊，我的**理想**，你也如此，定将升腾！

啊，如此叫人惊叹，如此广袤——辉煌、闪耀、燃烧在高天之上！

啊，预言者说的前景，在倾泻如注的光芒里摇摇晃晃！

啊，我灵魂的嘴唇，已丧失了力量，

啊，伟大庄严的总统选举！现在战争、战争结束了①！

崭新的历史！崭新的英雄！我颂扬你们！

诗人的目光！只有你真正持久！向前冲！向前冲！

啊，顶点来得太急促、太叫人晕眩！

啊，净化的光明！你的威慑超乎我所能承受！

(我绝不冒险——我脚下的大地恐吓我——它会不支持我：

啊，未来太远大了，）——啊，趁还来得及，我回到现在。

(1860)

直到今天，直到今天，还要坚持到底

直到今天，直到今天，还要坚持到底，

---

① 1860年，亚伯拉罕·林肯当选为总统，主张废除奴隶制的势力胜出，维护奴隶制的势力落败。1860年冬，美国南方11个维护奴隶制的州宣布脱离联邦，成立美利坚联盟国，从而挑起了美国内战。惠特曼在诗里的预言和现实恰好相反。

唱着这本书里唱过的、发自我内心不可抗拒的冲动；
然而在这本书以后，我是否会接着唱下去，走向成熟，
我是否会射出真正的光芒，那有待点燃的火焰，
（你想过太阳放出了它最亮的光华了吗？
不——它还没有完全升起；）
我是否会完成在这里开始的事业，
我是否会达到自己的高度，证实这些还未完成的东西，
我是否会使《新大陆之诗》超越所有别的诗篇——这取决于你们，有钱的人，
取决于你，但凡在任的总统，
取决于你，州长、市长、国会议员，
还有你，当代的美国。

(1860)

在新的花园，在所有地方

在新的花园，在所有地方，
此刻我漫游在一座座摩登城市，
尽管是第二代或第三代的孩子，或者更晚，可照样原始，
日子、地点，无关紧要——尽管有变化，可还是老样，
时间、天堂、曼纳哈塔、大草原，发现我没有改变，
死亡，无需介意——我早就活过了吗？我早给埋葬了吗？
即使那样，我此时此刻也能在这里看着你；
凭着坚定的意志我寻找未来——未来的女人，
我寻找在我身后许多年、许多世纪出生的你。

(1860)

合 众 国！

合众国！
你一直指望靠律师把各州结合在一起？
靠一纸协议？或者靠武器？

去它的吧！
我来了，我带来这些，超过所有法庭和武器的威力，
靠这些把你们结合在一起，紧密得像地球把自己抱成一团。

生活的气息古老又常新，
在这里！我亲手把它传给你，美国。

啊，母亲！你为我做过很多是吗？
瞧，我也将为你做很多。

将有一种新的友谊由我带来——它将以我的名字称呼，
它将传遍合众国，不管是什么地方，
它会把他们扭结在一起，互相交缠——它们将紧密结合，亮出新的标志，
友情将化解有关自由的每一个问题，
相互爱着的人们将不可匹敌，
以我的名义，他们最终将使美国大获全胜。

来自马萨诸塞州的人会是密苏里人的伙伴，
一个来自缅因州或佛蒙特州的人、一个卡罗来纳人和一个

俄勒冈人，会成为三人组合的朋友，

这种珍贵对于他们每一个人胜过世间所有的财富。

来自佛罗里达的芬芳会飘到密歇根，

来自古巴或墨西哥的会飘到曼纳哈塔，

这不是花的芬芳，它更加美妙，飘越了死亡。

没有什么危险能阻挡美国的相爱的人们，

如果必要，一千个人会为了一个人果敢牺牲，

必须时，卡努克人会为坎西人放弃生命，坎西人也会为卡努克人而死。

在四面八方，在房屋街道，看到男人间的友爱将习以为常，

启程的兄弟或朋友将以一吻祝福留下的兄弟或朋友。

将会有新鲜的事物，

将会有无数紧拉的手，——东北人的、西北人的和西南人的手，还有内陆人和所有他们同类人的手，

这些将是一种新权力下的世界的主人，

他们会笑着蔑视来自世界各地的攻击。

那些最大胆、最粗鲁的人会轻轻地脸蹭脸，

自由的保证将靠相爱的人们，

平等的持续将靠伙伴们。

这些将捆绑得比铁环还结实，

我欣喜若狂，啊，伙伴们！啊，各个州！今后要用爱人们的爱把你们捆住。

(1860)

我长期以为……

我长期以为只要有知识就能满足我——啊，我只要能得到知识！

后来祖国的大地吸引了我——大草原、俄亥俄、南方的平原吸引了我——我要为它们活着——我要作它们的喉舌；

后来我遇到新老英雄们的典范——我听说了战士、水手和所有勇敢的人——我想我也具有他们那样的勇敢品格——我要成为这种人；

总而言之，后来我开始歌唱新大陆——后来我相信我必须在歌唱中度过一生；

可是现在，请注意，大草原、俄亥俄、南方的草原，

请注意，你卡努克的森林——你休伦湖——所有和你一同涌向尼亚加拉的大湖——也有你，尼亚加拉瀑布，

还有你，加利福尼亚的群山——请你们去找别人作你们的歌手，

因为我不能再当你们的歌手了——一个爱我的人嫉妒我，把我从所有事情拉开，除了爱，

我了却了一切——我抛开了我曾以为能满足我的东西，因为它不能——它现在对于我空洞乏味，

我不再留意知识、合众国的庄严、英雄们的典范，

我也不在乎我的歌——我要去和我爱的他在一起，

我们在一起就足够了——我们永不再分离。

(1860)

度日如年

度日如年，心里难过、沉重，

黄昏，我躲到背静人少的地方独坐，手托着脸；

夜深了，睡不着，我走出去，在乡间小路快走，或穿过城市街道，一里接一里地磨蹭，忍住悲伤不哭；

灰心、困惑的时候，——为了那个少了他我就觉得空落落的人，可不久我看见，他没有我也安然自得；

我被忘记的时候，（啊，一天天、一月月过去，可我信我永远忘不了！）

阴郁、痛苦的时候！（我感到羞耻——可这没用——我还是我；）

苦恼的时候——我奇怪别人是否有过苦恼，还是摆脱了这种感受？

是否有过一个像我这样的人？——心神不定——他失去了朋友、爱人；

他是否也像我现在？早晨起来还懊丧地想着他失去的人？夜里醒着，想他失去的人？

他是否也永远默默地心怀他的友谊？心怀他的苦楚和痴情？

是否偶尔的提醒，或冷不丁谈到一个名字，就勾回了他那无语压抑的悸痛？

他看出在我身上反映着他自己吗？他看出这些时候反映着的他的痛苦时光吗？

（1860）

谁在读这本书？

谁在读这本书?

也许是一个知道我过去干的什么坏事的人在读，
也许是一个秘密地爱着我的陌生人在读，
也许是一个对我所有的狂妄自大、自私自利报以嘲笑的人，
也许是一个对我感到纳闷的人。

似乎我对自己就不纳闷！
似乎我就从不嘲笑自己！（受良心谴责啊！自觉有罪啊！）
似乎我就不会秘密地爱上陌生人！（又温柔又持久，可从不公开承认；）
似乎我看不见、看不透我的内心、干坏事的德性，
似乎在它必须停止以前它能停止从我这里泄露。

(1860)

给　你

让我们俩走到一边去，离开别人；
现在我们单独在一起，你就别不好意思了，
来！把还没给过人的给我——
告诉我整个故事，告诉我你不愿告诉你的兄弟、妻子、丈夫和医生的事。

(1860)

关于事物的外表

关于事物的外表——要看穿它背后被允许的罪恶；

关于丑——我看它的内部恰如美的内部一样丰富——现在对于我，人类的丑可以接受；

关于被识破的人——我看，被识破的人哪方面都不比没被识破的人更坏——哪方面都不比我更坏；

关于罪犯——我看，法官、陪审员同样有罪——可尊敬的人也是如此——总统也是如此。

(1860)

只言片语

1

我说最完美的人感觉好的东西，不管是什么，终归是好的。

2

我说要培养伟大的才智、伟大的头脑；

如果我说过相反的话，我在此撤回。

3

我说人不该占有人身上的财产；

我说地球上最落后的人对于他或她自己的重要和神圣，和最先进的人同样。

4

我说哪里自由不抽奴隶制的血，奴隶制就抽自由的血，

我在合众国谈论美好古老的事业，并由此传遍世界。

5

我说人的体形和相貌实在了不起，绝不能把它搞得滑稽可笑；

我说不能容许把荒诞的东西当作装饰，

凡不带装饰的就是最美的，

夸张的东西会在你自己的脸上，也在别人脸上得到严厉报复；

我说只有在公众崇尚自然的体形、从不把人的相貌和体形搞得滑稽的地方，

干净好看的孩子才会受孕、出生；

我说天才再不必转向浪漫故事了，

(事实明摆着，那些吹牛虚构统统平庸。)

6

我谈论国土，什么都不怕——我不会有另一个祖国；

我说要讨论一切，揭示一切——我赞成公开每一个问题；

我说没有革新的人，没有自由的言论，没有愿意倾听的耳朵——就不能拯救合众国；

我宣布，合众国的一种光荣，是他们留意听取来自一代代男女的建议、改革、新鲜的观点和学说，

每一代有自己的成长历程。

7

我说过许多次，物质和**灵魂**是伟大的，它们都取决于肉体；

现在我要反过来，断言一切取决于美学和智力，

并且批评是伟大的——而一切中最伟大的是优美；
我现在断言头脑管辖一切——一切依赖头脑。

8

找一个男人或女人——（谁都行，我更爱挑最下层的，）
我现在拿他或她来说明整个法律；
我说每一种权利，政治的或别的，在与任何人相同的条件下，将会适合那一个男人或女人。

(1860)

碎　片

最谨慎的人最有智慧，
只有走得足够远的人才能赢。

任何事物实际上都是设定好的，一旦设定好了，它就要展现出来，延续下去。

哪位将军胸中自有精锐部队，他就有了一支好军队；
他或她心里幸福，那个人就幸福，
而我告诉你，你不能靠别人而幸福，正如你不能靠别人生儿育女。

一个人堂皇走过，由一大群人簇拥，
全都象征和平——他们中没有一个士兵和仆人。

一个人堂皇走过，他老了，长着黑眼睛、浓密的白发，
他健康、有力气，透着朴素的高贵，

他的脸像携带闪电，击中它转向的任何人。

三位老人慢慢走过，后面跟着另外三个人，他们后面还有三个人，

他们漂亮——每伙人中间的一个手牵他的两个伙伴，

他们走着，走到哪里他们都散发芳香。

谁的哭泣的脸正从窗口向外张望？

为了什么那脸上流着伤心的泪？

是为了某块巨大干涸的墓地？

是为了打湿那些坟墓的土？

我要去果园从知更鸟巢掏走一个蛋，

我要去花园的老灌木丛里折根醋栗枝，然后去向世界讲道；

你将看到我不会去见哪怕一个相信邪门歪道的人和藐视一切的人，

你将看到我怎样难住牧师，让他们惊惶失措，

你将看到我亮出一个红番茄和一颗海滩的白卵石。

行为——鲜活、朴素、丰富，每一桩都为了男人或女人自己，

天性与流露的**灵魂**——美国与展现的自由——在其中有最美的艺术，

在其中，自豪、纯洁、同情心，都有机会表现，

在其中，有体格、智力、信念——足可以指挥一支军队、管理一座城市或者写一本书——也许更多，

年青人、干活的人、穷人，比得上所有其余的人——也许还胜过其余的人，

宇宙给人的印象并不比自由的灵魂更加了不起；

因为在整个宇宙没有什么能比一个男人或女人的日常行为

更加实在动人，
　　他或她，是合众国的任何一个人，在任何位置上。

　　我刚才还以为我不是孤单散步在这海滩上，
　　我刚才还以为有个人同我一起散步在海滩上，
　　当我探身望穿一片朦胧——那个人消失得没影了，
　　却出现了那些叫我困惑的人。

(1860)

思　索

想到我写的出自自己的东西——似乎那并非个人简历；

想到**历史**——不管多么完整，和先前的诗篇相比，它似乎并非有欠完整；

似乎那些碎片、那些国家的记载，可能和先前的诗篇一样持久；

似乎这里并非所有国家、所有英雄生涯的总和。

(1860)

坚实的嘲讽的滚动着的天体

坚实的嘲讽的滚动着的天体！
万物之主，实在的物质！——我终于接受你的条件；
实际、粗俗地去检验我全部的理想之梦，
还有我，一个满怀爱的人和英雄。

(1865)

沉浸在战争的芬芳里

沉浸在战争的芬芳里——优美的旗帜！
（仿佛需要军队、需要舰队的日子再次来到，）
啊，像位漂亮女人的旗帜！听你召唤水手和士兵！
啊，听百万响应者踏踏的脚步声！啊，他们用欢乐武装了船！
啊，看你在船的高高桅杆上跳跃、招手！
啊，看你俯视甲板上的水手！
旗帜像女人的眼睛。

(1865)

我的敌人永远侵犯不了我

我的敌人永远侵犯不了我——我不怕他们伤害我的自尊；
倒是我不顾一切爱着的那些人——瞧！他们怎样主宰了我！
瞧我！从不知设防，不会自助，失去了力量！
可怜兮兮地趴在他们跟前的地上。

(1865—1866)

今天，啊，灵魂

今天，啊，灵魂，我给你一面奇妙的镜子；

它曾长久地处于黑暗、脏污、阴影——但是阴影已经过去，脏污消失了；

……看啊，灵魂！如今它是一面清洁明亮的镜子，
忠实地为你映照出世上的一切。

(1865—1866)

讲　课

有些人讲课只讲叫人舒服的和平与安全；
可我把战争与死亡的教训讲给我爱的人们，
这样当敌人来临，他们已准备好了对付入侵。

(1871)

美国，我临走前要唱一支歌

美国，我临走前首先要唱一支歌，
用喇叭一样的嗓门，
为了你的**未来**歌唱。

我要为你绵延不绝的**民族精神**撒一粒种子；
我要塑造**整体**的你，包括**肉体**和**灵魂**；
我要展示远在前方的真正的**联邦**，还有它怎样才能建成。

(我努力开辟通往**大厦**的道路，
而把**大厦**留给未来的人们。)

我歌唱**信念**——我歌唱**准备**；
生命和**自然**的伟大不只由于**当前**，
倒会由于未来的事物而更加伟大，
出于这个准则我为**你**歌唱。

(1872)

一次间歇之后[①]

(1875 年 11 月 22 日午夜，土星和火星会合)

一次间歇之后，午夜在这里阅读，
伟大的群星在旁观——猎户座的星星都在看，
还有沉默的七曜星——土星和发红的火星在双双观看；
一次长久的间歇之后，沉思着，读自己的诗，(现在我熟悉了悲哀与死亡，)
合上书前，多么自豪！多么快活！发现它们
这么出色地经受了死亡与黑夜的考验！
还有会合的土星和火星！

(1875)

船的美

当时，船坚定地进入港口，
经历了漫长的冒险后，停下了，破损老旧，

① 一次间歇，指一次疾病发作。惠特曼于 1873 年 1 月因中风而身体部分瘫痪，此后多年里常间歇性发作。

大海、狂风撞击过它，一次次战斗撕扯过它，
原来的帆都没了，替换了，修补了，
最后，我看到的只有**船**的美。

(1876)

两条小溪

两条一起流淌的小溪，
两股仿佛、般配、溜溜达达的水，
是伙伴，是旅友，一路唧唧喳喳。

为了命中注定的永恒海洋，
这些波纹，涌起的波涛，**死亡**与**生命**、
客体与**主体**的溪流匆匆向前，滔滔而过，
现实与**理想**，
白天与**黑夜**，交替的潮起潮落，
（**现在**、**未来**、**过去**，三者交缠的绳索。）

在你身上，细读我的书的人，不管你是谁，
在我自己身上——在整个**世界**上——这些波浪流淌，
一切，一切，奔向神秘的**海洋**。

（啊，叫人向往的大海！你嘴唇的亲吻！
你宽广的胸膛，你张开的双臂，啊，坚实伸展的海岸！）

(1876)

或者来自时间的大海

1

或者，来自**时间的大海**，
浪花，被风吹打——两行堆积、漂流的海草和贝壳；
(啊，小小的贝壳，这么奇妙的旋纹，这么清冷、无声！
难道你们不愿吸附在神殿的门楣中央，
继续发出絮语和回声——那飘渺遥远的**永恒**音乐，
那从大西洋岸边飘向内陆——给**大草原**的**灵魂**的乐曲，
那萧萧飒飒的回荡——给西部的耳朵倾听的和音，
欢乐地传递你古老而常新的不可言说的消息；)
出自我的生命和许多生命的无穷渺小，
(我给出的不仅是我的生命和岁月——我给出一切、一切；)
这些思想和**诗歌**——来自大海的漂流物——在这里被高高、冷峻地抛出，
在美国的海滩上遭受冲刷。

2

启动一片新大陆的潮流，
出自液体、送给固体的序曲，
海洋与陆地的融合——温柔而沉思的波涛，
(不仅安全、平和——也会激怒、不祥。
从深海，从风暴的深渊——谁知道从哪里？死亡的波涛，
汹涌于汪洋之上，漂着许多折断的桅杆和撕碎的帆。)

(1876)

出自我最后的岁月

出自我最后的岁月，我在这里遗留的最后思想，
包含在种子里，飘向西部，散开，沉落，
通过俄亥俄的雾气、伊利诺伊大草原的泥土——通过科罗拉多、加利福尼亚的风，
时间会让它们充分发芽生长。

(1876)

以前的歌

1

在以前的歌里我唱过**豪情**、**爱情**、充满激情和欢乐的**生命**，
而在这里我缠绕**爱国主义**和**死亡**两道绳索。

现在，**生命**、**自豪**、**爱国主义**和**死亡**，
统统给你，啊，**自由**，一切的目的！
（你最为难我——拒不让我的诗抓住，）
我把一切献给你。

2

死亡，不是没有目的，
我以大无畏的腔调，发出你的声音，说出你的话——体现出你，

在我新的**民主**诗篇里——保留你作为终结，
作为坚不可摧的最后庇护——一座要塞、塔楼，
作为我最后的立足之地——我的吼声、最后的呼喊。

(1876)

附　录

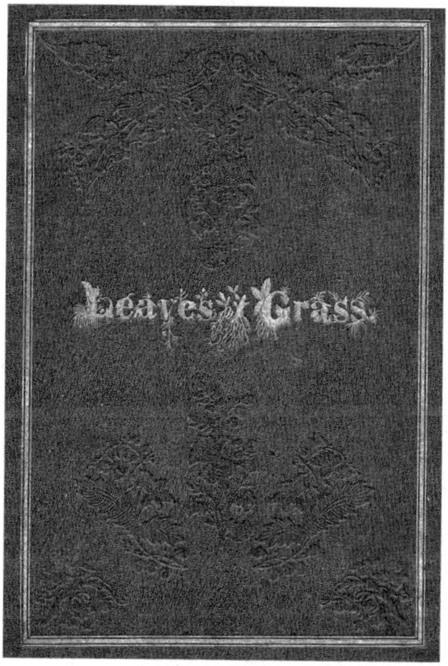

《草叶集》第一版封面
（1855，惠特曼本人设计）

致拉尔夫·瓦尔德·爱默生[①]

1856 年 8 月于布鲁克林

亲爱的朋友和大师，这里是 32 首诗，我谨送给你，因为我不能满足于只赠送给你寻常之物来感谢你的来信。你寄给我的这封信里提到的第一版有 12 首诗——我印了一千册，很快卖完了；这 32 首我已经制版，要印几千册[②]。我非常喜欢写诗。我已经为自己安排了别的工作[③]，要面对面地接触人民和合众国，用一种美国的粗糙语言面对他们；但是我毕生的工作是写诗。我会继续下去直到写出一百首，然后是几百首——也许一千首。道路于我是清楚的。几年后，我的诗的年均销售会是一万或两万册——很可能更多。我何必着急或者妥协呢？在诗里、在演说里，我说一两句不得不说的话，坚持和多数人在一起，和无数普通人步伐一致，给每个男女提个醒。

大师，我是个怀着美好信念的人。大师，我们经历了许多个世纪、等级制、英雄主义和传说的时代，不就是为了今天在这片土地上停留吗。我以为，任何的停留都是为了集聚十倍的动力。就像自然，冷静地处于争吵者们的威胁、喊叫中，铁了

---

① 爱默生（Ralph Waldo Emerson，1803—1882），美国著名思想家、散文作家和诗人。主要著作有《论自然》、《美国精神》、《论文集》、《诗集》等。他主张美国文学要脱离英国文学而独立，反对奴隶制，宣扬个性解放。惠特曼于 1855 年自行印刷《草叶集》初版后，寄了一册给爱默生。爱默生致函给予了高度评价。1856 年惠特曼写了回函，但并没有寄给爱默生，而是将其和爱默生的信一并收入 1856 年出版的《草叶集》第二版。

② 指《草叶集》第二版。

③ 可能指演讲旅行。

心地不可阻挡地前进，美国也是如此。让一切都服从。让一切都尊重、跟随合众国的从容不迫，包括它的政治、诗歌、文学、生活方式，还有它训练后代的大度气派。它的后代来了，刚好成熟了，目标明确，人数众多，本事足够，有自己的一套语言，有强健的手腕去公开抓住属于他们的东西。他们恢复了忘得太久的个性。在职场中、书本中、城市中、贸易中，都有他们的身影；他们已经登上了国会大厦的台阶；他们扩大成为一群新人，更加高大、健壮，更加坦率、民主、无法无天，他们在合众国土生土长，身材健美，更加完善，无所畏惧，潇洒老练，留着胡须。

在无限的基础上，合众国很快地也在建立一种文学。在我看来，它的一切都进行得很好，会很适用。这里的每个因素都很到位。每天我去曼哈顿岛、布鲁克林或其他城市，置身在人群中，在年青人中，去发现他们的精神，让自己焕然一新。这些人会受到关注的；这里对我本人的吸引力胜过了那些作家、出版商、进口货、翻版书等等。我冷静地浏览那些，就对他们一清二楚，除了对像我这类人以外，他们发挥了必不可少、而且别的什么都不能起的作用。诗歌将要描述合众国的年青人，世界别处最优秀的年青人跟他们都没法比。

美国通过庞大的英语遗产所继承的现成的文献——所有博大精深的传统、诗歌、历史、玄学、戏剧、经典、翻译，已经并仍在继续为另一种明显重要的文献做漂亮的准备，它属于我们自己，会大放光彩、鲜活、充满朝气，会显示高大、健壮、丰满的男性和女性的肉体——会给予各种事物以现代的意义，会成长得美丽、长盛不衰，与美国相称，与一切家庭的感情相称，与曾经同为男孩和女孩，以及与我们父母同在的父母的无与伦比的依恋之情相称。

即使合众国满不在乎，别的什么事还会出现呢？宏大的英语潮流，这么好，这么不可抗拒，无法估量地造福于这里，人们还会满怀赞赏和感激把它谈起。不过合众国为此不得不付出的代价已经不是个小数。什么都要偿还的；一个国家从来不会无偿地满足别国的需要。美国在它的政治理论、通俗读物、殷勤好客、幅员广大、漂亮的动物、城市、船舶、机器、金钱、信用这些方面已是最了不起的国家，但它仍会像闪电一样迅速垮下来，经不住别人以警告的严词多问几句：除了那些你们模仿、偷来的东西，出自你的精神产品在哪里？你许诺会产生的大批诗人、学者、演说家在哪里？你只愿意跟在别的国家后面吗？它们曾为它们的文学长期奋斗，艰苦开路，有的用很贫乏的语言，有的凭僧侣的伎俩，有的只是为了活着而努力——可还是为它们的时代、事业、诗歌卓有收获，也许在经历了后来的羞耻与衰落的岁月后，这些是留给它们的唯一实在的慰藉。你还年青，有最完美的方言，一种自由的出版制度，一个自由的政府，世界正把最好的东西传递给你。既然世界对你是不折不扣的公平，今后你也该公平对待自己。要绞死那些不愿为你放声歌唱的歌手。打开西方的门。召唤新的杰出的大师来领会新的艺术、新的才艺、新的需要。任由那最强大的诗人来改变你的贫瘠荒芜。那时你就不必领养别人的孩子；你会有真正的后代，你亲自生育、血管中流着你的血液的后代。

我冷静地看着这样的建议，每天看着越来越多有用的回答。这些想法还没发挥作用，这是有充分理由的；不过合众国正在以超出世界上迄今所知的规模做好准备，等他们来了，就把这些主张带回家，使之与合众国的民众融为一体，就是那种不计支出和年限而廉价得来的学校教育。合众国从大量翻版书中，从流行作家和编辑那里汲取了这种教育。这种提供与汲取是以具有合众国特点的、规模庞大、不计后果的自由方式完成的。在这里会取得的成果在别处永远也不可能想到；其方式也很壮观。美国人民的天性都很完美，势必造就众多英雄。在这里却极少有人懂得美国。

所有流行的东西都会滋养文学。我不知道合众国到底有多少作家和编辑，但是有几千个人，每个都在建造各自的台阶，通向巨人将要登顶的阶梯。目前世界上有24台以蒸汽为动力的两对、三对和四对的巨型滚筒印刷机，其中21台在合众国。一万二千家大大小小的商店出售书报——同等数目的公共图书馆，任何一间都有满足美国男女读者所需的全部读物——三千种不同的报纸，其中不怎么好的提供的营养也同样有用——各种各样的故事报，充满了重口味的浪漫故事，发行广泛——一两分钱一张的日报——政治性的东西，别管哪派的——农村的周刊——体育报和画报——月刊，有大量进口的——伤感的小说，印数极大——廉价花哨的故事、冒险故事、传记——全都带有预示性；全都急速向前漂去。我看到它们膨胀、扩展，理直气壮。我不仅不为它们的态势烦恼，反而特别高兴。我看见来回窜动的机梭，还有无数活跃又短命的书，诚心诚意地织着一代男人和一代女人的衣服，而他们没有感觉到。在过去五十年里，通俗读物和作品的发展真是惊人！在今后五十年里的发展呢？现在是时候了，让本土的文学成为合众国的一个主要部分，就像蒸汽机、钢铁、玉米、牛肉、鱼一样普通、实在。要产生第一流的美国人。那时，为产生新鲜的思想、历史、诗歌、演说、宗教、朗诵、娱乐而用的源源不断的材料，将如我们永存的田野、矿山、江河、海洋一样，不会受到忽视。某些东西已经建树，不可撼动；在其中，千万年历史得到证明。孕育了现代世纪的母亲们和父亲们，并非白白存在；他们也有头脑和心灵。当然，在所有国家、所有年代产生的全部文学，都有共同的明显特性，就像所有年代里我们所有的人，都有共同的人类特性。美国务必要保持粗犷和宽广。现在要做的是离开祖先，径直走向男人和女人——也走向联邦性质的合众国；各州的结盟对于各州生命的重要性，如同肉体各部的结合。

一个深刻的人可以不费力地了解人民，并且比人民了解自己更深。在普通民众大军的灵魂中总是有不言之中的东西，比可能表现在他们的领导者身上的东西更胜一筹。由它给出最后的评判。在合众国的每个部门，一个男人交往的是一个小圈子的人，或精挑细选的人、模仿别人的人、背信弃义的人、奴隶主、对男人的肉体感到羞耻的人或对女人的肉体感到羞耻的人、只要不是最勇敢最开放的任何人，这样的男人是径直地走向死亡的斜坡。跟我们的天才相比，外国文学的天才都被修剪截短了，基本不尊重我们的习惯与合众国的组织契约。那些在它们本国是高贵、正当的古老文学形式、古老诗篇，在这片土地上就成了流亡者；这里的气氛非常强烈。很多作品在欧洲的王国、帝国和类似的小国中，都有提供给它们的小而足够大的地盘，它们很受欢迎。在这里，它们显得消瘦、矮小、荒谬可笑，没有给它们提供什么小地盘。那些进口到美国的权威、诗歌、典范、法律、名称，对今日美国的用处就是销毁它们，这样才能无拘无束地走向伟大的作品、伟大的时代。

在我国或任何国家，只要没有革命者打头，在人民支持下扫除那大批的循规蹈矩的代表、当权的官僚、编书的人、教书匠、牧师、政客，我觉得，只要这样，那批当权的人就能冠冕堂皇地代表国家，照样起作用，还可能起很大的作用。要取代他们，如果合众国高兴这样做的话，条件已经完备；而我说果断地运用这些条件的时机到了。在这里，军队的灵魂不仅取代了官僚的灵魂，还继续向前，把官僚们的灵魂远远落在了看不见的后方；现在军队的灵魂摆脱了官僚，集体前进。在这里也有公式、评注、表格、繁文缛节，把发言人的喉咙快要堵死了。凡最想听到的，肯定是说得最少的。连一本世界历史都没有。没有一本美国的，或有关合众国组织契约的，或华盛顿、杰斐逊的历史，也没有语言史或任何一本英语辞典。没有伟大的作家；每个作家都自甘沦落，成为规规矩矩或软弱无能的人。诗里没有阳刚之气或生命的原动力；有的更像是饭桶和阉人。文学将被打扮成一个优雅的绅士，和我们生来的口味不符，和我们的土地显得见外。它走到哪里都要左右点头。它的服装和珠宝证明它对自然是多么无知。它的肉软绵绵的；那种属于自然的难以确切言说的硬货是越来越少了。除了被宗教会议和学校修理过的自然，别的东西在哪里？那散发着丰沛的原始活力的人在哪里？监督者在哪里？在生活里，在诗歌里，在法律条文里，在国会里，在授课、演戏、对话、辩论中，没有一个人公然抬起头，证明自己是他们的老师，要他们服从他，并准备好了要考考他们的上司。没有人相信合众国，大胆地在自己身上体现它。没有人环顾旁人，发出可怕的否定之声，拒绝在一切条件下被收买、放弃自己的见解、背离自己的灵魂、辜负友谊、鄙视自己的肉体、离开大地和海洋。对于教义、文学、艺术、陆军、海军、行政机构，不是提议由健康人却是提议由病人和垂死的人去医治病人和垂死的人。教会是一个巨大的骗局；人民不相信他们，他们也不相信自己；牧师们喋喋不休地念叨着他们明知错误的东西，却回避那些他们知道属实的事情。那情景着实可怜。我想在这欢乐的世界上再也不能如最近在合众国这样，很多极不正常的人蓄意夺取公共席位，当上领袖——一帮瞎子当了法官——一个恶棍和强盗当总统[①]。

直到现在，最有利于助长这一现象的是，人民还像一群大孩子，缺乏确定的鉴别能力，很少知道自己的伟大、他们的命运和巨大的步伐——他们贪婪地接受着小说、历史、报纸、诗歌、学校、演讲中提供的一切。很快，通过这些和别的途径，他们的发展会形成一种足以自立的力量，将会具备明确的鉴别能力。年青人将会清楚他们需要什么，并将会得到。除了精神上与他们相投、并能率领他们的人，他们谁也不会追随。这样的人将像五月的鲜花，大受欢迎。其他人将被不客气地撵走。对合众国的年青人来说，那一帮没用的花花公子不能打仗、干活、打枪、骑马、跑步、指挥，还有多大分量？——这些人有的还算虔诚，有的极蠢，有的给阉了——全都是二手货，或三

① 可能指美国第14任总统富兰克林·皮尔斯（1853—1856在位）。据认为他能力一般、恶习很多，他对南方奴隶制州的同情促成了联邦的分裂。

手、四手、五手货——由仆人伺候着，总是把外国而不是自己国家放在首位，空谈着艺术，怕被说成荒谬而做着最荒谬的事，一边傻笑一边蹦跳，不停地摘帽行礼——做事、穿戴、写作、言谈、恋爱，没有一样出于他自己天然的男子汉趣味，而是小心地看着别人怎样做事、穿戴、写作、言谈、恋爱——用老掉牙的书来嗅他们自己和他们的国家——不喜欢本国的诗人、哲学家、文学家，倒像巴儿狗似的吊在敌国的诗人、哲学家和文学家屁股上——喜欢大谈精神、时髦的绅士淑女、合众国的社会习俗，在对合众国基层大众的偷偷蔑视中长大。当然了，他们那类人永远不会为美国的强力诗歌辩护。当然了，就曼哈顿岛、布鲁克林、波士顿、伍斯特、哈特福德、波特兰大、蒙特利尔、底特律、布法罗、克利夫兰、密沃基、圣路易斯、印第安纳波利斯、芝加哥、辛辛那提、衣阿华城、费城、巴尔的摩、罗利、萨凡纳、查尔斯顿、莫比尔、新奥尔良、加尔维斯顿、布朗斯维尔、旧金山、哈瓦那，和一千个现在和未来的同等的城市来说，给他们的吃喝不会停止，增强了男女的体力，还很受欢迎。当然了，他们那类人的用处也快到头了，然后他们会给统统抛弃，再也听不到他们中谁的消息。

美国及时孕育、诞生了她自己的后代，从事所需的手艺。对于自由、对于实力、对于诗歌、对于个人的伟大，永远不允许休息，一代人不行，一部分人也不行。要是成熟到难于进一步发展，就意味着走向死亡。合众国的建筑师们打好了基础，向新的领域挺进。他们的奠基工作已经完成，还有许多工作有待完成。现在需要别的建筑师，他们的责任绝不轻松，也许更艰巨。每个时代总是需要建筑师。美国没有竣工，也许永远不会竣工；现在美国还是一幅神圣真实的草图。有 32 个州、3 000 万人口的草图。几年之内，将会有 50 个州。再过几年，将会有 100 个州，几亿人口，最鲜活、最自由的人群。当然了，这样的人最注重最鲜活、最自由的表达。

这里的诗人、这里的文学家生息的基础不同于别国；他们不是一个兀自清高的阶级，只在自己的圈子里转悠，又谦虚又体面，搜肠刮肚地寻找韵脚，跟白纸一样苍白，闭塞得只知道人类的那些古老的图画和传统，却不知道他们周围现实的人群——他们不会相互间近亲繁殖，使他们都害上老鼠疮。各州是一个整体，诗人们也是一个整体！美国的诗人们、文学家们正从古老传统里自由地走出来，正如我们的政治已经走出来了，他们承认，在他们背后没有什么比他们今天所有的更加优越——他们乐于承认合众国的男女强健、生气勃勃的体态、性的神圣、性完美地适宜于女人和男人、整个合众国、自由与平等、真正的商品、不同的职业、机器、曼哈顿岛上的小伙子们、习惯、本能、行话、威斯康星、佐治亚、高贵的南方的心脏、热血、只想当家作主的精神、煽动叛乱的精神、西部的人、本地形成的观念、审形观物的眼光、各种成品的完美样本、自由的狂野劲头、加利福尼亚、金钱、电报、自由贸易、铁和铁矿——他们毫不迟疑地承认那些漂亮得难以抗拒的黑人诗歌、海滨各州的汽船、其他难以抗拒的漂亮诗歌、拖着一列列车厢穿过内陆各州的火车头。

还有一句话要说，其实有人说过，但不允许被人知道，在文学中被删除、沉寂了，其结果很明显。由于缺乏一种坦率承认、名正言顺、不必害羞的性，（这是唯一的拯救办法，）由于演讲人和作家们总是欺骗性地装作看不见那人人皆知、永远活跃的事情，因此，现代出品的书籍、艺术、演讲表现了明显的无个性、无特点；仔细审视男男女女们的生活，绝大多数在过去的某个时期呈现为中性；在今天正统社会里，一个刺眼的事实是，如果换换服装，男人可以轻易地被认作女人，女人也一样。

偏见以彬彬有礼的臭脸控制了绝大多数人；其中之一就是对于性的偏见怀疑。学者、诗人、历史学家、传记作家等等的笔，长期以来或者沉默，或者顺从，纵容了那条肮脏的法则，书籍受它俘虏了，那构成男子气概、女人气质的东西、性、母性、欲望、强烈的兴奋、性器官、性行为都不能提及，都是可耻的，属于它们的一切都被赶到了文学以外的隐蔽之处。这条肮脏的法则必须放弃——它阻碍伟大的改革。女人和男人完全相同，利害攸关的是对于性不应有偏见怀疑，而是要完全忠实。合众国的女人已到了和男人享有实质的平等的时候，没有这种平等，我看男人中间也不可能有实质的平等。大丈夫这个空盘子到那时才会装上东西。现在这盆不冷不热的水，这种稀释的相敬如宾的爱情，像在诗歌、小说等等中表现的，足以叫一个男人作呕；至于在合众国到处可见的男子之间的友情，在出版物中连一点影子也看不到。我说男人和女人的肉体，作为主要的题材至今在诗歌里没有任何表现；然而肉体是一定要表现的，性也如此。如果对合众国的诗人提一个问题，他们是否会在诗中歌颂自然、即万物之母的爱欲的永恒正当性，或者他们是否会是骗人的时髦诗人，鼓吹性是生来淫猥的，他们是否很软弱、爱发牢骚，甘心受到剥夺。在诗里这很重要，因为一个国家的所有其他的表达不过是其伟大诗篇的外在凸显。因此对我来说，无论关于什么事物的理论，如果不能公开接受、以明确的措词公开说出所有存在、所有灵魂、所有认知、所有体面、所有健康、所有美丽、所有纯洁、所有甜蜜、所有情谊、所有力量、所有生命、所有不朽之物、一切值得为之生存的、女人和男人的一切赖以存在的东西，它就会生机停滞，变得懦弱、不中用。今后一两年里，那种忠实于性并拒绝让步的人会被证明具有无畏的灵魂。

对于诗人和文学家——对于每个女人和男人，不管今天还是何时，当前的环境、需要、危险、偏见等等，都是我们存在于此的必然环境，是以毫不含糊的语言谈论未来的环境。合众国接受了过去的年代和大地的精华，开始计划千倍的报答。它请到了为新、旧世界期待的美国大师们，这些人接受的有邪恶也有良善，有的无知有的博学，有黑人也有白人，有外国出生的也有生于本土的，什么都不拒绝，把各种各样的强拉在一起，围绕一个整体，让他们全神贯注于当今的时期和地点，向每一个人、向任何一个人的肉体和灵魂显示其用途，显示那些先例的真实用途。美国将永远处于热烈的躁动中。今天它正在按本地的原则，在如此广袤的国土上自塑形象，如同暴风骤雨，变幻莫测，不会走向平淡，而是越发激烈！至于我，我喜欢嚎叫、搏击、沸腾的日子。

当然了，我们会有一个国家的性格，一个身份认同。它应当怎样，时候一到，它就会怎样。那一性格，连同许多别的东西，会自我关照，它是一个结果，又是更多更大的结果产生的原因。由俄亥俄、伊利诺伊、密苏里、俄勒冈——由墨西哥海周围的各州——由来自欧洲、亚洲、非洲的备受欢迎的移民——由康涅狄格、佛蒙特、新罕布什尔、罗得岛——由所有不同利益、事实、信仰、政党、起源——所有这些融合为一种毅然决然的性格，它最广泛地适宜于美国已经建成、和有待建成的各州的自由男女，无一例外——成为生气勃勃的州和人，每一个都真正自由，每一个都独具个性，但是每一个都依附于一个共同的形态，它涵盖了政治、习俗、言谈、个人风格，正如人种的变化繁多，都归于同一种身体形态。对于包括文学和诗歌在内的一切，这样的性格是大脑，是脊梁。这样的性格，坚强、柔韧、公正、敢说，具有美国血统，充满自豪，充满从容，热情友好，会坚实地挺立在**个性**至高的广阔基础上——它是新的精神的美洲大陆，没有了它，我看地理上的大陆就依然不完全，也许是一具死尸、一个醉鬼——它是更新的美国，面对面回应着合众国，回应着它永远令人满足、永远不可测量的海洋和海岸。

你发现了那些海岸。我说你在那里领导了合众国——领导了我。我说谁也不曾、谁也不能比你为合众国作出的贡献更大。别的人画出草图、建设城市、开采矿山、开垦农场；你的大任是当最先开进大海的真正的船长，有直觉，有自信，提出头一份航海报告，证实它的不是别的报告，而是在你之后许多年里，进进出出千百个海湾的众多水手。

亲爱的大师，请接受这些发自我肺腑的陈述和狂言，为了所有年青人，为了一个在你之前不曾有过的真诚的人，但是最好的正在追随着你；我们需要珍藏你的姓名，我们懂得你的启示，在我们内心也发现了相同的启示，我们将坚守它，并通过合众国把它发扬光大。

沃尔特·惠特曼

（附：爱默生致惠特曼）

1855年7月21日于马萨诸塞州康科德

亲爱的先生：——我并非看不到《草叶集》这一极好的礼物的价值。我发现它是美国迄今奉献出的具有才情、智慧的最卓越的作品。读着它，我很愉快，伟大的才能令我们愉快。它满足了我经常对那个看似枯燥而贫乏的天性提出的要求，它似乎由于太多的手工劳作，或者由于气质中有太多黏液[①]，导致我们西方的智力变得迟钝而平庸。

我很赞赏你自由、大胆的思想。我从中获得极大的愉悦。我发现了一些无与伦比的事物被写得无与伦比的好，它们就该那样写。我发现了描写事物的勇气，着实让我们高兴，只有巨大的洞察力才能激发出这种勇气。我祝贺你开始了一项伟大的事业，在这样一个开端之前，你必定走过很长一段路。我曾经擦了擦眼睛，想看看这道阳光是不是幻觉；但是实实在在的书千真万确。它最大的优点是增强意志、鼓舞人心。

① 指黏液质型气质。根据古罗马学者盖伦（Galen，130—200）的气质学说，具有黏液质型气质的人面容苍白，形体松弛，反应迟钝，缺乏活力。

直到昨晚我在一份报纸上看到这本书的广告，才确信这个名字是真的，并且可以得到邮寄地址。我希望见到我的惠赠者，很想放下工作去纽约，以表示我对你的敬意。

R · W · 爱默生

沃尔特·惠特曼和他的诗歌[①]

一个美国诗人终于出现了！一个粗汉子，大块头，又神气又多情、吃着、喝着、生殖着，他穿得特男人、特潇洒，脸膛晒黑了，留着胡子，他的姿势直挺有力，他的声音把希望和预兆带给年青年老的慷慨人们。我们将停止假装，作回我们真实的自己。我们将开创生气勃勃的挑战性的文学。现在我们知道它是什么样，知道它过去最缺少的是什么。美利坚合众国的内心世界也将宣告自由和独立。

我们所有的文化人有他们的书籍、诗歌、小说、散文、社论、演讲、授课和评论，他们穿着伦敦、巴黎样式的衣服，接受那里接受的东西，服从权威，按老标准解决争论，躲在房屋、学校里，避开日晒雨淋，剪头发，刮胡子，绝不光脚接触泥土，不穿整套泳衣就绝不下海。你不会看错的，那些绅士派头的人，旅行过，受过大学教育，惯于有仆人伺候，说话不带火气也不俗气，坐在椅子上，走在铺着漂亮地毯的客厅里，架子上摆着精装书，墙上挂着帷幔和穿戴硬领的肖像，还有瓷器和小摆设。可是在美国文学中，美国的第一次亮相在哪里？哪里表现了人民的心灵喜欢的稚嫩和胡子、宽阔的胸膛、宽广的心胸、粗鲁朴实、满不在乎的样子？哪里有合众国巨大的野外天地？哪里是端坐高贵的联邦母亲？她有超越前人的优雅、安详、公正，她宽容对待她的儿女，把他们召到她周围，对大小

① 惠特曼此文发表于《合众国评论》（*United States Review*），第5期，1855年9月，第205—212页。

长幼一视同仁。哪里有我们城市的迅猛成长？哪里表现了美国的机械工、农夫、水手、猎人和矿工的丰富带劲的生活和他们的精神？哪里是世界各民族的巨大混合？他们生长在更鲜活、更肥沃的国土，经历了青春期，有生气有豪气，今天需要他们引领世界向前进。

依靠自己，目空一切，把国家的所有特色都揽在自己身上，沃尔特·惠特曼就这样步入文坛，他说起话来好像从不知有一种产品叫书，有一种人叫作家。他的每一个动作都是肌肉的自如运动，这种人从不知站在上司面前成何滋味。他嘴吐的每个字都显示出对旧理论、旧形式的无言的鄙视和挑战；每句话都宣告了新的法则；他的嘴不张开便罢，一张开必然遵循这些法则。他首先在散文里以轻快的笔触指出了一代诗人形成的原因，在于来自美国人民的深处，并且根深蒂固，以致作为日常事务公断人，伟大的诗人们比总统更有分量。接着他本人就提供了这一新诗派的范例，创立了有关表达和题材范围的模式。他斗胆、毫不做作地利用自己的肉体和灵魂。他必须以总在手边的素材重新创作诗歌。他必须把本色的自己和诗融汇一起，躁动不安，肌肉发达，性感好色，他什么都喜欢，而在天地万物中他最喜欢的是男人和女人。他的作品要以非同寻常的方法才能完成。他既不古典也不浪漫，既不唯物，也不精神至上。他一点也不会嘀嘀咕咕那些老掉牙的话题和诗歌韵律——不会首先谈论神、希腊、罗马。欧洲，她的君主制度、僧侣传统，她建立在等级思想上的绅士、贵妇的概念，这些气息从没吹过他的脸，吸进他的肺。取而代之的，是这个伟大时代的新思想的巨大洪流，这片广袤大陆的现实，当今世界的科学、发明和发现。对于地质学、数学、化学、航海、天文学、解剖学、生理学、工程学，沃尔特·惠特曼对这些科学的忠实胜过了它们自己。它们和其他科学构成了他的鸿篇巨作的基础。他断言，在诗人作品的美里，有科学的成分和最后的喝彩。

惹人注目的是这个人的诗。他坚持要把自然贯穿进文明。

他的诗句跌宕起伏，就是生气勃勃的巨大迅猛的人潮涌动，他们有一个全国的政府，各州、市的政府，有法庭、商业、制造业、军火库、汽船、铁路、电报，城市里有石板路、水管子、警察和煤气——无数旅客来来往往——报纸、音乐、选举和所有具有19世纪特色的东西和事情，都发生在当今世界上最健康的民族和唯一稳定的政体。顺着他的词句，展现出一个坦荡公正的合众国。我们的自由和平等严肃严峻，不容改变。这位诗人也不用悲戚伤感、叮当响的音韵、漂亮的修辞、花哨的比喻打扮自己的诗句。他在他的诗里出现时，身边围绕着女人、孩子、小伙子、普通的事物普通的人。他只把属于某一事物的东西给予该事物，不多也不少。那离他最近的人，他亲自手牵手地引领他。在他流动的诗行里，美国事物的要素、过去和现在的事件，会踩着更新更雄浑的音乐节奏，按时进入它们的位置——各种各样的气候、农艺、矿产——红色土著人的部落——久经风雨的船进入陌生的港口，或在石头海岸登陆——在北方、南方最初的定居点——快速的成长，不能忍耐外来的控制——1776年不屈的挑战，战争与和平，华盛顿的领导，宪法的制定——联邦一向稳稳当当、坚不可摧——移民源源到来——码头林立的城市，上等的海船——没有探察过的内地——木头屋子，林中空地，野兽，猎人，用陷阱捕兽的人——渔业、捕鲸、淘金——不断酝酿建立的新州——每年十二月召开的国会，从各地、从最边远的地方如期赶来的议员——美国男女工人的高贵品格——人民被惹火了暴跳如雷——他们的友情炽热——很冲的情欲——北方佬的交易——纽约的消防员，有目的的短途旅行——南方种植园里的生活——东北部、西北部、西南部的特点——美国和各地的美国人民的特点。为了写这些，诗人们的惯技没有给沃尔特·惠特曼提供足以适用和自由的手段，他拒绝了那些惯技。诗人期待的风格应当是崭新的、超乎寻常的，应当是间接的，而非直接的、描述性的或史诗式的。它的特点是通过这些而得到更多。

（他说）让别的国家的历史和战争、他们的辉煌时代和特色由他们去歌唱、去描述吧，由此完成他们的诗歌。（他继续说）美国的伟大诗篇可不是这样。在这里，主题是创造性的，很有前景。在这里，从备受尊敬的石匠中出现一个人物，他宣告自己的到来，用决心和科学规划蓝图，他在今天还没有实物之处看到了未来的坚实美丽的形象。

因此这些诗的风格纯粹是它们自己的风格，新生的，炽热的。也许自然给《草叶集》的作者提供了暗示。他说，全部美来自美的气质和美的头脑。他将把他的节奏和均一性藏在诗的根里，看不见，只是松散地迸发出来，如同野林子里的百合花，花形紧凑得像甜瓜、栗子、梨。

《草叶集》有 12 首诗。沃尔特·惠特曼一开始就把自己的肉体和灵魂置入全新的诗里：

> 我赞美自己，歌唱自己，
> 我拥有的一切你也会拥有，
> 因为属于我的每一个原子同样属于你。①

他离开紧闭的房间，走向户外。他脱下伪装，放下俗套，怀着孩子的信心和快乐向前迈步。他用新规则取代了写作中的老规则。他眼睛的第一瞥就充满爱和喜悦，触电似的使他震惊。他会叫大地接受并回报他的深情；他将和大地在一起，如同新郎陪伴新娘。那气息凉爽的大地，沉睡的水汪汪的树，刚刚消失的落日，满月倾泻的清辉，温柔的万物生长的夜，他心生敬意，抚摸一切，而一切也抚摸他。海用有力、弯曲的手指托着他，又匆匆离他而去。他说，用爱的潮水冲刷我吧！我能报答你。

那些斯文圈子里的规则被这位作家轻蔑地打发了。他说，

---

① 此文中的五段引诗，前四段均出自《自己之歌》。

你们老一套的谦虚对我这样的人有些恶心!

我赞赏肉体和情欲,

视觉、听觉、触觉是神奇的,我身体的每一部分都是奇迹。

我不用手指捂住嘴巴,

我保持下体的敏锐如同头颅和心胸。

沃尔特·惠特曼不是假作悲伤、喝喝茶的诗人,不是微不足道、谨小慎微的人。他带来诗歌充实白天和夜晚——适合血肉悸动的男男女女。他教导说,肉体是美的。性也是美的。他似乎在问,你是否拒绝文学和社交的那种肤浅水平?它不容许男人或女人承认他或她的性美妙愉悦。他声称自然的事情天生纯洁。性不能被置之不理;它是遍及所有人的神圣使命。他在作品里大写男子的肌肉、女子丰饶的肉体,实在是健康之极,只是被蓄意的图谋和手段搞得肮脏。他对男男女女们说:你们能够生育健康强壮的孩子,你们的条件不比我差。跟着我,世界上将出现更高大更高贵的人类。

在《草叶集》里大量提到了永恒和不朽。幸福不是梦,完美不是梦。他以平静的声音说,我关注改进,我关注发展,我关注一切事物。然后他的劝说变成了一种奚落,他的爱变得苦涩、强制。他向人们发出强有力的沉稳的呼喊。他似乎要说,从你毕生的生活和包围你的一切出来吧。把别人的布道和说教全甩开,只在意我的这些话。

你那些龌龊的梦做得够久了,

现在我给你洗去眼屎,

你必须使自己习惯耀眼的光和你生命的每一寸光阴。

你抱着木板胆怯地在海滩上游荡得够久了,

现在我要你去大胆地游泳，
跳进海里，再浮出来，冲我点头，叫喊，大笑着甩甩头发。

我是运动员的教练，
我教出的那小子挺起一副比我的还要宽阔的胸膛倒证明了我的宽阔，
最尊重我的风格的人要在我的教导下学习，然后击败我。
我喜欢的小子都是这样靠自己而不是靠别人成为堂堂男子汉，
他宁愿邪恶也不要在顺从和恐惧中训出的美德，
他宠着自己心上的姑娘，大啃大嚼着牛排，
单相思或遭人轻贱，比钢刀剜割还叫他难受，
骑马、打架、射击、驾船、唱歌、弹琴，都是一流的好手，
宁愿脸上有疤，长着麻子，也不要油头粉面、躲着太阳。

我教别人离开我，可谁能离得开我呢？
从现在起不管你是谁我都跟随你，
我的话会让你耳朵发痒直到你听懂了为止。

我说这些话不是为了挣一块钱或在等船时消磨时间，
那是你在说话，和我说的一样多，我充当了你的舌头，
它在你嘴巴里受拘束，在我嘴巴里才开始放松自如。

我发誓决不再在房间里谈论爱和死，
我发誓除了向在露天下和我亲密相处的男女，我决不

解释自己。

其他11首诗各有确定的主题，奇妙地隐藏着。这些主题不是哪位作家在一天一月能琢磨透的。他相当喜欢用他精心策划的主题搞懵你、刺激你。无疑，在这个人为自己打造的蓝图里，诗歌写作仅仅是整体中一个相称的局部。很明显，公众与私人的活动、政治、爱情、友谊、行为、谈话艺术、科学、社会、美国人民、城市和乡村接纳了不起的新奇事物，这一切对他都有相同的号召力，受到他相同的注意。在政治上他可以按照他在诗里体现的自由和现实态度去参与。他的生活范围在哲学上是空前宽广。他是真正的精神至上主义者。他不承认毁灭、死亡、丧失身份。他是文学中所出现过的最胸怀博大的爱人和心怀同情的人。他爱大地、太阳、动物。他不区分有文化和没文化的人、北方人和南方人、白人和黑人、本地人和刚在码头上岸的移民。他似乎要说，在我看来，每个人都很优秀，每种职业都有出息，每个男女都光彩照人。

我脚踩大地，涌出百种情感，
我尽力写他们，却遭到他们嘲笑。

我在户外成长这叫我心醉，
我爱生活在牛群中、海洋与森林的气息中的人们，
爱造船和驾船的人们，爱挥动斧头和木槌的人们，爱赶马的人们，
我能一个又一个礼拜和他们吃睡在一起。

最普通、最实惠、最亲切、最平易的，是我，
我去寻找机会，为了丰厚的回报付出代价，
我打扮自己，把自己给予第一个愿意接受我的人，
不求上天成就我美好的愿望，

只把这愿望永远无偿抛洒。

假如健康不是他标志性的特点，这个诗人就会是人群里十足的婊子。他的双臂有力地左右摆动，用不可抗拒的爱把男男女女吸引到他紧紧的怀抱里，满怀爱意握紧他们的手，抚摸他们的脖子和胸脯，倾听他们的声音。他对人们的炽热感情似乎使一切都腾腾燃烧。政治、宗教、风俗、艺术，在他们面前迅速垮在一边。他说，在我看来，整个宇宙里没有什么比人类的灵魂更加神圣。

当诗篇代替歌手歌唱时，
当经文代替牧师布道时，
当布道台代替雕刻布道台的雕刻匠走下来、走出去时，
当圣器、圣餐、板条、灰泥能像穿工装的年青银匠、面包师、石匠一样有能耐生儿育女时，
当一门大学课程像个熟睡的女人和孩子一样令人信服时，
当地下室里铸币的黄金像守夜人的女儿一样微笑时，
当受担保人的契约在对面椅子里逍遥自在，成为我的好伙伴时，
我打算向它们伸过手，尊重它们就像我尊重你们这些男男女女。①

那么，谁是那个目空一切、毫无名气的人？谁是那个自吹自擂的人？好像别人都不合适，就莽撞前来，在作家们中当了不速之客，一切定局都被扰乱，实际上是革了现代文明的命。

---

① 出自《各行各业的歌》；由于是引自《草叶集》第一版，与临终版的此诗略有不同。

沃尔特·惠特曼于1819年5月的最后一天出生在长岛，离美国最伟大的城市纽约约30英里的小山上，在布鲁克林和纽约长大，现在36岁，享受完美的健康，懂得他的国家和它的精神。

读《草叶集》时，不断跳出的疑问还不止于此，不应推迟答复。

除了不计其数的现存的书籍外，如果有哪一部作品可被选择代表美国及其时代，该是这部吗？一个真正的美国诗人当然要博采众长，而他必须做的，难道不是贡献一种新的、宽广得多、更有生气的作品吗？

一个生气勃勃地写作和教诲的学派，和这些诗的原则一致，和这个时代的自由精神一致，和美国的政治真理一致，和地质学、天文学等所有科学以及人类的生理学一致，和崇高的不朽、简明的常识一致，现在不该是它到来的时候了吗？

如果在这部诗里合众国找到了它诗歌的声音，知道这诗的分量，接受它的形式，这不过是个开端吧？沃尔特·惠特曼本人否认他的作品有什么奇特，还声称在他之后会出来一代代伟大的诗人，他只举起根手指，给出个信号。

难道不需要他吗？难道文学的一脉相承还不够久吗？难道它不是已经变得矫揉造作、难以容忍了吗？

难道一个有信仰、朴素地以真实事物进行写作实践的人，该被认为是怪诞，而虚构学派的门徒写的东西就没有问题？

表达方式的新颖性是所有品质中最罕见的，难道对这个还要大惊小怪吗？

你来得恰逢其时，沃尔特·惠特曼！在见解、风度、衣着、书籍、生活的目的和居住、交往、诗歌方面，尊奉所有反自然和遭玷污的习俗的人，可以引人注意地生存于世，而一个人完全自然、健康、有信仰、依靠自己，原始地表达了最有男人味的爱和友情，却使他遭到世界的白眼和争议。

沃尔特·惠特曼，一个布鲁克林小伙子[1]

要评价真正的诗歌，就必须搞清楚诗人本人。这些新诗，《草叶集》，对于某些人像是恶魔，对于某些人却非常神圣，其实它们只是一个人的尝试，这个人既生气勃勃又天真幼稚、既阳刚十足又温情脉脉、既粗暴吵闹又喜好沉思、既性感好色又讲究道德、既多情善感又专横霸道，他不仅要把自己的刚毅和刚愎，还要把自己的血肉形体注入文学，那么不加掩饰、不图外表、不顾廉耻和法则，乍看上去，他除了自己的存在和经历，除了他强烈地爱着的自己和自己的父母，还有在他之前好几代人的父母的出生地，就无视或无言地嘲笑一切。这人不懂礼貌、不守规矩。他产生的效果不是艺术家或艺术的效果，而是独到眼光和力量的效果，是草、兽、鸟的真实气质产生的效果，你可以感受到因一头漂亮动物的存在而产生的无意识的教诲，却绝不会感受到一个高明的作家或演说家的教训。

别的诗人歌颂伟大的事件、人物、传奇、战争、爱情、激情、他们国家的成功和力量，或真实或想象的事情——给他们的作品抛光，给出结局，满足读者。可这位诗人歌颂他自己：那是他歌颂一切的途径。他不给结局，不去满足读者。他把蛇留给那位女人和那位男人的东西，理直气壮地留给了读者，有关善恶智慧之树的味道，叫他再也休想忘掉[2]。

---

① 惠特曼此文发表于《布鲁克林时代日报》（*Brooklyn Daily Times*），1855 年 9 月 29 日，第 2 页。

② 《圣经·旧约》中叙述，蛇引诱亚当和夏娃偷吃智慧树上的苹果，从而懂得了羞耻和性。

对自我吹嘘进行争论有什么好处？关于沃尔特·惠特曼的自我吹嘘不可能有两种想法。那就是为什么他迈出人群，又转身面对他们。注意了，评论家！否则你那把能用于打开其他锁的钥匙就打不开这个包裹严实又极其诚实的人了。他的全部工作，他的生活、习惯、友情、写作，全都是为了它们的首要目的，而一个显著的目的，与其他目的同样强烈，并公开宣称的是刻画一个新型的人物，也就是他自己，不可磨灭地固定它，公开发表它，不是当作一个典范而是一个例证，为了当今和未来的美国文学和美国年青人，为了南方同样也为了北方，为了太平洋和密西西比河流域的乡村，还有威斯康星、得克萨斯、加拿大和哈瓦那，同样为了纽约和波士顿。为了达到目的，凡需要做的他都会放手去干，让诋毁随着时间消失。

在你的诗里，你首先要显示的是你自己——这似乎就是这个人要示范的，也可以说是对各种诗派的指责。他不引经据典，不提别的作家；他们的精神似乎触动不了他；他不说一个字去褒贬他们，包括他们的理论和方法。他从不写别人；他一股劲写的那个男子汉，我们布鲁克林人可是太熟悉了。他，纯粹的美国种，透着天然的健康，他的身材完美，从头到脚没一点毛病，从来不头疼、消化不良，血气旺盛，6 英尺高，胃口好，没吃过一次药，光喝水——喜欢到河里海里游泳——性子耿直，走路慢条斯理——散发一种难以言状的冷淡和不屑——四肢发达，体重 185 磅，现年 36 岁（1855）——从不穿黑的，总是穿着随意、干净、结实的衣服，露着脖子，衬衫领子又平又宽，脸色黑里透红，胡子短，掺杂着白的，漂亮得就像地里的干草，收割后抛起来铺开，斑斑驳驳——脸并不精致，没有书生气，却很平静，气色好——一张很自然的动物的脸——一张吸收了阳光的脸，既野性又绅士——有这样一张脸的人能吃能喝，是个强壮的善于拥抱的情人——这脸上有不死的友情，对男人和女人都很迷恋，他得到相同的百倍千倍的回报——这脸上有两只灰眼睛，隐藏着激情、傲慢和忧郁——一颗与世界愉快混合的心灵——一个独一无二的招人喜爱、受欢迎的人，尤其招年青人和机械工喜爱——他在那里根深蒂固，他在那里和人打交道——他不和文人雅士打交道——当两个男人沿街遛达，互相搂着肩膀，其中之一就是他，他的伙伴有船夫、水手，来自狩猎帐篷和木排上的人——他的秉性把他跟前人们的优点都吸引了出来，总是他们最亲切、最慷慨的那面，没有半点小气和尖酸——从没有人叫他在公共筵席上发表演说，从没在台子上和大批牧师、教授、市议员、国会议员在一起——倒乐意在海湾里和领航员待在他们的领航船里——和渔夫在船里一起出海——在城市大街上、在乡村空地上跟一群爱笑的人、粗人在一起——喜欢纽约和布鲁克林——喜欢码头和大渡船上的生活，喜欢沿着百老汇观察那条国际大道上发生的没完没了的奇迹——假如你遇到这个人，你不必指望遇到一个非同寻常的人——在他身上，你会看到非凡存在于平凡中——跟他接触没有什么耀眼迷人的东西，不需要有任何不同，只有一种轻松的魅力，又亲切又习惯——就像一个你一直在等待的熟人——满是自然的欣喜，熟悉的地方熟悉的面孔——也许是你记忆中的兄长或母亲，或远在他乡或已去世的朋友——于是你就有了沃尔特·惠特曼，他为文学奉献了一个新的后代，他无动于衷地从容等待着他的作品今天被接受，经历一切误解和怀疑，在未来受到欢迎。

一个英国诗人和一个美国诗人[①]

事情总是这样，二流的诗歌很快就受人欢迎。第一流的和自然的东西具有完美的单纯和匀称，不惊人也不惹眼，看上去只是理所当然，所以自然的诗歌尽管很稀罕，讲述的内容长远重大，却可能不被接受。一个以他的才华取悦他时代的行家们的艺术家、作家，他会遵循他时代的规律，他作品的各个局部具有强烈的精致的美。完美的诗人不能营造任何特殊的局部的美，不受任何清规戒律的限制，而只遵循那些大师们的普遍规律，它涵盖了所有时代、一切男女、一切生者和死者。从对人类历史的研究引出了这条无可辩驳的真理，即一首庄严的诗或任何其他完整的作品所必须遵循的法则，是其独创性，具有整体的平凡而超凡的美。掌握了这条法则，恰到好处的目标、时间、人物、地点就会顺乎而来。掌握了这条法则，并正确运用它，诗人或别的人就不会做出任何不体面或卑下的事情、任何超出自然发生的事情。

英国诗歌，出自那个奇妙小岛上的众多了不起的天才，源自英国民族的现实，也符合他们的精神，最显著的就是君主制和贵族制。无论过去或未来，每个国家都是怀着民族感情来接受诞生自它民族血液的诗人。在他们的作品中，优美而充分地表现了政府、传统、信仰、人民的依赖性和独立性，甚至人们相貌的好坏、国土的大小。因此，非常适合一位不列颠王国的臣民的东西，也许很不适合一位美国的自由人。对一个人来

① 惠特曼此文发表于《美国颅相学杂志》（*American Phrenological Journal*），第22卷第4期，1855年10月，第90—91页。

说，最重要的不是什么浪漫故事，不是无与伦比的人物刻画，不是精描细述的优雅，不是海滨、山、天空的珍稀画面，不是深刻的才情思想，而是他对自己的看法；一切从这里才有了味道。在所有那些毫无疑问的伟大作家的诗里，莎士比亚也同样，有一种对美国来说是死亡的气息。人民大众、劳动者和伺候人的人，都是渣滓，是垃圾。国王、贵族的容貌是美的；机械工的容貌是滑稽、畸形的。在美国上演的哪一出莎士比亚戏剧，在骨子里不是对美国的一种侮辱？在它们的情节和角色里从不消停的腔调怎么会受欢迎呢？除非把华盛顿逮住绞死，除非把杰斐逊当作最大的骗子，除非北方南方的老百姓向阔佬们、向血统高贵的人鞠躬。这是天理人情，美国人如果需要有一代诗人配得上1855年，配得上这个共和国的严峻现实，他们就必须去寻找在本质上不同于旧式诗人的人，不同于现在那帮源源不断地把诗写得叮当响、在诗里哭鼻子的和花花公子式的人。

英国诗坛充满了这些追女人的人，美国紧随其后。每个人都写诗，还是连一个诗人都没有。一个史无前例的伟大时代正急速滑过，却没有一个豪迈的声音抓住它的伟大，把它当作一堂鼓舞人前进的课业讲述。我们听过许多庄严的宣告，说他要来了，可是他会来吗？

> 一位伟大的诗人将被这个时代选择，
> 向着未来发出时代的声音。
> 他的灵魂成熟而才华横溢，
> 他凭借心灵之力阔步前进，
> 抓住一切时代的问题，
> 从中索取它们的意义。
> 正如扫罗王召唤墓中的先知①

---

① 扫罗（Saul，公元前11世纪），《圣经·旧约》中叙述到的第一个被以色列人推举的国王。

说出他的命运，而这位诗王
将召唤可怕墓中的恐怖历史，
向他讲述我们的未来。
正如天空包绕大地，他的爱心——
爱着人类而不止是各个民族。
正如湖水倒映花树岩石和天空，
他将反映我们伟大的人性；
正如初春的生命气息
降临枯树，让它发芽、长叶，
绽开灿烂的花朵，他将把生命的气息
注入他笔下的每一个主题，
创造群星般永恒的美与诗篇。

——亚历山大·史密斯①

在英国和美国最受欢迎的当代诗人是阿尔弗雷德·丁尼生②。他是写厌倦和贵族情感的诗人，并把二者结合进爱情。这种爱情就是包括莎士比亚在内的剧作家和浪漫作家们笔下的爱情，出自那个古老的血统。它沉迷于为了某个姑娘或妇人而爆发的同样不自然的惊世骇俗的情感，抽去了它的男子气概，阉割了似的软弱无能，无力确保生活中的其余方面的应有地位。它为病态的目的索取自然。世界本是安然、平静、美丽的，它却在其中大叫大哭，让人注意它的出现，宣告某位女性的脖子、头发、肤色有多么迷人。

对于丁尼生及其英国、美国的门徒来说，诗是头等的绅士，在郊外斯斯文文地划船、钓鱼、打枪，恭维女士们，和她们交谈，屏声静气、百依百顺地和她们厮守，而作为补偿，在

① 亚历山大·史密斯（Alexander Smith，1830—1867），出生于苏格兰的英国诗人。

② 阿尔弗雷德·丁尼生（Alfred Tennyson，1809—1892），英国桂冠诗人，主要作品有《悼念》、《莫德》、《国王叙事诗》等。

男人们中间则是野性的肆无忌惮。英国那亮闪闪的上流社会的精神从头到脚填满了这个作家和他的作品。他并不忽视男子的勇气和优秀品质，但都得以花花公子的派头表现出来。他迎合贵族和绅士。对于诗人和那些客厅，套路是相同的。二者具有相同的傲慢的优雅，二者都喜欢怀旧，夸夸等级制度，二者都赞同宜于提及、讨论的话题，二者都同样压低嗓门谈论教会和国家，二者都同样的病怏怏的忧郁和尖刻，二者都肆意地挖苦，二者的外形都彰显出血统高贵，在气质上就反感任何怯懦和卑鄙，二者都把浪漫文学里描写的爱情当作一个人生活中和一首诗中的大事，二者似乎都浑然不知有关永恒与不朽的伟大真理，二者对于自由与平等的设想都保持沉默，二者都在孤独的厌倦中自我毁灭。所有这些无论说什么，都符合实际，反映了事实。当前的英国上层生活状态是在那里自然生成的，正如丁尼生及其诗歌是那种生活状态的自然产物。但还是要明确承认，这个人是个真正的第一流诗人，浸透了厌倦和贵族情感。

此时，一个陌生的声音破众而出，要求自己的地位，而这个地位只能授予经过多年考验、被证明是最崇高的第一流天才。沃尔特·惠特曼，你以为世界的最高荣誉就那么容易赢得吗？你以为城市和乡村就该在你自吹自擂的自我叙述面前拜倒吗？

我是肉体的诗人，
我是灵魂的诗人。

天堂的欢乐和我在一起，地狱的痛苦和我在一起，
我把欢乐根植于我并发扬滋长，我把痛苦转化为一种新的语言。

我是女人的诗人如同是男人的诗人，
作个女人和作个男人同样伟大，

没有什么比人们的母亲更加伟大。

我歌唱扩展和自豪，
我们对此已经太多地逃避和抵制，
我显示只有发展才能壮大。①

这确实是个陌生的声音！以往的诗歌的评论家、爱好者和读者们，当他们初次读到沃尔特·惠特曼的诗时，那种深入骨髓的寒冷、不愉快的周身战栗，实在是情有可原。如果这是诗歌，那么诗的前驱者必须站在哪里？如果在这里走上前来，声称为美国和19世纪代言的脸膛晒黑的男人，确实就是自然的本色的诗人，那一批批神色忧郁、穿着燕尾服的蹩脚诗人，所有那些充当糖果、充当饰品的诗文立即化作了什么？

那个友善随和的野蛮人是谁？
他是在等待文明呢，还是超越了它，掌握了它？

他是在户外长大的西南部的人？他是加拿大人？
他是从密西西比乡下来的？从衣阿华、从俄勒冈、从加利福尼亚来的？
是山里人？过草原生活、丛林生活的人？是从海上来的水手？

无论他走到哪里，男男女女都接待他，喜欢亲近他，
他们渴望他会喜欢他们，接触他们，和他们说话，和他们住在一起。

行动像雪花一样随便，说话像草一样简单，不梳头，

① 此段及以下两段诗出自《自己之歌》。

天真地笑着，

走路很慢，寻常的相貌，寻常的举止和表情，

然而举手投足间却有一种新鲜的气概，

从他肉体和呼吸的气味，从他的眼神都发散出这种气概。

沃尔特·惠特曼不是从别的国家借东西的人，而是肆意挥霍他自己的国土。他不是在画室、舞厅过着精致的生活，油头粉面、文质彬彬，而是那种没受过教育、浑身霸气的人，要感谢他发出那种厉害刺耳的声音，带来那些野性自由的诗体。就像傍晚时斑点鹰在他头上很近的地方大叫着盘旋，一种他特有的激动穿越他的全身，他高兴地说：

我也桀骜不逊——我也不可理喻，

我在世界的屋顶发出粗野的嚎叫。

那些古老的神话、所有浪漫作家、古典作家们热衷写作的主题都让他感到枯燥乏味，而地质学家、天文学家、大古物收藏家、化学家、颅相学家、唯灵论者、数学家，他们的研究，还有美国政治的理念和实践，却激发他的创作。他不是间接去写一个个人和事，而是他自己担任了、成为了所有的人物，一个接一个——对草发出奇想的孩子——古怪的中间人，在夏天的下午躺在河岸上，和自己的灵魂举行长时间的关于爱的对话——人民的友好伙伴——现在坐在装满干草的马车顶上，从地里走向谷仓——或者在一座大城市的最人多热闹的地方——或者一个人在山上或在很远的野地里打猎——在美国式的快船里站在三张帆底下航海——和船夫或挖蛤蜊的人一起吃海鲜杂烩——给逃跑的奴隶吃住——在遥远的西部观看用陷阱捕兽的人和红种姑娘的婚礼——或者在海边和沐浴的人们一起沐浴——感受着所有的愉快和一切痛苦——学习动物和鸟的功

课——融入所有事件、人物——修整木板的木匠——握住驾驶盘的领航员——采石场大车的车夫——身子一前一后地纺纱的姑娘——运河上的纤夫——手持木夯的铺路工——吆喝着赶牲口的人——在休伦湖边放置罗网的密歇根人——带着家当和牛群走过平原的密苏里人——夜里把平底船系牢在岸边杨树的船夫——干完了一天的活儿在土坯小屋里休息的猎人——冬天深夜里提防着的悲伤的寡妇——新英格兰人或得克萨斯人——佐治亚人，缅因的伐木汉子，肯塔基人，俄亥俄人，路易斯安那人，加利福尼亚人——机械工，作家，艺术家或学校男生——想着所有时代所有人类的思想的思想者——他欣赏近在眼前的一切，他去最远、最不一样的地方旅行。

迄今诗人们的理论和实践是选择某些观点、事物或人，然后以他们所能的最佳方式对其进行描写，总是加上尽可能多的修饰。这可不是这位新诗人的理论和实践。他从不介绍去读一首按旧模式写的现成的诗，那种诗总是在你读到结尾时也就结束了；而他的诗每句每节讲述一个并非总能看得见的内涵，发散出一种不可捉摸的东西，牢牢吸引读者，渗入他的内心，促使他踏上一条半隐半现的路，而诗人正像个幽灵在前面毫不畏惧地大踏步走着。如果沃尔特·惠特曼的前提是真实的，那么诗歌就有了一个比荷马笔下的宏伟叙事和莎士比亚笔下的人物更加敏锐、微妙的领域——对于这种诗，所有别的写作都变为从属的，这种诗直面自然万物的根本含义，并与它们对抗。它直接带着事件、人物、东西去影响听众、读者，再现于他或她身上；这提供了最佳的途径使它们成为他或她的一部分，这恰好是最伟大诗人的目标。

可以看见的生命的精神——从大地中长出的种子的精神——地球沿着它的轨道确定无疑、不可阻挡、迅如闪电地运转的精神——这些精神就是这个人的诗里的精神。像它们一样，它困惑着、嘲笑着批评，准确无误地出现在结果里。事物、事实、事件、人物、日子、时代、品质，乱七八糟地翻腾，声势浩大，永不枯竭，看起来就像自然，同样的不理会局部，同样的没有特定目的。但是，那寥寥无几的权威评论家的声音，不止一两代人的声音，必须为自然的无可表述的目的说话，为这个写过、印过一本书的最傲气的作家说话。他将证明，他是已知的文学史中最可悲的失败者或最辉煌的成功者。尽管我们写了这么多，还是得承认，我们的头脑和心都感到没有能力决定，哪一种想法比较靠谱。

沃尔特·惠特曼年表

1819　5月31日出生于纽约长岛的西山。父亲是农夫和木匠，有八个孩子，惠特曼排行第二。

1823　全家迁至纽约布鲁克林。

1825—1830　于布鲁克林公立学校读书。

1830　离开学校，在律师事务所当勤杂工。

1831—1836　在布鲁克林的印刷厂当学徒。

1836—1841　在长岛的多间学校教书。在此期间，惠特曼创建、编辑了一份周报，开始代表民主党从事政治活动，并开始发表诗歌和散文。

1841—1845　迁住曼哈顿，为报社作排字工和记者，发表速写和短篇小说，1842年发表他唯一的中篇小说《富兰克林·伊文斯》。

1845—1848　住在布鲁克林，当报社记者和编辑。

1848　2—5月于新奥尔良编辑报纸；9月返回布鲁克林创办《布鲁克林自由人报》。

1849—1854　经营房屋建筑、印刷所和书店；继续诗歌创作。

1855　匿名、自费出版《草叶集》，含前言和12首诗；寄赠一册给著名作家拉尔夫·瓦尔德·爱默生，并得到热情的支持回信；化名发表3篇《草叶集》书评。父亲去世。

1856　出版有署名的《草叶集》第2版，增加了32首诗、爱默生的信及惠特曼的回信。

1857—1860　编辑《布鲁克林时报》。1860年《草叶集》第3

版于波士顿出版，增加了 146 首诗，并采用分集的形式，如《芦笛集》、《海流集》。

1861—1865 美国内战期间，惠特曼作为裹伤员和探视员先后在纽约和华盛顿的战地医院义务工作。1862 年，前往弗吉尼亚前线探望受伤的弟弟乔治。1865 年，在华盛顿观看林肯总统的第二任就职典礼。

1865—1873 战后住在华盛顿，并定期返回布鲁克林和作旅行演说、朗读诗歌；在多个政府部门（包括印第安人事务局）任职员。

1867 《草叶集》第 4 版出版。

1868 英国文学评论家威廉 · 罗塞蒂在伦敦出版《惠特曼诗选》。

1870 《草叶集》第 5 版出版，此版于 1871 和 1872 年修改后再次印刷发行。

1871 出版散文《民主展望》。惠特曼在英国的声誉日增，得到著名诗人阿尔弗雷德 · 丁尼生和阿尔格侬 · 斯温伯恩的赞誉。

1873 1 月患中风，导致身体部分瘫痪；离开华盛顿，和弟弟乔治住在新泽西州卡姆登镇（Camden）。母亲去世。

1876 《草叶集》建国百周年版出版，新增内含散文的《双溪集》。

1877 在费城作关于民主政论家汤姆 · 潘恩的演讲。

1879 在纽约作第一次关于林肯总统的演讲，此后每年都作林肯主题的演讲直至 1890 年。第一次去美国西部（科罗拉多和密苏里）旅行。

1880 在加拿大旅行四个月。

1881 《草叶集》第 7 版在波士顿出版，并规定此版内容在诗人去世前不再更改。

1882 出版散文随笔集《典型的日子》，主要为自传性内容，尤其是在内战中的经历。

1883 理查德·布克著《沃尔特·惠特曼》出版，这本传记得到惠特曼本人的合作。

1884 在卡姆登镇购置一所住宅，在此居住直至去世。

1885 由于体力衰退，友人们捐款为他购置了一匹马和一辆马车。

1888 再次中风，导致的瘫痪再未恢复。出版《十一月的树枝》，内含散文集《旅途回眸》和诗集《七十光阴》。

1889 卡姆登市民为惠特曼举行了七十岁生日宴会。

1891 编辑《草叶集》临终版（death-bed edition），包括完整的第7版和主要由1881年后写的诗歌组成的两个附集；在秘书贺拉克·特罗贝尔的协助下，编辑《散文全集》；二书均于1892年出版。

1892 3月26日于家中去世；遗体葬于卡姆登县的哈雷公墓；三千多人出席了葬礼。

（邹仲之编）

译后记

2019年5月31日，是美国诗人沃尔特·惠特曼二百周年诞辰。

我们出版《草叶集》中文新译本，以表达对伟大诗人的敬意。

惠特曼出生在纽约长岛的一个农夫和木匠家庭。由于家里子女多，他11岁就辍学做工。然而命运惠顾了他，他主要在印刷厂当学徒，对文字的敏感使他很快掌握了阅读，写作的欲望随之而生。他17岁开始在学校教书，然后办报、发表诗歌、散文、小说（详见《沃尔特·惠特曼年表》）。在1855年，他年富力强时代的巅峰之作《草叶集》问世，它由12首没有标题的诗或12片“草叶”组成。此后，惠特曼把新写的诗不断添加到新版的《草叶集》，这样，在1892年的临终版就含有了约四百首诗。在世界文学史上，没有哪位诗人穷毕生心血只著一部诗集。

这是一部奇书。从内容到形式都颠覆了在它之前美国诗人们遵循的欧洲诗歌的创作模式，而且是有意识的颠覆。尽管它从问世至今饱受争议褒贬，但却被尊崇为地道的美国诗歌的诞生标志，《自己之歌》是19世纪世界上最重要的诗作之一。书的内容如此浩繁，从中史学家看到了19世纪的美国历史，思想家看到了民主自由平等观念的美国式表达，哲学家看到了万物皆有灵和灵魂不朽的信念，旅行者看到了美国野性旷莽的自然风光和壮丽沸腾的城市景象，青年人读出了性解放的呼声，老年人看到了对死亡的坦然无惧，诗人们看到了一种不再戴着格律韵律的脚镣舞蹈的诗，一种全新的解放了的自由体诗。我曾在高原农村生活和劳动，书里对大自然和劳动者的描写使我备感亲切，我希望能用较为大众化的语言翻译它。

本书是根据英国 Wordsworth Poetry Library 2006 年出版的《The Complete Poems of Walt Whitman》译出，参考了楚图南和李野光先生合译的《草叶集》（人民文学出版社，1987），赵萝蕤先生译的《草叶集》（上海译文出版社，1991），并有所借鉴，分集标题和诗标题多沿用楚李版。在此我向为在我国推介《草叶集》做出贡献的前辈翻译家们致敬。但是即便有这些参照，我也须坦言，对书中部分内容的理解还是没有把握，翻译得很难到位。这倒也符合惠特曼在 1876 年版“前言”里说的，诗里有很多晦涩之处，他认为这为读者提供想象的空间是必不可少的。原文中有许多以大写字母开首的词（行首词和专用名词除外），在译文中采用了黑体字；原文中的斜体字在译文中采用了仿宋体字。另外，我从有关网站选用了十八幅惠特曼的肖像、手迹、故居等的照片，借此我们可略窥诗人的一生。

我特别感谢译界前辈屠岸先生对我的译诗的肯定及对出版此译本的支持。我也特别感谢本书策划编辑冯涛先生，欣赏他的见识和果断；感谢本书责任编辑宋佥先生，由于他非常细致、专业的工作，这部纪念碑式的著作得以面世。

邹仲之

2015 年 4 月

鉴于上海译文出版社决定出版本书的“沃尔特·惠特曼二百周年诞辰纪念版”，借此机会，我对全书进行了修订。此纪念版采用《草叶集》第一版（1855 年）由惠特曼本人设计的封面。

邹仲之

2018 年 2 月

《草叶集——惠特曼诞辰 200 周年纪念版诗全集》于 2019 年 6 月出版后，印刷了四次方满足了读者的需要。不过，任何纪念都会随着时间而淡去。因此，出版社决定推出普通新版《草叶集》。于是，我在纪念版译文的基础上再次进行了修订。封面采用美国纪念碑谷的意象——我感觉，这片风景中隐含的某种精神象征意义，与《草叶集》的主旨存在默契。

我译诗的一个标准是能够朗读。上海译文出版社音像部制作了有声读物《〈草叶集〉精选篇》，置于喜马拉雅听网。同一网站中也有我开设的专栏“译者读诗”，朗读自译的诗歌，其中有六首惠特曼。由于是在自家录制，不专业，但是配乐很棒：巴伯、马勒、莫扎特、贝多芬。

邹仲之

2022 年 6 月

Walt Whitman

Leaves of Grass: The Complete Poems of Walt Whitman

图书在版编目(CIP)数据

草叶集：沃尔特·惠特曼诗全集 / (美) 沃尔特·惠特曼(Walt Whitman)著;邹仲之译. —修订本. —上海：上海译文出版社,2022.9 (2024.3重印)

书名原文：Leaves of Grass: The Complete Poems of Walt Whitman

ISBN 978-7-5327-9057-9

Ⅰ.①草… Ⅱ.①沃… ②邹… Ⅲ.①诗集—美国—近代 Ⅳ.①I712.24

中国版本图书馆 CIP 数据核字(2022)第 123397 号

草叶集：沃尔特·惠特曼诗全集(修订版)
[美] 沃尔特·惠特曼 著 邹仲之 译
策划/冯 涛 责任编辑/宋 佥 封面设计/小阳工作室

上海译文出版社有限公司出版、发行
网址：www.yiwen.com.cn
201101 上海市闵行区号景路 159 弄 B 座
上海中华商务联合印刷有限公司印刷

开本 889×1194 1/32 印张 25.25 插页 6 字数 305,000
2022 年 9 月第 1 版 2024 年 3 月第 2 次印刷
印数：5,001—7,000 册

ISBN 978-7-5327-9057-9/I·5629
定价：128.00 元